パク・チリ
コン・テユ 訳

ダーウィン・ヤング 悪の起源

幻冬舎

ダーウィン・ヤング　悪の起源

CONTENTS

プライムスクール

昔の修道院の建物を基に再建築したプライムスクールの校庭の真ん中には、威厳に満ちた鐘の塔が建っている。ルーツを忘れないようにしようという学校の方針の一環として、修道院の色彩が薄れた今日も起床時間と就寝時間になると直接塔に上って鐘を鳴らす。

　就寝の鐘が鳴ると話し声が消えて、寮の電気がひとつふたつと消えるのがプライムスクールの一般的な就寝の風景だが、例外として毎月第２金曜日の夜には鐘の音を無視して遅くまで騒ぎが続く。普段なら当然指導に当たっていたはずの先生たちも、この日だけは些細《ささい》な騒音と移動は容認し、時には励ましてくれたりもする。自宅への帰宅を翌日に控えた生徒らの興奮を十分理解しているからだ。

　いわゆる〝プライムボーイ〟と称されるプライムスクールの生徒たちは、月に一度、第２土曜日の朝に家へ帰って家族との時間を過ごした後、月曜日の朝にまた学校に戻るようになっている。

　設立当時の校則の相当部分をそのまま受け継いでいる保守的な校風を破って最近新たに制定されたこの校則は、人格が形成される時期の幼い生徒たちが家庭生活から完全に離れることを防ぐための手遅れとも言える処方だった。この改革的な校則ができる前まで生徒らは６年間の教育課程のうち、１年が終わる冬休みのみ、自宅に帰ることができた。厳格な規律と決まった日課から抜け出し、個人的な時間をついに持つことになった生徒たちは、旅行の準備をするかのようにときめく気持ちで一晩中荷造りをした。

　しかし、学校で抱いた期待とは裏腹に、実際に家に帰ってきた〝プライムボーイ〟たちは、家庭生活の多くの部分と衝突した。プライムスクールの食堂に比べてとてつもなく小さな食卓に座って向かい合った親はどことなく質素に感じられ、彼らは日頃、大衆文化とかけ離れているため、兄弟とも共通の話題を見つけることができなかった。平凡な生徒のようにスケートリンクに行ったり、くだらないカードゲームをしたりしながら一日中過ごすのも大きな損失と思われた。家族と過ごす日々が長くなるほど、家庭生活に馴染むどころか、独りになったような異質感がさらに増した。

徐々に彼らは家族と時間を過ごす代わりに、ひとりで散歩をしたり、部屋の扉を閉ざしたままプライムスクールの図書館から借りてきた本を読むようになり、その異質感を慰めた。家族で遊びに行く日もなり、勉強を言い訳にひとりだけ家に残ったりした。そういう日には訪問日を間違えた客のように誰もいない家の中をうろうろして、自分がいないうちに壁に新しくかけられた絵を長らく眺めた。自分と絵のどちらがこの家でより馴染みの薄い存在なのかを問う異邦人の瞳で。休みの終盤になって、レベルの低い質問をする兄弟を意図せず無視したことで喧嘩が起きたり、仲裁に乗り出した親に子供らしくない権威的な姿を見せることで、当惑を越えた侮辱感を与えたりもした。

そうして彼らは冬休みの間ずっと家庭内で空回りして過ごし、新学年が始まる2月になると、荷物をまとめてプライムスクールの寮に戻った。もちろん学校に来てからはまた家を懐かしんだ。

親兄弟との気まずかった感情は自分で考えてみてもおかしいものと思えるのだった。新しい出会いを作ることもなく、自由を思う存分楽しめなかったことに対する後悔も後になって押し寄せてきた。しかし、プライムスクールの過重な学業は、決して子供たちをホームシックにかかったままで放置しなかった。自分が進むべき道をよく知っている生徒らも同様に、瞬《また》く間に懐かしさを振り切り、新しい知識を学ぶことに没頭した。そうするうちに春が訪れ、家族への思いは自然に過ぎた冬の出来事として押し出されるようになった。

生徒たちの学校への高い忠誠度は、プライムスクールの優越的で栄誉ある地位が自我を形成し始めたばかりの子供たちを短い時間で魅了することにその根源があった。大学に相応する最高高等教育機関として公認されて以来、２００年間揺らぐことのない地位を守ってきたプライムスクールの設立理念は、才能のある子供ひとりを人格面においても教育し、未来の1万人の頂点へ育て上げるということだった。その目的を達成するためにプライムスクールは国から特権的な地位を与えられ、その地位はそのまま生徒たちに受け継がれた。身分階級制が廃止された後も、プライムボーイの地位だけは堅固だった。その栄光の座に就くために、まず熾烈《しれつ》な競争を繰り広げなければならないのは当然のことだった。

1地区の少年たちは13歳の冬になると、早い成人式を行うようにプライムスクールの入学試験を受けることを伝統とする。最上位の地位で生まれた後継者として、自分の器を判定してもらうための中間儀式を行うのだ。〝12月の試験〟とも呼ばれるこの入学試験に、少年1人の進学だけでなく、少年が所属する家全体の名誉がかかっていることもあり、プライムスクール出身の父親や祖父が早くから家庭教師を雇い子孫の入学を助けることも珍しくなかった。

表面的には全地区の少年がプライムスクールの入学試験を受けることができたが、実際には上位地区である1、2、3地区以外から来た志願者はひとりもいなかった。裕福で富を備えた2、3地区の子供たちでさえ、ある程度自信がなくては簡単に受験することはできない。プライムスクールに入学するためには優秀な試験成績だけでなく、推薦書や面接、家柄の来歴など多面的に考慮されるが、このそれぞれの要件で他の地区の少年たちが1地区の少年たちより優れているということはほとんどありえないのが現実だった。長年の歳月を経てプライムスクールは自然に1地区の遺産として通用し、たまに運良く機会を得た2、3地区出身者たちは、生徒になってから1地区とのはかりしれない格差を味わわなければならなかった。

しかし〝予備入学〟とされる1地区の少年たちでさえプライムスクールの門の前では他の地区の少年たちに劣らない敗北感を感じざるを得なかった。1地区の13歳の男児数が1年に5万人余りであるのに対して、プライムスクールは毎年たった200人の新入生しか選抜しないからだ。試験に落ちた生徒たちは仕方なく、名門ではあるがプライムスクールの牙城にははるかに及ばない一般学校に行かなければならず、こうした脱落者たちは学生時代を過ぎて成人になってまで劣等感に苦しんだ。2、3地区の子供たちは出身の限界を言い訳にすることができるが、1地区の子供たちは自分のふがいなさをただ咎《とが》めるしかなかった。

このような激しい競争を経て入学許可通知書を受け取った200人の子供たちは、選ばれた者の栄光をより多く享受するためにも、生まれ育った家庭の一員としてではなくプライムスクールの構成員としての人格やアイデンティティを形成していった。

14歳で入学し20歳前半に学校を離れるまで、プライムボーイらは学業が与える苦痛や喜びを共に経験する。学業の裏ではお互いの些細な癖を勉強するように習得し、同じものを見て同時に笑い、同時に悲しんだ。そのような感情の同一化がなされる間に、彼らの言葉遣いと身についた態度、眼差しから漂う雰囲気も次第に近づいていった。これらの日々が数え切れないほど繰り返された結果、卒業式の日の少年は6年前の入学式の日の少年とは全く別の人格に変化してしまう。それこそが修練を終えたプライムボーイの誕生だった。

しかし、その変化が皆に喜びだけを与えているわけではなかった。プライムスクールに息子や兄弟を送った家族らは、卒業式の日、誰もが上れない栄光の祭壇の上に立つ血縁を誇りながらも、自分と共通点を見出せない、いつの間にか大人となった彼らに驚き、戸惑い、気軽に近づくことをためらった。プライムボーイたちも自分の学友たちと並んでいる時の方が家族と並んでいる時より自然だった。

以前は、一家が経験するこのような喪失は当然受け入れなければならないことだと思われていた。特に生まれた子供を神に捧げるように、優秀に生まれた息子をプライムスクールという偉大な教育機関に送った以上、一緒に生活することで得られる家庭の些細な喜びは当然諦めなければならないと考えられた。しかし、時代が変わり、徐々に家族というものの価値が向上し、家庭ではまだ幼い息子が名誉ある学校に奪われることを心配し、学校では生徒が家庭の倫理を備えていない欠陥のある成人になることを憂慮し始めた。彼らが遠からず家庭を築いて夫になり、父親になることを考えると、心配はさらに深まった。このため、約10年前に開かれたプライムスクール委員会の定期会議で、1ヶ月に1度生徒を家庭に送り、家族の伝統を習得させるという改革的な決定がなされた。その後、生徒たちは以前よりずっと楽に家庭と学校生活の間でバランスを取ることができるようになった。

家に帰る日を翌日に控えた7月第2金曜日の夜、東の寮の3階の窓にはまだ灯りが点いていた。

ダーウィンは先ほどの就寝の鐘の音にずっと耳を傾けた。いつもと違って、今日は青銅の鐘の音の余韻をもう少し感じていたかった。遠ざかる遥かな鐘の音が手紙にふさわしい文章を見つけるのに役に立つかもしれない。優れた詩人たちも、もしかしたらこうして消えつつある何かをつかもうとして、皆を驚かせる言葉に遭遇するのではないか……。

しかし、見失った本を捜し回るルームメイトのイーサンによって、部屋に留まっていた青銅の鐘の響きはすぐにかき消されてしまった。

「どこにもない。本当に完全に消えてしまった。確かにこの階に犯人がいると思うんだけど」

イーサンは家に持って帰らなければならない本が見当たらないと言い、隣の部屋まで歩き回りながら本の行方を聞いていた。簡単には見つけられそうになかった。本は靴下と共にプライムスクールで所有権を主張しにくい品物のひとつだからだ。

「個人は正当な値を支払ったすべての物に所有権を主張することができる。所有したい欲望は人間の本能であるため、法律がその本能を厳格で形式的な言葉で治める時のみ、構成員同士の信頼が築かれ、社会が安定する。すなわち、所有権が明確な社会は信頼できる社会の証なのである」

この前の法学の授業で教授が個人の所有権をこのように説明した時、誰かがこう聞いて注目を浴びた。

「つまり、誰の靴下であるかをめぐって毎日争う我がプライムスクールは、確かな権利体系を持っていない、信頼できない社会だと解釈してもいいのでしょうか？」

唐突な質問は、靴下をなくしたことも、盗んだこともある多くの被害者兼加害者の笑いを引き出した。〝厳粛な城〟として知られるプライムスクールの中でもこうした軽い嘲弄はしばしば発生した。主に自由が制限された自分たちの立場を自虐したり、学校の閉鎖性を皮肉る内容だった。しかし、いざそのすべての嘲弄の仮面を剝《は》いでみると、平然と栄光のP字バッジを胸につけているような自信に満ちた顔が隠れているだろう。権威的で特権的な学校を嘲笑することで、生徒はより権威的で特権的な人になることができた。

ダーウィンは興味深い意見だと思い、振り返って質問者の顔を確認した。顔は見慣れていたが、個人的に話す機会はなかった西寮の生徒レオ・マーシャルだった。法学の授業を除けば、たまにサッカークラブで顔を合わせるくらいだった。

教授は授業が中断されたことに不快な表情を浮かべながら話した。

「実状がそうであるなら、靴下の所有権強化規則をもうひとつ作るよう校長と委員会に建議しよう。レオ・マーシャル、情報提供ありがとう」

その一言で雰囲気は一気に逆転した。寮や学校で校則がひとつ増えるほどつらいことはなかった。教授の口調があまりにも真剣なため、教授自ら冗談だと明らかにするまで、講義室の空気に恨みの感情がこもっていた。

ダーウィンはたわいもなく過ぎ去ったあの日がこのように鮮明に思い出されることに興味深い気分になり、所有権強化を主張した教授とは異なる代案を提示するつもりで述べた。

「プライムスクールでは本が公共財だということが受け入れられている。だとしたら失《な》くしてないことになる」

「ただの本じゃなく、祖父の書斎から借りてきた初版本だったんだ」

イーサンは残念そうな顔をして机の近くに近寄った。ダーウィンは手紙を自然に裏返して懐の近くに隠した。イーサンが肩越しに聞いた。

「ところで、お前はさっきから何を書いているんだい？」

ダーウィンはとっさに言葉を作り出した。

「たいしたことじゃない。ただ……家から持ってくるものに、忘れ物がないか書いていたんだ」

イーサンは一緒に考えてあげようと考え込み、しばらくして、すごい発見でもしたかのように声をあげた。

「あっ、〝古いもの〟のイベントに出すものを忘れたんじゃないか？」

手紙を書いている事実を隠そうとした言い訳だったが、そういえば〝古いもの〟のイベントをすっかり忘れていた。もし、イーサンが言ってくれなかったら週末に家で古いものを探すことも考えられなかっただろう。ダーウィンは「正解だ」と言い、イーサンに向かってこぶしを突き出した。イーサンはこぶしを突き合わせながら「やっぱりいいルームメイトだろう？」と意気揚々とした。

しばらくしてイーサンがベッドに横になり、完全にこちらを気にしてないことを確認し、ダーウィンは裏返していた手紙をすぐに表にした。ばれたくないという考えからか、自分のしていることを不純に感じた。もしくは素直にこの思いを伝えたい気持ちが強いがために、ためらいさえも異物のように感じられた。ダーウィンはスタンドの明かりで便箋を照らしてみた。便箋にかすかについた手の跡がひょっとして汚く見えるのではないかと心配になった。

僕が急に手紙を渡して驚かないか。毎年、追悼式で見かける度に声をかけようとしたが、なぜかすれ違うばかりで、毎回限られた中でその機会を探す時間を浪費するくらいなら、手紙を書いたほうがいいと思った。今回も声をかけることができなかったら、また1年待たなければならないから。

机に座って1時間が経ったが、単語ひとつひとつを選ぶのに心血を注いだため、手紙はまだ導入文すらできていない。ダーウィンは法学の論述試験の答案よりも、自分の心を込めた小さな手紙1枚を満たすことのほうが、はるかに難しく感じた。

ダーウィンは外部の人々がプライムスクールに持っている偏見を知っていた。プライムボーイが表現できる感情というのは理性の水準を超えることはできず数学者や法学者にはなれるが、決して詩人にはなれないという偏見だ。

ダーウィンは初めて、自分の理性と感情のバランスが崩れて数式のように割り出せない経験をしていた。法学の時間ほどではなかったが、作文の時間もそれなりに楽しかった。しかし、今日は人々の偏見を受け入れなければならないようだった。素敵な言葉で手紙の1行を埋めることが、こんなに難しいことだとは思わなかった。ひと晩で母国語がカタコトの外国語になったようだった。

次の文章が思い浮かばないので、ダーウィンは机の壁に貼っておいた外国語の変化表を外して、その中に隠しておいた写真を眺めた。

2年前の体育大会の時、学校の行事を記録する生徒会の撮影チームが観覧席を撮った写真だが、運命的にもその中にルミがいた。ルミはプリメーラ女学校の制服を着ていてさらに目を引いた。もちろんルミならどんな服を着て群衆の中に紛れていても一番目立つはずだ。

「君は唯一で特別だ。これまでこの地球に一度も存在したことのない新しい生命体のように。君の瞳、頰、唇、肩を作り出した神は一生かかって、君ひとりだけ作り上げたに違いない」

舌先に漂う恥ずかしいささやきを便箋にそのまま移すことができれば、写真では見えないルミの腕と足、魂まで褒め称えながら、躊躇《ちゅうちょ》なく便箋を埋めることができそうだった。ダーウィンはその即興的な感情に任せ、「君にまた逢うまでの1年は永遠のように長い時間だ」と書いたが、あまりにも突然の告白のようで跡形もなく消してしまった。まだ気持ちを告白することができなかった。

ルミとは親同士に付き合いがあるので顔なじみになっているだけで、最悪の場合にはすでにボーイフレンドがいるかもしれない。〝ルミ・ハンターのボーイフレンド〟という存在を思い浮かべると、ダーウィンはその存在に自分が消されてしまうような気分だった。一度も感じたことのない一方的な敗北感だった。ダーウィンはルミの父のジョーイおじさんが娘の異性交際に厳格であることを望み、再びペンを取った。

「ずいぶん前から君と友達になりたかった。ルミも僕と同じ考えをしたことがあるなら、今夜、僕の家に電話してくれるかい？

もう一度ジェイおじさんに祈るよ。おじさんの追悼式を利用して君に手紙を渡すのが礼儀に反するという心配もあるけど、一方で僕たちが友達になれば、天国のおじさんも喜んでくれるだろう、ジェイおじさんは僕達を会わせてくれた方だから。

僕の手紙が不快だったらそのまま捨ててもいい」

ダーウィンは最後の列に自宅の電話番号を書くことで手紙をまとめた。捨ててもいいと書いてはいるが、いざルミがゴミ箱に便箋を捨てる想像をすると、出港したばかりの船の帆が風で引き裂かれるのを見ているような気分がした。しかし、ダーウィンは悲観的な考えに長く押さえつけられないことを決めた。とにかく明日は家に帰る日で、1年ぶりにルミにまた会う日だった。険しい風を予告する星はどこにも見えなかった。

むしろ、目的地に決めた家の全景とルミの顔が加わり、大成功の航海へと導く心地よい風を感じられた。ダーウィンは先にに眠りについたイーサンの後に続いて電気を消し、ベッドに入った。目を閉じると鐘の音が暗闇の中で再び長く鳴り響いた。

ネクタイ

ネオン川が見下ろせる緩やかな丘に沿って長く続く〝クルミ通り〟は1地区を代表する高級住宅地域のひとつで、特に政府官僚が多く住んでいることから〝頭脳〟という別称で呼ばれた。ここのクルミの木は家主の来歴によってそれぞれ寿命が異なり、まだ苗木に過ぎないものもあれば、樹齢を推定しにくい古木もあった。空を覆うほど鬱蒼《うっそう》としたクルミの木がある家は、それだけでも自然にその家の主人たちが代々にわたって国と結びついてきたことを連想させ、人々に威厳や近寄り難い高貴さを植え付けた。

官僚たちが各自の庭園にクルミの木を植える伝統は、国家が今日のような構造になった時代からだと言われている。多くの樹木の中でなぜよりによってクルミの木を選んだのかは明らかにされていないが、木材や実が有効に使われるクルミが効率性を重視する官僚たちの好みに合っていたという仮説と、実利よりもむしろ子孫を意味するクルミの実の神話的象徴性が、建国の英雄たちにより大きなインスピレーションを与えたという推測がつたのように絡み合っていた。事実が何であれ、それぞれの説明はそれなりの妥当性を持っており、豊かな逸話がクルミ通りの伝統をさらに深めていた。

文化教育部次官のニース・ヤングの2階建て邸宅は、クルミ通りのゆるやかな坂を上って丘が平地のように平らになった所に位置していた。外観の装飾を最小限に抑えた直線構造とガラス張りの2階の窓が、隣の古風な邸宅に比べて現代的な雰囲気を漂わせているが、周辺の雰囲気とかけ離れた違和感を与えるほどではなく、この家の主人は若い官僚ではないかという爽やかな推測を抱かせる。

7月の第2土曜日、ニースは午前中に庁舎に行って仕事を処理し、約束の時間に合わせて3時ごろ家に戻った。法的に当然享受すべき余暇だが、2年前の春、文教部次官に任命されてからは、土曜日は国家に返上したも同然だった。法定労働時間と土曜日の休暇は、実態は職級の低い公務員だけが享受できる権利である。幸いなのは独身という個人的状況だった。配偶者のいる男が抱く、家庭より仕事を優先することで生じる妻に対する一種の罪悪感から免除されたということだ。しかし、それはもちろん夫の役割だけを考えた場合であり、父という立場では仕事のために息子に多くの関心と時間をかけることができず、いつもすまない思いだった。

時間に関してはプライムスクールに通う息子の方が自分より味気ない環境に置かれていると言えるが、ニースはお互いの時間の不足を挽回するために、息子がプライムスクールから戻ってくる第2週の土曜日だけは、必ず一緒に過ごそうとした。今日も時差を考慮せずに送られてきた外国からの書類さえなかったら、息子と過ごす休日の半分を仕事に割くことはなかっただろう。

今日はジェイの30回目の追悼式の日だった。ニースは腕時計で時間を確かめた。多分、今頃ケータリングの従業員が追悼式の準備を始めているだろう。

家に帰ると、ソファーの近くに横たわっていたベンが夢中になって飛び込んできた。息子がいない時、家にこれほどの愛情を与える存在は他にいない。ベンは息子同然だった。ニースは「ダーウィンが家に来て興奮しているんだな」とベンの頭を撫でた。続いて出てきた家政婦のマリーが「全く、次官の洋服が全部駄目になるじゃない」とベンを離した。ニースは服についたベンの毛を軽く払い落として「ダーウィンは？」と聞いた。マリーはベンが動けないように押さえながら「追悼式に行く用意をしているみたいですが、お呼びしましょうか？」と言った。ニースは「いや、私も用意しないといけないから」と言って部屋に入った。

行くのにかかる時間を考慮すればまだ1時間余りの余裕があった。ニースはジャケットからネクタイ、シャツ、ズボンまですべてを脱いでバスルームに入った。もともと追悼式にもふさわしい格好をしていたし、シャワーを浴びるほど汗をかいたわけでもなかったが、時間をかけてきれいに体を洗う。もちろん水で洗い流しても心まできれいにならないことは分かっていた。ジェイの家に入る前に身についた官庁のにおいを消すことができれば幸いだった。

シャワーを浴びたニースは、いつも使っている軽い香りの香水をつけて新しい服に着替えた。そして、髪をセットするためにベッドの横の全身鏡の前に立った。鏡の中にきれいな身なりの男が立っていた。どこから来たのか、何をしているのか、どんな気持ちなのか分からない見知らぬ男だった。ただ、歳を取り過ぎているように見えた。鏡に反射した日差しにニースは苦笑いした。ジェイに比べると確かに年をとりすぎている。

「できたかい？　そろそろ出かけないといけないのだが」

4時前にニースは2階に上がって息子の部屋のドアをノックした。中から「どうぞ」という声が聞こえた。ドアを開けると、ダーウィンは鏡に張り付いてネクタイを締めていた。

「まだ準備できてないのか？」

ダーウィンは鏡を通して、探求心を持った眼差しで答えた。

「ネクタイが、思ったようにうまく締められなくて」

ニースは「どれどれ」とダーウィンのネクタイを見て、「いいじゃないか」と言った。うわべの言葉ではなく、実際にけちをつけるところがなかった。毎朝プライムスクールの制服を着ている子供がネクタイひとつ締められないはずがなかった。それでもダーウィンは、「だめです。ほら、対称じゃないじゃないですか」と言い、不満げな表情で再びネクタイを外した。

その時、ダーウィンと自分の姿が鏡に映るのを見たニースは、思わず口元がゆるんだ。

時間とは時々この鏡のように、現在の中にいつも過去を抱いているのだろうか。

中学校に入学して間もない日曜の朝、押入れの鏡の前に張り付いてネクタイを締めていた自分の姿が思い浮かんだ。

「礼拝に遅刻をしたいのか。それくらいにして早く行こう」

「いくらやっても変なんです。お父さんが代わりに結んでくれませんか？」

その時の自分もやはり後ろに立って催促する父に、「もう少し、正確に対称でなければならないんです」と意地を張った。子供のころの自分は対称なんて学問的用語をうまく使うこともできずに、ネクタイのような形式的な服装にも何の関心もないちょっとのんびりした性格だったが、妙にその日だけはダーウィンのように歪んだネクタイが気になって仕方がなかった。もしかしたら当時、好意を抱いていた女の子と教会で出くわすことを期待していたからかもしれない。

内心は、本当に頼もうと思っていたわけではなかった。フランクな父が普段ネクタイをあまり締めないことは、自分が一番よく知っていた。ただビジネスでいつも外国に出ていた父が短い日程で久しぶりに家に帰ってきたので、甘えたい気持ちで言ったのだった。

それに気づかず父は説教をした。

「ネクタイなんてどうだっていいじゃないか。男がそんな些細なことを気にするな。母さんに頼もうなんて思うなよ。自分でできる範囲ですればいいんだ」

その日の鏡に映った父の顔と、耳元に聞こえた父の声を昨日のことのようにはっきりと思い出す。叱られたものの、その時はまだ父のことが恨めしくなかった。父の言うとおり、男はネクタイなど些細なことにこだわってはいけないと思った。友達の父親と違って、教師的じゃない父の態度はむしろ誇らしかった。そう、その時は父を誇りに思っていた。尊敬して愛していた。父を憎むようになったのは父がネクタイを直してくれなかった理由が分かった時だ……。いや、それよりもその理由を隠すために私がしたこと——。

「お父さん」

我を忘れて過去へと連れて行かれていたニースは、自分の物思いを阻む声を聞いて顔を向けた。ネクタイを締め直したダーウィンが「これも気に入らない」と言って前に立っていた。突然訪れた過去との境界からか、一瞬、息子を自分だと勘違いしたニースは、かすかに聞こえる時計の秒針の音で我に返った。

「いつもうまくいっていたのに、変にうまく締められない日があるよな。どれどれ、見てみよう」

ニースはダーウィンの首に向かって手を伸ばした。愛する息子に対する単純な好意かもしれないが、もしかしたら自分も知らないうちに父の二の舞を演じないという断固たる決心をしたのかもしれない。父ははずれたネクタイを直してくれなかったが、自分は息子が苦労している問題を喜んで解決する。教会の入口に入る前に、優しい言葉で勇気を与え、ネクタイを直してくれた母のように。

ニースはダーウィンと向き合い、片方に少し傾いているネクタイを直して聞いた。

「でも、今日はどうしてこんなに気を使うんだ？」

「服装に気を使わなければならない日じゃないですか」

「でも去年まではそうじゃなかったと思うけど」

「その時は15歳で、今は16歳ですから」

ダーウィンはネクタイでは足りないのか、「僕も香水をつけたほうがいいですか？」と突然尋ねた。ニースはまだ1歳年をとっただけなのに大人ぶっている息子に笑いが出た。

「どうして？　香水がなくてもいい香りがするのに。年を取れば嫌でも必ず吹きかけなければならない時が来るというものだ」

「その時になったら、お父さんが使っているものを使います」

「光栄だな」

鏡でネクタイを確認したダーウィンは「完璧です」と満足げに笑った。そして、いつネクタイと格闘していたかというように、「遅れる前に早く出発しないと」と言いながら外に走り出た。

明るいダーウィンの姿を見て、ニースはまた笑った。階段を降りる息子の軽快な足音が、眠っていた家を起こすようだった。ニースはダーウィンについて行くためにドアに体を向けた。ところがその瞬間、急に動けないほど沈鬱な気分が押し寄せてきた。

広々とした窓のダーウィンの部屋は、1階よりもはるかに多くの日が入る。窓から差し込む光が部屋の中の物に触れて床のあちこちに幾何学模様の影ができていた。最も明るい光のそばで最も暗い影が作られている。光と闇で荒々しく彫刻された世界のようだった。ニースは手のひらほどの破片の上にひとりで立っているかのような気分になり、どこへ踏み出したらいいのか分からなかった。

その時、遠くからダーウィンの叫び声が聞こえた。

「お父さん、何をしているんですか？　行きましょう」

ニースは息子の声が自分を導いてくれる救いの信号であるかのように、戸惑っていた足を辛うじて1歩ずつ動かして部屋を出た。

追悼式

暖炉の前に立てられたジェイおじさんの写真の前に花を捧げて帰ってきたダーウィンは、居間の片隅で追悼客たちの交わすささやきを聞いて、そちらに顔を向けた。近所の住民とみられる中年の女三人が、とても生き生きとした顔で互いのアクセサリーをほめていた。彼らだけではなかった。居間や廊下、食堂のあちこちで立派な美術品と良い家電製品について真剣な話が交わされていた。

ダーウィンはそのような世俗的な会話を窮屈に思い、追悼客が交わす言葉がハンター老夫婦の耳に入らないことを望んだが、ただ彼らを非難することはできなかった。亡くなって30年が経った人の追悼式なら、ろうそくを持って嘆くよりも、彼を思い出す人が軽く酒を飲んで親睦を深める方が一方では自然かもしれないからだ。この追悼式を完全にジェイおじさんのための時間ではなく、ルミとの出会いの機会にもしようとしているのだから自分も彼らと同じだった。

ダーウィンは辺りを見回した。30年が経った今まで、追悼式の敬虔さと厳粛さを固守している人は、ジェイおじさんの家族の他には父1人だけだった。

「今年でジェイが私たちのそばから離れて30年経ちました。私もそうであったように、ジェイと同じ年齢の子供たちは、みんなひとつの家庭の夫であり、父親になりました。しかし、私は毎年この場に立つと、また16歳に逆戻りするような気がします。実は少し前に玄関から入る時も、まるでジェイが直接ドアを開けてくれて、笑顔で迎えてくれるような錯覚を感じました。それはおそらくジェイの痕跡が残るこの家を30年間変わらず守ってくださる立派で思慮深いご両親のおかげでしょう……。彼の人生は短かったですが、私にとってジェイは人生の師です。私はジェイの人生を通じて、死は決して終わりではなく、死後の人間の人生は再びふたつに分かれるということを知りました。跡形もなくこの世から忘れられたり、愛した人々の記憶で永遠に生きていたり……。私を含め、今日この場に集まってくださった皆さんにとってジェイはどの道を進んだのかを知らせる標石です。どうかいつまでもジェイ・ハンターのことを覚えていてください」

ダーウィンは旧友の死に対する父が固守する厳格さが好きだった。死を尊重するということは、それだけ生きることを尊重するということで、生を尊重するということは、人間を心から愛するという意味だった。

追悼の辞が終わった後、ダーウィンは父とともにジェイおじさんの両親であるハンター老夫婦と弟であるジョーイおじさん夫婦に挨拶に行った。ジェイおじさんの父親のハリーおじいさんは若い頃は有名なカメラマンだったが、70歳頃に発症した認知症で、今では人のことをほとんど覚えていない。

挨拶をするとハンター老夫人は、ハリーおじいさんを見ながら言った。

「今年の追悼式にもニースが大きな力になってくれました。私はもう気力がなくて、ひとりではこんなに多くのお客さんをもてなせません。ニースが花から食べ物まですべて準備してくれてどんなに楽だったか。早くありがとうと挨拶してください」

ハンター老夫人が支えながら挨拶を勧めると、ハリーおじいさんは奥さんを振り返り、「今日は家にいるんだよな？　そうだよな？」と取り留めのないことを言った。老夫人がすまなそうな表情で顔を赤らめた。それに気づいた父がさっと、「おじさんは依然としてお母さんに夢中になっているようですね」と老夫人の恥を自然と誇らしさに変えてくれた。ダーウィンはそんな父を誇りに思い、父が人々に接する態度を学びたいと思った。

当のハリー氏本人は自分の過去を忘れていたが、おじいさんの正装の胸についている勲章はどんな言葉よりもおじいさんの輝かしい時代を凝縮して物語っていた。文化芸術家のうち、社会の発展に多大な貢献をした巨匠たちに政府が授与する勲章。このように近くで見るのは初めてだったので、ダーウィンは鳥を象《かたど》った金バッジを注意深くのぞいた。

ふと「ハリー・ハンターさんが勲章を受けるのにニースが大変力を注いだんだな」と言った祖父の声が思い浮かんだ。父が文教部次官に任命されてまもなくだった。祖父は不快な表情で、「重要な公職に就くやいなや、友人や父親のために権力を使ったのは軽率な行動だ」と述べた。「不法ではないが、後に大統領選のような重要な瞬間が来た時、人々の間で話題になることだ」と言い、「あまりにも気が弱い」と舌打ちした。ダーウィンは父を心配する祖父の心は理解したが、今日祖父もここに来て今は記憶を失ったこの力のない老人を見ていたら、文教部次官就任時の息子の行動に、よくやったと父を褒めたであろうという確信があった。

腰の曲がったハリーおじいさんの体には、若かりし時の栄光は少しも宿っていなかった。おじいさんの全盛期を証明できる物は胸に付けられた新しい勲章が唯一だった。若い息子と栄光の記憶を失った老人から、あの小さな金色の鳥まで飛んでいってしまったらとても侘《わび》しいだろう。

ジョーイおじさんが握手を求めてきた。

「ダーウィン、ありがとう。プライムスクールの生徒が忙しいのは世間の皆が知っているのに、忘れずに今年も参列してくれて」

ダーウィンはジョーイおじさんの手を取りながら、こっそりと周りを見回した。ルミの姿は見えなかった。ダーウィンは失望の念を隠して答えた。

「当然のことです」

「当然のこととは。君くらいの年齢で、こういう場に来るのがいかに気まずいことか知っているよ」

「この15年間、出席していたのに急に来なくなったら、そっちの方が気まずいです」

うわべではなく本心での言葉だった。15年間、一度も欠かさずジェイおじさんの追悼式に出席してきたが、今になって行かなければ人生の一部分が中断された気がするだろう。もちろん1、2歳の時の記憶まではなかった。だけど、その頃の自分と一緒に追悼式に参加した人たちが「あの時ダーウィン、君がどんなに泣いたか知っているか?」「ジェイの追悼式ではなく君の涙をなだめる祈願式だった」「ろうそくが多すぎて怖かったんだろう」と伝える話を聞きながら、実際には覚えていない時間までも記憶の枠の中に入れることができた。

はっきりと思い浮かぶのは、おそらく5歳の時の追悼式からだろう。父に付き添いジェイおじさんの写真の前に花を捧げた場面が頭に残っていた。もちろんその時、その花の持つ意味までは正確に分からなかった。追悼式がどんなものであり、ジェイおじさんがどんな人であるかをはっきり自覚したのは8

歳の時だった。漠然と死んだ人はみんな年取った人だと思っていたので、写真の中の男があまりにも若いという記憶が強烈に残った。

ハンター老夫人は周りを見回し、「うちの赤ちゃん虎はどこに行ったのだろう？　来客に挨拶もせずに」と述べた。するとジョーイおじさんが「赤ちゃん虎って……。お客さんもいるのに、どうかそんな呼び方はしないでください。もう16歳ですよ」と少し文句を言うと「食堂でケーキでも食べているようですね」と言った。

ダーウィンは〝赤ちゃん虎〟がルミのことを指していると知っていた。赤ちゃん虎とは、ルミにふさわしい愛らしい愛称だった。

やがてハンター老夫人は近くにいる客にことわりを入れた後、息子夫婦と共に夫を支えて部屋に入った。父がその後ろ姿を見ながら気の毒そうに、何かを懐かしむ声で独り呟《つぶや》いた。

「以前のおじさんは私たちの英雄だったのに……」

ダーウィンは思い出に浸った父が、一瞬だが幼い子供のように感じられた。

その時だった。

「感動的な追悼の辞だった。君の話を聞くと本当にジェイがこの家にずっと住んでいるような気がしたよ」

ダーウィンは後ろを振り返った。見知らぬ男が父に近づいてきた。ダーウィンはその男を発見した父の顔が一瞬こわばるのを感じた。父の一度も見たことのない表情だった。しかし父はすぐに「久しぶりだな」と笑いながら男に握手を求めた。暗かった刹《せつ》那《な》の表情は、全く予測してなかった人と出くわしたことに当惑したためだったようだ。

男は父が差し出した手にためらうそぶりを見せたが、すぐに握手に応じて父と同じように微笑《ほほえ》んだ。

「久しぶりだな、なんて25年ぶりに会った友達への挨拶にしてはとても寂しいな。ジェイには切ない立派な追悼文を書いているのに」

「もう25年が経ったのか？　そういえば高校を卒業してお互いに違う大学に進学してからは会ってないかもな。それでも活躍は新聞で見ている。いつもいい話ばかりだから心配することはなかったよ」

「いつもいい話ばかりなのはニース、君だろう。歴代で最も若い文教部次官とは……。数年後には長官の座にもつくだろう。幼い頃に想像できたことか？　あの空想家ニース・ヤングが公務員になるとは誰も思わなかっただろう」

ダーウィンは男性の言葉が多少攻撃的ではあるが、その中に父への愛情があることを感じた。男の皮肉は、久しぶりに会った大人同士のいたずらのようだった。ダーウィンは父の子供時代を親しく語る男の正体が気になり、父がその男を紹介するのを待った。軽く微笑み「子供の頃はみな空想家だ」とあっさりと言った父は、自分へ注がれる好奇心に満ちた目つきを一歩遅れて認知し、男に話した。

「あ、紹介が遅れたな。私の息子、ダーウィン・ヤングだ。ダーウィン、お父さんの学生時代の友人だったバズ・マーシャルだ。挨拶して。お前も聞いたことあるだろ？　バズメディアって。そこの代表なんだよ」

ダーウィンは「こんにちは」と先に挨拶し、バズおじさんと目を合わせた。視線を合わせたおじさんは、一瞬何かに驚いたようにびくっとしながら、やがて観察するように長く視線を合わせた。ダーウィンは自分を見つめるおじさんの視線が多少度が過ぎているような気がしたが、ずっと目を合わせていると、負担よりはむしろ温かい感情が伝わってきた。

バズおじさんがすぐに握手を求めてきた。

「そうか、よろしくな。いくつだい？」

ダーウィンは握手に応じ答えた。

「16歳です」

おじさんは「自由を一番望む年だな」と冗談交じりに付け加えた。

「お父さんが文教部次官だったら家で一緒に暮らすのはかなり息が詰まるだろうな」

すると父はニヤリと笑いながら「子供に無駄な冗談を言わないでくれ」と答えた。ダーウィンは子供の頃の友人と打ち解けて話をする父を初めて見た。その姿はかなり新鮮で興味深かった。

「そんな暇もないです。全寮制の学校なので1ヶ月に一度しか家に帰って来れないんです」

「月に一度家に帰る学校だとすると……。プライムスクールに通っているのかい？」

ダーウィンはプライムスクールに通っていること を明らかにする度に、人々が見せる誇張された反応に少し負担を感じていた。それは個人的な成就であって、決して他人に称えられるようなことではない。ダーウィンは〝プライムスクールに通っていることへの興味〟に会話が惑わされないことを望み、「はい、3年生です」と答えた。ところが、おじさんの反応は一般的な賛辞ではなく、むしろこちらの驚きを呼び起こすものだった。

「うちの息子もプライムスクールに通っているんだけど、レオ・マーシャルといって、あいつも3年生なんだ。会ったことはあるかい？」

ダーウィンはこの前、法学の時間に印象的な質問をした西寮の生徒がおじさんの息子だということに驚いた。そういえば苗字が同じで、ふたりの雰囲気もどこか似ていた。ダーウィンは昨夜イーサンの本が行方不明となり、授業時間のエピソードを偶然思い出したのがまるでこの出会いのための暗示だったかのようで嬉しく答えた。

「寮が違うので会う機会は少ないですが、法学の授業を一緒に受けています」

おじさんは「面白いね」と言って妙な表情を浮かべた。

「お父さんと私はBプライム出身なのに、息子たちはプライムスクールに通っているなんて。ニース、こういうことはほぼないんじゃないかい？ プライムスクール委員長だからよく知っているのではないかい？」

おじさんの話し方はどことなく冷笑的だった。父は「時代がずいぶん変わったから」と応えた。

「自分の才能さえあれば、父親の出身は関係ない。実際、2、3地区の子供たちもいるのに……」

「いると言ったって世間体の頭数を揃えるくらいだろう。時代が変わってもプライムスクールの高い壁が低くなるはずがないだろ？ まあ、それがあの学校のアイデンティティだけど、どんなに高いか見つめるだけで首が痛いよ」

父はプライムスクール委員長として学校についての話が引き続き出てくるのが負担なのか、話題を他に移した。

「レオが学校に通っているのは知っていたよ。委員長になった後、在学生リストでレオ・マーシャルという名前を見つけた時、まさかと思ったが、バズ、君が息子をプライムスクールに行かせるとは思わなかったよ」

「私の考えとは無関係だ。勉強に興味もないやつがいきなりプライムスクールに行くと言って一番驚いたのは私だったからな。まあ、なにしろ何を考えているか全く読めないやつで……。でもレオが私の息子だと分かったんだから、ダーウィンに話をしてみてよかっただろう？　父親たちを継いで子供たちも友達になってくれれば嬉しいことじゃないか」

「そうだな。考えてみたことはあるが、ダーウィンと会う日があまりにも少なくて忘れていたようだ。まあ、これからも機会があるだろう。それに、まだ子供たちなのに親を通じて紹介してもらうよりは、自分たち同士で自然に付き合うのがいいじゃないか」

おじさんは「そりゃそうだ」とうなずきながら言った。

「ちょうどこういう話が出たから良かった。ニース、実は私が今日ここに来たのはジェイの30周年追悼式のためでもあるが、半分はプライムスクールのためなんだ」

父はまるで見当のつかない話だというような声で聞いた。

「プライムスクールのためだって？」

「実は今年初めにチャンネル1でクリスマスに放送するドキュメンタリーを依頼された。この前、国際フィルムフェスティバルで賞をもらったのが効果があったらしい。テーマは何でもいいが、普段よりはいくらか〝穏やか〟なのがいいそうだ。放映日をクリスマスと指定されなかったら、私も〝穏やか〟という言葉に軽く笑ってしまっただろう。ところが、クリスマスってのは思ったよりかなり負担になったよ。ゲリラのインタビューなどで、ホワイトクリスマスをブラックにしたくない。それで、これまでテーマも決められず時間だけ浪費したが、この前ネオン川周辺を散歩していた時、急に思いついたのさ。

プライムスクールのドキュメンタリーを作ろうと。チャンネル1の方でも大賛成だったよ。当然だろう。プライムスクールは霧の中の城のような場所だから、その中にカメラを向けると〝穏やか〟ながらも、型破りな作品になるんじゃないか？　それで学校側に撮影許可を要請したが、委員会が先に許可しなければならないというのだ。事実上拒絶に等しい話し方だった。私も委員会に知っている人脈がいなかったら、他の方法を探してみただろう。だがそんなことをする必要もなかった。その委員会の委員長は、そう、私の友人のニース・ヤングではないか」

幼い頃の癖なのか、おじさんは父の肩を軽く握って振りながら言葉を続けた。

「それで君の事務室に電話をしたが、秘書なのか補佐官なのか、なんと1ヶ月後に面談するようにしてくれたよ。あいつはドキュメンタリー制作を、今日撮って明日放送する物だと思っているらしいよ。そうでなくても1年の制作期間のうち、もう半年分を腐らせたのにこれ以上時間の無駄使いをするわけにはいかない。だからここに来たんだ。君が30年間、ジェイの追悼式に出席しているということは噂でよく知っていたから」

おじさんの高揚する口調とは違い、父は物静かな声で話した。

「バズ、悪いがここで仕事の話はしたくない。今日は家族で追悼しながら過ごす時間だ」

「ただ仕事の話だけではないはずだ。プライムスクールはジェイにも意味がある所だから」

私用で近づくおじさんに、父は「プライムスクールを部外者に開放するかどうかは私ひとりでは決められない」とか、「名前だけの委員長であって、実際、私が持つ権限というのは……」と述べ、公的な問題に変えた。

ダーウィンはプライムスクールをめぐって交わされる2人の会話が興味深かったが、いつまでこの場にいなければならないのか困った。ずっとここに縛られていては、ルミに手紙を渡すタイミングを逃してしまうかもしれない。

ダーウィンは会話が途切れた隙に「お父さん」と静かにささやいた。視線が合うと、父はその場を離れたがるこちらの心の内を察知して、それができるように自然に切り出した。

「ああ、そうだな。私たちはもっと話をしなければならないようだ。ダーウィン、君はあっちへ行って何か食べたらどうだ？　ケーキがおいしいそうだけど」

ダーウィンはおじさんに「お会いできて嬉しかったです」と挨拶した。父を説得するために興奮で顔がやや赤くなったおじさんは、すぐに笑みを浮かべて「私も会えて嬉しかった。ダーウィン、近いうちにまた会えたらいいな」と言った。ダーウィンは自分が背を向けるやいなや、「ニース、25年ぶりの再会なのにあまりにも防御的なんじゃないか？」と父に向かって残念そうに言うおじさんの声を後ろにして、居間の方へ歩いていった。

父が追悼の言葉を述べる時にルミが家族と一緒にいたのを見かけたが、ある瞬間からその姿が見えなくなった。ダーウィンは静かに居間をあちこち移動して追悼者の姿を見回した。黒い服を着た普通の追悼客たちと違ってルミはプリメーラ女学校の夏用の制服の白いブラウスに緑色のスカートを着てリボンタイを締めているので、どこにいてもすぐに目につくはずだった。もちろん、ルミが目につくのはその明るい色のためではなかった。世界で最も暗い色の服を着ていても、ルミはまぶしい光を放つだろう。

ジョーイおじさんの言う通りにケーキを食べているかもしれないので食堂に行ってみたが、ルミは見えなかった。接客を担当しているスタッフがデザートを勧めてくる。ダーウィンは失望と共に丁寧に断り、食堂を出た。客間にも庭にもルミはいなかった。晴れた日だったので、ルミは他の約束があって先に追悼式場を出たのかもしれない。ふたりになれる時間だけを待っていたが、チャンスがあった時にルミに手紙を渡さなかったことに手遅れながら後悔をした。その後悔が足されたからか、手紙を入れていたジャケットのポケットが重く感じられた。もうルミを探すところはほかにないようで、ダーウィンは父のところに帰るため、家の中に戻ろうとした。ところがその瞬間、廊下の端に2階に上がる階段が目に入った。

毎年ハリーおじいさんの家を訪れるが、これまで2階に上がったことは一度もない。幼い頃、よく知らずに階段を上ったことがあるが、それを見た父が手を取り「お客さんは1階に留まるのが礼儀だよ」と教えてくれた。

ダーウィンは自分を見ている人がいないのを確認し、階段に足を踏み入れた。今はひとりで2階に上がっても問題を起こす年齢ではなかった。静かに上がって静かに降りれば、無礼な行動にはならないだろう。

2階に上がると、1階の騒ぎが遮断され、周囲は物静かだった。階段ひとつで別次元の世界に入ってきたようだ。2階には部屋がみっつあった。階段の方から近い部屋を開けてみたら、箱や掃除道具のようなものがドアのすぐ前まで積み上げられていた。向かい側は他のふたつの部屋とドアの色が違っていたが、1階のトイレのドアの色と同じで、ここもトイレのようだった。もしかすると、ルミはここにいるかもしれない。もしそうであったらトイレのドアのすぐ前で待つのは失礼だ。

ダーウィンは少し離れたところにいなければならないと思い、奥の部屋の方に歩いた。近くで見ると、部屋はドアが少し開いている。ダーウィンはドアの隙間から好奇心で中をのぞいて、思わず声をあげてしまった。その音で中にいた人が顔をこちらに向けた。

真心の追慕

人の気配を感じたルミは、ベッドで体を半分起こしてドアの方を見回した。ドアの隙間にひとりの男の子が立っているのが見えた。部屋から出て来いと言いに来た父だと思っていたので、ひとまず安心して男の子に目を向けた。

知り合いの子だった。毎年ジェイ伯父さんの追悼式を行うニースおじさまの息子であり、プライムスクールの生徒だった。ルミはダーウィンが2階まで上がった理由は何だろうかと思い、その答えを求めるようにじっと見つめた。ところがダーウィンは、むしろ自分がもっと驚いたかのように何も言わずに立っていた。

「誰を探しているの？　ここは私しかいないのに」

沈黙状態の対峙があまりにも長くなりそうで、ルミは仕方なく先に口を開いた。するとダーウィンは意外にも自信のない声で「1階に人が多すぎて……」と答え、何かを恥じ入るようにうつむいた。

ルミはダーウィンをいぶかしく思った。プライムボーイは王位を継ぐ後継者のように、誰の前でも自信満々で傲慢《ごうまん》に振舞うのが一般的だった。そんな態度に誰かが傷ついても叱咤《しった》されなかった。むしろ王冠を落とさないように頭をもっとまっすぐ立てるのが正しい行動と思われた。ところが今のダーウィンの態度は、まるで自分の頭上にはそのような王冠が載せられていないというふうだった。

そういえば、以前にもダーウィンから今と似たような印象を受けた記憶が思い浮かぶ。２年前、ダーウィンがプライムスクールに入学した年の追悼式の時だった。厳《おごそ》かなムードに反し、盛大に祝う追悼客に向かって、ダーウィンは簡潔な感謝の挨拶で応対し、彼らの関心を自分ではなく追悼式に向けた。あの日のダーウィンは信じられないほど謙虚だった。あの時の記憶と今の姿が重なると、ルミはもしかしたらダーウィンがジェイ伯父さんと似た精神を共有しているのかもしれないという気がした。プライムスクールの入学試験に合格したにもかかわらず、プライムスクールに行かなかったジェイ伯父さんのように、ダーウィンも自分を完成させていく過程で外的な支援はそれほど必要ではないのだ。

ダーウィンにジェイ伯父さんと同じ一面を発見し、ルミは急に友好的な気持ちが芽生え、ダーウィンの言葉に答えるように言った。

「そうね、30年前に死んだ少年の追悼式にしては人が多すぎよね」

ダーウィンが子供のような態度で答えた。

「まだみんなジェイおじさんを恋しがっているから」

ダーウィンの無邪気な返事に、ルミは笑ってダーウィンが勘違いしている点を正しく教えてあげた。

「そうじゃなくって、実はみんなケーキを食べに来たのよ。あなたのお父さまはいつも最高級のケータリングを用意してくれるから。あるいはあなたのお父さまに挨拶する目的なのかもしれないしね。野望のある父兄たちにとって、今日という日は文教部次官でありプライムスクール委員長でもあるあなたのお父さまに会える大きな機会じゃない」

ダーウィンは何も言わなかった。ルミはダーウィンに向かって右手を広げながら言葉を続けた。

「あの下に本当に伯父さんを慕っている人は、この指の数より少ないはずよ。祖母、祖父、あなたのお父さま、そして……終わり。この3人がすべてよ」

残った指2本をそのまま伸ばしたままルミは再びベッドに横になった。いつも考えていたことだが、口に出すと何だかもっと寂しい気持ちになった。しかし、厳密に言えば、その3人でさえ本当にジェイ伯父さんを追悼しているわけではなかった。真の追悼は決して悲しむものではない。泣きながら花を捧げるものでもない。真の追悼とは、伯父さんの死を覆っている不審なカーテンを取り除くために力を出して立ち上がることだった。伯父の写真の前に美しい花ではなく、醜悪でも真実を明らかにした新聞の一部を贈呈することだ。そのような点からすると、自分を除くすべての人が追悼客の資格に及ばないようだった。

ルミは目を閉じてジェイ伯父さんの存在を感じた。伯父さんが横になっていたベッド、伯父さんが呼吸していた空気、伯父さんの思考——伯父さんは遠い存在だった。いや、もう〝存在〟と呼べないものかもしれない。しかし、家の中で自分が独りであることを自覚したことをきっかけに、ルミは自分が発見するまで人生の淵で待ってくれていた伯父の存在を感知した。そして伯父と同じ日に16歳になった瞬間からは、この世で生きている誰よりも、死んだジェイ伯父さんを自分の中心にいる存在と考えた。伯父と触れ合うと自分の存在も鮮明になる気がした。まるでふたつの紙が重なりひとつになった時、その中に書かれていた文字が濃くなるように。

ルミはドアの方に寝返りながら目を開けた。ダーウィンは依然としてドアの前に立っていた。ルミはダーウィンがなぜ今までこの場に踏みとどまっているのか不思議だった。ぐずぐずしてどこか窮屈な態度も気に障った。しかし、もう一方では、正式に許可を得るまで部屋に勝手に足を踏み入れずにいたダーウィンの慎重さが気に入り、このようなプライムボーイになら伯父さんの部屋を見せてもいいのではないかという気がした。普通の配慮のない男の子たちだったら勝手に部屋に押しかけてきて、勝手に物に触り「これ、もらっていい？」と聞いてきたはずだ。

ルミはベッドから起き上がりながら言った。

「この部屋は伯父さんが生きていた30年前のまま。家具の位置や壁に貼ってある写真、ラジオの放送を録音したカセットテープまでそのまま保存されている。祖母はジェイ伯父さんが生きているかのようにこの部屋の面倒を見ているの」

ルミは手招きしてダーウィンを呼んだ。ダーウィンは死んだ人の部屋に入って行くことを慮り礼儀正しく慎重に足を運んだ。ルミはそんなダーウィンの態度が気に入り、ダーウィンを隣の席に座らせた後、言った。

「私たちが生まれてもいなかった30年前にタイムスリップしたみたいじゃない？　博物館にあるものよりこういうのがもっと真実に近いはずよ」

部屋を見回したダーウィンは、感嘆をあらわす表情でうなずいた。ルミはダーウィンの表情を注意深く見てダーウィンの方へ向き直り、「ダーウィンは人間に魂があると思う？」と尋ねた。答えようによって、この部屋のもっと深い所に連れて行くか、それともここまでにするかを決めるつもりだった。ダーウィンは意外な質問に対し、少し戸惑ったようだったが、すぐに「あると思う」と答えた。しかし、条件を付けた。

「でも、みんなが持っているわけではない」

好奇心にかられてルミは聞いた。

「じゃあ、どんな人たちが持っているの？」

「他人を本当に愛する心を持った人だけ」

「愛？」

「うん。愛する心のない人たちには、魂なんて何の役にも立たないじゃないか。役に立たないものは退化するのが進化の法則だろう」

プライムボーイに期待した哲学的で科学的な答えとは程遠かったが、ルミはダーウィンの考えが興味深かった。進化論と創造論を独自の方法で組み合わせたようだったからだ。

「じゃあ、ダーウィン、あなたは魂がある人なの？」

それまで明確な考えを明らかにしていたダーウィンだが、その質問に答えることが嫌なのか一言も言わず、罪もないジャケットのポケットばかり触っていた。ルミはその時、自分が私的な質問をしすぎたことに気づいた。魂がある人かと聞くことは、本当に愛する人がいるのかと聞くことであり、それはガールフレンドとの関係を意味する問いになることでもあった。会話をし始めたばかりの男の子の恋愛経験を探るつもりは少しもなかった。

ルミはダーウィンに迷惑をかけないように話題を変えた。

「ダーウィンは愛に基準を置いたけど、私は死について考えてみたの。死んだ人の魂は生きている人に伝わるのかと。なぜなら私は伯父さんの部屋にこうやって入っていると伯父さんの存在が感じられるの。パパは私が、伯父が聴いていた音楽を聴いて、伯父が読んだ本を読むから、その存在を近くに感じるんだって言うの。そんなことを言ってたら、祖母の家に来ることも、この部屋に入ることも禁止するって……。あなたはどう思う？　この部屋の中に伯父さんの魂が本当にあるのか？　それともパパの言うとおりに、私が作り出したものなのかしら？」

ダーウィンは先ほどのもじもじしていた顔を消して、かなりきっぱりと答えた。

「あると思う」

「本当？」

「うん。僕もこの部屋に入ってみると君の家族がどれだけジェイおじさんを愛しているのか感じられる。生きてこんなに愛されていたら、ジェイおじさんの魂は不滅になるだろう」

ルミは今まで誰からも愛という感情の偉大さを感じたことがなかった。血を分けた存在ではあるものの、パパやママは決して自分と偉大な愛のようなものを取り交わす人たちではなかった。しかし、ダーウィンの濃い茶色の瞳は、神秘的な共感能力を持っていた。目に魂がこもっているという話が事実なら、ダーウィンの魂は一度も森を離れたことのない子供のように澄んでいる。ルミはダーウィンを試さなくてもいいと思った。ダーウィンはこの部屋のより深い場所に入る資質と資格を十分に備えていた。

「ちょっと待って。あなたに見せたいものがある」

ルミはそう言った後、本棚の前に行って、一番下の棚から百科事典ほど厚いアルバムを取り出してきた。ベッドにアルバムを置くと、重さでベッドが揺れた。ルミはアルバムを挟んでダーウィンと並んで座った。

「これは私の祖父が写真家として活動していた時に撮った写真だけど、ジェイ伯父さんの16歳の誕生日に祖父がプレゼントしたものだそうよ。伯父さんが直接アルバムを整理したと聞いたわ。今は孫娘の名前も思い出せない状態になってしまったけど、この写真を見ているとうちの祖父が本当に情熱的な写真家だったんだなと感じるわ」

ダーウィンはその写真を興味深く見つめた。ルミはダーウィンが写真を鑑賞できるように十分な時間を与えて、ゆっくりアルバムのページをめくった。時間の流れと逆行して順にまとめられた写真のおかげで、一枚一枚めくるたびに、過去の中に吸い込まれるような気がした。生きたことのない時代が写真1枚の大きさに圧縮され、目の前で再び生きて動いた。ネオン川が隔てたふたつの地域を結ぶ橋の建設現場、宗教指導者の演説の場面、行進する軍人たち、外国人難民村に立てられたテント……。

ルミはアルバムをめくりながらダーウィンに話した。

「去年まではパパが伯父の部屋に入ることを禁止していたの。私もこのアルバムについて知らなかったわ。私は分別がないとかなんとか。プリメーラの女子生徒に分別がないと言うのはうちのパパだけよ。もちろん、その前もパパに内緒で入っていたんだけど。祖母は完全に私の味方だから。とにかく、そうするうちに今年4月に伯父さんと同じように16歳になって。あ、実は私の誕生日とジェイ伯父さんの誕生日が同じ日なの。偶然だけど不思議でしょ？　私は運命だと思うけど、とにかくその日正式にパパに話したの。私も伯父さんと同じ歳になったので、伯父さんの部屋に入ることのできる分別がついたと。パパもこれ以上反対する名分がないのか、部屋に行き過ぎておばあさんに迷惑をかけるなとだけ言ったわ。祖母が面倒くさがるなんてあり得ると思う？祖母が私をどれだけ好きか。とにかくそれで、もう自由に伯父さんが読んでいた本も読んで、ベッドの下に隠しておいた物はないか探してみたり、家からラジカセを持ってきて、あそこのテープに録音されたラジオの音楽も聴けるようになったわ。こうしていると、私は伯父さんが、私と一番親しい友達のように感じられるの。知る機会もなくこの世を去ってしまってもっと多くのことを知りたい友達」

アルバムの終わりまで来ると、ルミは手を止めてダーウィンを見つめた。

「ところがこの前、アルバムでおかしな点をひとつ見つけたの。ほら、見て。すべてのページがぎっしり埋まっているんだけど、この部分の写真だけ抜けているのよね？」

ルミは空いたスペースを指し、ダーウィンに「これはどういう意味だと思う？」と尋ねた。ダーウィンはしばらく考え込んでいたかと思うと、「写真の取り違えは？」と聞き返した。ルミはダーウィンの単純な答えが残念だったが、それも仕方がなかった。自分ほどジェイ伯父さんを知らないダーウィンが、自分ほど伯父の死に疑問を持つはずがないからだ。ルミは首を振りながら言った。

「祖母はジェイ伯父さんがこのアルバムを宝物のように思っていたと言ったわ。ほら、すべての写真が一箇所もゆがんでないように正確に間隔があっているでしょう？　伯父さんはこういう面ではかなり几帳面な性格だったみたい。まあ、プライムスクールの入学試験に合格するほどだったから言わなくても分かると思うけど。ダーウィン、一度考えてみて。こんな性格の人が写真を間違って整理したならこのままにしておいたと思う？　当然もう一度整理したんじゃない？」

ダーウィンは同意するようにうなずきながら聞いた。

「じゃあ、誰かにあげようと思って、わざと取ったの？」

写真が抜けている所は、風景の写真を集めたページだったならあり得る話かもしれない。昔は写真がかなり貴重だったので、伯父が好きな友達や女の子に空や花の写真をプレゼントしたのかもしれないからだ。しかし、周辺の写真を見れば、その可能性は低かった。

ルミは空いた写真の周辺を指差しながら問い返した。

「隣の写真まで一緒に見て。消えた写真がどれなのか見当がつかない？」

写真を注意深く見たダーウィンは、しばらくして何かを悟った目で顔を上げた。ルミはうなずいた。写真の中には60年前、フーディーと呼ばれた暴徒たちが9地区のとある通りを占拠している場面が写っていた。以前にも見た写真だが、ルミは見るたびにこの若い暴徒が噴き出すエネルギーを感じて妙な気分になった。自分と同年代の子供たちが国家を転覆する暴動に参加したという事実が、超現実的なものとしてリアルに捉えられていた。

「そう、空いている写真は〝12月の暴動〟の頃に続けて撮られた写真のひとつよ。写真の下に日付が出ているよね？　私はこんな重要な写真を伯父が他人にプレゼントしたとは思えない」

ダーウィンが圧倒された顔で話した。

「おじいさんは本当に歴史的な写真家だったんだね」

ルミは認知症を患った老人としての姿が祖父のすべてではないとダーウィンが分かってくれたことが、誇らしかった。祖父も若い頃はニースおじさまに劣らず影響力のある人で、ハンターという苗字を全世界に知らしめた。秀才であるジェイ伯父さんが生きていたら、祖父が成し遂げた栄光がこれほどはかなく消えることは決してなかっただろう。

ダーウィンが聞いた。

「ところでこの写真1枚が抜けていることがそんなに重要なことなの？」

待っていた質問が出たことを喜び、ルミはダーウィンの方へ完全に体を向けて言った。

「あなたも大体のことは知っているでしょう？　ジエイ伯父さんがこの部屋で強盗に首を絞められて殺されたという話は。まさにここ、この床に倒れていたんだって」

ダーウィンはうなずいた。

「不幸にも犯人は捕まえられなかった。それでも警察は、9地区のフーディーが侵入して強盗をしたと結論付けた。今は亡くなっているけど、当時近所に住んでいたあるおじいさんがあの日の深夜1時頃に眠れなくて庭に出てきて、フーディーが街を走るのを見たと証言したのよ。当時はフーディーが上位地区を侵犯する類似犯罪がしばしば発生していたから、伯父さんの事件はそのような事件のひとつとして葬られて終わったのよ」

ルミはダーウィンが自分の話に集中していることを確認しながら話を続けた。

「でも伯父さんの部屋にはなくなったものがひとつもなかった。机の上の財布までそのままだった。おかしくない？」

ダーウィンは状況を推測するかのように時間を置いて問い返した。

「もともとおじさんを殺害するつもりはなかったけど、状況が変わって慌てて逃げたのか？」

多方面で圧倒的なプライムボーイだが、ダーウィンの考えは一般的な推測の域を越えることができなかった。ルミはダーウィンの推理力が足りなかったことを残念に思い、当時の状況を詳しく語った。

「警察もそう判断した。もともと目的地は祖父の部屋だったのに、外壁の非常階段とつながっている伯父さんの部屋に入りやすいから入って、そこで目が覚めた伯父さんと出くわし、殺害して逃走したのだと。でも考えてみて。そんな臆病な9地区のフーディーが、そもそも1地区まで来ることができたのかしら？　1地区まで侵入したなら、当然殺人ぐらいは覚悟していたんじゃない？」

「そう言うってことは……。ルミは警察の発表を信じてないってこと？」

「子供のころは、当然信じていた。何も知らないから信じるしかないじゃない。けれども、年をとるにつれて考えてみると、どうして他の大人たちはそれをそのまま信じたのだろうかと思うくらい、疑わしい一面が見えてきたの。警察が無視した当時の別の状況をもう少し注意深く調べていたら、犯人が分からないという結論にはならなかったはずだから」

「警察が無視した別の状況って?」

ルミはまだよく知らない男の子にあまりにも多くの話をしてしまったかもしれないという警戒心から、しばらく黙っていた。しかし、一方ではダーウィンをもっと知りたく、一緒に話を交わしたい気持ちにもなった。今日話をしはじめたばかりの男の子に対して、自分がこんなに多くの話をするほど探求心を持っていることが興味深かったからだ。今までジェイ伯父さんの話にこれほど耳を傾けてくれた人は誰もいなかった。唯一の友達と信じていたレオでさえ、ジェイ伯父さんの話にはうんざりしていた。

ルミは警戒心と好奇心の入り混じった声で、ささやくようにダーウィンに話した。

「伯父さんが殺された日の朝方、パパは伯父さんの部屋で何か話す声を聞いたそうなの。パパの部屋は昔、この部屋の隣の物置だったのよ。それで、警察がパパにどうして話し声を聞いたのに部屋に行かなかったんだと聞くと、パパはただの話し声だったから、行ってみようという考えにならなかったと話した。叫んだら当然行っただろうけど、ただの話し声だったから行かなかったと。この部分でも警察の説明は説得力に欠けるし、強盗だったら、当然大声を出したり逃げ出したりすべきじゃない?」

「声も出せないほど、全身が凍りついてしまったのなら?」

ルミはダーウィンが提起する可能性を冷たい態度で一蹴した。

「ジェイ伯父さんはそんな臆病者ではなかったわ。従軍写真記者の祖父の血を受け継いで、勇敢かつプライムスクールの入学試験に合格するほど賢明な少年だったのよ。強盗に殺されるにしても決して悲鳴をあげずに死ぬような人ではない」

ダーウィンは自分の失敗に気づいたのか、申し訳なさそうに再び質問した。

「じゃあ、その強盗はどうやって勇敢なジェイおじさんを黙らせることができたの？」

「それは意外と簡単よ」

ルミはこう話した後、今まで誰にも話したことのない秘密の気持ちを打ち明けた。

「ジェイ伯父さんと強盗が知り合いだったから」

ダーウィンが驚いた顔で聞いた。

「ふたりは顔見知りだったって？」

「そう」

ダーウィンは混乱しているようだった。ルミはなかなか見ることができないプライムボーイのそんな姿が気に入った。ジェイ伯父さんの事件に関しては、プライムボーイよりもずっと自分の洞察力のほうが優れている。

ルミはアルバムをまた近くに持ってきて話をした。

「強盗が入ってきたけど、なくなった物は何もなかった、財布までも。だから一応、お金のためではないという話よ。あわてて逃げた。警察の発表は自分たちの無能を隠すためのごまかしにすぎない。そして強盗は伯父さんと何か言葉を交わしたの。絶対に初めて会った仲ではない。その会話さえ分かれば本当に大きなヒントになる。単語ひとつでも分かれば私はすべての話を類推する自信があるの」

「じゃあジョーイおじさんに聞けばいいんじゃないか？」

ダーウィンの提案を聞いた瞬間、ルミは思わずにやりと笑ってしまった。ダーウィンをあざ笑ったのではなく、父親をあざ笑ったのだった。

「私は新聞博物館に行って当時の伯父さんの事件を扱った新聞記事をすべて探してみたの。それで分かったことは何だと思う？　パパがすぐに自分の陳述を覆したということよ。事件が初めて記事になった時は、確かに伯父さんの部屋で話し声を聞いたと言ったのに、寝ぼけて聞き間違えたのかもしれないと言葉を変えたの。おかしいでしょ？　自分の兄が死んだのに、弟がそんなに無責任なことするなんて」

「それは、おじさんがまだ幼くて勘違いしたからでは？　おじさんはその時……9歳か10歳くらいにしかなってないじゃないか？」

ルミはダーウィンの発言に反論した。

「幼いから勘違いをして証言を覆したのなら、そもそも話し声を聞いたという言葉は、なぜどうして作り上げられたのかしら。悲鳴じゃなくて、ただの話し声だったから部屋に行かなかったという信憑性《しんぴょうせい》のある説明までしながら。パパは誰かが強要したわけでもないのに、自らそんな証言をした。つまり、それが真実だということ。パパは確かに嘘をついた。警察はその嘘にまんまと乗っかった」

「まさか……おじさんがどうして自分の兄の死が絡んだ事件で嘘をつくの？」

ルミはダーウィンの疑問にすぐに答えた。

「ジェイ伯父さんと違って、パパは臆病なのよ。警察に何かと聞かれるのは怖かっただろうし、祖父や祖母に怒られるんじゃないかと心配だった。パパがその声を聞いてすぐ部屋に行っていたら、いえ、少なくとも下に行って祖父、祖母を呼んでさえいたら、伯父さんが殺されることはなかっただろうし。パパは大人になった今も成長したところが全然ない。何でも現状維持が一番いいと思っている。私が伯父さんの話を持ち出すたびにパパは苦労して覆った傷を暴くなと怒ったり、対話を避けたりするのよ。裁判所の7級書記官になるために生まれた人みたいじゃない？　裁判官が読んだ判決文を何の疑いもなくそのまま書き写せばいいなんて、どれほど楽かしら」

ダーウィンは何も言わなかった。困った顔をしている様子を見ると、実の父を責める子をすぐ横で見るのが気まずいようだった。ルミは家族であっても、問題点がある限り冷静に評価するのが正しいと信じる人間だったが、ダーウィンが感じる居心地の悪さを理解できないわけでもなかった。ニースおじさまのように立派なお父さんを持つ息子なら、この世の他のお父さんたちも、当然自分のお父さんのように立派なものだと思うだろうから。

ルミはダーウィンに配慮して話題を本題に移した。

「とにかくこれほど疑わしい点が多いにもかかわらず、伯父を殺した犯人はそのまま9地区のフーディーとされ、半年ほど追加捜査をした結果、伯父の事件は未解決事件になってしまった。最初に9地区の人間を犯人とした以上、犯人を捕まえるのは不可能だった。刑事事件では被害者が17歳になる年から公訴時効が起算されるから、来年の4月には殺人犯を処罰できる30年の公訴時効が終了することになる。そう考えて私は焦りを感じているのに、他の人はただ追悼式に出席して、この状況を素直に受け入れていることに腹が立った。そうしてこの前、アルバムにあるこのただひとつのスペースを見つけたの。その瞬間、私は消えた写真が伯父の死と関連があるということをすぐ直感した。いいえ、これは私が感じたんじゃなくて……。なんていうか、ジェイ伯父さんの魂が私に語ってくれたような気がしたの。自分の死にまつわる真実を解き明かしてほしいと」

ルミは理性的な論理を重視するプライムボーイが自分を行き過ぎた神秘主義者と受け止め、拒否されても仕方ないと思ったが、幸いなことに心の内がそのまま表れるダーウィンの茶色の瞳には、この場を避けたい様子は見えなかった。

ルミはその目つきに力を得て、ダーウィンに聞いた。

「ダーウィンはミッシングリンクって何か知っている？」

ダーウィンはうなずきながら「人類進化のパズルを解くことができる、失われた連鎖？」と答えた。

「やっぱり進化論者らしいわね。私はこのアルバムから消えた1枚の写真が一種のミッシングリンクのように感じられるの。消えた写真が犯人にどのような意味を持つかを突き止めることができれば、伯父を殺した人が誰かも分かるはず」

「それじゃ、ルミはジェイおじさんを殺した犯人がこの写真を持っていったと思うのかい？」

ルミは質問の答えをダーウィンに回した。

「あなたはどう思う？　その推測に合理性があると思う？」

ダーウィンは消えた写真の場所を慎重に見つめながら言った。

「合理的な推測なのかどうかは、実証的なアプローチがもっと必要だと思うけど」

自分の存在感を誇示しない態度は普通のプライムボーイと違っていたが、慎重な答えが要求された瞬間にはダーウィンもまた標本的なプライムボーイの面貌をさらけ出した。ルミは〝魂〟と〝実証的接近〟の領域を自由自在に行き来するダーウィンの精神的な包容力が気に入った。両世界にまたがるジェイ伯父さんの死にまつわる真実を明らかにするのに、大変有用なような気がした。

「そうね、あなたの言う通りね。どんなに完璧な推測でも証明できない限り何の意味もない。それじゃあ、ダーウィン。その証明を……」

話を終えようとしていたその時、突然部屋のドアが開いた。ダーウィンとの会話に没頭したあまり、足音が聞こえなかったルミはびっくりしてドアの方を振り返った。

パパだった。

「ここで何をしている？」

いきなり現れたせいか、ルミはパパが自分の部屋に無断侵入した侵略者のように感じられた。ルミはその気持ちが視線に出ることをあえて隠さずに答えた。

「話をしていたのよ」

「どんな話だ？」

「プライムスクールの男子生徒とプリメーラの女子生徒が会うと、共通の話題がかなり多いのよ。外部の人にはよく分からないかもだけど」

パパがそっけない顔で答えた。

「そうか、私は部外者なので、ふたつの学校の生徒が何を話すかはよく分からない。でもこの部屋に限っては、ふたりとも部外者だということは確かな事実だ」

冷たい口調だったパパが、ダーウィンに温かい声で言った。

「ダーウィン、お父さんが探している。もう行かないと」

ダーウィンがベッドから立ち上がりながら言った。

「静かなところを探して上がってきたのですが、ルミがいて少しお話をしました。ご不快にさせてしまったら申し訳ありません」

「不快だなんて。ルミがこの部屋をあまりにも自分のものだと思っているようなので、注意を兼ねた言葉だったんだ。気にしないでくれ。そうだ、でもお父さんには、この部屋にいたなんて言わないほうがいいだろう。ダーウィンが迷惑をかけたと思うだろうから。なにしろ思慮深い方だから……さあ、見送ってあげるから早く降りよう」

ダーウィンの肩を抱いた身振りから、ルミはなんとなくパパが自分とダーウィンの接触を遮断しようとしている感じを受けた。

パパが部屋を出ながら言った。

「ルミ、君はアルバムを元の場所に戻してベッドもきれいに整理して出て来るんだ。知っているように、ジェイおじさんは散らかっているのが嫌いだから」

部屋に入ってきたことを戒《いまし》める割には冷たすぎる目つきだった。

しばらくして、ルミはジェイ伯父さんの部屋の窓際に立った。両親がニースおじさまとダーウィンを見送る姿が見えた。パパがおじさまにする挨拶もかすかに聞こえてきた。

「ありがとうございます。毎年口にする言葉で申し訳ないのですが。そして、やはり毎年口にする話ではありますが、もう追悼式を終わらせた方が良いですね。どうせ父は記憶もできないし、母も客を呼ぶのが難しいほど老衰したものですから。30年……もう十分です」

ニースおじさんは微笑んで父の肩を軽く叩いた。一方的に追悼式を中止しようとすることに対して穏やかな承諾と思われた。

挨拶を終えたふたりは庭の方へと歩いていった。ルミは追悼式の責任者に他ならないニースおじさまが去るのを見て、今年の追悼式も何の意味もなく幕を下ろしたという虚《むな》しさを感じた。ところがその瞬間、垣根を越えていたダーウィンが急にこちらを向いて窓辺をちらっと見上げ、何かを言おうとする目つきになった。大人たちに囲まれているため瞬間的に終わったものの、確かに意味を持った視線だった。どういう意味……。

ルミは微笑んだ。ジェイおじさんの本当の30回目の追悼式は今から始まると。

パーティーの後の寂しさ

7月の第2日曜日、ラナーは地下室に行ってバーベキューパーティーの道具を取り出して庭に運んだ。

70代半ばに達する年齢のため、大型グリルをひとりで動かすのはやや骨が折れたが、早くから車椅子に乗っている隣人たちと比較すると、自分の肉体は相変わらず揺らぐことのない木のようだと自信を持つことができた。

ラナーは水道のホースの水を出し、ひとりでグリルの隙間を熱中して拭いた。家政婦のアナは自分に任せて日陰に行って休むように言ったが、ラナーは肩をすくめて拒絶の言葉に代えた。月に一度、息子と孫が訪問する日に自ら準備するバーベキューパーティーに力を入れないとしたら、他の何に精を出せばいいというのだろうか。ラナーはピカピカのグリルが日光を受けて眩《まぶ》しく輝くのを見て、満足げに微笑んだ。

ずっとそばで見守っていたアナが言った。

「ダーウィンはおじいさんの真心を知るべきですね」

「これくらいのことで……いずれ大きなことを成し遂げる子供がこんなつまらないことに気を使ってはいけないだろ？　もっと偉大で高尚なことに思考を費やさなければならない」

「もちろんですわ、未来の大統領になる子ですから」

アナが相槌を打つために言っていることは知っていたが、ラナーは否定しなかった。プライムスクールに通うという事実だけでも、皆、自然に未来の大統領や最高裁判官を思い浮かべるのだから、全く叶わない話ではなかった。このような時には心にもない謙虚な態度を取るよりも、むしろ率直に自信を示すことが相手を立てる方法だった。

「ああ、ダーウィンの父の後を継いでな」

ラナーは銀色に反射する華麗な光の中で息子の未来を見たかのように微笑んだ。次期文教部長官に確定したも同然の今の状況を考慮すれば、息子が大統領になることは、決して高い望みではなかった。噂では、ニースを指導者にするために、すでに文教部の元老たちが水面下で作業を始めているという。

しかし、このように政界で地位を築いていく息子を見る喜びが大きくなるほど、その下では過去に対する後悔が深まった。息子の進路を早いうちに正せなかったことが父親として大きな失策と思われたためだ。後悔の度が過ぎると、時には息子をあまりにも自由に育てすぎた妻に対して、少し恨めしく思うこともあった。ビジネスで長く家を空けなければならなかった自分に代わって、妻が他の1地区の父兄たちのように息子をもう少しせきたてたなら、ニースも当然プライムスクールに入ることができたはずだ。プライム出身でさえあれば、ニースはもっとたくさんの支援を受けられただろう。

ホースの先を押して水の流れを広げていたラナーは、ふと息子の子供の頃を思い出して笑った。

「文教部の慧眼」と呼ばれる息子が実は中学校を卒業する頃は勉強とは縁遠い、いたずらっ子だったということを知る人がいるだろうか。たまに学校で居残って勉強をしていた事実を知っている人は、もしかして長官候補の合同討論会の時にニースの恥ずかしい成績表を公開して皆を驚かせるのではないか。

しかし、実はそのような状況を深刻に心配してはおらず、むしろ困っている息子の姿を思い浮かべて笑いをこぼす時もあった。断言できるが、劣等生だった息子の過去が未来を害することはないだろう。むしろ、陣営に手腕に長《た》けている参謀を集められれば、後日その多くの成績表に書かれたCマイナスを利用して票を集める可能性もある。致命的な欠点でなければ、完璧な人間が持つひとつやふたつの欠乏は大衆により身近なものになり、貴重な資産にもなる。

そう肯定的に受け止めてラナーは妻を恨むのではなく、その慈愛に感謝すべきかもしれないと思った。いずれにせよ、息子が勉強に興味を持つまで忍耐強く待ってくれたのは妻だった。そして、それを知っていたかのように息子は時が来るにつれ、ついに殻を破って立派な社会人になることで母の愛に応えた。

ラナーは庭の木々の方へとホースの水流を向けた。夏の日差しを浴びて木の葉が日ごとに生い茂ってきた。毎日のように見る風景なのに、ある朝ふと「こんなに大きくなったのか」と思うことがあった。そういえば、子供たちもこの木々に似ているのかもしれない。一夜で劣等生から優等生に生まれ変わった息子のように、全く手の付けられないいたずらっ子だったとしてもある瞬間、物事を深く見つめる目つきを見せるのが子供という存在だ。息子にその瞬間がもう少し早く来てプライムスクールに入っていたなら、それ以上望むことはなかっただろうが、非プライムスクール出身という弱点を乗り越え、その地位に就いたということは、むしろ息子がプライムスクール出身者よりずっと明晰であることの証拠でもあった。分別のある人なら誰でもその点を発見するだろう。

ラナーは高く伸びた木の枝を見て、世代が続くほどさらに発展するヤング家の血筋に無限の誇りを感じた。立派な息子にさらに立派な孫。木漏れ日の光がどれほど輝いているか、目を開けているのがまぶしいほどだった。

「旦那様、次官の車が見えますね」

準備を終えてパラソルの陰で休んでいたラナーは、アナの声を聞いて急いで席を立って迎えに出た。ダーウィンは車の窓を開け、嬉しそうに手を振ってくる。いつの間にか16歳になってプライムスクールの厳格な規律を受け入れるほど成熟したが、家に帰るとただ幼くて可愛い孫に過ぎなかった。ラナーは車から降りて「おじいさん！」と叫びながら駆け寄ってきたダーウィンを胸に抱き込み、ダーウィンが持ってきたかばんを自分の肩にかけた。少しでも勉強するために休みの日にまで本を持ってきた孫が立派で誇らしい。このような心構えであれば、自分の人生で叶えられないことはないだろう。着実に城を築いていく孫の姿を見守ることができる程度に自分の時間さえゆっくり流れてくれれば、これ以上望むことはないだろう。

隣人まで出席したバーベキューパーティーは盛り上がりを見せた。ラナーはホストとして友人の顔から笑いが絶えないことに満足した。毎日、年金制度やサプリメントについての情報を交換しながら過ごす友人に、現職の文教部の実力者やプライムスクールの生徒が伝える話は、停滞した血液が再び巡り出すほど興味深いことだろう。ニースもダーウィンも慎重で謙虚な性格のため言葉を控えたが、「未来の世代は私たちの世代より達成感を直接的に感じなければなりません。これからの教育は、それをどう実現するかについての戦いです」とか、「法学の時間が面白いです。法というものは普段は後ろの座席で沈黙していますが、決定的な時に前に出てみんなを納得させる言葉なのではないですか」といった真摯《しんし》な会話により、引退した者たちは再び重要な席に座ったような幻想を抱いた。

友人たちは先を争ってそれぞれが働いた分野で得た経験と教訓を聞かせてくれた。思いやりのあるふたりの親子は誰のアドバイスも聞き流さずに「今度はそうしなければ」と応え、友人たちを誇らしい気分にさせた。もちろん、その中でも一番誇らしい気分だったのは、立派な息子と孫を持つラナー自身だった。

夕方近くになって客を見送ったラナーは、課題を無事に処理したかのようにすっきりした気分になった。友達に羨《うらや》ましがられながらわいわいと過ごすのもいいが、本当に望んでいるのは三代が輪になっているこんな時間だった。アナがお肉を消化するのにいいとお茶を出してきた。

ラナーはのびのびと話した。

「やはり、家族同士が一番楽だな。友人がいくら良いと言っても、結局は外部の人だ。あまりにもたくさん話した日には、ひょっとして失敗をしたのではないかと心配したりもする。さあ、これからは家族同士だ。他人がいるところでは言えない話まで思う存分してみよう。ダーウィン、先月来た時と比べて、君にとって最大の変化は何だ？」

だがダーウィンが答える前に、ニースがまずぶっきらぼうな声で「たった1ヶ月なのに大きな変化がありますか」と割り込んできた。息子のぶっきらぼうな口調にラナーは気分をそがれた。

「子供たちの1ヶ月と、お前と私が過ごす1ヶ月を同じように考えるのは間違っている。1ヶ月間歩いても私は3地区近くまで行けないかもしれないが、ダーウィンは国境を越えられるではないか。それは大した違いだ。ダーウィン、違うか？」

ダーウィンは場の雰囲気を壊さないように微笑みながら「そうです」と言った。孫の同意に、ラナーは先ほど傷ついた気持ちがすぐに癒やせそうだったが、ニースはもっと冷笑的な口ぶりで答えた。

「たいした差ではあるでしょうね。実際には寮に住むダーウィンよりシルバーヒルに住む父さんの方が遠くへ行けるはずだから。毎朝ジョギングするし、しかもとても速いそうじゃないですか」

そして、アナを呼んでお茶にウイスキーを少しだけ入れてほしいと頼んだ。アナは「帰りの車の運転は大丈夫ですか？」と心配そうに言うと、ニースは「一口だけ」と言った。アナは「酔いを覚ますべきだという言い訳をつけて、旦那様が次官を長くつかまえていられるでしょうね」と言い、台所に入った。

ニースは疲れきってソファーで頭を横にした。ラナーは息子が酒を飲むのも、1ヶ月ぶりに会う父の前で、自分だけの力で世の中を生き抜いてきたような顔をしているのもすべて気に入らなかった。その中でも一番気に入らないのは、息子があのような行動に出る理由だった。

「昨日がジェイの追悼式だったんだって？」

むなしい目つきで天井を見上げていたニースは、顔をそむけた。

「ご存じでしたか？」

ラナーはぶっきらぼうな声を隠さなかった。

「知らないはずがない。30年間、この時期になるといつもあの家のことをやっているじゃないか。ダーウィンがプライムスクールに入学してからはやめるかと思っていたが、あいにく学校の休みのある週に重なっていたのか……。とにかく本当に素晴らしい友情だ」

ニースは無言だった。ラナーはこの機会に心からの忠告を兼ねて声を張り上げた。

「お前も友達としてやるだけのことはやった。いや、やりすぎたほどだよ。他の同窓生たちを見ろ。その子のことをお前のように気遣う子がひとりでもいたか？　最初の1、2年間は顔を出していた子たちも、今は完全に足を向けないではないか？　それは賢明なことだ。今になって急に参加もしないで支援を断ったら、その家の人たちにむしろ寂しい思いをさせるかもしれないじゃないか？」

アナが新しくウイスキーを入れたお茶を持ってきた。ニースはコップを手に取り、一口飲んだ。

「他の人たちがどうしようと関係ない。私は自分がすべきことをしているだけなんだ」

　ラナーはいらいらして舌打ちした。

「それが何故、お前がすべきことだというのか。ジェイには親がいないのか？　兄弟がいないのか？　文教部次官という重要なポストにありながら、毎年死んだ子のことを考えるだけでは足りず、その家の父親、母親の誕生日まで祝う。その前に何だ、さっき話した未来の世代のための教育方針を構想する方がはるかに価値のあることだろう」

　ニースは聞くに値しない忠告とでもいわんばかりに、一言で言い切った。

「ジェイが生きていたら当然したことです」

　ラナーも退《ひ》かなかった。

「よく言った。その通りだ。ジェイが生きていたら百回でもやっただろう。お前じゃなくて、ジェイが。一体あの子が死んだからといってお前がその仕事をしなければならない理由がどこにあると言うんだ。正気ではない人間に勲章を授与したり、友人としての道義は今までやっただけでも十分だ」

　ニースは冷ややかな声とそれよりもっと冷たさを感じる目で言った。

「自分の仕事が何かは私が決めることです。父さんの言うとおりに考えて行動する歳はとっくに過ぎました。私が次からこの家に来ないことを望んでいるのでなければ、この話はこれ以上出さないでください」

　ラナーは孫も見守る前で、自分を諭そうとする息子の態度が腹立たしかった。先ほど友人たちといた時の優しい笑顔を思うと、彼らが家に帰ったとたん、全く別人に急変したようだった。もちろん、これは今日が初めてではない。対外的には礼儀正しいことで有名な息子だが、実は自分の父には礼儀をわきまえず、敵対心をむきだしにして反応することがしばしばあった。理由も分からないまま一方的にその冷たい目つきを受けていたら〝世の中の息子たちは父の敵軍だ〟という、ある新聞の書評で読んだ言葉がぼんやりと浮かんだ。読書を好まないせいで本の題名も覚えずにそのまま通り過ぎてしまったが、もし今その書評で扱っていた本を探して最後まで読んだら、一体世の中の息子たちが自分の父を敵軍にする荒唐無稽な理由が何なのか分かるのだろうか。

テーブルの間に緊張した静けさが漂う中、アナが台所から出てきて聞いた。

「旦那様、いくら探しても電話の子機が見あたらないのですが、もしかしてどこかに置かれましたか？」

しばらく考えていたラナーは、「しまった！」とソファーのひじ掛けを叩いた。

「先ほど地下室に行く時、友人が食事の時間を聞く電話を掛けてくるというので持って入ったが、そのまま置いてきたらしい。さてさて、私にもお迎えが来たようだ」

息子が年老いた父に少しでも申し訳ない気持ちを持つようラナーは心にもない自責の念を表してみたが、ニースはティーカップに視線を向けるだけで目を向けなかった。

代わりに、アナが笑って慰めた。

「本当にお迎えが来るようになった方は、自分が物をどこに置いたのかも覚えていないはずです。ベテランの家政婦として自信を持って言いますが、旦那様が天国に行くにはまだ30年は待たなければなりません。待機する者の列が長くなれば、50年にもなるでしょう」

アナの優しく気の利いた応酬に、ラナーは息子との舌戦でささくれだった気持ちが少し解けた。ここから50年はもちろんとんでもない数字だと分かっているが、20代の時も70代は絶対に来ないただの遠い未来だった。

アナは「電話がかかってくるかもしれませんから、すぐ降りて取ってきます」と言って、足を運んだ。

その時、ダーウィンが席を立ちながら言った。

「僕が行ってきます。おばさんは地下室を怖がってるじゃないですか」

ラナーはダーウィンの思いやりのある行動に感心した。

「ああ、ダーウィン、そうしてくれるかい？　そうだな、男が3人もいるのに、女性を地下室に行かせるのは名誉なことではないな」

「すぐ行ってきます」

地下室に降りるダーウィンを見て、アナは言った。

「いい子ですね。誇らしいですね」

ラナーは返事の代わりに祖父が孫に送ることができる最も微笑ましい視線で、ダーウィンの後ろ姿を見つめた。そして、息子に孫の半分でもいいから仲良くなってほしいと思い、遠まわしに話しかけた。

「子供が大人の師という言葉があるのだろう。お前はどうだ、お前から見ても本当にいい息子じゃないか？」

ニースはソファーの背もたれに両手を置いたまま、また皮肉めいた口ぶりで言った。

「いい子ですね。父さんと私の無駄な口論を見守ってもらうのが申し訳ないくらい。電話を置いてきてくれて良かったです。そんな言い訳でもこの不快な席を離れるようにしてあげなければ。あ、そして、もうひとつ言うと、子供が大人の師というその表現はですね、それは子供にとって恥ずかしくない、きれいな人生を生きた人にしかできないかなり厳しい言葉です。そうじゃない人が言った時は、とてもおかしい意味になってしまうんです。一度比較してみてください。立派な大人が〝大人の師は子供〟と言うことと、極悪非道な犯罪者がそう言うことがどれほど違うか」

息子のコップは底がむき出しになっていた。

ラナーは怒りをやっとのことで抑えながら尋ねた。

「もう酔ったのか？」

「いいえ、全く」

「では、お前の言うことは何だ、私にはその言葉を言う資格がないという意味か？」

「そんな話はしていません。ただあなたがその言葉を発する危険性を知ってほしいという思いでアドバイスをしただけです。人に笑われてはいけませんから」

「侮辱する方法も実に様々だ。そうだな、ありがとう。お前のおかげでひとつ学んだから、これからはもっと堂々とその言葉を使うことができるだろう。私は自分の父をもてあそぶような子供を育てた立派とは言えない成人だったかもしれないが、極悪非道な犯罪者ではないはずだ」

ラナーは喉元まで詰まった息を耐えながら、ニースをじっと見つめた。しばらくしてニースは顔を手のひらでこすり「酔ったのかな。運転する前に少しの間眠らなければならない」と言って、2階の客室へ上がった。今になって自身の失言に気づいたようだった。

　ひとりで居間にいるのが寂しくなったラナーは庭に出た。風で木の葉が擦《こす》れる音が特に大きく聞こえた。ラナーはなぜ息子とこんなにぶつかるのかその理由が分からなかった。自分は息子を心から愛し、自分の人生よりも息子の人生に多くの栄光があることを願った。ところが人生の試練であるかのように妻が世を去った後は、このような神経戦が日常になってしまった。息子はまるで私の妻が世を去るまで黙々と辛抱してきたかのように、以前は見せなかった反感をあらわにした。一体どんな考えが頭の中を悩ませており、思春期にもしなかった反抗を今になってするのだろうか。しかし、いくら考えてみても、簡単には答えを見つけることができなかった。そんな時は息子ではなく、自分の行動と言葉を振り返ったりもした。もしかして私が知らない問題が私にはあるのか。もしそうなら息子との関係のために喜んで自分を直す意向もあった。しかし、いくら考えてみても、息子を心から愛し、息子の将来を祝福する父としての心に間違ったところがあるはずはなかった。

　ラナーはポケットに手を突っ込んだまま、闇に包まれた庭を黙って歩いた。大地は世界の風景を単調な色で静かに描いていた。ラナーは自分の人生もこの大地のように、外部で起こる火花を淡々と受け入れる時期をとうに折り返していることを知っていた。あと残っているのは、息子と孫が人生の夢を叶え、家族が幸せになるという素朴な願いしかなかった。それがそんなに大層な欲張りなのか。

「お父さんのせいで傷ついたでしょう？」

　ラナーは自分に載せられた温かい手の重さを感じ、後ろを振り向いた。ダーウィンがニースの代わりに申し訳なさそうな顔をして後に立っていた。ラナーは息子が分かってくれない自分の心を孫が知り、慰めてくれるのが誇らしい一方、子供に大人のことを心配させたという事実に恥ずかしくなった。

　ラナーは祖父という位置にふさわしい余裕を持っ

て話した。

「残念ながら、ダーウィンはまだ知らないが、私の年になって息子とあのように言い争えるというのは、むしろありがたいことだ。さっき会った友人のうちのひとりがそうだ。自分の息子は自分の言うことにいつも笑いながら『そうです』とだけ言うのだが、本人はそれがとても腹だたしいと。自分を既に死んだ人扱いしているみたいだとかなんとか。そう見れば、ニースはまだこの年老いた父を交渉のテーブルにつく相手として待遇してくれるのだから」

するとダーウィンが子供のように胸に抱きつき言った。

「おじいさんとお父さんも、たまにはこう抱き合ってみてください。そうしたらお互いをもっとよく理解できるようになるでしょう。僕はおじいさんとお父さんがスキンシップをとる姿を見たことがあまりないです」

ラナーは自身の影のそばに優しく添えられた影を、嬉しそうに見つめた。

「あまりではなく、全くなかったはずだ。私も記憶がぼうっとしているが」

「肉体は魂を盛る器と言いますよね？ 器同士がぶつからずにどうやってお互いの魂を感じられますか？」

ラナーは笑ってダーウィンの頭を撫でた。

「ダーウィンは詩人だな」

「まさにこれです。僕にするようにお父さんにもこうしてみてください」

ラナーはダーウィンの頭を撫でた手で再び孫の肩を抱いて言った。

「そうだな。想像すらできないな。もう頭を撫でてやる年も過ぎたし」

「でも、いくら年をとってもお父さんがおじいさんの息子であるという事実には変わりがないじゃないですか。僕よりも、もっと近い間柄なんですから」

「それがな。私にもなぜかは分からないが、ずいぶん昔から父と息子より祖父と孫の関係の方がもっと簡単だという言葉があった。私だけじゃなくて、ほとんどの人がそう感じるらしい」

ダーウィンは理解できないという顔で言った。

「だってお父さんと僕は世界で一番近い間柄なんですから」

ラナーは「それこそ喜ばしいことだ。いつまでもそうであったらいいな」と言い、きれいな孫の頰を撫でた。幼い頃は息子の面影が残っていたため、もっと愛らしい顔だった。

その時、玄関で「ダーウィン、家に帰ろう」と叫ぶ声が聞こえた。いつの間にかニースは目が覚めたようだった。ダーウィンは「はい」と答え、素早くニースのところに駆けつけた。だんだん小さくなるダーウィンの後ろ姿を見て、ラナーは何だか物足りない気持ちになった。先ほどダーウィンから息子の面影を感じたせいか、まるで16歳のニースが、忽然《こつぜん》と自分の胸を離れてどこかへ飛んでいくようだった。手にダーウィンの暖かい温もりが残っていて、寂しい気持ちがより大きくなった。

古いものと新しい友達

〝古いもの〟イベントのためにテーブルが校庭のあちこちに用意された土曜日の午後、プライムスクールに降り注ぐ明るい日差しに〝知恵の本棚〟をめぐるブロンズ像の肩が特に輝いていた。毎年この時期に行われる〝古いもの〟イベントは、プライムスクール精神の一端を支えている古い伝統だった。しかし、伝統と呼ばれるほとんどの様式がそうであるように、〝古いもの〟イベントもやはり始まった当初はそれが伝統の起源になるとは思われていなかったろう。これは２００年余り前の寮の一室で偶然芽を出した。

その頃、生徒たちは家を象徴する小さな物を1個か2個常に持ち歩いていたが、不慣れな寮で同志になった記念として、そして永遠の友情を約束する証《あかし》としてお互いが大事にする家の物を交換したりした。何人かの私的な逸話に過ぎなかったこの分かち合いは、同年代の生徒の中でいち早くブームとなり、寄宿舎の非公式の規則となって普遍化した。それから数日後、生徒間の交流を促す方法を探していた学校が、この少年らしい行為を公式に認めたことで、今日の儀式に至ったのだ。

学校の年配の職員は〝古いもの〟を通じて、幼い生徒たちが自分の家系の歴史を振り返り、その家にまつわる物を他の家の友達と交換することで、プライムスクールの生徒たちだけの未来を共有できると信じていた。その信頼に応えるように、ずいぶん前に学校を去った卒業生の間でも〝古いもの〟イベントで交換した物の価値は依然として有効だった。例えば議会での冷戦が続く場合、学生時代に物々交換した思い出を振り返り、「45年前、議員と私はプラチナのカフスボタンとハンチングキャップを交換することで、等価の取引を超えるパートナー精神を共有した経験があります」と言って合意への道を開くようにだ。

イベントは東寮と西寮の代表がくじ引きで〝接客〟と〝応対〟を決めることから始まった。〝接客〟は校庭のテーブルの上に自分の〝古いもの〟を置いたまま座っていることで、〝応対〟は自分の〝古いもの〟を持ち歩きながら興味を惹《ひ》かれる物に近づくことだった。双方が何の不平もなく合意に至った時だけ物々交換が実現するが、今回〝接客〟を引いたのは東寮だった。

会場の入口にはプライムスクールの生徒会が参観し、各自持ってきた品物の種類を書き込む紙が用意されていた。誰とどのような物を交換したのか、ここで記録として残すのだ。ダーウィンは生徒会メンバーと挨拶を交わした後、自分の名前の隣の空欄に〝衣類〟と書き、空席を探しに行った。

1200人が一度に集まった校庭は、物ではなくお互いの体を交換しているように感じられるほど、たちまち混雑していた。〝古いもの〟を前にして〝訪問者〟を待っていたダーウィンは、ひとりでいる時間が長くなると、自然に空に目を向けた。雲のない空は、地上と違って極端な鮮明さと単純さを帯びている。その対比は突然、鮮明でもなく単純でもなかった自分の行動に対する遅れた後悔を呼び起こした。

なぜ、あんなに恥ずかしがっていたのだろうか。手紙が入ったポケットを手探りしながらも、なぜ最後まで手紙を取り出すことができなかったのだろうか。ルミがダーウィンに、「あなたは魂がある人なの？」と聞いた時、ためらわずに手紙に込められた魂を見せるべきだったか。いや、窓際でルミと目が合った最後の瞬間にでも、父に「忘れてきたものがある」と言って、またジェイおじさんの部屋に駆け上がっていたら……。

空を近くに感じるほど、周辺の騒ぎは自分と関係のないところで起きているかのように次第に遠ざかり、ダーウィンは自発的に孤立した空間の中、一瞬のためらいで再び1年という時間を遅延させてしまったことに虚脱感を覚えた。ただ虚脱感を覚えるだけではなく、自分に対する失望はそれよりずっと大きく深かった。手紙を渡せなかったということは、単に計画していたことの〝不発〟に終わるのではなく、勇気のない自分の一面を発見した別の〝事件〟だったからだ。自分の中にそのような姿があることを認めるのは、苦いキャンディをゆっくり溶かして食べるのと同じことだった。アメの形は減り、結局は消えてしまうだろうが、一度経験した味は永遠に脳裏に残らざるを得ない。

ダーウィンは自分の複雑な心境とあまりにも対照的な空に向かって軽くため息をついた。

その時だった。

「これは何だと聞いているんだけど？」

どこかで聞いたことのある声に、空から視線を落としたダーウィンは、正面から日差しを遮って立ち、自分の顔の前で手を振っている人物に向き合ってびっくりした。どれほど長い間そうしていたのか申し訳なくなったダーウィンはすぐに姿勢を正して、「あ、ごめん、ちょっと別のことを考えていて」と謝罪した。その子は意に介さないように「大丈夫、俺だっていつもそうだから」と言い、机の上にある〝古いもの〟を広げて尋ねた。

「いいな、出所はどこだい？」

「おじいさんの地下倉庫」

「素敵なおじいさんだな。他に何があるのか、俺も地下室に一度入ってみたいな」

すっかり空に没頭していた視線が再び地上で行われている出来事に舞い降りると、ダーウィンは訪問者の正体を確実に把握できるようになった。すると、ふと1週間前、追悼式で聞いた声が聞こえてきた。

「父親たちを継いで、子供たちも友達になってくれれば嬉しいことじゃないか」と話すバズおじさんの声だった。その上に「自分たち同士で自然に付き合うのがいいじゃないか」という父の声が重なった。

ダーウィンは父が言った「自然に」がこうした状況を予告したのではないかと思い、声をかけた。

「君、レオ・マーシャルだろ？」

相手もすぐに同じように応対した。

「君はダーウィン・ヤングだよね？」

話をしたことはないが、相手の存在を認知していたのが自分だけではなかったということを知ると、ダーウィンは親交の段階を駆けあがったような親近感を覚えた。

「僕、この前の休みの日に君のお父さんに会ったんだけど、その時のこと聞いたの？」

「うちの親父を知っているのか？」

「ああ、バズメディア。有名人じゃないか」

レオはそっけない顔で言った。

「有名人はダーウィンのお父さんじゃなくて？」

「公務員を有名人と比較するものではないと思うけど」

「プライムスクール委員長を務める公務員なら話は別だ」

ダーウィンはしばらく黙った。なるべく学校の中では父の地位を取り上げないつもりだが、今のような偶然の会話を避けて通れる術《すべ》はなかった。するとレオはあたかもその不便さを理解でもしたかのように、話を本題に戻した。

「ところでうちの親父とはどこで会ったの？」

「知り合いの追悼式で」

「追悼式？　今頃の追悼式なら……」

ダーウィンはレオの正確な推測に驚いた。

「ジェイおじさんを知っているの？」

プライムスクールでただ自分だけが参加するジェイおじさんの追悼式をレオが知っているということを不思議に思っての質問だったが、バズおじさんがジェイおじさんの旧友だったという事実とレオがバズおじさんの息子という関係を足してみたら、十分分かる気がした。しかし、続くレオの答えはその推定から完全に外れていた。

「ああ。ルミ・ハンターの伯父さんじゃないか。今の俺たちと同じ年齢で死んだ……」

ダーウィンは一瞬、目をしかめた。レオの口から予期せぬ名前が出てきたためか、それともレオの頭上にある太陽がまぶしすぎたせいかは、はっきりしなかった。

レオが言った。

「そんな昔に死んだ人の追悼式をするのはルミの家族しかいないだろう、違うか？」

ダーウィンは「ルミのことをなぜ知ってるの？」と聞きたかったが、その質問をすることをためらって「ジェイおじさんを知っているなら来たらいいのに」とはぐらかした。

するとレオはうんざりする宿題でも引き受けたような顔をして「1ヶ月ぶりに得た自由なのに、一度も見たことがない人の追悼式に？」と独り言を言いながら続けた。

「俺はむしろダーウィンがそこに行くことに驚いたよ。君もジェイおじさんに会ったことがないのは同じじゃないか。もちろん会うこともできない人ってのが、先に立つが」

「会ったことはないけど、でも父の親友だったから」

「うちの親父と君のお父さんがジェイおじさんの昔の友達だということは知っていたが、全然違うな。親父は俺に追悼式に行こうと言ったことは一度もない。もちろん本人も行かずにいる」

ダーウィンは今日初めて話をしたレオ・マーシャルが、予想とは違って父親の代から続いてきた関係を自分よりもよく知っていることに少し驚いた。

「レオは3人が友達ということを知っていたんだね。僕は君のお父さんの話は一度も聞いたことがないのに。ふたりが友達だったということも今回になって分かった」

「まあ、俺も詳しく知っているわけじゃないよ。以前、ルミがうちに遊びに来た時、親父がルミの姓を聞いて、もしかしてジェイ・ハンターの親戚なのかい？　と言い出して知ったくらいだから。その時、ルミが親父にいろいろ質問して、3人が幼かった時に友達だったという話を聞いたけど、それが知ってることの全部だよ。親父は昔話をするのが好きじゃないんだ。もちろん他の話もそうだけど……うちの親父が全然言及しなかったのと同じく、お前のお父さんも昔話は大して好きじゃない性格のようだな」

レオの話に当たり前のように飛び出すルミの名前に、ダーウィンはどんどん外に押し出されていくような気がした。すでに主人公たちが決まって決着がついた話に、自分ひとりで無駄な期待を抱いていたようだった。そんな気持ちを知るはずがないレオは「もしくは、親父が気まずくてそうしたのか」と付け加えた。

ダーウィンはルミのことを思い出し、レオに聞いた。

「気まずくてそうした？」

「いくら旧友でも、文教部次官が麻薬に溺《おぼ》れた8地区の子供たちの話を制作する監督に会って嬉しいはずがない」

「麻薬に溺れた8地区の子供たち？」

レオはテーブルの片側に腰掛けて尋ねた。

「〈無限地区の無限な絶望〉って親父が制作したドキュメンタリーだが、聞いたことないか？」

ダーウィンは首を振った。

「プライムスクールに閉じ込められている以上、知らないのは当然か。とにかく、そのドキュメンタリーをテレビで放送しようと思ったんだけど、お前のお父さんが委員長を務める文化教育放送審議会で阻止したんだって。うちの母親が仮にも昔の友達なのに寂しいと言ったのを聞いたよ。あ、もちろんこれは俺の母親の一方的な意見だ。誓うが、親父はお前のお父さんを悪く言ったことは一度もない。まあ、そもそもお前のお父さんについて話さなかったというほうが正確だが」

ダーウィンは父がプライムスクール委員会を含め、数え切れないほど多くの団体の委員長を兼職しているという事実を知ってはいたが、父の仕事の属性までは完全に把握できてはいなかった。ただ遂行しなければならない役割が多いだけに、責任感も大きいと推測するだけだった。しかし父の職務を完全に知らない状態でも、ひとつだけ揺るぎなく確信することができた。父は常に正義の選択をし、正しいことをしようと努力しているということ。詳しくは知らないが、バズおじさんのこともそのような一環で下した決定だったはずだ。

沈黙が長くなったので、レオは今までの会話を後にして元の目的に戻った。

「父親の仕事は父親の仕事、俺たちは俺たちがすべきことをしよう。俺はこのフードが気に入った。どう、ダーウィン、俺のと交換するか？」

自分の好きな女の子と深くかかわっているような男と意味のある物をやり取りするなんてことは誰もがしたくないことだろうが、自ら進んで拒否することはない。

ダーウィンはレオが気に入った。14歳の時、ルミを異性と認識するやいなや心を奪われたように、会話を始める瞬間、レオからも似たような感じが伝わってきた。自分の息子に向かって〝何を考えているか全く読めないやつ〟と評したバズおじさんの判断は間違っているようだった。ルミとはどんな関係かと聞かれたら、レオは間違いなくありのままを話してくれるだろう。隠してもじもじしているのはレオではなく自分自身だった。レオがルミのボーイフレンドだったとしても、それがレオを憎む理由にはならなかった。むしろ事実が明らかになれば、嫌われるのは他人のガールフレンドに密かに恋心を抱いている自分のほうだ。

ダーウィンは好きな女の子の恋人さえも思い切り憎めないように理性的な論理構築を習慣にしたプライムスクールの授業方式に初めて苦笑したが、返事が遅れてレオに誤った信号を与える前に、急いでレオの提案に応えた。

「よし、交換しよう。君のは何？」

ついさっきまで積極的だったレオが、突然意気消沈した身振りでポケットをかき回しながら言った。

「実は俺、今日行事があることを完全に忘れてしまっていて。この前家に帰った時、何も持って来られなかったんだ。昨日急いで寮の部屋を探したが、ここに持ってこられそうなものはひとつもなくて、それでこれが一番〝古いもの〟だったよ」

レオがテーブルの上に置いたのは、有効期間が2

年前の夏で終わっている遊園地の入場券だった。

「新入生の時に持ってきたようだが、いままですっかり忘れていた。プライムスクールに通いながら遊園地に行こうなんて夢にも思っていなかったのに、こんなものをどうして持ってきたのか。とにかくそれでもこれが俺が見つけられる一番〝古いもの〟だから……。別に交換したくないだろ？」

ダーウィンはつまらない物を持ってきたのが大変な過ちであるかのようにすまないと思うレオが子供のように純粋に感じて、ためらうことなく入場券を手に取って答えた。

「物々交換、成立」

レオが意外そうに聞いた。

「君のほうがずっと損なんだけどな」

「それが〝古いもの〟の基本精神じゃないか。損害を損害として感じないこと。僕はこれが気に入った」

レオは笑って手を差し出した。

「今までここで友達になりたいと思える人間はひとりもいなかったが、ダーウィン、君とは友達になりたいと思って。もちろん、君も同じ考えじゃないといけないけど」

ダーウィンはレオの手を取りながら言った。

「レオが僕の前に立った時から、僕はもう僕たちが友達になっていたと思っていた、自然にね」

プライムスクールにおける学業は、達成感より恥辱感を与えるもののほうが多かったが、生徒はみんな各々の方法で苦しみに打ち勝っていた。

ダーウィンはプライムスクールを取り囲む自然の中で慰めを得た。自信を持って提出したレポートが期待に及ばず結果に落ち込んでいる日は、ひとりで寮周辺の細道を歩いた。揺らぐことなく同じ場所を守っている木々や、外部の助けがなくても日々生い茂る草。地面を這う昆虫の群れを通り過ぎると、自然と呼ばれるすべての存在が自分の運命に任された責任を果たすために最善を尽くしていると信じられるようになった。人間だけが厳しい運命を抱えているわけではない。ひとりで苦労しているのではなかった。自然とのそんな調和を感じると、傷ついていた心もゆっくりと回復していった。

道は歩みだけでなく、考えも一緒に導いてくれる。歩いて歩いて道が終わる頃には教授が指摘した物足りなさが何か分かるようになり、〝期待しすぎている〟という忠告を心から受け入れられるようになった。

散歩を通じて得たもうひとつの意味のある発見は、人類が得たすべての真理が自然から来たという悟りだった。ある午後、散歩をしていたダーウィンは、ふと科学と数学、哲学、文学、宗教、芸術で成し遂げられた世界の成り立ちが、すべてこのように天と地と木を眺める行為によって導かれたと気づいた。科学者も画家も、このように自然を眺めたのだろう。そしてそれぞれ自分が見つめた自然を全く違う記号で歴史に残した。その簡潔な真理を体得した後は、図書館で過ごす時間も自然から得た結果物を解釈する過程だと感じられ、勉強により大きな興味を持つことができた。

父との電話も大きな力になってくれた。寮の1階には比較的自由に利用できる電話室がある。ダーウィンは日曜日ごとにそこから父に電話をかけて近況を知らせた。サッカークラブの練習の時に引き受けたポジションからレポートのテーマ、昼食のメニューなど些細なことまですべて話題になった。父はどんな話でもいつも丁寧に耳を傾けてくれた。ダーウィンは父が自分のために真剣な相談相手となってくれているように、自分も父の相談相手になりたかったが、それを言う度に父の返事は同じだった。

「そんなことは心配する必要はない。そもそも心配は親の役目だから。子供たちは自分の仕事をこなすだけでも十分に素晴らしい」

ダーウィンにはそれが不満に思われる時もあり、「お父さんは僕を子供扱いしすぎなんですよ」と言ったが、電話を切ってからはいつも温かい気持ちが押し寄せてきた。そんなふうにして新たな一週間を始める力を得た。

月曜の朝、ダーウィンは寮を出て食堂に向かった。プライムスクールの食堂は両寮の遊歩道が出会う地点にあり、ゴシック風の外観は他の重厚な建築物に劣らないほど威厳があり、学校に初めて足を踏み入れた新入生には聖堂と誤解されることもしばしばだった。食堂の中でも授業中と同じように静粛と礼儀が求められるという点では、ペンの代わりにフォークを持っただけで講義室と似た雰囲気を醸し出していた。

しかし、今朝は普段とは違い、食堂に入った時点から、小さな騒ぎが起きているのを発見した。あちこちで頭を突き合わせた生徒たちが、深刻かつ興味深い表情で話をしている。生徒たちの間を通りすぎると〝名誉〟とか〝懲戒〟といった言葉が行き交っているのが耳に入ってきた。

詳しい内容は、同じ食卓に座った生徒会のメンバーから聞かされた。

「昨日の夜、寮を抜け出した奴が夜中に戻ってきて捕まったんだ」

ダーウィンは驚いてスープをすくっていたスプーンをしばらく止めた。寮を抜け出るなんて想像したことすらなかった。プライムスクールの高い壁を乗り越える方法も気になったが、なぜそのような行動をしたのかが疑問だった。

「寮を抜け出したって、どうして?」

生徒会のメンバーは、「詳しいことは知らないよ」ときっぱりと言った。

「実は、その理由はそんなに重要じゃない。理由が何であれ、規律を破ってプライムスクールの名誉を失墜させたということには変わらないからね。多分、相当重い懲戒を受けることになるだろう。生徒会で校長先生にそのように提案するつもりだよ。もちろん委員長も同じ考えだろうし。そうだろ、ダーウィン?」

ダーウィンはその友人がどう答えて欲しいのか分かったが、軽く笑うことを返事とした。父の権威を利用して容易に裁判官のフリをしてはならなかった。

最初の授業が始まる頃、学校の掲示板に脱獄者たちの身元が公開された。3人とも西寮生だったが、そこにレオも含まれていた。ダーウィンはレオに会って話を聞きたかったが、子供たち同士の接触は禁止されていた。

教授たちは授業中、昨夜起きた非行を糾弾し、「彼らは最初からプライムスクールに入ってはならなかった資格不十分な者で、プライムスクールの制服が似合わない浅薄な反抗児だ」と話した。レオを除いた1年生は2人とも3地区出身だという点を念頭に置いた言葉のようだった。さらにプライムスクールの選抜システムは立派だが、すべてのシステムにはエラーやバグが起こるものだとし、「この場にいる君たちは、いかなる時も、自分にエラーがないことを証明しなければならない」と述べた。

レオはプライムスクールから完全に姿を消した。法学の授業にも出席しなかった。ダーウィンはレオの寮まで行ったがベッドは空で、教育監からは「レオ・マーシャルは懲戒処分中なので会えない」としか聞けなかった。1週間後、一緒に学校を抜け出した2人は寮に戻ったが、レオは依然として姿を見せなかった。

ダーウィンは寮でも法学の授業時間にも、レオを気にかける人が誰もいないことに驚いた。サッカークラブも同じだった。運動場の使用の順番を待つために西寮の練習を見守る機会があったが、いつも主力として活躍していたレオがいないにもかかわらず、レオの欠場を惜しむ声はどこからも聞こえてこない。皆、目の前のことに没頭していた。ダーウィンは自分がプライムスクールでレオを知って覚えている唯一の人間だと感じた。

8月の第2金曜日の午後、2日間の休みを控え、ダーウィンは足りない学業時間を補うために図書館に行った。2時間ほど机に座っていた後、休憩を兼ねて窓際に行くと、ひとりで校庭のベンチに座っている後ろ姿が目に入った。

ダーウィンはまだ読み終わっていない本を急いで整理して、外に飛び出した。

「来週からは授業に戻ることができるの?」

後ろを振り向いたレオは疲れた顔で、「そうだな」と他人事《ひとごと》のように答えた。

ダーウィンはレオの隣に座りながら聞いた。

「どうして、寮を抜け出したの?」

「分からない」

「分からない?」

「分からない。ただ、ここにいるのが急に、たまらなく嫌になった」

ダーウィンはレオの言葉を理解できなかった。

「レオ、君は自ら望んでこの学校に入ったんじゃなかったの？」

「もちろん、望んで入った。あの大変な試験まで受けながら」

「君がした選択だったのに、ここが我慢できないほど嫌になったというのは真逆じゃないかい？」

レオはバツが悪そうに笑った。

「ダーウィンは自分が選択したことなら、つらさがあってはならないと思うのか？　じゃあ、何百年前、この修道院で暮らしていた修道士たちはなぜ自分が選んだことに幸せを感じられず、常に苦しい顔をしていたのだろうか。自分の足で歩いてきたが、その人たちもいつも外の世界に出たい誘惑に苛《さいな》まれたからじゃないか。だから修道院で多くの逸脱と犯罪が起こったのだろう。殺人、放火、売春……」

ダーウィンはレオの言葉を切って言った。

「だけど、ここは修道院ではなく我々も修道士ではない。僕たちは生涯忍耐を強いられる修道士たちに比べると、はるかに多くの自由がある」

「自由？　ここに？　俺の目にだけ見えない自由があるみたいだな」

「見えないって？　6週間の冬休みがあるし、外出許可書を出しさえすれば日曜日にも外出できるじゃないか。それに、1ヶ月に一度は家に帰ることもできるし。もう明日は家に帰る日だ。レオ、君はこういうのが全く自由に感じられないってこと？」

「ダーウィン、自由ってそういった祝日のように、日を決めてそれを楽しむことじゃなくて、急に夜中に街へ出たくなった時に、飛び出せることじゃないか？」

「夜中に街に飛び出して何をするの？」

「何もせずに歩き回っているだけだよ。市庁の前にある銅像に登ったり、閉まっている店を足で蹴ったり、車のない道路を走ってみたり」

「そんなことに何の意味があるの？」

「やってみれば意味が分かるだろう」

「それじゃ、僕には一生分からないね」

レオが立ち上がって言った。

「お前はそんな衝動にかられたことが一度もないの

か？　就寝の鐘が鳴った後、この世で何が起きているか見てみたいとか、夜行列車に乗って他の地区に行きたいとか、突然夜中に誰かを訪ねて驚かせたいとか」

太陽に背を向けて立ったレオの体が、なんとなく祭壇の下から眺める石像のように巨大に見えた。謹慎させられ、やつれた友人は神秘的に感じられたが、もっと神秘的なことはレオが種を吐き出すように放った言葉の中にあった。ダーウィンは就寝の鐘の音が鳴るとすぐに眠ってしまうため、他の地区に向かう夜行列車について一度も想像したことがなく、何よりも好きな女の子の家を夜中に訪れて驚かせたいなど、考えたこともない。そんな自分に初めて疑問を抱いた。

自分への疑問が湧き起こった瞬間、レオは苦笑して言った。

「いや、ダーウィン。今の俺の言葉は全部忘れてくれ。独房に閉じ込められていたストレスで、自由だの何だのわざと騒いだだけだから。お前にこんなことを言っているのを先生が聞いたら、多分もう1週間、謹慎を下すだろう。独房にまた閉じ込められたら俺は狂ってしまうだろうな」

「謹慎というから、授業を除外されただけかと思ったけど大変だったようだね」

「もともと俺は何もしないことが一番耐えられない体質なんだ。プライムスクールのこのたくさんの木々を全部剪定しろという罰を受けた方がましだっただろう。もちろん先生たちは俺にはさみを持たせるのも危ないと思うだろうけどね。俺がはさみで何を切るか分からないからな」

自分の言ったことにしばらく笑っていたレオは、独房に閉じ込められていたよりも悪い記憶でも浮かんだのか眉をひそめた。

「独房で一日中瞑想をして指導を受けたのはつらかったが、それでも不当だとは思わなかった。自分が犯した罪に見合う罰ではあるからな。逃亡者は閉じ込めておくのが一番合理的じゃないか。だけど、フードまで奪って行ったことは理解できない」

ダーウィンは突然出てきたフードの話に驚いた。

「フードって、僕たちが物々交換したあのフード？」

レオはうなずいて、宙を見つめながら言った。

「あの日の夜、フードを着て出かけたんだ。学校の中では着て歩けないから。ところが校長がフードを見ると、すぐに脱げと言ってその場ですぐに押収してしまったんだ。無断で学校を離れた罰として閉じ込めるのは分かるが、フードはどうして？　ダーウィン、法学の授業の教授もそうだった。罪と罰の間に比例の原則がなければならないという点を問いただしたところ、校長はプライムスクールの生徒として素行を守らなければならないという条項には、立ち振る舞いや身なり、言葉遣いまですべて含まれると言った。フードは当然プライムスクールで許される服ではなく、また俺の行動と話し方もプライムボーイの基準にはるかに及ばないと。懲戒委員会でもその言葉通り決定された。独裁者たちめ……。その条項ひとつで、この世の気に入らない人をすべてあぶりだすことができると思っているんだろう。とにかくダーウィン、君には本当にすまない。大切なフードをこんなにあっけなく取られてしまって。校長のせいにしたけど、とにかく全部俺のせいだよ」

レオが真剣になって許しを請うたことに対して、ダーウィンはフードを押収されたことをあまり残念に思っていない自分に気づき、かえってすまない気持ちになった。ダーウィンはレオを慰め、安心させようと笑いながら言った。

「僕に謝ることはない。物々交換をした以上、レオのフードだよ」

するとレオは傷心した子供のような顔で首を横に振った。

「いや、俺たちのフードだった」

父の書斎

土曜日の午前、家に到着したダーウィンは庭ではしごに登り、枝払いをしている庭師を見つけ、「こんにちは、おじさん」と挨拶した。するとおじさんは親切にもはしごから降りてきて、わざわざ助けが要らないくらい軽いかばんを家の中まで運んでくれた。ダーウィンはおじさんの好意に感謝し、中に入った。

ドアの音を聞いたベンは、待っていたかのようにダーウィンの懐に飛び込んだ。ベンは寮の中で染みついた大勢の少年たちの臭いをかぎ分ける勢いで、鼻をつきあわせてくる。彼の世界では自らを捜査官として考えているようだった。ダーウィンはこれまで与えられなかった愛情を補うために、制服が毛で覆われるのも気にせずベンの首筋を撫でた。ベンの爪でシャツのボタンがはがれようとしたところで、やっとマリーおばさんにベンを預けて避難し、2階へ駆け上がった。

部屋のドアを開けると、長く使っていた香水の匂いのように自分だけの空間が醸し出す心地よさが広がった。置き時計の細かい秒針の音がプライベートな時間に戻ったのを歓迎するように鳴る。ダーウィンは立ち止まり、自分の部屋が主《あるじ》にする挨拶を受け入れた。

窓の外では庭師のおじさんが木の枝を切り落とす姿が見える。鉄ばさみの表面に反射する日差しがまぶしいのか、おじさんはずっと顔をしかめて仕事をしていた。一本の木を整理し終えると、おじさんは横の木にはしごを移し、再び生い茂った葉にはさみを入れた。大変かつ単純な繰り返しの作業……昨日、レオから「プライムスクールのこの多くの木々を剪定する罰を受けた方がよかった」という言葉を聞いたせいか、一瞬ダーウィンはおじさんが自分の犯した罪に対する罰を受けているように思えた。鉄のはさみと首筋に絶えず流れる汗と歪んだ顔が罰の属性を帯びているように感じられた。

隣の木にはしごを移そうとしたおじさんが、こちらに視線を向けて、手を上げて再び挨拶した。ダーウィンは手を振り、おじさんの作業を妨害しないように窓から退いた。つかの間のことだがおじさんを罪人に、おじさんの労働を罰に思ったことを申し訳なく思った。

庭師のおじさんのことはマリーおばさんに聞いて大体知っていた。5地区の人だが誠実さが認められ、父の推薦で1地区の様々な庭園を管理することになったと。実際に作業する姿を目の前で見てみると、これからおじさんがもっとたくさんの庭園を管理するようになるという確信が生まれた。

遅い昼食の後、ダーウィンは久しぶりにベンを連れてセントラルパークまで散歩に出かけた。暑いが明るい日差しに気分はよかった。ダーウィンはベンを連れて軽くジョギングをした。ベンの黄金色の毛に太陽の光が降り注ぎ、目を見張るような生命力が感じられた。ダーウィンはベンのためにいつもよりスピードを上げた。しばらく走ると喉が渇いたので道の先に着くとベンを止めて売店を探してみたが、どこにも飲み物を売っているところが見当たらなかった。

ダーウィンはベンチに座っている老夫婦のところに行って尋ねた。

「失礼ですが、飲み物売り場がどこにあるか知っていますか？　昔はこの辺にあったようなんですが」

なぜか彼らは「夏に入って公園に初めて来たんだね」と言った。ダーウィンは老夫婦の正確な推測にびっくりし、「どうして分かったんですか？」と聞いた。老夫婦は「今春から公園内ですべての商業行為が禁止されたんだ。それでもっと素敵な公園になった」と説明しながら、親切に給水台のある所を教えてくれた。

ダーウィンは老夫婦に教えられた水飲み場で喉を潤し、ベンに水を飲ませた。そして、汗を冷やすことも兼ねて、木陰の下に横になってしばらく眠った。人々のやりとりが心地よい歌声になって耳元に舞い込んだ。

しばらくして目を開けると、青空の上に薄い赤みが漂っていた。薄らぐ光に沿って公園に漂う空気も人々の熱気も次第に冷めていった。思ったより長く寝ていたようだった。

午後にしなければならない勉強があったが、今日だけは時間に縛られたくなくて、そのまま腕枕をしたまま緑の森に降りてくる夕焼けを観賞した。極端な2色が調和をなして平和な風景を作り出す。ところが、ずっと見ていると、何故か寂しい気持ちが押し寄せてきて、心が冷えてしまいそうだった。ダーウィンはベンを抱き寄せた。ベンの毛に残っている太陽の温もりが肌に伝わってくる。しかし、その温もりも心の中までは及ばなかった。口の中では苦いキャンディの味がまた感じられた。

家に帰ってみると、もう7時に近づいていた。この時間なら、当然父は帰っているだろうと思っていたが、父の気配は感じられなかった。

ダーウィンはマリーおばさんのところに行って尋ねた。

「お父さん、まだ帰ってきてないの？」

おばさんも意外そうに答えた。

「そうね。どういうわけか今日はちょっと遅いわね。ダーウィンが来る土曜日には、いつも早くお帰りになるのに。事務室に電話をしてみるのはどう？」

「忙しいようですね。もう少し待ってみて、来なかったら電話してみますね」

ダーウィンはシャワーを浴びた。運動による疲労感が温かい水の中で活力に変わる。しかし、夕焼けの空を眺めて感じた寂しさは依然として体のどこかに残っているようだった。

シャワーを浴びて部屋の整理をしていたダーウィンは、机の上に置いてある1冊の本を見つけた。父の書斎の本棚から取り出してきた科学シリーズの最後の巻だが、すでに読み終わったものだった。このまま持っていてもかまわないが、本棚にこのシリーズを番号順に並べておくには元の場所に戻した方がよさそうだった。

ダーウィンは脱いだ服と共に本を持って1階に降りていった。マリーおばさんが洗濯物を受け取りながら、先に夕食にしないかと聞いた。ダーウィンは父に電話すると言い、1階の廊下の端にある父の書斎に入って灯《あか》りをつけた。その瞬間、本棚に並べられた数多くの本が、まるで眠りから覚めた巨人のように部屋の雰囲気を圧倒した。

ダーウィンは持ってきた本を元の場所に並べながら、同じ欄に並んだ本たちを指先でゆっくりとなぞった。手慣れた触感に、子供の頃、この本棚の前をうろうろしながら過ごした時間が思い出される。

その時はプライムスクールに入学するには、この棚をいっぱいに満たす本をすべて読まなければならないという漠然とした義務感を持っていた。そのため、内容やレベルを問わず、目に見える本は何でも読もうとした。すると父は、年齢によって読みやすい本を選んで推薦してくれ、難しすぎる本は読まずにタイトルだけ見るのでもいいと言った。「本によってはタイトルにすべてが載っている本がある」と助言してくれたのだ。しかし実はこの書斎で父が最もよく言った言葉は、「あまり一生懸命勉強する必要はない。子供たちは本を見下ろすより空を見上げて想像しなければならない」だった。一般的な1地区の親たちの態度とは全く異なるものだったので、いつか一度、「お父さんは友達の両親とは正反対のことを言う」と言うと、父は笑いながら言った。

「優等生だった親たちと違って私は勉強がどれほど大変なことか知っているから。お父さんは幼い頃から頭があまりよくなかったんだ」

もちろんダーウィンはその言葉は父が自分の負担を軽くするための冗談だと知っていた。また、息子のために進んで劣等生を自任する父の余裕のある態度のおかげで、自分が苦労なく学業を楽しむことができるようになったということも。

楽しかった幼少期を回想したダーウィンは時間が8時に近づいているのを見て、本当に父の事務所に電話をかけなければならないと思った。マリーおばさんの言う通り、自分が帰って来る土曜日に父が何の理由もなくこんなに遅くなるはずがなかった。

ダーウィンは秘書室に電話をかけた。しかし、ベルが鳴るだけで、電話に出る人はいなかった。もしかしたら先ほど全職員が退庁し、父も帰宅している最中かもしれない。ダーウィンは「それでも、もしかして」という思いで、ベルが鳴り終わるまで受話器を持ったまま待った。ふと電話の横に置かれた電話帳を見てみると、〝home〟と分類されたページにある名前が目に入った。

〝ジョーイ・ハンター〟

すぐにベルが止まって電話に出られないというアナウンスが聞こえた。ダーウィンは電話を置いた。今の状況をめぐるすべてが、急にぎこちなく感じられた。電話帳の日常的なページに書いてあるジョーイおじさんの連絡先は、家に帰る時間を過ぎても連絡がつかない父の行方と同じくらい異質なものだった。以前、ルミの家の電話番号を知らないという事実を知った時も、これと似た違和感があった。

ある日曜の午後、父と電話を終えたばかりで、ふとルミに電話をかけてみようかと思い、再び受話器を取った。ところが不思議なことに、数字のボタンを押す直前になってやっと、ルミの電話番号が全然思い浮かばないことに気づいた。仕方なく電話をかけるのをやめて寮に上がってきて、ダーウィンはルミの電話番号を漠然と知っていると勘違いした理由を考えてみた。そして、ルミの家と自分の家の間に存在する、少し変わっていると言える関係を振り返ってみた。

父は毎年ジェイおじさんの追悼式に参列し、ジョーイおじさんに親近感を持って接しているが、その日を除けば、ジョーイおじさんを家に招待することも、連絡を取り合うこともなかった。ジョーイおじさんも同じだった。追悼式では親戚のように温かくもてなしてくれるが、卒業式や入学式のような行事がある際に、お祝いのカードを送ったり電話をかけて来たりすることも一度もなかった。父とジョーイおじさんは、自分とルミを紹介することにも無頓着だった。追悼式で会った時にも、「同じ年だからふたりに友達になってほしい」という言葉を口にしたことがない。大部分の大人はむしろ子供たちが面倒がるほど友達を作らせるのに積極的なのに。

ダーウィンはそのような様々な状況を考えてから、追悼式では親戚ほど親しい間柄だが、普段は連絡を取り合わないという矛盾した関係が、ルミの電話番号を知っていると自分に勘違いさせたことに気づいた。

ダーウィンは再び時計を確認した。8時を少し過ぎている。電話をかけるのに遅い時間ではないが、ここでまた少しためらうと、もう間に合わないだろう。手紙を渡せなかった自分に対する失望感を振り払うチャンスも逃してしまう。

ダーウィンはこれ以上ためらうことなく、ルミの家の番号を押した。ジョーイおじさんやおばさんが電話に出たら、「ルミと話したい」と正直に言えばそれで充分だった。ふたりがあえて通話を止める理由はないはずだから。

ベルが鳴ると、緊張する暇もなく誰かが電話に出た。

「もしもし」

ルミの声だった。

「えっと……僕、誰か分かる?」

ダーウィンは自分の電話の声がおかしくないことを願いながら聞いた。

「ダーウィン?」

ダーウィンは一瞬で自分であることに気づいたルミの返事が嬉しかったが、すぐに喜びよりも驚きが大きくなった。その反応は期待していた範囲をはるかに超えていたから。

「どうして僕だと思ったの?」

「今日がプライムスクールの休暇だから、あなたが連絡してくるかもしれないって思って、ずっと電話機のそばで待っていたの」

ルミの説明は驚きを解決するどころか、むしろもっと大きな疑問を呼び起こした。

「僕が連絡するかもって? どうして?」

「この前、パパのせいで会話が途切れてしまったじゃない。その時あなたが私の話を最後まで聞きたがっているということが分かったのよ。それで、明日会おうとすれば、少なくとも今日電話をくれるのではないかと思っていたの。私の話、合っているでしょ?」

ルミの言っていることはよく分からなかったが、ダーウィンは「うん」と答え、ルミの誘いに乗った。

「じゃあ、明日の朝8時にセントラル駅で会う?」

ダーウィンは「明日8時にセントラル駅」と繰り返して言った。

「そう。ダーウィン、なるべくだらしない服を着てきてね」

その理由を聞く前に低い声で「パパが来た。それじゃあ、明日」とささやいてルミは電話を切った。

通話終了の音が鳴る受話器をしばらくそのまま耳に当てていたダーウィンは、腕が痛いのを感じてようやく受話器を下ろし、窓際へと行った。窓を開けると湿った夏の夜風が吹いてきた。風の吹く方向に庭の木の葉がそよそよと揺れている。自然が偉大なのは、そこに在ることに不自然さを感じさせないことかもしれない。一日中雨が降っていたが急に日を昇らせて、そしてまた真っ暗な夜を作る月を出して星を輝かせる……。

そう考えると、本を返す目的で入った父の書斎で偶然、電話番号を見つけてルミに電話をかけ、明日の朝に会う約束を決めたこれまでの流れも、まるでどこからか吹いてきた風に木が揺れ、枝ごとに留まっていた鳥が一度に飛び立ちながら舞いを踊る自然現象のように感じられた。そうあってほしいと望んだことが敢えて苦労することもなく、自然に一度に実現したのだ。驚くべき風景を目にした後の恍惚とした気分が簡単には鎮まらず、ダーウィンは心が落ち着くまで書斎をうろうろした。

どれくらい時間が経ったのか、街灯がひとつ、ふたつと灯《とも》り始めた。ダーウィンは興奮で一瞬崩れていた現実の時間が戻ってくると、明日は祖父の家に行く日だということに気がついた。しまったと思ったが、今さらルミとの約束をキャンセルすることはできなかった。

ダーウィンはシルバーヒルに電話をかけた。アナおばさんが電話に出て、「旦那様、ダーウィンです」と祖父に伝えた。久しぶりの電話だったせいか、祖父の声がいつもより一層やさしく聞こえた。

「ダーウィン、電話をくれるなんて本当に嬉しいよ。特に変わったことはないかい？　明日はこのおじいさんの家に来るのだろ？」

祖父の期待を失望に変えなければならないのはつらかったが、どうしようもなかった。

「おじいさん、ごめんなさい。実は、明日行けなくなったということを伝えたくて電話したんです」

祖父は何も言わなかった。電話が切れたのではなかった。受話器越しに息づかいが伝わってきていた。ダーウィンはもう一度「ごめんなさい」と謝罪した。すると、「ニースが行くのはやめようと言ったのかい？」と言う。ダーウィンは祖父の突拍子もない反応に「はい？」と聞き返した。祖父がどうして急に父の話を持ち出すのか分からなかった。ひと月前に父がつっけんどんに振舞ったことをまだ気にしているのだろうか。

「お父さんがなぜそんなことを言うのですか。明日、友達と急に約束ができたんです。他の学校に通う友達だから普段会う機会がなくて、明日会うことにしたんです」

ダーウィンは祖父が「友達は誰か」と尋ねたら、正直に「ルミ」と言う準備ができていた。特別な仲になる前にルミの話を持ち出すことには慎重でいたかったが、ジェイおじさんの姪だということを知れば祖父も安心して、これ以上寂しがることはないだろう。ところが、友達は誰で、月に一度会う自分とその友達のどちらの優先順位が上なのか冗談交じりに聞いてくると思っていた祖父は、意外にも「そうか、分かった」と言って、「疲れたので早く寝る」と言って先に電話を切った。

当然のように明日は孫が来ると思っていいのに、前日の夕方に突然かかってきたキャンセルの電話に失望したまま寝床に入る祖父のことを思うと、ダーウィンは心が穏やかではなかった。今度、祖父ともっと多くの時間を過ごすことで今日の寂しさを埋めてあげなければならないだろう。

そのつもりで受話器を置いたら、開いたドアの隙間から突然ベンが飛び込んできた。ベンが重要な本を引っ掻いてから、父の書斎はベンの出入り禁止区域になっていた。ダーウィンはすぐにベンを阻止したが、普段は入ってこられない所だからか、ベンは今まで以上に興奮していた。

壁際のスタンドの照明がベンの尻尾に当たって倒れかける。ダーウィンは辛うじてスタンドを引き止め、「ベン、止まれ」と叫んだ。しかしベンはものともせず本棚をのぞき、壁の隙間の何かを歯で咥《くわ》え寄せた。

「ベン、お父さんのものに手を出してはいけない。本当に怒られたいのか？」

ダーウィンはベンを捕まえようとしたが、ベンはそれを噛んだまま急いで書斎の外に逃げた。ダーウィンは走り回り、マリーおばさんに「ベンを捕まえてください」と叫んだ。マリーおばさんが道に立ちはだかって、ベンは何とか立ち止まった。

マリーおばさんはベンの口の中の物をもぎ取りながら言った。

「これは一体どこから見つけて来たの、こんな古いもの。私も知らないこんな洗濯物がどっかに隠れていたなんて。ベン、一体どこからこんなものを拾ってくるんだい？」

おばさんのそばへとゆっくりと歩いていったダーウィンは、おばさんが手に持った物の正体を自分が知っているはずがないと思いながらも、おばさんからそれを受け取った。

その時だった。玄関の方から父の声が聞こえてきた。

「なんでこんなに騒々しいんだい？」

マリーおばさんは「ベンを止めるために戻ってきたのかもしれませんね」と言い、当惑した状況を説明していた。

「ベンがどこかから変な服を持ってきたんです。他の家の庭にでも行ってきたようです」

父は大したことではないように「そうだったんですか？」と返して、「ダーウィン、今日は特に遅かっただろう？　仕事が滞ってしまって。1ヶ月ぶりだから顔を見せてくれ」と言った。ダーウィンは自分の手に持っている物から目を離すことができなかった。ダーウィンは先に挨拶をすることも忘れ、それを見せながら尋ねた。

「このフードがどうしてお父さんの書斎にあるんですか？」

父は足を止めてその場に立った。何も言わずに……。

ダーウィンは父がよく見えるように、フードを持ち上げて再び聞いた。

「どうしてお父さんがこのフードを持っているんですか？」


たまに、絶対に起こらないことを想像する。

ある日の朝、トイレの鏡の中に、この前ちょっとすれ違った顔が再び映ること、急いでトイレから出てクローゼットを開けたら、中にかかった服が全部伸び切ってひとつも合わなくなること、袖とズボンを適当に折って車に乗ったら、運転する方法を完全に忘れて街路樹にそのまま突き当たること、壊れた車の中からやっとの思いで役所の事務所まで足を引きずって歩いていくこと……。庁舎の庭先でスズメが鷲を捕食していること、引き裂かれた鷲が蘇ること、生き返った鷲が私に飛びついて目をついばむこと、ガタガタの靴で地を踏みながら鷲を追い払うこと、〝次世代のための教育政策〟を発表する記者会見場に遅れてしまうこと、鳥の羽をつけたまま走ってきた私を見てみんなが笑い出すこと、記者たちが投げる質問に対し何の返事もできずに汗だけダラダラ流すこと。私を〝間抜け〟と無視してからかうこと、そのすべての光景をジェイが一番前の席に座って見守っていること。

当時、私は繰り返し尋ねた。

「母さん、死んだ人は絶対に生き返ることはないでしょ？　そうでしょう？」

母さんは汗で濡れた私の額と涙が流れている頬を冷たいタオルで拭きながら、優しい声で言った。

「死んだ人が生き返ることさえできれば、人間がこんなに悲しむ理由はない。ニース、もういい加減ジェイを送ってあげなさい。それが神様の大きな教えよ」

毎晩、母は私が眠るまでベッドサイドで見守った。時には眠ることもできたが、私は母を階下に行かせたくなくて、わざと「お水が飲みたいです」とか「おなかが痛いです」と子供のように嘘をついた。母はきっとそれが嘘だと分かっていたはずだが、一度も男の子が仮病をつかうなと叱ることなく、温かい手で眠るまでおなかをさすってくれた。いつも耳元で優しい声が聞こえた。

「明日は今日よりよくなるはずよ。母さんも、おとうさんおかあさんが亡くなって、しばらくは毎日泣きながら過ごしていたけど、ある時周りを見渡すと、短かった死の瞬間の代わりに、おとうさんおかあさんと一緒に過ごした大切な時間だけが残っていたの。ニースにもその瞬間が来ることをお母さんが祈ってるわ」

立派な親は立派な宗教よりもっと立派だ。しかし、立派な宗教が珍しいように、立派な親も珍しい。私が母から生まれ、教育を受けて育てられたことは私にとって最も大きな祝福であった。私には、神は別に必要ではなかった。

近年はあまり考えなかった一連の〝絶対に起こらないこと〟がその朝、再び思い浮かんだのは、おそらくこの前、ジェイの追悼式に行ってきたからだろう。追悼式の前後、しばらくはうつ病にかかった子供のように、鷲だのスズメだの、足に合わない大きな靴だのと余計なことを考えてしまう……。

出勤中、頭が痛くて気分が優れなかったので、ラジオをつけていた運転手に「考える時間を邪魔しないでくれ」と腹を立てた。あわてた彼は、申し訳ありませんと言って急いでラジオを消した。彼は私が普段お願いしているとおりにニュースチャンネルをつけていただけなのに。もしかしたら途中でバズメディアが作った公共広告が流れてきて、より敏感になっていたのかもしれない。

バズの奴、学校と事務所に連絡しただけでは物足りず、ジェイの追悼式にまで現れてプライムスクールのドキュメンタリーを撮りたいと言うとは……どういうつもりだろうか。麻薬に溺れた8地区の子供たちを追いかける煽情的なカメラをプライムスクールにまで向けるわけにもいかなかった。しかし無下に撮影協力を拒否するわけにもいかなかった。子供の頃からプライムスクールに反感を抱いていた奴なので撮影許可を断ったら〝自分勝手〟に話を作ってしまう危険があるからだ。委員会内でも、「バズの名声を考慮すると撮影許可を出して、厳格な指針を作って審議する権利を確保した方がいい」という意見が多数だった。

頭の中を乱す様々な考えで、出勤途中は憂鬱だった。そのまま家に帰りたかった。バックミラーを通じて私の気持ちを察する運転手も、窮屈なスーツも、公務員でいっぱいの街も嫌だった。しかし、そうしてすべてを諦めたくなると、最後にはいつも母の温かい声が耳元で響いてくる。

「神様はどんなに弱い人でも一番大切なものを守ることができる力をくださったわ。親にとってそれが子供なのよ。何があっても私のニースはお母さんが守ってあげる。そしてあなたが将来大きくなって親になれば、あなたはあなたの子供を守ることができる力を持つようになるのよ」

そう、私にはダーウィンがいる……。すべてを諦めようだなんて、何を考えているんだか。

幸いにも庁舎に着いた頃には、私は母の声とその言葉を思い出し、憂鬱な気分を追い払うことができた。運転手には「気がかりなことを思い出して、訳もなく神経質になった」と謝罪した。彼はありがたいことに「とんでもないです。毎日重要な決定を下さなければならないでしょうから。気にしないでください」と理解してくれた。公務員になってからはむしろ本当に重要な決定をしたことはなかったと思うが……。

事務所に入ると、秘書が土曜の午後から数時間前の朝にかけて受けた連絡を伝えてくれた。その中でプライムスクールからかかってきた電話には〝緊急〟という文言が書かれていた。その瞬間、ダーウィンに何かあったのではないかと不安になる。だから、朝あんな考えが浮かんだのだろうか。

かばんを置く暇もなく、急いで学校に電話をかけた。幸いにもダーウィンに関することではなかった。

校長は昨夜起きた数人の子供たちの無断外出の話をした。

「生徒たちが、夜密かに寮を抜け出すという不祥事が起きて、管理を引き受けた私としては本当に言葉がありません。騒ぎが大きくなる前に急いで懲戒の程度を決定しましたが、父兄たちに連絡をする前に委員会と先に相談しようと電話を差し上げました。後になって学校と委員会の間で不協和音が生じてはならないからです」

校長は自分より20歳ほど年上なのに、公的な立場では常に自分を礼遇した。私もやはり彼の知恵を尊重するという意味で、「学校の決定を優先します」と言った。校長が外出した3人の身の上を知らせた。バズの息子が含まれていたことも気になったが、よりによって残りの2人は3地区出身だった。〝1地区出身者だけで新入生を選抜しよう〟という多数の声を抑えてやっと機会を与えたわけだが、入学して半年で分別のない一晩の行動で自分の出身地域の期待を裏切るとは……。強硬派が来年プライムスクールの門をさらに狭めたとしても仕方ないことだった。

2人の謹慎期間は1週間とすることにした。

ところが校長がレオ・マーシャルには2週間の謹慎期間を与えると言う。私はどうしてレオだけ謹慎期間が長いのかと聞いた。ドキュメンタリー番組のこともあったのに、バズに余計な誤解を与えたくなかった。何よりも罪が同じなら罰も同じでなければならないのが原則だった。レオが先輩なのでもっと重い責任を負わせるのかと再び聞こうとした瞬間、校長が先に「レオがプライムスクールの品位を損ねる服装をしていたためだ」と説明した。

「フードを着ていました。プライムスクールの生徒が下位地区の犯罪者が着ているフードを着るのは、絶対に許せないことではありませんか？」

「フード？」

私が考えている間に校長は「ダーウィンにも一定の懲戒を下すべきかどうか悩んでいます」と言った。この件とダーウィンに何の関係があるのか、私は全く見当がつかなかった。「ダーウィンにですか？」と尋ねると、校長が説明した。

「フードがどこから手に入ったのか問い詰めても、レオは最後まで返事をせず、どこか外から手に入れてきたのかとも思いましたが、調べてみたら〝古いもの〟の行事でダーウィンとレオが物々交換をしたそうです。それで記録を確認してみたところ、ダーウィンが持ってきた服とレオが持ってきたチケットが交換されていました」

その瞬間……自分の体よりずっと大きい背広を着た子供が、車のハンドルの操作ができなくなり街路樹に突っ込む映像がまた浮かんだ。私は実際に事故にあったような衝撃で力を失い、椅子に座り込んでしまった。

「もちろん私もよく知っています。私の世代に比べて〝12月の暴動〟を本だけで学ぶ最近の子供たちは〝フード〟に対する恐怖心や反感が大きくないということを……。聞いたところによると、最近は下位地区だけでなく中位地区ですら堂々とフードを着て歩くことが多いそうです。しかし、あくまでも辺境地区の逸脱の風潮と言わざるをえないと考えると、将来、社会の理念的基準を決めることになる人材を育てるプライムスクールでは決してあってはならいことですし、起きてもいけないことです。レオは懲戒が終われば自分にフードを返すのが正当だと主張しますが、私はプライムスクールの校長職を離れ、ひとりの大人として私たち1地区の子供たちがそのような服を着て学校に通うことを絶対許せないのです。委員長はどうですか？　私の考えに同意されますか？」

私は力のない声で「もちろんです」と言った。校長は私を試すかのように「では、ダーウィンの懲戒をいかがいたしましょうか？」と聞いた。〝息子の裁判官〟役をしたい親がどこにいるだろうか。「学校の決定に従うことにします」と私は応えた。校長は事前に返事を準備したように「委員長の意思が私たちと一致することが分かったので、今回はそのまま見過ごしておきます」と言った。

「厳密に言えば、そうした物品の搬入を防ぐことができなかった学校側の過ちもある。我々が先にそのような物品は許されないとはっきりしておいたのなら、ダーウィンのように模範的な子供がそんなものを持ってくるはずがありませんから。しかし、ダーウィンはどこでそのようなフードを手に入れたのか……。まあ、それはご家庭で委員長が別に説諭されることでしょう。分かりました。それではこの件はこのままにさせて頂きます」

そう、押し込められた車の中に座っているわけにはいかなかった。急いで事故現場から抜け出して周辺を見回し、何が起こったのか把握しなければならない。私は電話を切ろうとした校長に「待ってください」と引きとめ、フードを直接確認してみないと、フードを事務所に送ってもらうよう頼んだ。フードを直接確認してみないと、ダーウィンにもそれを手に入れた経緯が正確に聞けないと。校長はただでさえ処分方法について悩んでいたので、「直ちに送ります」と言った。

フードが届くまで何も手に付かなかった。決裁を待つ書類はすべて午後に回させた。2時間ほどした後、プライムスクールの教職員が紙に包んだ分厚い品物を持ってきた。秘書に何の電話もかけないでほしいと言った後、ドアに鍵をかけて机の後ろに隠れるように座った。震える手で紙をちぎりながら繰り返し呟いた。まさか、違うだろう。そう、違うだろう……。しかし、フードと向き合い、鼻の中に及ぼすその匂いを嗅ぎ、首にぶら下がったその紐をまた感じた瞬間、頭の中で9897969594939298……限りない数字が繰り広げられた。「どこに行かれるのですか？」と聞く補佐官の質問に答える暇もなく、車を運転して父の家に向かった。

父はちょうど昼食を食べようとしていたところだった。月曜日の昼、突然訪ねてきた私を父は嬉しそうに迎えて「一緒に昼ごはんを食べよう」と気楽なことを言った。自分の人生に暗雲が垂れ込めているとは少しも思っていないようだった。そう、雷の音に驚いて泣いて、雨に降られてぶるぶる震えるのはいつも私だった。むしろアナは私の気配に気づいて「庭のスプリンクラーを作動させないと」と言って、席を外してくれた。他人である家政婦も私の感情を読むことができるのに、一体、父という人は……。

私はすっかり取り乱して父に怒鳴った。

「気でもふれたのですか？　一体どうやったらあれをまた取り出そうという考えができるのですか？」

「何を言っているんだ。父親に気がふれたなんて、お前こそ正気じゃないんじゃないか」

「私が今、正気でいられると思いますか？　父さんが作ったぬかるみにダーウィンまではまりそうなのに……。どうして？　私ひとりじゃ足りないということですか？」

「一体、私が何をしたと言うんだ。いきなり来てその乱暴な態度はなんだ？」

「言い逃れはしないでください。父さんでないとしたらダーウィンはどうやって知ったのですか？」

「お前が何を言っているのか全く分からん。ぬかるみとは何だ、ダーウィンとは何の話だ。怒りを抑えてまず説明からしてみろ」

怒りを抑えきれず部屋をうろうろしても正気を取り戻せない私は、父に向かって指を差して宣言した。

「もうこの家にダーウィンを来させない。私の許可なしには連絡もしないでください。私の息子は私が守らなければならない」

そして後ろも振り向かずに車を走らせてシルバーヒルを抜け出した。

ところが運転をして心が落ち着くと、後から父は本当に知らなかったのではないだろうかという気がした。いくら父でも、そのフードを誇らしげにダーウィンに見せることはできなかったはずだ。では、ダーウィンはどこでそれを発見したのか？　私のほうが父に対して過ちを犯したのか……。頭を振った。いや、父が直接与えたわけではないとしても、父が責任を免れるわけにはいかない。そのフードをまだ持っていること自体が大きな罪なのだから。

そのように私の行動を正当化して慰めを得ようとした瞬間、誰かが私に聞いた。

「それならニース・ヤング、お前は？」

君はなぜあの時フードをネオン川に捨てられなかったんだ？　なぜ、そのフードをまた家に持ってきて、元の地下室の箱の中にそのまま入れておいたんだ？

会社に戻ってからフードを隠すように家に持ち帰り、書斎の本棚の後ろに押し込む瞬間も、彼は皮肉たっぷりに聞き続けた。

なぜ、30年経った今でもそれを捨てられずに、そこに押し込んでおくのだ？　言ってみろ、一体どうしてそんな怖気《おじけ》づいた子供のような顔をしているんだ。

聞き慣れた声の尋問者の執拗《しつよう》な質問に黙秘権で対応している間に、ダーウィンが家に来る第2週の週末が迫った。1ヶ月の中で一番待ち遠しい時間。しかし、今日は本来しなくてもいいことまで処理しながら、遅くまで事務所にいた。ダーウィンと過ごすのが怖かった。そのフードの意味を知るはずはないが、ダーウィンがそれを触ったということだけでも、息子の前でどんな顔をしていいのか分からなかった。

「なぜ？　レオは校長先生に押収されたと言っていたけど、なぜこれがお父さんの書斎にあるのですか？」

たまに絶対に起こらないことを想像することがある。

私の息子が成長してから私を不審な目で見始め、私の行いに対して疑問を持ち始め、嘘をつかなくては答えられない質問を投げかける今のような時を……。ところで私は何の信念でそれらが絶対に起こらないと確信したのだろうか。すでに絶対に起こりそうになかったことが人生で起きて、また起きることを数多く見てきたはずなのに。

「お父さん？」

ダーウィンの純粋な茶色の瞳の上に私の姿が浮かび上がった。ダーウィンに何と答えたらいいか？　いくら年をとっても私はいつまでも大きなスーツを着て、合わない靴をやっと履いて歩く臆病者に過ぎないのに。

ダーウィンは父の方にもう一歩近寄った。父はどういうわけかずっと黙っていた。父の沈黙があまりにも長くなると、ダーウィンは確かに父の書斎でフードを発見したにもかかわらず、父もこのフードについて知らないのではないかという不自然な思いさえしてきた。

その時、父がフードを受け取り、聞き返した。

「これはどこで見つけたんだ？」

「お父さんの書斎の本棚の後ろで。ベンが見つけました」

父はベンに向かって「ベン、書斎には入ってはいけないと言ったはずだが？」と注意をし、続けて話した。

「そういえば、この前どこかに置き忘れていたが、ベンが本棚の後ろに置いたようだな」

ダーウィンはベンの頭を撫でながら言った。

「何だ、ベン。君が隠しておいて君が見つけたふりをしたのか？　見た目より用意周到だな」

ベンは一度大きくほえて、奪われたフードに代わる新しいおもちゃを探して走り去った。何でもないという父の平穏な態度のおかげでダーウィンは混乱の感情から抜け出すことができたが、疑問は依然として残っていた。

「ところで、これをどうしてお父さんが持っているんですか？」

父はソファーに座り、向かい側に座りなさいという手振りをした。ダーウィンは言う通りにした。父はさっきのように固く口をつぐんだまましばらく沈黙し、息の重みが感じられる低い声で「ダーウィン」と呼んだ。とても疲れた声だった。ダーウィンは1ヶ月前に見た時よりも、父の顔がやつれていることに気づいた。おそらく、今日のような休日にも出勤して夜遅くまで働いたためだろう。

「私に内緒でとんでもないことをしていたのだな。こんな物を学校に持って行くなら、先に私に言っておくべきだ。おかげで校長先生に少し叱られたよ。委員長の息子が学校行事で禁止された物品を堂々と交換したということだ。こんなの一体どこから持って行ったんだ？　家ではないだろうし」

ダーウィンは自分が父の説明を必要とするように、父も自分に説明を求めざるを得ない状況だと悟り、正直に話した。

「おじいさんの家の地下室で見つけたんです。先月、電話機を取りに降りて行ったじゃないですか。〝古いもの〟というイベントがあることを思い出して、地下室にある古い箱を探したんです。おじいさんの地下室なら、良い物を見つけられそうだったから」

父が妙な微笑を浮かべて尋ねた。

「ダーウィン、君にとってこの古い服は伝統ある〝古いもの〟の行事に出す価値のあるものに見えたのかい？」

ダーウィンはフードを発見した時に感じた感情を率直に語った。

「僕は話だけで聞いて、実際には一度も見たことのない服だから、他の子たちも僕のように興味を示すと思いました。子供たちの間で密かにお互いにもっと珍しい品物を持ってこようと競争する雰囲気があるんです。しかもフードが禁止品だという話は聞かされていなかったんですよ？　禁止されているのは銃器類や煽情的な物じゃないですか。時代性と歴史性を帯びた物だから、当然〝古いもの〟のイベント精神に合致する物ではないでしょうか」

「あまりにも自己的な解釈だね。時代性と歴史性とは綿密な研究の末に付与されるもので、ただ古いからといって、むやみやたらに付けられるものではない。いずれにせよ、学校がフードを禁止品に載せていなかった責任があることは否定できない。プライムスクールの生徒が学校にフードを持ってくるとは思いもよらず、それをわざわざ名門で規制する必要も感じなかったんだろうけど。それに、保護者として子供がどんなものを学校に持っていくのか確認できなかった私の過ちだ。知っていたら学校にそんなものを持っていかせたりはしなかったのに。君がどうして隠していたのかが分からないな」

ダーウィンは父が誤解している点を説明した。

「隠したわけではありません。その時は当然、おじいさんとお父さんに僕が探し求めた〝古いもの〟を見せるつもりでした。おじいさんに持って行ってもいいかと許可ももらわなければならなかったし。だけど、地下室から上がってみるとふたりともいなくて、アナおばさんがお父さんは寝ているから起こさないでほしいと言いました。おじいさんは庭に出ていたんですが、なんだか気分が悪そうでした。それで、一応かばんに入れておいて、後で言おうと思ったんだけど……。すっかり忘れちゃったんです」

父は理解したらしく「そういうことだったんだな」とうなずいて、とうとう気になっていた質問に答えた。

「夜中にこれを着て出て問題を起こしたのはレオだが、とにかく家から持っていった物が発端になったのだから私が校長先生に服を送ってくれと言ったんだ。私は見たこともない服なので、いったんどんなものなのか確認すればダーウィンとも話をできると……。聞いてみたらレオが服を返してほしいと望んでいるそうだが、それはとんでもない話だ。一度はよく知らなかったとして理解して見過ごすこともできるが、プライムスクールの生徒だということを分かっていながら、このような服を着るのは絶対に許せないことだ。その時は2週間の謹慎では終わらないだろう。単純にレオひとりの問題ではなく、プライムスクールの名誉にかかわることだ」

「レオも自分の過ちはよく分かっています。もうしないでしょう」

父は「そうか見守ってみよう」と言って、フードを持ってソファーから立ち上がった。フードを失って傷ついたレオの顔が浮かんで、ダーウィンは父さえ目をつぶってくれればフードをレオにまた渡したくて、慎重に聞いた。

「それはどうするつもりですか？　おじいさんにお返ししますか？」

父は足を止め、手に持ったフードを横目で見ながら答えた。

「そうだな。おじいさんはこんなものがあることを覚えてもおらず興味もないかもしれないから、あえてそうする必要はなさそうだね。おそらく幼い頃、友達と一緒に遊んでいた時、中位地区の中古品店などで一度好奇心から買ってみて、箱に入れておいたようだが、今になって返したところでゴミにしかならないだろう」

「では?」

父は「当然捨てなければ」と言った後、付け加えた。

「どこに捨てるかは聞くな。私の息子が密輸業者の役割をするのは見たくないからだ。またレオの手に渡ったら、君も懲戒を避けられないよ。どうか私に息子を審判する苦悩は与えないでほしい。分かるな?」

ダーウィンは本心がばれたようで、素直に「分かりました」と答えた。

父は笑顔で言った。

「そうだ、今日以降このフードの話はこれ以上しないようにしよう。この家でも、おじいさんの家でも、プライムスクールでも。悪いことは早く忘れたほうがいい。そうしてくれるな?」

ダーウィンはうなずいた。父の顔が疲れているように見えたのは仕事が多すぎるせいだと思ったが、どうやらフードを持ってきた自分の弁護のために校長先生とトラブルがあったようだ。ダーウィンは自分の軽率さによって父が謝罪し、許しを得なければならない状況に置かれたことを申し訳なく思った。レオのことも気になったが、フードのことを忘れたほうがみんなのためになると思った。

しばらく席を外してくれていたマリーおばさんは会話が終わったことに気付き、「夕食のお時間ですよ」と言った。父はそれに対し、「食べてきました。疲れたのでちょっと休みます」と言って部屋に入ってしまった。マリーおばさんが残念そうに「今日はひとりで食べなきゃ」と言った。ダーウィンは夕食をひとりで食べることよりも父の疲れた顔が気になったが、今のところゆっくり休ませるのが自分にできる最善のことのようだった。

　夜になった後も、クルミ通りには昼と変わらない安全と信頼、平和な時間が流れた。クルミ通りの犯罪率はゼロだった。たまに大きな犬のほえる声が聞こえても、それを不審者を発見した合図に受け取る者は誰もいなかった。満月を見て抑えつけられていた本能がしばらく発動したのだと理解し、皆、安らかにまた眠りについた。

　寝る時間が過ぎたが、ダーウィンはルミが言った「だらしない服」を探すのに1時間以上クローゼットの前で迷っていた。クローゼットにかかっている服はどれも硬めの襟にきれいにアイロンをかけたブランドの服で、どう組み合わせても音楽会や美術館に行く服装にしか見えない。くたくたな印象は全くなかった。いや、それよりもだらしない感じがどんなものなのかが正確に分からないという方が正しかった。そのような言葉は実生活ではほとんど使われなくて、文学作品でしか接することができない観念的なものだった。それでも今日見た庭師のおじさんの汗ばんだ作業着くらいが一番良いと言えるのだろうが、おじさんも仕事を終えてクルミ通りを通る時には清潔なワイシャツとズボンに着替えていた。

　ダーウィンはタンスの奥深くまで探した末、ようやく少し古びた青いシャツと灰色のズボンを見つけた。ルミと外で会う意味のある日に、ここまで頑張ってわざとだらしない服を着なければならないというのが解せなかったが、ルミと会うことができれば服なんてどうでもよかった。

　明日のための準備をすべて終えたダーウィンは電気を消して、ベッドに横になった。心はもう明日に向かっていて、ルミにどうやって最初の挨拶をしようかという悩みで頭がゴチャゴチャだった。やっとの思いで興奮を鎮めたダーウィンは、この辺でもう今日は休もうと目を閉じた。しかし、しばらくして、またベッドから起き上がって電気をつけた。明日おじいさんの家に行けなくなったという話を父にしなかったことを思い出したのだ。明朝になって他の約束があると言うと、父は嫌がるに違いない。フード問題で一度がっかりさせた父を二度も落胆させたくはなかった。

ダーウィンは急いで部屋から出て、1階に降りていった。補助ランプをつけた薄暗い居間の床から書斎の明かりが漏れている。ダーウィンは書斎の扉をノックすると、父はノックの音だけで誰なのかすぐ分かって「入っておいで」と言った。ダーウィンはドアを開けて書斎に入った。

「どうした、まだ寝ないのかい？」

さっきは疲れたと言っていたのに、父はいまだに机に向かっていた。

ダーウィンは父のそばに近づいて言った。

「先ほどお話しするのをうっかり忘れていました。実は僕、明日おじいさんの家に行けなくなったんです。急に友達と約束ができたので」

月に一度、祖父の家を訪問するのは単なる日程ではなく、家族関係を支える条約のようなものだったから、おそらく父は祖父よりはるかに細かく明日の約束について聞くだろう。ダーウィンは家族の集まりに参加しないことになった状況と理由を理解してもらうためには、明日の約束がルミと会うことであると知らせるしかないと思った。ルミとの関係が確かな状態に至るまではルミへの感情を自分の中に収めようとしたが、父に嘘をつきたくはなかった。ところが意外にもどんな質問もせず、父は一度で許してくれた。

「分かった」

「本当ですか？」

父が笑いながら言った。

「なぜ本当なのかと聞いているのか分からないな。毎日寮にだけいるんだ。月に一度、友達に会えるくらいの自由は味わわないと」

ダーウィンは嬉しかった。しかし、その喜びを完全に味わうには気にかかることがあった。ダーウィンは祖父に尋ねられなかったことを聞いた。

「お父さん、先月おじいさんの家に行った後、ふたりの間に何があったのですか？」

「どういうことだい？」

「夕方、おじいさんのところに行けなくなったと電話をしたのですが、僕の話を聞くと、もしかしてお父さんが行くなと言ったから来ないのかと言われたんです。どうしてそのように考えたのか分からなくて」

「年を取れば被害妄想が大きくなるものだ」

父の冷笑的な返事を聞いた瞬間、ダーウィンは明日の衝突を事前に目撃したような気がした。ひょっとしたら、実際には自分の不在に乗じてこれよりもっと大きな衝突が発生するかもしれない。その始まりは、今のようにいつも父だった。自分でも意識しているのかもしれないが、父は時々祖父に攻撃的すぎる。祖父が被害意識を感じているなら、そこに父の責任がないとは言えないだろう。

ダーウィンは父のそばに近づいて言った。

「お父さん、どうしてそんなにおじいさんに対して残酷なことを言うんですか?」

「残酷に聞こえたか?」

「はい。お父さんのお父さんじゃないですか。僕がお父さんにそんなことを言うなんて想像できますか?」

父は笑いながら手を伸ばし、ベンをかわいがる時のように頭を撫でた。

「ダーウィンは私よりずっと人間ができているね。そう、お父さんは失言した。これからは気をつけるよ」

父の温かい手つきと目の色に、ダーウィンは安心した。

「明日、おじいさんの家に行かれるんでしょう?」

「行けるかな。今日も仕事が終わってないんだ。だから、今もこんなに居残り勉強をしているんじゃないか?」

「それでは電話でもしてあげてください。僕も行けないのに、お父さんまで行かないと寂しがるでしょう。僕の家族には誰も寂しい思いをしてほしくないです」

父が起き上がって抱きよせてくる。ダーウィンは父の体からいつも漂う薄い香水の香りを嗅いだ。生まれてしばらくして亡くなった母のにおいを一度も懐かしんだことがないのは、おそらくこの香りのおかげだろう。父の香りは、あまりにも早く消えて記憶に残る暇がなかった母親のにおいの代わりでもあった。父の懐にいれば、何の物足りなさも感じなかった。

3枚の写真が持つ確率

ルミは何もかもが少し物足りなく感じていた。女子校の中では最高だが、プライムスクールに比べればいつも1ランク下の扱いを受ける学校と、最上位地区ではあるが1地区で最も注目すべきことのない下級公務員が密集している町は、指ひとつぶん水の少ないコップのようだった。しかし、その満たされない物足りなさが一番強烈に感じられる所は、他でもなく自分の家、自分の部屋だった。部屋のどこにも期待と水準に応えるものはなかった。ベッドからクローゼット、机、椅子まで、両親が選んだ家具はみなガレージセールでも売れない在庫品のようだった。経済的な事情により質の低いものを手に入れたとは考えなかった。ただ誰も見向きもしない見栄えのしない品物が、7級公務員のパパと4地区出身のママの共通した趣向なのだ。

外出準備を終えたルミは退屈な部屋を出て、1階に降りていった。1階だからといって変わった点はなかった。居間、廊下、台所、トイレはすべて家具や小物でいっぱいだった。階段を降りてきたルミは、ふと居間の壁の真ん中に視線を留めた。ある名もない画家の描いたクルミの画。数多い欠乏の中でもひとつも躍動感や新しさ、もう一度見たいという興味を感じさせないこの画は、この家の物足りなさの素顔をそのまま晒《さら》す象徴のようだった。

家の中で最もよく見える場所にかけられた画は、家を訪れた客にその家の主人のことを直観的に判断させるサインになるものだ。ルミは日増しに家を訪れる客が減っている理由はひょっとすると、この画と関連があるのかもしれないと思っていた。〝家の心臓〟である居間の壁をあんなに低俗なクルミの画で飾った家庭に、他に隠れた面白さがあるとは誰も期待しないはずだ。〝生きている感じ〟という側面では、むしろ遺体の画をかけておいた方がはるかに感動を与えるだろう。もちろん、こちらもお客さんに大きな期待を寄せているわけではないが。7級裁判所書記官の家に来る客と言っても、間違った文法や、1年間に公休日が何日あるか以外に話す話題がないような、みな同じように退屈な7級の人々だからだ。

ルミは祖父が撮った立派で意味のある写真の代わりに、街で買ってきた誰が描いたか分からない画を家にかけるパパのことを理解できなかった。ところがある日、偶然あの画の前に立っているパパを見た瞬間、パパがどうしてあの画に引かれたのか理解できるようになった。

生気のないクルミの画は〝ジョーイ・ハンター〟を最もよく描写した肖像画だった。何の野望もない7級裁判所書記官。いつも同じ時間に出勤して同じ時間に退勤する退屈な夫、人生で起こる些細な変化に好奇心より恐ろしさを先に感じる中年の家長、甚だしくは兄の疑問に満ちた死に関しても知りたがらず、憤らない本物の死体……。あの生気のない乾いた画のパパのように陥没しないためには、できるだけこの家を離れて他の場所で息をしなければならなかった。ルミは階段を降り、急いで玄関の外に出た。

「こんなに早くどこへ行くんだ?」

「教会で友達と約束があります。遅くなると思います」

ルミは自分の後ろに立っているパパを見ずに走り去った。


休日を迎えたセントラル駅は早朝から混雑していたが、走ったり騒ぐ人は誰もいなかった。短い列車間隔のおかげで、上位地区の乗客は目の前で列車に乗り遅れても次の列車を余裕を持って楽に待つことができた。天井につるされた巨大なシャンデリアとスピーカーから流れる軽快なクラシックが、人々の動きをワルツのように際立たせていた。

約束の時間にまだなっていないのに、中央の噴水台の前にダーウィンが来ているのが見えた。ルミはダーウィンに近づいた。ダーウィンが先に「おはよう」と挨拶する。ルミは同じように「おはよう」と応対し、ダーウィンの着てきた服を見た。どんなに悪く見ても4、5地区以下には見えないのでその格好に満足はできないが、プライムボーイにそれ以上の素朴な身なりは期待できないだろう。

ルミは予め確保してきた3地区行きのチケットをダーウィンに渡し、プラットホームに導いた。

「もうすぐ列車が到着するわ。早く行きましょう」

1地区での切符の確認は形式的に進められた。駅員は切符の有無を確認するより、乗客らに親切な挨拶をすることこそ本物の自分の任務だというように、笑みを浮かべた顔で通路を通り過ぎた。駅員は時折、ある女性が被っているつばの広い帽子を見て「素敵ですね」とほめたり、家族連れの乗客たちに「良い週末をお過ごしください」と挨拶をした。この汽車の中で無賃乗車のような不正行為が起こる可能性はないと確信している態度だった。もちろんその信頼は駅員の個人的な心持ちではなく、長い時間をかけて蓄積された社会的信頼だった。

ルミは駅員が通り過ぎるのを待ってダーウィンに聞いた。

「一度でも1地区の向こうに出たことある？　2地区か3地区に」

ダーウィンは首を振った。予想通りだった。2、3地区が橋ひとつでつながっているとしても、1地区で生まれた人は一生1地区で教育を受け、結婚し、職業を得て生活するのが当然であり名誉なことと考えられている。文教部次官を父親に持つプライムボーイならより徹底的にその道を歩むだろう。

ダーウィンが聞いた。

「ルミは？」

ルミは旅行の主導者としてダーウィンに信頼を与えるために肯定の答えが必要だと分かっていたが、1地区を出たことがないのは同じだった。ルミは経験不足がバレないように別の角度から答えた。

「どうせ2、3地区に行ったくらいでは、本当に1地区を離れたとは言えないじゃない。上位地区から完全に抜け出してこそ、本当に他の地区に行ってみたと言えるのだから。それも中位地区程度ではなく、私たちのように9地区まで。1地区の人々の中で9地区に行ったことのある人は私の祖父みたいな専門家以外はいないんじゃない？」

「9地区？」

「9地区？」と聞き返すダーウィンの声を聞いて、

通路の隣の席の乗客がこちらをちらっと見た。その体格の大きい中年男性はおいしそうに食べていた食べ物の中から不快な異物を発見したかのように、顔をしかめた。ルミは窓の外に視線をそらし、その男の関心が遠退くのを待った。ダーウィンも男の視線を感じたのか、賢明に口をつぐんだ。

窓の外に広がる1地区郊外の風景は、自然と古風な建築物が手入れの行き届いた管理で調和を成し、一瞬一瞬が葉書の中の絵のようだった。しかし、ルミは手入れの行き届いた木や家々から何も感じなかった。ジェイ伯父さんの死の真実が明らかにならない限り、これらも何の生命力もない〝クルミの画〟にすぎない。

高速で走る上位地区の循環列車は、他の地区に来たことを感じさせないほど早く2地区に到着した。多くの人が乗り降りした。さっき見てきた男がもう一度こちらに視線を向けた後、列車から降りていった。空いたその席に新しく座った乗客は、幸い耳が遠そうな老夫婦だった。短い停車時間が終わると列車はすぐに出発した。ルミは自分に興味を持つ他の目がないことを確認し、再びダーウィンに話した。

「9地区が恐ろしいことは確かなようね。9地区と言っただけでもあんなに元気なおじさんが怖がるのを見ると。まぁ理解はできるけど、それでもちょっとおかしいと思わない？」

ルミはさっきの男のことを思い浮かべながら嘲笑したが、ダーウィンからは何の反応もなかった。何やら物思いにふけった顔だった。ルミはダーウィンの肩を軽く叩いた。やっと正気に返ったのか、ダーウィンは視線をそらした。

「何を考えていたら、そんなに何の返事もないの？」

ダーウィンは狼狽《ろうばい》した様子で答えた。

「あ、ごめん。何か言った？」

「通路の隣の席に座っていた、さっきのおじさん。9地区という言葉を聞いただけで恐れるのがおかしかったって言ったの」

ダーウィンは薄笑いを浮かべて「そうだね」と答えたが、本心ではなさそうだった。茶色い目はまだひとりで物思いにふけっていた。ルミはその目つきがどこから始まったのか分かっていた。隣の席から聞こえた言葉にすぐ顔をしかめたおじさんのように、ダーウィンも〝9地区〟という言葉が出た瞬間からはっきりと変わっていた。

昨夜、もしかしてという期待で待っていたところにダーウィンが本当に電話をかけてきた時、1ヶ月の間ダーウィンもジェイおじさんの話が気になっていたことを確信できた。ジェイおじさんの親友だったニースおじさんの息子であり、16年間一緒に追悼式に参列してきた誠実な追悼客として、ダーウィンも〝ミッシングリンク〟を探す機会を逃せなかったのだと。

お互いに本音を読み取るように会話も順調だった。パパに知られることが心配で〝9地区〟という言葉を直接には持ち出さなかったが、早朝のセントラル駅での出会いとよれた服を指定することで9地区に行くことを十分にほのめかした。当然、ダーウィンもそう受け入れたと思った。ところが、ダーウィンは9地区に行くことまでは覚悟していなかったようだ。だとしたら、何のためにこの場に来たのだろうか。ルミはダーウィンに直接聞いた。

「ダーウィンも9地区に行くのは怖い?」

ダーウィンは返事を延ばしたまま、聞き返した。

「ルミは9地区に行くのが何ともないの? 言う通り、君のおじいさんみたいな方じゃないと、1地区から9地区にはなかなか行かないだろう」

ルミはためらわずに答えた。

「真実に向かって近づくことがどうして怖いの? それにひとりじゃなくてあなたまでいるのに。ダーウィン、あなたと一緒に行くから私はひとつも怖くない」

ルミは自信に満ちた態度で話したが、ダーウィンを一度に説得できるとは期待していなかった。プライムボーイの考え方を変えるのはそう簡単なはずがないから。

ところが話を終えた瞬間、ダーウィンからついさっきまでの躊躇していた表情が消えて、明るい笑顔が広がった。今度はさっき見た空っぽの笑いでなく、心からの笑みだった。ダーウィンはずっとまっすぐに立たせていた体を背もたれに寄りかからせながら、

「ああ、僕も怖くない」と言った。ルミはダーウィンが言葉に影響されやすいタイプだと気づいた。こっちから怖くないと言われると、自分もまたすぐ怖くないと思うのは少し子供のようだったが、いずれにせよ恐れない気持ちは、9地区に行くのに大きく役立つだろう。

「よい週末を」という車掌の挨拶とともに列車が3地区に到着した。3地区は上位地区循環列車の終着駅であり、4地区とつながっているトラムの乗換駅だった。ルミはダーウィンと一緒に列車から降りた。プラットホームからトラムに乗る場所に移動するには、かなり長い距離を歩かなければならなかった。

しかし、驚くべきことにその区間はエスカレーターのような施設が全く整っておらず、迷路のような階段だけが延々と続いている。十分に直線に作れる道を都市の建築水準を疑わせるほどぐるっと急な階段として建てたものだった。しかし、その道を直接体験すると、通行人を疲れさせるその非効率的な構造は実力のない建築家のミスではなく、むしろ上位地区最高の建築家が高い目的を持って設計した成功作だということを悟った。上位地区と中位地区の接触を困難にして移動を制限しようという分離政策の表れでもあるわけだ。実際その効果がうかがえるように、週末なのに乗り換え通路を行き来する人は多くなかった。

トラムに乗って4地区乗換駅に到着し、再び中位地区のプラットホームまで移動した後、ルミは6地区行きの電車の切符を買うために切符売り場に行こうとした。だが、その前にダーウィンは「ここで待っていて」と言って、人ごみの中を駆け抜けて切符を買ってきた。さっき自分の思ったとおり、もう恐れを抱いてない様子だった。

電車が出発し、ダーウィンが尋ねた。

「9地区に行ってどうするか考えているの？　帰りの列車に合わせるには時間が多くないはずだけど」

ルミはかばんから写真を3枚取り出した。消えた写真の前後にあった写真だった。背景に建物が見える写真の中には「D－9」という地区表記と共にその住所と思われる文字が壁に薄く写っていた。

「この写真の中の場所を訪ねてみよう。そうすれば、写真の中にいる人たちの正体の手がかりもつかめるだろうし、この人たちが誰だか分かれば、犯人がなぜ伯父さんのアルバムから写真を持っていったのかもある程度は推測できるだろうし」

ジェイおじさんの部屋の時と同じく写真を注意深く見たダーウィンは、黒ペンで日付を上塗りした部分を指差して言った。

「これはわざとこうしたの？」

「ええ。さすがに9地区で〝12月の暴動〟頃の日付が記された写真を見せるのは問題になるかもしれないと思ったの。どう、分からないでしょ？」

驚いたように「そんなことまでは考えていなかった」と言いつつ、ダーウィンはすぐに批判的な意見を述べた。

「でも、この写真は60年前に撮ったものじゃないか。今でもこの場所がそのままの可能性は薄いのでは？写真の中の人たちも暴動の時にすでに亡くなっているかもしれない」

ダーウィンの指摘はもちろん妥当だ。しかし、すでに数え切れないほど自問した古い質問だった。質問ばかりして答えを探さなければ、人間は永遠に迷宮の中をさまようしかないだろう。

ルミは写真をカードゲームのように手に持って話した。

「そうね。これは成功の可能性が非常に低いカードよ。確率だけ計算するなら当然失敗する確率が高いだろうし。だけど重要なのは、それでもゲームができるカードがまだ残っているということよ。存在と非存在は単純に多いか少ないかの違いとは比べ物にならない、全く違う次元のことじゃないの。希薄だけど存在するということだけでもすべての可能性が生じるから」

ルミは自分を見つめるダーウィンの視線を感じながら言葉を続けた。

「ダーウィンと私も、この写真が持っている可能性を信じてここに来たんじゃないの？　あなたと私が9地区行きの列車に一緒に乗るなんて考えたことある？　だけど、私たちは今そうしている。なぜなら私たちが追悼式で黙ってすれ違っていた瞬間から、今日こうして会えた可能性は希薄ながらもいつも存在していたから」

　ルミはダーウィンがこの話をどう受け止めるか分からなかった。女性の意見を聞いているだけで、自分が負けていると感じる男の子もいる。レオのようにプライドの高いプライムボーイなら、なおさらその可能性が高かった。ダーウィンは何も言わなかった。おそらく、写真の何枚かについて深く考えているようだった。ルミが写真をまとめていると、ダーウィンが言った。

「ルミは僕がこれまで会った人の中で最も驚くべき人だよ。なんで君の家で赤ちゃん虎と呼ばれているのかが分かる気がする」

　両親からも聞いたことのない最高の褒め言葉だった。冷やかしの要素は少しも感じられないダーウィンの純粋な態度に、ルミは自分より地位の高い人に接する時につい出てしまう敵対心が少し崩れていくような気がした。

　ルミは驚いて聞いた。

「どうしてそれを知っているの？」

「この前の追悼式の時、君のおばあさんがそう呼んでいるのを聞いたんだ。君のあだ名だよね？」

「その通りよ。でも、家族全員ではなく、祖母だけが呼ぶ愛称よ。その愛称がパパは嫌いみたいで人前ではあまり呼ばないの。実は〝赤ちゃん虎〟はジェイ伯父さんの幼い頃のあだ名だったと聞いたわ。祖母からすると、私の目がジェイ伯父さんの目とそっくりなんだって。どう？　ダーウィンもジェイ伯父さんを写真で見たから、知っているんじゃない？　伯父さんと私の目、本当に似ている？」

　ルミはダーウィンが瞳をしっかりと見ることができるように、顔をダーウィンの前に近づけた。しかしダーウィンは目を合わせるのが気まずいのか、顔をそっとそむけながら言った。

「ジェイおじさんと君は本当に共通点が多いね。誕生日まで全く同じだし」

「それで私の別のニックネームが〝リトルジェイ〟なの。もちろん、これも祖母だけが呼んでくれる愛称だけど」

　上位地区を循環する高速列車に比べて速度が少し遅い中位地区の列車は、4、5、6地区の風景をゆっくりと変えていった。4地区は3地区に似た商業地区の雰囲気を帯びていたが、5地区の風景はそれよりずっと素朴だった。

正午になって6地区で降りたルミは下位地区に入る前に昼食をとるために、ダーウィンと一緒に駅の簡易的な食堂でサンドイッチを買って食べた。1地区以外の場所で買って食べる最初の料理だったが、野菜があまり新鮮でないということを除けば、1地区の料理とあまり変わらなかった。ルミは他の地区の食べ物を何の抵抗もなく受け入れるダーウィンを気に入った。食べ物を消化できれば、他のものも消化できるはずだ。

中位地区から下位地区に乗り換える区間は、上位地区と中位地区に比べてやや楽だった。ルミは地区によって異なるシステムを体感することができた。

7、8、9地区を循環する列車は無料で運営されるので、切符を買う必要はなかった。列車も上位地区や中位地区のものとははっきりと違っていた。ドアが開くとすぐ嫌なにおいがし、内部はあらゆる落書きで覆われている。座席カバーも大部分が破れて中の綿がそのまま見えていた。列車だけでなく、窓から見える風景も急速に荒廃していた。道の片隅で焼け落ちたまま無造作に放置されている廃車と崩れた壁、廃水が流れる小川が、下位地区の内部を隠さずに表しているようだった。

列車に乗り込む乗客たちの目つきもお互いを警戒するように鋭い。ひとりの男がこれ見よがしにナイフを回しながら通路を通り過ぎ、顔を見られないようにフードをかぶった数人の男の子は空席があるのに椅子ではなく床に座り込んで乗客らの通行を妨害した。年老いた男は何か不満を示すように大声で叫んだが、ルミはその男の言うことをちゃんと聞き取れなかった。主語と述語の位置がめちゃくちゃである上に発音も穏やかでない。しかし、他の乗客たちは彼の言葉をすべて理解したのか、一部は笑い、一部は対抗して一緒に大声を出した。しばらくして列車が8地区に到着すると、彼らもほとんど降り、車内はがらんとしていた。

人目につくかと思って何も言わずにいたルミはやっと一息ついて、ダーウィンに聞いた。

「どうして9地区に行く人はほとんどいないのかしら」

ダーウィンも突然空っぽになった車内が理解できないらしく、周囲を見回して答えた。

「誰も9地区には行きたくないのか？」

ゆっくり進む列車はしばらくして長いトンネルの中に入った。車両はライトなどがほとんど壊れている上、トンネルにも明かりがつかず、昼が突然真夜中に変わってしまったようだった。列車は金切り声を立てながら終わりの見えない闇の中を走っていった。

「気をつけて」

列車からプラットホームに足を踏み入れた瞬間、ダーウィンが急いで腕を取った。ルミは足を踏み出すのを止めた。セメントの底がへこんでいて、危うく足が抜けるところだった。しかし、その凹みだけを飛ばしてもそれを避けられるわけではなかった。プラットホーム全体にひびが入っていたり、粉々に壊れたりしていたからだ。ルミは先に降りたダーウィンの助けを借りて、注意深く列車から降りた。

9地区の駅は数十年間の自然災害や老朽化から復旧することなく、ただ劣化しつづけている。主要インフラである鉄道駅がこの具合なら他のところはどうなのか見当もつかなかった。プラットホームに降りた人は5人にも満たない。彼らは野生動物のように線路を無断で横切ってそれぞれどこかに散らばった。列車に乗ろうとする人は誰もいなかった。決まった停車時間が過ぎると列車は方向を変えて、8地区に向かった。

ルミはダーウィンに話した。

「私たちも行ってみよう」

空にはいつも銃声が鳴り響き、地にはあらゆる犯罪者が潜伏しているというのが他の地区の人々から聞く9地区に関しての共通する情報だった。ルミも列車から降りるまではそう信じていた。しかし、駅周辺の通りは寂しいくらい静かだった。自分の息づかいと砂を踏む自分の足音が、耳に聞こえるほどだった。犯罪者もいなければ、犯罪者が身を隠していられるような建物もなかった。背の低い雑草が生い茂る野原だけが地平線に向かって果てしなく広がっている。このような場所では、誰でもありのままの姿を見せるしかなさそうだった。

平和というのか……。ふと出てきた言葉に、ルミは首を横に振った。このような姿を平和とするなら、文明と発展に対するすべての期待を諦める必要がある。無気力に陥った人が川をじっと見下ろしているからといって、彼らの内面が平和だとは言えない。

しかし、いずれにせよ今一歩踏み出してみて、これまで知られていた9地区の情報は間違っていたことが分かった。それぞれの地区間の差がいくら大きくても、隣接する地区にはある程度の類似点がある。ところが9地区は8地区とは完全に別世界だった。8地区にあらゆる混乱と悪行が凝集されているとすれば、9地区はその混乱と悪行もすべて蒸発して空っぽになった姿だった。いくら歩いても、まわりに人が1人も見えなかった。日曜日だったので街がこんなに静かなのか、それともこれが9地区の日常的な風景なのか分からなかった。毎日暴動と殺人が起きているという噂はなんだったのだろうか。こんなにも人通りが少ないと知っていたら、列車から降りた人たちをつかまえて何でも聞けばよかった。何もないここから彼らがどこへ行ったのか理解できなかった。

しばらく歩くとバス停の標識が見えた。古くなって文字がぼやけていたが、バスの番号とともに時刻表が刻まれていた。この辺で見られる唯一の文字であり、都市が運営されているという微弱な証拠だった。まず人の往来のある中心地に出て、人に会う必要があった。ルミはダーウィンに「これに乗るべきじゃない？」と提案すると、ダーウィンはうなずいた。

どれぐらい時間が経ったのだろうか。ルミは腕時計を確かめた。到着時間がずいぶん過ぎたのにバスは来る気配がない。静止した風景を長く見ていたせいか、憂鬱な気分が押し寄せてきた。今見ているこの世界を理解する手がかりが何もない状況に、だんだん無力感が募る。この寂寞《じゃくまく》とした町では何も行き交いそうになかった。ルミは時計を再び確認した。ダーウィンは忍耐強く待っていたが、ルミは心の中でざわめいている不安をもう告白すべきかもしれないと思った。

ダーウィンの言う通り、60年前の写真を持って一度も来たことのない所を訪れたことは見込みのないことだったのかもしれない。こんなことのためにプライムスクールの休暇を浪費させて申し訳ない。このまま時間を浪費するくらいならそのまま帰った方が……。

その時だった。突然遠くでエンジンの音が聞こえ、古い車が1台、前に来て止まった。

「お前ら、そこで何してるんだ?」

絶滅しつつある人々

ダーウィンは車輪の砂埃《すなぼこり》に目をしかめた。バス停の標識の手前で停止した車は、ブレーキが正常に効いているのが不思議なくらい古いものだった。屋根やドア、バンパーをそれぞれ違う車から取り外して組み立てたのか、お互いに全く調和をなしていない。

間もなく窓が開けられ、中に乗っていた男が「お前ら、そこで何してるんだ?」と尋ねた。どことなく見た目が異質だった。1地区ではあまり見ない顔立ちだった。ダーウィンはその男が自ら正体を明かすまでしばらく待とうとした。ところが待つ暇もなく、ルミが男の車に近づいていく。

「バスを待っています」

「どうしてバスを?」

「どうしてって、乗ろうとしてるんです」

ルミの話を聞いた男は車のエンジンを切り、あざ笑う表情で聞いた。

「何地区から来たの? 6地区? 5地区?」

ルミが聞き返す。

「なぜそう思うの?」

「当然ここの出身者ではないし、7、8地区の子たちでも、少なくとも9地区にあの列車以外に交通手段がないということぐらいは知っているはずだ。無駄足になりそうだから教えてやるが、お前たちが待っているバスは数十年前に中断されたままだ」

ルミは驚いた目つきで振り返った。迷子のようなルミの表情を見て、ようやくダーウィンは自分が9地区に足を踏み入れたことを実感した。何も恐れていないと自信を持っていたルミだが、ここの地の恐ろしさは予測の範疇から外れていたようだ。

ダーウィンは男が座っている運転席の方に行って尋ねた。

「じゃあ、ここではどうやって目的地に移動するんですか？」

男はまたもやあざ笑って答えた。

「目的地って、おもしろいことを言うな。だけどな、ここには目的地なんてものはない」

男の言うことが興味深く感じられるのはダーウィンも同じだった。〝目的地がない〟とは、どういう意味だろうか。数十年前にバスの運行が中断されたこの場所の状況をある程度把握したのか、ルミはさっきの当惑を隠して割り込んできた。

「だって私にはあるんですもの」

「そうかい。まあ、5地区の子供が暇つぶしにここまで来たわけじゃないだろうし、目的地はどこ？　代価さえ支払えば俺が連れて行ってやる」

鉄板で修理した男の車の上に強い日差しが当たっていた。さびた金属に反射する光が荒々しい印象を与えた。ダーウィンは辺りを見回した。すでに遠ざかった駅と荒廃した自然の他には何も見えなかった。9地区の長くて暗いトンネルを通る間、生命力という生命力はすべて色あせてしまったようだった。ダーウィンは目に見えるすべてが見慣れない予想外のこの地で、男の正体が分かるまでは慎重に行動しなければならないと思った。男が使った〝代価〟という単語もなんとなく無骨だった。今まで会った大人の誰もが子供たちには好意を示し、代価という言葉なんて使わなかった。

ダーウィンはルミを守るために自然と前に立ちはだかった。しかし、ルミはそんなことを気にせず、窓の方に近づいて聞いた。

「おじさんは誰ですか？　他の交通手段はないと言いながらこの車は何ですか？」

やや攻撃的に聞こえるような話し方だったが、男は不快な様子もなく「どこにでも例外はある」と答えた。

「お前たちが知っているように言えば……そうだな、一種の個人事業家としておこう。もともと8地区で働いているんだが、こうやって週末に時間がある時は故郷にも来るんだ。大したことではないが、俺が持って来る缶詰がなければ飢え死にする人が大勢いるからな」

9地区という特殊な環境のため、まだこの男を完全に信頼することはできないが、ダーウィンは男の話を偽りと見なしていなかった。顔や言葉遣いは無愛想でも〝故郷〟を語る男の目から愛情が感じられた。自分が生まれたところに愛着を感じる点は、1地区の人々とあまり変わらなかった。

「俺を逃したら、今日中にお前たちの望むところには行けないだろうな。俺のような人間にまた会う幸運に巡り会えるとは限らないからな。俺が知っている限りでは、9地区を行き来する車は片手で数えるくらいだ。乗るのか乗らないのか。乗らないなら行くぞ」

男が車を始動させようとすると、ルミは素早くバッグから写真を取り出し、男に見せた。

「ここを知っていますか？　この壁に書かれている住所です。ここに連れてってくれるなら乗ります」

男はルミが差し出した写真を注意深く見ると、車のキーを回した。

「お前たち今日は運がいいな。俺もそうだ」

車が走りだしても風景はさほど変わらなかった。窓の外に見えるものは依然として広い砂原で、たまにその上に何かがあったような跡が見えるだけだった。駅を降りた時もそうだったが、ダーウィンは普遍的な時間の法則が通用しない世界の中心部に入っていく気分だった。地区へと入っていく列車は線路ではなく、逆行する時間を進んでいるようだった。

男が聞いた。

「ところで、なぜそこに行こうとしているんだ？〝その写真〟は何だ？」

ルミがとっさにサインを送ってきた。ダーウィンはその意味に気づいて口をつぐんだ。

ルミは前の座席にぴったり体を寄せて言った。

「祖父が写真家だったんだけど、昔の友達に会いたがっているの。写真の中のあの人たちが以前、祖父をたくさん助けてくれた友達だそうで。今、その祖父は病気なんです。亡くなる前にその時に受けた恩返しをしたいというの。かといって会う方法もないし。もしそこに行けば、彼らの消息を知ることができるかと思って」

男が信じられないというように声を張り上げた。

「お前たちは5地区の子たちなのに、お前たちのおじいさんは9地区の人だって？」

ダーウィンは男がバックミラーでルミをちらっと見るのが目に入った。自分たちの口から直接そう言ってはないが、男にとっては自分たちは5地区の子供たちで、ルミの祖父は9地区の人間だという嘘を黙認しているような気がした。それなのにルミはそんなことをあまり気にしないように「昔、9地区に住んでいたそうです」と言い訳をした。ダーウィンはルミの平然とした態度には少し驚いたが、9地区に来た以上ルミの行動は絶対的に正しく、自分もそうしなければならないと分かっていた。だらしない服を着たのは出身地を隠すためだったのに、今になってそれに窮するのは矛盾だった。たとえ列車に乗るまで、このだらしない服装が9地区に来るための偽装だったという事実に全く気づかなかったとしても。

男は「9地区から5地区に？」と口笛を吹き、あざ笑った。

「誤解しているんだろうな。9地区から8地区、運が良くて7地区まではコネをつかめば分からなくもないが、5地区は不可能だ。誰が9地区出身者を受け入れるだろうか？ 偽造書類？ そんなものも8地区でしか通用しないし、同じ下位地区である7地区でもぎりぎりなのに……。おじいさんは大したほら吹きのようだな」

ルミは祖父が病で「記憶が曖昧なんです」と説明し、男はようやく納得できる表情で言った。

「写真家だったということは、9地区に住んでいたわけではなく、撮影に行ったり来たりした程度のようだな。確かに、昔は特にそういう職業を持った中位地区の人がたまに9地区に来ていたと言うし。いずれにせよ、9地区の人々に受けた援助をこれまで忘れずに返そうとしているだけでもすごいことだ」

ルミが「写真の中の場所はそのままありますか？」と聞いた。しばらくして男は「ああ」と答え、しばらくして「その人たちもまだそのままいるはずだ」と付け加えた。

ルミと男の会話から一歩引いていたダーウィンは、60年前の場所と人々が〝まだそのまま〟という言葉に思わず口を開いた。

「それは1地区と同じですね」

男は自分の耳を疑うように「1地区？」と力を込めて言うと、あっけらかんと笑い出した。

「本当に面白い子だな。9地区と1地区を全く同じと言うなんて」

しかし、しばらくして笑いを止めながら「いや、怖いと言うべきか」とまた付け加えた。

ダーウィンはルミのまなざしを受けて初めて自分の失敗に気づいた。しかし、それほど心配することではなかった。ひとりで笑っている男は、自分の車の後部座席に乗った乗客が1地区から来た子供たちだとは全く考えていないようだった。


ある地点に入ると、男が「ここが9地区の中心街だ」と言った。ダーウィンは窓の外に視線を向けた。所々に建物と人が見えたが、都心特有の活気に満ちた趣は感じられない。電車に乗ってくる時に見えた8地区の郊外のような雰囲気だった。車はまだ未整備の荒れ地を走っていた。

ルミは言った。

「私が思っていた9地区と実際の9地区は全く反対……いえ、反対という言葉も間違っています。完全に別世界ですね」

男が聞いた。

「どんなところだと思っていたんだ？」

「皆が考えているような場所です。真昼に殺人が起こり街中には強盗がうようよしている……」

ダーウィンはルミの言葉が故郷に深い愛情を持っている男を刺激するかもしれないと思ったが、意外にも男は微笑んで言った。

「何十年が経っても9地区に対する偏見は変わらないんだな。いや、変わらないのが幸いと言うか、どんどんひどくなっていくだけだからな。それでも以前は真っ昼間に殺人をするという話ではなかったよ。少なくとも夜だとは言われていたな。もちろん昼夜を問うのが重要なことではない。全部事実じゃないからな。ここではこれ以上、殺人も強盗も起きない。多分、地球上で何の犯罪も起きないのは9地区だけだ。最も安全な地区だ」

ルミは信じられない様子で「まさか」と言った。ダーウィンもやはり心の中でルミと同じことを思っていた。直接来てみたら9地区をめぐる噂に誇張があることは分かったが、〝何の犯罪も起きない一番安全な地区〟という男の言葉は誇張を超えて嘘だとしか考えられなかった。そのような表現は、上位地区でも1地区のみで許される言葉だった。

男が声を張り上げた。

「考えてみろ。何のために殺人をするんだ？　人を殺すにしたって得るものがなければならない」

男は窓の外にいる老人を指差しながら話を続けた。

「お前なら、あの道に寝ている人を殺すか？　殺して何をするつもりだ？　死ぬ人も殺す人も無駄に大変な思いをするだけだ。俺がさっきそう言ったよな？　ここは目的地がない場所だって。目的地がないってことは、ここの人たちはどこに行こう、何をしよう、そういう意思すらないということだ」

ルミが反論した。

「だけど、最近も9地区の人々が起こす犯罪が毎日報道されていますよ？　あんな老人を殺すのは目的がないかもしれませんが、他の地区に行って強盗をするのは目的があるはずでしょう？」

男が鼻で笑った。

「他の地区だって？　ここを直接見てもそんなこと言うのか。俺はそれでも8地区にコネがあって行ったり来たりするけど、ほとんどの人たちは死ぬまで9地区を抜け出せない。最初から逃げることすら考えていないという方が正しいだろうが、ここの人たちは列車をどうやって乗り換えるのかも分からないだろう。60年前に時間が止まってしまったからな。他の地区に行って強盗をするって？　そんな力でもあればいいのにな」

「だったら、9地区の悪名高い噂は何ですか？　そんなに多くの話が何の根拠もなくできたとでもいうの？」

「こんな言葉がある。警察が解決できなかったすべての未解決事件は、9地区の人々が解決してくれるという」

「捏造されたということですか？」

「話が早いな」

今度はルミが鼻で笑った。

「ありえない。1、2件ならともかく、どうしてそんなに多くの噂をすべて操作できるというの？ 9地区の人々はみんなバカなの？ そんな濡れ衣を着せられて黙っている？ 噂が誇張されていることは分かるけど、全地区に悪名が広がっても9地区の過ちはひとつもない。なのに、すべて捏造だというのは責任回避としか思えない」

男の沈黙により会話は中断された。ダーウィンはルミの攻撃的な口調が男を刺激してないことを望んだ。噂がどんなに誇張されていようが、ここが予測できない新世界だということに変わりはなく、男はこの不慣れな世界で自分たちを目的地に連れて行ってくれる唯一の案内人だった。怒った男が急に車を止めて降りろと言ったり、写真の中の場所ではなく他の場所に連れて行かれたりしてしまうと、その後の状況は生存を危ぶむほど危険になるだろう。

車が方向を変えて新しい道に進入する時も男は何も言わなかった。ルミも男のハンドルに自分の運命がかかっていることに気づいたのか、黙っていた。

男はしばらくしてまた口を開いた。最初と違って少し落ち込んでいる声だった。

「そうだな。大きな過ちがひとつあることはある。60年間、冒瀆されながらも馬鹿みたいに息を殺していなければならなかった一度の過ちが……」

ダーウィンは男が何を言っているのか分かった。60年前、9地区で始まった〝12月の暴動〟。政府を転覆しようとした暴徒勢力が、子供たちまで動員して進撃した結果、下位地区と中位地区が一瞬にして崩壊し、上位地区まで瓦解する危機に直面した。幸い知略を発揮した政府軍が暴徒勢力を鎮圧することに成功して平和を守り抜いたが、〝12月の暴動〟は依然として社会の傷跡として残っていた。

男が言った。

「でも、それは9地区だけの過ちではなかった。そうじゃないか？　8地区、7地区、6地区、5地区、4地区もその過ちに合流した。だから、それが本当に過ちだったのか、それとも上位地区だけを除いた皆の望みだったのかを考えなければならなかった。だが、残念ながらそのような機会は与えられなかった。処罰の瞬間が来るとみんな後ろに退いて9地区を指したからだ。結局は見事に9地区だけが〝罪の地〟になってしまった」

ルミは男を気にしているようで和やかな声で話した。

「それを寛容というんじゃないですか。主導人物たちではない以上、国家の発展のために罪を許してまた機会を与えるという」

「寛容とは聞こえはいいな。そういうのは学校で教えるんだろ？　だが、なぜその素晴らしい精神を、暴動の後に生まれた9地区の子供らには施さないのか。君たちが罪を犯していないように、ここの子供たちにも何の罪もない」

その時になって、ダーウィンはすべてが不足して見えるこの都市で、最も不足しているものに気づいた。どこにも子供たちの姿が見えなかった。ダーウィンは慎重に聞いた。

「そういえば、ここにはなぜ子供たちの姿が見えないんですか？」

男が乾いた声で答えた。

「見えないのではなく、全くいないんだ。ここでは人を殺すのと同じぐらい生かすことも目的のないことだから。40年前に生まれた俺らがほとんど最後の世代だよ。そんな俺でさえ手蔓《てづる》をつかんで8地区に逃げている……こんな風に俺たちは絶滅していくんだ。よく見ておけ。数十年後には、9地区の人間はこの地からすべて消えていなくなるずだから。こういうことを学校では何と教えるんだ？　自然淘汰？」

ダーウィンは自分と同じ国籍を持つ現代の人間が絶滅に至ることを想像できなかったが、頭の中で駆け巡っていた9地区のイメージを〝絶滅〟以上に正確に伝える単語はなさそうだと思った。窓から見える風景は木であれ家であれ人であれみな崩れていて、日曜日の太陽の光を浴びていても生命力が全く感じられなかった。ここでは神も何の力もないようだった。外の風景を見ながら、今まで一度も感じたことのない不慣れな気分を味わっていた。その正体は何かと考えていたら、男が車を止めた
「到着だ」

男の言葉通り、写真の中の建物は60年前の場所にそのまま残っていた。壁に写っていた他の住所はほとんど消えていたが〝D－9〟の痕跡だけはまだ残っていた。男はトランクから缶詰の箱を取り出して躊躇なく中に入っていく。ダーウィンは男の後をついて行き、なぜ男が自分も運がいいと言ったのか、ようやく理解できた。男はここをよく知っていた。

古い2階建ての建物はかろうじて骨格だけを保っている状態だった。窓やドアはほとんどはがれ、柱は崩れて鉄筋が見えた。日の当たらない側の廊下は夜になったように暗く灯りが必要だったが、ここに電気が通り、明かりが点《つ》いたりすることは期待できそうになかった。

肩から斜めにかけたかばんのひもを両手でぎゅっと握ったまま、あちこち見ていたルミが尋ねた。

「ここは何をする所？」

「昔は公立の孤児院だったが、今はその孤児たちがみんな老人になったから老人ホームと呼ばなければならないな」

男は自ら口にした言葉に拒否感があるように付け加えた。

「とはいっても、公立だの孤児院だのという言葉にだまされるな。それはただ名前がそうだっただけで、実際は豚小屋よりひどかったんだ。老人ホームという言葉も同じだ。見れば分かると思うが、ここのどこが老人ホームに見える？　行くあてのない老人たちが死ぬまで横になっている廃墟。それ以上でもそれ以下でもない。8地区の慈善事業家たちの食糧で、かろうじて命をつないでいる。こんな所がここ以外にもいくつかある。お前たちのおかげで今日はここの老人たちが腹いっぱいになりそうだ」

「おじさんもその慈善事業家の1人ですね？」

ルミが尋ねると、男は顔をしかめて答えた。

「缶詰何個かで慈善事業家だなんて言えないだろ」

すべての部屋にドアがないせいで、廊下を通るだけでも中の生活をすべてのぞき見ることができた。年寄りたちはひとつの部屋を3、4人で使っており、古いマットレスの置かれた部屋も見えたが、ほとんどは地面に布などを敷いて寝床として利用していた。夏の日差しがあれば、まだこんな生活でもどうにかやっていけるだろうが、やがて冬になったら、こんなところでどうやってすごしているのか分からなかった。

男はルミの手から写真を受け取った後、部屋に入り、老人たちにいちいち写真を見せた。男を見た老人たちの反応は両極端だった。体を起こして嬉しそうに挨拶する人もいれば、人の気配を感じても何の反応も示さない人もいた。男はそんな老人には写真について聞く代わりに、枕元に缶詰のスープだけ置いて出てきた。

男が老人たちを訪ねる間、ダーウィンは廊下で男を待った。写真のことを聞きたいルミは男の後をついて部屋に入ったが、ダーウィンは足が部屋の中に進まなかった。部屋から漂う嫌なにおいのためではない。それは中位地区、下位地区を通りながらすでに耐えられるようになっていた。独特の匂いはルミをがっかりさせないために無理して残さず食べたサンドイッチのように苦手だった。しかし、ここではそのような努力も試みることができないほど自分が招かれざる客のように感じ、ルミと男が出入りする間に見えないドアを自分の中で作り、その外に立っていることしかできなかった。

写真を見た老人は「分からない」と言って首を横に振ったり、隣の人に写真を渡したりした。一部の人間は写真の中の被写体が何なのか区別できないほど目が悪く、写真を見ずに「知らん、知らんといっているだろ」と言って手で追い払った。辛うじて昔のことを思い出す老人たちもいたが、彼らさえも「自分はこの孤児院出身ではない。自分は遠くから来たんだ」とか、誇らしげな声で「母は子供の時、私に靴下を履かせてくれた。靴下を履いている子は私ひとりだったんだ」という、あまり役に立たない記憶ばかり思い出した。

2階にいる老人にも会ったが、意味のある証言はひとつも得られなかった。男は「何か出てくると思っていたのに残念だ」と言った。写真を返してもらい、ルミは短いため息をついた。ダーウィンはルミのそばに行って「大丈夫？」と尋ねた。ルミは「しょうがないよ。最初からある程度予想していたんだから」と笑ったが、失望感を隠そうと努めた笑顔だった。

そうして1階に降りる途中、男がふと階段に立ち止まって外を眺めた。窓の下にある裏庭の階段に座って日光浴をしている3人の老人の姿が見えた。男は写真を持って、「今日の君の運がどこまでなのか、最後にためしてみよう」と言いながら、裏庭に歩いていった。

男が写真を見せると、ある老人が特に集中して写真を見て、隣の老人の目の前に写真をぐっと持って行った。彼らは写真の中の多くの人の中から横顔が見えるひとりを指して話し合った。

「こいつ、あいつじゃないか？　鳩の糞」

「フードをかぶっているので、よく分からないが」

「でも、頬のこのほくろは分かるんじゃないか？　子供の時、鳩の糞って呼んでいただろ？　覚えてないか？」

「そういえば、顔に鳩が糞したみたいな、ほくろがあった奴がいたな」

ルミが老人ふたりの会話に割り込んで「そのおじいさんも、今ここにいますか？」と聞いた。ふたりの老人のうち写真の中の人物を先に見た方は笑い出して、すぐに「とっくに死んださ」と答えた。

「戦争の時、一番先頭に立って戦ったという話を聞いたが、その後は見かけなかったな。死んだってことだろう。多分、写真の残りの子たちも皆死んでいるはずだ」

3人の老人はすぐ写真をそっちのけにして、自分たちで「戦争の話」をし始めた。ダーウィンは彼らの言う戦争が〝12月の暴動〟であることに気づき、先ほど部屋に入れなかった時のような違和感を再び抱いた。歴史的事件の名称とは、本来名のある学者たちが絶えず膝を交えて討論した後、社会の大多数の合意を得て正当性を与えられる敏感なものであるにもかかわらず、ここではそのような努力が全く光を放たないようだった。最後に老人たちは「あの戦争にさえ勝っていたら、ここもこんなふうにはならなかったのにな」と嘆いた。強い日差しが老人たちの顔に刻まれた濃いしわをより深く見せた。

自分たちが置かれている状況の因果関係を十分に把握できない老人たちのあまりの無知に、ダーウィンは反感よりもむしろ同情を覚えた。暴動を戦争と間違えて認識し、暴動を起こさなかったらという反省をせずに〝あの戦争にさえ勝っていたなら〟と嘆く限り、彼らの人生は誤った道を間違えて進んでいることも知らずに、死ぬまでその道を歩まなければならない。その悲劇から永遠に抜け出すことはできないだろう。ダーウィンは60年が経っても老人が真実を悟る機会が一度もなかったという事実に驚くと共に残念に思ったが、自分が知っている知識で助けたかったが、今になって彼らの信念を変えようとしても混乱だけが大きくなりそうで、ためらいの末に口をつぐんだ。廃墟となった孤児院で日に当たりながら余生を送っている老人たちに必要なのは、混乱よりは平安だろう。

駅に着いた時は4時近くになっていた。ルミが男に「いくら払えばいいですか？」と聞いた。

ダーウィンは金を取り出す準備をした。ところが意外にも男は「金なんて、いい」と言いながら手を振った。

「俺がさっき言ったろ？　9地区の人々は絶滅しつつあると。5地区から来たお前たちが、あの人たちが絶滅する前にどんな姿だったのか見たことで、今日の代価としよう。君たちが後に大人になって9地区の人々を記憶する時、少なくとも彼らが殺人者や強盗だったという話はしないだろう」

男は「また来い」と言って、車で走り去った。

ダーウィンは男の生まれ故郷への深い愛情をもう一度感じた。荒れ地同然の9地区を大切にする男の心のおかげで、これまで9地区に抱いていた恐怖と偏見が少しは和らいだ。もちろんまた来いという男の言葉には応えられないだろうが、ダーウィンは電車に乗りながら、もう二度と来ることのない9地区の風景を、消えていく世界の最後の姿のようにしばらく振り返った。男の車の窓から外の通りを見た時に感じた思いが、また一瞬、胸をかすめて通り過ぎた。

列車に乗っている間、ルミは何も言わなかった。深く物思いにふけっているルミの横顔が窓ガラスに映っている。半分閉じた目には確かに失望感がこもっていた。

ダーウィンは慎重にルミに話しかけた。

「残念でしょう？　写真についてはあまり知ることができなくって」

ルミはさっきのように微笑んで言った。

「ジェイ伯父さんとのつながりは見つけられなかったけど、それでも写真の中の場所に行ってみたのは意味があったじゃない。そこが孤児院だったことも分かったし、とにかく今日は一緒に来てくれてありがとう」

「僕はあまり助けにならなかった」

「助けにならなかったなんて、月に一度だけのあなたの休みをジェイ伯父さんのために割いてもらったわ。ダーウィン、あなた以外は誰もしてくれないことよ」

ルミのためにしたことをジェイおじさんのためにしたことだと思われたのは残念だったが、ダーウィンはあまり気にしないことにした。ルミは自分とジェイおじさんを同一線上に置いているようだから。

ルミが続けて話した。

「あなたが私に時間を割いてくれたから、今度は私があなたに時間を割いてあげる。もちろんダーウィン、あなたが私の時間を必要とする時だけに言える言葉だけど」

ダーウィンはルミと過ごした時間が取引と見なされることを望まなかったが、この機会を逃したくなかったので、その場ですぐに提案した。

「それじゃ、次の休みにおじいさんの家に一緒に行ってくれる？」

「あなたのおじいさんの家に？」

「うん。実は今日、おじいさんの家に行く日だったのに、僕が行けないと言ったからがっかりしていると思う。今度ルミが一緒に行ってくれたら、おじいさんががっかりしたことは全部なかったことになりそうで」

　ルミはためらうことなく「いいわ」と一息に答えた。その瞬間、ダーウィンは今日一日、全地区を行き来しながら過ごした長い時間が、その短い答えによってすべての意味を得たように感じた。今やルミは待つだけの対象ではなく、約束を決めて一緒に時間を過ごせる相手になったのだ。

　ルミが言った。

「ところで、今日9地区に行ったのは、私たちふたりだけの秘密にしておくべきってことは分かっているわよね？　友達にもあなたのお父さまにも言ってはいけないわ。もし言ったら、うちのパパが知ることになるかもしれないから」

　約束だけでなくふたりだけの秘密まで持つようになった仲。ダーウィンは誓うように話した。

「うん、絶対誰にも言わないよ」

　列車はまるで文明の発展過程を一幅の風景画として見せるかのように、1地区に向かって走っていった。

論争

「開拓時代にさかのぼって、ある野原に君たちが家を建てると仮定してみよう。素敵な家ができあがり、最後は垣根を作る時間だ。どこにどうやって垣根を巡らせばいいだろうか。垣根を家の周りにしっかり巡らせておけば安全だが動きが不便だろうし、逆にどこにいるか見えないほど遠くに巡らせておけば、自由は得られるが安全が脅《おびや》かされるだろう。また、垣根を低くしすぎると分離の目的が失われ、高くしすぎると外の世界が与える楽しみは失われるだろう。居住者の生活の邪魔にならないにもかかわらず、身体と財産に関するすべての権利が安全に保障されているという確信を与える地点、独立した私生活の価値を保障しながらも立派な共同体の一員であることを常に周知させる地点。それがまさに最も理想的な垣根を巡らせる地点になるだろう」

　教授は黒板に単純な形の家と庭園を描き、周囲に垣根を引きながら言葉を続けた。

「ここまで聞けば私を土木科の先生と誤解するかもしれないが、君たちが受ける授業は確かに法学の授業だ。1年間の授業の折り返し地点を過ぎた今日、時間がちょうど10分ほど残り、学問の本質を考え初授業の時の初心もかみしめることを兼ねて、恥ずかしい絵の実力まで公開したのだ。私は法律を作ることと囲いを作ることは原始的で同質の仕事だと思う。言い換えれば、歴史を遡《さかのぼ》ってみると、法を初めて制定した人類の精神と、自分の家の周りに初めて垣根を巡らせた人類の精神では大きな違いがなかったはずだということだ。ここに座っている人の中で実際に垣根を巡らしたことのある人がいたら手をあげてみてくれ。誰もいないのが当たり前かな。たとえ家に垣根を作った経験がなくても、君たちの多くが後日、法の垣根を制定して適用し、執行する仕事に従事することになるだろう。栄誉はあるが、だからこそもっとも葛藤と対面しなければならない難しいことだ。もしかしたら法典の文字に押さえつけられ、君たちがすることは意味を失うことになるかもしれない。実体のない観念論と戦っているという懐疑に陥ってしまうかもしれない。そんな時は、今日の授業を思い出しながら、基本に戻ってほしい。法とは雄大で修辞的な単語の羅列ではなく、まさに君たちのように自由と保護を渇望する人々の住む家に堅固な垣根を築いてあげることだということを。今、各自が自分の頭に浮かぶその風景を忘れないなら、君たちはきっと幸せを分け与え、正義感のある裁判官になれるであろう」

教授の言葉は、大きな葉を開く確固たる可能性を持った種を立派な予言とともに手に握らせるように、生徒たちの胸を躍らせた。窓の外に立っているプライムスクールの堂々たる木々は、その種を先に切り開いた先輩らの名残《なごり》のようだ。

その時だった。

「その理想的な垣根の基準は常に1地区が決めなければならないのですか？」

突然聞こえてきた声が、のどかな田園の風景を作り出していた教室内の大気を引き裂いた。ハゲタカが平和な空に爪を立てて飛んでくるようだった。生徒たちが一斉に声の震源地である後列に向かって顔を向けた。そのあたりはすでに小さな騒ぎが起きていた。

教授が手振りで周辺を落ち着かせた後、尋ねた。

「質問があるそうだな。レオ・マーシャル？」

「教授は誰でもその理想的な垣根を持つ権利があるようにおっしゃったのですが、その点に同意することができないのです」

「同意しないというのか？　法の存在を否定するということか？」

「私が法を否定するのではなく、法が自由と安全を保障しなければならない特定の対象に背を向けていることで自ら否定するというのが合っているかと」

「私も君の言うことに理解も同意もできない。法が自由と安全を保障しなければならない特定の対象に背を向けるとは？」

「教授はこれまで上位地区を抜け出したことが一度でもありますか？」

教授の顔のしわが一瞬深くなり、また元に戻った。

「私が上位地区を脱したことがあるかないかという質問は、先の質問と何の関係があるというのだろう？」

「一度でも下位地区の生活をのぞいたことがあれば、理想的な垣根が自由と安全を保障していないことが分かるからです。教授は法制定をみんなの家に公平に垣根を作ってあげることに喩えてくださいましたが、現実において誰の家にどの程度の範囲と高さで垣根を作るかは1地区の見識によって変わるのではないでしょうか？　それも、他の地区の暮らしは全く知らず、知ろうともしない、この人里離れたプライムスクールに座っている視野の狭いその目を通して……。そうだとすると、そこに〝理想的〟という言葉をつけてはいけないと思います」

「レオ・マーシャル。以前から分かっていたが、君は非常に歪曲した視点を持っているようだね。君の話は、みんなが垣根の設計に参加しなければ、理想的な垣根の建設はなされないということか？　まず、権利が何か、自由が何か、まともに分からない資格不足の人々が設計に割り込むのは災いとなる」

「本当の災いとは、その設計から排除された人々が

12月に再び垣根を壊すことでしょうね」

教授の顔がこわばった。教授の沈黙とともに教室内の空気も硬直した。静寂が流れる中、授業終了を知らせる鐘が鳴った。

教授はこわばった顔を解かず、本を持って出て行きながら言った。

「レオ・マーシャル、話したいことがたくさんある。私の部屋について来るように」


夕方になっても大気中にはまだ真昼の熱気が残っていた。ダーウィンは友人たちと食堂に来て、窓際の小さな食卓にひとりで座っているレオを見つけた。レオは肉とパンの皿を横に押しやったまま窓の外を見ていた。食堂の中の風景と騒音から自分を分離しているようだった。

ダーウィンは友人に了解を得て、レオの方に席を移した。

「座っていい？」

テーブルを叩くと、顔をそむけて無表情だったレオはすぐに笑みを浮かべ、「いいとも」と言った。

ダーウィンが食事の話を軽く振ってみるとレオは同意の意を表してうなずいたが、他の言葉はない。そもそも夕食のメニューなんかには何の関心もなさそうだった。ダーウィンは話題を変えようかと思ったが、何も興味なさそうなレオの顔を見てつい口をつぐんだ。今レオが望んでいるのは会話ではなく沈黙のようだった。教授室に呼ばれてどのような訓戒を受けたかは分からないが、沈んだまつ毛が元の位置に戻るためには一晩程度の時間と睡眠が必要なように見えた。ダーウィンはレオと同様に窓の外に視線を向けた。レオと共有する沈黙は少しの気まずさもなく、窓越しの風景のように穏やかで自然だった。

その時だった。

「レオ・マーシャル、建築に見識があるようだが、このレストランも一度品定めしてみたらどうだ？」

レオのそばに3人組みが近づいてきた。法学の授業を一緒に受講する生徒で、みな生徒会のメンバーだった。

「それともお前の皿の構成について話してみるか？　どうだ？　肉は不公平にも1地区だけに集まってい

るか？」

そのうちのひとりがナイフを取り、レオのステーキをめった切りにした。挑発を意図した無礼な行動だったが、レオは何の反応も示さなかった。ダーウィンはレオの代わりに行動を制止した。

「なにしているんだ？　やめろ」

生徒会のメンバーがナイフを下ろしながら言った。

「ダーウィン、君には何の文句もない。レオ・マーシャルに用事があるんだ。俺たちが気に入らないなら、他の席に行け」

「席を移すべきなのはお前たちじゃないのか？　僕たちの食事の時間に割り込んできたのはお前たちじゃないか」

「割り込むのはレオ・マーシャルの専門だろ。ダーウィンも授業にいたから、よく知ってるんじゃないか？　レオ・マーシャル、授業中はよく喋っていたのに、どうして今はだんまりなんだ？　何か言ってみろよ」

やっとレオが生徒会のメンバーたちを見ながら口を開いた。

「何が問題だ？」

「何だと思う？」

「この硬いステーキ？　それともそれより強いお前たちのうぬぼれ？」

「うぬぼれなら、すべての授業で説教をしないと耐えられないレオ・マーシャル、お前が問題だろう。俺たちがなんでお前ひとりのせいで、毎回授業を妨害されなければならないんだ？」

「プライムスクールでの討論は禁止だったか？　授業中の討論は推奨事項だと知っているが？」

「ふざけるな。お前の目的は討論ではなく非難じゃないか。お前の親父が作る低俗ルポのような」

「残念だな。お前の親父さんが何をしているのか、全然分からなくて。これからは人々の注目を集めて、賞をもらいながら仕事をしてほしいと伝えてくれ」

「無駄口叩いてろ。お前のじいさんまでさかのぼれば、そんなに堂々たる家系ではないはずだが？」

レオは席から立ち上がり、生徒会メンバーの近くに顔を近づけた。

「お前こそ口に気をつけろ。こちらに非難する意図がなかったのに非難されていると感じたとしたら、それはお前たちに何か思い当たるところがあるということじゃないのか？　俺のところになんか来ないで、この時間に祈禱室に行ってお前の胸を刺すトゲについて懺悔でもしたらどうだ？」

「勘違いするな。思い当たることなんてないさ。お前の偽善遊びのせいで我が校の名誉が落ちぶれないか心配なだけだ。これがお前と俺たちの違いだよ。犯罪者のように真夜中にフードをかぶって歩き回るお前のようなやつに学校の名誉の重みが分かっているのか？　レオ・マーシャル、しっかりお前の周りを見回してみろ。お前が今いるところはどこだ？　お前が非難する1地区の〝人里離れたプライムスクール〟じゃないのか？　下位地区のやり方で俺たちを批判するつもりなら、ここを離れた後にでもしろ。もちろんそんな度胸もないだろうが、滑り込みでやっとの思いで入ってきた学校をどうやって去る？　ちゃんと知っておけ。ここでほざいてる限り、お前は一生、偽善者にしかなれないんだよ。それに、俺たちはお前を一生プライムスクールの一員とみなさない」

3人の生徒会のメンバーは軽蔑のまなざしを残して背を向けた。レオはその後ろで大声で叫んだ。

「何が偽善だというんだ？　自分の居場所を批判することが偽善？　俺が見ている世界を批判できなければ、一体何を批判することができるんだ？　天国を批判するのか？　あるのかないのかも分からないところになぜ人々は混乱する？　お前たちは地獄に落ちるんじゃないかと怖くてそんなことも考えられないだろ？　お前たちこそちゃんと聞いておけ。俺が偽善者なら、お前たちは頭が固い下僕たちだ。偽善者は少なくとも何が正しいか知っているが、お前たちのような下僕たちは生まれてから死ぬまでそんなことを考える頭もない」

あっという間にすべての視線が窓際の小さな食卓に集まった。聖火が壁にかかったレストランは、一瞬にしてブーイングと歓声が沸き起こるコロセウムに急変した。どこからか食べかけのパンが飛んできたりもした。レオと生徒会のメンバーの間では今にも喧嘩が始まりそうな緊張感が走った。ギャラリーは多かったが、皆見物を楽しむために喧嘩を煽ろうとするだけで止める人はいなかった。ダーウィンはレオを後ろに引き、生徒会のメンバーに話した。

「この辺にしておこう。これ以上やったところで君たちが損だよ。よく知っているじゃないか、すべての問題において生徒会は加重処罰を受けるということを」

「俺たちが加重処罰を受けるとして、レオ・マーシャルが無事で済むと思うか？　謹慎が終わって間もなく、また問題を起こしたのが委員長の耳に入ったら、すぐ懲戒処分になる。ダーウィンもあいつの言うことを聞いただろ？　あいつの言葉は我々だけでなく、プライムスクール全体に対する侮辱だ」

ダーウィンは父の話にわざと冷静に言及した。

「そんなことはないと思うけど。もし処分のような動きになったら、僕も見たとおりに話すしかないと思うよ。先に挑発をしたのは君たちで、レオは衝突を避けるために十分我慢したと。そして僕が思うに、君たちがレオのお父さんのことを取り上げながら侮辱した事実を委員長が知ったら、学校を侮辱するよりずっと過ちが大きいと判断されると思うけど？」

「ダーウィン、あまりにもレオ・マーシャルの肩をもつじゃないか？　うちの学校の名誉を汚してるこんな奴がこの学校で弁護を受ける資格があると思うか？」

「すべての人間は弁護を受ける権利がある。僕たちが一緒に学ぶ法によれば、そうなっているじゃないか？」

お互い目くばせをした生徒会のメンバーはしばらくしてからちょっと落ち着いた声で、「この辺にしておこう」と和解に応じた。ダーウィンは生徒会メンバーの肩を軽く叩くことで応えた。突然始まった騒ぎだっただけにその終わりもあっという間で、周囲に押し寄せた生徒たちはとっくみあいなく終わった戦いに少しつまらなさを感じていることを露にしながら元の場所に戻っていった。

その時、後ろを向いて歩いていた生徒会のメンバーのひとりが立ち止まって言った。

「ダーウィン、お前のために忠告をひとつしてもいいか？」

ダーウィンはそちらに顔を向けた。

「レオ・マーシャルをあまり信じるな。自分を信じて選んでくれた学校を裏切ったように、あいつはきっとお前も裏切るだろう」

ダーウィンはどうかそれが消えた火種を再び起こす導火線にならないことを望み、聞こえないふりをしてレオの顔色を見た。レオはまだ感情がおさまらないのか体を震わせていた。ダーウィンはレオの肩に手を置いて「大丈夫？」と聞いた。その瞬間レオは手を振り払いながら食堂を飛び出していった。笑い声とともに「ほらな」という声が聞こえてきた。


1週間後の法学の時間、いつものように一番前の席に座って授業開始を待っていたダーウィンは、鐘が鳴り出したと同時に、レオが教室に入ってくるのを見た。瞬間的に目が合ったが、まもなく教授が入ってくるとレオは何も言わずに、すぐに自分の指定席である一番後ろの席へと上がってしまった。

授業が始まると教授は、法が人間を統制するのにどれほど効果的かという質問を投げかけた後、「たとえどんなに我々が法を研究しても、実際の人間の行動を統制するのにもっとも威力を発揮するのは成文法ではなく、見えない法である伝統と道徳、慣習などだ」と述べた。教授は「1地区が全地区の〝核〟になることができるのもまた、法に頼るより自主的に立派な規範を継承してきたからだ」とし、その努力を〝林檎〟に喩えた。

「文学的に林檎一個を完璧な世界だとしよう。その完璧な世界を作り出した根源は何だと思うか。そう、林檎の核、まさに種だ。種とは、一言で言えば正しいものである。果肉の一番端が虫に食われ腐ったとしても、種を非難する人は誰もいない。もちろん非難してもいけない。なぜなら種の意志は最も素晴らしい果実を作るためにいつも最善を尽くしているからだ。果肉全体が病む最悪の状況が来ても、種は負けず、再び最高の世界を作ろうとするだろう。過酷な冬を乗り越えながら、今までもそうしてきたように。法学者としても、1地区の住民としてもそれを誇らしく思う」

そう語った教授はしばらく口をつぐんで、教室の奥側をじっと見つめた。異議を申し立てる声は聞こえなかった。教授は満足そうな顔で本を開いた後、今日学ぶ段落へと本格的に移行した。授業は順調に進行した。ダーウィンはレオを狙った教授の説教が多少心地悪かったが、本質的な意味では教授の意見に同意せざるを得なかった。

法学授業の次の1時間は自習だったので、図書館へ行かなければならなかった。ダーウィンは余裕を持ってゆっくり教室を出ると、廊下は教室を移動する生徒たちで混雑していた。

しばらく歩くと窓際の壁にひとり立っている人間が目に入った。「間に合わない」と叫んで走り去る生徒たちが通り過ぎた後、ダーウィンは彼の前に立ち止まった。何も言わなくてもレオがずっと自分を待っていたことが分かった。

先頭に立って歩いていたレオが止まったところは、図書館の後ろにある小さなスペースだった。レオの後についていき立ち止まったダーウィンはあたりを見回した。いつも自分が図書館に行く正式なルートではない所だったので、初めて足を踏み入れる場所だった。

レオは気後れした声で話した。

「この前は悪かった。君にあんなふうに接するべきではなかったのに……でもダーウィン、あの時俺はダーウィンを振り切ったのではなく、自分自身を振り切ったんだ。言い訳にしか聞こえないだろうけど、あの時の自分に自分でも我慢できなかったんだ」

壁にもたれかかったレオは、目を合わせずに話し続けた。図書館の屋根から降りてきた影がレオの顔にまでかかっていた。ダーウィンはそれが外部から作られた影ではなくレオの内面から見える闇であると思った。この1週間、自分も驚きと寂しさを抱えていたように、レオも同じ気持ちだったのだ。

レオは足元の冷えた地面を靴で掘り、小さな穴を作って言った。

「俺が食堂で過剰反応を見せたのは、あいつらの言う通りだからだ。結局、俺が偽善者で信じられない奴だということを皆に証明してみせたんだ。唯一、俺の味方になってくれたお前まで笑いものにして」

レオの言葉は謝罪を超えた告白であり、告白よりも自己批判に近かった。レオは友達の間でいくらでも起きる些細なハプニングで済ませられることを、過度に自責しているように見えた。謹慎処分を受けた時のようにやつれた顔から、この1週間レオが感じた苦しみが伝わってきた。ダーウィンはそんなレオに友情と同時に妙な憧れを感じた。

「自分をいじめることができる人が一番正直な人という言葉があるだろう？　レオほど自身を厳しく評価する人はいないだろう」

レオはあざ笑うように言った。

「法学の教授とは全く逆のことを言うんだな」

「何と言ってたの？」

「俺を自己愛に酔いしれている患者だと言っていた。正当に優位に立つことができないから、破壊的な方法で優越感を感じようとするんだと」

「全く見当違いだね。しょうがないよ。教授だからといって、すべての生徒をまともに見ることができるわけではないはずだから」

レオは首を横に振った。

「いや、もしかしたら教授はちゃんと見ていたのかもしれない。確かに俺は入学の動機から不純だったから。数十年間、数え切れないほど多くの〝プライムボーイ〟を見てきた教授たちは、一瞬にして誰が本物で誰が偽物なのかを見抜くことができるだろう」

「不純だったって？」

レオは自分の言葉を頭の中で選ぶようにしばらく黙ってから急に問いかけた。

「ダーウィン、君はどうしてプライムスクールに入りたかったんだ？」

ダーウィンはすぐに答えを思いつかなかった。理由が不確かだからではなく、あえて理由を探す必要がないためだった。プライムスクールに来たのは、最初から最後まで自然なことだった。

「そうだな。特別な動機はなかったと思うんだけど。その時はただ、当然行かなければならない学校だと思った」

ダーウィンはそう答え、自分だけでなくプライムスクールの在学生の大半が同じだと思った。1地区の男として生まれた以上、小学校を卒業した後、プライムスクールに進学するのはたとえ何倍の人がその過程で脱落したとしても、鳥が時に応じて自分の居場所を探して飛んでいくような〝自然な移動〟だった。

ダーウィンはレオに質問をした。

「レオはプライムスクールに来た特別な理由があるの？」

空を見上げるレオの瞳は空がそのまま座り込んだように青かった。

「親父はプライムスクールに行くべきだという話を一度もしてくれなかった。１地区の親としては珍しいね。俺はそれを親父がこういう学校に反感があったからだと思っていたんだ。親父が作るドキュメンタリーもいつもそんな内容だったから。ところが、俺が遊び半分でプライムスクールに志願すると言ったら、親父がプライムスクールの入学査定官にでもなったかのように、きっぱりと言った。プライムスクールはお前みたいな子が行ける学校じゃないって。その瞬間、親父が間違っていることを証明したくなった」

「それでこうやって証明したんだから、おじさんは君を完全に見直しただろうな」

「全然。俺よりプライムスクールの評価を下げたんだ。俺みたいな子を受け入れてくれるのを見ると、プライムスクールもずいぶん手薄になったって」

「レオ、君の過酷な評価の目がどこから来たのか分かったよ。おじさんからそのまま譲り受けたんだね」

レオは苦笑いして首を横に振った。

「親父もそれを聞いたら嫌がるだろうな。子供が親に似るのは一番役に立たないところだと口癖のように言うから。まあ、俺も親父の言葉に同意する」

ダーウィンはマーシャル親子の独特な関係に笑いが出た。レオもつい笑ったが、さっきのまじめな顔に戻って言った。

「そうは言っても、実は俺は親父から世の中を見る目を学び、親父にも似たかった。教授は俺が親父の影響で歪曲した視線を持つようになったと非難するが、俺は父親のカメラは闇を照らす光だと信じている。それは俺が本当にしたいことでもあるし」

レオは影に映った小さな陽の破片を注意深く見つめながら、言葉を続けた。

「一生を1地区だけで暮らす人たちは正反対に思うだろう。親父が何の傷もない完璧な光の世界に闇を引き込むと。まあ、理解できないわけじゃないよ。1地区の高い垣根の中で噂されるアルコール中毒者たちと麻薬を売っている子供たちがさまよう〝下位地区〟の話は、自分たちとは何の関係もない世界であるはずだから。だけど、法学教授という人が林檎の腐った部分が種の責任ではないと言ったことには、本当に言葉が出なかった。もう相手にしたくなくて呆《あき》れたというか。もちろんこれ以上、論争したくなくて回避してしまった俺自身にも同じように失望したし」

「君の言うとおり、教授は下位地区の実状を見たことがないだろうから、理論上の話を話すしかないのだろう」

「それだけの地位にいる人が列車で4、5時間の距離で起きている現実を知らないというのは情状酌量の理由ではなく、加重処罰の理由になるんじゃないか？　改善する能力があるにもかかわらず、意図的に背を向け、放置してさらに悪化することを助長しているわけだから。もちろん俺たちもその罪から自由ではないだろうし。ダーウィン、1地区の人々はみんな罪人だ。俺は俺たちに、俺たちが持っている土地ほどの原罪があると思う」

レオの冷笑を聞いた瞬間、ダーウィンは9地区の男に「俺たちは絶滅していくんだ」と言われた時には分からなかったその気持ちの正体が、レオの声を経てそれが漠然とした罪悪感だったと気づいた。「また来い」という男の挨拶。ここにまた来ることは絶対にないと思って荒廃した9地区を後にして列車に乗った時に、一瞬かすめて通り過ぎた思いもまさにそれだった。しかし、ダーウィンはレオのように1地区と法学教授、そして他の多くの1地区の住民を罪人だとは考えたくなかった。それは何の悪意もなく、自分に与えられた日常を生きている善良な人々に対して、過度に厳しい評価だと思った。

「レオが言いたいことも分かるけど、教授も僕たちも、他の1地区の人々も皆、今まで生きてきた方式で自分の人生を送っていくだけだ。他のどこかを放置して、悪くしておこうという悪意はいっこうにないんだ。悪意どころか、当然みんな世界がもっと平和で良くなることを望んでいるんじゃない？　変化とはそんな日々の生き方と希望の中で徐々に起きるものじゃないかな。世界は一朝一夕に変えられるわけではないから」

レオは薄笑いしながら反論した。

「〝漸進的変化《ぜんしん》〟という言葉は、何も起こらないことを望む公務員にとって耳当たりのいいように作られたものだ。ダーウィンに勉強について助言するような立場ではないけど、歴史書を読んでごらん。世界を変えた歴史的事件は、実はある日突然起きたんじゃないか？　実際にそういう機会もあったし」

「そんな機会って？」

「60年前の12月に起きた蜂起のことだ。その時は、世の中を一瞬にして変えるところだった」

「〝12月の暴動〟のこと？」

「上位地区を除いて9地区から4地区まですべての地区が参加した民衆革命を暴動と呼ぶことこそ、行き過ぎた歪曲だと思わないか？」

「レオ、君はそんな風に世の中が変わるのを望んでいるの？　暴力で？」

「人類史を発展させた革命の中で暴力にならなかったものがあるか。みんな紳士のふりをしたいのは分かるが、時には現実を認めなければならない。目的ある暴力は社会を次の段階に導く原動力であることを。タイヤが何も踏まずに前進できるだろうか？」

ダーウィンは改めてレオの姓を思い出した。マーシャル（Martial）という姓にふさわしい好戦的な主張だった。ダーウィンはレオが見逃している点を指摘した。

「だけどタイヤが通り過ぎた後の世界が今よりましだという保証はないじゃないか。その代わり、物質的にも精神的にもおびただしい犠牲が伴うという点は明らかな事実だ。君が言った世界史的革命や〝12月の暴動〟で見られるように」

「そう。そうだという保証はないよ。だけど、より良い世界になるかどうかは重要ではない」

「じゃあ、何が重要なのさ？」

「タイヤがまた動けるかどうかということさ。悪く変わった世界より人々をさらに無気力にさせるのは、鎖に縛られて身動きできないタイヤだからだ。何も変わらずにすべてが元の場所に止《とど》まっていたら、人間は一体なぜ、何のために生きるのだろう？」

ダーウィンはレオのはっきりした観点に感心した。

「秀才たちが集まったプライムスクールだけど、ここでレオ、君ほどこの世界に真剣な考えを持っている人はいないだろう。教授が怒ったのも、もしかしたら君の意見を否定することはできないためだったのかもしれないな」

先ほどまで戦士のように意見を述べていたレオが、照れくさそうに笑いながら言った。

「それはここで唯一、君が俺の話を聞いてくれるからだよ。プライムスクールのどの討論の時間よりも、今ダーウィンと話した話が興味深かった。普段はみんなすごい知識人のように振舞うが、1地区とプライムスクールを批判した瞬間、石ころに変わってしまうじゃないか」

話を終えたレオはしばらくして、恥ずかしそうな様子で腕時計を前に持ち上げて見せ、付け加えて告白した。

「だけど、実は俺もその石ころのひとりだ。そうじゃないふりをしながら、実はこの時計を自慢する時があるんだ。〝ここにいるのが我慢できない〟と言ってフードを着て学校を出た夜も、この時計は外さなかった。俺が偽善者だということが分かるだろう？」

ダーウィンは笑いながらやはり同じ腕時計を持ち上げた。それはプライムスクールの入学式の際に新入生たちに配られる時計で、側面に生徒ひとりひとりの名前が刻まれていた。

「レオが愛校心を持っていると知れたことが僕はむしろもっと嬉しい。他の人も君の本当の姿を知ったら、誤解を解いて君の話を聞くだろう」

レオは肩を組んで話した。

「他の人たちはいいよ。友達はひとりだけだから」

招かれざる客

9月第2日曜日の午前、部屋で外出の準備をしていたニースはかすかな呼び鈴の音を聞いた。日曜日のこの時間に家を訪れる人が誰かいるのかとしばらく不思議に思ったがあまり気に留めなかった。マリーがすぐに応対したので、おそらく洗濯や掃除、庭の手入れなど、家事に必要な人を呼んだようだ。

ニースはネクタイを締め、マリーにこれからはできるだけ日曜日には人を呼ばないようにと言わねばならないと思った。どの家庭であれ、日曜日だけは家族で過ごす時間でなければならない。誰かの母親であり父親である人々に日曜日に仕事をさせ、その労働に値段をつけることは、いくら正当な賃金を支払ってもなんとなく罪悪感を抱かせることだった。

もちろん分かっていた。4、5、6地区から1地区に働きに来る人々の立場では、無駄な配慮をして呼び出しを取り消されるより、日曜日であれ、いつでも呼んでくれた方がずっと大きな厚意だと。金儲けのためだけではなかった。いや、もしかしたらお金は最初から眼中にないのかもしれない。1地区での仕事なら、無賃金でも喜んで志願する人たちがいくらでもいるだろう。

中位地区の人々にとって1地区での雇用が持つ意味は単に金を稼ぐだけでなく、公的に最も力のある信用証明書の発給を受けることと同じだった。清掃のような単純職でも1地区の経歴が記載された証明書は、銀行から融資を受けたり、ビザを受けたりする際、あるいは子供を学校に入学させる際に、いろいろな面で有用に使うことができた。時にはひとつの家庭の生活環境がいっぺんに変わったりもした。もともと5地区出身だったマリーも1地区で長い間、家政婦をした経歴が認められ、昨年、家族全員が4地区に転入した。マリーは喜んで「すべて次官のおかげです」と挨拶してきた。

そういえば去年の春にも、似たようなことで庭師に感謝の言葉を述べられたことが思い出された。ある土曜日、仕事が終わって家に帰ってきたら、枝切りをしていた庭師が急いではしごから降りてきて、「ありがとうございます」と述べた。つまり、「次官のおかげで娘が4地区の名門高校に入学できました」ということだった。ニースは彼の娘を見たことはなく、彼に娘がいることすら知らなかった。自分がしたこととは、ただ腕が良く誠実な庭師と月に2、3回家に来て、木を手入れしてほしいという雇用契約を結んだことだけだった。ニースは自分がしてもいないことにお礼を言われるのが気になったが、すぐに「それはよかった、おめでとうございます」と握手を求めた。特に助けたわけではないが、教育界に携わっている公務員として彼の娘が成し遂げた成果を労いたかった。庭師は手がよごれているのでだめだと言って、繰り返し握手を断った。ニースはなぜ木に触る手が汚いのかといって庭師の手を握った。そして、同年代の人から過度な扱いを受けることに気が引けていたので、彼がしていた作業に話を変えた。

「素敵ですね。人工的なところがなく自然で、もともと枝がまっすぐに伸びているようです」

「ダーウィン坊ちゃんの窓から見ればもっと素敵でしょう。坊ちゃんがご覧になる時、一番いいようにと特に気を使いました」

庭師の気遣いに対してその場では何も言わなかったが、ニースは家に帰ってきてひとり笑った。坊ちゃんとは、いつの言葉使いを。しかし、庭師の無邪気な態度を面白がっていたニースは、一歩一歩と進むうちに次第に笑いを失った。部屋に入って鏡の前に立った時は、完全に硬い顔になった。幼い頃からの声が耳元をかすめて通り過ぎた。

「お前たちは、何のつらさもない1地区の坊ちゃんたちだからいいな」

16歳の時、ジェイとバズを見ながら、内心そうやって独り言を言ったものだ。友達を〝坊ちゃん〟と感じたあの気持ちを笑い物にできるだろうか。

窓越しに枝打ちをする庭師が見えた。土曜日までうんざりする書類を処理していたためか、日差しの中で木の世話をする彼のことがとても誠実に感じられた。

ネクタイを締めていた手が絡み合い、ニースは我に返った。いつの間にか時間がかなり経っていた。何でもないベルの音が引っ掛かった。ニースは急いでネクタイを締め、ジャケットを羽織って部屋の外に出た。そして、マリーに誰が家に来たのかを聞こうと居間を横切ると、思わず足がぴたりと止まった。ひとりの女の子がソファーに座って平然とジュースを飲んでいたからだ。

ニースは彼が見ているものの真偽を疑った。理解できない状況に、空想に陥った子供がするようなおかしな疑いを持った。宇宙体系に攪乱が生じて部屋のドアを開けた瞬間、誤った世界に導かれてしまったのか？　そう、幼い頃は本当にそんなことが可能だと信じていた。このまま後退して部屋に戻って再びドアを開けて出れば、誤った世界から戻れるのだろうか。ニースは可能性を試すかのように、実際に1歩下がってみた。

ところがその時、その〝誤った世界〟が視線を合わせ、自分を見て席から立ち上がり、快活に挨拶した。

「こんにちは、おじさま。お久しぶりです。ああ、1年に一度会っていた時に比べれば、お久しぶりではないですね。とにかくお元気でしたか？」

ニースは生きていて自分に近づく存在を〝実在〟と認めざるを得なかった。しかし、なぜこのような状況になっているのか、依然として理解できなかった。ニースは疑問を晴らせないまま挨拶に応えた。

「ああ、君も元気だったか。ところでうちには何の用だい……ルミ？」

「ダーウィンから聞いてなかったですか？」

ニースは眉間にしわを寄せたが、さっと微笑んだ。幸いルミは気づかなかったようだった。

「さあ、何も聞いていないが……」

「今日はおじいさまのお家に行かれる日ですよね？　私も一緒に行こうとダーウィンが誘ってくれたので来ました。ダーウィンはおじさまに当然伝えていると思ったんですが、知らなかったようですね」

それから2階でけたたましい音がしてベンが降りてきた。続いて部屋から出てきたダーウィンがルミを見つけ、「いつ来たの？」と聞き、ベンよりも慌てて階段を駆け下りてきた。

「今迎えに行こうと思っていたところだったんだけど……。もしかして僕が時間を間違えて教えたのかな？　10時半に停留場の前で会おうと言ったつもりだったけど」

「そうよ、10時半よ。ただ家を早く出て、他のところで時間をつぶすよりここに来た方がましだと思って先に来たの」

「そしたら、僕を呼んでよ。僕は君が来たことも知らずに……」

「おばさんはあなたを呼ぶと言ったんだけど、そのまま待ちますって私が言ったの。時間を守らなかったのは私だから。失礼したかしら？」

「失礼だなんて。僕が早く準備して迎えに行くべきだった、ごめんね。着ようとしていたシャツが見あたらなくて」

ダーウィンはマリーに、「胸に葉っぱ模様の描かれた白いシャツを見ませんでしたか？」と尋ねた。

台所から出てきたマリーがベンを指差して答えた。

「その服はベンが庭にくわえていってめちゃくちゃにして着られなくなったので捨てたと、この前話したじゃないですか」

「そうでしたね」

ダーウィンはやっと思い出したのか、うなずいてベンに言った。

「またお前だったんだな。ベン、服がなくなったと思ったら真っ先にお前から疑わなければならないな」

ルミはベンを撫でながら言った。

「初めてじゃないのね。賢そうな顔をして、トラブルメーカーのようね？」

「常習犯なんだ。この前、お父さんの書斎まで入ってフードを隠していたんだ。そして知らないふりをしてまた見つけ出して、そうだよな、ベン？」

「フード？」

その時マリーが「次官、大丈夫ですか？」と聞いてきた。ダーウィンとルミの会話をじっと聞いていたニースは驚き、「ん？」とマリーを振り返った。

マリーが心配そうに顔を見上げていた。

「顔が白くなっていますが、どこか具合が悪いのですか？　眉間にしわを寄せて」

ニースは顔を手でさっと撫でた。知らぬ間にまた顔がこわばっていたようだった。ダーウィンとルミが驚いたように、話を中断してこちらを見た。

ニースは頭を軽く横に振りながら言った。

「ああ、何でもない。ちょっと頭痛がしたけど、もう大丈夫だよ」

ダーウィンが近づいてきて聞いた。

「本当に大丈夫ですか？　運転を長時間なさらなければならないのに」

ニースはダーウィンの肩越しにルミの顔を見た。他でもない自分の家で自分の息子のすぐ後ろにあの顔が立っている構図が、非常に非現実的に感じられた。まるで過去の時間が背中を合わせたかのように近づき、現在の時間を脅かしているみたいだった。ニースはダーウィンの肩を盾にしてルミを見つめ続けた。あの顔、ルミのあの目のせいか……ニースはルミから視線を外した。この考えを繰り返していては、いつまた顔色が真っ青になるか分からない。

ニースは微笑んでダーウィンに話した。

「本当になんでもないから心配することはない。それより車のキーが見当たらなくて、書斎で探してみようとしていたところだったんだが、ダーウィン、一緒に探してくれるかい？」

ニースはまず書斎に歩いて行った。ダーウィンはルミに「待っていて」と言い、後をついてくる。

部屋に入ってきたダーウィンはすぐに机、本棚と、あちこちを見回して聞いた。

「最後に車のキーを見たのはいつですか？」

無邪気にもダーウィンは本当に車のキーを探していると思っているらしい。ニースは部屋のドアを閉め、尋ねた。

「ルミはうちに何の用なんだ？　おじいさんの家に一緒に行くことにしたというが、本当なのかい？」

ダーウィンは万年筆が刺さったクリスタルケースをざっと見て、大したことではないように答えた。

「はい、僕が招待しました」

「なぜ？」

ダーウィンは少し意外な表情で頭を上げた。ニースは自身の声が重たすぎることに気づいた。追及しているように聞こえたかもしれない。

ニースは何気ないように再び優しく聞いた。

「どうして急に家に招待しようと思ったのか知りたくて。お互いによく知っている間柄でもないはずなのに。話をしたこともほとんどないんじゃないか」

ダーウィンは笑いながら言った。

「知り合いではないと言うなんて、おかしいですね。ルミと僕は生まれてからずっと会ってきたじゃないですか。もちろんお父さんが言うように今までは話したことなかったけど、この前の追悼式で話をしたらすぐに親しくなって友達になりました。多分、これまでの絆みたいなものが重なって」

絆か……ニースはよく分からなかった。ダーウィンを追悼式に連れていったのは自分だが、ろうそくの濃さが溶け出す憂鬱なムードの中で子供をひとりにしたくなくて、ダーウィンをそばに置いてきた。ハリーおじさんの古い屋敷、ジェイの部屋がそのまま保存されているその家は、子供を安心して遊ばせるには良い所ではなかった。あまりにも息子のことを気遣ったため、周囲の人から〝ダーウィン〟ではなく〝ダーリン〟に名前を変えなければならないという冗談が出るほどだった。それほどそばから遠ざけたことがないのに、いつふたりで話す時間があったのだろうか。

ニースはこの前の追悼式のことをじっと思い出した。そういえばあの日バズと話すために、かなり長い時間ダーウィンをひとりにしていたことを思い出した。では、あの時？　ニースは苦笑した。バズの奴、25年ぶりに現れて結局このような形で被害を与えるとは。

沈黙が長過ぎたのか、ダーウィンが「招待してはいけなかったですか？」と尋ねた。信頼が根付いた息子の茶色い瞳が微《かす》かに揺れていた。ニースはダーウィンを不安にさせたくなかった。子供の心に不安の欠片《かけら》を落とし、その欠片を子供の顔に映し出したままにしておくのは、親が子供に犯す罪の中でも最も悪い罪だった。ニースはすぐに笑顔で話した。

「そんなことはない。招待してはいけないことなんてあるものか。急に家にルミがいたから、ちょっとびっくりして聞いたんだ。でもダーウィン、そういう計画だったら昨日話してくれてもよかったんじゃないか？　事前に知っていたら驚くこともなかったのに」

ダーウィンはまだ子供っぽい顔で明るく笑いながら言った。

「お父さんを驚かせるためにわざと秘密にしたんです。もともとの計画は、僕が直接ルミを連れてきてびっくりさせるつもりだったのに、ルミが早く来たために失敗しました」

ニースは明るい笑顔の息子の頰を軽くさすった。

「失敗だなんて。完璧な成功だよ」

ほっとしたダーウィンは再び車のキー探しに戻り、「どうやら書斎ではなく別のところに置いたようですね」と言って真剣に心配していた。気になることを確認できたので、ダーウィンをこれ以上つかまえておく必要はなかった。

ニースはダーウィンが机の下をのぞいている間に、ジャケットのポケットから車のキーを取り出しながら話した。

「あ、ここにあったな。ポケットに入れておいてうっかり忘れてしまった」

「本当ですか？」

「ああ、余計な手間をかけてすまない」

ダーウィンはマジックショーでも見た子供のように笑い、「じゃあ、出発しましょう」と部屋の外に走っていった。

ニースは机にもたれかかった。ダーウィンがルミに「待たせたでしょ？」と声をかけているのが聞こえてきた。ルミが「車のキーは見つかった？」と尋ねる声も聞こえた。ダーウィンは「お父さんのポケットにあったんだ」と言って笑った。遠くから聞こえる息子の純粋な声に、ニースはふと悲しくなった。息子を騙した自分のせいなのか、自分が騙されたことを全く知らずに笑う息子のせいなのかは分からなかった。

しばらくしてダーウィンが部屋の方に「お父さん！」と叫んだ。「ああ、出かけよう」と答え、机から立ち上がったニースは部屋を出る前にクリスタルケースに自分の顔を映した。ダーウィンを不安にさせないためには、余裕を持って笑わなければならない。困ることはなかった。何十年もの間、人前でいつもしてきたことだから。

来賓

ラナーは地下室に降りて行った。第2週の日曜日を寂しく過ごすより、ひとりで釣りにでも行ってきた方がよさそうだった。まわりの人々にも自分にも、これ以上みすぼらしい姿を見せたくなかった。

今朝食事の席でアナが様子をうかがうように、「今日の昼食は簡単なものを準備いたしましょうか?」と尋ねた。「今月も次官はいらっしゃらないのですか?」と聞きたいのだろう。遠まわしに表現したものだった。アナもこの前、ニースが二度と来ないかのように乱暴に出て行く姿を見たはずだから、大体の雰囲気は見当がつくだろう。

ラナーは遠まわしに「昼食は釣りから帰ってきたら考えよう」と答えた。察しのいいアナは意味を理解し、「久しぶりに釣った魚が食べられますね」と言った。

しかし、すべての人々がアナほど気を使って相手に配慮しているわけではなかった。先月のように当日の朝にキャンセルをすればあれこれと話題を呼びそうで、今回は数週間前に友人に今月のバーベキューパーティーは〝省略する〟と知らせた。最大限たいしたことではないように見せようと苦心して選んだ言葉だった。すると普段はうっかりしている友人たちがこういう時だけ記憶の明かりを照らして「また?」と言う。「先月もキャンセルしたじゃないか。息子さんの家に何かあったのかい?」と言われた。ラナーは「文教部次官という席はあまりにも重責だから忙しいのは当然だ」と、自分と息子の威信を落とさない言い訳をした。

そういった言葉も聞きたくなかったため、外出も控え、家の中に引きこもっていた。アナに説得されてシルバーヒルの定期住民会議には何とか出席したが、案件である〝住民が参加する町の景観整備〟に関する話は聞かずに帰ってきてしまった。のんきにポストに飾る彫刻品など気にしている心の余裕はなかった。

先月ニースが理解できない暴言を浴びせてきて、

「もうこの家にダーウィンを来させない」と言った時、それはただ息子が怒りに耐え切れず吐き出した言葉だと思っていた。積もり積もったことがあっても、2週目の日曜日になればいつもそうだったように、その怒りをおさえてダーウィンと一緒に家に来ると信じていた。訪問前日の夕方、ダーウィンから「家に行けない」という電話を受けて、ようやく息子の脅《おど》しが口先だけではなかったことを実感した。ダーウィンは友人との約束のためだと言ったが、どの角度から見ても嘘だった。もちろんダーウィンに怒ることではなかった。ダーウィンはとても素直ないい子なので、父親に祖父の家に行くなと言われたとそのまま伝えることはできなかったはずだ。

しかし、ダーウィンは父親がそのようなことを言った理由を知りもせず、困っている様子もなかったから、ニースはダーウィンにはもっともらしい理由でうまく言い繕ったのだろう。たまにはおじいさんなしにふたりの親子だけで時間を過ごすのもいいのではないかというふうに。それはつまり、ダーウィンはあの日起きたことを全く知らないという意味だった。

子供に大人の喧嘩を知らせたくなくて、ダーウィンには何のそぶりもなくただ「分かった」と言ってしまったが、電話を切ってから体が震えるほど怒りがわいてきた。孫と祖父との出会いを阻止するということは、絶縁するという意味も同然だった。木を真っ二つに切断して根を引き抜くのと同じことだった。ラナーは一瞬にして自分が積み上げてきたものを失ったような気分になった。気分だけでなく、実際そうであった。息子と孫に会えないなら、残りの人生、何を見つめながら生きていけというのだろうか。木の根が自分が開いた生い茂った葉と果実を楽しむことができなければ、生きることにどんな意味と喜びがあるだろうか。

真夜中に目が覚めたラナーは頭のてっぺんまで怒りが込み上げてきて、すぐに息子の家に向かおうと思った。一体、自分がどんな大きな過ちを犯して息子にこのような待遇を受けなければならないのか、分からなかった。ラナーは急いでベッドから降り、外出着に着替えた。何の予告もなしに押しかけて行き、クルミ通りに響く大声で叫びながら、息子がやった倫理に欠ける行動をそのままやり返すつもりだった。

ラナーは靴をばたばたとつっかけて玄関を出た。ところがドアを開けた瞬間、急に足が止まった。暗闇の中で光っている星の光の中に息子の顔が浮かび上がったのだ。その顔が両足を身動きできないように留めた。

あの日、理由は分からないが、息子は自分よりも苦しんでいるように見えた。傷つける言葉を吐くのは自分でありながら、逆に自分が傷ついた顔をしていた。まるで泣き出して虚空で拳を振り回す子供のようだった。

子供……。

ラナーはそのまま力なくテラスのベンチに座り込んだ。過去の古い星の光が過去の時間を振り返らせた。息子が自分に向ける苦しみや憎しみは、幼い頃に起因したものだった。

ニースが15、16歳ぐらいの時だったか。事業で大きな打撃を受けたことがある。事業を海外に拡大する過程で無理が生じ、複数の箇所から一度に訴訟を起こされたのだ。信頼と正直を最優先の価値とする1地区で〝詐欺〟が罪名の訴訟に巻き込まれるのは大きな恥だった。本人だけでなく、家族や家系全体が打撃を受ける大事だった。幸い裁判所が仲裁に力を入れてくれて事業を整理することで合意に達したものの、裁判所に出入りする1年間、家族に大きな苦痛を与えた。

考えてみると、どうやらあの事件以降、息子の信頼を失ったようだった。いたずらっ子だったニースが急に学業に専念して公職に身を捧げ、刀のように正直な人間になったのも、もしかしたらその時に経験したことに対する反発なのかもしれない。自分の父が歩んだ道と全く反対の道を行くことで復讐をするのだ。だとするとラナーは決して息子を非難できなかった。息子は私が選択したその道を歩いて誰よりも立派な大人になったのだから。

薄暗い水の中にいるような息子の心をのぞき見る一筋の光を見たラナーは、悔恨のため息をついた。ニースが直接言ったことはないが、もしかしたら厳しい1地区の公職社会で自分の過去が息子の足を引っ張る障害になっているのかも知れなかった。大統領になる上でのニースの本当の弱点は、非プライム出身者ということではなく、父親、すなわち自分自身だったのだ。それで、あの日の勤務時間中に突然やって来て「父さんが作ったぬかるみにダーウィンまで……」と言って、しどろもどろだったのか。だとすると、ダーウィンがプライムスクールに通う上でも問題が生じたのか？

ラナーは立ち上がって庭を歩いた。理解できなかったことがひとつずつ合わさると、これまで心にたまっていた怒りが溶け出した。息子に対して決して恥ずかしい人生を送ったつもりはなく、事業の失敗も家族の未来のために頑張ろうとした結果だが、とにかく父親として社会的に指弾されるようなことになったのは大きな間違いだった。

ラナーは足を止め、庭の木に触れた。まっすぐで頑丈な柱が寂しい夜の頼りになった。できれば自分も息子や孫にとって、このような存在になりたかった。その心を聞いたかのように、木が自分の存在感を持って教えを与えてくれる。そのためには、息子が自分に持っている恨みを黙々と受け入れなければならないと。自分の対極に立とうとする息子の行動を寛大に受け止めなければならないと。無理に近づくよりは今のままで揺らぐことなく待たなければならないと。すると息子はきっと木が与える陰の下に戻ってくるだろうと。いつ来るか分からない鳥をひとり立って待つのは寂しいだろうが……。

地下室に降りてきたラナーは電気をつけた。2ヶ月間、陽の光を浴びていないバーベキューグリルがまず最初に目に入ったが、わざと無視して釣りざおの方に歩いていった。もう見込みのないことに思いを馳せたくなかった。いつも来る時間が過ぎたのに何の知らせもないのを見ると、ニースとダーウィンは今月も来ないに違いない。今度はニースはどんな言葉でダーウィンを説得したのだろうか。相次いで二度も祖父の家に行かないことを納得させるには、かなりもっともらしい理由じゃないといけないはずだ。釣りざおを摑もうと手を伸ばしていたラナーはその考えにはまってしまい、つい横にある包みを倒してしまった。

その時にやっと荷物が山積みになった地下室の全景が目に入った。物を捨てられない性格のため、引越しをしながらも役に立たない荷物を毎度抱えて暮らしてきた。探してみれば、おそらく50年前のものも発見できるだろう。ラナーはいつか機会を見て古い荷物を整理しようと思い、釣りざおを握った。

その時だった。地下室の階段に向かって、急いで叫ぶアナの声が聞こえた。

「旦那様、次官がいらっしゃいました。ダーウィンも連れてきました」

ラナーは釣りざおを放り投げるようにして、急いで階段を上った。

「おじいさん、お元気ですか。この前は来られなくてごめんなさい」

いつもと変わらない明るい顔で入ってくるダーウィンをラナーは懐に抱えた。今やっと体の中に血が通ったようだった。

ダーウィンはすぐそばにいる女の子を紹介した。

「ルミ・ハンターです。ジェイおじさんの弟であるジョーイおじさんの娘です」

ラナーはルミをじっと見つめた。ダーウィンが家に初めて連れてきた女の子なので頭の中からあらゆる質問と好奇心が湧き出てきたが、ダーウィンのことを考えておとなしいおじいさんの役割をしなければならなかった。

ルミは「こんにちは」と挨拶し握手を求めた。普通は恥ずかしがる女の子たちと違って、堂々として自信にあふれたルミを第一印象で気に入った。灯りをつけたように鮮やかに輝く瞳が特に目を引いた。日曜日に制服を着てきたのは独特だったが、格式を重んじたのだろう。

「そうか、嬉しいね。こんなにもきれいでプリメーラの生徒だなんて。ハンター家の宝石だね」

ラナーはダーウィンとルミをソファーに座らせた。そして、一歩離れて後ろに立っている息子の方に目を向けた。目が合うとニースはちらっと視線をそらし、一番遠くのソファーに腰を下ろした。照れくさそうな顔が自分の過ちを知っていながらも自尊心のために謝れない子供のようだった。ラナーは心の片隅にたまっていた怒りと寂しさが流れる水となり、一気に遠ざかるのを感じた。

「おじいさん、ルミがプレゼントを持ってきました」

「来てくれるだけでもありがたいのに、プレゼントまで……」

ラナーは心から感激し、ルミの渡すプレゼントを受け取った。まだ子供なのに初訪問だからとお土産まで持ってくる。ハンター家の子供らしく育ちがいいようだ。包装紙を開けてみると、写真と額縁だった。

ルミが説明した。

「祖父が従軍写真記者として活動していた時に撮った写真だそうです。祖父は自然の写真はあまり撮らなかったのですが、それでも時々こんなものを撮りたい時があったようです。私が大事にしている写真の中のひとつなんですが、気に入ってくれたら嬉しいです」

ラナーはやせ衰えた石山のふもとに山羊の群れがいる写真を注意深く見た。草ひとつ見えない大地の上に、かすかに雪まで舞う光景が、彼らに降りかかった運命が容易ではないことをうかがわせた。

ラナーは何だか胸がじんとして言った。

「個人的には一度もお会いしたことがないが、ハンター氏がなぜこの風景を撮りたかったのか分かる気がする」

ルミが輝く目をもっと輝かせながら聞いた。

「本当ですか？　なぜですか？」

ラナーは写真の印象について率直に語った。

「私の目にはこの山羊の群れが家族に見える。前に立つこの大きな山羊が夫で、その隣が奥さん、後ろの小さい山羊は多分彼らの子だろう。戦争が起きている大変な地でこの善良な群れを見た瞬間、ハンターさんも自分の家族が思い浮かんだはずだ。家に置いてきた家族と険しい石山を登る山羊が同じように感じられたのだろう。自分がいつもそばにいることができないことへの罪悪感もあるだろうし、愛する家族に向けたハンター氏の恋しさと心配する思いが切実に感じられる。おそらくハンターさんのその切ない思いが伝わってルミもこの写真が気に入っているんだろう」

ルミは「素敵！」と感嘆した。

「おじいさまの説明を聞くと本当にそう見えますね。写真評論をされてもいいと思いますが」

褒めすぎだと分かっていながらも、ラナーは愉快だった。お世辞に変質しやすい大人の脂っこい言葉とは違って、子供たちの褒め言葉は湖を海だと誇張しても可愛いだけだった。昔から子供たちというのは鳥のようなもので、その小さな口から出るすべての言葉が歌になるのだった。

良質なプレゼントと良質な会話ができる楽しさを満喫していたラナーは、この愉快な雰囲気の中、ひとり離れたところにいる息子のことが気になってちらっと目を向けた。息子として父の感想に一言でも応えてくれればいいのに、ニースはこの場にいない人のように何も言わなかった。

ラナーは息子の関心を引きつけたい気持ちで話した。

「文化勲章まで受けた芸術家の写真をもらってもいいのだろうか。ルミの言うとおりハンターさんが普段あまり撮らない性格の写真ならより価値があるだろうから。ニース、君が見るにはどうかね？　文教部次官だからある程度芸術に対する見識があるのではないか？　ハンター氏が勲章を受けたのはニースが責任者になった後のことだから、ハンター氏の作品が世間から受ける評価を誰よりもよく知っているだろうし」

ニースは予想通り窓の外にあった視線をこちらに移した。ただ首を回しただけでなく、こちらの心臓を突き破るような鋭い瞳をしていた。ラナーは意図したよりもニースの方が刺激されているのかもしれないと思った。ただ息子の反応を導き出したいと思って言っただけなのに、あのはぐれ者の耳にはまた皮肉に聞こえたのかもしれない。

ニースは鋭い目つきで話した。

「そうですね。ハンターおじさんは従軍写真記者として一生を捧げた偉大な芸術家です。その写真をおじさんの人生についての知識のない一般家庭にかけておくのはとてももったいないかもしれません」

息子の答えを聞いたラナーは、〝このいい日に自ら墓穴を掘った〟と思った。息子は今、芸術と社会のために献身したハリー・ハンターの人生と、お金だけを追ってきた自分の父親の人生をこれ見よがしに比較しているのだった。以前から疑ってきたことではあった。ニースはもしかしたら〝偉大なるハリー・ハンター〟が自分の父であってほしいと望んでいるのかもしれないと。

ラナーは息子の挑戦的な視線を避けて、再び写真を見つめた。やせ地で家族を導く父山羊……たとえ偉大になることはできなくても、家族を愛し心配する心だけは、この山羊にもハリー・ハンターにも決して遅れを取らない自信があった。それをあの無関心な息子が知っているのだろうか。

その時、ルミの声が聞こえた。

「私はいいプレゼントを持ってきたようですね。おじさまとおじいさまくらい、この作品の意味を分かってくれる方はいませんから。現代美術館よりもこの家の方が祖父の写真を置くには素晴らしいわ」

ルミの言葉を聞いて、ラナーはふさぎ込んだ気持ちがすぐに晴れやかになった。一目で気づいたが、やはり賢い子だった。ラナーは「そうだな、この家こそ最高の展示場所だよ」と活気に満ちて立ち上がり、額縁を暖炉の上に置いた。写真が1枚置かれただけなのに、家の雰囲気が盛大になったようだった。隣に置かれたダーウィンのプライムスクール入学式の写真ともよく合っていた。山羊一家と三代続いた三人の親子。動物であれ人間であれ、空白から始まった人生を満たすのは、結局家族だった。

ニースが席を立ちながら言った。

「どうしても今週中に終えなければならない仕事があって、事務室に行って来なければならないのです。ダーウィン、午後に迎えに来るからルミと楽しく遊んでいなさい」

ダーウィンがニースを捕まえた。

「明日ではだめですか？　2ヶ月ぶりにおじいさんの家に来たのですから、まだ話もしていません。それに日曜日でしょう？　日曜日は家族と過ごす日だと言っていたのに」

「そうさ、でも今日はおじいさんもいるし、ルミもいる……。とにかくすまないな。できるなら早く終わらせて来るよ」

本当に急用があるのかもしれないが、ラナーはなぜかニースがこの場を避けようとしてわざと言い訳をしているように感じた。家に入った時から窓の外だけを見ていたのは、いつここから自然に出て行くのかを考えているようだった。ラナーは残念でもあり、けしからんとも思った。しかし一方では、息子があんなに嫌がるのなら、思うままにここから放してやりたかった。あんな大騒ぎを起こしたのに再び来たのだから、自分では居心地も悪く恥ずかしさもあるだろう。裁判所の判決文に準ずる自分の宣言を覆して来てくれたことだけでも、今日は息子のやりたいようにやらせてやろうと思った。

ラナーはニースの味方をするのを兼ねて、ダーウィンに話した。

「やることが多いというのは幸せなことだ。それだけ能力が高いという意味だから。ダーウィン、お父さんが早く仕事を終えて帰ってくるようにお送りした方がいいんじゃないか？」

ダーウィンはその言葉に納得し、素直にニースを放した。ニースはダーウィンとルミに「ではまた後で」と言ってすぐに家を出た。

ラナーは息子の姿を窓の中から見守った。後ろも振り向かずにつかつかと庭を歩く姿は、すごく嫌だった場所からやっと抜け出した子供のように身軽に見えた。自分の父親と一緒にいるのがあんなに嫌だったのだろうか。しかし、これ以上重く深く考えないようにした。ニースは行ってしまったが、ダーウィンが残っていた。それに今日はかわいいお客さんまで来たのだから。

ラナーは視線をそらして、ダーウィンとルミに尋ねた。

「さあ、何をすれば、この素敵な日がもっと素敵になるだろうか？」

シルバーヒルで過ごす午後

1ブロック1ブロック進むごとに、庭にいたおじいさんたちが冗談を言った。

「ラナー、プリメーラの制服を着たあのきれいな女の子は誰だい？」

「お、とうとうダーウィンがガールフレンドを連れてきたようだね」

「祝歌は私が歌ってやる。私がその時まで生きていさえすればな」

ラナーは彼らに静かにと言う意味で手を振って言った。

「不愉快に思わないでくれ、歓迎するという意味だから。年を取れば取るほど子供たちを見ると嬉しくて仕方ないのさ」

ルミは微笑で応対した。

「不快ではありません。みんな良い方のようです」

ルミは出くわす人々に向かっていちいち手を上げて挨拶した。ラナーに良い印象を与えるためではなく、本心から湧き出る行動だった。

どんな形であれ、他人の関心は楽しく嬉しいものであるべきだろう。生物が日光のエネルギーを受けて成長するように、人間は他人の目を通じて成長する存在だからだ。他人の目を引くのに失敗した人は、陰で育つ植物のように憂鬱で矮小にならざるを得ない。そのような子供が年を取れば、４地区出身の女性と結婚し、居間に安い画を飾り、７級書記官という周辺部の人生に満足して暮らす大人になるだろう。

パパの退屈な顔が浮かんでくると、ルミはそこで考えるのをやめた。パパと一緒にいるのが嫌で朝早く家を出たのに、シルバーヒルまで来てパパのことを考えているという事実が不快だった。ふと横で歩くダーウィンと目が合った。視線がぶつかるとダーウィンが笑った。ルミはそれに合わせて笑ったが、ひょっとしたら急にパパを思い出したのはダーウィンのせいかもしれない、そんな恨みを抱いた。さっきダーウィンがラナーのおじいさまに自分を紹介してくれた時、プリメーラにいる〝ルミ・ハンター〟もしくは〝ジェイおじさんの姪〟とだけ言ってほしかった。〝ジョーイおじさんの娘〟という紹介は自分のどの面も満足に説明できない最も貧弱で歪曲された修飾語だった。

「ルミ、どう？　ここが気に入った？　老人が多いという点だけ除けばそんなに悪くないだろう？」

昼食を終えて軽く出かけた散歩がいつの間にか村のツアーにつながっていた。ルミは高級住宅が長く立ち並ぶ村の全景を見回しながら答えた。

「ええ、とても素敵です。お年寄りの方々が多いのかもよく分かりません。私の家よりもはるかに活気が感じられますよ」

ラナーおじいさまは笑いながら話した。

「そんなにまでおだてることはない。どんなに素晴らしいところでも、自分の家よりいいことはない」

ルミはその考えに完全に同意しなかったが、異議は唱えなかった。息子は文教部次官で孫はプライムスクールの生徒であるラナーのような人には、家がこの世で一番立派な所だから。そんなことを考えると、まっすぐな足で日差しの下をまっすぐ歩く堂々としたラナーおじいさまと、部屋に閉じこもって憂鬱な日曜日を過ごしている自分の祖父を自然に比較してしまう。自分が成し遂げた栄光が息子世代につながらなかった祖父と違って、ラナーおじいさまは子孫の成就のおかげで年を取った今でも依然として1地区の中心部にいた。

ルミは尊敬と羨望を込めて言った。

「おじいさまはとてもお元気そうですね。私の祖父はもうひとりの力では歩くこともできず、記憶もすべて失ってしまいました」

「ハンターさんの病状はニースからたびたび伝え聞いている。本当に残念だ」

「うちの祖父を見ると、人が人生に振り回されるという言葉が理解できます。もう祖父の思い通りにできることが何もないので……。私の祖父は人生に完全に取り込まれてしまったようです」

「ルミ、あまり悲観的に考えてはいけない。病気は病気であるだけで、それがハンター氏の本質まで崩すことはできない。若くて元気だった時のハンター氏の人生を考えてごらん。その時は完全に人生を支配してなかったかい？　あの時あまりにも多くの気力を注いだせいで、少し早く休息期に入ったのかもしれないよ」

考えたくはないが、ラナーおじいさまの話を聞くと、やむを得ずまたパパのことを思い出した。

「父もそんな話をしていました。若すぎて高く羽ばたいたせいで、年を取って他の人よりもっと下に落ちたんだと」

「その言い方はちょっとあれだね。老人であれ若者であれ、病気になったからといって下に落ちるわけではないが……」

ルミはラナーが鋭く見抜いたことに積極的に同意した。

「そうですよね？　父は妙に祖父を悪く言う傾向があるんです。祖父が若い時、家庭より仕事に多くの時間を割いたことに今でも不満のようです。おかしいでしょう？　子供でもないのにそんなことが理解できないなんて」

「子供の立場では十分そう考えることもできるだろう。私も仕事に夢中になって家族を疎《おろそ》かにしたことがあったが、振り返ってみると妻とニースに申し訳ないと思うことがたくさんある。その短い時代が子供の最も大きな変化の時だったのに、なぜその時、そばで見てやれなかったのかと。多分ニースも私を残念に思う点が多いだろう。ルミのお父さんもそんな気持ちなんだろう」

ルミはきっぱりと「私は違います」と答えた。

「もし私の父が歴史に残る従軍写真記者だったら、年に一度、いえ、10年に一度しか会えなくても父を本当に誇らしく思っていたでしょう。休日にみんなと公園に行ってボールを蹴ったり爪をあげたりするよりは、世の中を変えることに参同するほうがずっと貴重なことじゃないですか。父が祖父を誇りに思わないのは、父が過度に安全志向な人だからなんです。おかしくありませんか？　あんなに勇敢な祖父の下で、父のような臆病な人が生まれたなんて」

ラナーおじいさまは笑って「ルミの未来がとっても楽しみだな」と言った。

「ところがね、世の中には同じ方向に向かう親子もいれば、正反対の方向に行く親子もいるんだよ。正反対が悪いとは言えない。各自の人生に忠実でさえあれば、どちらに行ってもそれが正しいことだから。ルミのお父さんは裁判所の書記だと聞いているが、それも従軍写真記者に劣らず立派なことじゃないか。正義と真実を扱うことだからね」

ルミは冷笑を交えて答えた。

「正義と真実を扱うのは弁護士、検事、判事であり、父はすでに決定した判決文をそのまま書き写すだけです。私は父が世の中に影響を与え変革を起こす仕事をする人であって欲しいです。人の決定に従うのではなく自分が決定する人であってほしいです。おじいさまやニースおじさまのように」

ルミはそう言うとダーウィンをうらやましげに眺めた。ダーウィンは父親の称賛を聞くことが照れくさいのか、黙って微笑んだ。ダーウィンは謙虚だった。ルミはその点を高く買った。プライムボーイはどんなに傲慢な態度をとっても、世間がそれを寛大に容認していた。むしろ、傲慢さは彼ら特有のアイデンティティだった。

そのような現実を考慮すると、権力者の父親を持ち特権層に属しながらも一般学校に通う平凡な生徒のように行動するダーウィンは、研究対象にしなければならないほど珍しかった。しかし、ルミはダーウィンの素朴な性格には感嘆しながらも、一方ではダーウィンは自分が持っているものを十分に認知できていないため、謙虚なのかもしれないと考えた。城に住む王子様は自分の両親と家がどんなにすごいのか分からないだろう。王冠を奪われ、城から追い出されない限り。

ラナーおじいさまが言った。

「ルミの年頃にはそう考えるのが当たり前だろう。人生で最も多くの夢を、そして最も大きな夢を見る年齢だから。世の中のすべてが不足しているように見え、間違ったものはすべて変えたいし、そんなことをしない大人たちはみんな冒険心を失った敗者だと思えるだろう」

ルミはダーウィンをうかがいながら、ラナーに聞いた。

「おじいさまも私の年の頃、そんなことを考えましたか？」

「そうだったようだね」

「おじいさまは世の中をどう変えたかったのですか？　この世の中がどんなふうになることを望みましたか？」

物思いに深くふけったようで、ラナーは街路樹を

３本通り過ぎる間、何も語らなかった。ルミはラナーおじいさまが話を再開するのを黙って待った。過ぎ去った時間は長いだけに、昔に戻るためには多くの時間が必要だろう。

しばらくしてラナーは「そうだな」と口を開いた。

「ずいぶん長い年月が経ったせいか、どんな世の中を望んでいたのかよく分からないな。ただ漠然としているが、強烈に何とかして変えなければならないと思ったよ」

「漠然としているが、強烈に何とかして」とルミは同じ話し方をした。素晴らしい言葉だと思った。

「おじいさまが幼い頃は、この言葉のように格好よかったと思います。60年前くらいでしょうか？　おじいさまが私たちと同じ年の頃だった時が気になりますね。おじいさまは、どんなお子さんでしたか？」

ラナーおじいさまの額にしわが寄った。

「私の子供時代？」

「はい、おじいさまのチャイルド・フードです。その時はどうでしたか？」


誰が捨てたのか分からない大きなフードを被ったまま、何かを探して一日中歩いてばかりいた。探すのがパンの時もあれば、靴底のある靴の時もあれば、誰かが捨てたタバコの吸殻の時もあった。それが変わることはなかった。ただお腹が空いたらパンを探し、足の裏が凍えるなら靴を探し、ひどく寂しいならタバコの吸殻を探すだけだったから。明日を考える暇もなくただこの一日を生き延びることが唯一の目標だった日々……。

私の両親はどこにいたのだろう。いや、違う、当時はそれについて考えたこともなかった。最初から親はいなかった。初めからなかったことに疑問を持つことはできない。ただ単純に、ある人間は親なしにひとりで生まれることもできる存在だと考えた。その、ある人間こそ、自分だった……。

周りの子供たちはみんな孤児だったので、孤児が不幸だということを知りもしなかった。孤児院の院長は毎日私たちを殴った。しかし、親を持つ子供たちだからといって、何も違わなかった。その子たちもやはり父に〝ねずみより使い物にならない奴〟と非難されながら街に追い出されたりしたからだ。私たちは孤児院の壁に寄りかかって、両親がいる子供たちをかわいそうだと嘲弄した。

12、13歳で、すでに9地区の大人全員と対等になったと思った。タバコを吸い、女と寝て、たまに死ぬ思いをした。彼らのすることのすべては私にもできる。後日、私の養母になってくれた人が初対面で私を抱いて「まだこんなに幼いのに」と言った時、初めて感じる優しい手よりも、その言葉にもっとショックを受けた。

幼いって？　私が子供だって？　自分が子供だったなんて……。

16、そうだ、ダーウィンと同じ年齢の時に、私は私が持っている唯一の服だった黒いフードを脱いで、養父母からもらった服に着替えた。世の中であんなに複雑な服は生まれて初めて見た。首から腰まで次々と小さいボタンの穴があるとは……。ボタンを穴にいちいち差し込むのに苦労した。硬いシャツの襟にネクタイを巻くのは、どう見ても手品師が使う妙技のようだった。ネクタイは今もあまりうまく締められない。

そういえばニースが幼かった時に、ネクタイがうまく締められないから私に代わりに結んでほしいと頼まれたことを覚えている。ネクタイを結んであげる代わりに、私は手を後ろに組んで男はそんなことを気にしてはならないと注意をそらせた。気持ちとしては上手にネクタイを締めてあげたかったが、息子の前でネクタイひとつ結べない父親になりたくなくてわざと厳しく接したのだ。ニースはそれ以来、もう同じことを頼んでこなかった。そして、いつからか自分の力でとても上手にネクタイを締め始めた。すまない気持ちもあり、感心もした。ニースは母に似ていて、私とは比べ物にならないほど生まれつき素晴らしい子供だった。

養父母に会って新しい人生が始まったが、フードは捨てずにベッドの下に置いて過ごした。いつこの完璧な世界から追い出されるか分からないと脅《おび》えていたからだ。その時になれば、やわらかい感触のパジャマを返却して、そのうんざりするフードをまた着なければならないだろうから。

ある日それを見つけた母が「ラナー、これはもう要らないわよね」と言って、フードを捨てようとした。私はフードなしで裸で追い出されるのを恐れて「捨てないで」と叫んだ。母は私を気の毒そうに見つめながら頭を撫でてくれた。

「思い出が詰まった服だからかしら？」

思い出？　悪夢も覚めたら思い出になるかもしれない。

次の日、母はフードをきれいに洗ってから言った。

「フードはこの箱に入れて屋根裏部屋に置いておきましょう。たまに思い出す時だけ取り出してみて。でもそんなことなかったらいいのにと思うわ」

その後もしばらく不安に震えていたが、母の言うとおり再びそのフードを取り出して着ることはなく、数年後にはフードの存在そのものを忘れていた。どの箱に入れておいたかも思い出せない。多分、引越しする間に消えてしまったんだろう。フードはそのようにして私の人生から完全に姿を消した。子供ではなかった私の〝チャイルド・フード〟と共に。

16、私はやっと一人前の子供に生まれ変わった。養父母は教育も受けられず文明化もされなかった何百万年も前の原始人同然の私のことを心の底から受け入れてくれた。ふたりをがっかりさせないために私は死ぬほど勉強し、そうする間に1地区の小学6年生より小柄だった体格も両親の愛で人一倍大きくなった。そしてある日、ついに私は学校に通うことになった。フードではなく制服が似合う立派な生徒になったのだ。

養父母の存在を通じて、私は親というものがどれほど偉大なのかを悟った。里親のおかげで、私はひとりの人間が成し遂げることができることがどれだけ多いかに気づいた。寒い冬、パンや靴、タバコの吸殻を探して一日中さまよう人生の代わりに、暖かい部屋で勉強し、両親を尊敬して、誕生日プレゼントで何をもらうか悩む人生を知った。

新しい人生を得た後、私は私の罪を悟った。なぜ、この正しくて立派な世の中を憎悪し、変えようとしたのか。どうして両親のように慈しみ深い人々を私たちの敵だと思って殺そうとしたのだろうか。本当に変わらなければならないのは、あの下の卑劣な世界だと。本当に死ななければならない人たちは、私をそそのかした人たちなのに。

私は毎晩泣いた。その本当の涙と両親の許しで、私の目に積もっていた黒い泥は徐々に溶け始めた。

「おじいさまはどんな子供でしたか？」

16、私はやっと明るい瞳で世の中を眺めることができるようになった。新たに得たきれいな目で眺めた1地区は、星の光が美しく輝き、ネオン川は平和に流れ、家ごとに暖かい光と笑い声が漏れる完璧な世界だった。

「この世を変えたいと思っている子供だったんですか？」

世の中を変えること？

ルミ、それは子供たちが見る一夜の夢想にすぎない。遊んでいたおもちゃが退屈で足で壊してまた組み立てるのと似ている。子供たちはたまにそうしてもいい。どうせすぐ夢から覚めるから。しかし年を取ってもその夢から覚めずにいる人がいたら、注意して警戒しなければならない。この完璧な世界を変えようとするなら、それは許すことのできない反乱であり暴動だ。

ラナーおじいさまは物思いにふけったように、何も言わずに木だけを見上げていた。ルミは思い出にふけったおじいさまに代わって、自分が推測していることを先に話した。

「それでは私が当ててみましょうか？　おじいさまは両親が読むなという本をベッドに隠しておいて読むような子供だったような気がします。1地区以外の世界で起きていることが知りたくて、夜にこっそり家を出たりもします。冒険家になることを夢見ながらです」

おじいさまはようやく口元に笑みを浮かべて答えた。

「ずいぶん前だから、もう記憶がおぼろげだな。でも私は両親をとても尊敬していた、ふたりを失望させることはしたくなかった。むしろ、どうすれば彼らに気に入られるか戦々恐々としていた。不良な本を読むよりも、父が推薦してくれた科学全集を読んで、密かに家を出るよりも学校が終わればすぐに家に帰る、そんな子供だった。呼び鈴を押して母さんがドアを開けてくれるのを待っている間はいつも胸がどきどきしたもんだ。毎日毎日、誕生日パーティーが待っているように、世の中で両親を一番愛していて、家が本当に心地よかった。そんな良い家を置いて他の所に行くことは想像もできなかったよ」

ルミは信じられない思いで声を張り上げた。

「私をからかうために嘘をついていますよね？」

ラナーは「過少に言うことが嘘になるならそうだろう」と肩をすくめ、すぐに真剣な顔で「その時の感情を百分の一も表していない」と付け加えた。ルミはラナーの額にある深いしわと左頬の真ん中にあるかすかな傷跡を眺めた。初めて会った時、握手をした瞬間から目に入っていた。

「私の予想は完全に外れました。私はおじいさまが間違いなく冒険心あふれた反抗する人だったと思ったんです。ある本にそう書いてありました。額のしわが深い老人は若くして苦悩をたくさんした人だから、彼の人生をより尊重しなければならないと。学校が終わってすぐに家に帰ってくることが好きだった優等生がどうしてそんなしわを持つことができたんですか？」

ラナーおじいさまは自分の額のしわを指で叩きながら笑った。

「こういうのは老けたら誰にでもできるものだよ。特に目をこうする癖のある私のような人は」

ルミは歩きながら話し続けた。

「おじいさまのご両親がどんな方だったのか気になります。どれほど立派だったのか。おじいさまが彼らを失望させないようにと、家に早く帰ったというのがどれほどなのか、私には想像もできないことです」

ラナーは少しのためらいもなく「本当に素晴らしい方々だった」と言った。

「でも両親に対する尊敬は実は二番目の理由で、私自身が何よりもそういう人生を望んでいなかったたんだ。私は両親が読むなという本を隠して読むほど読書好きでもなかったし、正直言って、今でも本とは親しくない。それに夜に家を出たところで特別なことはないということもすぐに分かってしまった。寒い冬に街で震えながら過ごす夜より、暖かい灯りのついている家が一番だということを」

「おじいさまは、まるで寒い冬の夜を街で過ごしたことのある人のように言われますね」

ラナーおじいさまは「そう聞こえたかい？」と豪快に笑った。

「もともと私くらいの年になると、自分が生きたことのない人生もある程度推測できるものだ」

そう話をしているうちに、村の果てにある公園を回って家へと戻っていた。おじいさんがダーウィンに「今日は本当に気分がいい。ダーウィンが来るだけでも気分がいいのに、こんなに立派な友達まで連れてきたからな」と言うのを聞いたルミは、初めて自分の価値をきちんと認めてくれるところに来たという気がした。家にいたなら憂鬱に過ごしたはずの日曜日が自分の訪問を心から喜んでくれる人々の歓迎の中で、活気ある色に輝いていた。

歩いていると、近隣の家々の郵便受けの上に木の彫刻品があるのが目についた。ルミは好奇心から「これは何ですか？」とラナーに聞いた。

「ああ、あれか。この前の村の会議で〝村の景観を整える〟ということを議論したんだが、そこから出たプログラムのひとつだそうだ。暇つぶしもかねてそれぞれに彫刻品をひとつずつ作って自分の家のポストの屋根を飾るんだ。あれでも専門の彫刻家を村に招いて講習を受けて作ったそうだ。一度も釘打ちもせずに生きてきた偉人たちが作ったものにしては、ましな方ではないかい？」

装飾品を興味深く見て回った後、「おじいさまは何を作られたんですか？」と聞くと、おじいさんは「私は作ってないよ」と答えた。

ルミは再び尋ねた。

「なぜですか？」

すると、おじいさまはなぜか寂しい笑みを浮かべて言った。

「先月は立て込んでおってな……」

ルミは突然寂しい表情に急変したおじいさまの姿が気になったが、今日初めて会った高齢者のプライバシーを無礼に問い詰めるつもりはなかった。

ルミはおじいさまの寂しさを見て見ぬふりして元気よく提案した。

「それでは今日作るのはどうですか？　他の家は全部ありましたけど、おじいさまだけないというのも寂しいでしょう。私とダーウィンがお手伝いします。そうよね、ダーウィン？」

ダーウィンも意気込んで「もちろん！」と答えた。

家に帰り、ラナーは地下室から彫刻に必要な道具を引っ張り出して庭に出た。住民センターで配ったという彫刻用の丸太は、先月のラナーの事情を表すように新品のままだった。

ルミは聞いた。

「どんなものを作りたいですか？」

ラナーおじいさんは手に持ったナイフを上手にくるくると回して言った。

「何よりも家にやってくるお客さんの気持ちをよくしてくれるものであってほしいな。ポストに飾っておくのだから、いい知らせもたくさん持ってくるといいな。何があるかな？」

ルミはじっくり考え込んで「鳩はどうですか？」と提案した。おじいさんが「鳩？」と聞き返した。

「ええ、昔は鳩が手紙を届けたりもしたじゃないですか。郵便受けとよく合うのではないでしょうか？ダーウィンはどう思う？」

ダーウィンはうなずいた。

「そうだ、だから鳩のことを伝書鳩と呼んだりもしたんだろう」

おじいさまは満足そうな顔で「手紙を届けてくれる鳩なんて、それよりいいことはない。やはりルミは賢いな」とほめて付け加えた。

「私はルミがとても気に入った。これからもいつでも遊びにおいで」

ルミも自分の真価を分かってくれるラナーおじいさまが気に入った。さらに、ラナーが持っていることのすべての栄光も。

傷

午後遅く、ニースはシルバーヒルに帰ってきた。空はもう夕焼けで染まっていた。普段なら足を止めて自然が描く風景画に様々な考えを巡らしたが、今日はそのような鑑賞をしている心の余裕が全くなかった。日曜日を窮屈な官庁で過ごしたせいか、調子が良くなかった。考えも全くまとまらなかった。父と一日中一緒にいるのが嫌で逃げて出たのに、肝心の事務室に行っても父が思い浮かんだ。二度とこの家に来ないと大声を上げておいて再び訪れた私が、父にはどれだけ笑い者に見えたのだろうか。私が入ってくるさまを見て勝利を感じたかもしれない。

ダーウィンのことがなければ絶対に後に引かなかった。父の家に行くのはダーウィンのためだ。先月に続き、今月も祖父の家に行かないと言えば、ダーウィンは明らかに自分がいない間に起こったことが気になるだろう。ダーウィンが父に意見を求め、ふたりで話を遡っていったなら、先月私がここに来て乱暴なことを言った事実が出てくるだろうし、父は息子が怒鳴りこんできた理由についても考えるだろう。ダーウィンは最初はその意味が分からないかもしれない。しかし、事件の日付を辿っていけば、結局はフードを見つけたことに至るだろう。もしダーウィンが父に「おじいさんの地下室で見つけたフードを〝古いもの〟イベントに出したことが少し問題になりました」と言ったら……。そんなことになるくらいなら自分と父が先に妥協した方がましだった。父が最も愛する存在であるダーウィンと会えないようにすることで父に最も苦痛を伴う罰を与えたかったが、とにかく偶然にもダーウィンが友人と約束をしたおかげで一度はその目的を達成した。フードに関しては自分が誤解したのだ。

ニースは車から降りて庭に入った。一日に父の家に二度も入ることに恥ずかしさを覚えた。大声を出して家を飛び出した子供が夜になって帰る所がなく、そっと帰ってくるようだった。しかしニースは垣根を越えてからというもの、そのような幼稚な気持ちは綺麗に忘れることにした。父はダーウィンのことを考えて二度とそのことを口にしないだろう。滑稽だが、家庭の平和とはかなりの部分がこのように一方の黙認と他方の同調で維持されているのかもしれない。

家に向かって歩いていたら、テラスの方から話し声が聞こえた。さらに近づいて歩いていくと、ベンチに座って何かに夢中になっている父とダーウィン、そしてルミの姿が目に入った。夕焼けがその風景を1枚の色あせた写真のようにしていた。その瞬間、ニースはふと疑問に思った。

私は今日、父を避けて逃げたのかそれともあの子を避けて逃げたのか……。

自分への視線を感じたのか、ルミは顔を上げて「おじさま」と嬉しそうに挨拶した。ニースはこわばった顔を隠し切れずに軽くうなずいた。ダーウィンが「お父さん、いつ来たんですか？」と明るく笑った。ニースはやっと笑みを浮かべてテラスに行き、「何をしているんだい？」と尋ねた。

「郵便受けに飾る彫刻像を作っています。村でみんな一緒にやることになったのに、おじいさんだけがまだ作ってないそうです」

ニースは床に散らばった道具を見回した。ダーウィンが手にしているナイフが危うく見えた。ダーウィンはまだ子供だった。ナイフにほとんど触ったこともないので、少し油断して刃がずれでもしたら手が切れるだろう。ルミが怪我をしないかとも気になった。たったひとりの大切な娘の体に傷がついたら、ジョーイに申し訳なかった。

ニースはくだらないことをするなと非難したい気持ちを抑えきれずに低い声で聞いた。

「そんなものを作るのに何で3人も必要なんだ？おじいさん1人でも十分だろうに」

「一番重要な鳩はおじいさんが作っているんです。僕は鳩の巣、ルミは卵を作っています」

「鳩？」

ニースは父が手に持つ小さな鳥の破片をちらっと見た。アマチュアのものにしてはなかなか立派な形をしている。

ルミは手に持った木片を持ち上げて見せながら言

った。

「まだ卵みたいに見えないですよね？　角をもっと磨かなければ。それにしてもおじいさまは本当に上手に作るでしょう？　彫刻刀が2本しかないので私たちに渡してナイフだけなのに専門家のように上手です」

ニースは思わず苦笑してしまった。1地区の父親の中であれほどナイフを使い慣れた人はいないだろう。あんなに手の甲に細かい傷跡が多い人もいないだろう。万年筆をあまりにも長く握って指の節にできたタコなら分からないが。隠そうとしても〝人間の素性〟は、結局歩く姿勢や何気なく使う単語、ネクタイを上手に締められるかを通じて、自分でも知らないうちに表れるものだった。

その時だった。父が急に短い悲鳴をあげながら彫刻品と刀を手から落とした。ニースはびっくりして父のほうを見た。

「大丈夫ですか？」

父は手で片目を覆ったまま笑いながら言った。

「何でもない。ナイフが目の下をかすめただけだ。暗くて近くで見ようと思ったけど、少し油断したんだ」

「手をどかして下さい」

ニースはナイフが通り過ぎた父の目頭を探った。少し血が流れていたが、幸い目には何の異常もなかった。ニースはポケットからハンカチを取り出し、血をぬぐった。父は「大丈夫だ」とつぶやきながらも、そのまま顔を傾けていた。

ルミが心配そうな声で話した。

「もともと傷がある方にまた傷がついたらどうするんですか。傷跡ができたら大変」

ニースは一瞬手にしていたハンカチを強く握り締めた。

父がほっぺたの傷を手で探って笑った。

「ああ、これか。それでもこれは栄光の傷だよ。このニース次官の宿題を手伝ってできたものだ」

「宿題ですか？　どんな宿題をしたらそんな傷がつくんですか？」

「それが15、16歳の時だったのかな、学校の宿題として科学実験をしなきゃいかんとかなんとか。それで一緒に手伝ったのだが、その時、間違えて顔に強酸が飛んだのさ」

「あれはミスでした」

ニースはハンカチを握りながら返事をした。

「そう、それで栄光の傷だ。息子の勉強のためなら、父親はその程度の危険なら受け入れなければならない。ありがたく思うよ。おかげさまで病院にも行かずに大きなほくろを消すことができたじゃないか」

その瞬間、ルミが好奇心旺盛な声で聞いた。

「ほくろがあったんですか？」

「ああ、ルミが言ったこの傷跡が昔は大きなほくろだったんだ。見た目が独特で幼い時、友達が面白いニックネームを付けてくれたなあ。何だっけ、鷲だったか？　いや、鷲じゃなかったと思うが……」

ニースは父の顔からハンカチをはなし、ダーウィンとルミに話した。

「どうも傷口を消毒しなければならないようだ。下手をすると炎症ができる可能性もあるから。ふたりでアナおばさんの所に行って、救急箱をちょっと探してくれるように言ってくれるかい？　それに今日はここまでにした方がいい。外がこんなに暗くなっているのに、またけが人が出ないとは限らない。今日はルミもいるのに遅くなるといけないから、家に帰る準備をしておいてくれ」

ダーウィンとルミが家の中に入ると、父が「これくらいのことで消毒なんて」と言った。

日が暮れて、道具と木の破片で覆われたテラスの床に濃い影がさしていた。粗野で荒っぽい父の本質にぴったり合った風景だった。

ニースは低い声で話した。

「子供たちの前で昔のことは話さないでください。いや、子供たちだけでなく、誰の前でも」

父は訳が分からないという顔で聞いた。

「どういう意味だ？」

ニースは今も昔も自分の過去になんの恥じらいもない父にぞっとした。その厚かましい人間が自分の父親であるという事実にはもっと……。

ニースは抑えきれずに言った。

「堂々と言えるほど誇らしい過去ではないということは、自分で分かっているでしょう。何も考えずにこういうものは作らないでください」

ニースは床に落ちた鳩の彫像を足で蹴り飛ばして中に入った。父はこれくらいの罰を受けなければならなかった。

プライムボーイ

バズはプライムスクールの在校生の平均身長に合わせて、カメラの高さを設定した。気持ちとしては高さだけ合わせるのではなく、カメラの骨組みに肉をつけて制服を着せ、本当に人間の〝プライムボーイ〟に見せたかった。子供たちがカメラの存在を意識しないでありのままの姿を見せてほしいという熱い思いからだった。不可能に思われた関門を乗り越え、ついにこの校庭に足を踏み入れただけに、彼らが見せたいプライムスクールではなく、実際のプライムスクールとプライムボーイの生活の中に入らなければならなかった。

バズはカメラのレンズに目を当てた後、プライムスクールに入学した子供がこの威厳の感じられる場所から真っ先に何を眺めるか考えた。そうしていると、何かにとりつかれたようにレンズがひとりでに空に向かった。自分が14歳のプライムスクールの新入生だったら、こうやって校庭の真ん中に立って、しばらく空を見上げたような気がした。

プライムスクールの空は極めて平静だった。動かないようで動く雲は、この世の焦りを超越したようだった。それに対して、どこからか突然レンズの中に飛んできた鳥は、ひどく苦労していた。一番軽くなければならない羽をばたばたさせている姿が、まるで双肩に石をぶら下げたようだった。鳥の動きを追っていたバズはふとおかしいと思い、カメラから離れて空を眺めた。鳥は跡形もいなくなった。その瞬間、バズはポケットから手帳を取り出し、頭の中をかすめるナレーションの文句をすばやく書き写した。

プライムスクールから眺める最初の空は、手を伸ばせば届くほど近いです。プライムスクールの一員になったということは、夢見てきた理想の世界が目の前に広がることだからです。しかし、厳しい寮生活と過重な授業、乱れない仲間たちに疲れる頃には、空は届かない世界のように高まっています。鳥でさえ、その高さに勝てずに墜落してしまいそうです。太陽は誇りと理想という光と共に劣等感と挫折という影を作ります。朝、世界で一番立派な人間になる期待で胸がいっぱいになり目が覚めますが、夜には何も成し遂げられない敗北者になるのではないかという恐怖で、よく眠れません。

ペンを止めたバズは、プライムボーイを〝憂いに満ちた少年〟と描写したことに驚いた。この特別な学校に通う子供たちは一般的に自尊感情が高く堂々としていて、みんなから愛されている鼻が高いエリートだと思われるのが普通だからだ。自分も昨日まではそう思っていた。バズは手帳をポケットに戻し、校庭を行き来するプライムボーイに目を通した。

ところが、少年時代に入れなかった学校をこのように中年になって歩いてみると、生徒たちの固いシャツの襟の中に隠されている、ある不安が感じられた。激しい競争が与えるストレスのせいかもしれないし、社会と隔離されたところで過ごす窮屈さのせいかもしれない。もしかしたら過度に神聖性を帯びている学校の建物のせいなのかも知れなかった。尖った尖塔と聖火がモザイクになった窓、アーチ型の天井が垂れている長い回廊は雄大で美しいが、どこか人を憂鬱に押さえつけていた。敏感な感性を持つ生徒には必要以上の罪悪感を抱かせる様式だ。修道院から伸びてきた根が、生徒たちの考えを硬直させるようだった。

バズは自分が14歳でプライムスクールに入学していたら、この威圧感に打ち勝つことができただろうかという疑問を抱いた。あらゆる偉大さの中で、自分だけがつまらない存在になるかもしれないという恐怖に耐えることができただろうか。そう考えると、自分たちの両翼にのせられた石を自分の体の本来の重さであるかのように考え、陽気な顔で教室を行き来するプライムボーイたちに尊敬の念さえ抱いた。

しかし、このような感傷的な感想も年を取ったことで得たのであって、自分しか見ることができない10代の時なら、友人の顔にかかった影に決して気づかなかっただろう。

「こんにちは、おじさん」

考えにふけっていたバズは、ふと遠くから自分に挨拶をし、近づいてくる少年を見てびっくりした。子供の頃に時間が戻されたのではない以上、そんなことはありえないにもかかわらず、明らかに幼い頃の友人の顔だった。昔のことを思い出して過度に感傷に浸っていたため、さっき鳥を見た時のようにまた違う幻影を見ているのだろうか。

頭の中が整理されず、バズは少年が自分の目の前で足を止めるまで何の反応もできないまま呆然《ぼうぜん》と眺めていた。少年はその空白を自分の名前を覚えておらずためらっていると感じたのか、再び自己紹介をした。

「ダーウィンです。この前、ジェイおじさんの追悼式で父と一緒にお会いしたんですが、覚えていませんか？」

バズは今になって子供の頃に時間が戻ったように感じた理由が理解できて、友人の息子が誤解することがないように急いで釈明した。

「ああ、ダーウィン、すまない。ちょっと他のことを考えていたのだ」

「仕事の邪魔をしたようですね。後でご挨拶すればよかったですね」

バズは冗談を交えて話した。

「邪魔だなんて、昼食に魚を食べるか肉を食べるか考えているところだったのさ」

ダーウィンは子供のように笑い、やはり冗談を交えて応えた。

「それは本当に深刻な悩みですね」

バズはダーウィンの顔を注意深く見た。ジェイの追悼式で挨拶を交わした時も感じたが、ダーウィンはニースの子供の頃によく似ている。ニースが若返ってプライムスクールの制服を着ていると言っても信じるほどだった。あえて違うところを探すなら、ダーウィンがニースより少し明るく見えるという点くらいか。もちろんニースも基本的には明るかったが、空想家気質で思春期を経て時に憂鬱になったりもしたし、ジェイの死後はしばらく影に埋もれていた。その影が取り除かれた後は、全く違う人になってしまったし……。

しかし、ダーウィンの茶色の瞳からは、生まれつき持っている光が感じられた。一度も夜を怖がったり、悪夢を見たりしたことのない純粋な子供のようだった。数多くのドキュメンタリーを撮り、数多くの人生模様を目撃したおかげで、バズは瞬間的な出会いでもその人が持っている底をのぞき見る能力が身についていると自負していた。今回もバズはその判断力に自信を持っていた。今、目の前にいるこの子の顔は〝本物〟だった。プライムボーイたちがつけている仮面がダーウィンの顔には全くなかった。ダーウィンはこの高圧的な屋根の下でも心から満足し、幸せを感じていた。

しかし、バズは自分の洞察力を自負しながらも、偉大な未来へ進むために苦痛に打ち勝つ大多数の子供たちと、運命が与えた幸運を纏《まと》う人生で苦痛を感じない子供達と、どちらが真のプライムボーイと言うべきかまだ判断がつかなかった。

「監督、こちらのカメラのアングルをもう一度チェックしていただかないといけないんですが」

助手のフィリップが助けを求めた。バズは答えを出せないまま考えが中断したことを残念に思いながらカメラアングルを再調整した。フィリップにいくつかアドバイスして戻ってきたバズは、ダーウィンに「時間があるなら、ちょっと一緒に校庭を散歩しようか」と提案した。何だかこのままダーウィンと別れるのが名残惜しかった。

ダーウィンは親切に学校を紹介してくれた。撮影に先立って事前調査をしたものの、プライムスクールの在校生、それも昔の友達にそっくりなプライムボーイがしてくれる案内は特別な感慨を呼び起こした。思い出からすぐに目覚めたはずだったが、バズは相変わらず横で歩くダーウィンをふとニースと勘違いした。

ダーウィンが言った。

「プライムスクールが主人公だなんて、どんなドキュメンタリーになるかとても楽しみです」

「私も期待している。私がどんな話にするのか」

「それは、まだはっきりした枠組みが決まってないという意味ですか？」

「ご名察。作っているうちに自然に型ができると思っているよ。まあ、何もなくても問題はない。枠組みというのは見た人がいいように付け加えるような物だから」

「芸術家たちはそういう気持ちで作業をするんですね。素敵です」

バズは子供がくれる率直な褒め言葉に、かえってあまりにもお高く答えてしまったという恥ずかしさを抱き、態度を改めた。

「もちろん最終的にはプライムスクールが提示した大きな枠組みに当然合わせるべきだ。苦労して学校を公開してくれたのに契約に違反することはできないからな。ところが、妙にみんな私の作品を疑っているようだ。あれこれ条件が多いところを見ると」

「おじさんの作品が主に危険な所で撮るのに対して、プライムスクールは平穏じゃないですか。だからおじさんがプライムスクールを撮るとしたら、どんな視線でここを眺めるのか、皆関心があるのでしょう。僕もそうですし」

「うん、そうだろう。ところで私の目にはむしろここがずっと危ないように見えるんだがな。10代の子供たちにとって、本当に危険なことはバイクに乗って道路を疾走することではなく、修道院の匂いがする寮の学校で6年間耐えることだから。幼い頃はその意味がよく分からなかったが、今になって考えると、みんなどうやってその長い時間を勝ち抜いているのか驚くほどだ。私だったら100回以上塀を乗り越えたかったはずだ」

その瞬間、ダーウィンは突然笑い出した。塀を乗り越えたという言葉がプライムボーイにとってはそんなにおかしい話なのかと思い、バズは首をかしげた。

ダーウィンは笑いが止まらない声で言った。

「やっぱりレオはおじさんにそっくりですね」

「どういう意味だい？」

「レオもそんなことを言ってたんですよ。ある日突然、夜に学校の外に出たいという衝動が湧いたら、出ざるを得ないって。レオがまたそんなことをしても、おじさんは理解するしかないですね」

純真なダーウィンの笑いにバズは適度な笑顔で応えた。レオが夜中に寮から無断で抜け出し、処罰を受けたという知らせを妻から聞いた。どうせレオの人生だからと気にするつもりはなかったのだが、「情けない奴」と独り言が出てくることを止められなかった。その程度の自制力もなく、プライムスクールの名誉を汚すなんて……。最も基本的な規律すら我慢する覚悟もない奴がそもそもプライムスクールになぜ行くと言ったのか。ダーウィンは「レオを理解するしかない」と言ったが、バズはむしろ息子が少しも理解できなかった。塀の外に出たい衝動に駆られるのと、その衝動を抑えきれず塀の外に飛び出すのとでは全く違う話だった。考えと行動の間には天と地ほどの差があるのだ。誰かが死ぬことを願うことと実際に殺すことの違いのように。

バズは苛立《いらだ》ちを抑えながらダーウィンに話した。

「この前の追悼式で会った時にはよく知らないようだったが、いつの間にか親しくなったみたいだね」

「はい。その時、父がおじさんに言ったじゃないですか。自然に親しくなる機会があると。その言葉のおかげなのか本当にしばらくしてふたりで話をする機会ができたんです。そして今は、プライムスクールで一番親しい友達になりました」

父親たちの後を継いで子供たちも友達になれたらいいのにと言ったが、いざそうなってみると、ダーウィンとレオが一緒にいる姿があまり思い浮かばなくて、バズは注意を兼ねて話した。

「レオがプライムスクールの塀を乗り越えようというおかしな提案をするかもしれないから、ダーウィン、君がいつもしっかりしていなければいけないよ。あいつひとりなら退学になってもかまわないが、何の罪もない君まで引き入れるのは許せない」

「退学なんて、絶対にそんなことはありません」

「分からないさ。私はすでにレオがプライムスクール初の退学生になることをある程度覚悟している。今日、レオを連れて行けという校長先生の電話が来ても、全然驚かないさ」

ダーウィンが足を止めながら聞いた。

「本気でおっしゃっているんですか？」

「本気だ」

するとダーウィンは、真剣さのあまり深刻な声で言った。

「そんなことは絶対に起きません。見ていて下さい。卒業式の日、レオは僕と一緒に学士帽をかぶって写真を撮るので。おじさんがその写真を撮ってくだされば光栄です」

ふと怒った顔になったダーウィンが、バズには可愛くて愛おしかった。友達のことを自分のことのように思う心は、大人たちがずいぶん前に失った宝物のひとつである。バズはダーウィンの肩を軽く撫でながら言った。

「レオは本当にいい友達を持った。ダーウィン、どうか将来大人になっても、その心を忘れないでほしい。幼い頃に友達を失うことは自分の幼い頃のすべてを失うことと同じだから」

友情を励ますために言った言葉だったが、言葉に出してみるとまるで自分がその喪失の最大の被害者であるかのように寂しい気持ちになった。風で木の葉が揺れる音が聞こえた。バズは葉の茂った木を見上げた。日差しにぶつかる青い葉が、それよりも青かった昔の記憶を呼び覚ました。

当時、すべての時間はこの葉っぱのようにジェイとニースの顔に覆われていた。それは当然のことだった。ふたりが人生で初めての友達であり、最後の友達だったからだ。その後は友達と呼べるような人をひとりも作れなかった。高校と大学で多くの人に出会ったが、自分の感情を大切にして誰にでも適当な距離を保とうとした。ジェイとニースを通じて友達の大切さを学んだが、同時にふたりから受けた傷によってこれ以上友達を必要としなくなったのだ。

バズは隣にダーウィンがいることをしばらく忘れて、昔の記憶に深くのめり込んだ。心の中に風が吹きつけ、その風に吹かれて一夜にして急に子供から大人になったような気がした。肩を組んで一緒に歌っていた友は皆どこへ行ってしまったのか分からなかった。

「追悼式の後、父と個別に会ったことはありませんか？」

ダーウィンの声に、バズは気を取り直して再び足を進めた。

「お互い忙しいから。ドキュメンタリーの件で公式書簡を何回か交換しただけだ。プライムスクール委員長とドキュメンタリー監督として」

「追悼式の時に見たら幼い頃は親しかったようですが、いつから疎遠になったんですか？」

バズはダーウィンの質問を受け、考えてみた。兄弟のように親しかった友達が急に他人に急変してしまったのはいつからだろうか。

「……多分ジェイが死んでからだろう。友人の死はどんな形であれ、残りの人に影響を及ぼすんだ。私も衝撃が大きくしばらくさまよったが、ジェイの死後、ニースは完全に別人になってしまった」

「別人とはどういう意味ですか？」

「どう言えばいいのだろうか……」

バズは言葉を濁して、当時のニースを思い出した。

「私たちが16歳だった時は、ニースが将来、教育委員会だの文教部次官だのといった席に座っているとは想像もできなかった。ニースは生まれつきの空想家だった。プライムスクールやら成績なんかに何の関心もなかった。いつも冒険家になりたがっていた。ハリーおじさんのように全世界を歩き回りながら世の中が隠している秘密を暴きたいと。今の世界が不平等だという言葉もよく言っていた。机に名札を立てて一日中事務室に座っている官僚たちが一番情けないと思っていた。確実にもっと良い世の中を作ることができるのに、そうしない理由は何なのか気になるとも話していた。もし、その時の私が今のニースに道で出会ったら、ひっくり返るほど笑ってしまうかもしれない。おい、ニース・ヤング。その背広はなんだ。ネクタイなんか締めて！　ニースは恥ずかしくて多分逃げるだろう」

思い出に浸ってさまざまなエピソードを書き連ねたバズは、ふとダーウィンの気分を害したのではないかと心配になり、急いで付け加えた。

「ダーウィン、だからといって誤解はしないで欲しい。今ニースがしていることを侮辱するわけではない。私なんかには絶対に上がれない立派な場所だと思うよ。ただ物心がついていなかった子供の頃はそんな考えをしていた。しかし、誰も永遠に子供のままでいられないのだから、当然私たちにも大人にならなければならない瞬間が来た。ジェイの死がその扉になるとは全く予想もしなかったが……。とにかくその扉を通り過ぎるとニースは一瞬にして大人になってしまったんだ。私もやはり、私のやり方で大人になり、おそらくそこから私たちの道が分かれたのだろう」

幸いにもダーウィンは不快な様子もなく、むしろ好奇心に満ちた瞳を輝かせた。

「新鮮ですね、父の幼い頃の話は。父はいつも父だと思っていましたが、僕の年齢と同じだった頃の父の姿なんて、全く想像がつきません」

バズは満足げにほほえんだ。

「それがニースが立派な父親であるという証拠だ。父親はいつも父親らしくなくてはならない。息子に父親らしくない姿を見せる人は、父親と呼ばれる資格がないからだ」

ダーウィンと別れた後、バズは心の中に満ち足りた感情と空しさが同時に存在するのを感じた。中年の半ばで出会った友人の息子に、人生がどのように進んでいくのかやりがいを持って教えながらも、自分はもう子供の時代に戻れないという痛恨の思いを抱いた。しかし、バズはあえてその重なった気持ちを振り払おうとはしなかった。そこからこぼれてくる甘くて苦い感情の欠片は、プライムスクールを体感するのに意味のある香味をプレゼントしてくれるからだ。

バズはカメラでプライムスクールのいたるところを写していった。少年たちの匂いが漂う寄宿舎、学業の熱気が引け、冷たささえ感じられる教室、昔の修道院が所蔵した古書をそのまま保存している威厳に満ちた図書館、少年たちの足跡が残る小道……。撮影は順調だったが、プライムスクール側と結んだ撮影制限のため、より深みのある画を撮ることができないのが残念だった。学校側は建物の内部を撮影する時は必ず教職員を同行させ、生徒の学習権を侵害してはならないという名目で撮影をたった3回に制限した。同行する補助スタッフも1人だけが許された。学校の許可なしに生徒にインタビューすることも禁止であり、学校の規則を非難することも事後検閲の対象だった。結局、学校のおおよその風景をスケッチする撮影だけを許可したわけだ。

フィリップはドキュメンタリーの本質も分からない官僚主義的発想だと非難した。

「ただカメラを向ければいいってわけじゃない。長い時間をかけて見つめて、ついにその視線が観察ではなく生活になった時に誕生するのがドキュメンタリーなのに。そうですよね、監督？」

フィリップのもっともらしい言葉にバズは笑ってしまった。その言葉は自分が教えていたドキュメンタリー作法であり、創作者としての態度だったからだ。実際、麻薬ディーラーをしている8地区の子供らの物語を撮る時は、3ヶ月間、その子供らと一緒に食事をしたり、寝たり、カメラを隠したまま取引先に密かについて回った。そうしたとしても、彼らが立っている絶望の地を半分も盛り込めなかったのだから、プライムスクールへの訪問をたった3回に制限した契約にフィリップが不満をぶつけるのは当然だった。始める前に未完成の作品を予約しておいたのも同然なことだから。

バズも同様に無理なスケジュールだと腹を立てたものの、結局は学校が打ち出した条件を受け入れた。プライムスクールの苦心にそっぽを向くことができなかったからだ。プライムスクールにこれほど奥深くまでカメラが入ったことは一度もなかった。今回もメディアへの公開を禁じる学校の伝統を理由に、いくらでも撮影協力を断ることはできた。その場合には、プライムスクールの校門だけが出てくるドキュメンタリーを撮るしかないという覚悟までしていた。ところが意外にも撮影許可が容易《たやす》く下り、制約を誠実に履行するなら、学校側も最大限協力するという約束まで取り付けた。3回は少ないと文句を言うのではなく、むしろ、3回も学校に入れるようにしてくれたことに感謝するのが公平なのかもしれない。

バズはもちろん、それが誰のおかげなのかよく知っていた。追悼式では否定的な回答をしたが、結局は頼みを断れなかった気弱な友人ニースの配慮のおかげだった。バズはニースに心から感謝していた。

25年以上会っていなかったが、一度友達になったら永遠に親友だった。

バズはフィリップに言った。

「プライムスクールを秘密に包まれた王国だと考えてみろ。樹立以来、一度も外国勢力に門を開いたことのない王国が、私たちのために重い扉を特別に3回も開けてくれたんだ。これでも感激する代わりに不満をぶつけるならば、他にやる気のある助手を求めた方が良いだろう」

「王国だなんて……」

フィリップは無駄口を叩きながらも指示するところに向かって着実にカメラを向けた。バズもカメラを持って別の場所に向かった。決まった枠組みはないが、プライムスクールに入ってみると、心の中に抱いていた理想が自然に描かれた。プライムスクールの空と、空に届くという約束を果たすかのように高くそびえる尖塔、尖塔の影が垂れた向かい側の回廊の壁。絶対的なメッセージがちらつくその壁に自分の影を垂れ下げてひとり歩いていく少年、その長い道を歩く少年の心の奥は……。

その時だった。

「ダーウィンと何の話をしましたか？」

バズは突然の声にびっくりして振り返った。いつの間にかレオが立っていた。できあがりつつあったイメージがその瞬間乱れてしまったのが残念で、バズは小さくため息をついて再びカメラに視線を変えながら答えた。

「見てたのか。見てたならその時に来て挨拶してくれてもよかったのに」

「邪魔したくなくて」

「そんな気配りもできるんだな」

「父さんが誰かにあんなに優しく振舞うのは初めて見たから、当然席を外すべきでしょう。どうですか、ダーウィン？　いい子ですよね？」

バズはカメラから目を離さずに答えた。

「ああ、いい子を超えて立派な子だ。生まれた時からプライムボーイに決まっていたみたいに。おかげで昔のことも思い出して楽しかった」

授業終了の鐘が空っぽの校庭に生徒たちを呼び出す瞬間を撮るため、バズは緊張したままカメラを準備した。しばらくして鐘が鳴ると、制服の胸にP字バッジをつけた群れが一度に出てきた。望んでいた場面を捉えたバズはやっと「お前はこの時間に授業はないのか?」と聞き、後ろに視線を向けた。しかし、レオはもうどこかに行ってしまっていた。

ジェイ伯父さんの部屋

ルミは本棚に置いてある録音テープの中からひとつを選んでラジカセに差し込み、ベッドに横になった。自分の部屋ではない他の人の部屋で一番くつろぎを感じるのはおかしいかもしれない。しかもその部屋が30年前に死んだ人の部屋だとすればなおさらだ。しかし、ルミにとってジェイ伯父さんの部屋より居心地のよいところはどこにもなかった。いや、単純に楽だというだけでは物足りない説明だった。伯父のベッドの上にいる時の感情は本質的なものだった。

ルミは目を閉じる。30年前、ジェイ伯父さんが録音したラジオが流れた。

「夕闇が降る頃、僕の後についてきている寂しい友を見た。彼と一生を共にすることになると直感したよ」

ベッドに横になったが手足の感覚はより鋭くなり、目は閉じているが開けている時よりも鮮明にものが見え、呼吸は遅くなったが心臓はより生き生きと膨らんだ。ルミはジェイ伯父さんの部屋に流れる力で徐々に生き返っていくような気がした。学校にいる時とは正反対の感情だった。

プリメーラ女学校が四角い箱なら、生徒たちはその箱の中で一日中硬直した姿勢で待機し、名前が呼ばれた瞬間、直ちに1枚ずつ飛び出すティッシュのようだった。1800枚のティッシュを全部並べてみても、みんな同じ形と大きさで、純潔でなめらかで、そこに違いはなかった。

ルミはぎっしり詰まったティッシュの間に挟まれながらも、自分は決して白いものではないと思っているプリメーラ女学校にいる唯一の人間だった。この世界を考え、疑い、判断できる真の人間。

真っ白なティッシュの間でひとりだけ人間として生きていくということは、誰にも気づかれない戦いを毎日ひとりでしなければならないということを意味した。窓のないもどかしい箱に耐えなければならず、無条件の服従を受容するふりをし、考えを交わす友達がいないため、一日中、自分自身とだけ対話をしなければならなかった。

しかし、その中でも最も耐え難い敵は、同じ制服を着た子供たちが送る同類意識の目だった。「あなたも私たちと同じティッシュよ」という。ルミはプリメーラの中で自分の唯一無二の個性が日に日に鈍くなっているのを感じたが、こうした不満を表に出すことはできなかった。プリメーラ女学校は闘争して得た戦利品だったからだ。両親はプリメーラ女学校に行くことに反対し、入学試験さえ受けさせなかった。両親はエリート養成という目的で設立された特権学校に反感が強かった。4地区出身の母親が1地区のエリートたちに劣等感があることは十分理解できた。地区出身の父親のほうがむしろ母親よりも拒否感がひどく、皆が仰ぐプライムスクールすら厳しく貶《おとし》めた。まだ分別のない子供たちを病的な自己陶酔に陥れる学校だと。

場合によっては特別な教育信念を持った人の主張かもしれないが、ルミは父親の本心の底にある感情が何なのか見抜いていた。一度も特権的な地位に立ったことのない人が見せる醜い嫉妬心。プライムスクールとは比べ物にならない一般学校を卒業した1地区の男性が、年を取ってまで消えない劣等感を教育システムに対するもっともらしい批判に偽装しているのだった。両親がプリメーラに行くことに反対した13歳の頃、ルミは自分の両親の持っているすべての弱点と矛盾を一瞬にして悟った。

ルミは祖母の家に逃げ出し、祖母の胸に抱かれて言った。家族の中にひとりでもプライムスクールやプリメーラ女学校出身がいたら父と母も考えが変わっただろうと。その時、祖母はプライムスクールの入学試験に合格していながらも学校に行かなかったジェイ伯父さんの話を聞かせてくれた。

「どうして行かなかったの？」

祖母は懐かしむように寂しそうな顔をして答えた。

「プライムスクールよりも家族と家を愛したからよ」

不幸にもその考えには少しも共感することができなかったが、ルミはプライムスクールのような最高の学校を何でもないかのようにパスしてしまった伯父が偉大に感じられた。歴史的な写真家である祖父の息子に生まれ、天才的な頭脳に温かい心まで備えたジェイ伯父さん、伯父さんは完璧だった。その上、早くに亡くなったことすら英雄の人生としての特別さを感じさせた。生まれて死ぬまで運命に注目された人が犠牲を払わなければならない悲劇的な結末。

ルミはうらやましくなって言った。

「私がジェイ伯父さんだったらよかったのに」

祖母が笑いながら言った。

「あなたがジェイでもあるのよ。ルミはジェイと同じ日に生まれた上に、赤ちゃん虎のようなジェイの目にそっくりじゃない？　あなたはもうひとりのジェイよ。リトルジェイ」

祖母の言葉は大きなインスピレーションを与えた。どんなに頑張っても伯父さんのように立派な親を持つことはできないが、自分がリトルジェイなら、親の助けがなくてもプリメーラの入学試験ぐらいは軽く合格できそうだった。ルミは両親に知らせず、国立図書館を行き来しながらひとりで入学試験の準備をした。その過程で自分と同じ境遇のある友人を知るようになった。

レオ・マーシャル。有名ドキュメンタリー監督の息子のレオも、プライムスクールへの入学に父親の支持を得ることができなかった。もちろんルミはそれが自分と同じような否定的な反対ではなく、忙しい職業に就いている父親たちによく見かけられる傍観、あるいは進歩的な作品を作る芸術家が、エリート体制に持つ本能的な反感だということが分かった。レオはプライムスクールに入学し、父親に何か証明をしたかったのだ。そのような点では目的が同じだったのですぐ友達になれた。バズおじさまがジェイ伯父さんの旧友だったという事実を知ってからは、レオに会って友達になったのが運命のように思われた。唯一悔しいことがあるとすれば、プライムスクールが要求するすべての科目で、自分がレオより高い点数をもらうことができるにもかかわらず、ただ女子だという理由でプライムスクールの入学試験を受ける機会すらないという現実だった。

女子生徒にとってプライムスクールは封鎖された世界だった。200年前の愚かな教育家たちはプライムスクールを設立する当時、女子生徒という存在を考慮すらしなかった。いずれの学問分野でも女子生徒が男子生徒と同等に競争することを全く予測できなかったのだ。それとも変化の気配に気づきながらも意図的に見て見ぬふりをしたのか。

プリメーラ女学校はプライムスクールが設立されて150年が経った後、女子生徒にもプライムスクールに相応するエリート教育を提供すべきだという世論から設立された。いよいよ男子生徒と女子生徒に平等に接する時代になったのだ。しかし、ルミにとってはその決定も少しも平等ではなかった。それはかえって、不平等の方へ一歩後退してしまうものだった。本当に平等を追求するのならプライムスクールの亜流学校を作るのではなく、150年間閉じていたプライムスクールの片側のドアを女子生徒たちに開けなければならなかった。男子生徒らと同様、入学試験を受ける機会さえ与えられれば、ジェイ伯父さんのように試験に合格する自信があった。しかし、このような現実に問題意識を持っている人は、この世にただひとり、自分だけのようだった。

プライムスクールではないが、女学校の中では最高位のプリメーラの入学許可書をもらった日、ルミは望んでいた学校に合格したという事実より、自分のアイデンティティが確実になったという事実が嬉しかった。これで、自分が父親の血より祖父から伯父につながった血の方を濃く受け継いだことが証明されたわけだ。

ルミは合格通知書を両親に差し出して話した。

「パパとママが授業料を出さないならおばあちゃんが出してくれるそうです」

父は祝いの代わりに冷笑的な口調で話した。

「すごいね。自分の能力に酔って生きている女の子たちが集まった学校に、あえて試験まで受けながら入るなんて。とにかく自分で決断したのだから、どうかつらいとか後悔することがないことを願うよ」

そして、「授業料は親である自分たちが責任を負わなければならないのだから、おばあさんにあまり頼ることなく、頻繁に訪ねないように」と言った。

ルミは目を閉じたまま、父の冷たい顔を思い浮かべた。認めたくはないが、父の言葉通り、プリメーラで過ごす生活は忍耐の連続だった。3年が経った今でも、緑色の校門に入る時はいつも自分を励まさなければならなかった。しかしパパの言葉は半分当たっただけだ。たとえ学校生活が今より倍、大変になったとしてもプリメーラに入ったことを後悔して学校を去ることは決してないだろう。果たして王は激務に苦しんでいるという理由で自分の地位を他人に譲りたがるのだろうか。愚かな王様ならそんなこともあり得るだろう。しかし賢明な王様なら、自分の権力を放棄する代わりに、まさにその権力を利用して仕事から抜け出して休むことができる静かな庭園を造るだろう。

王のような絶対権力を得たわけではないが、ジェイ伯父さんの部屋が自分には静かな庭園のようだった。ここでは皆から離れ、誰にも侵略されず、ひたすら自分自身だけを眺めることができた。ひとりの独立した個体、鮮やかな趣向、解けないミステリー。人生の中にあってほしいものが、この部屋には存在していた。

その時だった。

「難しい問題だ」

ルミは目を開いた。ジェイ伯父さんの声だった。自分と伯父を一体化しすぎて聞き間違えた幻聴ではなく、実際にテープに録音されている伯父の声だった。以前にも何度か他のテープでこのような声を聞いたことがある。窓を開け閉めする声や、猫の鳴き声と「しっ、あっち行け」という怒鳴り声、流れてくる歌にそって口ずさむ声……30年前には技術力が今ほど高くなかったので、ラジオを録音する時に外部の騒音も一緒に録音されていたようだ。ルミはそれらの音を組み合わせて、30年前、伯父が音楽を聴いていたいつかの夜を頭の中で再構成してみることにした。

夜の12時から午前2時まで放送される〝ミッドナイトミュージック〟を録音しようとラジオをつけた

まま机に座っていた伯父さんは、窓の外で怪しい動きを感じて窓を開ける。いつもこの時間に来る猫が非常階段をよじ登って鳴いている。伯父さんは「しっ、あっち行け」と怒鳴りながら猫を追い払う。そして、再び真夜中の静けさを楽しみながら流れてくる歌にそって口ずさむ。「難しい問題だ」とは、どのような状況で言った言葉なのだろうか？　プライムスクールに合格した秀才らしく、ラジオを聞きながら夜遅くまで数学の問題でも解いていたのだろうか？

祖母や父に聞けば少しはヒントを得られるかもしれないが、ルミはそれよりも自分の想像力に頼る方を選んだ。幼い頃の伯父の声を聞けば祖母は再び深い悲しみに陥るだろうし、父はこの発見に少しも価値があるとは考えないからだ。伯父さんの部屋に頻繁に出入りするんじゃないという干渉を受けるくらいなら、伯父さんの部屋を独り占めしたかのように、伯父さんの声もひとりで密かに抱いていた方がましだった。そうすればするほど伯父さんとの絆はもっと深まるだろうから。

その時、ノックの音と共にドアが開いた。家政婦が顔を出した。

「ルミ、おばあさまが郵便物の片付けを手伝ってほしいそうよ」

ルミは1階の応接間に降りて行った。祖母はすでにテーブルの上に郵便物を山のように積んで待っていた。郵便物の多くを占めるのはさまざまな種類の通知書だが、その他にパンフレットと手紙もたまに混ざっていた。祖父の名声のおかげで、写真協会などから定期的に送られてくる会報と招待状だ。誘われても祖父はこれ以上は出席できないため、重要な招待の場合は、やむを得ず出席できないという返信を送らなければならない。

祖母の家に遊びに来る日、ルミは祖母から郵便物を分類する仕事をたびたび頼まれた。ルミは自分の助けが必ずしも必要ではないと知りながらもいつも親切に応じた。それは単なる郵便物の整理ではなく、祖母が孫娘と行う一種の社交的な遊びだということを知っているからだった。「これは必ず返信が必要？」と確認すると祖母はルーペをかけて「この人は必ず忘れずにカードを送ってくるんだよ」と笑った。祖母は自分が依然として優雅で健在な女主人の役割を果たしているということを孫娘に見せたいのだ。認知症にかかった夫の面倒を見ながら享受できるほんの小さな虚栄だろう。

「おじいさんはまだお休みになっていますか？　あまりにも長く寝ているのでは？」

「おかげさまで、こんなふうに休めていいでしょう」

ルミは郵便物を分類することを休憩だと思っている祖母が残念だった。祖父が祖母以外の看病を受け付けず、他の人をすべて追い出したため祖母は外へ出られなかった。祖母は一日中、祖父のそばにいなければならなかった。こんな小さな社会活動でもしなければ、祖母は日の当たらない植物のように乾いてしまうだろう。

ルミは祖母の社交的な遊びに応えるため、わざと郵便物を一枚一枚、ゆっくり渡して差出人を確認した。写真協会からの展示会の日程を通知する手紙は、回答する必要のない郵便物の方に置いた。どうせ向こうも祖父が参加できないことを知っていながら礼儀として送ってくるのだ。協会でない個人からの手紙には、なるべく返事をするほうが良い。「送ってくださった手紙に心から感謝いたします。しかし残念ながら……」という簡単な返信はがきだけでハンター家の品格を保つことができた。各種の公共料金も必ず確認しなければならないことだった。公共料金がたまって延滞利息がついた告知書が送られてくれば、祖母の自尊心を傷つけることになるからだ。

郵便物の分類をほとんど終えたルミは手紙の中に見知らぬ機関を見つけた。ルミは祖母に先に手紙を見せながら言った。

「アーカイブからもおじいさんに手紙が届くのですか？　ここは国立記録物保管所じゃありませんか？」

祖母は手紙を破って中身を読みながら、大したことではないというふうに話した。

「アーカイブに保存されたおじいさんの写真著作権の残りの保管期限を知らせる通知文よ。5年ごとに来るのだけれど、いつの間にかまた5年が過ぎたのね。通知するだけの公文書だから返事することはないわ」

「おじいさんの写真がアーカイブに保存されているとは知らなかったわ」

「私も直接行って見たことはないわ。アーカイブという機関自体が一般人ではなく、研究者や資料に特別な興味がある人たちだけが行く所だから。一度契約を結ぶと一律的にアーカイブが50年間著作権を保管するけど、ここを見ると一部の写真の残りの保管期限が15年だそうよ。もしその最中におじいさんや私がこの世を去れば、きっとジョーイやルミが著作権の移譲を延長するかどうかを決めなければならないでしょう。おじいさんがあんな状態だからおばあさんが代わりに頼むわ。おじいさんは自分の写真がアーカイブに保存されていることを誇りに思っていたわ。もっと多くの人が写真を見られるようにと願った。あなたたちもその意思を尊重してあげなさい」

ルミはしばらく考えてから聞いた。

「おじいさんが撮ったすべての写真がアーカイブに保存されているんですか？」

祖母が「そんなはずがないじゃない」と楽しそうに笑った。

「おじいさんが撮ったすべての写真を保存しようとすればアーカイブを独占しなければならなくなるわ。歴史的に保存する価値のある写真だけが選別してあるはずよ」

ルミはアーカイブについてもっと祖母と話をしたかったが、その瞬間、部屋から祖父の叫び声が聞こえてきた。目が完全に覚めたようだった。久しぶりに余裕があるように見えた祖母はすぐに憂いの表情に変わり部屋に向かった。ルミはアーカイブからの手紙を懐に入れた。

アーカイブ

ネオン川の流れが始まる東側の文化通りは1地区の人々に最も愛されている地域で、いろいろな芸術公演や展示会、博覧会が1年中休みなく行われていた。ここでは未来の生活ぶりを見せてくれる科学展示館を体験した後、すぐ隣の美術館でモダン主義作品を鑑賞し、続いて人類史博物館に保管された人類初期の足跡の化石を見学することが一日の中で自然に行われていた。そのようにすべての観覧を終えて外に出るといつもと違う空気が感じられ、ネオン川の流れがひときわ目立って見える。ある訪問客には単なる余暇だけを提供する場所だが、ある訪問客には人類の未来と現在、過去について有機的な質問を投げかける場所だった。

通常の静かな1地区の通りとは違い、ここは多くの地区から訪れる訪問客で年中混雑していた。アーカイブは文化通りにあるが、人々に人気のある機関ではない上、奥まった所に位置しているため、あたりは閑散としていた。

ルミは昼休みの間、学校の図書館にある国家機関の閲覧コーナーでアーカイブに関する情報を探した。情報といっても、設立理念、所属機関、運営方式など、単なる機関紹介に過ぎなかったが、その程度でも知りたい内容はほぼ満たされている。アーカイブの概要をよく見ると、設立当時は館長が運営していた独立機関だったが、その後文教部傘下機関に編入されたという説明があった。最も気になっていた著作権部分は、祖母の話と同じだった。国家記録物として保存する価値のある資料を所有する著作権者と一括して50年間の著作権移譲契約を結び、その期間、資料の利用と公開に対する権限を持つという内容だが、5年前からはその記録物をデジタル化する作業が始まり、利便性と接近性を高めたという。

ルミは〝国家記録物として保存する価値のある資料〟という文句を注意深く見た。それは昨日、祖母が歴史的に保存する価値のある写真だけが選別してあると言っていた話と通ずる。ルミは確信を深めた。〝12月の暴動〟を撮った写真より国家記録物として価値のあるものがあるだろうか。

アーカイブに着くと入口の壁に貼られた「休館日は毎月第2土曜、日曜」という案内文が真っ先に目に入った。文化通りにある各種機関は決められた特定の週に順番に閉鎖されているが、あまりにも多くの人々が機関の休館日を間違えるためにわざわざ案内しているのだ。週末の2日間をまるごと休みとしているところを見ると、やはり文化通りで最も人気のない機関のようだった。ルミは入口を通り過ぎて〝総合資料室〟という標識を掲げた場所に入った。

「失礼します。ちょっとお聞きします」

案内デスクに座り、何か記録していた中年女性が「ご用件はなんでしょうか？」と言って頭をあげた。ルミは一瞬、彼女が自分の制服をちらっと見たのに気づいた。何も言わずプリメーラの制服だけで一気に優位に立てるのが、このような瞬間だろう。

ルミは女に郵便物を見せながら言った。

「先日、祖父にこんな手紙が届きました。私はここに保存されている写真を確認したくて来ました」

女は手紙にざっと目を通し、メモを1枚ちぎっていくつか書いてくれた。女性が差し出したメモ用紙には、探したい資料を検索する方法が書かれていた。

1．デジタル資料検索室に移動

2．一般検索欄に著作権者の名前もしくは、著作権番号を入力

3．著作権保護の問題で写真撮影は絶対不可

角を曲がって奥のコーナーにあるデジタル資料検索室には、左右の壁にコンピューター3台ずつ置かれていた。右側のコンピューター2台はすでに男性2人で占められており、〝メディア〟という分厚い専門の本が置かれていることからレポートを書く大学生のようだった。ルミは彼らもプリメーラの制服に特別な目を向けるのを感じた。身元確認が終わったのか、男たちはすぐににこやかな笑みを浮かべた。ルミは彼らに目礼をした後、コンピューターの前に座った。9地区への訪問は大した成果なしに終わったが、今度は本当に〝ミッシングリンク〟を見つけられそうな予感がした。

ルミは女が教えてくれた通り、一般検索欄に祖父の名前を入力した。砂時計がひっくり返ったり戻ったりを数回繰り返し、しばらくするとある基準によって一連の番号が付けられた数字がモニターいっぱいに行列を作った。マウスでその番号をクリックすると、関連写真がパノラマのように広がった。

内戦中の国の難民キャンプ生活、みすぼらしい姿で後退する軍人たち、外国首脳の訪問行事、3地区と4地区を結ぶトラム鉄道の建設現場、地震で廃墟となったある都市……。祖父の活動には、時代の壁も国家間の障壁もなかった。その写真のいくつかはジェイ伯父さんのアルバムでも見たものだった。やはり祖父が自分で撮って所蔵していた写真を伯父にプレゼントした際、その箱にはアーカイブに保存するような歴史的な写真も混ぜていたのだ。とすれば……。胸がどきどきした。ルミは椅子をしっかりと引っ張って腰をおろした。いつどこから〝ミッシングリンク〟が飛び出してくるか分からなかった。

後ろにいた男たちは仕事が終わったのか、「遅くなった」「これなら十分だろ?」と話しながら検索室を出た。ルミは数時間振りに首を回して時計を確認した。いつの間にか6時にせまっていた。明るい日差しが差し込んできた窓には青白い夕暮れの気配が漂っていた。

ルミは疲れを感じていた。しかし、2時間近くモニターに顔を寄せていることの疲労より、期待したものが見つけられなかった失望感の方が大きかった。最後の番号まで確認したが、〝12月の暴動〟に関する写真は見つからなかった。

ルミは席から立ち上がった。ひとりで悩んでいるより閉館時間前に助けを求めた方が良さそうだった。ルミは案内デスクに戻り、さっき自分の制服をちらっと見た女に聞いた。

「祖父の名前で保存されている資料をすべて検索してみたんですが、探したい写真が見つかりません」

女は何気ない口調で答えた。

「検索しても出てこなかったとしたら、最初から私たちのアーカイブに保存されていなかったのでしょう」

「そんなはずはないです。〝12月の暴動〟は現代史で欠かせない事件で、その時を撮った写真が1枚も保存されていないというのは話になりません。それに比べて重要とは思えない橋脚の建設現場は保存されていて……ハリー・ハンターという写真家を知りませんか? 文化勲章まで受賞した有名なカメラマンです。祖父がそのハリー・ハンターです」

女はどこか気に食わないというような顔をして答えた。

「ハリー・ハンター……そうですね。私には誰だか」

ルミはこの程度の基本的な教養も備えていない女がアーカイブの担当者として座っていることが情けなかった。確かに1地区出身ではなさそうだ。華やかな雰囲気ではないので2、3地区出身でもなさそうだった。それでは中位地区出身という劣等感と1地区入りしたという優越感が心の中で常に衝突している4地区程度？

その時、女が「あ！」とうっかり忘れていたかのように言った。

「そういえば、他のケースが考えられるかもしれません」

「他のケース？」

「特別検索に指定されていて、一般検索ではかからない資料があります。あなたがそこまで確信しているならば特別検索に指定されている可能性もありますね」

「どんな資料がその特別検索に指定されていますか？」

「国家機密に関するものや一般人に公開する実益がなかったりする資料です。他にも理由があるかもしれません」

「その資料はどうしたら見られますか？」

「特別検索できるＩＤとパスワードが必要です」

「では私も作ります。それはどこでどうやって作ればいいですか？」

すると女は軽く鼻で笑って「誰にでも発給されるものではありません」と言った。

「3級以上の高級公務員にのみ、私たちのアーカイブを含む複数の記録物保管機関の情報にアクセスできる統合ＩＤが発行されます。言い換えれば、我々のアーカイブに保存されている特別検索資料を見るためには3級以上の高級公務員でなければなりません」

ルミは3級公務員が手の届きにくい地位にでもあるかのように話す女の態度が気にくわなかった。この女にとって3級公務員は空を飛ぶほどの非現実的な話なのだろうが、プリメーラの女子生徒にとって3級公務員はあと数歩上れば到着することになる予定の目的地だった。まだ時が来ていないだけだ。

「しかし、著作権者本人はいつでも閲覧できるようにすべきではないですか？　それは私の祖父が撮った写真です」

「あなたのおじいさまが撮った写真だとしてもアーカイブの著作権移譲に同意した以上、管理はここの所管です。私は資料を分離する担当者ではないのではっきりと言えませんが、特別検索で保存されているのであればあなたがその写真を見る方法はありません。私たちは国立機関であり、文教部所属の機関として法を遵守する義務があるからです」

ルミは声を張り上げた。

「ありえない。なんで自分が撮った写真を自分で見られないんですか？　それは法ではなく横暴です」

女はこわばった顔になって、もっと事務的な口調で聞いた。

「あなたがその写真を撮った当事者ですか？」

ルミは目をそらさずに女をまっすぐに見つめた。

「言ったじゃないですか。うちの祖父だって」

「それではご本人ではないのですね。写真を確認したいのなら、おじいさまが国に訴訟を起こす方法があるとお知らせください。著作権の移譲契約を取り消してほしいという取消訴訟です。もちろん勝訴の確率は低く、時間も非常に長くかかると思いますが」

「自分が撮った写真を自分が見るために訴訟をするってそんな話ありますか？　そして私の祖父は病気です。記憶をほとんど失ったんです。それでどうやって訴訟をしろと言うんですか？」

「残念ですね。いずれにせよアーカイブは当事者と著作権移譲契約を結び、契約期間が消滅するまでは管理に対する全面的な権限があります。もちろんもう一度言いますが、こうした話もあなたが探している資料が特別検索に指定されているという前提の下で言う話です」

女は壁にかかった時計をちらっと見た。閉館時間だから、もう出て行ってほしいという意味だった。

ルミは女の視線に宿った敵視の正体を知った。それは気難しい請願者に対する一時的な疲れではなく、プリメーラ女学校の生徒に対する長年の嫉妬心によるものだった。1地区の国家機関に勤めているところを見ると、女はおそらく4地区ではそれなりに一流と言われる学校を出たはずだ。プリメーラ女学校に最も強い敵対心を抱くのがまさにこのような出身者たちだった。2、3地区の女子生徒たちは1地区には及ばないという劣等感を財力で和らげるが、その余力すらない4地区の女子生徒たちは、表向きには素朴さを美徳として掲げ、内部ではこの国の最高の女子生徒教育機関に対する嫉妬心に胸を焦がした。彼女らは大人になっても決して女子生徒の時の劣等感から脱することができない。そのためチャンスがある時はこのようにプリメーラの女子生徒にケチをつけ、その瞬間だけは自分が優位にあると感じるのだ。女は「閉館の時間が過ぎましたわ」とにっこり笑った。

ルミはアーカイブの庭園内のベンチに座った。庭は落陽の色に染まり影となっていた。見方によっては美しいかもしれないが、ルミはのんびりと景色を楽しむことができなかった。ミッシングリンクを見つけられるだろうという期待が真昼の熱気のように沸き上がり、一瞬にして冷たくなってしまった。ルミは温度グラフの最も高いところから最も低いところに落とされたような気がした。実際、墜落でもしたかのように頭も痛かった。ルミは地面に落ちている長い枝をつまんで床にクエスチョンマークを描いた。

このまま諦めなければならないのか。もし〝12月の暴動〟の写真がアーカイブに保存されていなかったら選択の余地はないだろう。しかし、いくら考えても現代史に一線を画した事件が国家記録物の保存対象から除外されるとは思えなかった。一般検索では出ないということは、明らかに〝特別検索〟に分類されているということだ。

ミッシングリンクを留めていることが明らかな建物の影が足の周りに威圧的にのびていた。ルミは重たい息を吐き出した。祖父の精神が正常ならひとりでこのように悩む必要もなく、身分もわきまえず偉ぶる4地区出身の女から屈辱を受けなくてもよかったのに……。

写真の確認方法に没頭していたためか、木の枝を持った手が自動的に疑問符の横に数字〝3〟を書いた。3級以上の高級公務員……ルミは7級に過ぎないパパのことを思い浮かべ、先ほどよりも重いため息をついた。安物の画に甘んじているところを見ると、死ぬまで働いても3級には昇進できないだろう。

ルミはかつてなく権力というものを痛感した。普段はあまり表れないが、規則を作る人と作られた規則に従うだけの人の差がまさにこのような瞬間に克明に表れるのだった。他の地区から見ると、1地区の人間はすべて権力者のように思われるが、よく見ればこの中での階級差はむしろ克明だった。規則を作る人をすぐそばで見守りながら、自分は絶対にその地位に上がれない現実を受け入れなければならない。しかもその権力者が一緒に週末旅行に行くほどの親しい隣人なら相対的に剝奪されていることをもっと意識してしまう。

その考えに至った時、ルミは持っていた枝を放り投げてベンチから立ち上がった。日曜日に家に招待してくれる隣人であり、この社会のルールを作る権力者、それはとても近いところにいた。

招待

金曜の夕方、プライムスクールでは風が強く吹いていた。雨のない夏の風にしてはかなり激しく、学校の紋章が描かれた旗が台風に包まれた帆のように激しく揺れた。風になびくのは旗だけではなかった。船乗りたちのように髪が乱れた生徒たちも、実際に出港を控えた船に乗り込んだ悲壮さで浮き足立っていた。授業が終わった教室は航海地図を中央に広げて戦術を組む軍指揮官たちの緊急指令室となり、食堂は栄養たっぷりの食べ物を豊富に備えた食糧倉庫、運動場は日が昇ると戦いが繰り広げられる大海原に変わった。悲壮さとは程遠い洗濯室までも勝利を誓う掛け声であふれた。誰もが命令さえ下ると埠頭につながる綱を解き、戦闘に出る覚悟ができていた。

冷徹な空気に慣れたプライムスクールにこのよう

に熱い熱気を吹き込んだ原動力は、明日に迫った体育大会だった。両寮間の確執は根強く存在するが、体育大会は普段は表に出すことが禁じられた派閥性を学校の公認の下で思う存分発揮できる機会だった。そのため、体育大会がある晩夏のこの短い1週間はプライムスクールの寮は2隻の戦艦に変わり、生徒は志願入隊した兵士のように好戦的になる。

身体と身体がぶつかる荒波の中で、精神的高揚を最高の理想とする普段の風土は肉体の優越性を誇示する掛け声にしばらく息をのんだ。体力が知力を圧倒するプライムスクールでは珍しい時間だった。もちろん、その中でも教授たちは体育活動も究極的には団結という精神的価値のためのものであることを周知するのに力を注いだ。

両寮の電話室は一日中満員だった。家族に学校に来る時間や座席のこと、自分が参加する種目、出場の有無などを教えようと、みんな長い間受話器を取っていた。体育大会は入学式と卒業式を除けば、外部の人がプライムスクールに入れるほぼ唯一の機会のため、電話に出る家族も当事者に劣らず興奮していた。

ダーウィンは父のオフィスに電話をかけた。父に知らせたい嬉しい知らせがひとつあった。まだ確実に決まったわけではないが、サッカーのコーチが今朝の練習試合に30分も出場させてくれた。それは体育大会の時に試合に出場できる可能性を示唆していた。最後の練習でそのチャンスが与えられたということは出場がほぼ保証されたに違いない。

父は一緒に喜びながらも付け加えた。

「主力として選抜されないとしても失望することはない。競技の状況によって適切な選手がいるだけで、試合に出場できなかったからといって実力が足りないわけではない」

「おっしゃることは分かります。でも、お父さんとおじいさんががっかりするかもしれません。僕がベンチに座っていたら、学校まで来る意味がないじゃないですか」

「意味がないということはない。ダーウィンを見ること自体に意味がある」

ダーウィンは心の一部を抑えていた負担が、父の温かい言葉で溶けるのを感じた。余計な心配というのは自分でもよく分かっていた。父は一度も目標を掲げてプレッシャーをかけたことがなかった。体育大会で良い姿を見せたいという気持ちはダーウィン自身が熱望することだった。通話を終えたダーウィンは、続いて祖父に電話をした。

祖父は父とは違って、とてもはしゃいだ声で言った。

「ダーウィンの活躍を期待している。もうカメラも準備しておいたよ」

スポーツ種目で目立つ姿を見せたことが一度もないにもかかわらず、祖父はいつもダーウィンに期待していた。体育だけではなかった。いつも「あらゆる分野で最高になるだろう」と励ましてくれた。ダーウィンは全く相反することを言う父と祖父の間で彷徨《さまよ》うのではなく、むしろ安定したバランスをとっていた。それぞれ形は違うが、秤《はかり》の両側に平衡しているものは、愛と信頼という堅固な錘《おもり》だった。

祖父と電話を終えたダーウィンが席を立とうとすると、ふと隣の4年生の先輩が彼女と思われる人と通話する声が聞こえた。

「そうだよ。校門の前で両親が待っているんだって。ふたりとも君に会いたがっている」

大半は家族との連絡手段として電話室を利用するが、学年が上がると友達または異性の友達に公然と連絡したりした。寮生活で異性に会う機会が少ないため〝半聖職者〟のようなイメージを持たれてはいるが、プライムボーイの恋愛は禁止されていたわけではなかった。むしろ、親が子よりも前に出てガールフレンドを紹介してくれる場合もあった。その中でもプライムスクールとプリメーラ女学校の生徒の出会いは、より一層、公的かつ積極的な支持を受けた。ふたつの学校の生徒なら、交際をしても学業をおろそかにしないという信頼があるためだ。

ダーウィンはもう一度受話器を取った。生徒1人が招待できる最大人数は3人だった。ダーウィンはこれまでの体育大会にいつも祖父と父の2人だけを招待し、それに一度も物足りなさを感じたことはなかった。ところが今日初めてこれまで使わなかった3番目の招待券がひとつの〝チャンス〟であることに気づいた。

ダーウィンは頭の中に刻印された電話番号を押した。この前、祖父の家で一緒に時間を過ごした後、ルミへの気持ちがもっとはっきりした。その日ルミは祖父と打ち解け、理想的な話し相手になってくれた。高齢者という点を意識し、聞こえのいい言葉だけを選ぶ見掛け倒しの話し相手ではなく、同等な立場でお互いに意見を交わす真剣な態度だった。ダーウィンはそんなルミをそばで見守りながら、感動に近い感覚をおぼえた。ルミは9地区の見知らぬ男とも恐れることなく対等に話し合うことができ、1地区の老人にも友人のように気軽に近づける。その態度はまれに見るものだった。電話が鳴っている間、ダーウィンは今回もこの前のようにルミが電話に出ることを望んだ。

「はい、もしもし」

しかし、残念ながら受話器の向こうから聞こえてきたのは男性の声だった。ジョーイおじさんのようだった。緊張したものの避ける理由はなく、ダーウィンは丁寧に親しみをこめて挨拶をした。

「こんにちは。おじさん、僕、ダーウィンです」

ジョーイおじさんが驚いた声で聞いた。

「ダーウィン、どうしたんだ。今は寮にいる時間じゃないのか?」

「はい、寄宿舎です。ルミに話したいことがあって、話せますか?」

その時、受話器の向こうから「私に電話?」と尋ねる声が聞こえてきた。ルミだった。ジョーイおじさんは「ああ、ダーウィンから電話だ」と言った。

ルミは「出ます」と受話器を受け取ったようだが、しばらくの間、何の音も聞こえなかった。多分、ルミはジョーイおじさんが席を外すまで待っているらしい。おじさんが行ったのか、ルミが「ダーウィン!」と言った。ダーウィンはまだ正式に告白していない自分の気持ちが受け入れられているような気がした。

「家に帰る日でもないのに、急に電話してびっくりしたでしょ?」

「いいえ、実は数日前からあなたが電話してくれるのをずっと待っていたの」

「本当？　どうして？」

ダーウィンはびっくりして聞いた。

「この前も私が待っていた時にあなたが電話をくれたでしょう。必要な時は電話してくれると思ったの。私たちはテレパシーが通じるみたい」

私たち、テレパシー、通じる。ダーウィンは胸を躍らせた。ルミはたったみっつの単語で、さっき校庭に吹きつけた風よりも激しく燃え上がるような響きを作り出した。

ダーウィンは興奮をおさえ落ち着いた声で聞いた。

「何かあったの？」

「えっと……ダーウィン、プライムスクールは日曜日に特別に外出できるよね？　両親の許諾を得て1週間前に学校に通知さえすれば」

ダーウィンはプライムスクールの細かいルールまで知っているルミが不思議だった。重要な家の行事がある場合に備えて設けられたものだが、実際に実行に移したことがなければ在学生もよく分かっていないルールだった。

「そうだね、可能だと聞いている。まだ一度も申し込んだことはないけど」

「じゃあ来週の日曜日に、初めての外出許可をもらってみる？」

「来週の日曜日は何か特別な日なの？」

「あなたに会える日の中で一番近い日よ。それが今週の日曜日ならいいけど、もう過ぎてしまったから仕方ない」

ルミの口から出る言葉には一様に胸をわくわくさせる魔力があった。ダーウィンはそうした面で自分はルミよりはるかに劣ると思った。

ダーウィンは急いで話した。

「そうでもないよ。明日も会える」

「どうやって？」

「明日、体育大会があるんだ。招待さえすれば部外者でも学校に来られる」

ルミが受話器に向かって「そうだ、そういえば今頃プライムの体育大会だったわね」と独り言のようにつぶやく声がした。ルミはやはりプライムスクールの生徒の誰かをよく知っているに違いない。それで一昨年の体育大会の時も観衆席で写真を撮られたのであり、プライムスクールの規則についても詳しく知っているのだ。そして、まだ断定はできないが、その誰かはレオである可能性が最も高かった。しかし、今話を持ち出すまでルミが体育大会に関して忘れていたのを見ると、今年はルミは招待されていないことが確実だ。ということは、もうふたりは会わない仲なのだろうか？

ダーウィンは率直に電話をかけた理由を明らかにした。

「実は君を体育大会に招待しようと電話したんだ」

「私を体育大会に？　本当？」

「うん、他の約束がなかったら」

ルミは「他に約束はないけど……」と言葉を濁すと聞いた。

「じゃあ、明日ニースおじさまも学校に来る？　私と会う時間もあるかな？」

ダーウィンはルミがなぜ急に父について聞いてきたのか分からず、もしかすると父が一緒にいることを不快に思っているのではないかと心配した。父は自分にとって世の中で最も優しい人だが、文教部次官という職位がある。友人に対して漠然とした負担を与える存在であることも事実だった。シルバーヒルに行った時、その偏見を振り払えばよかったが、その日、祖父と長い会話をしたのに比べ、父とルミは十分な時間を持てなかった。ダーウィンはルミなら父とも気兼ねなく話し合えると確信しながらも、気まずい場合にはいつでも助けてくれる仲介者がいることを知らせたかった。

「おいでよ。おじいさんも来るよ。君が来るということを知ったら本当に喜ぶだろう」

やはり祖父の話をしたのが効果があったのか、ルミの返事は予想よりずっと早くて明快だった。

「行くわ」

「本当？」

「そうよ。招待してくれてありがとう」

「こちらこそ、ありがとう」

電話を切った後、ウキウキした気持ちで寮の階段を上がっていたダーウィンは、2階の階段でふと足を止めた。窓の向こうでは黒光りした木々が西に向かって揺れていた。いつもは光の味方になっているように見えた木々が、この瞬間、暗闇にさらに近づいているのを見て、ダーウィンは自分の心もどこか濃く陰るのを感じた。そこには明日ルミに会えるという喜びよりも、レオに対するすまない気持ち、あるいは罪悪感というべき感情がルミのもたらしてくれた光を押し出しているようだった。

もちろん不確かな情報で自分の感情が必要以上に誇張されたのかもしれないと分かっていた。ルミとレオがどんな関係なのか、まだ明らかになってもいない。ルミはレオの話を一度もしたことがなく、レオもやはり今回ルミを招待していなかったことからふたりは単なる知り合いに過ぎず、特別な仲ではないかもしれない。それにもかかわらず、心の底に残った疑いの残りを完全に取り除かずルミを招待したことは、何だか誤った行動のように思えた。

ダーウィンは窓際にもたれてレオのことを考えた。ルミを思い浮かべる時に灯る光の明るさと同じように、レオを思い浮かべる時も明るい光が感じられた。ダーウィンはレオが好きだった。乱暴な時もあるが、それは心の底が見えにくく、表現が下手なだけ。夜に学校を脱け出した時や法学教授と論争した時、生徒会のメンバーと対立した時、最も傷ついていたのはレオ自身だった。レオはまるで自分の足で自分の顔をひっかくライオンのようだった。ダーウィンはその傷をもうひとつ増やすことはしたくなかった。プライムスクールにおける大好きな友達を失いたくなかった。ダーウィンはこの不確実な闇が早く取り払われ、自分がルミを諦めることもなく、レオの心が傷つくこともないように願った。

窓の外にもう一度目を向けると、揺れる木がまるで巨大な人のように見えた。

古くからの友人

プライムスクールへの通学路に入るたびに、ニースは演劇の舞台に上がる思いがした。鋭い目をした鷲2匹が向かい合ってアルファベットの〝P〟を仰いでいるプライムスクールの紋章が両側に分かれ、校門が開くと、いよいよ暗かった舞台に照明が灯され音楽が流れて、第1幕が上がる。

演劇には多くの人物が登場するが、皆が自分を敬い崇める役割を担った。校長と教職員、生徒会メンバー、父兄代表ら……もちろん演劇の特性上、彼らの本音がどうなのかは分からない。もしかしたら彼らの中には資格に満たない委員長を見下し、ミスを指摘する機会をうかがっている者もいるのかもしれない。しかし、そんなことを知る必要もなかった。演劇の世界では演技さえ完璧であれば、その心までも真実なのだった。割り当てられた委員長の役割を見事に果たしている自分のように……。

「お忙しいところこのようにご出席いただきましてありがとうございます。声援に支えられて、今年の体育大会も無事成功に終わるという確信がありまです」

ニースは人々と握手を交わしながら、委員長の役に割り当てられたお祝いと激励、感謝の台詞をミスなくこなした。会う人には全員会ったと思ったが、補佐官が最後に特別な訪問者をもうひとり紹介した。彼は他の人物と違って私の肩を叩きながら登場した。

「ニースとは呼べないような雰囲気だね。次官というべきか？　それとも委員長？」

バズだった。バズはそう言うと、両腕を前に広げた。

「それならば、私も君のことを監督と呼ばなければならない」

「次官や監督だなんて、友達同士でそんなふうに呼びあうなんてもはやコメディーだ」

「ニース、また会えて嬉しいよ」

突然の抱擁でニースはぎくりとした。中学生の頃、肩を組んで街を歩き回って以来、ほぼ30年ぶりに感じる友人の温もりだった。あの時と比べると、バズの体は別人になったかのように大きくて頑丈だった。まるで子供に戻って見知らぬ親戚の大人に一方的に抱かれるような気がした。しかし、ニースは当惑を隠し、バズに気まずい思いをさせないように軽く背を叩いた。バズが包んでいた腕をほどいた後、周りを見ながら活気に満ちた声で話した。

「昨日は風がかなり強く吹いていたのに、今日は完全にサニーデイだよ。こういう日にプライムスクールの体育大会をカメラに収められるというのはすごい幸運だ。素敵な画が撮れそうだよ」

ニースは同意の意味でうなずいた。バズの撮影については、学校関係者から定期的に報告を受けていた。先日行われた初回の撮影は学校側が示した指針を遵守し、混乱なく無事終了したと聞いた。ひょっとして、生徒たちと不必要な接触をして学校に害になるインタビューを誘導しないか心配したが、そのようなことは全くなかったという話だった。学校のためにも、バズのためにも幸いだった。

2回目の撮影を体育大会に選んだのは、非常にいいアイデアだった。当然、視聴者たちは図書館に座っている典型的な〝プライムボーイ〟より、普通の子供たちのように汗を流しながら運動場を走り回る例外的な〝プライムボーイ〟たちを見たがるはずだからだ。学校にとっても損ではなかった。プライムボーイたちが学業だけに打ち込む冷静なエリートではなく、赤く上気した頬でサッカーボールを蹴る元気な少年たちだということを大衆に知らせるよい機会だからだ。

バズが聞いた。

「見たところ、挨拶も終わったみたいだけど、よかったら散歩がてらちょっと一緒に歩かないか？」

予想外の提案にニースは時間を確認するふりをして腕時計に目を向ける。散歩なんかしたくなかった。バズが学校に来ることは知っていたが、彼とプライベートな時間を過ごすつもりはなかった。今のようにバズがわざわざ来なかったら、後で混雑する人波の中で適当に挨拶だけ交わしただろう。出くわさなければなおさらいい。

バズがまた聞いた。

「どうだ？　そこの裏に静かないい道があるんだけどな」

提案を断る言い訳は十分にあった。日程が詰まっているということでもいい。しかし、早くも窓の外を見ているバズの青い瞳は断られる可能性を少しも念頭に置いていないようだった。疎遠だったにもかかわらず、彼は昔からの友が自分との散歩を楽しんでいると信じているようだった。ニースは再び不意打ちで抱擁された気持ちになったが、彼の思いを押しやる自信がない限り、今回も背中を叩きながら相づちを打つくらいしか、他にこれといった対応策がなかった。ニースは補佐官を見た。

「20分くらいなら大丈夫かな？」

旧友に誠意を示しながらも、もうとっくに終わってしまった関係の中へ深く入り込まなくてもいいという適当な時間だった。

バズが言ったいい道とは第1講義室と第3講義室の間の一本道で、裏手には東寮があり右に曲がると図書館と大講堂に出る。学校に一度来てみただけでは簡単には分からない道だった。

「調査をしっかりとしてきたようだね。こんな小さな道も全部知っているなんて。学校の中があまりにも複雑で、初めて来た人は道に迷ったりするんだ」

「ドキュメンタリー制作者なら学校の地理くらいは知っておくべきだ。8地区の迷路のような路地に比べれば何でもないさ。あ、でも実はこの道はダーウィンのおかげで知ったんだ」

「ダーウィン？」

「ああ。この前初めて撮影に来た時、私に挨拶をしてくれたので、ちょっと歩きながら話をした」

ニースは意外な話にちょっと口をつぐんだ。状況からしてバズとダーウィンが出くわす可能性が十分あることは分かっていたが、ふたりが自分も知らないうちに一緒に時間を過ごしたということはあまり嬉しくなかった。ニースはその気持ちを軽い疑問に表した。

「そうだったんだな。でもダーウィンがバズになんの話があるのか分からないな」

「どうして話題がないというんだ。プライムスクールのドキュメンタリーを撮る監督としても、父親の友人としても、話は尽きない。追悼式の時も感じたが、ダーウィンは本当に立派で正しい子た。プライムスクールが望む理想のタイプというか」

「褒め言葉が手厚いね。まだ子供だよ」

「お世辞で言ったんじゃない。ニース、私はこの仕事をしながら実にさまざまな人たちに会ってきた。おかげで、少し話せば大体どんな人なのか把握できる。その勘は信じるに値する。ダーウィンは特別な子だよ」

「うちの息子をそんなふうに見てくれたなんて、とにかく気分は悪くないな。そうだな、ダーウィンはいい子だよ。そしてレオもプライムスクールが望む立派な子だ」

するとバズはあざ笑う声を出して言った。

「ニース、私は他の保護者のように励ましの言葉を交わそうというのではない。私にまで心のないことは言わなくてもいい」

「心にないことだなんて。君がダーウィンを心から褒めたように私も本気で言っている言葉だ。プライムスクールに入ったということは世間的に素晴らしさを認められたという意味じゃないか？」

「私の息子がどんな奴なのかは私が一番よく知っている。あの子は絶対に素晴らしいと言われる器ではない。どのようにしてプライムスクールに入学したかがまだ謎だ」

ニースは息子に厳しすぎる基準を適用し、逆にとても低い期待をしているバズが気になった。年を取って自分が幼い頃、親に持っていた願いを全部忘れてしまったのか。いくら大きな過ちを犯しても、両親だけは絶対的に自分の味方になってほしいというわがままだが一方ではかよわい子供たちの心を……。

ニースは苦々しい気持ちで話した。

「息子に厳し過ぎるんじゃないか？」

「真実を言っただけだ。私の息子だからといって、やたらにいいように見るわけにはいかないからな」

「前回の懲戒処分のことなら気にしないで欲しい。学校では再発を防ぐために厳しい罰を下すしかなかった。簡単に許していたら、もしかしたら真似する子供たちが出てくるかもしれない。お互いがお互いに簡単に染まる年頃じゃないか」

「お気遣いありがとう。だが、全然違う。自分の過ちに罰を受けるのは当然のことだ。親子でもとにかくそれぞれの人生を生きていくわけだろ？　私が犯した罪にレオが縛られる必要がないように、私もレオが犯した罪にこだわる必要はない」

道は狭くなりあたりは静かになった。一時はお互いのすべてを知っていた友達が、時間が経って全く違う考えを持った大人になったことに寂しい気分になった。気持ちをなだめるためにニースは遠くの空に視線を投げかけた。

「誕生から今まで人類が繋いできた鎖を断ち切るような話だ。バズ、君の言う通りなら親子の間に何の意味が残ると思う？　罪に縛られないということは、お互いに与える喜びにも縛られないという意味になるが」

「自由が残るだろう。ニース、人間は自由にならなければならない」

「自由？　何から？」

バズが声を張り上げた。

「まさにそれが問題だ。人間は自分たちが自由ではない状態だということを認知もできないでいる。君が言ったその親子の鎖に絡んで、それが自分たちを縛り付ける足かせだということに気がつかないいんだ」

バズは立ち止まり、前に立ちはだかった。

「ニース、私たちふたりを見てみろ。もう道は終わっていくのに私たちはすっかり子供たちの話ばかりしている。君と私の話を持ち出す暇もなかったよ。子供が私たち自身のように振舞っているなんてあんまりじゃないか？　こういう足かせから脱し、私はバズ・マーシャル、君はニース・ヤングとして再び自由にならなければならない」

ニースは向き合い、バズに話した。

「バズ、私はもう46歳だよ。君も同じだ。私には父がいて、息子がいる。10代が人生のすべてではないようにニース・ヤングも私のすべてではない。父の子であり、息子の父であるように、ただ私を成す一部分に過ぎない。私が責任を持っている関係から自由になりたいとは思わない。むしろ私はいつもそこが私の帰るべきところだと思っている。家族がいないということは私にとって自由ではなく虚無に感じる」

ニースは先ほど自分がそう感じたように、バズも幼い頃とは考え方が変わった友達に寂しさを感じていると思った。あるいは腹の中であざ笑っているのかもしれないとも。自己実現を最高の理想とし、それを実現してきたバズとしては、今の自分の言葉は情けないと感じるだろう。ニースは無意識のうちにあまりにも真剣に気持ちをあらわにしたのではないかと思い、「私はバズほど自意識が高くはないようだ」と冗談交じりに言った。

ところが、意外にもバズは子供の頃の顔が垣間見えるような微笑を浮かべながら言った。

「ニース・ヤング。本当に立派な大人になったな……。そう、自由だの足かせだのと、私の言ったことは10代の時に言う言葉だよ。46歳にもなって、私はまだその時代から抜け出せずにいるようだ。ダーウィンが羨ましい。お前のような立派な人を父に持つとは」

バズの話にニースは初めて心から笑った。

「なんだ、羨ましいって。本当に10代の子供のように話すんだな」

約束の時間が近づいていた。次の日程は体育大会の開会式に出席した後、校長をはじめ、保護者たちと親交を深めることだった。子供たちが外で夏の間中、抱いてきたエネルギーを発散する間、大人たちはあえてつけなくてもいいエアコンの風が吹き出るホールに集まり、プライムスクールが今後発展する方向について討論することになる。実状は発展の方向性よりは現状維持に関する話が主だが。

道へ戻る途中、バズがまた口を開いた。

「人生って本当に奥深いよな？」

ニースはどういう意味か考えてバズを見つめた。バズは道端に突き出た枝の葉っぱに触れて「俺たちふたりでプライムスクールを歩くだなんて」と説明した。ニースはやっとバズがどんなことを言うつもりなのか見抜いた。プライムスクール出身でもない自分たちが大人になってここで交差し会うことは、人生のアイロニーのようだという話だろう。自分もやはり学校に来るたびによく感じていた思いだった。

ニースはバズが触った葉をちぎって話した。

「そうだな、妙だな。プライムスクールなんて夢にも見られないほどの落第生だった私と、プライムスクールに行くのが嫌でわざと入学試験を台なしにした君が今ここに一緒にいるなんて……」

バズが笑いながら付け加えた。

「試験に合格しても行けなかったジェイまで合わさったら本当にこれ以上、妙なことはない」

ニースはバズが間違って使った言葉をまじめに訂

正した。

「行けなかったのではなく、行かなかったのだ」

バズは30年以上経った今、ふたりの違いを問い詰めるように何も言わずしばらくして、「そうだな、行かなかったんだな」と自分の間違いを認めた。

遠く運動場から子供たちの歓声が聞こえてきた。まだ試合開始前なのに両寮間で応援合戦が熾烈に行われていた。前方に自分を待っている補佐官の姿が見えた。バズも気づいたのか、「もう監督と委員長に戻らなければならない時間だな」と言った。

ニースはバズが再びハグをしてこないように、先に握手をしてから歩いた。事務的に接することで、バズもある程度は30年前の〝旧友〟が維持しようとする距離感を感じたことだろう。


ニースは体育大会の開会式で練習の重要性を強調した。

「才能は、ふと懐に飛び込んできた一羽の鳥のようです。それは美しい色で喜びを与えますが、いつまた忽然と胸から飛んでいってしまうか分かりません。その鳥を真に自分のものにするためには、絶えずトレーニングし繰り返して練習しなければなりません。そうやって努力していれば、鳥はたどり着けそうもなかった高い理想に、皆さんを導いてくれるでしょう。今日、皆さんが手なずけた鳥が空に舞い上がる姿を見ることができて、とても光栄です。勝敗を離れてふたつの寮は勝利するでしょう」

待機中の選手の中にダーウィンの顔が目についた。上気した頰を見ると、ときめきながらもすごく緊張しているようだった。ニースは励ましも兼ねて少し話がしたかったが、補佐官がすぐ次の行き先に誘導したため、引き返さざるを得なかった。委員長というカカシ役の劇をしている間は、息子との出会いも台本に書かれた通りにしなければならなかった。

保護者らとの会合は退屈だった。ニースは人目が届かない隙をねらって窓の外を見渡した。グラウンドでは、第1試合のフィールドホッケーが行われていた。ピアノ演奏に埋もれて歓声がよく聞こえなかったが、運動場を横切る生徒たちの活気に満ちた動きを見ているだけでも、彼らが噴き出す躍動感が伝わってくる。外の熱気が高まれば高まるほど、エアコンの風が停滞しているホールは息苦しく感じられた。

昼食まで共にし、ようやく芝居の舞台から退場することを許された。フィールドホッケーは西寮の勝利に終わり、すでに第2試合のラグビーが始まっていた。学校側は校長や委員会の役員らが座る特別席を勧めたが、ニースは提案を断り補佐官を送って、ダーウィンの前に割り当てられた席を探して観客席に入った。父が朝から今までひとりで待っているはずだ。ニースは今日だけは父とうまくやれることを望んだ。そのためには、もっと自分の性質を殺さなければならないということも分かった。この前もつい父にきつい言葉が出てしまった。ニースはこれまでの過ちを反省するつもりで、自分から先に父に近づいていき、にこやかに挨拶することを心に誓った。父はきっと自分が想像する数倍の歓迎をするに違いない。通路の間に父の横顔が見えた。ニースは急いで足を運んだ。ところが席に着く直前、足がぴたりと止まってしまった。

「何をしている？　座らずに？」

ラナーは席に座るつもりもなくじっと立っているニースを見上げて、自分の左側の空いた座席をトントンと叩いた。口もとに力の入った顔を見ると、また何かが気に入らないようだった。ラナーはいつものように、今回もやはり自分が原因だろうと考えた。これまでのこともあるから、きっと今日私が学校に来ないだろうと思っていたのに、なぜか席に座っているのを見て表情がゆがんだのだろう。

ラナーは見守る目も多い所でまた口論することになるのではないかと心配になった。するとルミがニースの方に頭を突き出して「こんにちは。おじさま」と挨拶した。救世主のような声だった。ニースもルミの前では「ああ、ルミも来たんだね」と挨拶して席についた。

ラナーはやっと一息ついて、ルミを見つめた。男の子にしては優しいダーウィンのおかげで孫娘に対する渇きは大きくなかったが、ルミに会った後は家の中に女性がひとりいると、雰囲気がずっと和らぐと感じた。家に女性を招く方法としてはニースが再婚、またはダーウィンが結婚することだ。後者は時間が解決してくれるはずだからそのまま待っていればいいが、ニースが再び良い相手に会うためには周囲の方が積極的に乗り出さなければならなかった。ニースの妻が病気で世を去ってから、すでに15年が過ぎた。それだけ経てば、追悼の時間は十分であった。ラナーは今後、再婚についてニースと真剣に話し合うべきだと思った。

その時、後ろの列に座った男がニースに向かって握手を求めた。

「こんにちは。委員長ですよね？　私は2年生のゲールの父です。もちろんご存じないと思いますが」

ニースは握手に応答して言った。

「分からないわけないですよ。ゲール・デイモンですよね？」

男性を筆頭に、周囲にいた父兄たちが先を争って握手を求めた。ニースは面倒くさがらずにみんなに挨拶をした。

ラナーはその光景を満足げに眺めた。自分には気難しい息子だが、生徒の父母に接する態度は誰よりも親切で謙虚だった。個人的には残念な思いをすることも多いが、息子の将来のポストを考えてみると彼らに反対の態度をとるよりはました。

「昨年もここで会ったのですが、また一般席に座っていらっしゃいますね。前の席がずっと楽でしょうに」

「今日は楽をするよりも、楽しくないと。ここが最も楽しい席じゃないですか。このように普段からなかなか会えない方々と会う機会でもあるし」

ラナーは学校の関係者がニースの素朴な性格に感銘を受けているのを見て、やはり朝に関係者席に着くのを拒否したことを正解だと思った。委員長の父親としてその程度の特権は享受してもいいが、自分の小さな行動ひとつひとつが後日息子の評判に大きな影響を与えることになるので、前もって気をつけたのだ。やっと一人前の席を手にしたというのに、父親が息子の肩書きを利用したという汚名を着せられてはあまりにも大きな損害だった。息子の将来のためにはこれから基盤をよく磨いておかなければならない。さらに、他人の目にはプライムスクール委員長の父親が特等席ではなく、このように一般席に座っているのが真の権力に映るかもしれない。

観衆は総立ちで最善を尽くした選手たちに拍手を送った。第2試合のラグビーは東寮の勝利で終わった。こうなれば、勝負は最後の3試合であるサッカーで決まるだろう。盛り上がりのためにも、ダーウィンの活躍のためにもいい流れだと思った。

次の競技のため運動場の芝生を整備する準備時間があった。家族連れの訪問客はフェンスの前に近づき、汗まみれになって運動場を歩く息子の写真を撮ったり、準備してきたおやつを食べたりした。ラナーもアナが包んでくれた食事をルミと分けて食べた。ニースにも勧めたが、ニースは目も合わせずに首を横に振った。父母らとの挨拶が終わったとたん、また無口な息子に戻っていた。

ラナーは何も言わずに、人のいない運動場にだけ目を向けるニースのことが気になった。ニースの場合、口数が少ない時は考えすぎている時だった。数十年間、息子を見守ってきた目撃者として、ラナーはその考えすぎる性質は息子を今の地位に押し上げる力だったと知っているが、時にはそれが息子を疲れさせる悪いところだとも分かっていた。今日のようなお祭りの日にあんなに深刻な顔をする理由があるだろうか。ラナーはどのような言葉で息子の口を開かせるか悩み、自分まで深刻な顔をしていた。

その時、ルミが体を向けながらニースに尋ねた。

「おじさま、おじさまにとって最も大切なものは何ですか?」

ラナーは老人の心を一気にほどくルミの溌剌《はつらつ》さがほほえましかった。女の子特有の長所はまさにこのようなところだろう。今日ルミが一緒に来てくれて本当によかった。ニースはこの硬いムードを解きほぐしてくれる仲介者がいることを内心喜んでいるだろう。ラナーは機会をうかがってニースを振り返った。しかし、予想とは違ってニースはルミの方に目も向けず、上の空で答えた。

「そんなことをなぜ聞くんだ？」

無愛想で冷淡さを感じるニースの態度に、ラナーは恥ずかしくなった。私という父に対する不満に囚《とら》われて、ダーウィンの大切なガールフレンドに紳士らしくない態度を取るなんて……。ニースはちょうどルミと同じ16歳の、それもまだ女の子に興味を見出せない無愛想な男の子のようであった。意外な反応に戸惑ったのか、ルミの声が沈んだ。

「ただ急に気になりまして……。聞いてはいけないことでしたか？」

「今日はそんな話をする場ではないようだね」

ラナーは幼い女の子に隙なく冷静に振舞う息子が不甲斐なくて、すぐにニースに代わって答えた。

「ニースにとって一番大切なのは、誰が何と言ってもダーウィンだ」

そして、ニースに向かって「そうではないか」と尋ねたが、息子からは何の返事もなかった。ラナーは気まずい空気をはねのけるためにわざと陽気な声で話した。

「ルミ、それは子供を持つ親たちには聞くまでもない質問だよ。私にとっても、一番大切なのはこの無口なニースおじさんとダーウィンだから。ルミはどうだい？　私は16歳の女の子にとって一番大切なものが何なのかもっと知りたい。私が当ててみようか？　お母さん？　それとも友達かな？」

平凡な推測を飛び越え、ルミは第一印象で抱いたように唐突な答えをよこした。

「私にとって最も大切なのは〝真実〟です」

ラナーはわざと膝を叩きながらルミの気分を良くしようと声を上げた。

「真実とは、やはりハリー・ハンター氏の血を引く子孫だ。立派だ」

それに効果があったのか、ルミはさっきの気後れした声を消し、元の陽気で積極的な態度で話した。

「私は後に政府機関で高い役職を任されたら、私のIDを【truth】にするんです。パスワードはジェイ伯父さんの誕生日にします。なぜなら私の誕生日と同じでもあるから」

「そうかい、ジェイと誕生日が同じ日なのか？」

「はい、偶然にしては不思議ですよね？　それで、祖母が呼ぶ私のあだ名が〝リトルジェイ〟なんです。おじさま、高級公務員になったらＩＤを使うことも多いですよね？」

ラナーは今回だけでも、ニースに親切に答えてもらいたかった。自分にとって最も大切なのは真実であり、早くから高級公務員を夢に決めた、賢くてかわいい女の子を二度も失望させるのは、友人の父親としても子供たちの教育の責任を負う文教部次官としてもしてはならないことだった。それを知るニースも、今度はルミにしっかりと目を向けて言った。

「インターネット技術がもっと発達すれば高級公務員だけでなく一般人もＩＤを使うようになるだろう。だがルミ、いくら遠い未来のことでも、君の個人情報をそんなに他人にむやみに知らせるのは危険なことなんだよ。高い地位に上がるのが目標の人なら、今から注意しないとね。もちろん、大人になっても本当にそのＩＤとパスワードを使うかは分からないけども」

口調はやや事務的だったが、それでも愛情のこもった助言を添えたニースの返事にラナーは満足した。インターネットやＩＤといった用語は慣れていなかったが、これから世界がそちらに発展するということぐらいは知っていた。

ルミが「はい、気をつけます」と答えた後に続いて言った。

「ですがおじさま、私が大人になった時は個人情報を管理することだけでなく、公共情報を制限することがもっと大きな問題になりませんか？　人々はまだあまり体感していませんが、今も大衆に有益な情報が政府によって塞《ふさ》がれているのです。どうしてそんな後ろ向きなことをするんでしょうか？　真実は多くの人々が知れば知るほど良いものなのに。そのようなことについて責任を持つ人として、おじさまがどう考えているのか気になります」

「何を言っていいか分からないな。公聴会で聞かれそうな質問を体育大会が開かれる運動場の観客席で聞くとは……。そうだな、複雑な事案なので詳しくは言えないが、多分、未来にはルミが望むようにもっと多くの情報が公開されるだろう。情報が増えるほど当然それに近づこうとする人の欲望も大きくなるはずだから……でもルミ、政府のすべての秘密の引き出しが開かれる最終段階に行っても、そんな情報は最後まで公開されずに秘密として残るしかないんだ」

「なぜですか？」

「なぜなら情報を作り、保存し、管理するのが人間だから。数十億人いる人間の秘密をすべて暴くことができないのと同じ道理だ。彼らの中には自分の秘密を公《おおやけ》にしたくない人もいると思わないかい？」

「卑怯です。そんな人たちのせいで真実が遮られるのは」

「そうだな、卑怯だね」

その時、場内スピーカーから第3試合を開始するというアナウンスが流れた。過度に哲学的に行き交うふたりの対話に疎外感を感じていたラナーは、選手たちが入場する運動場に関心を向けた。

「さあ、そんな深刻な話はもうやめてダーウィンを探してみようか。ダーウィンはどこだ？」

ラナーは1列に並んでいる選手の間でダーウィンを見つけた。しかし、青色のユニホームを着た東寮の11人の選手の中にダーウィンの姿は見えなかった。ラナーは選手たちの顔をもう一度ひとりずつ確認した後、候補選手たちが座っているベンチに視線を向けた。ダーウィンはその間に気後れした顔で座っていた。ダーウィンのように立派な子供を主戦力に起用しないとは……。

ラナーは怒ってニースに話した。

「ダーウィンはベンチに座っているんだな」

「そうですね」

ラナーは何事もないように話す息子のせいでさらに腹が立った。

「お前は何とも思わないのか。ダーウィンがベンチに座っているのに」

「それがどうしたんですか。当然、誰かはベンチに座っていなければならないのに」

「ベンチに座っていてなにがサッカーだ。出てきて走ってこそ意味があるんだ」

「始まったばかりです。後で選手交代になるかもしれないじゃないですか。だめでも仕方ないことですし、ただ競技を楽しんでください。まだ子供じゃないですか」

ラナーはニースの言うことが正しいと知りながら、怒りを抑えることができなかった。補欠が集まっている日陰にある後ろのベンチは、ダーウィンのように輝く子供がいる場所ではなかった。1、2年生の時は先輩に押されるのが慣例だろうが、今はダーウィンが先頭の中心に立って人々が送る喝采の主人公にならなければならない瞬間だった。だからといってラナーは自分が途方もなく高い基準を、他人や特に子供に強要するタイプではなかった。もし自分がそのような独裁者だったら、ニースが幼い頃プライムスクールに志願しないことを放っておかなかったはずだから。

ラナーは心を痛めてダーウィンを見つめた。高い期待は自分ではなく、ダーウィンのためのものだった。ダーウィンはニースとは違い、負けず嫌いの子供だった。もちろん敗北を許さずライバルを妬《ねた》む自滅的な競争心ではなく、自分に勝ちたいという性格からくる高貴な競争心を持っていった。ニースが開会の挨拶で言ったように、生まれた時に立派な鳥をもらった子供がその鳥を手なずけようと絶えず努力するのと似ていた。プライムスクールはダーウィンのそのような性格を示す最も強力な証拠だった。ダーウィンは誰も強要したことがないのにプライムスクールを目標にし、入学後も常に優秀な成績を維持した。ゆとりを通り越して緩いニースの訓育の中でもその気質を失わないことを見れば、先天的に生まれ持った性分と言えるだろう。ところが、コーチの間違った選抜基準のため、家族全員が集まった今日のような日に出場する機会を奪われたのだから、祖父としては当然怒りが込み上げてくる。

ラナーはいつ選手交代があるのか、焦りながら試合を見守った。しかし、前半が終わるまで選手交代は行われず、終了間際に西寮が先にゴールが決めた。体格のよいレオ・マーシャルという子だった。ニースは立ち上がって拍手を送った。自分の息子は試合に出られていないのに、気楽に他人の家の息子に向かって拍手をするニースがラナーは内心不満だった。もちろん委員長の行動を注視する周りの目を考えれば正しい行動だが。

その時、ルミが言った。

「お父さんに見せようと、頑張って走っているみたいですね。バズおじさんが逃さずにちゃんと撮っていて欲しいです」

「バズ？」

「レオのお父さんですよ。バズ・マーシャル、ご存じないんですか？ ジェイ伯父さんのお友達で、ニースおじさまのお友達でもあるのに」

ラナーはニースの方に顔を向けて、「そうなのか？」と尋ねた。ニースはうなずき「知らないでしょう、会ったことないんですから」と答えた。

ラナーはそれが密かに自分への非難だと気づいた。事業のために入学式、卒業式に一度も参加することができず、自分の幼馴染みをひとりも知らない無神経さを盾にした非難だった。

今さら過去を修正することもできないので、ラナーは平気で言った。

「お前の幼馴染みだからか、バズという名前に何だか馴染みはある」

「テレビや新聞でよく見ていたんでしょう。有名なドキュメンタリー監督ですから。プライムスクールのドキュメンタリーを撮りに来ています」

ラナーはやっと試合開始前から見えていたカメラ撮影が学校側のものではなく、ドキュメンタリー制作用だということを知った。

「そうか？ 立派な友人だな。とにかくニースにジェイではない他の友達がいたなんて。いや、本当に新鮮だな。これからもいい友人に恵まれて欲しい」

レオの入れたゴールで前半戦は西寮のリードに終わった。ラナーは息子がゴールを入れる場面をカメラに収めたバズがうらやましかった。しかも、それは家族だけで回して見る一般のカメラではなく、多くの人々が見る放送用カメラだというのだから。ダーウィンがあのゴールの主人公になれなかったことが悔しかった。悔しさで胸を焦がしているうちに、後半戦の開始を知らせるアナウンスが流れた。

ルミは言った。

「ダーウィンが出れたらいいんですけど。そうですよね？」

「そうだね」

ラナーはグラウンドに入場する選手たちをいらいらした目つきで眺めた。しかし、今回もダーウィンの姿は見られなかった。

失望と期待

ダーウィンは電光掲示板の時計を見た。試合終了までは15分しか残っていない。試合はレオのゴールで西寮が1対0でリードしていた。その時、コーチが最後の選手交代を要請した。ダーウィンは無意識に腰をまっすぐに伸ばした。しかし、コーチが呼んだ選手は隣に座っているカーターだった。

ダーウィンは他の候補選手たちと一緒にカーターの背中を叩いて励まし、交代して戻ってきた友達のことを褒めたたえた。コーチは、「運動場にいる時よりベンチに座っている時の態度が、プライムスクールの生徒の真の品格をあらわしている」と話した。ダーウィンはコーチの教えに忠実だった。

父、祖父、ルミが観客席に並んで座っているのが見えた。父は主力としてプレーできなかった状況を十分理解しているだろうし、祖父も残念に思うかもしれないけど、結局は次に頑張ればいいと励ましてくれるだろう。しかし、ルミに対しては自信がなかった。せっかく来てくれたのに、試合に一度も出ないのを見てがっかりするかもしれない。

「あなたはなぜグラウンドで走らずにそこに座っているの？」という声が聞こえてきそうだった。もちろん自分が作り出した幻聴だが、その幻聴は真実みを帯びているかもしれない。しばらくして、試合終了のホイッスルが鳴った。1対0。昨年に続き、またも西寮の勝利だった。

ダーウィンは寮の勝利セレモニーが終わるのを待ってレオのところに行った。レオは誰かを探すようにきょろきょろ見回していた。ダーウィンはレオの後ろに行き肩を組んだ。

「おめでとう。本当に素晴らしかった」

レオが顔を振り向けて答えた。

「ありがとう。ダーウィンは俺を唯一祝ってくれる人だ」

「何を言っているんだ、君のチームはみんなあんなに喜んでいる」

「試合に勝ったことを喜んでいるんだ。俺がゴールを決めたことは全然嬉しくないと思う」

そう語るレオも、勝利の主役にしてはあまり嬉しそうに見えなかった。ダーウィンはレオの重い表情が前後半戦を消化した選手が受ける疲労のためなのか、でなければ自分が言った言葉が意味する重さのためなのか、分からなかった。生徒会メンバーと対立して以来、レオはサッカークラブから疎外されているという噂を聞いたことがあるが、ダーウィンは生徒会がそんなに卑怯な集団なはずはないと思っていた。しかし、真実が何であれ、レオはそう感じているようだった。

「とにかく君のおかげで西寮が勝ったじゃないか。2年連続で敗北を喫した我々としては、君を我々のチームに連れていきたい気持ちだ。こちら側に交換する選手がいないというのが問題だが……」

レオがやっと勝利者らしく笑った。

閉会式では各競技の勝者が壇上に上がってメダルをもらった。1対1だった両寮の勝負を決定づけたゴールであり、90分のサッカーで唯一のゴールを決めたレオが〝最優秀選手〟となった。授賞式の授与者として出席した父がレオの首に新しいメダルをもうひとつかけ、祝賀の挨拶を伝えた。

ダーウィンは力強く拍手した。これにより、父を含むすべての人がレオがこれまで犯した過ちを忘れて新たに見直すことになるだろう。

観衆がひとりふたりと運動場に降りて記念撮影をした。みんな楽しそうに見えたが、一方では深刻な顔で膝を突き合わせて敗北の要因を議論する者もいた。主に数代にわたってプライムスクールの卒業生を輩出した金持ちの家系の者に見られる風景だった。

ダーウィンは人波の中で自分に向かって歩いてくる祖父と父、そしてルミを見つけて走っていった。

「残念だったでしょう？　僕が出られなくて、うちの寮も負けて」

父は思った通り大したことではないように話した。

「両チームが戦えば、負けるチームが出るのは当然だ。誰が勝とうと関係なく、みんな最善を尽くして走ってくれて楽しかった」

続けて祖父が言った。

「ああ、楽しかった。ダーウィンが出場してゴールを入れたらもっと楽しかっただろうけど。まだ理解できないんだよ。私はダーウィン、お前が逆転ゴールを決めて最優秀選手になると思ったのに」

「子供にそんな負担を与えないでください」

「そんな負担って？」

「サッカーはゴールを入れようとする瞬間、破滅するスポーツです」

「また無駄に敏感に反応するんだな。祖父として、孫がゴールを入れる姿を見たいと言ってるだけなのに、破滅という言葉を使うなんて……」

父は自分の過ちを認めるように口をつぐんだ。祖父も、もはや無念さを吐露しなかった。ふたりの間に常に存在する意見の違いだったが、ダーウィンは今回、自分が原因になったようで困ってしまった。

その時、コーチが近づいてきて、父に挨拶をした。

「こんにちは、委員長。お久しぶりです」

父はコーチに握手で答えて言った。

「今日はダーウィンの保護者として来たのだから気楽に話してください」

コーチは先生に言い訳をする生徒のように言った。

「選手起用についての説明が必要だと思うので。ご存じだと思いますが、戦略上カーターを投入するしかありませんでした。私たちがリードしていたらダーウィンを出場させたでしょうが、負けている状況では攻撃手を選択しなければならないでしょう。しかし、ダーウィンはディフェンダーで……」

父ははっきりと答えた。

「選手選抜はコーチの権限です。何の異存もありません」

コーチが振り返りながら聞いた。

「ダーウィン、失望したか？」

ダーウィンは祖父のそばに立っているルミを見た。ルミの目つきを意識した瞬間、そのような気持ちがうごめいたのは事実だが、感情をそのまま表に出したからといって結果が変わることはなかった。試合はもう終わって、勝者は決まっているのだから。ダーウィンは父のようにさわやかに笑った。

「いいえ、来年また機会があるじゃないですか」

コーチは父にサッカークラブの全般的な状況について さらに説明し、おじいさんも一緒にその話を聞いた。

ダーウィンはようやくルミとふたりきりでいられる機会を喜んだが、同時に自分のふがいなさを話すことを恥じた。

「わざわざ招待しておいて、ベンチに座っている姿を見せたなんてちょっと笑えるだろ？」

ルミは首を振りながら言った。

「全然。誰もプライムスクールの生徒を笑うことなんてできないものよ」

ダーウィンはルミと運動場を歩く間、友人と彼らの両親がルミに視線を向けるのを感じた。ルミはシルバーヒルだけでなくプライムスクールの中でも目を引いた。ダーウィンはそれがただ外部の人がいるという新鮮さではなく、ルミの持つ存在感のためだということを知っていた。多くのプライムボーイたちの間でもルミは少しも縮こまる気配がなく、周りの視線を風景のようにとらえながら運動場を歩いていた。ルミの自然な態度のせいで、ダーウィンはプライムスクールに招待されたのがルミではなく自分であるような気さえした。

そんな中、ルミの瞳がどこか一箇所をじっと見つめているのに気づいた。空を飛んでいた鳥が標的を定めたような目つきだった。ダーウィンはルミの視線が向いた場所を追った。その真ん中にレオが立っていた。ダーウィンは今こそ自分の心を取り囲む不確かな霧を取り除く瞬間だと思った。

ダーウィンは「レオ」と呼んだ。レオはすぐにこっちに走ってきた。日光が当たるとレオの首にかかっているメダルは小さく縮んだ太陽そのものに見えた。ダーウィンは一歩下がってレオとルミが挨拶するのを待った。レオはまずルミに向かって、「やあ、久しぶり」という挨拶をした。ルミは少し冷静に「最優秀選手おめでとう」と言った。そうしてお互いに何も言わなかった。ふたりともこの場を喜んではいないようだった。

ダーウィンは開けてはならない箱を開いてしまった代価を払っているような気分だった。ルミとレオが嬉しがる姿を見たかったわけではないが、自分が知らない多くのことがふたりの間にあったように、お互いに視線を避ける姿を見るのはつらかった。

ダーウィンは雰囲気を変えたくて、別の話を切り出した。

「レオ、どうしてひとりでいるんだ？　バズおじさんはどこに行ったの？　さっき見たら観客席で撮影していたけど」

「もう他のところに行ったんだろう。ここ以外にもプライムスクールには撮るところが多いから」

「最優秀選手になった君を撮らずに？」

「うちの親父はそんなこと眼中にもないよ」

ルミがレオに言い放った。

「あなたはまだ昔と同じ考え方をしているのね」

レオも似たような口調でルミに話した。

「お前もあまり変わっていないように見えるよ。休日なのに相変わらずプリメーラの制服を着ているのを見ると」

「それをいやがるところまで、あいかわらず」

「ひどく変化を起こす人は信じられないとお前が言ったんじゃないか？」

冷笑的に取り交わされるふたりの会話の中で、ダーウィンは波にのまれ、次第に海の方へ押し流される遭難者になったようだった。ふたりしか知らない話が深さの分からない水深となり、息が詰まりそうだった。

レオは声の緊張をほぐしながら言った。

「やめよう。ほら、俺たちのせいでダーウィンが困っている。俺はここらでもう退場してやるから楽しく遊んでいけ。ダーウィン、じゃあ後でな」

レオは人ごみに紛れてたちまちいなくなった。

ルミが振り向きながら聞いた。

「私はあなたを困らせたかしら？」

ダーウィンは笑って首を振ったが、すぐに率直な気持ちを打ち明けた。

「君たちふたりがどんな関係なのか、知りたいのは事実だ。僕には全然分からない言葉を取り交わすから」

「私たち？」

ルミは自分に問い返すように首をかしげ、次のように話した。

「2年前までは友達だったのよ。私をプライムスクールの体育大会に招待してくれるほど。でもその後は会ったことがなくて今は友達かどうかも分からないわ」

説明は十分ではなかったが、行く手を遮っていた霧がある程度晴れた。ダーウィンはもはや残りの時間をその中で迷い込むことに使いたくなかった。少なくとも自分がふたりを邪魔する存在でないことだけははっきりしているから、ルミへの想いを躊躇しなくてもいいし、レオを傷つけることもなかった。今日はこれくらいで満足していいだろう。

その時、コーチと話を終えた父と祖父が遠くで自分を探しているのが見えた。ダーウィンは手を高く上げてそちらに歩いて行った。

行く途中、ルミが聞いた。

「ダーウィン、おじさまに来週の外出許可はもらった？」

その話を聞いてはじめてダーウィンは、今日という日がルミが言っていた外出の代替ではないことに気づき、当惑した。ルミは話をおろそかにしたと思うかもしれない。

「あ、それが、まだ話す機会がなくて……。ごめん」

「いや、むしろよかったわ。私たちふたりが一緒に話して承諾してもらった方が良いと思う」

父はコーチに長く捕まっていて疲れていたのか、「熱意があるのはいいが、私ではなく君たちにつぎ込んでほしい」と言った。隣で祖父が「委員長という肩書きをつけた人間はそれくらい甘んじて受け入れなければならない。おかげで有益なニュースも聞けてよかったじゃないか」と答えた。

ダーウィンは「一度捕まったら、前髪がよだれで濡れるまで説教を聞いていなければならない」と言って、コーチのニックネームが噴霧器だと教えてあげた。今度は、祖父と父が同時に笑った。

笑いがやむ頃、ルミは言った。

「おじさま、来週の日曜日にダーウィンと一緒に外出したいのですが、大丈夫ですか？」

父は少し驚いたようだった。これまで一度も特別外出の許可を受けたことがないため、当然の反応だった。

「外出？」

「プライムスクールは一週間前に両親の許可を受ければ日曜日に外出できるじゃないですか」

「よく知っているね。で、何の用事で？　ダーウィンは一度も外出を申請したことがなく、どうせもうすぐ休暇だから家に帰るが……」

「人類史博物館で先史時代の展示会が開かれています。学校で2週目の金曜日までに見学報告書を書いてこいと言われましたが、ひとりよりも友達と一緒に行きたくて。ダーウィンにとってもためになるいい展示会ではないでしょうか？」

「人類史博物館？　来週の日曜日なら……1週目に？」

「はい、一緒に行こうと事前にチケットも取っておいたんです」

ダーウィンは全く知らない内容だったが、先史時代の展示会に行くのなら、父も十分納得して許してくれると思った。父が聞いた。

「ダーウィンも行きたいのかい？」

「はい、行きたいです。最後に博物館に行ったのもずいぶん前ですし」

父はしばらく物思いにふけった顔をしていたが、祖父が助け船を出してくれた。

「何をそんなことで悩んでいるんだ。行かせてやれ。人類史博物館に行くだけじゃないか。日曜日に博物館でのデートだなんて、かわいいもんだ」

ダーウィンはデートという言葉が恥ずかしかったが、祖父と父にルミとの関係を公に認められているようで嬉しかった。ダーウィンは父の最終許可が下りるのを待った。しばらくして、父は「うん、分かった。学校に伝えておく」と言った。

「ダーウィンも日曜日には休んだ方がいいだろう。外の風にでも当たって、どうせ出かけるなら人類史博物館だけではなく、他の所ももっと見てきなさい」

ルミが「はい、分かりました。ありがとうございます」と挨拶して笑った。ルミの笑顔を見た瞬間、ダーウィンは残りの6日が丸ごと消えて、まさに明日が第1週の日曜日であってほしいと思った。しかし、長く待つのもルミに会うためなら、恍惚とした気分で楽しむことができるだろう。

少し異なる昼休み

午前中、机に座って判決文のコピーを作っていたジョーイは「昼食の時間だ」という同僚の言葉を聞いて、一緒に職員の休憩室に行った。いつものようにお弁当は今日も家から持ってきたサンドイッチと野菜サラダだった。同僚たちが取り出した弁当も、裁判所書記官の決まったメニューがあるのかと思うほど似ていた。たまに同じ休憩室で同じ弁当ばかり食べることに不平を言う同僚もいるが、ジョーイは自分の昼食に満足していた。

妻が真心込めて用意してくれるお弁当は、1地区のどんな立派な食堂のメニューよりも信頼できた。いくら最高級ホテルのレストランでも、最初から最後までそばで調理過程を見ているのでもない限り、後ろで何をされているか分からないものだ。シェフのつばが混ざっているかもしれないステーキを高い値段で食べるより、妻の素朴で清潔な、だからこそ信頼できるサンドイッチの方がはるかに良かった。

それに楽しみもあった。妻は毎日お弁当に少しずつ変化を与えた。直接搾ったフルーツジュースを加えるとか、サラダドレッシングを変えるとか、種類の違うチーズをもう1枚入れてくれるとか。ベーコンだけが入っていると予想して、急にその中にチーズの風味を感じると、まさにそのサンドイッチほどの大きさに縮小された今後の自分の人生と向き合うような気がした。予想されたベーコンと、突然だが驚くことのないチーズ。その程度の組み合わせでも人生は変わり、十分に意味があった。

「聞いたか？　もうすぐ人事異動だって」

「それでも、窓際の席からドアの方に移るくらいのものだろう」

「それでもだなんて。そんなに移動したなら急激な人事異動だよ。ドアの方からコピー機の方に移動しただけの私もいるじゃないか」

ジョーイは穏やかに笑う仲間たちの後を追って笑った。裁判所の書記に対して一般人が持つ固定観念を、同僚たちはそのまま体現していた。流行とはかなりかけ離れた幅の大きいスーツ、社会生活に支障をきたさない最小限のユーモア感覚、細かいスペルミスもつかみ取る几帳面さ、出世に対する熱望と交換した日常の安定感……。ジョーイは自分も他人の目にそう映ることをよく知っていた。そう見えることに何の不満もなかった。残りの人生も、このまま流れていけばこれ以上望むことはないだろう。笑いがやみしばらく沈黙が続くと、同僚のひとりが新たな話題を持ち出すべきだという義務を感じたのか、

「ところでジョーイ、あの10年の判決文はすべて書き終わったのか？」と今の仕事について聞いてきた。

「すべて終わった判決ではあるが、それでもちょっと後ろめたくないか？　妻を殺したのにわずか10年だなんて」

同僚が語る10年の判決文とは、2地区で起きた殺人事件の判決で、夫が不倫をした妻を殺害し、10年の刑を受けた事件だった。懲役10年とは、高額詐欺犯らが受ける量刑であり、殺人罪を最も厳しい処罰として扱ってきた裁判所の判例を考えると、大変少ない量刑だった。裁判官は判決文で、「夫婦間の信頼を裏切った妻の行動は夫個人に対する精神的殺人であり、長い間かかって上位の地区が築き上げた道徳観念に対する殺人でもあるため、減刑理由として酌量する」とした。ジョーイは裁判官の意見に同意した。悪いのは殺人ではなく、まず信頼を破った行動だった。母に電話をしてその話をしようか何度かためらったが、結局しなかった。

ジョーイは同僚に言った。

「私はまあ、間違いがないようにそのまま書き写せばいいのさ。裁判官10人が集まって合意した決定に、ケチをつけることはない。10年を100年と打ち間違えた時の方がおぞましいよ」

同僚たちは「全く生まれつき、天性の書記だな」と笑った。ジョーイも一緒に笑った。新鮮で衛生的な食べ物とたまに笑いが出る会話。毎日のように、今日も何も起こらない、まるで手前のサンドイッチ弁当のような昼食の時間だった。

まだ時間が残っているが、ジョーイは先に席に戻ってまた業務を始めた。同僚たちと付き合うために心にもない〝裁判所書記ユーモア〟を続けるよりは、昼休みを多少損しても最高裁判官たちの判決文を読む方がより楽で有益だった。

裁判所の書記の仕事は、複雑そうに見えて簡単だった。主な業務は最終判決まで終わった事件の判決文を各審理によって整理することだが、上位地区に比べて中位地区と下位地区から上がってきた判決文の方が圧倒的に多かった。3地区別にそれぞれ異なる手続きを適用する現行の法体系による結果だった。

現行の憲法は7、8、9の下位地区には7地区の地裁を経た後、4地区の高裁と1地区の最高裁判所に二度控訴審を提起できる3審制を、4、5、6地区には4地区の裁判の後、1地区の裁判所に控訴審を送る2審制を、そして1、2、3地区には控訴審なしに1地区の裁判所が下した判決が最初の判決であると同時に最後の判決になるようにする単審制を保障していた。

幼い頃、法の基礎について学んだ時、ジョーイはこれが上位地区の権利を極端に制限する誤った体系だと考えた。〝法の基本精神は平等に基づいたもの〟というが、この憲法は法という名の下での不平等を正当化しているからだった。根本が誤った体制がどのように今まで維持できたのか疑問だった。一般に反逆者と呼ばれる9地区の人々が1地区よりも多くの法の保護を受けているという事実は、また別の無形の反逆のようだった。何よりも、全世界で最も大きな権力を持っていながら、法的権利においてだけは深刻な不平等を受け入れている上位地区の人々が理解できなかった。

今思えば、子供らしく表面的な平等だけに没頭した浅い考えだった。大人になってはじめて、この不平等な体制の最高守護者は、法を変える権力があるにもかかわらず、喜んで権利を制限される上位地区、特に1地区の人々だということが分かった。

1地区の人々は、アイデンティティの根源を単審制に求めた。正義とは、覆せない、覆してはならない不変の価値だと信じているからだ。3審制と2審制は、下位地区と中位地区の裁判所が〝定義〟を判断する際にミスがあり得ることを前提に行われるものだが、1地区の裁判所では決してそうしたミスが前提にならない。上位地区の唯一の裁判長であり、すべての控訴審の最終判決地である1地区裁判所のミスを仮定した瞬間、正義は永遠に消えてしまうからだ。

1地区の裁判所は、上位地区の事件の場合、全員で合議体を構成して3審制を経るよりも多くの時間と努力を審理に注ぎ込む。上位地区の住民はそのようにして行われた判決を絶対的に尊重し、信頼した。厳密に言えば、信頼するしかなかった。4地区、7地区の裁判所に自分たちの審理を任せることもできない上位地区の人々が1地区の裁判所を信じられないと言って裁判所の権威に挑戦した瞬間、司法体系のピラミッドは崩れることになってしまうからだ。司法制度の崩壊は社会の崩壊に直結し、その崩壊で最も多くのものを失うことになる被害者たちは、現在最も多くを所有している上位地区の人々だった。そのような意味で、絶対的な裁判長に自分たちの判決を任せることになっている上位地区の人々の運命は、長年生存に最も有利な方法を求めて自ら開拓して得た収穫物であった。

しかし、上位地区、特に1地区の住民の運命が裁判所で左右されることは、実際には多くなかった。1地区を貫く基本精神は裁判所を絶対的に信頼するものの、生活の面では裁判所から最大限離れて過ごすことだから。その精神が数値で表れているように、1地区が関連した訴訟の割合は他の地区に比べて著しく低かった。1地区の人々は、訴えられる側であれ、訴える側であれ、裁判所に出入りすることを個人や家の大きな恥と思って、裁判所に行く前にまず自分たちが受けた教育の知恵を借りて交渉し、仲裁し、ひいては損害をも甘受して譲歩する方を選んだ。そしてその精神を中位・下位地区、暗黙的には商業地区である2、3地区とも区別された自分たちだけの正統性として自負していた。数々の細々した問題を法に訴える人々を見守る裁判所職員として、締め付ける法によって罰せられる前に自ら法になろうとする1地区の人々の自負心を高く買った。しかし同じ1地区の人間としてそのような自負心が自分の血の中にも流れているとは確信していなかった。

昼休みを20分ほど残した頃、事務所の入口で小さな騒ぎが起きているのを感じた。ジョーイは昼食を終えて帰ってくる同僚たちによるものだと思ってあまり気にしなかったが、すぐに誰かが「ジョーイ、お客様だ」と叫んだ。

ジョーイはこの時間に職場に来る人がいるだろうかと思って勘違いではないかと思った。ところが、顔を上げて客の正体を確認した瞬間、仕事の手を止めて席から飛び上がるしかなかった。

「どうしたんですか。こんなところまで」

ジョーイは驚きと喜びが入り混じって、すぐに近寄って挨拶した。

彼は窓から外を眺めると「通りすがりに気になってな」と答えた。一日中、分単位で組まれた日程を消化しなければならない文教部次官が通りすがりに突然友達の弟を思い出し、裁判所の建物の中でも最も奥まった所にある書記事務所まで訪ねてきたという話を額面通りには受け入れられなかったが、ジョーイは彼が訪ねてきたのが本当に嬉しく〝光栄です〟と言って笑った。

彼が来たという知らせに、他の事務所の職員まで周囲に押し寄せた。芸能人の中に本物の芸能人がいるように、公務員社会にも公務員の中の本物の公務員がいた。次期文教部長官に決まったも同然の彼も、公務員たちの羨望を受ける本物の公務員のひとりだった。文教部は様々な行政庁の間でも最も独立しており、独占的な地位を享受する機関だった。大統領が長官・次官を任命する他の普通の機関と違って、文教部の長官は部内で選出される。政権交代に振り回されず、一貫性のある教育を行うために、国家が樹立した際から続いてきた伝統だった。建国の英雄たちは、国家業務で最も重要なことは経済や軍事ではなく教育だと信じていた。教育は後退や偽りがなく、最悪の状況でも常に未来を約束するものだからだ。

文化と教育が先進社会の神髄と崇められる世間の雰囲気の中で、大統領のような任期の文教部長官は暗黙的に〝小さな大統領〟と呼ばれ、彼が直接任命する次官は後継者に他ならなかった。40人に達する歴代大統領のうち半分以上が文教部長官出身で、彼らは皆、次官の職位を務めていたということはよく知られた事実だった。そのため、突然書記官を訪れた彼を見て職員たちが興奮するのは当然のことだった。彼が独身であることを知っている若い女性職員らは、特別に挨拶を交わしたがっている様子だった。ジョーイはもしかしたら彼に迷惑をかけるかもしれないからと、周囲に個人的な用件だと断りを入れて、急いで他の部屋に彼を連れて行った。同僚たちが文教部次官との〝個人的用件〟をどう推理するかは分からないが、いくら想像力を広げても〝サンドイッチの中に入った予想外のチーズ〟以上の深さには届かないだろう。

全体会議の時だけ使う会議室が幸いにも空いていた。ドアを閉めると彼はジャケットのポケットからタバコを取り出した。懐に入れてしばらくしていたようで、ケースが古くなっていた。火をつけようとした彼は、「あ、ここも禁煙エリアなのか」と聞いた。禁煙区域だった。しかし、ジョーイはそんな細かい法律で彼の行動を規制したくはなかった。普段の彼なら、人前で絶対にタバコを取り出さないはずだから。

ジョーイは「ここなら大丈夫ですよ。あまり使わない部屋だから」と言って、すぐに窓を開けた。彼は「見つかったら俺が無理矢理吸ったと言ってくれ」と言った。10代半ばの子供が使いそうな話し方をして、ジョーイは少し笑いがこみ上げた。笑いが収まると、なぜかまた少し悲しくなった。

タバコの煙を窓から吹き出しながら庭の駐車区域を見ていた彼が、線を越えて駐車してある車を見て「あれはいけない」と独り言のように言った。

「あんなふうに駐車したら、他の人の不便になるじゃないか。みんなで使う場所なのに迷惑をかけてはいけない」

ジョーイは彼の言う車に視線を投げた。同僚のミケルの車だった。彼は普段から駐車がかなり下手なことが知られており、今日の程度ならまだましな方だ。

彼はかすかに笑って言った。

「考えてみれば、私がこんなことを言うのはとてもおかしいだろう。他ならぬ僕がジョーイ、君に」

彼の笑いは自分に向いていた。ジョーイが少し前にふと悲しくなったのは、このせいかもしれないという気がした。彼は私が中年になった今でも、自分の言動を毎回10代の子供に確認してもらっているようにしゃべるのだった。ジョーイは素早く「そんなこと……思いませんよ」と答えた。彼は何も言わなかった。タバコが言葉の代わりに燃えていた。

しばらくして、彼は再び口を開いた。

「……最近、ルミとダーウィンがたびたび連絡しているようだが、知っているか？」

ジョーイはやっと今日、彼が訪ねてきた本当の目的に気づいた。先日、ダーウィンが家に電話してきたように、ルミも彼の家に連絡したことがあったなら、自分が感じていた戸惑いを彼はさらに数倍感じていただろう。

「そうらしいですね」

「幼いころは追悼式の時に会ってもお互いによそよそしかったのに。やはり子供は一瞬で友達になる」

「同い年である上に私たちが知り合いでもあるので」

彼はまたタバコを口にくわえた後、苦しそうな表情で煙を吸い込んだ。ジョーイは彼はタバコが好きなのではなく、自分をいじめる道具にしているように見えた。友達の前で大人のふりをするために涙を我慢しながらつらい煙を飲み込む少年のように。

「ところでお前にこんなことを言うべきではないかもしれないが……私はなんでダーウィンとルミが親しく過ごすのをよく思わないんだろう？」

窓の外から車が通り過ぎる音と人々の声がかすかに聞こえてきた。ジョーイは騒音がすべて消えるのを待ってから言った。

「分かります」

分かる。人々が日常的にあまりにも多く、考えずに使う言葉だった。しかし、ジョーイはじっくり考えてその単語を選んだ。それ以外に他の言葉は見つからなかった。彼は苦々しく笑った。

「いや、理解してもらう必要はない……お前にそこまでは願わない。それはありえないことだ」

ジョーイは自分を信じない彼に確信を与えるため

にきっぱりと言った。

「いいえ、兄さん。僕は本当に兄さんを理解します。もちろんこんな言葉では兄さんの気分をもっと害するかもしれません。どうやってひとりの人間が他の人間を完全に理解することができるでしょうか……。でも、私が考えて想像できる範囲で、私は本気で兄さんを理解しています。だからあの時、兄さんにああ言ったんです。自分の話にどんな皮肉も他の意図もないということを知っていただかないと。あの時も今も私の心は同じです。今は兄さんに少し楽になってほしいです」

彼は柔らかな笑みを浮かべた。

「お前は小さい時から本当に優しいんだな。今も覚えている。私たちが悪いいたずらをしても両親に絶対に告げ口することがなかった」

ジョーイは首を振った。

「兄さんが間違って記憶しているのです。僕に悪いいたずらをしたのはジェイで、兄さんはその度にいつも僕を慰めてくれました。チョコレートやおもちゃをくれたり、さっきはとても痛かっただろうと頭を撫でてくれました」

「そうだったかな」

「ええ」

きちんとした記憶を思い出さずに呟く彼の言葉を、ジョーイは確かな事実の世界に引っ張り出したかった。彼からもらったのはチョコレートやおもちゃだけではなかった。優しく撫でてくれた手がすべてではなかった。彼は勉強を教えてくれ、一緒に進路に悩み、公務員になるのに必要な推薦書も書いてくれた。1地区で公務員になるためには、非血縁関係にある既存の公務員の推薦書を受け取らなければならないが、多くの人間は親が知る人脈を利用して簡単に解決した。しかし、ジョーイの両親は何の助けもくれなかった。父親も母親も4地区出身の妻と結婚し、裁判所の末端の公務員になろうとしている息子を誇らしく思っていなかった。しかし、ジョーイは下級公務員社会の静かで安定的な雰囲気が好きで、一生をその中で過ごしたかった。

すでに行政試験に合格していた5級事務官の彼には連絡をマメにしていたが、推薦書を書いてほしいと頼むことは難しかった。資質のない者にむやみに推薦書を書いてしまえば、推薦人の信頼度とその後の出世に大きな打撃を与えるためだった。ジョーイは自分があまり優秀ではないことをよく知っていた。ところが、書記職に志願書を出したことをどうやって知ったのか、彼が先に推薦書を書いて送って来てくれたのだ。ジョーイはそのことについて今日まで感謝していた。しかし、彼からもらった物を考えると、その推薦書も些細なものに過ぎなかった。彼は人生をプレゼントしてくれた。

「そろそろ帰らないと、これ以上遅れたら補佐官が捕まえにくるな」

ジョーイは時計を確認する彼を見て、16歳の少年と向き合っているような気分になった。彼が認知しているかどうかは分からないが、彼の口からはたびたび子供だけが使いそうな話し方がにじみ出ていた。補佐官が捕まえにくる。彼はまさにここから逃げ出したい少年のようだった。ジョーイは自分にそのような能力があれば、彼を追いかける恐怖を完全に消滅させてあげたかった。彼が迷信を信じる人なら、

居間の壁に掛けておいたクルミの画でもプレゼントしただろう。しかし、実質的に自分にできることは、親という権威を利用してルミを統制することだけだった。惨《みじ》めなことに統制さえきちんとできてないことが多いが。

「ルミには私が言います。ダーウィンは特殊な環境にいる子供だから、時間を奪わないでほしいと」

彼は一歩遅れて自分の言った言葉に恥ずかしさを感じたように首を横に振った。

「いや、そのままにしておけ。あのくらいの年になると、両親からするなって言われるともっとやりたくなるもんだ。しかも、私の一方的な感情なんだ。ルミには申し訳ない。お前にも」

「申し訳ないだなんて、とにかくあまり気にしないでください。仲良くなっても、途中で嫌気が差すでしょう。もともとすぐに熱くなって冷める子だから」

ジョーイは外まで見送りたかったが、彼はエレベーターの前で別れようと言った。

「つらいことがあったら連絡してくれ。最近の仕事

は大丈夫なのか？」

「今まで気を遣ってくださったことだけでも感謝しています。頭の悪い私がここまで来られたのもすべて兄さんのおかげです」

「頭が悪いなんて。偉大なハリー・ハンターの息子にしては謙遜しすぎる。お前はもっと自信を持ってもいいんだぞ」

「父の血はジェイにだけ注がれたのですから」

「思春期の少年のようなことを言うんだな。私から見れば君もおじさんにそっくりだよ。君がカメラに興味さえ感じていたら、おじさんの後を継いで立派な写真家になっていただろう」

エレベーターは1階ごとに止まり、ゆっくりと上がってきた。裁判所の書記官の建物らしくエレベーターも几帳面だった。ジョーイは彼が今日のように私用でやってくることはもうなさそうだと思い、ずっと前から心の中にしまっておいた言葉を口にした。

「小さい時は、兄さんが私の実の兄だったらどんなにいいだろうかと思っていました」

「私は君を実の弟だと思っているよ」

「光栄です。兄さんのようなすごい人にそんなことを言われるなんて」

エレベーターが開き、中にいた人々が何人か降りた。ジョーイはドアの開くボタンを押して彼を見た。彼の顔は一瞬闇に閉ざされた。ジョーイはたった今言った言葉が間違って翻訳されているのかもしれないと思った。〝兄さんのようなすごい人〟。いくら本気で言っても彼との間には運命的に曲がった鏡が存在した。ジェイ・ハンターの弟である自分の口から出たすべての言葉が、彼には他の意味として映るしかない。ジョーイは自分の気分に任せて余計なことを言ってしまったと思った。やはり彼を一番気楽にしてあげる道は、このようなくだらない本音を伝えることではなく、今までそうしてきたように、彼の人生から最大限遠く離れている人のふりをしてあげることだった。

その時、彼がこわばった顔をほぐしながら聞いた。

「そう言えば、今週の日曜日にルミがダーウィンと人類史博物館に行くんだと。聞いているか？」

「そうなんですか？　私は初耳ですがそんな話まで

知っているなんて、やっぱり文教部次官の情報力はすごいですね」

「情報力か。先週の土曜日にダーウィンがサッカーの試合をするのを見にルミが学校に来たんだ。その時、私に外出を許してくれと言うんだ」

「あいつ、いつの間にプライムスクールまで。親なのに子供がしていることが全く分からないんですよ」

人々がすべて降りた後、彼はエレベーターに乗った。ジョーイはボタンから手を引いた。

彼が言った。

「ルミが近いうちにそのことをお前に話してきたら追及せず、だまされたつもりで知らないふりをしてくれ。どうせふたりが会ったところでレコード店や映画館に行くくらいだろう」

わけの分からない言葉に、エレベーターのドアが閉まる前に、とっさに聞いた。

「だまされたつもりって、それはどういう意味ですか？」

エレベーターが閉まり、彼の言った言葉がドアの隙間から聞こえてきた。

「どういうことって、第1週の日曜日に人類史博物館は休館じゃないか」

誘引

10月の第1日曜日、ルミはクローゼットから制服を取り出した。人間がいるところはすべて潜在的な戦場だとすれば、プリメーラ女学校の制服はかなり立派な戦闘服だった。学校の象徴である緑のリボンを首につけるだけでも、ひとまずすべての戦いで優位に立つことができる。学校には、制服を着なければならない校則に不平を言う子供たちがたまにいた。その子たちはみな高級公務員や政治家の娘たちで、自分たちの存在を確認してもらうのにあえて緑のリボンが必要でない生まれつき幸運な子たちだった。

しかし、自分は違った。ルミは鏡の前に立った。自分は緑のリボンから新芽が描かれた学校のバッジ、プリメーラ専用の靴下まですべて必要だったし、それらをひとつも欠かさずに完璧に身につけてやっとその子たちと肩を並べて立ち、最小限の公正な評価を受けることができる存在になるのだろう。準備を終えたルミは部屋から出て、1階に降りて行った。

玄関を出ようとしたらパパが言った。

「朝からどこへ行くんだ?」

数日前、夕食を共にしながらすでに話した週末の計画を再び聞かれたことで、ルミは自分の正直さを試されている気がした。もちろんパパはそのような意図なしに単にその日のことを忘れて聞いたのであろうが。

「言ったじゃない。朝は教会に行って、午後には人類史博物館で開かれる展示会を見に行くって」

それがパパの干渉なしに日曜日を一番長く外で過ごせる日程だった。クリスマスのような記念日を祝う面では基本的にキリスト教徒だが、パパが教会に行くのは一度も見たことがない上、大人たちは誰も人類史博物館に行くことに反対しないからだ。自分を快く思わないようなニースおじさまでさえ人類史博物館という言葉に結局、外出を許してくれたのだから。

「しかし、なぜ制服を着ていく? 日曜日なのに」

「これが私に一番よく似合うから」

「いくら似合っても、日曜日に制服を着ていくのは、普通の人にとってはおかしなことだ」

「普通の学校の制服の時はそうでしょう。だけど、プリメーラの制服を見下す人は誰もいません」

「そうか? 私には少しおかしく感じるな」

皮肉る父の言葉に、ルミは必死になって傾ける自分のすべての努力が馬鹿にされたという屈辱を覚えた。言ってみれば日曜日までプリメーラの制服の助けを受けざるを得ない根本的な原因はパパにあった。パパがプリメーラの女子生徒の一般的な父親のように社会的名声のある人だったら、娘が緑色のリボンなどに頼ることはなかったはずだからだ。娘に学校の制服ほどの誇りも与えられない父親がそんなことを言う資格があるだろうか。

「当然そうでしょう。パパはうちの学校と、この制服の価値が絶対分からない人だから」

ルミはそのまま玄関のドアを閉め、父とその退屈極まりないクルミの画を一緒に閉じ込めた。

日曜日を迎えた文化通りはどこも人の波でごった返していた。その中でも自然体験博物館、現代美術館のような人気の文化施設の前は、入場を待つ人々で道路まで長い行列ができていた。ルミは彼らを横目に通り過ぎた。普段なら文化的な活動に積極的な教養人だと思えるはずの人々が、今日は壁にかけられた画しか眺めていない怠惰な傍観者としか見えなかった。

しかし、意外にも人類史博物館に行く道はガランとしていた。普段なら、見学に来た子供や親たちで最も賑わうべき場所だった。どういうことか分からず、ルミは辺りを見回した。ちょうど、博物館の前まで行って戻ってくるような人が何人かいた。なんだかみんながっかりした顔をしていた。ルミはいったん彼らの前を通り過ぎて博物館の近くに行った。しかし、階段を上がる前に、自然に彼らと同じ顔になるしかなかった。階段の上に見える入口に、出入りを妨げる鎖が掛けられており、その内側には〝第1日曜日は休館日〟という立て札が立っていたからだ。

ルミはアーカイブの休館日だけに気を使い、人類史博物館の休館日までは気に留めていなかったことに気づいた。小さなことまで緻密に計算できなかった自分に少しがっかりしたが、人類史博物館はダーウィンを呼び出すための口実に過ぎなかったのだから、休館していても構わない。パパとニースおじさまに言った言葉は、やはり問題にならなかった。嘘を露呈する格好になっても、博物館の職員でない以上、大人の中で博物館の休館日をいちいち知っている人は誰もいないはずだから。

ダーウィンと会う約束の場所は、人類史博物館を通り抜け、文化通りの象徴である巨大な地球儀がある広場だった。先に着いて待っているダーウィンの姿が、遠くから目に入った。地球の形状を縮小して作った地球儀の前に立っていると、一時的でありながら暗示的に、その人がこの世界とどのような関係を結んでいるかが思い浮かぶ。地球儀に背を向けて立つダーウィンは両親の手に抱かれている子供のように、平和で調和がとれて見えた。ダーウィンは自分が生まれたこの世界を愛しており、この世界もダーウィンを非常に大切にしているようだった。

通りすがりの人々が好奇心と尊敬が入り混じった目つきで、ダーウィンをちらちらと見ていた。ダーウィンの近くを通りすぎた女の子たちは、立ち止まって引き返したりして周りを歩いている。すべてダーウィンが着ているプライムスクールの制服のためだ。

ダーウィンも制服を着ていたが、ルミはダーウィンが自分と同じ目的で制服を着ているわけではないことぐらいは知っていた。ダーウィンはただ、〝日曜日の外出には制服を着用しなければならない〟という学校のルールに従っただけだった。ルミはプライムスクールの校則の冊子の中で、特別な外出に関する内容が書かれている条項が何番だったかを思い出した。おそらく32条2項ぐらいだったろう。第1項が、外出の1週間前までに両親が学校に事前に通知しなければならないという内容だった。ルミはプライムボーイよりも自分がプライムスクールの規律をよく知っていると自負していた。レオが新入生の時にもらったプライムスクールの校則の冊子を何度も読んだおかげだった。

表紙にプライムスクールの鷲の紋章があるその本を読むたびに、自分の世界観に合致する法典を見つけたようで胸がわくわくした。自分が男だったらその規則が支配する世界にいたはずだ。本物のプライムボーイであるレオはその本を開けもせずに、「欲しかったらやるよ」と使い物にならないものみたいにくれたが。

4人の女の子たちがお互いを押し合いながらダーウィンの周りを歩き回った。街中でプライムボーイに出くわす幸運を簡単に見過ごすわけにはいかないようだ。ついに勇気を出して話しかけることを決めたのか、女の子たちがダーウィンのところに歩み寄った。ルミはダーウィンが他の女の子たちにどんな反応をするのか見たくて立ち止まった。ところが、女の子たちが話しかけようとした瞬間、ダーウィンがこちらに手を振った。

「ルミ」

ダーウィンの視線にそって顔を向けた女の子たち

はすぐにプリメーラの制服に気づき、こそこそと話しながら、弱気な顔で引き返した。ルミは彼女たちに多少の優越感をおぼえたが、それよりもダーウィンの〝純粋な無知〟にもう一度驚いた。ダーウィンは流れている気流に全く気づいていなかった。いや、そもそもそれが存在するという事実さえ分かっていないようだった。人々が自分をどう思っているのか、それとも自分の制服にどれだけ羨望の目を向けられているのか、自分の存在にどれほど劣等感を感じているのか、全く認識することができなかった。あんなに多くのものを持った人間が、どうして自分自身にあんなにまで無感覚でいられるのか。ルミはダーウィンが好きで、その特性がダーウィンの長所だということも知っていたが、心の深いところではダーウィンが子供のように感じられたりもした。

ダーウィンが駆けつけてきて、挨拶した。

「元気だった？　ルミも制服を着てきたんだね」

「あなたが制服を着てくるということを知っていたから」

ダーウィンは笑いながら言った。

「僕がひとりだけ制服を着ていたら恥ずかしいかもしれないから？」

まさにこのようなところだった。ダーウィン・ヤングの他に、プライムスクールの制服に恥ずかしいという感情を結び付ける人間がいるだろうか。ルミは根本的にダーウィンが自分とは異なる部類の人間であることを認めざるを得なかった。

ダーウィンが聞いた。

「ところで今日、人類史博物館は休館だったよ？　もしかして日付を間違えているんじゃない？」

ダーウィンは体育大会以来、毎晩家に電話をかけてきた。ルミは人類史博物館の言い訳の裏に隠された本当の計画をダーウィンにすべて話す準備をしていた。ところが、その度にいつもパパが監視するように周りを守っていた。ソファーに座って新聞を見るふりをして引き出しから何かを探すふりをしたが、ダーウィンとの電話に耳を傾けているということがぎこちない身振りから感じられた。パパに言いがかりをつけられないためには、「人類史博物館に行ったら一番先に何が見たい？」などといったくだらない話以外は、一切口にしてはならない。ジェイ伯父さんの死について調べていて、そのことにダーウィンまで巻き込んでいるという事実をパパが知ったら、皮肉なんかじゃ終わらないはずだから……。

ルミは静かな道にダーウィンを導きながら話した。

「最初から人類史博物館に行くつもりはなかったの。もちろんチケットも買ってないし」

ダーウィンは一瞬驚いた様子だったが、「じゃあ今日は何の用事があるの？」とは聞いてこなかった。すぐに平静を取り戻したのか、頭の中で推測しているようだった。

ルミはその推測を正しくガイドするように、準備した話を始めた。

「ダーウィンとニースおじさまはとても特別な関係よね？」

突然聞こえてきた質問に「僕とお父さん？」と聞き返したダーウィンは、「うん、特別な関係だ」と認めながら付け加えた。

「でも僕だけでなく、この世の親子はみんな特別な関係じゃないか。でも、なぜ急にそんなことを？」

ルミは行こうとしている方向に、ダーウィンを引き続き誘導した。

「不幸にも必ずしもそうではない。お互いに言葉も交わさずに過ごす親子関係もかなり多いのが現実だから。ダーウィン、あなたは当事者だからよく分からないだろうけど、第三者の目で見ると、あなたとおじさまの関係は、一般的な父と息子よりずっと固い絆のように見える」

ダーウィンが躊躇《ためら》いながら答えた。

「お母さんが早くに亡くなって、お父さんが僕をひとりで育てているからそう見えるのかもしれないね」

ダーウィンの同意のおかげで、ルミは準備していた最も重要な話を切り出した。

「それじゃあ、ダーウィンは全面的にニースおじさまの影響を受けて育ったと言えるわね？　おじさまが世の中を眺める考え方についても」

ダーウィンはうなずいて「そうかもしれない」と答えた。

ルミは再び具体的に尋ねた。

「考え方を共有するということは、お互いの考えを予測することもできるということよね？」

ダーウィンが周りを見回して言った。

「話の途中で悪いんだけど。ルミが何を話そうとしているのかよく分からない。そしてどこに向かっているのかも。もう少し歩いたら文化通りの終わりじゃないか」

ルミはダーウィンの腕を軽く引っ張って話した。

「心配しないで、ちゃんと進んでいるから。もうすぐよ。それより私の質問に答えて。あなたはおじさまが何を考えているのかも推測できる？」

ダーウィンは歩いてきた道をしばらく振り返って、再び足を運びながら言った。

「事柄にもよるかな」

「例えば？」

「例えば……。食堂に行ってお父さんがどんなメニューを注文するかは見当がつくけど、寝る前にお父さんが何を考えていたかまでは分からないだろう」

「それなら、この質問について一度考えてみる？」

「どんな質問なの？」

ルミは少しじらしてから聞いた。

「ニースおじさまは果たして私のことを好きだろうか、嫌いだろうか？」

ダーウィンは少しの躊躇もなく答えた。

「それは易しい質問だ。当然、好きだよ」

ダーウィンの声にはちょっとの疑いも含まれていなかった。ルミはその安全な世界に鋭いピンを突き刺すように問いかけた。

「そう？　でも私にはなぜかおじさまは、私のことを嫌いなような気がするのはなぜかしら？」

ダーウィンは「まさか」と笑った。ルミは笑わず自分の発言を取り消さずに歩を進めた。沈黙が長くなると、ダーウィンも単なる冗談ではないような気がしたのか、数歩早く走って前に立ちはだかった。

「本気で言っている？」

ルミはダーウィンと正面に向かい合ったまま答えた。

「おじさまが本気で私を嫌がるなら、私も本気で思うしかない」

ダーウィンは狼狽《ろうばい》した様子で声を上げた。

「他のことは分からなくても、それだけは１００パーセント確信してルミが間違っていると言える。何でそんなこと考えるの？　あ、もしかしてこの前おじいさんの家に行った時にお父さんの口数が少なくてそう思ったの？　でもそれはお父さんが日曜日まで働いていて疲れていたからであって、君が嫌いなわけじゃないよ。ルミがこんな考えをしていることを知ったら僕よりもお父さんの方がびっくりするだろう、本当だ。お父さんは君を招待できて嬉しいと言ったのに」

ダーウィンは父を弁護するために過去のことを取り上げたが、ルミはむしろ奥に伏せていたあの日の感情を再び蘇らせてしまった。車に乗って行き来する時、一言も声をかけてくれなかったのは、ダーウィンの言葉のようにおじさまが疲れていたからだと理解できた。

しかし、居間で初めて出会った時、一瞬ニースおじさまの顔に浮かんだ不快そうな表情……。それは単に突然の客を見て驚いた気持ちだけではないようだった。それよりも本能的で、基本的な感情だった。自分の家に入ってはいけない人がいることに対する敵意のような。自分が来るとは全く思っていなかったという話から察するに、車のキーが見つからないという嘘の言い訳をしながらダーウィンを書斎に呼び寄せたのも、自分を招待したことについて急いで追及するためだっただろう。失くしたとしたなら、それは前日の夜より前だ。なのに、車のキーは朝着ていた服のポケットの中に入っていて、その事実を車のキーを直接見つけた当事者のおじさまが一瞬でも勘違いするはずがないから。もし、前日と同じ服を着ていたら、おじさまの言うことを信じることもできたはずだ。しかし、その日部屋から着てきたスーツはどこを見てもしわひとつない、朝新しく着替えた服だった。それに本当に車のキーを探すんだったらわざわざ閉めなくてもいいドアまで閉めて……だからといってニースおじさまに腹が立つことはなかった。ただおじさまの嘘と偽装がとても下手で惨めな気分になっただけだ。

あの日一日だけで、ただ得た結論ではなかった。この前、体育大会で声をかけた時も、おじさまは他の人にはみんな親切で、唯一自分には冷たかった。少しでも距離が近くなることを警戒しているのか、わざとラナーおじいさまにまでつっけんどんに振舞って……。時間をさかのぼってみると、疑いはより深くなっていた。毎年ジェイ伯父さんの追悼式に参列しながらも自分には一度も優しく声をかけなかったこと、たまに目が合うとすぐに他のところに視線を避けてしまったこと、形式的な挨拶でもダーウィンと友達になれと勧めなかったこと……。そのすべてが本当に誤解なのか。

誤解でなければニースおじさまが自分を嫌がる理由についてもある程度見当がついた。ジェイ伯父さんとの友情で追悼式に参列して自分の家と関係を結んではいるが、ニースおじさまは自身の社会的地位に〝ジョーイ・ハンターとその家族〟はとても及ばないと考えているのだ。それで、追悼式以外には一度も家族で会う場を作らなかった。自分とダーウィンが特別な関係になるかもしれない可能性を遮断したいのだ。

このみすぼらしい推測がすべて事実だとしても、ルミはニースおじさまを憎むどころか、誰よりも理解するしかないと思った。自分が文教部次官だとしても、自分の息子が7級裁判所書記の娘よりも、権力を持った家の娘に会うことを望むからだ。

ルミは向き合って立ったダーウィンの瞳を見つめた。このようなことを話しても子供のようなダーウィンはおじさまの心も自分の心も全く理解できず、世の中すべての人々の心が自分と同じだと話すだけだろう。

ルミは前に立ちはだかるダーウィンのそばを通り過ぎながら言った。

「そんな感じがするの。私は私を嫌いな人は本能的に感じることができるの。私のパパ、ママのように私のことをあまり好きではない両親の下で暮らしていて、自然に身についた能力みたい」

ダーウィンは誤った学説を修正しようとする学者のように、情熱的に説明した。

「ルミの勘を僕が否定することはできないが、それでもそれはきっと君の考え違いだ。僕のお父さんも、君のご両親も、誰も君のことが嫌いじゃない。どうして君を嫌いになれるんだ？　ルミを知っていることの世の中のすべての人々は君を大事に思ってるし好きだよ」

目の前に現れたことをそのまま信じる子供が言いそうなことだったが、気持ちのいい話だった。ルミは笑ってダーウィンに聞いた。

「あなたは本当におじさまが私のことを好きだと思う？」

ダーウィンは、一点の疑いもない声で話した。

「僕の考えではなく本当のことなんだ」

「あなたの言うことが正しいことを願うわ。私も理由も分からないままおじさまに嫌われたくないから。私はおじさまが大好きで尊敬しているわ。でもダーウィン、もしおじさまが私のことを嫌いなのが事実なら、私がおじさまの考えをすぐに読んだということでしょう？　逆におじさまが私のことを好きだったら、あなたがおじさまの考えをすぐに読み取ることができる」

「僕はお父さんの息子だ。さっきルミはお父さんと僕の関係が特別だと言っただろ？　独断的になりたくはないが、今回だけは全面的に僕が正しいと言える」

ルミは足を止めた。

「それじゃあ証明してみる？　ダーウィン、あなたがどれほどおじさまの考えが読めるか」

「証明？　どうやって？」

いつの間にか道がアーカイブの入口に近づいていた。

総合資料室に入ると、この前のデスクの女が気づき「また来ましたね。生徒さん」と声をかけた。ルミは女の視線が、ダーウィンの存在に完全に圧倒されているのを感じた。プライムボーイの前では、年配の女性も先ほど声をかけようとしていた10代の女の子と差がなかった。女はプライムボーイを特別に外出させることができるプリメーラの女子生徒の地位を今日改めて実感したのだろう。日曜日でも制服を着て出かけるようにさせたプライムスクールの規律は、とにかく素晴らしいものだった。

ルミは女の存在を無視して訪問記録に名前だけ書いて個人検索室に向かった。後ろからダーウィンが

「こんにちは」と挨拶する声が聞こえた。あの女にするにはあまりにも優しい挨拶だった。

　検索室のコンピューター席はすべて空いていた。のどかな日曜日にこんな隅のアーカイブに閉じこもって、昔の資料を暴きたい人はいないようだった。ルミは真ん中のコンピューターの席に座った後、横の椅子を引いてダーウィンを座らせた。時計は10時半を過ぎていた。ダーウィンの帰宅までの時間は、7時間30分。長いか短いか、今のところは全く分からない。資料検索欄をクリックすると、一般検索と特別検索に分かれた。ルミはこの前はあるのも分からず、入りもしなかった特別検索欄をクリックした。IDとパスワードを入力しなければならないふたつの欄が表示された。

　ルミはマウスから手を離し、ダーウィンに言った。

「ここよ。果たして、あなたがおじさまの考えをどれだけよく読んでいるかを証明できる場所」

「ここでどうやって？」

　ルミはダーウィンの方向に体を傾けて言った。

「ダーウィン、私たちが探しているあの失われた写真があるの。でも、その写真を見ることができる人はIDを発行してもらった3級以上の公務員だけだって。あり得ないよね？　うちの祖父が撮った写真を家族である私が見られないなんて……」

　話しているうちに前回の悔しさがまたこみ上げてきた。

　ダーウィンが聞いた。

「本当にその写真がここに保存されているの？」

「間違いない。きっとあるわ」

「だけど3級以上の公務員にだけIDが発給されるなら、僕たちが見られる方法はないということじゃないか」

「そうね。私たちは見られない」

「じゃあ、なんでここに？」

　ルミはダーウィンに向かって体を傾けながら言った。

「私たちは見られないけどニースおじさまなら見られる。おじさまが見られるということは、私たちも見られるということ。私たちがおじさまのIDとパスワードさえ把握できれば」

ダーウィンの茶色い瞳が揺れるのを感じた。

「お父さんのＩＤを盗用しようというの？」

ルミは黙ってうなずいた。

ダーウィンは当惑した様子で首を横に振りながら言った。

「いくら僕のお父さんだからって、それは違法だよ」

ダーウィンの正直な性格上、最初は反発するだろうということは十分予想していた。

ルミはデスクの女に聞こえないように静かに言った。

「私も知っている。でもダーウィン、一度考えてみて。果たしておじさまが私の祖父の写真を孫娘の私が見ることを嫌がるだろうか。ニースおじさまは祖父が勲章を受けられるように力を尽くしてくださった方だとパパが言っていたの。祖父の写真がもっと多くの光を浴びるようにしてくれたの。私は今回も確かにおじさまがこの問題を解決してくれると確信している。ダーウィン、あなたもそう思わない？」

ダーウィンはしばらく返事をためらっていたが、すぐに納得するしかないというようにうなずいた。

「でも私はまだおじさまにまで助けを求めたくない。どうしても方法がないなら、最後はおじさまに写真を確認してほしいと頼むしかないけど、できる限り自分の力で調べたい。そうしてこそ意味があるんじゃないの？　それに、まだ写真とジェイ伯父さんの死がどのように繋がっているのかはっきり分からないけど、下手に話を持ち出しておじさまに気を使わせたくもないし。だから今の時点で誰にも被害を与えずにその写真を確認できる唯一の方法は、おじさまの考えを推測してＩＤを入力することだけ」

ダーウィンの瞳の上に多くの考えが浮かんだ。表面にはあまり表れないが、1枚の写真に頼って9地区まで一緒に行ってくれたのを見れば、ダーウィンは確かに好奇心と冒険心を持った子供だった。今この瞬間、ダーウィンのその特性を最大限引き出せる言葉を言わなければならなかった。

「ダーウィン、私を助けてくれる人はこの世にあなたしかいないの」

父の扉

コンピューターが出す熱い空気のためか、突然検索室の中が息苦しく感じられた。ダーウィンは窓でも開けてほしいという思いだった。しかし、もう一度外を見ると、すべての窓は開き、庭からかなり新鮮な風が吹いていた。葉の茂った所では小鳥の声も聞こえた。日曜日を楽しむには持ってこいの天気だった。少し気分転換をしたダーウィンは、元の場所に視線を向けた。その瞬間、息の詰まるような気持ちが再び押し寄せてきた。ダーウィンはその気持ちの出所に困惑した。人を閉じ込めるような閉鎖的な空気は外部ではなく、ルミの瞳から伝わってくるものだった。

閉ざされた人類史博物館を見た時から、今日は計画とは違う一日になるだろうという予感はある程度あった。何も知らずに9地区に行くことになった時のように、今日もルミは予想していなかった他のことを計画しているのだろうと。1週間の電話内容がすべて嘘だったことが明らかになったにもかかわらず、おかしなことにだまされたり、からかわれたりしている気はしなかった。むしろ、ルミのスピードに合わせることができない自分に少しがっかりした。音楽でいえば〝ルミ・ハンター〟は変奏で、計画と違う音を奏でる予測不可能な動きはいつも楽しい緊張感を与えた。ルミ以外の人からは一度も感じたことのない、唯一ルミだけが与えることのできる感情だった。ダーウィンは今日も喜んでルミが聞かせる変奏に身を委ねる準備をしていた。天気がいいので、もしかしたら博物館のような場所ではなく、ネオン川でボートに乗ろうというのではないかと推測しながら……。

しかし、ルミがいきなり父の話を切り出し、「おじさまは、私のことを嫌いなような気がするのはなぜかしら?」と聞くと、耳元で聞こえてきたワルツの旋律は、突然大きな太鼓の音に変わった。鼓動が早まる。いくらルミの即興性が認められたとしても、それは変奏の範囲に属する変化ではなかった。テーマから楽器の選び方、演奏方法まですべて全く間違った音楽だった。ダーウィンはルミがなぜ、突然そんな共感できない演奏をするのか理解できなかった。

「ダーウィン、私を助けてくれる人はこの世にあなたしかいないの」

確固たる意志を持つルミの瞳と向き合っている今、ダーウィンはルミの演奏を誤解していたことに気づいた。ルミははじめから変奏曲を演奏していたわけではない。むしろ追悼式から今まで常に一貫したテーマで演奏していた。〝ジェイ・ハンター〟という不滅の――。

「ダーウィン、どうして何も言わないの？　考えているの？」

ふっと疲れた気分が肌をかすめて通り過ぎた。ダーウィンはこの1週間ずっとどきどきしていた自分が情けないと感じた。毎晩電話をかけて自分が日曜日に会うのを楽しみにしていた間、ルミはただ写真を見つける方法だけを研究していたのだ。ダーウィンはルミの瞳を避け、視線を他へと移した。できれば、この場から出たかった。ルミと一緒にいる時間から抜け出したいと思うようになるとは想像もしなかったことだ。

「ん？　ダーウィン、早く。あなた以外に私を手伝ってくれる人は誰もいない」

ダーウィンは簡単に頭を上げることができなかった。ルミと目を合わせた瞬間、自分の疲れがばれてしまいそうだった。このネガティブな感情をルミに気づかせたくなかった。そうなれば、すべてが一瞬にして終わりそうな気がした。何が始まって、何が進んでいて、これから何が起こるか分からないまま。

「ダーウィン」

ルミの切実な声がまた聞こえた。このままただ視線を避けたまま座っているわけにはいかず、ダーウィンは固い顔のまま、ルミにゆっくりと視線を向けた。お互い顔を合わせたらがっかりするに違いない。もしかすると、ルミをこんなに近くで見るのは今日で最後になるかもしれない。ダーウィンはその瞬間がどう刻まれるかを考えながら、ゆっくりルミと向き合った。

ところが、ルミの両目を再び見た瞬間、ダーウィンは不思議にも先ほどまで複雑に絡み合っていた感情の結び目が一気に解けるのを感じた。息を押さえつけた重い空気は跡形もなく消えて爽快な樹木の香りが風の中に運ばれた。ダーウィンは不純だった自分の心が浄化されるのを感じた。先ほどまでの感情は、予想と違った状況に直面したことから起きた一時的な疲労に過ぎず、ルミへの思いは少しも変わっていなかった。ルミの濃いまつ毛は依然として心をときめかせ、唇から「ダーウィン」と発音されればそれが求めるすべてを聞き入れたくなった。

〝ルミ・ハンター〟という魔法にでもかかったように、ダーウィンは自分の口から出ると予想した言葉とは完全に反対の言葉を吐き出した。

「よし、何から始めようか」

その瞬間、ルミの顔の上に朝が来たかのような笑顔が広がった。いくつかのスペルを推測することでこんな感動的な笑みが見られるなら――。

ルミは声を弾ませて言った。

「IDは普通自分に意味のある単語で作るじゃない。体育大会の時に聞いたら、おじさんにとって一番大切な人はダーウィン、あなただって。まず、あなたの名前を入力してみましょ」

ダーウィンはそれは十分あり得るということに同意し、自分の名前を入力した。しかし、確認ボタンを押すとすぐに「存在しないIDです」という文句が表示された。

「あなたのお母さんの名前は？」

ルミがすぐに次の候補を語った。ダーウィンはずいぶん久しぶりに母親の名を思い浮かべながらキーボードを押した。しかし、それもやはり違った。ルミはすぐに「じゃあ、おじさま本人かあなたのおじいさまの名前」と申し出た。しかし、結果に変わりはなく、4人の名前を様々な合成語にしてみてもどれも同じであった。

ルミは言った。

「ここまでは私が考え出せるすべてよ。私が名前以外で、おじさまについて知っていることは何もないわ」

相次ぐ失敗にもかかわらず、ルミの声は全然活気を失わなかった。そもそも、いくつかの名前で関門を越えられるとは期待していなかったようだった。

「ダーウィンは今からが本番よ」とルミが言った。ダーウィンは隠された宝物を探しに行く航海の鍵を受け継いだような気分だった。今や自分がこの航海の船長にならなければならなかった。ルミは「何を真っ先に思いつく？」と聞いた。ダーウィンはルミの期待に早く応えたいのだが、どちらに舵《かじ》を切るべきか、まだ分からなかった。四方に張り巡らされた海が、かえって巨大な壁に塞がれたような孤立感を与えた。なかなか前に進まないので、ルミは「ダーウィン、あなたがニースおじさまになったと思ってみたら？」と言った。

「あなたは今、ちょうど文教部次官になったところよ。大きな事務所ができたし、率いる部下たちも多い。最初にすべきことは事務をするためのＩＤとパスワードを作ること。あなたがおじさまなら今の状況でどんな単語を使うと思う？」

ルミの声が催眠をかけるかのように、父の事務所のドアの前に船を走らせた。ダーウィンは取手を回してドアを開けた。しかし、ドアが開かれた瞬間、目の前に広がるのは目的地に向かう航路ではなく、出航前の想像をはるかに上回る無限の世界だった。

言語は一生をかけても、絶対にその深さと広さを計り知ることのできない大海原である。最初も最後も不明で方向性さえない、その青い無限の海の中に投げられたダーウィンは、乗っていた船から落ちて、はるかな水平線の向こうに行方不明になるような気がした。最後の瞬間、漂流を止める小さな浮標《ブイ》が手に入った。海がいくら広くても平凡な人間の遊泳には限界があるように、ひとりの人間が扱う言語にも一定の境界がある。その範囲を決めるのは彼を取り巻く環境であろう。ならば、このはるかな海からも道は見えた。父を取り巻く環境がまさに自分を取り巻く環境であることから、ダーウィンはルミの言う通り、本当に父になったつもりで想像してみることにした。

自分の知っている父なら、業務と関連の少ない、日常と関わりのない単語でＩＤを作ることはないと思った。次は、精神的で抽象的な単語と、物理的で具体的な単語。父はふたつの地点のうちどちらに近い方に立っているのだろうか？　例えば、誰かに会った時、彼を単に肉体だと感じるだろうか、それとも魂だと感じるだろうか。ダーウィンは後者を選んだ。父は愛のある人だ。そうして選ばれた単語がプライム、教育、次世代、努力、自己実現、信頼だった。ダーウィンは順番にそれらを入力した。しかし、いずれも順番に門前で断られた。

見守っていたルミが言った。

「別のやり方でアプローチするのはどうかな？　もっとおじさまの私生活と関連したことで」

ダーウィンはルミの提案どおり、父のプライベートな人生を占める割合が高いことを考えてみた。父の一日は家を出発して官庁で8時間、またはそれよりも長い時間を過ごした後、また家へ帰ってくる。その繰り返される日常の私的な時間を満たしているのはクルミ通り、家族、ベンだった。ダーウィンは期待と緊張を半々に感じてそれらの綴《つづ》りを押した。しかし、1分も経たないうちに期待と緊張は失望感へと変わっていった。

ルミは休まず話した。

「これでもないか。次は？」

時計はもう3時を過ぎていた。ダーウィンはちょっと休みたかったが、ルミの目つきがモニターから外れることをやめず、そんな言葉を切り出すのは難しかった。ジェイおじさんのことに関する限り、ルミは少しも疲れないようだ。

その時、フロントデスクで見た係員が「お手伝いが必要ですか？」と尋ねてきた。検索室に長く居続けることが気になってわざわざ立ち寄ったようだった。ダーウィンは感謝の気持ちを抱いたが、それでさらに申し訳ない気持ちになった。自分とルミが今していることは係員をだまして仕事を妨害することだった。

「ありがとうございます。大丈夫です。助けが必要でしたらお呼びします」

係員はとても優しく「そうですか。助けが必要になったらいつでも呼んでください」と言って帰った。係員が出て行くと、ルミはつっけんどんな声で「無駄な関心を」と独り言をいった。ダーウィンはルミがそのような態度で他人に接するのを初めて見たので少し意外に思った。しかし、緊張とストレスによって自分らしくない姿が出てきたのだと理解して忘れることにした。表には出さないが、ルミも何時間も続く失敗で当然疲れているはずだ。

ダーウィンはルミのためにこの退屈な探索を早く終わらせたかったが、頭の中の資源はほとんど枯渇した状態だった。底が見えたので、これ以上掘り起こせるものがないように見えた。今まで探し出したもの以外に父の人生で大きな比重を占めているものは何が残っているのだろうか……。

ダーウィンはそう考えながら、思わずルミを眺めた。ところが、ルミの瞳と出会った瞬間、静電気のようなものが起き、実際に物理的な刺激を受けたかのように目がちかちかした。休まず鍵の束をかき回しながらも、これまで目の前に見える最も可能性の高い鍵に対する自分の不注意に失笑が出た。どうして家族にも劣らず父の心に存在した彼のことを忘れていたのだろうか。自分も生まれてから今まで毎年一日ずつは彼を追慕するのに時間を割いてきたじゃないか。

「もしかしたらジェイおじさんなのかな？」

「伯父さん？」

ルミの瞳が輝いていた。ルミにもやはりその電気が通じたのだ。ダーウィンは急いでジェイ・ハンターというスペルを入力し、確認ボタンを押した。判決を待つ短い時間、ジェイ・ハンターがドアにぴったりの鍵であることを願う気持ちで胸が高鳴った。一刻も早く父の考えを読み取って、自分が全面的に正しいということをルミに証明したかった。それが証明されれば、ルミも二度と父がルミのことを嫌っているようだという間違った考えは持たないだろう。

ところがその熱望が頂点に達する前に、ダーウィンは揺れていた心臓の動悸《どうき》が急に止まるのを感じた。やがてその真空の中に聞き慣れない問いが押し寄せてきて、新たに心臓が動き出した。もし、ジェイ・ハンターが門を開く鍵として正しければ、その事実をどう受け止めるべきか……。大海原の単語の中でジェイ・ハンターという存在を選択するほど父にはジェイおじさんが大切な人なのだろうか。お母さんよりも？　おじいさんよりも？　僕よりも？　お父さん自身よりも？

しかし、画面の中の砂時計が回転を終える瞬間、その疑問は余計な悩みだったことが明らかになった。画面に出たフレーズは今回も「存在しないＩＤです」だった。姓を除いて名前だけ入力してみたが、結果は同じだった。ジェイと父の名前を合わせた合成語も失敗だった。

ルミは心残りのある声で言った。

「今回は当たったかもしれないと思ったけど」

ダーウィンはさっき感じた空白状態の気持ちをすぐに吹き飛ばし、最も有力に思えた答えが拒否されたことを、ルミとともに残念がった。誰も解けない謎を出すスフィンクスが、門の前を守っているようだった。ダーウィンは再び考え込んだ。

これはあくまでルミの仕事だった。自分はルミを助けるために付随的な役割に過ぎなかった。率直に言って、ルミほどその写真の存在を確認したかったわけでもなかった。父が自分のことを嫌っているというルミの誤解も、次に会った時に父が優しく接することで十分解決することができた。でも、父の考えを読んだと確信した単語が見事にすべて失敗してからは、これは自分が解決しなければならない本来の任務だと感じていた。そして最も可能性の高いと思われた〝ジェイ・ハンター〟まで崩壊した後は、ルミを喜ばせたいという単純な願いから父の考えを読みたいという本質的な願いに変わった。父の考えを読み取ることに成功し、安定した何かを導き出したいという熱望。今はその熱気に心を奪われており、自分のしていることがルミとは全く関係のないことのようにさえ感じられる。

ダーウィンはすべての情報を動員し、父が選択しそうな単語をいくつか考え出したが、結果的には何の意味もないものだった。どんなに鍵が多くても、ドアを正確に開けられるのはたったひとつの鍵だった。時間が経てば城の高さが低くなるという期待とは違い、関門を通過できなかった単語が死体のように積もって、より高い壁を作り出した。ダーウィンは父の城の外でうろうろしているような気分だった。その城の前では自分も他人と変わらず、堅く閉ざされた門を開けてくれと訴える他人に過ぎないようだった。ダーウィンは父のことをこれほど知らないということに当惑した。

時間がどれだけ過ぎたのか、さっき来た係員が戻ってきて「週末は一時間早く閉館するので、40分後には退館してください」と知らせてくれた。

ダーウィンは父の思考体系に理性的にアプローチしてIDを推測するという前提を諦めて、浮上する文言を入力した。卒業した学校、持っている自動車のモデル、好きな映画、官庁が位置する街名、肩書き、好んで飲むウイスキーの銘柄……。

日中の熱気がしだいに冷めていた。あまりにも長くキーボードに手を置いていたせいで、手首がしびれてきた。ダーウィンはキーボードから手を引いた。痛みのためではなく、これ以上前に進めない水たまりにはまってしまったからだ。自分が父のことを知っていると思った世界は海ではなく水たまりであり、その中を駆け回る自分の行為も、鍵を握ってはるばる旅立つ航海ではなく、ほんの少し水滴が飛び散っただけに過ぎなかった。

ダーウィンはルミに話した。

「もう何も思い浮かばない……ごめん」

ルミは失望感をわざと隠す表情で笑った。

「ごめんだなんて、ダーウィン。あなたならすぐにおじさまのIDが分かるだろうと思った私が単純すぎたわ。今考えるとおかしい。無数にある単語の中のただひとつをダーウィンが見つけられると確信したなんて」

「ルミだけがそう思ったんじゃないよ。僕もある程度試みて最後は成功すると思ったから。お父さんのIDを調べるのがこんなに難しいとは思わなかった」

「おじさまは単純な方ではないしね。もしうちのパパのような人だったら、きっと自分の名前でIDを作ったはずよ。複雑なものが嫌いだから」

「ジョーイおじさんのIDを知ることができたらよかったのに」

「うちのパパはIDを作る機会すらないのよ、まぁ末端公務員の悲しさよ。本人がそれに満足しているのはもっと大きな悲しみだけど」

デスクの係員に見せたルミの冷笑的な顔が父親の話をした瞬間に再び現れるのを見て、ダーウィンは当惑した。しかし、考えてみれば今回が初めてではなかった。追悼式の日、ジェイおじさんの部屋や、この前のおじいさんとの会話でルミは自分の父親について冷静な評価をしていた。

ダーウィンは慎重に話した。

「両親について辛辣に話しすぎじゃないかい？」

ルミは何でもないように反応した。

「親が子に望む期待値があるように、子も親に望む期待値があるのは当然よ。ダーウィン、あなたはおじさまに望むことはない？」

ダーウィンは突然の質問に二の足を踏んだ。

「お父さんに望むこと？　そうだな……そんなの考えたことないけど」

「考えたことがないのではなく、考えてみる必要がなかったんじゃない？　おじさまは完璧な方だから」

「この世に完璧な人間などいない」

「そうなの？　じゃあ、おじさまが完璧ではない点をひとつでも見つけることができる？」

ルミはそう尋ねながら「ああ、嘘が下手とかそういうのは除外よ」と付け加えた。ダーウィンはルミがなぜ〝嘘〟という例を特定したのか分からなかったが、おそらく究極的には長所になる部分を短所として片付けるなという話のようだった。

ダーウィンは「人間は完璧ではない」というこの世界の一般的な命題を証明するために考え込んだが、父にどのような欠点があったのかすぐに思い浮かばなかった。父が記憶に残るミスをしたことも、今とは違う父になることを望んだこともなかった。自分の知らない弱みというものがあるかもしれないが、少なくとも父親という側面だけを見ると、完璧だった。しかし、ルミにそのまま話すことはできなかった。ダーウィンはようやく父のつまらない習慣を思い出した。

「そういえばお父さんは片付けが下手で、服も適当に放り投げて、本も元の場所に戻すことがあまりできない。それで幼い頃は父の書斎を整理するのが僕の仕事だった。お父さんが読んだ本を無造作に置いていたら、僕が同じ分野の本を一箇所に集めておいて全集を番号通りに整理してあげるんだ」

ダーウィンは今のように日の暮れたある週末の午後を思い出した。父は机に座って何かを読んでいて、自分は本棚の前を行きつ戻りつして、本を元の所へ戻していた。仕事とはいえ、実は〝好きな遊び〟に近かった。ダーウィンは忘れていたその日を思い出して、思わず微笑んだ。

「ところが僕が整理をしておいても、お父さんはいくらでも書物を散らかすんだ。あるものは最初からわざと……」

その時だった。整理を終えた本棚からどこに隠れていたか分からない一冊の本がぽとりと落ちるように、平らだった記憶の中から特別な会話の一コマが突き出た。

「お父さん、種の起源は16番です。どうしてしきりにこの本を一番前に置くんですか？」

「そっちの方がずっと見た目がいいからさ。〝種の起源〟が最初にあると、すべての順番が正される気がするのさ。出版社に電話して番号を付け直してくれと頼もう」

「これがお父さんが一番好きな本ですか？」

「そう言いたいが、そうは言えない。一度も読んだことのない本が一番好きだと言って、ダーウィン、君に内容を聞かれたら困るから」

「一度も読んだことのない本をこんなに特別扱いするというんですか？」

「タイトルだけでも完璧な本だから。種の起源って、なんだかこの世のすべての質問の答えになる文言じゃないか？　仕事をしていると、たまにその文言を入力することがあるが、そのたびにまるで私が人類の秘密を解く学者になったような気がするんだ」

「ダーウィンみたいにですか？」

自分の冗談に父も一緒に笑った。

その日の笑いが耳元で響いているのを感じてダーウィンは再びキーボードに手をのせた。ルミが「どうしたの？　何か思い出した？」と聞いた。ダーウィンは〝種の起源〟のスペルをゆっくりと、そして完璧に押すことで返事の代わりにした。入力を終えて確認ボタンを押した瞬間、止まっていたカーソルが自動的にパスワードに移った。

「あ！」

ルミは短い悲鳴を上げ、デスクの方を気にして素早く口をふさいだ。

ダーウィンもルミの興奮に参加したかったが、まだスフィンクスを完全に退けたわけではない。画面には「4桁の暗証番号を入力してください」という新しい謎が出ていた。数字を知ることは、もしかしたら文字のIDを推測するよりも漠然としていて不可能なことかもしれない。しかし、最初の答えを当てた瞬間、ダーウィンは自分がすでにふたつ目の答えを知っているという気がした。

その答えを入力しようとしたら、ルミが先に聞いた。

「ダーウィン、〝種の起源〟の出版年度はいつか知っている？」

ダーウィンはルミが言ったテレパシーというのは、本当にあると確信した。

「1859年」

ダーウィンはルミのためにキーボードの上に置いた手をよけた。これからはルミの番だった。ルミはキーボードに手を載せて、特別検索欄にハリー・ハンターの名前を書いた。ダーウィンは完璧な呼吸でルミと協演しているようだった。まもなくハリー・ハンターの名前で保存されているフォルダの一連番号が表示された。予想していた膨大な量のフォルダがある姿とは違い、ただひとつの60年前のファイルがあった。

ルミは興奮した声で言った。

「これよ。〝12月の暴動〟の写真がやっぱりあると思った。一体これをどうして一般人が見られないように統制しておいたのかしら？」

ダーウィンは先の法学の授業でレオが〝12月の暴動〟の話を暗示するやいなや、厳しく固くなった教授の顔を思い出した。

「社会的に敏感な問題だからではないだろうか。大人たちはその時の話を切り出すことすら不快みたいだから」

「60年も前のことよ？」

「9地区に行ってみて分かっただろ。ある面ではまだ現在進行形のようじゃないか？」

ルミはうなずきながらも反対意見を述べた。

「それを断ち切るためにも、一日も早く公開すべきじゃないの？　こうやってずっと隠してばかりいるから、60年経った今でも現在進行形の問題になっているんじゃない」

ルミの質問にダーウィンは今まで一度も考えたことのないことを思い出した。

「僕もよく分からないけど……。一般人にこのような資料を無防備に露出すると、各地区間の分裂がさらに助長されるのでは？　暴動を経験した人たちの一部は今も生きているじゃないか。これから何十年か過ぎてこの事件に関わる人たちが皆、亡くなってから一般公開に回す計画かもしれない。その時はもう少し客観的にこれらの記録に接することができるはずだから」

ルミは納得したかのようにうなずきながらフォルダをクリックした。まもなくサイズが縮小された写真が画面いっぱいに表示された。ルミは写真を一枚一枚クリックしてサイズを大きくした。ダーウィンは写真に視線を集中した。60年前の冬がパノラマのように過ぎ去る。この荒涼たる光景は歴史的記録であると同時にハリーおじいさんの記憶でもあるのだろう。ダーウィンは老衰した老人としか感じなかったハリー氏が若い時にどれほど熾烈な人生を生きた行動家だったかを初めて知り、尊敬した。ハリー氏が文化勲章を受けた時、感謝状を飾った文言は〝1地区人が持つ正義の使命感と献身を代表する人物〟というものだった。ダーウィンはその時、ハリーおじいさんが暴動の兆しが見えるという知らせを聞いて、唯一9地区に向かったカメラマンだったという話を聞いた。そのため、他の写真家は撮れなかった〝12月の暴動〟の様子を唯一歴史として残すことができたのだと。ダーウィンは写真を見て、自分の仕事に使命感を持った人間が人類のためにどれほど貴重な遺産を残したか実感した。歴史はハリー氏に大きな借りを作った。

「ダーウィン、あのフードを着た人たちの写真よ」

ルミの言うとおり、ジェイおじさんのアルバムで見た写真2枚が現れた。そしてその後、本格的な暴動の現場が続いた。燃える建物、軍人と暴徒の激烈な対峙、逃げる民間人、道に放置された遺体……むごたらしい姿にダーウィンは思わず視線をそらしそうになった。写真を見る前は漠然と〝分裂を防ぐため〟とばかり推定していたが、当時の実情を映した写真を目の当たりにしてからは、統制を積極的に支持する方向に変わった。このような残忍な写真が一般人と子供たちにまで無差別に公開されたら、世代を継いで果てしない憎悪を呼び起こすだけだ。過去によって現在と未来が傷つけられることは、社会的にあまりにも大きな損害だった。

修復した地に再び旗を揚げている政府軍の写真を最後に、ファイルは終わった。ジェイおじさんのアルバムから消えたと推定される写真はなかった。ダーウィンの心には虚脱感とすっきりとした感覚が同時に押し寄せてきた。

「前にも言ったとおり、やはりあのアルバムの空白のスペースは、その日とは関係のない写真を間違えて、ジェイおじさんが後で取り去ってしまったようだ」

ルミは何も言わずに、後ろの番号から順にまた写真を見ていった。期待が大きかっただけに、すっきりするよりは虚脱感をより大きく感じているようだった。ダーウィンはどのようにルミを慰めてあげればいいか考えた。

ところがその時、ルミが画面の一箇所を指差しながら言った。

「いえ、ダーウィン、ここを見て。ここのファイルの一連の番号の横に書かれているpt1～pt108は1番から108番までの写真があるという意味よ。だから写真を見ると、下の方に番号が全部付けられているでしょ」

ルミは画面を見下ろしながら話し続けた。

「だけど見える？　フードを着た子たちが撮られた13番の写真までは順番にあるけど、14番と15番はなく、再びフードの写真の16番に繋がっている」

ダーウィンはルミが示す地点を確認した。ルミの言うとおり、本当にふたつの番号が空いていた。ダーウィンは姿勢を正した。得体のしれない緊張感が押し寄せてきた。

ルミは言った。

「フードを着た人たちの写真を一緒に集めた流れの通りなら、9地区であのおじいさんたちが話した写真が14番か15番になければならない。ところが、ここにはその写真がない」

「どうしてないんだ?」

ルミはしばらく黙ってから言った。

「削除されたのよ」

「削除?」

「ええ。ダーウィン、誰かが故意に削除したのよ。アルバムから消えた写真1枚に、私たちが9地区に持って行った写真3枚の中の1枚を加えて2枚。写真は削除したけど、ファイル番号までは修正できなかった。そこまでするには、プログラムを組み替えるのがあまりにも複雑だったか、そこまで考えが及ばなかったか」

「君の言う通りならどうしてその写真2枚だけ削除したの? 同じ日に撮られた他の写真はそのままにして」

「分からない。その写真にだけ何か違う点があったのか、それともその日の写真を全部削除したら、あまりにも目立つからなのか……。それはもっと考えてみなければならない。でもダーウィン、私は今、恐ろしい考えが浮かんだの」

ルミに似合わず声が震えていた。ダーウィンは理由も分からないまま、自分まで焦っていた。

「恐ろしい考えって?」

「前にも言ったけど、これで確実に分かった。ジェイ伯父さんを殺した犯人は絶対に9地区の人ではない。1地区……それもかなり高い権力を持っている人に違いない」

雲が日を遮ったのか、たちまち窓に影ができた。ダーウィンはIDを探す作業が終わった後、ルミに堂々と「お父さんが君を嫌いではないという僕の考えが正しいということが証明された」と言うつもりでいた。しかし、そのようなタイミングはすでに過ぎたようだった。それとも最初からなかったのだろうか。

父と息子の時間

10月第2日曜日、朝の運動がてら村を一周していたラナーは、ふと道で走っている人間が自分ひとりだけだということに気づいた。通りすがりに隣の家を見て回ると、先日まではすっかり開いていた窓がいつの間にかすべて閉まっていた。その時初めて、ラナーは季節が変わったことを実感した。確かに数日の間に朝晩の空気はめっきり冷たくなった。昨日のような天気だろうと思ってコートなしに散歩に出かけたら、肺がひっこむような寒さにあわてて家に引き返さなければならなかった。ここからもう少し経てば、どこに住む誰かが風邪を引いたとかいう話が住民センターを行き来する老人たちの挨拶になるだろう。

しかし、ラナーはこの程度の涼しい風を怖がって震える病弱な老人たちが情けなくて、心の中であざ笑っていた。ラジエーターをつけるだけでいつでも暖かい湯気が湧き、毎日お湯に浸かる家で暮らしながらあんなに寒がるとは。ラナーは見守る人がいないことを知りながら、これ見よがしにスピードを上げた。自分が走る足音を聞いて、みんな弱気を正せばいいと思った。せいぜい首の後ろのほうが涼しい程度の寒さは、寒さといえない。本当の寒さとは、冷たい風で皮膚が裂け、凍傷で足の指が腐り、覆う物もなく12月の夜を明かさなければならないことを言うのだ。

走っていると、シルバーヒルの木々も秋の天気に似合う服に着替える準備をしていた。冷たい風が暖かい空気を吹き飛ばすことなど少しも残念ではなかったが、夏が終わってバーベキューのシーズンも一緒に幕を下ろしたことに関しては少し物足りなかった。この夏はあれこれ理由があって、例年よりパーティーの回数を減らした。パーティーの回数を減らしたということは、それだけ隣人に誇らしい息子と孫を見せる機会も少なかったということを意味する。老年の人生で感じられる最大の楽しみが消えたのだ。

しかし、ラナーは過去に長くとらわれないことにした。残念ではあったが、それはこの夏で終わりではなかった。翌年もあるし、その翌年もある。年がたつにつれてニースとダーウィンはより一層立派になるだろうから、その時は今よりもっと盛大なパーティーをすることが多くなるだろう。その場に居合わせるためには、何よりも自分が健康を維持することが重要だった。ラナーは息子と孫の偉大な未来を想像し、力を込めて走った。休まず走っていくうちにいつの間にか想像が現実になっているというのが、この両足で直接身に付けた人生の教訓だった。

正午になる前にニースの車が家の前に到着した。ラナーは前もって庭で待ち、車から降りる息子と孫を嬉しく迎えた。胸に抱かれるダーウィンは、いつもと変わらず可愛らしかった。ラナーは内心楽しみにしていた突然のお客さんがいないのを見て、少し残念に思いダーウィンに言った。

「今日はルミは一緒に来なかったのかい？　一緒に来ると思ったのに」

「ルミがこの頃ちょっと忙しいようですから」

「勉強するのに？」

「多分そうでしょう」

「やはり、プリメーラの生徒らしい」

ラナーはダーウィンの後ろから歩いてくるニースの方を見た。目が合うとニースはよそへ視線を向けた。とにかく無愛想なのは相変わらずだった。しかし、熱く沸き上がった真夏の勢いが自然と衰えるように、今年の夏、息子を捕らえていたわけの分からない怒りも次第におさまったようだった。ラナーはこれまでニースが見せた過激な言動を、自然の一部である人間が季節の流れに反応したものと理解することにした。そう考えると、すべてが無理なく受け入れられた。

文教部次官として責任を負わなければならない重大な業務と、正しい生活の模範にならなければならないという圧迫感が、炸裂する太陽のように息子を極限の熱気に追い込んだ。部下にそれを向ける性格ではないため、〝味方〟という絶対的な信頼を持つ父親でそのストレスを解消したのだろう。ラナーは自分がスケープゴートになって息子が安らかな秋を迎えることができれば、いつでも喜んでその役割を受け入れようと思った。

昼食をとり、ラナーはニースとダーウィンに尋ねた。

「午後は釣りに行くのはどうかな？　先日釣りに行こうとして行けなくて。道具も事前にすべて手入れしておいたんだが」

予想通り、ダーウィンは元気に「いいですね」と答えた。問題は息子だった。ラナーはニースの顔色をうかがいながら、緊張の中で答えを待つ。ニースが「家にいるから、2人だけで行って来てください」と言ったら釣りに行く意味の半分は減るだろう。

「……そうですね」

長い間じらしていたニースがうなずいた。ラナーは息子の同意が切実な祈りに対する神様の返事のように嬉しかった。もちろん、実際には神様より息子の方がずっと大切ですごい存在だった。

シルバーヒルから車で40分ほどかかる釣り場は、釣り本来の目的よりも近くの住民の瞑想の場として役割を果たしていた。苦労して魚を釣ろうとする人はいない。皆、来るかどうか分からない静寂を打ち破る行為よりも、静かな水面から魚以上に大きなものを得ていった。釣りざおを水中に投げておいたが、ラナーも欲張らなかった。こうして3代で並んで座って時間と考えを共有し、いつの日か、この午後を各自の記憶の中で思い出という名でたどることができれば、それ以上望むことはなかった。運良く大物まで釣れれば、その思い出がさらに光を放つことになるが。

「いいですね。来てよかった」

湖を眺めていたニースは言った。息子は何の意味もなく漏らした言葉だろうが、ラナーはその一言に嬉しさを通り越して感動していた。息子からこのような共感を得たのがいつぶりなのか思い出せなかった。頭で物を考えるタイプである息子が釣りを好むだろうということは、十分推測できることだった。

このように安らぎを感じているニースの顔を見ていると、息子が幼い頃、このような時間をあまり持てなかったことを改めて後悔した。若い頃に事業家として外で忙しく過ごした時間がラナー・ヤングという人間を築いたことには自信を持っていたが、今になってみると、その自信満々だった時間の裏で息子と築かなければならない絆にひびが入り、父親という基盤が揺れ、結局は人間ラナー・ヤングまで崩れていった。息子が子供から少年に成長する時にそばにいて、何が好きで、何を考えて、どこに行きたいのかもっと聞いてあげればよかった……。

ラナーは寂しい気持ちになったことをあえて隠さずに答えた。

「そうだな。時をもう少し昔に戻せれば、これ以上望むことはないが」

「……戻りたい時はありますか？」

いつもなら大した返事もしない息子がなぜか素直に会話を続けていくことに、ラナーはさらに感傷的になった。

「お前がダーウィンくらいの年の頃に戻ってくれたらいいな」

ニースはいつも通りに黙った。ラナーは続けた。

「あの頃に戻れれば、もっといい父親になれたかもと思う。一度、試行錯誤を経験したからな。ニース、お前が16だった頃に……。考えただけでもいいな」

ニースは湖に目を向けたまま話した。

「私は嫌です。今が好きです」

「うらやましいな。それほどお前はダーウィンにとって良い父親だという意味だからな」

「いい父親だなんて。ただ過ぎた時を振り返って、後悔することに現在の時間を使いたくないという意味です。時を戻したいというのは……いくら願ったところで、結局は不可能なことですから」

「いや、お前はいくらでも自信を持っていい。誰が見てもニースは立派な父親だからな。ダーウィン、どうだ？　私の話は合っているよな？」

ラナーはダーウィンの同意を得るべく顔を向けた。しかし、ダーウィンは湖に視線を固定したまま、何の反応もなかった。何を考えているのか、最初から自分が話しかけられていることさえ分かっていないようだった。そういえば、湖に釣り糸を垂らして座ってから、ダーウィンの声を一度も聞いていない。

ラナーは「ダーウィン」と声を大きくした。そして、ようやくダーウィンが顔を向けた。

「どうしたんだ？　何も言わないなんて。ダーウィン、君らしくないのが心配だ」
ダーウィンは驚いた様子で口を開いた。

「あ、ごめんなさい。湖を見ていたら、ちょっと他のことを考えてしまって……。でも僕は普段すごくおしゃべりなんですね。こんなにおじいさんが心配しているのを見ると」

「おしゃべりは無駄な話までする人のことで、ダーウィンは詩人だ。言葉で私たちの人生を豊かにしてくれるからな」

「今日、ルミが一緒に来なくて良かったです。おじいさんの言うことをルミが聞いたなら本当に恥ずかしかったでしょう」

「このくらいでか？　詩人なんかなんでもない。判断する時は法律家で、歌を歌う時は歌手が羨ましがるくらいなのに」

「おじいさん、僕は全然歌の素質がありません」

「そんなはずはない。ダーウィンはニースの良い声をそのまま引き継いだ。お父さんが記者会見した時の声は本当に素晴らしいだろう？　幼い頃は歌手になりたいとねだったんだ。そういえば誰だったかな。なんとかハルクだったかと思うが、特にその歌手が好きだったんだ。苗字があまりにも変わっていてまだ覚えているんだ」

「本当ですか。歌手のお父さんなんて想像できない」

ダーウィンの好奇心に満ちた反応で、ニースは困惑した表情で話した。

「大げさに。そんな年齢の頃に一度も歌手を夢見たことない子なんていますか？　ダーウィン、誤解しないでくれ。君よりもっと幼い時にちょっと思い抱いた、それこそ一夜の夢だから」

ダーウィンが聞いた。

「それでは本当に真剣に考えた夢は何でしたか？　今は夢を叶えたんですか？」

ラナーはダーウィンがいい質問をしたと思い、息子がどんな答えをするのか、質問をしたダーウィンよりも期待に満ちて両耳を傾けた。ニースは少年時代のことを思い出したのか、湖のはるか奥を眺めながら、めずらしく話し始めた。

「ダーウィンの年齢の時、アーカイブの館長になろうと思った。大学に入ってからは文教部の職員になろうと思ったし、文教部の職員になったらもっと高い職級に上がらなければならないと思った。今そういう生活をしているけど、夢が叶ったかどうかよく分からないな」

ラナーは「アーカイブですか？」と尋ねるダーウィンを素早く追い抜いた。

「それは文教部次官が最終目的地ではないからだ」

息子がまた自分を苦しめる柔弱な考えに陥る前に、父である自分が強く引っ張っていかなければならなかった。

「なぜここで止まろうと思うのか。お前はまだ若いし、今よりもっと高い地位に座る能力も十分だが、それだけか？　大衆の認知度も上がっているし、好感度も高い。これが何を意味するか。文教部次官が終わりではなく、長官になった後、大統領になるのが目的地だということだ。その座に就けば、初めて夢を叶えたと感じるだろう」

ラナーは息子にいつも言いたかったことを言い、この雰囲気の中で自然に切り出せたことに満足した。

息子は一日も早く自分の運命に気づき、その夢を叶えるために着実に道を切り開いていかなければならなかった。しかしニースは冗談でも聞いたかのようににっこりと嘲笑した。

「何をおっしゃっているんですか。大統領だなんて、そんな考えは一度もしたことがありません」

「お前にはなくても、次官になった瞬間から、他の人たちはみんな考えていることだ。まだ時間があるから今からでも考えればいい」

「私のような人間が大統領になったら、それはこの国の人たちにとって不幸なことです」

たいていのことでは息子の言葉に反論せず機嫌を取るつもりだったが、息子の将来のことについてだけは絶対に引くことができなかった。

「大衆の前で自ら大統領になる資格があると騒ぐ人ほど汚い人間はいない。最も正直で良心的な人間が、罪悪感を最も強く感じるものだという。そのような面で、ニースは公職に最適だ。もし私の息子でなくても、お前が大統領選挙に出るなら私はニースを選ぶよ。私の友もいつもそう言う」

ニースは後ろに手を組んで遠くに視線を向けた。

「もういいです。そんな話はもうやめてください。今日は家族で過ごす時間じゃないですか。大統領に大統領になることの何がそんなに重要なんですか」

ラナーは興奮した自分と違って、少しも乱れない声で話す息子の超然とした態度に少し恥ずかしくなった。やはり立派な息子だった。大統領になる資格を十分に備えていた。

湖のほとりに夕焼けが降り注ぐ。その風景はまるで空から赤ワインを注いだようだった。水気を含んだ風はかなり冷たかったが、ラナーは全く寒いとは思わなかった。息子と孫が両側に座っているので、風一点侵入できない城壁に囲まれたより心強い。もちろん、弱気な息子と孫に保護されているつもりはなかった。自分もやはり、ふたりがいつでもくつろげる頼もしい城壁になり、あらゆる困難を防ぐつもりだ。魚を入れるはずの袋は空っぽだったが、生きた魚たちがその中を泳いでいるような満足感があった。

あたりは次第に闇に埋もれていった。そろそろ釣りざおをしまう時間だった。夜釣りを楽しむ人たちを除いて、みんな家に帰る準備をしていた。

ラナーは車の後部座席に乗り込み、背もたれにもたれて座った。楽しい時間を過ごした満足感が暖かい毛布となって全身を覆ってくる。穏やかな気分のためか、出発してまもなく眠気が訪れた。この幸福な時間を眠気なんかで浪費したくなくて気を取り戻そうと努力したが、老いて重くなったまぶたはずっと下へと下がっていった。前の席でニースとダーウィンは何か話をしていた。ふたりの優しい声が夢と現実の間を行ったり来たりして、かすかに聞こえてくる。

「シルバーヒルに立ち寄ったら、10時くらいになると思う。明日学校に帰るには早く起きなければならないのに疲れただろう？」

「大丈夫です。久しぶりに野外に出たから気分転換にもなってよかったです」

「それはよかった。冬は難しいだろうけど、春になったらもっと頻繁に出かけよう」

「お父さん。……ところで、さっきアーカイブの館長になるのが、子供の頃の夢だったとおっしゃいましたよね？」

「夢というより、ただそうすべきだと思ったのだ」

「なぜアーカイブ館長にならなければならないと思ったのですか？」

「そうだな、なぜかは忘れてしまったな……多分、古い歴史の記録を守ることが格好よく見えたからだろう」

「そうなんですか？　ひとつお聞きしてもいいですか」

「もちろん」

「アーカイブに保存されている資料を削除するのは簡単なことですか？」

「……どういうことだ？」

「個人が国家記録物を任意で消すことです。それは簡単なことでしょうか？」

「なぜ急に、そんなことが知りたくなったのかが分からないな」

「あ、それが……最近、学校で習う内容で」

「そんなことを習うなんて、かなり実務的な授業のようだね。簡単か難しいかを明らかにする前にそれは重大な犯罪だ」

「可能ではありますか？」

「できることはできるだろう」

「実際にやった人もいますか？」

「さあな……殺人が重い犯罪だと法律書に書いてあっても殺人を犯す人はいるのだから、そんなことをする人もいるだろう」

「だけど、一般の人にとっては難しいことですよね？　普通の人はそのようなものに接近する権限がないから。公務員の中でも高級公務員にだけ可能なことなのですよね？」

「どんな科目でそんなことを学ぶんだ？　法律？　社会？　どうやら授業の目的が何なのか学校に一度問い合わせてみなければならないようだな」

「それが、実は……ルミが個人的に気にしていて」

「ルミが？　あの子がどうして？」

「実は、ルミはジェイおじさんの死に疑問を抱いているんです」

「疑問だって？」

「まだはっきり言える段階ではないんですが、後で何か分かったらお話しします。ルミにも秘密を守ると言ったんです。ジョーイおじさんはルミがジェイおじさんの死について話すのを嫌がっているようです。僕が言ったことをおじさんに知らせないでくださいね。とにかくアーカイブ資料を削除できるのは高級公務員ができることなんですよね？」

ラナーは耳元でかすかに聞こえる〝ジェイの死〟という声を聞いて早く目を覚まして話に割り込みたかったが、終わりの見えない眠気に言葉の出ない深いところに意識を引きずられた。

どれくらい経ったのだろうか。「おじいさん、もうすぐだよ」というダーウィンの声を聞いて、ラナーは目が覚めた。ところが目を開けた瞬間、湖に釣りに行ったことも、そこで幸せな会話を交わしたことも、息子の将来を思い描き胸がわくわくしたことも、すべて一瞬見た夢のように感じられた。眠気で朦朧《もうろう》とした意識よりも、ニースの顔つきがさらにそのような混乱をあおった。湖を離れる時は確かに平穏だった息子の目つきが、再び敏感な元の姿に戻っていた。

コンパスが指す所

政府総合庁舎の団地にある行政府の建物に入ってきたルミは、情報公開請求資料の発給を担当する部署を訪れた。少しでも不安そうな姿を見せれば疑われるかもしれないので、最大限堂々と行動しなければならなかった。もちろんプリメーラ女学校の制服を着ていたら堂々としない行動をする方がもっと難しいと思うが。

ルミは発給業務をするデスクに行って、身分証を差し出した。本人のものではなく、ジョーイ・ハンター、父の身分証だった。

「父が情報公開請求を申請したのですが、今日発給されるというので。父が出張で時間がなくて私に代わりに貰ってきてほしいと言われたので来ました」

ルミは担当者を注意深く観察した。地味なネクタイをした30代前半に見える男だった。末端の窓口業務を担当しているので、推測するに1地区出身ではない確率が高かった。ルミはその男に好感を抱かせるために意識して微笑んだ。ジェイ伯父さんのためなら何でもする覚悟はできているが、間違った法律のために自分が犯罪者になったり、こんなつまらない男の歓心まで得なければならないというのが、あまりにも不当に感じられた。

ジェイ伯父さんを殺害した人が1地区に住む3級以上の高級公務員という確信を得た瞬間、ルミは長い間、あてもなく闇の中をかき乱していた手がついに何かを握ったような気持ちだった。握ったものを逃さないためには慎重に計画を立てなければならなかった。まず最初にすべきことは、3級以上の高級公務員についての身元情報を確保することだった。きっと彼らの中でジェイ伯父さんと接点がある人がいるはず。ルミはアーカイブから帰ってきた翌日、早速政府を訪れた。しかし手にしたものの実体を確認しようとした瞬間、アーカイブの不合理なシステムがそうだったように、今回も不当な法が行く手を阻んだ。

几帳面そうな印象の担当者が言った。

「行政府を通じた情報公開請求は20歳以上の成人にのみ資格があります」

ルミはアーカイブの時のようにその法律の不当さに抗議する十分な論理的根拠を持っていた。極秘情報でもない、国民のために働く公務員の人事情報を国民である自分が見られないというのは知る権利に対する侵害であり、死ぬまで情報公開請求を一度も試みない人が大半であるなか、情報公開請求に関心を持つほど社会的に成熟した市民には、年齢に関係なく成人と同等の資格を与えるのが真の民主主義だと。しかしルミはその熱い声を飲み込んだ。いくら合理的な抗議だとしても、法的な根拠がない限り、結局は大声で騒ぐ不平に過ぎないということをこの前の経験から学んだ。裁量権のない末端公務員と対立することも何の成果もなく敵対心だけを煽ることだった。

「用件は残っていますか?」と尋ねる職員に対し、ルミは「十分です」と一旦退いた。

暗闇の中で何かを握っていた手が理不尽な力によ

って強制的に開かれ、再び手ぶらになった。あらゆる法律が意図的かつ悪意を持って伯父の死を明らかにする道を塞いでいるようだった。庁舎の公園に座ったルミは四方がふさがれ取り囲まれているもどかしさに、公園の風景に目を向けた。公務員たちの憩いの場らしく、一本一本の木が規則正しく植えられていた。葉の色が変わり始めた木々を見て、ずいぶん時間が経ったことに気づいた。時間の流れ……。

ルミはここ3ヶ月の時間をゆっくりと振り返った。異世界同然の9地区を通って不可能に見えたアーカイブの壁を破り、ついに犯人の影が映る門前までたどり着いたこれまでの過程が、歴史の地図に残った征服者の行軍経路のように頭の中に一列で描かれている。すると、この〝偉大な前進〟がつまらない法の条項ひとつに阻まれて挫折することを素直に受け入れることはできない気がした。目の前に見える土地の征服を、20歳になるまで延ばすなんて情けないことは絶対にできない。

法を崇める1地区の人間として恥ずべきことではあるが、ルミはこの世界の法が完璧ではないことを認めることにした。その後の命題は自然に形成された。完璧でないのだとしたら、誤りは補填されなければならない。幸い、完璧でない法を補う方法はすでに存在していた。〝抜け道〟という多少名誉のない名前で。

ルミはパパがシャワーを浴びている間にパパの財布から密かに身分証を取り出した。一日ほど身分証がなくなっても、パパは全く気づかないだろう。朝と晩だけでは足りず、昼まで家から持っていった弁当で解決する退屈な日常に、身分証を出すような事件が起こるはずがないからだ。ルミは再び政府を訪れ、ジョーイ・ハンターの名前で3級以上の公務員の身元情報を要請する申請書を作成した。そして、この前見た几帳面な印象の職員を避けて、やや眠そうな顔をした職員に申請書を差し出した。職員は「本人が直接申し込まなければなりません」と書類を返そうとした。ルミはついさっきまで父と一緒にいたが、父が駐車の問題で私に任せて急いで席を外したと言い訳をした。すると、職員はこれ以上の追及をせず、申請書を受け付けてくれた。学生がこんな情報公開請求をする理由がないと考えた上、プリメーラの制服の信頼が加わった結果だろう。請求資料を受け取るまでは10日かかるという。ルミは夕方、パパがシャワーを浴びている間に身分証を元の場所に戻した。何も言わないのを見ると、パパはやはり身分証がなくなっていることに全く気がついていなかった。

ついに請求した情報を受け取る日。申請は比較的容易にできたが、受領時には本人が直接、情報開示請求受取室に来て身分証を提示し、署名した後に受け取る必要がある。ルミはもう一度、パパの財布からこっそり身分証を取り出した。これだけで十分かどうかは分からないが、とりあえずぶつかってみるしかなかった。

視線がぶつかると、ルミは男の視線を避けずにじっと見つめた。もし、「請求資料は必ず本人が来て受け取らなければなりません」ときっぱりと言われたり、パパの職場の電話番号を尋ねて出張の事実関係を確認したならば、パパの身分証盗用の責任を負わなければならないだけでなく、手を伸ばせば届く距離にあるこの資料を目の前で失うことになるだろう。そうなれば、これから数年間は新聞を調べ、公務員の人事の現況に関する記事をひとつひとつ収集する方法しかなくなる。もちろん、絶対的に不可能なことではなかった。しかし、新聞には名前と年齢、最終学歴、現在の居住地以外の出身地域や学校といった詳細な情報は紹介されていない。情報公開請求で簡単に把握できる個人情報を個人的に収集しようとした場合、残り少ない公訴時効があっけなく来てしまうだろう。

その男性は身分証明書をよく確認しているように思えた。ルミは男の関心を引くためにすぐにプリメーラの学生証を取り出した。そんなはずはないだろうが、男は1地区出身でないので、もしかしたらプリメーラ女学校の制服が分からないかもしれない。

ルミはデスクの上に学生証を差し出して話した。

「必要でしたら父の職場に電話してみてください。私はルミ・ハンターです。プリメーラの生徒です」

冒険した言葉だったが、その瞬間、男の顔にこれまでとは違う別の気配が漂った。プリメーラに進学してから常に人から受けてきた人情と好意の感情だった。男はプリメーラの制服が分からなかったようだ。男は笑顔で言った。

「ご両親が誇りに思う娘さんでしょうね。こんなおつかいもして」

男は書類を渡して署名を求めた。ルミは〝ハンター〟とだけ書いた。家族を代表して正しいことをしているので、罪悪感はなかった。

急いで公園に来たルミは人通りの少ないベンチを選んで座り、息を整えて抱えてきた書類をゆっくりめくった。1枚に10人ずつ分けられていて100枚近く整理された書類には名前と年齢、職級、学歴、経歴、出身地区などが詳細に記されており、1枚を調べるだけでもかなり長い時間がかかった。途中でニースおじさまの名前を見つけてしばらく嬉しい気持ちになったが、他人の履歴を見る時間の半分も使わず、すぐに次の人に関心を移した。伯父を殺した犯人を探すことにおいては最も意味のない名前だった。

冷たい風を感じ始めた頃、ルミは1時間にわたる名簿調査を終え、書類の最後のページを閉じた。目が疲れてきた。ルミはこの前そうしたように公園の風景に目を向けた。一列に並んだ木々が書類上の名前を連想させた。今はアルバムの中から消えた写真とアーカイブで削除された写真との関係を論理的に類推しなければならない時だった。手入れの行き届いた木々が考えをまとめるのに役立つ。ルミは木の枝の形のように広がった考えを連結していった。

これまでの捜査の前提は、犯人が伯父を殺し、写真を持って行ったということだった。その前提を守るためには、写真が消えた日を伯父が殺害された日に断定する。その前後に写真が消えた可能性は完全に排除しなければならない。他の可能性を少しでも許すと、消えた写真と伯父の殺害は完全に別の事件になってしまうからだ。

犯人はその夜に伯父を殺して写真を盗んだ。そうなると、アルバムから写真が消えた時期は30年前に断定され、アーカイブから写真が削除された時期はデジタル作業が施行されて以降だから、最大5年前になる。それが意味するものは何だろう？　犯人は伯父を殺した当時だけでなく、25年が過ぎてもその写真に執着したということだ。そんなに長い間、写真に執着する動機を持った人は誰だろうか？　いや、その前に他の質問をしなければならない。そもそも伯父がその写真を持っていることを誰が知っていただろうか？　この質問は、伯父と犯人を知り合いだと推定したことにつながる。犯人は30年前に伯父がその写真を持っていることを知っていた人であり、真夜中に伯父の部屋に入っても別に問題なく伯父と会話できるような人で、アーカイブから写真を削除した当時、高級公務員だった。

このファイルに含まれていない、かつては高級公務員だったが今は引退した人が犯人である可能性もあるのか……。そうだとすると65歳が定年である公務員の退職時期を考慮した場合、犯人の年齢は現在の66歳から70歳、伯父を殺害した当時は36歳から40歳となる。可能性は全くないわけではないが、極めて低かった。伯父の家の近くに住んでいたおじいさんはその夜、フーディーが路地を走るのを見たという。警察はその証言で犯人が9地区の人間と特定する根拠にした。もし1地区の高級公務員を犯人として名指しする現在の成果を適用するなら、犯人の出身地よりも犯人の年齢を〝フードを着て身分を偽装できる年齢〟に制限しなければならない。そうすると、その年齢は10代から20代に限定され、犯人がこの名簿にいない公務員かもしれないという推測は力を失うことになる。

犯人は伯父の16年間の人生、それも伯父が祖父から写真をプレゼントされた16歳の誕生日以後の短い人生と関わりのある人だろう。1地区出身者の中でジェイ伯父さんと近い地域に住んでいたり、同じ学校出身の人、そしてその当時、伯父さんを制圧して首を絞めて殺害するほどの力があったことを考えれば、少なくとも伯父さんより幼くはなかったはずだから、現在の年齢は40代半ばから50代後半……。

ルミは書類を広げ、その条件に当てはまる人々をチェックした。１０００人という莫大な数字を支えていた柱が強風に葉を飛ばされた木のようにたちまちやせこけた。最終的に残ったのはたった6人だった。もちろん、そこからニースおじさまは除外しなければならないので、結局は5人だけだった。ルミはその5人の容疑者の中で特にリアム・ロイドという検事に注目した。伯父さんと年も中学校も同じだった。ルミはファイルを抱きしめて席を立った。長時間止まっていたコンパスがようやく動いて、正しい方向を示していた。

解消

10月下旬頃になると、プライムスクールの制服は白いワイシャツの上にネイビーブルーのベストとジャケットを重ね着する春秋服に変わる。それぞれの上着の胸元にはプライムスクールを象徴する〝P〟の字が細い金糸で刻まれており、3着とも着ると心臓付近で同じ文字が3重になる。

　青々としていた木が色あせるためか、新しい服に着替えた生徒の顔には青い活力の代わりに無彩色の憂鬱のようなものが浮かんだ。このような情緒は実生活にまで影響し、学校の風景に活気を与えるような野外活動がほとんど見られないほど減少した。目に見える身体的な活動だけでなく、食堂や休憩所で交わす会話も短くなった。ぽつぽつと会話が生まれても、結局は沈黙状態になった。会話が消えた大気は重い息づかいとなり、活力あふれる競争の足音が消えた運動場は、時にひざまずき膝を擦るミスの場になった。一箇所に集めて秤の上に載せても目盛りは【0】を越えることができない金糸の重量が、プライムボーイひとりひとりの胸を鉄の塊のように押さえつけているようだった。

　表向きは季節の変化に苦しんでいると思われる姿だった。家から遠く離れていると、曇りやすい空や短くなった昼の時間、葉を落とす準備をする木が、より寂しく見えるのだった。しかし、よく見るとプライムボーイの誰も自然には目を向けていないことが分かるはずだ。むしろ自然は完全に排除されているも同然だった。1年の中で最も多様な観賞ができる季節が目前に迫ったが、落ちる葉に特別な関心を与えたり、風の方向が変わったことを実感するプライムボーイはひとりもいなかった。そんなことはもちろん個人的な選択によるものだったが、しばらくは特別な共同体の一員として義務的にとらなければならない態度でもあった。

この時期、プライムスクールで季節の変化を楽しんでいるのんびりした姿を見せれば、知的能力と時間活用能力に対する大きな過信と思われるからだ。不必要な嫉妬と嘲笑を買うようなことを避けるのが賢明だった。それに加えて、一般的な水準よりも賢明な子供たちは、自分の過信が失敗と組み合わさっているという運命を見抜いていた。プライムボーイたちの顔を暗くするのは早く降りてくる夕闇ではなく、まさにその失敗に対する恐怖だった。

11月中旬に始まり15日間。土曜日、日曜日もなく続くプライムスクール学年末試験は毎年入学試験を新しく受けるようなものだという話があるほど、厳しいことで悪名高かった。試験期間中、プライムボーイたちが感じる重圧は、彼らの先輩格である修道士たちが受けた苦行にたびたび例えられた。物理的な課題を遂行するだけでなく、精神まで鍛えるように要求する試験の属性が、その昔の修練と似ているところがあったからだ。

周りは選ばれた秀才ばかりで、ある年には上級生よりずっと優れた新入生が入ってきたりもした。そんな子を目の当たりにすると、いくら努力しても生まれつき特別な光を持って生まれた存在には追いつけないという恐怖に囚われるようになる。重圧が大きすぎて、自分もその特別な光を与えられた幸運児のひとりだということを忘れてしまうのだった。何の罪もない立派な仲間を憎まないためには自分に対する信頼をもっと磨かなければならなかった。昔、ここの先輩たちがそうしたように。

プライムボーイたちは失敗への恐怖を克服するため、毎晩窓際に光を灯したが、実はプライムスクールでも失敗は許された。点数が基準に達しなかった場合、翌年に同じ授業をもう一度受ける機会を与えられる再受講申請があった。しかし、生徒の中でそれを本当の機会として受け入れる者は誰もいなかった。同じく与えられた条件でひとりだけ淘汰され、その不振を公に挽回しなければならないというのは、機会ではなくむしろ罰の属性を帯びた。再受講は個人の自尊心だけでなく、家の名誉まで落とすことだった。当事者に劣らずプライムスクールの一員になったという優越感にとらわれている家族にとって、冬休みを控えて学校から来る再受講通知書は裁判所から送られた差押通知書と同じくらい恥ずかしいものだった。夜遅くまで消えることを知らないプライムスクールの灯りは、単に本を照らす道具を超えて、自分と家の名誉を守ろうとする子供たちの武器でもあった。

ダーウィンは人通りの少ない電話室に座って、受話器の向こうから聞こえてくるルミの話に耳を傾けた。ジョーイおじさんにばれないようにルミがささやくように声を低くして話すため、全神経を小さな受話器の穴に集中しなければならなかった。

「それでロイド検事について調べてみたんだけど、ジェイ伯父さんと同じ中学校出身というだけじゃなくて、3年生の時、伯父さんと同じクラスだったのよ」

「本当に？」

「そう。偶然にしては偶然すぎるんじゃない？ 3級以上の高級公務員の中で犯人になりそうな人物を探していたのに、伯父さんが死んだ年に同じクラスだった人を見つけるなんて。この人なら、伯父さんのアルバムにその写真があったことを知っている可能性も十分にあるし、アーカイブにあった写真を削除する能力もある。また、殺害されたその日の夜明け、伯父が自分の部屋に入ってきた侵入者を見ても大声を出さずに話を交わしたことまですべて説明できる。他に容疑者が何人かいるけどその人たちを調べる必要はなさそうよ。ロイド検事より犯人である可能性が高い人はひとりもいない。ダーウィン、明らかにこの人よ」

「じゃあ、これからどうするつもり？」

「当然、直接会ってみなければならないわ。もう面談を要請しておいたの。プリメーラからの進路探索のためにインタビューをしたいと言ったら来週の金曜日にちょっと時間を作ってくれるって。自分が殺した友達の姪が来るとは想像もしていなかったでしょうね。私がいきなり伯父さんの話を持ち出したら、きっと慌てて何か手がかりになるようなミスを……。あ、ダーウィン、パパが来る。それじゃあ休暇の時に。もう切るね」

突然切れた電話にダーウィンは興味深く見ていた映画が中断されたような残念な気持ちになった。受話器を置いて周りを見てみると、電話室には自分ひとりだけだった。ダーウィンは電話室から出た。図書館に行かなければならない時間だった。しかし、図書館に行くには心がそぞろだった。この興奮を図書館の沈黙の中で静めて勉強に没頭する自信がなかった。

ダーウィンは休憩室の椅子にしばらく座った。電話室のように休憩室もがらんとしていた。ダーウィンはルミの話を線でつないだ。9地区のフーディーを犯人に指定した警察の発表よりも点と点が自然につながり、はるかに論理的に思われた。何よりもルミの推理には警察の発表になかった〝物語〟があった。ダーウィンは暗くなりかけた窓の外に視線を移した。殺人は人間が他人に加える行為である。人間同士が行う極端な方法なのだ。その間には必然的に彼らを結びつける物語が存在せざるを得ない。

窓の外の木々が風に当たり激しく揺れた。試験に集中しようと皆、極度の緊張感の中、平常心を装うこのプライムスクールで、ダーウィンは唯一あの木々とだけ人間的な感情を共有できる気分だった。

ルミの推理が正しいなら、ロイド検事はなぜジェイおじさんを殺害したのか。どうして30年前のアルバムから写真を持っていって、それだけでは足りずアーカイブにある写真を削除したのだろうか？　なぜ、1地区で友人が友人を殺す悲劇が起きたのか。その中にどんな事情が隠されているのだろうか……。

ダーウィンは初めて、プライムスクールで過ごすことに少し苛立ちを感じた。ルミと共有した戦慄《せんりつ》から断絶されたまま、ルミが外でひとりで事件を解決していく過程を伝え聞いているのは無気力な傍観と思われた。ロイド検事に会いに行く時に同行したかった。ルミがジェイおじさんの姪であることを明かした瞬間、彼の顔がどう変わるのか見たかった。ルミが作り上げる物語の中で最も重要な一員になりたかった。

その時だった。どこからか「ダーウィン」と呼ぶ声が聞こえた。入口の方に顔を向けると、寮の舎監の先生だった。

「どうかしたのか？」

ダーウィンは急いで席を立ち、「いいえ」と答えた。

「でもどうしてそこにひとりで座っているんだ？」

「ちょっと考えることがあって……これから図書館へ行こうと思っています」

ダーウィンは先生に挨拶をした後、急いで図書館に向かった。外に出ると頭の中に漂っていた疑惑と悔しさが風に乗ってさらに激しく渦巻いた。

翌日、最後の授業を終えた後、寮に戻ってきたダーウィンは相談室に来るよう呼び出された。相談室は学習態度が悪かったり、寄宿舎で他の生徒の生活に被害を与える行動を継続的にした場合に呼ばれるところだった。懲戒処分を下す前に与える〝最後のチャンス〟というわけだ。ダーウィンは自分がどのようなケースに当たるのか分からないまま、相談室に向かった。舎監の先生が先に来て待っていた。

「最近、電話を頻繁にかけていたようだが、家にかけているのではないな……。好きな子でもできたか？」

予想していなかった先生の突発的な質問にダーウィンは驚き、プライバシーを侵害されたようで不快になった。先生に生徒の生活を指導する権限と義務があることは知っているが、自分の電話がそのような指導下に置かれるべきとは思えなかった。

「電話は自由にかけてもいいと思っているのですが、問題になるのですか？」

「まずダーウィンの考えを聞きたい。どうだ？　問題になりそうか？」

「いいえ」

「違うと答える根拠は？」

「電話が僕の生活に支障を与えたことはないからです」

「学年末の試験もちゃんと準備しているか？」

「はい」

「そう自信を持って答えられるのは頼もしいな。しかし、ダーウィン、自己確信とは時々雪が積もった状態で下す判断の時もあるそうだ。これまで大勢の生徒を見てきた先生からすれば、外の友達と交わす会話が君の心を少しも乱さなかったとは考えにくい。自分ではまっすぐ歩いていると自信を持っていても、周りから見ると揺れて見えるかもしれない。先生の話が理解できるか？」

ダーウィンはうなずいた。昨日しばらく休憩室で考え込んでいたことが、先生の目には試験勉強に没頭できない散漫な姿に見えたようだった。

「ご心配をおかけして申し訳ありません。以後、気をつけます」

「うむ。これからも見守らせてもらうよ。先生は君が賢明に行動すると信じている」

ダーウィンは先生の発言が「当分の間、電話での会話は控えるべきだ」という穏やかな警告であることに気づいた。もう帰ってもいいと聞いて相談室を出ようとしたら、先生が背後から声をかけてきた。

「お父さまによろしくお伝えしてくれたまえ」

相談室を出た後の気持ちは、理解してもらえたと同時に拒否されたようでおかしかった。ダーウィンはしばらく校庭を歩いた。

その時、誰かが後ろに近づき肩に手を乗せた。

「相談室に呼び出されたという噂が流れていたが？」

ダーウィンは顔を確認するまでもなく、そのまま足を動かしながら答えた。

「噂ではなく事実だ」

レオは足並みをそろえてそばを歩きながら聞いた。

「なんで？」

「あまりにも頻繁に電話していたと」

「先生たちの寵愛を受ける奴はやっぱり違うな。電話くらいのくだらないことまで問題になるなんて」

ダーウィンは不愉快だった。相談室のエピソードが逆説的に、これまで曖昧な領域に残していた感情を解消する扉を開くきっかけになると感じた。この機会を借りてレオの本音を聞きたかった。ダーウィンはレオに「問題になる？」と尋ねた。

レオは「全く」と答えた。

「規律で禁止されていないことで相談室に呼ぶ先生

たちこそ問題じゃないか。なんでそんなことが〝プライムスクールの生徒としての品行〟に反するって？　それなら、校則の冊子を今のようにいたずらに厚く作るのではなく、1ページにその2行だけ入れればいい。それなら俺も少なくとも一度はのぞこうと思えるからな」

ダーウィンは足を止めてレオの顔を見た。

「いや、レオ。僕は君に問題になるかどうかを聞いたんだ」

レオも足を止めてたずねた。

「どういう意味だ？」

「僕が毎日電話で話しているのはルミだよ。それが君と僕の間で問題になるのかを」

口をつぐんだまま何も言わなかったレオはしばらくした後、微笑みながらまた足を進めた。

「ふたりがうまくいっているということはこの前見て分かった。なのにどうして俺のことを気にする？ルミが何か言ったのか？」

ダーウィンは今度はレオの足取りに合わせて言った。

「友達だったと聞いただけで、詳しい話は聞いていない。僕ひとりの勝手な推測では付き合っているかもしれないと思ったけど。レオは一昨年のスポーツ大会にルミを招待したんだよね？」

「知っていたのか。そうだよ。でもそれはルミが先に招待してほしいと頼んできたからそうしたんであって、俺の考えではなかった。今度はどうだったんだ？　ルミがお願いしたのか？　それともダーウィンが先に招待したのか？」

「僕が先に来てほしいと言った」

「すごく喜んだんだろうな。またプリメーラの制服を着てプライムスクールに入って、多くの人々の注目を集めることができたはずだから」

「なんだか言葉からトゲが感じられるけど？」

「実際にトゲが生えているから」

「トゲは花を保護するためにあるのではないの？」

「花って、ダーウィン。男たちはみんなお前のようにロマンチックじゃないんだよ」

レオが近くのベンチに座り、ダーウィンもその隣に座った。

レオが言った。

「ルミとは13歳の時、プライムスクールの入学試験の準備をしている途中、図書館で偶然知り合った。あの子もプリメーラの試験を準備していたよ。付き合ったとかいう関係じゃない。ただの友達だった。もちろん、たまには好きだなと感じたこともある。しばらくはいつも一緒に勉強していたから。でもそれは女の子として好きだったというより、当時ルミが唯一の友達だったからだよ。今もそうだけど、その時も俺には友達があまりいなかった。必ずしもルミでなくても、真剣に話せる相手がいたら誰でも喜んでいたはずだ」

ダーウィンは慎重に聞いた。

「今の気持ちはどうなの？　今は友達として好きじゃない？」

「今？」

レオはルミのように自分に反問する表情をし、自分の感情を表現する適切な単語を選ぶためにしばらくためらった後、答えた。

「俺は基本的にルミはいい子だと思う。利口で活気に満ちて、他の1地区の女子たちに比べて考え方も開けているから話を交わすのも面白い。でも、それはすべての人が自分に友好的で自分を特別な人として見てくれるからだよ。もし誰かが自分の存在を少しでも揺さぶるようになったら、その瞬間から完全に敵対心に変わってしまう。そういう時は必ず自分が優位であるという存在感を示してこそ気が済む。自慢げにプリメーラの制服を利用してな。ルミのことは好きだったけど、そんなところが本当に耐えられなかった。もしルミが変わったらまた友達になれるかもな。でも、体育大会の時に見たら、全然変わってなかったんだ。ルミも同じことを考えているようだった」

客観的なものを超えて辛辣に感じられるレオの評価に、ダーウィンは戸惑った。

「レオ、君が言うルミと僕が知っているルミとは別人みたいだ。優位であるという存在感って、僕は一度もルミからそんなことを感じたことがないんだけど」

レオは肩をすくめると言った。

「でもジェイおじさんについては同感だと思うけど？」

ダーウィンはなぜここでいきなりジェイおじさんが出てくるのか分からなかった。

「ジェイおじさん？　どういう意味だい？」

「ダーウィンもルミからジェイおじさんの話をたくさん聞いただろう。しなかったはずがない。自分の人生で一番大切な人だから」

「うん、たくさんした。実はそれが最近電話が多くなった理由でもあるし。ルミはジェイおじさんの死を調査しているんだ。でも、それが何の問題になるの？」

その瞬間、レオの顔の上にルミの〝プリメーラの制服〟の話をした時の表情が再び浮かんだ。

「調査だなんて、会わない間にもっとひどくなったようだな。ダーウィン、俺はルミがおじさんの死にそんなに執着するのも何と言うか……ちょっと異常だと思う」

「異常だって？　家族のことだから当然のことじゃないか？」

「単純に家族だからだと思うか？　いや、他の平凡な家族だったら、自分が生まれるよりずっと前に死んだ人にそこまで執着しなかっただろう。ルミにとって大事なのはプライムスクールに合格したのに行かなかった天才おじさんというタイトルだよ。自分のパパに対するコンプレックスと結びついて、自分の高い基準を満たす偶像を作っているんだ。偶然に誕生日が同じというだけで自分がおじさんの生まれ変わりだと信じて。すごいアイロニーじゃないか？ルミ・ハンターのように自尊心の高い子が他の人を通じて自分の存在感を確認しようとするというのは」

ダーウィンは先の体育大会の時、理解できない会話を交わすレオとルミをそばで見守りながら感じた寂しさを再び味わった。

「レオ、君はルミをよく知っているんだね」

「よく知っているというよりは、お前がまだ見ていないルミの一面を知っているというのが、正解だろう」

レオは「ダーウィンはルミのことが好きなんだろう？」と尋ねた。ダーウィンはうなずいた。レオは笑いながら言った。

「気にしなくていいんだ。俺が今、一番好きな人はルミ・ハンターじゃなくてダーウィン・ヤングだ」

ダーウィンはプライムスクールで最も荒い行動をしながらも、同時にプライムスクールで最も純粋に感情を表現するレオが好きだった。

「光栄だね」

「本気だ」

「ありがとう。僕もプライムスクールでレオのことが一番好きだ」

レオがベンチから立ち上がり、ふざけた顔で聞いた。

「でもルミよりはずいぶん下だよな？」

ダーウィンも一緒に立ち上がって答えた。

「そんなことは比べることじゃない」

レオは肩に手を置いて笑った。

「そうだな。俺も友達の彼女に勝とうとするつもりはない」

涼しい風が吹いてきた。試験勉強に没頭している間、プライムスクールの校庭はすっかり秋色に染まっていた。赤く染まった木の一本一本が、太陽の光に特別に愛されているようだった。ダーウィンは皆が試験勉強に没頭するこの時期に、一緒に校庭を歩きながら季節が変わりつつある姿を観賞できる同行者がいることを喜んだ。しかもその友人はレオである。それがさらに嬉しかった。レオと気まずい仲になるかもしれないという心配は、レオの率直で真剣な態度のおかげで、しばらく熱気を吹き出して姿を消した季節のようにいつの間にか過ぎ去った感情になった。

その時、風景を眺めながら黙って歩いていたレオが急に聞いた。

「ダーウィン、この前の生徒会の奴らがなぜ俺に祖父の代にさかのぼれば、堂々たる家系ではないと言ったのか気にならないか？」

ダーウィンは返事をためらった。ちょっと気になったのは事実だが、生徒会メンバーがレオを侮辱するために何でもないことを極端に表現したという以上には思わなかった。たとえ意味のある話が隠されていても、それをレオに聞く気はなかった。自分の興味で家族のことを告白するよう求めたら、生徒会のメンバーのようにレオを傷つけることになるだろう。

返事を延ばすと、レオが先に足にひっかかる小石をポンと蹴って話した。

「俺は、これまで一度もじいさんに会ったことがない。どこに住んでいるのかは知っているが、俺たちは完全に勘当したんだ。もちろん俺が生まれる前に親父ひとりで決めた決定だけど……うちのじいさんはアルコール中毒なんだってよ。親父が幼い頃からそうだったようだけど、今はもっとひどくなって社会に出るどころか完全に孤立してしまったらしいよ。無論これも親父から直接聞いたのではなく、親戚たちの密かな話を俺がこっそり聞いたんだ。親父は一度もじいさんの話をしたことがない。まるで本人がマーシャル家の始祖であるかのように……。ダーウィン、みんな言うだろ？　1地区は完璧な世界だって。でも、この完璧な世界にもこうやって見えない染みはある。もしかすると俺たちが知らない所でその染みはもっと濃くなっているかもしれない」

ダーウィンはレオに何を言えばいいのか分からなかった。祖父を勘当するなんて、自分の家では想像もできないことだった。ダーウィンはしばらく考えた末「残念だ」とやっと口にした。自分の気持ちを伝えるのがやっとで、レオに形式的な慰めの言葉しか伝えられない自分が非常に物足りなく感じた。

レオは薄笑いしながら言った。

「ダーウィン、お前にこの話をする理由は、俺がお前に何かをわざと隠しているという考えを持たないでほしいからだ。俺がじいさんの話をしなかったら、お前は当然その意味について知りたくなるはずだから。そうしていると、実態と全く違うことまで想像して疑って……。とにかく、まあ、そうなるじゃないか」

「そんなことは考えたことがない」

「それならよかった。余計な心配だったようだよ……。実は俺がそうなんだ。親父が一度もじいさんの話を持ち出さないから何かを隠しているみたいで、じいさんはそんなにおかしい人なんだと疑って。それにつられて今や俺までも、じいさんの存在を隠さなければならないような気がしてるんだ。他の人には絶対バレたらいけない傷のように。俺は会ったこともない人だし、じいさんがそうなったのは俺の責任でもないから、じいさんを俺の欠点とは思わない。ところが、他の人から見るとじいさんの傷が俺にまでつながっているように見えるようだ。それでこの前、生徒会の奴らも俺を傷つけるために、わざとじいさんの話をしたんだろう。1地区のあらゆる噂を夕方の時間に話すことが趣味の自分の両親から聞いた話はひとつやふたつではないはずだから」

ダーウィンはやっとレオへの慰めの言葉を見つけたようで、自信ありげに声を張り上げた。

「とんでもない話だ。バズおじさんや君からおじいさんの欠点が全然見えないんだけど、どうしてそれが続くと言えるんだい？」

「でもよく言うじゃないか。俺たちが今ここで享受しているのは、親世代が成し遂げた栄光のおかげだから、栄光とともに傷も受け継がなければならないと」

「どういう意味かは分かるけど、栄光と傷を同じ方向に置くことは人間の発展を全く認めない退歩的な考え方だ。人間がより良い存在になるために最善の努力を傾ければ、前の世代の栄光は続き、傷は消えるというのが文明の発達にも合致するのではないだろうか。すべての人間は過去に由来しているが、それでもすべての人間は新しい存在じゃないか」

話を終えた瞬間、レオは大げさに拍手した。

「俺がプライムスクールで聞いたすべての話の中で一番感心する話だ。生徒会の奴らもここでお前の講義を聞くべきだ」

「なんか、からかっているみたいに聞こえるけど？」

「からかうだなんて、本気だ。何十年たっても記憶に残る名言だよ。もちろん、そんなことを言ったのがダーウィンということに多少違和感はあるが」

「どうして？」

「ダーウィンは栄光にだけつながった人じゃないか」

「僕が？」

「そうだ。体育大会の時、お前のおじいさんとお父さんとお前が一緒にいるのを見たよ。3世代が一緒にいる姿がとても良かったよ。おふたりとも本当に優しそうだった」

「それでも僕は試合に出場できなかった。ふたりはレオをほめていたよ。挨拶したらよかったのに」

「その時は俺が割り込む場所ではないと思ってな。次にまた機会があるだろう」

「うん、その時は僕が必ず先に君を呼ぶよ」

レオと向かい合って笑いを交わしたこの短い瞬間、ダーウィンはアルバムの中へ永遠におさめておきたい写真1枚を得た気分だった。時間が経って多くのことを経験し、今この時代を忘れたとしても、今日の秋の光が染み込む木の下でレオと交わしたこの会話とこの目だけは、絶対消えない記憶として残っていくだろう。もちろんレオは記憶だけではなく一番好きな友人として人生を共にするはずだ。

前進と後退

学年末試験が近づく頃には、プリメーラ女学校内の階級秩序は士官学校を連想させるほど一層厳格になった。その体系的な図式にもっとも忠実に従うのが、勉強会だった。プリメーラの生徒は入学と同時に自主的にひとつの勉強会に加入するが、〝何らかの同質性〟で形成されたそれぞれのグループは、正式な機関に劣らない序列と指揮体系を備えていた。勉強会に見られる先輩、同期、後輩間の関係は、6年間の成績だけでなく、全般的な学校生活、進路、将来の社会活動にまで多大な影響を与えた。在校生だけがこの関係に従属していたわけではなかった。ずいぶん前に学校を離れた卒業生たちも勉強会と持続的な連絡を取り合い、時には支援を、時には介入をした。〝スタディー〟と名付けられたが、本質はプリメーラ同窓会という大きな傘の下に形成された、より身近で閉鎖的な社交組織であるわけだ。そのため、加入が義務事項ではないからといって、勉強会に入らなかったり、その中で行われる人間関係をおろそかにしたりする人はいなかった。生徒の間で群れを成さずひとりぼっちというのは〝ある欠落〟を意味するものだった。プリメーラ女学校で欠落者になりたいと思う人間は誰もいなかった。

ルミは学校内でのいかなる対決にも負けない自信があったが、勉強会の基準に限っては自分が欠落者であることを知っていた。数十にのぼるグループのうち7級裁判所書記の娘が歓迎される所はひとつもなかった。無論、図々しく行動するなら、長官や教授の娘が主軸になったグループに入ることは不可能ではなかった。勉強会は名目上では選択と自律を保障する所だから。

しかし、そのドアを開けて入り、彼女らと同じ机に座っているためには、父と同じ7級として扱われる代価を支払わなければならなかった。親の地位だけ除けば、自分より優れているところが全くない後輩の言葉まで素直に耳を傾けなければならないのだった。そんな屈辱を受けるくらいなら、ひとりになった方がずっとましだ。ルミは勉強会から遠ざかって図書館でひとり勉強した。さびしいとは思わなかった。心の中ではいつもジェイ伯父さんが一緒だった。プライムスクールの入学試験に合格したたからだ。伯父より立派なスタディーパートナーはどこにもいなかった。

下校時間、ルミは自主学習をしに行く勉強会の群れから抜け出して、ひとりで校門の外へ向かった。グループに属していないため、彼女らが決めた規律と時間から自由になれるということは、ひとりであることの最も良い点だった。残念ながらプリメーラ女学校で最も落とされた価値は自由だが。ルミは11番バスに乗り、他の人が享受できないこの時間を〝自由〟に格上げするためには、この時間を意味あることに使わなければならないと思った。さもなければいくら時間が多く与えられても他者からの疎外、既得権を持つ群れからの除外にすぎなかった。

考えこんでしまいあたりの空気が重たくなっていると感じた頃、バスは長く延びた進入路を過ぎ、訪問地近くの停留所で止まった。ルミはバスを降り、すぐ前に立っている建物を見上げた。一般的な建物に比べて窓が非常に小さく、その数も少ないためか、秘密にして威圧的な巨石のように感じられた。ルミは警備室で入館証を受け取り、建物の中に入った。

ついに30年間、死の迷路に閉じ込められていた伯父を自由にさせる時間になった。

「ルミ・ハンターさんですよね？　検事がお待ちなので入ってください。プリメーラの生徒だから特別に日程を空けましたが、約束の20分以上はだめですよ」

ルミはプリメーラの生徒の特権を素直に認める秘書に好感を持った。検察庁で働く職員らしく、事実関係をはっきり突き詰める態度がよかった。

検事室に入ると、机で書類を見ていた男が人の気配を感じて席を立った。ルミは男の第一印象を逃さないようにさまざまな角度で彼の顔を注視した。この人がジェイ伯父さんを殺した犯人なら、一瞬目をかすめただけでも、一気に彼の罪を感じることができるだろう。自分の目が、他ならぬジェイ伯父の目だからだ。

しかし、ロイド検事が正面から顔を上げて自分に向かって近づいてきたこの瞬間、ルミは彼が犯人という確かな感じがしなかった。30年は犯人の顔から罪悪感を洗い流すのに十分な時間だったのだろうか。

ルミは男に先に握手を求めた。

「こんにちは、リアム・ロイド検事ですよね？　私はルミ・ハンターと申します。お会いできて光栄です」

男が握手に応じて言った。

「私もお会いできて光栄です。もしかしたら近い将来一緒に働くようになるかもしれないから。検察の方で優れた活躍をしているプリメーラの先輩たちが多いよね。プリメーラの生徒もこちらの仕事に関心が高いようだね？」

ルミは自分の神経に伝わるひとつひとつの行動と一言一言を素早く解釈した。すぐに離した手からは早く本題に入りたがる推進性と、尊敬の意を示しつつ、優位に立っている自分の位置を相手に認知させ場に順応させようとする言い方からは老練さを感じた。

ルミは「はい、とても関心があります」と答えた後に付け加えた。

「今日が私の初めての成果になるかもしれません」

検事はその言葉の意味を完全に理解していないよ

うだったが、他の質問はせずに「とりあえず席に座ろうか」とソファーを指した。プリメーラの女子生徒にとっては、自分のような検事に会ったこと自体が成果に思えることだという意味程度に軽く受け止めたようだ。ルミは彼が勧めた席に着いた。検事もすぐに向かいのソファーに腰を下ろす。お客さんを前にしてソファーにゆったりと背をもたせる姿が少し傲慢に見えた。

「今日の面談申請の理由は職業探訪のためだと聞いた。私は普通の生徒とは面談しないが、プリメーラの生徒の要請は断りにくかった。他校の生徒なら検事との出会いは単純なハプニングだろうが、プリメーラの女子生徒にとっては現実的に未来の職業と結びつくことだから。さあ、今日のインタビューの準備はしっかりしてきたかな？」

ルミは話の主導権を握るため、検事の言葉を遮った。

「検事さん、その前に私の名前を言った時に思い出す人はいませんでしたか？」

一瞬、ルミは検事の顔のこわばりが見えた。思い出す人がいなければ絶対に現れない感情の表れだった。ルミはその直前まで豪快に会話を主導していた検事が、突然二の足を踏む姿を見せるのには必ず伯父が関係していると確信し、検事の返事を待った。

検事が微笑みを浮かべながら口を開いた。

「う、うん……。ところで名前は何と言ったかな？書類を見ていたためにあまりにも気が散っていて、すぐ忘れてしまった」

滑稽なことに検事の当惑した顔は、名前自体を覚えていないミスから始まったものだった。ルミは不快だったが、むしろこの機に自分の名前を聞いた検事がどんな反応を見せるか、より直接的に調べられる気がした。

「ルミ・ハンターと申します」

「ああ、ルミ・ハンター。そうか、そうだな……。誰を思い出さなければならないのかな？」

わざとハンターに力を入れて言ったのに、検事は取るに足りないといったように言った。ルミは油断した様子を見せる検事に不意打ちで聞いた。

「ジェイ・ハンターという、30年前に16歳で亡くなった少年を知りませんか？」

その瞬間、検事は後ろにもたれていた体を起こしながら、「あー！」と叫んだ。予想以上に劇的な反応だった。ルミはその叫びの正体を突き止めるため、検事の行動を綿密に観察した。少しでも焦ったり震える気配が見えたら、この男が伯父を殺した犯人だという疑いで確定判決を下すことができるだろう。ルミは予想通り、検事の顔に表情の変化が生じた。ルミは判決文の冒頭の文言を準備をした。しかし、やがて検事の顔に広がったのは、処罰されなかった自分の罪を後で問いに来た執行者に会った恐怖ではなく、長く別れた旧友に会った時に見せるような明るい笑いだった。

検事が興奮した声で話した。

「ジェイ・ハンター、忘れるわけない。中学校の時、同じクラスの友人だった。ところでルミ君とはどんな関係だい？　娘であるはずがないし、ジェイに兄弟がいたのか」

予想できなかった検事の親しげな態度に、ルミは尋問者である自分と被疑者である検事の立場が逆転した気がした。ルミはあまり気が向かない関係を説明するため、口に含んだ判決文をひとまず飲み込んだ。

「あ……はい。私はジェイ・ハンターの弟のジョーイ・ハンターの娘です。ジェイ・ハンターが私の伯父になります」

「ジェイの姪とは、もう一度正式に挨拶をしなければならないな。お会いできて光栄だ。よく見るとおじさんと似ているようだね。特にその目が」

検事の歓待をどう解釈すればいいのか、ルミは見当がつかなかった。彼は罪の意識を取り繕う鉄面皮なのか、それとも容疑の線上にあげられた罪なき人なのか。

「ジェイ伯父さんと親しかったですか？」

「もちろん親しかったさ。ジェイにはいつも一緒にいる友人がいたから、ベストフレンドとは言えないだろうけど。あ、ところで、その友人が今はみんな社会的な名士になったんだ。ひとりは文教部次官に、もうひとりは名前さえ言えば分かるドキュメンタリー監督、こんなことだと分かっていたら、私もそのグループに入るべきだった……というのも、僕は最初からジェイに好感を持っていたんだ。中学校入学前からプライムスクールに合格しても行かなかったすごいやつだと学校で噂になっていたよ。実は私もプライムスクールの入学試験の日、よりによってひどい風邪をひいてしまって、試験が受けられなくて。ジェイはどうだったか分からないけど、とにかく僕は内心プライムスクールに行かなかったという一種の同志のような感覚を抱いていた。でも、実は私だけでなく、ジェイは誰もが羨望する友達だった。立派な父親に聡明な頭脳、子供とは思えないカリスマ性まで備えていたから」

「私のためにすごくいい話ばかりしてくださっているようですが？」

「ありのままの記憶を引き出しただけだ。こう見えても検事と言うのは、ない事実をでっちあげることはできないんだよ」

ルミは検事の顔色をうかがいながら慎重に尋ねた。

「友達関係まで知っているほど記憶力が良ければ、ジェイ伯父さんの死についてはもっとよく覚えていますよね？」

検事は腕時計を確認して言った。

「ところで、今日の出会いの目的は職業探訪ではなかったかい？　私の割ける時間は20分、もう4分も経ったね。こうやってずっとジェイの話ばかりしながら、時間を無駄にしてもいいのかい？」

「心配しないでください。私が知りたいことは真実で、検事の仕事は真実を明らかにすることですよね。ですから、検事さんが私の質問に答えて下されば私の職業探訪の課題にとても役立ちます」

「まあ、ルミ君本人が構わないなら、私はどのように時間を過ごしてもいい。では、ルミ君が知りたい真実とは何だい？　先ほどジェイの死についてよく覚えているかと聞いたのかな？」

「はい。ジェイ伯父さんがどのように死んだのか覚えていますか？」

「覚えているとも。9地区のフーディーに殺された。犯人を捕まえることができなかったと聞いているが、検事としてこのようなことを言うのは恥ずかしいが、9地区の人間が犯人である以上、捕まえるのは不可能だと考えなければならない。７地区以下はブラックホールなんだ」

ルミは慎重に聞いた。

「ではその時、写真も一緒に消えたことは知りませんか？」

「写真だって？　何の写真だい？……あ、もしかしてジェイのお父さんが撮った写真のことかな？」

ルミは自分が仕掛けた罠に向かって思い切り飛び込んでくる検事の言葉に、逆にびっくりした。

「どうして私の祖父が撮った写真だと思いましたか？」

検事は平常心を少しも失わず、余裕の表情で答えた。

「何をそんなに驚くことかね。ジェイと言えば、お父さんの写真が思い浮かぶのは当然のことだよ。犯人が写真を持って行ったという話は聞いていなかったが、９地区にしてはずいぶん眼識のある人物だったようだね。確かにお金よりは写真の方が価値があるかもしれない。とにかくハリー・ハンターだよね？　この時代の最高のカメラマン。そういえば、何年か前に文化勲章も受けられたんじゃなかったかな？　ジェイが生きていたら本当に誇らしかっただろうに。ジェイはいつもお父さんを世の中で最も尊敬していると言っていたから」

「伯父がですか？」

「ああ。普通、その年なら友達の前で親を自慢するのは恥ずかしがるものだが、ジェイは何か発表があるたびに、いつも堂々とそう言うんだ。その点でジェイと僕は共通点があった。私も父を尊敬するとおおっぴらに言っていたから。実際に父の道をそのまま歩み、今この場にいるんだ。生きてさえいたら、ジェイもきっと自分の父の意志を受け継ぐ仕事をしていたに違いない」

検事の度を過ぎた発言に好奇心が湧き、ルミは伯父の話をちょっと脇に置いて聞いた。

「検事のお父さまも検事だったのですか？」

質問を受けた検事の顔に自負心のこもった表情が浮かんだ。

「私のような一般の検事は名刺すら差し出せない特捜部の検事だった。ニックネームがなんと特捜部の死神だったからね。大体分かるだろう？　父が一生で捕まえた反動分子を並べたらこの検察庁は一杯になるよ」

「反動分子とは？」

「あ、そういえばルミ君の世代にはちょっと耳慣れない言葉かもしれないね。〝12月の暴動〟に加担した者たちを、あの時はそう呼んだんだ。私がルミ君の年の頃には、世間が暴動の影響から完全に抜け出せず、反動分子が密かに広がっていた。それで世の中を浄化するのがその時代の最大の課題だった。ジェイの父親がカメラを持って、社会不正を告発する先頭に立っているとしたら、私の父親は彼らを処罰することに一生を捧げたんだ。ジェイはそんな面でとても早熟だった。思春期の大部分を少年たちは自分の中の世界にだけ生きて社会問題には無関心なものだが、ジェイはいつも彼らを制裁して世の中をきれいにしなければならないと言っていたからな」

ルミは伯父が言ったという〝制裁〟という言葉を頭の中に刻み込んだ。

その時、話を続けていた検事が忘れていた記憶が思い浮かんだように、軽く膝を打った。

「ああ、そうだ！　そういえば、ジェイがいつか父に会いたいと言っていたことを覚えているよ。普通は友達のお父さんなら一応避けたいものだが、ジェイは特捜部の死神というニックネームを持ったうちの父にどうしても会いたいって言うんだよ、ハハハ。とにかくただ者じゃなかった。ある程度自分に自信がなければ、そんなこと望むわけないだろうから……。息子の私でさえ、父の前では訳もなく怯《おび》えていたから」

自ら進んで検事を追及するという当初の計画に反して、ルミは検事が主導する話にどんどんはまっていくのを感じた。

「伯父はどうして検事のお父さまに会いたがっていたんですか？」

「今のルミ君のような理由ではないだろうか？　高校進学を控えて進路に悩んでいた時だったから、うちの父に助言を求めたかったんだろうな。ジェイも内心検事になりたかったようだ。何、もともと刃物のような男でニックネームも〝裁判官ジェイ〟だったのだから」

ルミは心の中で〝裁判官ジェイ〟という言葉を繰り返した。

「それで伯父は検事さんのお父さまにお会いしましたか？」

「いや、父は会いたいからといって、簡単に会える人じゃなかった。私も家で顔を見た日は数えるほどしかないくらい忙しかったから。学校の行事に来てもらったことがあったわけでもないし……」

検事は過去を思い出すためには記憶のパズルを解く時間がもっと必要だというように、しばらく黙っていた。ルミはイライラしていたが、考えを妨げてはいけないと黙って待っていた。

沈黙が長くなり、ひょっとしてこのまま記憶が途切れたのではないかと心配になる瞬間、検事が再び口を開いた。

「ああ、でも一度だけ会おうとしたことがあった。不幸にもその少し前にジェイが殺害され、実現できなかったけどね」

初めて聞く驚くべき話に、ルミは思わず制服のスカートをぎゅっとつかんだ。

「検事のお父さまに会う少し前に伯父さんが殺害された？」

検事はその反応を大したことではないような手振りでもみ消しながら言った。

「いや、それは偶然にもそうなったのであって、必ずしも父に会う前にジェイが死んだという意味ではないので誤解しないでほしい。このような偶然を運命としてしまうと、私たちの同窓生には、自分の誕生日にジェイが死んだと言える人間もいるはずだから。とにかく7月10日がジェイの命日だよね？」

ルミは不審に思い、検事に尋ねた。

「はい、そのとおりです。ところで、30年前の事件の日付をどうしてそんなに正確に覚えているんですか？　伯父の追悼式でお会いしたことは一度もないと思いますが……。その日は検事にとって意味深い日ですか？」

検事は大したことではないというふうに言った。

「もちろん友達の命日だから意味深い日だとも言えるが、正直に言って、こんなに鮮明に覚えている本当の理由は7月10日が〝父の日〟だったからだ」

ルミは新聞博物館に行った時の記事を思い出した。

「そういえば伯父の記事が載っていた新聞でそのような文言を見た気がします。父の日に起きた殺人事件なので、遺族がより悲しんでいたという……」

「そう、今は両親の日に統合されて消えた記念日だが、当時は意味のある日だった。1地区の学校にはその日、父親を学校に招待し、父親の職業に関する話を聞く伝統があった。その前はいつも忙しくて欠席していた父が、その年だけはやっとの思いで時間を作って学校に来ることになり、私がどれほど期待を膨らませたことか。友達が〝特捜部の死神〟という私の父のニックネームを聞いてどれだけ怖がっているかを内心誇らしげに思いながら。まあ、結果的にはジェイの死によって、朝、突然行事が取り消しになって来られなくなってしまったが……。とにかく父とジェイが実際に会っていたら、きっと年齢を超えてお互いにいい影響を与えただろう。もしかしたら今ジェイが私の隣の部屋にいたかもしれない。いや、私のような一般の検事ではなく、特捜部の死神になったかかな。そうだな、ジェイ・ハンターなら、きっとそんなはしくれに留まらなかっただろう、ハハハ」

検事は無罪だ。ルミは向かい合って検事の笑い声を聞いているこの現場で、まさにそのように新しい判決文を即座に書き下ろした。覆されることのない、自信のある絶対的な判決だった。過去に罪を犯した人は、このように流暢に滞りなく昔話はできないだろう。人を殺した人は、このように懐かしい目つきと爽やかな笑みを浮かべながら、友人の犠牲を思い出すことはできないだろう。友人の命を奪った人は、決してその友人と隣の部屋で過ごすことを望むことはできないだろう。人を殺した人は冗談でも殺した人間が検事になることを望んだとは言わないだろう。

その時、ノックの音が聞こえ、秘書がドアを開けて入ってきて「検事」と呼んだ。ルミは時計を見た。約束した時間より5分が過ぎていた。目が合うと秘書がにっこりと微笑んだ。プリメーラの生徒だから特別に時間を延長したという意味だろう。

検事が畳んでいたジャケットを持って席を立った。

「おや、私の昔の思い出ばかり話しているうちに時間をつぶしてしまった。私は久しぶりに子供の頃に戻ることができてよかったが、ルミ君の進路設計には何の役にも立たなかったと思うんだが、どうしたことか」

ルミは立ち上がって検事に握手を求めた。さっきのような挑戦的な握手ではなく、今まで伯父さんを立派な友達として覚えていてくれたことに対する心からの感謝の握手だった。

「いいえ、検事さん、本当に有益な時間でした。この短い時間で、伯父の話だけでなく、その時代の歴史についてまで聞けたじゃないですか。検事のお父さまの話も感慨深かったです。祖父と検事のお父さまのような方々のおかげで、今、私たちがこんなにきれいな世の中で生きているんですよね？　数年後に検事と一緒に働く機会があれば、本当に光栄です」

検事が最初に会った時よりも長く手を握って話した。

「ジェイ・ハンターの姪に違いない。その目つきを失わず、プリメーラでもトップにならなければいけないよ」

明るい事務室とは違い、検察庁の廊下には彩度の低い灯りがちらほら灯っていた。日が暮れている上にわずかな光を受け入れる窓まで小さく、灰色の廊下に意図的な陰鬱さが漂った。ドアが閉まった事務室の向こうでは、罪人と裁判官が同じ部屋にいて罪と処罰に関する話を交わしているだろう。ルミは扉が数えきれないほどある狭くて長い廊下を静かに歩いた。

外に出た瞬間、ルミは突然自分を取り巻く世の中がとても異質なものに感じられた。ビルは高く、通り過ぎる人々はあまりにも未来的な服装をしているように見えた。街も全く新しく設計されたように見えて、進む方向を決めることができなかった。何の異常も感知できない人たちを見ると、自分ひとりだけがこの世の中に浸透できず空回りしているような気持ちだった。しかし、そのような離脱している意識は不安なのではなく、むしろ別の次元でこの世を眺めているような特別な感慨を与えた。境界を飛び越えた超越者になったように。

ルミはこの異質な感覚はジェイ伯父さんの側に一歩進んだためだとすぐに気づいた。ロイド検事の話を通じてジェイ伯父さんの存在感がより鮮明になり、その鮮やかな色を受け入れることで自分がジェイ・ハンターになっていく。ルミは行き先を決めず、闇が降る街を夢中で歩いていった。最も有力だった容疑者を失った以上、次の捜査をどうやっていくか考えなければならないが、むしろ答えを得たかのように安心した。ただこのように身を任せていれば、自分の中に宿ったジェイ・ハンターが正しい道に導いてくれるような気がした。

ルミは腕時計を確かめた。退屈な家と退屈なクルミの画を見た瞬間、ジェイ伯父さんが自分から離れてしまいそうで家に帰る時間を引き延ばしていたが、そうするうちにいつの間にか10時を過ぎてしまった。ルミは注意深く玄関のドアを開けた。試験期間なのでこの程度の遅さでは大きな問題にならないだろう。玄関の照明を除いて家の明かりはすべて消えていた。パパとママはもう眠っているようだった。夜、何もすることのない退屈な人だということがこのような時は幸いだった。ルミは2階への階段を踏み出した。

その時だった。

「どこに行っていたんだ?」

ルミは闇の中で聞こえる重い声を聞き、びっくりして音が聞こえる方に視線を向けた。パパはスタンドライトをつけずにソファーに座っていた。窓の向こうから差し込む街灯の光が、パパよりもパパの頭上の壁にかかっているクルミの画を一層、際立たせていた。

ルミは驚いたが、平然と答えた。

「どこって。学校で試験勉強していました」

パパはソファーから起き上がり、階段の方へとゆっくりと歩いてきた。ルミは自分に向かって近づくパパを見て、初めて緊張感を抱いた。暗闇のせいか、この家もパパもいつもとはまるで違うように思えた。パパが近づいて来て、階段の手前で足を止めた。

「ルミ・ハンター。君の嘘にいつまで我慢できるか分からないな」

ルミは父と目を合わせた瞬間、緊張感を超えて恐怖を感じた。意見の対立はいつものことだったが、この瞬間の冷静な目つきは親子間の葛藤ではなく、「人間対人間」として敵意を表しているようだった。パパが言う嘘とは何だろうか。何かを知っているのか？　学校に電話してみたのか？

ルミは恐怖を抑えてパパに探りを入れた。

「私が嘘をつかざるを得ないのは、誰かが真実を信じてくれないからだと思いませんか？」

「お前が嘘をつくのは、結局私のせいなのか？」

「パパが私を信じていないのは事実じゃない。私のすることがすべて気に入らないんでしょう」

「面白い。これほど意見が一致しない君と私がその点で同じ考えだとは。ところで、ルミ・ハンター、お前の親である私を信じないで、私のすることすべてが気に入らないのはお前も同じじゃないか？　自慢のプリメーラに通うお前の目には、7級書記の父親はただ退屈で恥ずかしい存在だからな」

ルミは愚かだとばかり思っていた父の口から自分を見抜く言葉が出てくるのに、冷ややかな気分になった。

「ところがお前がプリメーラに通えるのは誰のおかげだろうか。まさにそのくだらない7級書記のおかげじゃないか？」

ルミは負けたくなかった。

「経済的に私を圧迫するつもりなら、明日にでもおばあさんに私の学費をお願いします」

父が冷笑的に言った。

「利口なふりをしながらお前の目には目の前の現実はひとつも見えていないんだな。おばあさんにプリメーラと君の大学の学費までまかなうほどの経済力があると思うか？　早く夢から覚めたほうがいいだろう。最初からおじいさんが持っていたのは名誉だけだったし、お金じゃなかった。おばあさんがいつもお前の避難所になってくれると思ったら見込み違いだ。その資格もないし、これを機にきちんと押さえつけておこう。お前の親はジョーイ・ハンターで、私の家で私の子供として暮らす限り、お前は私の法に従わなければならないんだ」

そして、確約を取りつけるように付け加えた。

「分かったか？　リトルジェイ」

ルミはこれまで一度も呼んだことのない〝リトルジェイ〟という光栄なニックネームをこの瞬間に卑劣に使う父を理解できなかった。ルミはこれ以上、父と話したくなくなり、そのまま階段を駆け上がった。ところが後ろから聞こえる父の声が途中で足を引っ張った。

「今この瞬間から学年末試験が終わるまで学校に行く以外は外出禁止だ。そう理解しろ。電話での会話もさることながら、お前がどうするかによっては、その期間が無限に延びることもあるだろう」

ルミは階段で立ち止まり叫んだ。

「パパの思うようにはできません！」

「いや、そうするつもりだ。給料の40％をお前の学費につぎ込んでいるのに、この貴重な時間をお前がないがしろにしているなんて、私には不公平すぎるよ。お前が私に親としての役割をきちんとしろと言うだけではなく、私もお前に子供の役割をちゃんとしろと要求する権利がある。そうじゃないか？」

ルミは自分の頭の中をのぞき見されたかのような言葉に階段の手すりをぎゅっと握った。

「明日は友達と約束があります。一晩前に約束を破ることはできません」

「友達？　誰と？」

ルミは答えなかった。答えても問題なかったが、父に自分が従順だと勘違いさせたくなかった。

しかし驚いたことに、父が読心術を使ったかのように聞いた。

「ダーウィンか？」

ルミは沈黙を守った。今度は他の戦術的意図もなく、ただ口が開かなかった。

「心配するな。試験勉強のせいで約束を守れなくなったと、私が代わりに電話しておくから」

ルミはやっとのことで話し始めた。

「パパに約束を取り消させるなんて、私を完全に馬鹿にするつもり？」

「馬鹿になりたくないなら早く上がって勉強でもしなさい。プライムスクールも学年末の試験期間だ。ダーウィンは十分理解してくれるだろう。あの子はいい子じゃないか」

パパはそれから差し込まれている電話線を抜いた。

ルミはこれまで自分が最も見下していた無気力な人物に、真夜中にクーデターを起こされた気分になった。これまで享受してきた自由と権利が一瞬にして地に落ちた。パパは喜んでその戦利品を踏み潰す微笑みを見せ、電話を持って部屋に入った。ルミは一歩も動けなかった。

微弱な光

11月の第2土曜日、家に帰ってきたダーウィンは走ってくるベンを引き離し、服だけを着替えて再び外に出た。約束の時間まではまだまだなのにもう遅刻したような気分だった。昨日、ルミがロイド検事に会ってどんな話をしたのか、どんな感じを受けたのか、それで彼の正体についてどんな結論を下したのか知りたくて一刻も早く会いたかった。

庭先を忙しく通り過ぎていると、片隅に木の根元を藁《わら》で包んでいる庭師が見えた。地にひざまずいたまま両腕で木を包んでいる姿が妙に気になり、ダーウィンは急いでいたこともしばらく忘れて庭師に近づいて聞いた。

「こうしなければ木は枯れるのですか?」

庭師は「坊ちゃん!」と叫びながら飛び起きて、「仕事をしていてお帰りになられたとは気づきませんでした」と言った。ダーウィンは「大丈夫です」と言った後、先ほどの質問を再びした。すると、庭師が木を撫でながら話した。

「しないからといって、必ず皆死ぬわけではないでしょうが、それでもこんなふうにしてあげられるのに、しない理由はないでしょう。こうしたら確実に冬を無事に過ごせるんですよ。親が子供に寒くないように服を着せてあげるのと似ています。服がなければ自分の服でも脱いであげるのが親心でしょう。天気予報を聞いたら、今年の冬はいつもより寒さが早く来て100年ぶりの寒波になるそうです。私が面倒を見ている限り子供と同じなのに、ぶるぶる震えているのをただ見ていることはできません」

ダーウィンは自分の仕事に対して予想以上に誇りを持っている庭師の説明を聞いて、少しびっくりした。先ほど木を両腕で包んでいた姿がやけに印象に残った。

ダーウィンは家の外に出る時、庭師に告げた。

「おじさんのおかげで、来年はクルミがもっとたくさんできそうですね」

セントラルパークは夏にやってきた頃とは全く変わっていた。太陽に向かって高く昇っていた木々は今では翌年のためのエネルギーを蓄えていた。赤く黄色く変わった葉は、太陽の苦労を前に自然が捧げる最後の感謝の挨拶のようだった。

ルミと会うことになった噴水台に続く小道を歩きながら、ダーウィンは1年が暮れていく姿を感じていた。あたりの景色はナーバスにさせる要素もあったが、幸いなことに心に残る特別な後悔や残念さはなかった。ルミと知り合っただけでも今年の収穫は十分だった。来年はこれよりもはるかに豊かな年になることを期待していた。興奮で速足になったのかいつの間にか噴水台に来ていた。

「久しぶりだね、ダーウィン。元気だったかい？」

噴水台に座っていた人が自分を見て立ち上がり挨拶したことに、ダーウィンはびっくりして足を止めた。すぐに挨拶に応じたが当惑した気持ちが隠せなかった。

「あ……、こんにちは、おじさん」

ダーウィンは辺りをちらっと見回した。ルミの姿は見えなかった。

ジョーイおじさんが言った。

「ルミは試験勉強をしなければならなくて家を出られなくなったよ。それで、代わりにおじさんが出てきたんだ。びっくりしたかい？」

ダーウィンはがっかりしたが、何とか笑いながら「いいえ」と言った。プリメーラの学業の熱気がプライムスクールに劣らないということはよく知っており、ジェイおじさんの事件を調査するためにルミが勉強時間を多く奪われている事情も誰よりもよく知っているので、ルミの選択を非難するつもりは全くなかった。ただ、自分には学年末試験を後回しにするほど重要だった出会いが、ルミには2、3時間も作る価値がない単純な約束に過ぎなかったという事実が、心の中に〝苦いキャンディ〟として残った。

ルミの中で、自分の占める存在感がどの程度なのか分かった。

「おじさんにわざわざ来ていただく必要はなく、ルミが電話をしてくれてもよかったのに。申し訳ありません。僕たちのことでご足労をかけてしまいまして」

「ご足労だなんて。実はダーウィン君と話がしたくて、わざわざ出て来たのさ」

「僕とですか？」

ジョーイおじさんが噴水台の後ろにある道に導きながら言った。

「寒いからどこかに入って話をするのがいいだろう。ダーウィン、君ももうすぐ試験なのに風邪をひいたら大変だ」

ダーウィンは訝《いぶか》しみながらも、ジョーイおじさんについて歩いた。おじさん本人は、自分が相手にそのような疑いを与えていることを全く知らない平穏な顔だった。

公園を見回していたおじさんが、その表情と同じように穏やかな声で話した。

「以前はこの中にも食べ物を売る売店が結構あったが、今は全く見えないだろう？　最初はあちこちから不満の声も出ていたが、今は皆満足してこの公園にもっと愛情を持つようになったという。おかげで公園がもっときれいでもっと自然になったよ。子供の健康や安全の面でもずっと安心だ。これはすべて君のお父さんがいる文教部で推進したものだそうだ。どうやらニースさんは未来を見る目があるようだ。ダーウィン、お父さんを誇りに思わないか？」

ルミについて頭の中で考えていたダーウィンは、同意を求めようとするかのように自分をじっと見つめるジョーイおじさんの視線を一瞬遅れて感じ、「ああ……はい、誇らしいです」と答えた。突然、ルミとは何の関係もない父の仕事の話を持ち出されて、ジョーイおじさんが今日どんな目的で自分に会いに来たのか見当がつかなくなった。

ジョーイおじさんが案内した所は、公園近くの小さくて静かなカフェだった。注文した紅茶が出てくるのを待ちながら、ダーウィンはどこかぎこちない雰囲気に耐えなければならなかった。ジョーイおじさんは視線を窓の外の通りに向けたまま座り、何も言わなかった。

しばらくして従業員が来て、湯気の立つミルクティー2杯をテーブルに置いた。従業員が席を外してからしばらく経ってから、ジョーイおじさんが固く閉ざされた口を開いた。

「試験勉強はうまくいっているかい？　おじさんにはプライムスクールで試験を受けるプレッシャーがどれだけ大きいか想像もできないな」

わざわざこのような場まで設けたのは何かもっと明らかな目的があるからではないかという予想と違って、おじさんの第一声は近頃大人たちからかけられる一般的な話題だった。

「プライムスクールだからといって、特に変わったことはありません。おそらく、試験に関して他校の生徒も似たような負担を感じているでしょう。それで今日ルミも出られなかったんでしょうし」

「プライムスクールが他の学校と比較できるだろうか。とにかく別に疲れた様子がないのを見ると、ダーウィンは勉強に向いているようだね」

「避けられないことですから、どうせなら楽しくしようと思って。そう考えると、実際に勉強が一層面白くもなるんです」

「立派だね。ダーウィンのような息子を持つニースさんは、本当に誇らしいだろう。もちろんその素晴らしい点もニースさんに似ている」

ダーウィンはジョーイおじさんは褒めすぎだと思ったが、おかげで大きな心配は解消された。娘のボーイフレンドに〝立派〟と言うなら、おじさんは少なくともルミとの交際に反対する立場ではないはずだ。

緊張をほぐしている間に、紅茶を飲んだジョーイおじさんがカップを置いて言った。

「でもダーウィン、おじさんは最近少し心配だ。こんなに重要な時期に、もしかしてルミが君の勉強を邪魔しているのではないかと思ってね」

やっとダーウィンはジョーイおじさんが今日自分に会いに来た目的と、おじさんの心に込められた心配の正体が何なのか分かるような気がした。自分が頻繁に電話をすることで先生に注意されたように、ルミもやはり電話機の前に長く立っていることでおじさんを心配させたに違いなかった。もちろん「ルミが君の勉強を邪魔しているのではないか」という言葉の主語と目的語は位置を変えなければならないだろう。おじさんは実は「ダーウィン君がルミの勉強の邪魔をしているのではないかと心配だ」と言いたいところを、父との関係のために遠まわしに言っているのだ。

ダーウィンは自分たちのことについては少しも心配する必要はないという印象をおじさんに与えたくて、自信に満ちた声で話した。

「その点は心配いりません。ルミと僕はお互いを邪魔するようなうしろめたい関係ではないからです」

おじさんが微笑みながら言った。

「うしろめたい関係ではない……プライムスクールの生徒らしく使う単語も、とても高尚だね。うん、いいね。では、うしろめたい関係でなければ、ふたりはどんな関係だろう？」

ダーウィンは自分とルミの関係を最もよく説明する表現は何か悩んだ末に答えた。

「僕達はお互いに、インスピレーションを与え合うんです」

「インスピレーションか……悪いがおじさんにはどういう意味なのかよく理解できないな。インスピレーションを与えるというのがどんな意味なのか詳しく説明してくれるかい？」

「えっと、それは……僕が言っているのはお互いの生活に活気を与えるという意味です。以前は見られなかったものを見て、他の人とは試したことのないことをしてみると、人生に新しさを感じるんです」

「〝以前は見られなかったもの〟と〝他の人とは試したことのないこと〟って具体的にどんなもの？」

ダーウィンはジョーイおじさんに自分の考えを納得させなければならないという意欲に満ちあふれ、誤った方向に話を導いたことに気づいた。電話で話しただけでもこんなに心配しているおじさんが、9地区やアーカイブに行ったことに気づいたら、ルミとの交際は絶対に認めてくれないだろう。おじさんが再び「ん？　他の人とは試したことのないことって何かな？」と聞いた。

ダーウィンはおじさんの心配が大きくなる前に、すぐに「大したことではないです」と誤りを収拾した。

「ただこの前のように人類史博物館に行くなんて平凡なことも、ルミと一緒ならとても新しくて楽しい経験だという意味で言ったんです。ルミは僕とは違った目を持っているので、ルミの話を聞くと、僕が思ってもみなかったことについて考えることができるんです」

ジョーイおじさんは「人類史博物館か……」と独り言を言いながらも、そのまま黙って長い間何も言わなかった。何を考えているのかは分からなかったが、単純に人類史博物館について考えていると見るには深刻な顔をしていた。

ダーウィンは勇気を出してジョーイおじさんに率直に尋ねた。

「おじさんは僕がルミに会うのが気に入りませんか？」

ジョーイおじさんは驚いた顔をしてすぐ笑いながら頭を振った。

「とんでもない。娘がダーウィンのように立派なボーイフレンドと会うというのをどの親が反対する？当然、歓迎すべきことだ」

「でしたら、どうしてそんなに心配そうな顔をするんですか？」

おじさんが優しく微笑みながら言った。

「私が心配するのは君ではなく、ルミなんだよ。知っているように君のお父さんと私は長い間柄だ。追悼式もそうだし、今まで君のお父さんに助けられてきたよ。もしかしてルミがダーウィンに害になることはないか、それが心配なんだ」

ダーウィンはおじさんの顔から、本当に自分がルミを妨害することよりもルミが自分を妨害することを心配していると感じて、おじさんの本心が分からなくなった。しかし、どっちにしろこうした心配は、ちょっとした瞬間に生じて消える影よりも気にすることではないと知らせたかった。

「ルミが僕に迷惑をかけるなんて、そんなことは絶対にありません。おじさんは僕に立派だと言ってくれましたが、僕よりもルミのほうがずっと勇敢で賢明な人です」

ジョーイおじさんは笑って「良く見てくれてありがとう」と言ったが、しばらくしてから言った。

「でもダーウィン、ルミには君が知らない他の面があるかもしれない。子供の頃から見てきたというが、ルミと本格的に知り合ったのは最近じゃないか？　そんなに短い時間なら、無謀な面が勇敢さと間違って見えることもあるし、小利口な面が賢明さと間違って理解されることもある。そうじゃないかい？」

ダーウィンはジョーイおじさんの話を聞いてびっくりした。自分の娘をこんなに厳しく評価するおじさんが理解できなかった。話してみて分かったが、ルミが時々おじさんに見せる冷淡さには理由があったのだ。ダーウィンはルミだけでなく、ルミの中にそのような美徳を発見した自分自身まで歪曲されたようできっぱりと言った。

「僕が知っているルミはいつも明るく、自信を持って真実を最優先の価値と考える正義を大事にする人です。これ以外に、僕の知らないルミの他の面があったらおじさん教えてもらえますか？」

ジョーイおじさんは質問に答えず、視線をそらして窓の外を眺めた。

ダーウィンは再び聞いた。

「僕が知らないルミの他の面というのは何ですか？」


真実を最優先の価値と考える……？　私が裁判所書記として17年間働きながら悟ったことがひとつあるとしたら、真実の価値が過度に評価されているという事実だ。私は毎日真実に基づいた判決文を記録する。でも、真実が明らかになれば、皆が幸せになるという期待に反して、実際には幸せを感じる人はあまり多くない。むしろ、真実が埋もれて事実でないことが真実に化ける時、幸せが維持されるケースをよく目にした。先日、夫が不貞をした妻を殺害した事件も、真実が明らかにされていなかったらそのような悲劇的な終わりはなかっただろう。

真実が人間の幸せのために奉仕しないとしたら何

の価値があるだろうか。真実そのものが価値あるものだと？　そのような観念的な主張は、廃棄処分しなければならない。私は苦しむ人間の頭のてっぺんで意気揚々としている真実なんか崇拝しない。

ずっと昔、明らかになってはならない一つの真実があった。その真実に皆が苦しみ、幸せだった一家が破壊された。8歳の頃、愛する私の兄、ジェイ兄さんは突然暴君に変わった。6歳という年の差があったので私たちの間には以前から上下関係は存在したが、突然変わった兄の行動は正常な訓戒と処罰を超えたものだった。私を湯船に突き落として怖い顔で沈めたり、偶然に見せかけて私を2階の階段から突き落としたり、また、いつかは庭で遊んでいる私の顔を狙ってエアガンを撃ったりもした。額から血がだらだら流れるのを見ても兄はすまないという様子もなく「制裁だ」とつぶやいた。

私に理解しがたかったのは、母の態度であった。血を流したまま飛び込んできた私と、二階の階段の上で傲慢に立っているジェイ兄さんの間で、母は先にジェイ兄さんの方に心配そうな眼差しを向けた。まるでジェイ兄さんの額から血が流れているかのように……。

後になってやっとそのことがひとりの男と関係していることが分かった。父の知人で私の家をたびたび訪れていたのは、私の実の父親だった。父が写真を撮るために家を留守にしている間、母親は不貞を働いた。あるきっかけでジェイ兄さんはその真実を知るようになった。ふたりが家のどこかで密会をしたのだろうか？

真実が明らかになった瞬間から、母と私は兄の餌食になった。私に向けられたジェイ兄さんの怒りは、主に肉体への暴力という形をとった。私は自分がいじめられる理由も知らずに、一時は私が愛し、尊敬していた兄に毎日無差別的な虐待を受けた。反面、母親への暴力は物理的でない代わりに、より巧妙であった。

ある日曜日、母と私が教会から帰ってきた時のことだった。私が庭で何かするためにちょっと目を離した時、母は先に家の中へ入った。しばらくして家へ入った私は、母を台所の床に跪《ひざまず》かせたまま椅子に座っているジェイ兄さんを見た。ジェイ兄さんは私を見てもその罰を中断させるどころか、むしろ傲慢にあごを上げ、お前もこの姿をちゃんと見ておくべきだという風に母に言った。

「これからは教会なんか行くな。お前にその資格はない。そうだろ?」

母は奴隷のようにジェイ兄さんの命令に従った。母は何を恐れていたのだろう。ジェイ兄さんが父さんに真実を打ち明けること? 不貞を犯した女という烙印《らくいん》を押され、1地区の家庭から追い出されること? ところで父は本当に知らなかったのか? 知らなかったなら父はなぜいつもそんなに冷たい目で僕を眺めていたのだろうか。どうして私の顔にできた傷について一度も尋ねなかったのだろうか。どうしてジェイ兄さんには許可したのに僕がカメラに触るのは嫌がったのか。どうして私の16歳の誕生日にはジェイ兄さんにプレゼントしたように自分の写真をプレゼントしてくれなかったのか。なんでジェイ兄さんが死んだ時、自分の唯一の息子が死んだように空《むな》しい顔になったのか……。

父から温かい視線を受けるようになったのは、父が認知症を患ってからだった。その時初めて父になったような気がした。それまでは私の父ではないみたいだった……。

ある瞬間からジェイ兄さんには病的なほどの、道徳的な潔癖さを求める症状が発生した。彼は世の中がすべて白でなければならないと信じているようだった。小さな汚れも大目に見てくれることはなかった。彼の前では誰もが堂々としていなければならなかったし、毎日を裁判所で宣誓するように生きなければならなかった。裏に隠してごまかすことはすべて制裁の対象だった。

いつかとても大事な父の客が家に来て、近くに違法駐車をしたことがあった。客は父に「いつも法律を守るより気楽な方がいいよ」と言った。その会話を聞いたジェイ兄さんが警察署に「違法駐車車両を早く牽引してくれ」と通報した。警察が「昼間は柔軟に運営する」と言うと、ジェイ兄さんはその発言をした警察の身分を聞き、「肩書きがより高い上司に伝える」と脅迫した。慌てた警察はすぐに警察官を送ると言った。しばらくすると、自分の車がレッカー移動されたと連絡を受けた客が慌てて家の外に飛び出した。ジェイ兄さんは階段に立って、裁判官のようにその姿を見て喜んだ。

兄を覚えている人は、彼は太陽に似ていて、指揮者であり、大人になっていたら大きな仕事をする人になっていただろうと言う。彼がプライムスクールに合格しても行かなかったエピソードを、英雄の一代記の序章でもあるかのように考えているのだ。しかし、兄の性格を近くで感じていた人なら、彼の眼差しに滲み出る残酷な本性に時に身の毛がよだつ思いをしただろう。プライムスクールに行かなかった理由を話す時も、人前では「友達と遊びたいから」と取り澄ましていたが、本当は悪辣にも母と私をそばで悩ませるためだったのである。

ジェイ兄さんの虐待にもう耐えられなくなった時、私は兄をこの世から消すことにした。方法は簡単だった。弱点がばれるのが嫌で、食べたくないから食べないだけだと言い訳をして隠していたが、実は兄はクルミにひどいアレルギーを持っていた。少しだけ食べてもすぐ息がつまった。クルミを砕いて粉にしてパスタソースに混ぜれば、夕食のテーブルで兄は窒息死するだろう。振り返ってみるとその考えを持ったのは10歳の時だった。10歳で人殺しを企てるとは……。私という存在が今までされてきたことの悲惨さが感じられる。ところが、そのように毎日殺人を夢見ていたある日、ジェイ兄さんが本当に殺害されて死んだ。私は私が彼を殺したのではないかという疑念を拭《ぬぐ》えなかった。私の強烈な念願が強力な幽霊を生み出し、私が兄の首を絞めたのかと。

警察の取調べで「あの夜、兄の部屋で話し声を聞いた」と供述したことを後悔した。なぜ犯人を特定できるヒントを自ら流したのだろうか。私の代わりに兄を殺したその人は恩人同然なのに、どうしてあんな馬鹿なことを言ったんだろう。あの頃から臆病者だった。警察も、家族も、誰も兄を亡くした哀れな10歳の子供を疑わないのに、私ひとりが殺人者に追い込まれるのではないかと恐れ、誤って口を開いたのだ。幸いにも警察は私の証言に大した意味を見出さなかった。

事件は身元不明の9地区のフーディーの仕業ということで終わり、そうしてジェイ兄さんは私の人生から去っていった。たまに憂鬱な気持ちにもなったが、新たに得た人生がその悲しみを軽く追い出した。夜になって、また明日兄さんに殴られるという心配をしなくていいし、兄さんに卑屈になる母さんも見なくてよくなった。兄にそんなに憎まれている私の存在の根源を悩み、疑わずにも済んだ。私はもうジェイ・ハンターの獲物ではなくなった。

大学に入学する頃、生物学的な父親が私を訪ねてきた。2地区の建築家である彼は、私が自分の血縁であることがすごい真実でもあるかのように、厳粛な声で私との関係を再建したいと言った。

私は彼に言った。

「再建とは、崩れた何かを再び建て直す時に使う言葉ではないですか。ところで、あなたと私の間に何か崩れたことがありますか？　いいえ、何も崩れたことはありません。そもそも、あなたと私の間には強固な何かが建てられていたわけではありませんからね。お帰りください」

私の荒廃した心の中に積もった残骸は、たったひとりで崩れ落ちたものだった。彼はそこに足を踏み入れる資格がなかった。石のかけらひとつでも積み替える権限はなかった。私は彼に二度と私のところに来るなと言った。父が切実に必要だった時期に私は父なしでひとりで過ごし、その期間が過ぎると、生物学的な父であれ書類上の父であれ、必要なくなった。真実はそういうものなのだ。時期が過ぎると、有効期限の切れたクーポンよりも役に立たないものになる。

そのように2人の父と関わってきたが、付き合っていた女性と大学3年生の時に結婚し、早く家庭を築いたことで、ついに私は私の幼年時代を不幸にした真実から抜け出すことができた。

「おじさん、僕が知らないルミの他の面というのは何ですか？」

ところがここに、まだ明らかになっていないもうひとつの真実がある。

ジェイ兄さんの13周忌の追悼式で、私は2階に上がる彼を偶然見た。それまで彼は2階に上がったことが一度もなかったので、ひょっとしたらジェイ兄さんの部屋について説明が必要かもしれないと思って後をついて行った。母は私の昔の部屋はがらくたをしまうための物置に使い、ジェイ兄さんの部屋は王子の部屋のように保存していた。彼は13年前と同じジェイ兄さんの部屋の姿に、タイムマシンにでも乗った子供のように衝撃を受けていた。その部屋を見回す彼に、私は「ちょっと大げさでしょう」と言って、半年後に生まれる彼の子供に話題を移した。

「まだ子供を持つ気がないので、私には想像がつきません。父親になるということは一体どんな気持ちなのか」

「私も同じだ。全然実感が湧かない。時々怖くもなるよ」

「兄さんらしくない、自信のないことを言いますね。私にはいつも自信が一番大事だと言いながら」

「そうだな。親になるということは、自信とは別に関係ないからなんだろうな」

「それじゃ、何と関係あるんですか？」

「多分……資格じゃないかな？」

「それなら兄さんは子供を20人産んでもいいですね。私が断言しますよ。兄さんは必ず世界で一番立派なお父さんになるでしょう」

「……私は資格不足だよ。世界で一番立派な父親になるのはジェイだった」

間違った信仰心に根ざした彼の一途な友情に、私は少しむしゃくしゃした。

「あまり断言しないでください。人には誰でも、他の人は知らない面があるから」

「同意する。でもジェイは違った。お前の兄さんは本当に特別な人だった。ガラスみたいに透明だった」

「兄さんはたまにジェイ兄さんを美化しすぎているみたいですね」

「そう感じるか？　でも、私は今まで生きてきて、ジェイほど内面と外面が一致した人に会ったことがない」

「それはジェイ兄さんが早く死んだからでしょう。

ジェイ兄さんが生きていたら、考えが完全に変わっていたかもしれませんよ？」

「そんなことが起こるわけない。ジェイは生まれつき自分に厳しい人だったから、年を取ったからといって、そのような本質は変わらない」

「ジェイ兄さんを見ると、幼い時に死ぬのも悪くはないですね。人々に良い思い出として残ることができるから」

彼が厳しい顔で言った。

「ジョーイ、それはとても残酷な言い方だ」

私は引き下がらず、自分の思うとおりに反論した。

「でも事実じゃないですか。人は長生きするほどたくさん苦痛を受けるようになっています。ジェイ兄さんのように苦痛もなく一瞬にして死に、長い間人々の追悼を受けることも悪くないじゃないですか？」

彼は急に興奮して言った。

「お前はジェイがどうやって死んだのか知りながらそんなことを言うのか。ジェイは殺されたんだぞ。殺されたんだ」

「そうです。絞殺でした。それでも兄さんを検視した医者が言いましたよ。首にできた痕跡から見て、長く苦痛を受けて死んだわけではないようだから、それは幸いだと」

その瞬間、彼が叫ぶように声を上げた。

「長く苦痛を受けなかったって？ 自分が同じことをやられても果たしてそんなことが言えるのか？ 犯人がフードのひもで息を絶とうとする時にどれほど力を注いだか、それを医師は知っているだろうか？ 次の日、手のひらに赤いひもの跡が残っているのを見てどんなに凄惨な気分になったか、そいつは知りもしないだろう。その苦痛の百分の一でも感じられたら、幸いだのなんだのというたわごとは、絶対に言えない」

話を終えた瞬間、彼の顔は息がつけないほど苦しい顔をしていた。真夏なのに彼の口から白い湯気が漏れているようだった。

私は彼の気持ちが落ち着き、その落ち着きがようやく沈み切っただろうと思う時に口を開いた。

「ジェイ兄さんは絞殺され死亡したことが明らかに

なりましたが、犯行道具はまだ見つかっていません。警察も私の家族も多分ひものようなものだったのではないかと推測はしました。それはフードのひもだったんですね」

彼と私は数分ほど黙って部屋にいた。もう言葉は必要なかった。沈黙がすべてを明かしてくれた。しばらくして彼が先に部屋を出た。

月曜日に私は彼の事務所を訪ねた。彼の席は空いていた。彼の上司によると、彼がいきなり辞表を出したので考え直せと、数日休暇を与えたという。家を訪ねたところ、奥さんが泣きながら彼が子供を堕ろそうと言ったと話した。彼はすべてを諦めるつもりだったのだ。彼は暗い書斎でひとり座っていた。

私は彼のところに行き言った。

「もし事件の真実が明らかになれば、それは私ではなく昨日のように兄さんの口からでしょう。二度と失敗しないでください。私は絶対あやまちは犯しません。この部屋から出たら、私は何も知らないんです。今日この時間が私たちがそのことについて話す最後になると思います。追悼式にもこれ以上来ないでください。家族たちも納得するでしょう。これまで過剰だったんです。これから私の家族からゆっくり離れてください。兄さん自身のために。……そして私にはこんなことを言う資格はありませんが、それでもひとつだけお願いします。必ず立派な父親になってください。……私もひとりぐらいは立派な父親というのを見てみたいんですよ」

私は彼がフードのひもでジェイ兄さんの首を絞めた理由については一度も聞いていないし、一度も気にしなかった。知ったところで、誰の役にも立たない〝役に立たない真実〟だからだ。そうして私は再び真実と別れた。

今、この真実が明らかになったとしても誰が幸せになるだろうか。過去を覆い隠しジェイ兄さんを理想的な息子に変身させた母が？　不貞を犯した妻と死んだ息子の記憶を失った父が？　今の人生に満足している私が？　ジェイ伯父さんの本当の姿を知らないルミが？　30年前に死んだジェイ兄さん？　兄さんのために？　でも兄さん、死んだ人のために生きている人の幸せを壊すことはできません。それは正義ではなく愚かなことです。私はジェイ兄さんのように利口ではないが、それでも兄さんが言ったように低能な子供でもありません。

　ジェイ兄さんが私の頭に鉄球を撃ったがために泣いている私にキャンディをくれた彼を裏切らないつもりです。父と私の実の母まで放置していた私の面倒を見て、勉強を教えてくれた彼を裏切ることはないでしょう。父の代わりに私の進路を心配し、今の職場を得るように力を尽くしてくれた彼を裏切ったりはしません。兄よりも私を実の弟のように思ってくれるこの人を裏切るようなことは決してありません。血筋などは何の関係もありません。私は実の父も拒否しましたよ。この人が私の本当の兄です。ジェイ兄さんは僕が兄さんと呼ぶのもひどく嫌がったじゃないですか。

　もう私たちを放して、どうか去ってください。これから先、生きていかなければならない私たちの人生をこれ以上振り回さないでください。人々の記憶の中から出て行ってください。私は1年に一度兄を追悼しなければならないその一日だけでもうんざりしています。16歳で死んだ邪悪な少年を30年間も追慕してあげたら十分ではないですか。これだけやれば、兄の許諾なしに神様が代わりにすべての罪を許してくださったはずです。年が変われば今度は必ず兄さんの追悼式をやめると皆に伝えます。話し合いじゃなく、一方的な通告です。命令であり宣言です。私がハンター家の後継者です。後継者の資格として罪悪感に苦しむその可哀想な人を自由にしてあげるんです。

　そして僕も自由になります。

　ジェイ兄さんが私たちの人生の中に突然現れる度に、私はこんな祈禱ではない祈禱をする。

「おじさん、僕が知らないルミの他の面というのは何ですか？」

　予定になかった妻の妊娠の知らせと、出産予定日の日付だけでも戸惑っていたのに、出産予定日から3日経ってジェイの誕生日に生まれた私の娘ルミ。

まるでわざわざその日付に合わせようと、お腹から出てこようとせずに待っていたかのように……。身震いするほど恐ろしいその想像が〝リトルジェイ〟〝うちの赤ちゃん虎〟と母が呼ぶ度に幽霊になって私を襲う。ルミについて回るジェイ兄さんの影を振り払うことができない。ルミの瞳は私を虐待したジェイ兄さんにそっくりだ。プリメーラに執着する性格さえ、前世で進まなかった道を今世で試そうとする彼の残像と思われる。それで私は愚かにも、たびたび兄にやられたことを、ルミにそのままやり返したいという衝動にかられる。抑えようと頑張っても、その妄想から完全に抜け出すことはできない。私は決して立派な父親にはなれない。いや、その道はとっくに諦めている。

娘が真実を最優先の価値と考える人だって？　父である私が廃棄処分したい真実を？

ダーウィン、おじさんは絶対にそうはさせない。ルミが私の身分証を盗んで情報公開請求をし、アーカイブで君のお父さんのＩＤまで盗用したのを見ると何かを知っているようだが、絶対に望むようにはならないはずだ。なぜなら私が持っている〝父〟という唯一の権力を利用して真実を明らかにしようとするルミを屈服させるからだ。その真実はもうこの世界では何の役にも立たない。幸せな人生を蝕《むしば》む害虫に過ぎない。

真実の価値は誇張されすぎている。それが、私の信じている世界で唯一価値のある真実だ。

ダーウィンは焦りながらもジョーイおじさんの返事を待った。おじさんの視線は行き過ぎだと思うほど、長い間、窓の外に留まっていた。ルミはおじさんが本人の名前でＩＤを作るほど単純な人だと言ったが、今日のおじさんは実際の名前以外にもうひとつの名前を隠していたとしても信じられるほど複雑な人に見えた。

ダーウィンはおじさんの答えを引き出すために、仕方なく同じ質問をした。

「おじさん、僕の知らないルミの他の面ってどういうところですか？」

おじさんは窓際に向けていた視線をゆっくりとこちらに向けた。

「ダーウィン、おじさんは君に忠告をひとつしなければならないようだね」

「何の忠告ですか？」

「ルミの言うことをあまり信じないで欲しい。いや、あの子の言うことだけじゃなくて、ルミ・ハンターというあの子の存在自体を信頼しないで欲しい」

ダーウィンはおじさんの言うことがますます理解できなかった。親が自分の子供についてそんなことを言うなんてとても信じられなかった。

「それはどういう意味ですか？　なんでルミを信頼したらダメなんですか？」

「ルミ、あの子はね……なんというか、どこか浮ついていて、荒唐無稽なところがあるんだよ。何でもないことも大きく膨らませて解釈をする。通りすがりの人とちょっと目が合っただけでも、その人が自分を尊敬しているとか、逆に見くびっているという錯覚をするようにね。幼い頃からそうだったが、プリメーラに入ってからはもっとひどくなってしまった。これまでも結構目につくと思っていたが、プリメーラに入って自分より優れている子供たちに埋もれてしまって、その面が間違った方向に進んでしまったようだ。プリメーラの生徒だということに人々が気づくように休日にも制服を着ているが、親としては恥ずかしいよ。おじさんが思うに、ルミがダーウィン、君まであの荒唐無稽なファンタジーの中に引き込もうとしたと思うけど、どうだい？　ルミのことで困ったことはなかったかい？」

ダーウィンは断固として首を横に振った。

「おじさんが何を言っているのか理解できません。学校の制服を好むのが間違っているんですか？　僕はむしろルミのそういう姿が好きです」

「ありがとう、そう思ってくれて。制服でそのファンタジーが止まるなら、おじさんもここまで心配しないだろう。本当の問題は別のところにある」

「別のところとは？」

「ルミの伯父、ジェイ・ハンターさ」

ダーウィンは口をつぐんだ。この時点で突然ジェイおじさんの名前が取りざたされるということが意外でありながらも、どこかで一度は出てくるだろうと予想はできた。

おじさんが笑いながら言った。

「君の顔を見ると、ジェイ・ハンターについてルミはこれまで君にかなり多くの話をしたようだね。うん、しなかったはずがない。じゃあ、君も一度くらいは感じたんじゃないかい？　他の家族たちが心に埋《うず》めたことを当時生まれてもいなかったルミがひとりでそんなに執着するのはおかしいとね。理由は何だと思う？　正義？　真実？　いや、そのような高尚な価値のためではなく、今は自分の荒唐無稽なファンタジーをジェイ伯父さんに回しただけだ。プリメーラ生活も3年ぐらい経って、そろそろ退屈になってきて、とても学校の中では自分に目を引くようなところがないから、新しい活力が必要になってきたんだ。その時、ちょうどジェイ伯父さんが目に入ったわけなんだ。ダーウィン、ルミはジェイ伯父さんのためではなく、自分自身のためにそうしているのだよ。自分のファンタジーの中に〝死にまつわる秘密〟という迷路を作っておいて、自分がその秘密を解く主人公になりたいのだ。子供の頃に見ていた探偵漫画の主人公にでもなったようにね。もちろん、子供たちには興奮する要素があるだろう、自分の家に殺された人がいるって。直接それを経験した他の家族の傷がどれだけ深いかも知りもせず無邪気にね……ジェイ伯父さんの部屋に入れてあげた後から消えた1枚の写真がどうのこうの言っていて、そのままにしておいたが、最近はますますひどくなってきて、本当に探偵のようにあちこちを騒がせているようだね。このままではルミが行きつくところまで行くのではないかと不安だ。私が知らないところではもうそうなっているのかもしれない。ダーウィン、もし知っていることがあれば、おじさんに言ってくれないか？　ルミが何か問題になるような行動をしたことがあるのか？　例えば大人たちに嘘をついたり法を破ったりするような……」

おじさんの話をきっかけに、夏に9地区に行った事実とアーカイブでのID盗用、ルミがジョーイおじさんの身分証を利用して資料公開請求したことが相次いで頭の中に描かれた。ダーウィンはそのことを暗示する話をされるのではないかと思って、先ほどのように口をつぐんだ。

するとジョーイおじさんは問いただす代わりに、にやりと笑いながら言った。

「もちろん君の性格だから、僕に言ってくれるなんて期待していない。その沈黙を肯定の意味として理解するよ」

ダーウィンはルミと話し合いをしていない以上、無条件に黙秘権を行使した方が安全だと判断した。しかし、ジョーイおじさんのその妙な笑みを見た瞬間、おじさんの想像が過度な飛躍につながる前に、口を開いてルミと自分を弁護する方が得だというふうに考えた。

「おじさん、僕はおじさんがルミにもう少し信頼を寄せてくれたらと思います。おじさんは僕がルミのことをよく知らないからそんなことを言うと言いましたが、逆に僕の知っているルミのことをおじさんが知らないのかもしれないじゃないですか。僕は一度もルミがファンタジーの虜《とりこ》になっていると思ったことはありません。僕が見てきたルミはいつも合理的で理性的でした。説得され、感嘆が出るほどです」

「そう聞くと、ルミがジェイおじさんの死を調査する根拠が妥当だと思っているらしいね」

ダーウィンはうなずいた。

おじさんが反論するように聞いた。

「でもそんなに自信があるのなら、ルミはなぜ自分がしていることを父である私には隠そうとするのか？　正当でないことを密かに企んでいるようにだ。もし兄の死に一抹の疑問でもあるなら、それを一番明らかにしたいのは当然、弟である私ではないのか？　で、ルミはどうして私に何の助けも求めないのか？　それは後ろめたいところがあるという証拠ではないのかな？」

ダーウィンは自分がジェイ伯父さんの話を持ち出すたびに、パパはいつも回避したり怒ったりするのが常だというルミの言葉を思い浮かべ、ルミの代わりに弁護した。

「それは多分、まだ確たる証拠を見つけていないからでしょう。大人たちに言うにはまだ準備が十分でないと。下手に言ったら余計な心配だけかけますから。みんなを納得させる確かな証拠を見つけたら、きっとおじさんに一番先に話すでしょう。その時までもうちょっと待ってくださいませんか？」

おじさんはため息をつきながら首を横に振った。

「おじさんはよく分からないな。ひとりしかいない大切な娘が道を踏み外して歩いていくのを見ながら、もう少し待っていなければならない……ジェイ兄さんを殺したのが9地区のフーディーだという警察の発表には少しも疑いの余地がない。あの時代を生きたことのない君たちには、9地区に住む人が1地区まで来たということが不思議に聞こえるだろうが、当時はそんなことが一度や二度ではなかった。ジェイ兄さんの他にも身元不明のフーディーに殺された人が何人かいた。新聞にもよく出ていた。交通システムを利用して今のように上位、中位、下位地区を分離させたのも、そのような事件が起きてからのことだ。おかげで、9地区の人々による犯罪件数が確実に減った。もう9地区の人間が1地区に侵入することもないし。こんなにすべての状況が確かなのに一体どうしてそんな無駄なことで時間を浪費するのか分からないな。まもなく学年末試験なのにどういうつもりなのか。自分の時間を無駄にするのは自業自得だが、君の邪魔までしているのを見ると、このまま黙っていてはいられないと思って、今日ここに来たんだ。おじさんは、ルミのせいでダーウィンが傷つくことは絶対にあってはならないと思っているんだ」

ダーウィンはジョーイおじさんの目から、心から自分を心配する気持ちを読み取った。そうした愛情はもちろんありがたいことだったが、心の中では受け入れられなかった。親密な付き合いもなく、1年に一度だけ追悼式で顔を見る別の家のおじさんが自分をこんなに気遣ってくれることが自然なことだとは思わなかったからだ。少しの沈黙が流れた後、ジョーイおじさんが「時間を奪ってしまったな。もう勉強しに帰らないとね」と言って席を立った。ダーウィンはおじさんについて外に出た。

カフェの前で別れる前、おじさんが最後の頼みのように言った。

「ダーウィン、君が生まれる前からお父さんと私は何の問題もなく仲良くしてきた。今になって変にぎこちない仲になりたくはない。ルミのせいで君の成績が落ちたり、苦境に立たされたりしたら、君のお父さんにどうやって顔向けできるだろうか。今までジェイ兄さんを忘れず、毎年追悼式を開いてくれているだけでも、君のお父さんはうちの家族には恩人同然なのに……。お父さんはこんな無駄なことではなく、もっと大きなことで悩まなければならない。この国の教育と未来のために。そうだろう?」

父を思うおじさんの心に、ダーウィンはうなずくしかなかった。

家に帰るために再び公園を通りながら、ダーウィンはさっき期待と胸騒ぎで歩いた道を今度は疑問と失望で歩いていることに、全く違う人になったような気分だった。ダーウィンはジョーイおじさんの悩みを理解できた。他のことに関心を持ち、勉強をおろそかにしないかという心配は、1地区すべての両親の共通のものだった。しかし、おじさんの言葉とは裏腹に、誇大妄想の一面を持っているのはルミではなくむしろおじさんだと思った。おじさんは、まるでルミがみんなの人生を揺るがす大変な危険分子にでもなったように思っていた。父親が娘にそんなに攻撃的で防御的なことが信じられなかった。

もちろんダーウィンは、ルミが突風のように自分を巻き込んでしまう部分がある事実は認めた。そのような時は、自分も手をこまねいて一方的に偏った気流に引き込まれる感じがした。1地区から突然9地区に移動した日や、人類史博物館に行くことを期待して、それまで一度も考えたことのない父のIDを追跡するようになった日のように。しかし、そのような突風も決してルミへの心の方向を変えさせることはできなかった。非予測性と突発性はむしろルミをルミらしくする最も大きな魅力だった。

地面に横たわっていた木の葉が、突然風に包まれ地面に小さく渦巻いているのが見えた。ダーウィンはこれまでルミが明らかにしたことや、今後明らかにすることを受けて、果たしてジョーイおじさんは戦えるだろうか、という疑問を抱いた。ルミの推測どおり3級以上の高級公務員がジェイおじさんを殺害したことが明らかになれば、ジョーイおじさんはハンター家の名誉をかけて戦わなければならない。

今享受している〝虚偽の平和〟を真実の混乱と引き換えにしなければならない。ところがおじさんは、真実どころかルミが真実に近づこうとしているという事実だけでも、すでに手に負えないと考えていた。頭では真実が不滅の価値だということを理解しても、実際に両足で立ってその真実がもたらす危険に対抗するには、ルミの言葉どおり、あまりにも安全志向的なのだ。ダーウィンは今になって、ルミが自身の父親に対して持っている不満の本質を理解することができた。

太陽のように輝くルミに耐えるには、おじさんの持つ光はあまりにも弱かった。ルミは本の中に出てくる〝革命の女戦士〟のように、ひとりで戦っていた。革命が起こる時、果たして自分はどこにいるだろうか？　答えは簡単だった。ダーウィンは軽くなった足取りで公園を抜け出した。

違う道、違う目的地

ダーウィンは窓際の照明をもうひとつ点《つ》けた。時間が経つのも忘れて机に座っている間、クルミ通りにいつの間にか暗闇が降りていた。ジョーイおじさんの不信と心配は、試験勉強に専念するのに良い動機になってくれた。ルミとの出会いが認められ、ルミに対する自分の判断が正しいことを証明するためには、前より優れた成績を出さなければならなかった。欠点のない成績表はルミと自分を守るしっかりした盾になるだろう。

ダーウィンは外国語のテキストを開いた。その時だった。

「休みながらやりなさい。あまり過酷に自分を追い詰める必要はない」

肩を撫でる温かい手を感じて振り向くと、父が背後に立っていた。勉強に熱中したあまりノックの音も聞こえなかったようだ。ダーウィンは父の顔を見て話した。

「それは僕がお父さんに言わなければならないことだと思いますが」

11月は政府中央機関が監査準備に入る期間なので、土曜日なのに早朝から夕方まですべての公務員の追加勤務が当然視された。父もまた一種の試験準備をしていることになる。激務に苦しんだ顔は1ヶ月前よりかなりやつれて見えた。

父が尖ったあごの線を照れくさそうに触りながら言った。

「酷《ひど》いだろう？」

ダーウィンは愛と尊敬を込めて「全く」と答えた。ジョーイおじさんの言う通り、父はこの国の教育と未来を担っていた。使命感を持って働く父の瞳には、やつれた顔を明瞭に引き立てるような光が流れていた。ダーウィンはその光を見るのが好きだった。

父が本を閉じながら言った。

「夕食を食べよう。これぐらい勉強したら休憩時間もないとね」

試験の話はなるべく控えようとしたが、結局夕食の食卓の主な対話は学年末試験に流れた。ダーウィンは父が自分に過度な負担を与える言葉をかけないように自制していると知った。一方で、紛らわしい理論を明確にし、対立するふたつの主張のうち、自分が取らなかった反対の立場で提起できる論拠を提示して、視野を広げることを積極的に手伝ってくれた。父はプライムスクールの教授に劣らない立派な家庭教師であり、世界で最も信頼できる相談相手だった。

ベンはいつもより夕食が長くて退屈したのか、いつの間にかテーブルの下で眠っていた。

父が言った。

「学年末試験を受けたらすぐ新年になるだろう。2月には誕生日を迎える。17は16とはかなり違うだろう。プライムスクールでも高学年だ」

「途中で重要な日をひとつ見落としていないですか？」

「大事な日？」

「クリスマスです」

「ああ、そうだな。クリスマスを忘れてはいけない。

ところでクリスマスを楽しみにしているのを見ると、まだ確かに子供だな。高学年という言葉は取り消さないと」

ダーウィンは自分を子供のように見つめながら笑っている父に、自分が期待していることを話した。

「クリスマスにはバズおじさんが制作したドキュメンタリーが放映されるでしょう。僕が通う学校を題材にしたドキュメンタリーが作られるのが不思議なんです。おじさんが眺めるプライムスクールはどんな所なのか知りたいです」

父はやっと思い出したようで、「ああ、そうか。そのことがあったね」とうなずいて言葉をつないだ。

「君たちにとっていい刺激になるだろう。一箇所に長く滞在していると、自分の居場所がどこなのか客観的に見られなくなることがある。今回の機会を通じて、これまで知られていなかったプライムスクールの新しい面を全国民が知ることになるのは意味があることだろう。もちろん外部の見方だからといってそれが常に真実であるわけではないから、自分で考える判断力はなければならないが」

〝全国民〟という表現を聞いて、ダーウィンは列車に乗って1地区から9地区まで横断した旅程を思い出し父に尋ねた。

「ところでドキュメンタリーが全国に放送されれば、違和感がもっと大きくなるのではないでしょうか？」

「違和感？」

「他の地区ではプライムスクールは貴族学校だという見方もあるじゃないですか。そのような学校に関するドキュメンタリーをクリスマスに放映することが、もしかすると違和感を高める誘発剤になるのではないかと思って」

「心配しすぎだ。どこにでも違う見方は存在するものだから、まだ幼い君たちがそんなことにいちいち気を使う必要はない。それに、最初にドキュメンタリーを提案したのも、プライムスクールではなくバズだったじゃないか。むしろ学校は〝前例のないことだ〟と難色を示した。こうした事情を知らない人たちが違和感を云々するのだ」

「しかし、いずれにせよ、そういう見方を持った人たちも国民でしょう。今も各地区間の移動は少ないですが、これ以上の断絶は望ましくないと思います。垣根を少しずつ低くして同質性を回復するのが国の未来のためには望ましいのではないでしょうか？　1地区だけがリンゴの核になるとは限らないからです」

「リンゴの核とはどういう意味だい？」

「1地区に集中した社会・経済・文化基盤の正当性を説明する法学教授式の表現です。教授は1地区が地区の核の役割を担っているとし、リンゴの種は常に正しいので、たとえ端が腐敗しても、それを種の責任に転換することはできないと言いました。もちろん、授業を受けたすべての生徒がその意見に同意したのではないですが」

「ダーウィン、君もその意見には同意しない？」

「その時は異議を申し立てる雰囲気ではなかったので黙っていましたが、複雑な社会システムをリンゴの種になぞらえて正当性を獲得しようとするのは、あまりにも一方的な見方のような気がします。比喩は文学ではいいインスピレーションの道具になりますが、社会現象を説明する上では乱暴な面もあるんじゃないですか。お父さんはどう思います？」

「そうだな。君の考えにも同意するが、教授がどんな意味でおっしゃったのかも理解できる。教授くらいの年齢になれば、この複雑な世の中を説明する1行の簡単な文句を作りたい欲望が生まれるはずだから。ある意味、かなり適切な比喩だとも思う。人間であれ国であれ、ひとつの個体が成長するためには核の役割を果たす中心が必要だが、今はどこから見ても1地区がその役割を果たしているのではないだろうか？」

「しかし、その見方を受け入れるには、核の大きさが小さすぎると思いませんか？　残りの地区とのバランスが合わないじゃないですか」

「もともと核というのは大きさではなくその中に宿ったエネルギーが重要なものじゃないか？　人間も同じだよ。単に体に比べて脳が小さいからといって、脳の役割を軽視したり非難したりすることはできないのではないかな？　そして、君はまだ幼いのでよく分からないかもしれないが、今の国家内の経済的均衡は他の先進国と比べても良い方だという。社会、経済、文化のあらゆる面において適切な配分と緊張感を維持している。社会政治活動は1地区が主導的な地位にあるが、経済活動の場合は2、3地区の方が活発で、中位・下位地区に比べて上位地区が納める税金がはるかに多いというふうにだ。乗ることはないが、一例として中位地区の鉄道料金は上位地区に比べてずっと安く、下位地区を行き来する鉄道料金は最初から無料だそうだ。公正な配分を通じて、各地区間の経済的均衡を維持するためだ。また、司法体系でも中位地区と下位地区に比べて上位地区がずっと重い責任を負っており、このような政策を通じてすべての地区が各自に与えられた役割を忠実に果たしている。教授の比喩を真似すると、〝立派なリンゴひとつ〟を作るために」

ダーウィンは父と話をする時間が楽しかった。父との対話は互いに別の道へ進んでも、最終的には同じ目的地で会う旅路と似ていた。目的地へ向かう道が違えば違うほど、互いにより多くの可能性と多様性を見出せるだろう。

ダーウィンは父に聞いた。

「それではお父さんは、9地区が与えられた役割は何だと思いますか？」

ところが、9地区の話を持ち出した瞬間、すべての道を許してくれそうだった父が、突然閉鎖される鉄門のように厳しく言った。

「9地区は例外だ」

父の答えは閉まった戸のようにきっちりしていた。

「なぜですか？」

「なぜ？　ダーウィン、君がそんな基本的な質問をするなんてちょっと驚いた。本当に知らなくて聞いているのなら、今夜は歴史、特に近現代史の部分をもっと集中的に勉強しなければならないかもしれない」

「9地区が〝12月の暴動〟が起きた所だからですか？　しかし、厳密に言って、9地区だけを暴動の根拠地として罵倒するのは不公平ではないですか？　上位3地区を除く皆がその動きに参加しているからです。暴動が鎮圧されると皆が背を向け、9地区だけが統制され抑圧されたのは、社会正義に反することではないでしょうか？　そしてそれはもう60年も過ぎた過去のことです。ふたつの世代が変わるほど長い時間が経ったのなら、今は和解と包容政策を展開する時ではないでしょうか？　それに暴動の展開や意義については議論の余地もある」

父が少しいきり立った声で言った。

「議論の余地もあるだって？　ダーウィン、君が何を言っているのか分からない。議論はあり得ない。〝12月の暴動〟は9地区が主軸となった下位地区が、国家体制を転覆させようとした反逆として歴史的評価が定まった事件だ。その評価の基準で主導者はみな処罰され、9地区は罪の代価を払っているのだ。だからといって今、9地区に反人倫的な処置が行われているわけでもない。国家転覆を試みた者たちの根拠地をずっとほったらかしにしているだけでも君の言った包容政策と言えるんじゃないか。また君の言うとおり中位地区までその暴動に加担したにもかかわらず、各地区間の移動が自由なのは国家レベルの和解の意思でもあるし。この国のどこにも統制と抑圧はない」

「〝12月の暴動〟の歴史的評価自体を否定しているわけではありません。下位地区にはまだそれを〝戦争〟と信じている人もいる。しかし暴動は暴動です。だけど世界史的に見ると、下層社会で触発されたすべての暴動に社会の転換的な要素があるじゃないですか？　それなら〝12月の暴動〟も普遍的な権利を拡張しようとした民衆運動と見る余地があるのではないでしょうか？　自分の垣根を建てる機会さえ与えられなかった人々が、すでに堅固な垣根を作っている既存の権力に抵抗する運動です」

話を終えると、ダーウィンは自分をじっと見つめる父の目から初めて暖かい光が消えたことを感じた。

「プライムスクールでそんなことを公式に教えるはずはないだろうし……。誰に聞いた話だ？　歴史を歪曲する煽動に対しては、文教部の一員として明確な責任を問わなければならない」

父の質問にダーウィンは、9地区で見た荒廃した風景と、自分を絶滅していく9地区の最後の世代だと言ったおじさん、法学の授業の時間、そして〝タイヤが何も踏まずに前進できるのか〟と尋ねたレオの顔など、様々な姿が同時多発的に浮かび上がった。しかし、自らの考えで発言した以上、最終的に責任を負わなければならないのは自分自身だった。

「どこかで聞いた話ではなく、歴史書を読みながら僕が思ったことでした。9地区の人たちも私たちと同じ顔をした同じ人じゃないですか。一国に属していながら、この60年間、かけ離れた島のように扱われているのはあまりにも絶望的なことではないですか？　お父さんは統制と抑圧がないと言いましたが、目に見える壁を建てるより、行ける所に人が自発的に行かないようにすることこそ、最も強力な統制であり抑圧ではないですか？　それは大衆の無意識を支配しているということですから。またお父さんは下位地区の鉄道料金が無料だということを、彼らへの配慮とバランスの取れた配分と説明しましたが、それはかえって下位地区を孤立させるための高度な装置なのかもしれません。最初から社会システム自体を変えて自分が生まれた場所以外の地区に進出する欲求を遮断しているのです。地区間の乗換駅をわざわざ不便にしたようにです。司法制度もやはり、そのような物理的区分を精神的に形象化したものと見ることができませんか？」

父は何も言わなかった。そして、しばらくして水を一口飲んでから、グラスを置いて言った。

「そんなことを考えていたなんて、驚くべきことだ。でもダーウィン、君のその優れた共感能力を9地区の暴徒たちではなく、突然暴徒にすべてを奪われるところだった上位地区の人々に適用したら、もっと正当な考えになるのではないだろうか」

「上位地区の被害を無視するわけではありません。ただ、今までの被害の算出は上位地区の人たちが失ったものだけを中心に行われていたので、一度くらいは9地区の人たちが失ったものについて考えてみたらどうかと思っただけです」

「その人たちは何も失っていない。最初から何も持っていなかったから」

「そもそも何も持っていなかったということは、それだけ私たちの社会に過ちと責任があるという意味ではないですか？　そして目に見えるものだけを考えると、失ったものはないかもしれないけど目に見えない希望みたいなものは？　未来への期待、夢のようなものは？」

「ダーウィン、今の私の気持ちが分かるか？　私の息子ではなく、まるで9地区から来た少年と一緒に食事をするようだ。この話はもうやめよう」

ダーウィンは自分にいつも柔軟で開かれた思考を提示してくれた父が、今日は狭苦しく行き交うことのない意見を固守するのが理解できなかった。父は反対を押し切って、前例のないほど多くの2、3地区出身の子供たちをプライムスクールに入学させていた。ところが、9地区と〝12月の暴動〟を眺める視線だけは、法学教授と大差なかった。ダーウィンはその理由は教授がそうであるように、父も9地区を見る機会が全くなかったためだと考えた。もし、自分のように9地区の実情を直接目で見たら寛容になるしかないだろう。

「お父さん、いつからか9地区では殺人も起きなくなったんですって。なぜかご存じですか？　何の意志もない時には人を殺す理由もないからです。何の意志もないということは、この世で何の希望も感じないということでしょう。同じ国の片隅にそんな絶望を抱いて生きている人がいることに責任を感じませんか？」

「一体そんなことをどこから聞いたのか分からないな。今、意志がなければ人を殺さないと言ったのか？　ということは意志があふれる時は人をたくさん殺すということになるだろうね。9地区でのみ通用しそうなすごい詭弁だ。意志があふれて人を殺して歩き回れば、結局は今と同じようにすべての希望が消えた9地区になるのだから」

父は「ダーウィン」と呼んだが、いつもの優しさは感じられなかった。

「それがまさに彼らの思考が持つ盲点だ。彼らも私たちと同じ人間だと言ったが、君は彼らの悪魔的な面を決して考慮しない。いくら同じ人間の顔をしていても、そのような考え方を持っている人たちが、私たちと同じだとは到底考えられない」

〝悪魔的な面〟という言葉を聞いた瞬間、ダーウィンはようやく父の敵対感情がどこから生まれたのか分かるような気がした。普段の寛容で進歩的な父の性格に反する極端な偏狭さには、やはり理由があったのだ。

ダーウィンは父の顔色をうかがいながら慎重に尋ねた。

「お父さんらしくないほど他人に対する評価が厳しい理由はジェイおじさんのせいですか？　ジェイおじさんが9地区の人に殺されたから……僕の言うことは合っていますよね？」

「……妙なところに話が飛ぶんだな」

ダーウィンは父の憎悪が誤った事実を根拠にした偏見かもしれないと知らせたかった。ジョーイおじさんには言えなかったが、父には安心して言えた。

「お父さん、ところでジェイおじさんは、もしかしたら9地区の人に殺されたのではないかもしれません」

「…………どういう意味だ？」

やはり父の眼差しが鋭く輝いた。

「この前、少しお話ししましたよね。ルミがジェイおじさんの死に疑問を持っていると。ルミは9地区の人間ではなく1地区、それももしかしたらかなりの権力を持った人間が犯人かもしれないという推論にまで達しました」

「…………………」

「詳しい話はまだよく分かりません。今日会って話をもっと聞くことになっていたんですが、急に約束が取り消しになったんですよ。知りたくてルミの家に電話してみようかと思うんですけど、なんだかジョーイおじさんの顔色が……あ、ところで実は今日、約束していたルミの代わりにジョーイおじさんが出てこられました」

「ジョーイ？　ジョーイは何て？」

「おじさんは僕とルミが会うのがあまり気に入らないみたいですね」

「……ジョーイは何か言ったのか？」

ダーウィンはジョーイおじさんから受けられなかった公正な評価と理解を父から受けたかった。父は子供たちを厳しく評価する大人たちに反感を持っている人だった。

「僕にルミに失望してほしがっているのか、ルミに対してやりすぎだと思うほど、低い評価をしていました。ルミが荒唐無稽なファンタジーにとらわれているとか、ジェイおじさんの死を娯楽にしていると言って、ルミの言葉をあまり信じないようにと言われました。ルミが僕の勉強時間を邪魔して僕の成績が落ちたら、お父さんに迷惑をかけることになるかもしれないと言っていたけど、それにしてもひどくないですか？　おじさんの娘なのに」

話が終わったのに父は何の反応も見せず、ダーウィンは「ね？　そうでしょう？」と同意を求めた。父もジョーイおじさんに失望しすぎて、どう対応すればいいか分からずにいるようだった。いくら怒っても自分の前でおじさんを露骨に非難することはできないから、ルミとジョーイおじさんを公平に仲裁する言葉を見つけるのに時間が必要なのだ。

父がついに言葉を思いついたのか、しばらくして口を開いた。

「親が自分の子供をそう評価するなら、何か理由があるんだろう。ダーウィン、君よりジョーイの方がルミをよく知っているはずだから、全く間違った観点とは言えない」

自分の予想とは違う論理的ではない意外な答えに、ダーウィンはジョーイおじさんからルミに対しての歪曲された評価を聞いた時よりも当惑した。

「でも、誰かについてよく知っているということが、過ごした時間で決まるわけではないでしょう？　ジョーイおじさんはルミについてあまりにもおかしな解釈をしています。16年間一緒に暮らしていても、僕が発見したルミの長所を全く知らなかったんです。帰り道に考えてみましたが、自分を信じてくれない父親と暮らすルミがかわいそうでした。父と娘なのにルミとジョーイおじさんは似ても似つかないようです」

「私だけがそう感じているのではないようだな」

「お父さんもそう思いましたか。そうですよね？　ルミとジョーイおじさんは違いますよね？」

「そうだね。私がジョーイに見つけた穏やかさ、慎重さ、誠実さのような長所がルミには見えなかった」

ダーウィンはもう一度、自分の期待から完全に外れた意見を述べる父を、自分が愛する父と顔が同じだけで魂は全く違う見知らぬ存在のように感じた。

父は自分が息子にそのような気持ちを感じさせているることを知っているのかどうか分からないが、冷淡な声で話した。

「とにかくジョーイがそんなふうに言っているとしたら、君もルミに会うのに慎重にならなければならないだろう。まだふたりとも親の助言に耳を傾けなければならない年じゃないかい？」

ダーウィンは自分が愛する父であることを望み、期待を捨てずに尋ねた。

「お父さんも僕とルミが会うのが気に入らないのですか？　違いますよね？」

「よく分からないな。気に入ったりするほどその子をよく知っているわけでもないし」

「ところで、どうしてルミから穏やかさとか慎重さ、誠実さとかが見えないとおっしゃるのですか？　ルミを十分知っているわけでもないのに」

父は軽い口調で「さあ、ただの勘だろう」と答えた。父の口から出てきたということが信じられないその無責任な答えに、ダーウィンはふと〝おじさまは自分のことを嫌っているのかもしれない〞と言っていたルミの言葉が思い浮かんだ。その時、ルミも特別な根拠を出せないまま、ただそんな感じがすると話した。当時は絶対にあり得ないことだと思い、ルミが誤解したとばかり考えていたが、もしかしたらルミは父のこのような感情を洞察したのかもしれない。

ダーウィンはルミの鋭い感覚に改めて驚き、父に話した。

「なぜそんなことを感じたのか理解できません。ルミについてよく知る機会があれば、お父さんもルミに対する考えが変わるはずです」

ダーウィンはふたりが会える機会をどう作ろうかと考えたが、そういえばまさに明日は祖父の家に行く日だということを思い出した。今日は時間を割いてくれなかったが、明日祖父の家に行って一緒に勉強しようと言ったら、ルミもきっと賛成するだろう。

「ああ、そうです。明日おじいさんの家に行く時、ルミも一緒に行くのはどうですか？　この前は話す時間があまりなかったでしょう？　お父さんがルミの本当の姿を知ればルミに対する誤解も全部解けるでしょう」

「それは難しそうだ」

「なぜですか？　明日も忙しいですか？　おじいさんの家には行けませんか？」

「そうではなく、家族の時間に部外者が割り込むことが嬉しくないからだ。突発的な招待はこの前の1回で十分ではないか？　あ、そういえば体育大会の時もあったな」

ダーウィンは生まれて初めて自分が父に非難されていることを感じた。

「ルミは部外者ではなくて私の好きな友達です」

「君が好きな友達でも、私たちヤング家の人ではないじゃないか」

「もし僕がルミと結婚したら？　そうしたら、ルミ・ヤングになるじゃないですか」

その瞬間、父の顔がぴりっとこわばった。

「ダーウィン、君がこんなに軽率な子だとは知らなかった。腹立ちまぎれにでもそんなことをむやみに言うとは。私を屈服させるためにルミと結婚するということかい？」

ダーウィンは今、食卓の向かい側に座り、自分に向かって〝屈服〟という言葉を使う父についてどう理解すればいいか分からなかった。自分の知っているいつもの父ではなかった。

「今日に限ってはお父さんらしくなく、どうしてこんなに極端なことを言うのか分かりません。屈服させようとしているのではなく、僕の友人を〝部外者〟と表現するから、部外者と内部の人との境界はいつでも柔軟に変わるという意味で言ったのです」

「そうだな、君の言いたいことはよく分かった。頭が痛いからもう席を立とう」

「それでは、ルミを招待してもいいんですか？」

父が食卓から立ち上がりながら言った。

「ジョーイは喜ばないだろうね。君に会いに来てそこまで頼んだのに、すぐ翌日に招待するとは……」

「お父さんが電話をして頼めばジョーイおじさんも許してくれるでしょう」

「悪いが、そこまでしたくないんだ」

父はこれ以上話す余地を与えず、背を向けて食卓を離れようとした。

「お父さん、ちょっと」

ダーウィンは後ろを向いている父を慌ててつかんで引き止めた。振り返った父はしばらく黙って微動だにせず立っていたかと思うと、急に妙な微笑を浮かべて尋ねた。

「……これもルミが頼んだのかい？」

「どういう意味ですか？」

「ダーウィン、賢明に行動してほしい。ルミ、あの子が望むことを全部してあげる必要はない。判断は君が下すことだ」

「ルミとは何の関係もありません。急に僕が思いついたので申し上げたんです」

「悲しいけど、君の言うことが初めて信じられない」

「本当です。僕もどうして、お父さんが僕のことが信じられないとおっしゃるのかわかりません」

父はまた黙って見ていた。ダーウィンは自分にいつも愛と信頼の光を与えていた父の瞳が、今は全く違う形で輝いていることを感じた。父がするとは想像もしなかった目つきで、それをどう受け止めていいか分からなかった。その目つきを受け止める瞬間、父に対する感情が変わりそうだった。

その時だった。

「では、アーカイブで私のＩＤを盗用したのも君の判断だったのかい？」

思いもよらない質問に、腕をつかんでいた手が自然とほどけた。答えようとして口を開いたが、何の言葉も出なかった。父がまた尋ねた。

「ん？　君の判断だったのか？」

ダーウィンは何とか声を出し、聞き返した。

「……ご存じでしたか？」

「知らないと思ったか？」

「……どうやって知ったのですか？」

「どうやって知ったかというより、父が受けた困惑をもっと知りたがるべきではないのか？　監査期間の良い餌食になるだろう。文教部次官の息子が、それもプライムスクールの生徒が父親の個人情報を盗用し、統制された国家記録物に接近する犯罪に加担したからだ。私に少しでも傷がないか、目を見開いている人が1人や2人ではないからな。国政監査の場で最高の見どころが繰り広げられるだろう」

ダーウィンは自分の予期せぬ方向から起こった事態にどう対応すればいいのか分からなかった。謝って許しを請うべきだということしか思い浮かばなかった。

「ごめんなさい。お父さんに迷惑をかけるような問題になるとは本当に思わなかったんです。ただあの時はルミのおじいさんが撮った写真だから孫娘のルミが見てもいいと簡単に考えて……ごめんなさい」

「もうよく分かっただろう。私がどうしてあの子を気に入らないのか」

父はそれを口の中で作り出した武器のように吐き出し、居間を通り過ぎて寝室へ歩いて行った。

ダーウィンは後を追いながら言った。

「お父さん、少し僕の言うことを聞いてください」

父は足を止めずに答えた。

「これぐらいでお互いの立場は十分、分かったんじゃないのか？　頭が痛いんだ、もう休まないと」

「ルミを助けたかったからです。お父さんもルミの説明を聞いていたら十分理解したと思います。どういうことなのか、僕がすべてお話しします」

「この家で、あのこざかしい娘の話はもう聞きたくないな」

ダーウィンは父の前に立ちはだかった。

「お父さん、いくら何でも言いすぎです」

「だから、これ以上言いすぎないうちによそう」

「お父さん、これだけ聞いてください。どういうことかというと、ジェイおじさんのアルバムから消えた写真が1枚あるのです。ルミがそれを見て……」

その瞬間、父が手を振り切って大声を上げた。

「やめろ！　頭が痛いと言っただろう！」

テーブルの下で寝ていたベンが、外に飛び出し大声で吠えた。他で仕事をしていたマリーおばさんもびっくりした顔で走ってきた。ダーウィンは手を宙に浮かせたまま体をこわばらせて、もう何も話せなかった。父は見向きもせずにそのまま寝室へ歩いて行き、家の中に響くほどの勢いでドアを閉めた。

突然の雨

時制と人称によって変わる不規則動詞の数十種類の変化を覚えるのはとても難しい。動詞は決められた法則に従わないが、同時にその法則から完全にはみ出さないという両面性を持っていた。その変化をひとつの集大成にしておけば、再び〝不規則動詞の規則変化〟という新しい法則を説明する本が生まれるほどだった。甚だしくは全く違う意味を持つふたつの動詞の過去形時制が人称変化まで完璧に一致する場合もある。しかし、その根っこを理解するのは全く接点がないように見えるあるふたりの過去が、実はひとつの家に双子として生まれ育ったのと同じだという話を聞くように曖昧なことだった。

外国語の教授は、「人々の間で多く登場する動詞であるほど、不規則動詞に変化する余地が大きい」と話した。人間の言語習慣と時間が相互作用しながら動詞に少しずつ変形を加えたという説明だった。ダーウィンはその説明をはっきり理解できなかった。人々が多く使う動詞なら、むしろ円滑なコミュニケーションのためには時代と場所を問わず、さらに徹底したルールに従うべきではないかという疑問を抱いたからだ。人間が規則より不規則に偏って言語を変化させるということは、人間そのものが規則より不規則に進化するということに他ならないようだった。

それが自然の中で生存の可能性をもっと高めることになったのだろうか。これを裏付ける生物学的発見はあったか？　人類学的な見方ではどうだろうか。規則に基づいて集団を成した群れと、規則を破って集団から飛び出したひとりの離脱者のうち、どちらの生存能力が強いのか。既存の集団から飛び出したという事実自体が、そもそも最も優秀な能力を持った者だったことを証明しているのだろうか？　それとも単に群れの秩序に順応せず淘汰された落伍者に過ぎないのか？

各教科の境界を越えた想念に囚われたまま、不規則動詞たちの変化をノートいっぱいに書いていたダーウィンは、ふと窓の外で響く鈍い音を聞いてペンを止めた。雨が降っていた。雨の予報は聞いていなかったが、雷を伴った激しい雨が降り出していた。時間はいつの間にか午前0時に近づいていた。ダーウィンはペンを置いて、窓を打つ雨の音にじっと耳を傾けた。

……お父さんはなぜあんなに怒ったのだろう。

ダーウィンは今日は特に動詞の変化が理解できない理由が、父にあるのかもしれないと思った。とんと父を理解できなかった。父があんなに防御的で攻撃的な姿をさらけ出したのは初めてだった。これまで自分に安心と確信を与えた規則動詞が一瞬にしてすべて不規則動詞に変わってしまったようだった。

もちろん、先に失望させて怒らせたのは自分だということをよく分かっていた。自分の過ちが父の経歴に大きな傷をつけるようになった状況は、その事実を知ること自体が最も重い罰に思えるほどつらいことだった。ダーウィンは自分の選択を後悔した。父にだけは、ルミが考えていることと、アーカイブであったことを釣り場からの帰り道にすべて率直に話すべきだった。そうしていたら、理解して何とか助けてくれただろう。父が怒ったのは、息子が自分をだましたという事実のためだろう。ダーウィンは窓の方を向いて座り、窓ガラスに雨が降っては落ちる姿を、まるで初めて見る自然現象のように眺めていた。

しかし、ただその問題がすべてとは言えなかった。父とは〝12月の暴動〟と9地区の話をした時からじわじわとすれ違っていた。社会的弱者に対してあれほど閉鎖的で権威的な考えを持っているとは思わなかった。それは自分の知っている父ではなかった。

それにこざかしい女だなんて……。それは決して自分が愛し、尊敬する父の口から出るような言葉ではなかった。ルミを判断することに限っては、マスコミで付けた〝文教部の慧眼〟というニックネームがふさわしくないほど、父の目に黒い布が垂れ下がっているようだった。ダーウィンは雨音を覆うほど重い息を吐いた。一度でもルミと真実を話す機会があれば、父は自分がどれだけ偏見を持っていたかを悟り、すぐにルミを好きになるはずだが……。

その時だった。ノックの音がした。ダーウィンは椅子を回してドアを見た。父だろうという予感がした。父もまたこんな遅い時間まで眠れず苦しんでいたが、話をするために上がってきたに違いなかった。ドアが開いたら、ダーウィンは父が和解の手を差し伸べる前に、自分が先に信頼に背く行動をしたことに正式に許しを請おうと考えた。そうすれば父はむしろ慰めてくれ、自分も過剰反応をしたと謝るだろう。しかし、その真剣な脚本はマリーおばさんがおやつの入ったお皿を持って部屋に入ってきた瞬間、ひとりだけの滑稽なコントになってしまった。

「こんな時間なのでお腹が空いてるかと思って」

「ありがとう。ちょうど下に降りて食べ物を探してみようとしていたところでした」

食欲はなかったが、夜遅くまで気にしてくれるおばさんの真心を思って、ダーウィンは感謝の意を述べた。ところが机の上に皿を置いたおばさんは部屋を出ずに、空のお盆を持ったまま横に立ってためらっていた。

「どうしました？　僕に何かおっしゃりたいことでもありますか？」

おばさんが待っていたように話した。

「実は少し前に次官がまたキッチンにいらして、ウイスキーの瓶を持っていかれました。頭が痛いと言うのでお休みになられたと思いましたが、今までずっと起きていたようです。私が1杯だけにしてほしいと言ったのに、聞こえないふりをして部屋に入ってしまいました」

「ウイスキーはたまに飲むでしょう？」

「瓶ごとということはなくて。それに次官が今日のように怒る姿は初めて見たということもあって……だからといって私が割り込むことではなさそうだし。ダーウィン、急ぎの勉強でなければあなたがちょっと降りてきて、のぞいてきてくれない？」

「僕が行きますから、おばさんは心配しないでおやすみください。ご心配お掛けして申し訳ありません」

マリーおばさんは優しい目で「じゃあお願い」と言い残して部屋を出て行った。おばさんが出て行ったあと、ダーウィンは窓際に行った。1階を見下ろすと、父の部屋の灯は消えていた。おばさんが上がってきた間にウイスキーを飲んですでに寝てしまったようだった。ダーウィンは動詞の変化をすべて覚えるために机に戻った。全く同じようでありながら、よく見ると微妙に少しずつ違う文字の羅列が暗号文のように感じられた。そう思ったせいか、いくら集中しようとしても新しい単語の動詞の変化は頭に入らなかった。

しばらくして、ダーウィンは全く進まなかった本を閉じて、1階に降りていった。居間の補助ランプが階段を踏み外さないように薄い光を床に落としていた。1階に下りると、地面を打つ雨の音がさらに激しく聞こえてきた。ダーウィンは父の寝室に行き、ドアに耳を傾けた。何の音も聞こえないようだった。起こさないようにノックなしでそっと戸を開けた。部屋の明かりは消えており、雨に濡れた庭の明かりがほのかに部屋を照らしていた。

少し開いたドアの隙間から部屋を見回していたダーウィンは、一瞬驚いた。黒い形をしたものがベッドの近くにのっそりと立ち、自分の前の鏡と向き合っていた。鏡の表面から放たれる丸い光が他の所につながる通路のように感じた瞬間、黒い形をしたものが鏡に向かって話す声が聞こえてきた。

「なんだ、どうやって私を訪ねてきたんだ?」

酔っ払った声だった。

「お前は死んだろ。ジェイが死んだ30年前のあの日の夜明け、一緒に死んだじゃないか」

ダーウィンは息を殺した。

「ところで、なんだ。いまさら、ぼろぼろのフードまで出してきて、また現れるなんて……。フード。一体、その小汚いフードは、どうして捨てられないんだ?」

ダーウィンの小さな息は止まってしまいそうだった。

「だいぶ小さくなったな……いや、フードが小さくなったんじゃなくて、お前が大きくなったんだよ……。お前が一方的に、ひとりで大きくなってしまったんだ」

ウイスキーを瓶ごと飲み干す黒い形をしたものが鏡に映った。

「ジェイを殺して出てきたその日の夜明け……その時、このフードは手の甲を全部隠すほど大きかったよ。おかげで震える全身を覆うことができた……。フードが目の前を隠したおかげで、何も見なくてもよかった……。死に物狂いで逃げるばかりだった……。私が見なければ他人も私を見られないと思った……砂の中に頭を突っ込んだ馬鹿な鳥のように」

雨音を貫通する笑い声が聞こえたが、ピタッとやんだ。

「文教部？　委員長？　一体どこまで、いつまで人をだますつもりなんだ？」

黒い形をしたものは鏡の前に進み、反射体を手でなぞった。

「ニース・ヤング……。いくらもがいてもお前は殺人者だ。……友人を殺した殺人者。さあ、聞け。今も聞こえているんだろ？」

文教部実務陣が参加する全体会議をしている時も、電話で長官と後任人事を議論している時も、記者の前で定例会見をしている時も、月曜日の朝、プライムスクールに戻るダーウィンを見送っている時も、その声は突然聞こえてくる。

「ニース・ヤング、お前は殺人者だ」

そうして私は、優しく微笑んでうなずく。

「知っているよ、私がそれを一度でも否定したことがあるか？」と言うとその声がかんしゃくを起こした子供のように「ちぇっ」と舌打ちしながら、「忘れているようだったのでもう一度言いに来ただけだ」とぶつぶつ言ってこっそりと消える。

最初その声を聞いたのは、高校の入学式の日に自己紹介をする場であった。名前に続いて、「趣味は……」と言おうとした瞬間、誰かが耳に「殺人者」とささやいた。私はそのまま教室で気を失って倒れた。

その日を皮切りにその声は時を選ばずに私を訪ねてきた。私は死に物狂いで逃げた。一時期、何もできなかった。ジェイの死の後に止まっていた嘔吐もまた始まり、母がひどく心配した。でもある瞬間、私が逃げないで優しく微笑みながら「知ってる。そうだ、俺は殺人者だ」と認めたら、その声は何の脅威もなく自分から退くことに気づいた。以後、いくら当惑して怖く、腹が立つ瞬間であっても、感情を抑えて微笑む方法を数千回練習した。おかげで今は「殺人者、殺人者、殺人者」と叫ぶ声が耳元で1時間以上鳴り響いても、口では〝次世代の教育が進むべき道〟を流麗に発表し、記者たちが罠のように投げる質問にも資料を確認せずに機知を利かせて答えられるようになった。克服できそうになかった苦難を克服したこの経験は、才能が足りないと感じる生徒たちに練習の重要性を強調する根拠になってくれた。練習すれば熟練され、熟練すれば偽装できる。

あれから30年が経った。平凡な少年として16年、殺人者として30年生きたのだから、数字の上でも私の本質は殺人者だ。

1年、5年、10年、20年……。時間がいくら流れても罪は決して薄くならない。殺人者としての人生がさらに増えるだけだ。

他の選択はなかったのか。つまらない質問だと分かっていながら過ぎた時間が私を苦しめている。何が何でもジェイを殺さねばならなかったのか、落ち着いて他の方法を見つけていたらどうだったのだろうか？　しかし、中年になった今考えてみても、これといった方法が浮かばない。他人に意見を求めることもできない。「ジェイを殺さずに、問題を解決する方法はあったのだろうか？」そんな相談を誰にできるだろうか。このことに関しては、16歳の私が問い、16歳の私が答える道しかない。そして、私は毎回同じ結論に到達する。7月10日を知らせる鐘が1000回鳴ったとしても、私はその都度地下室に入り、その古ぼけたフードを着込んでいた。

もしジェイにすべてのことを打ち明けて許しを求めたらどうだっただろうか。それで私の父を許してくれただろうか。友人の私を大目に見て罪に目をつぶってくれただろうか？　ジェイが許してくれたら私は一生彼に服従したのに。彼が不快そうな目つきを見せただけでも大変だったろうが、彼を王様のようにして仕えたのに……。でもなんで俺と父がジェイに許しを請うんだ？　我々があいつに何かしたのか？　彼を殴ったか？　品物を奪ったか？　命を脅かしたか？　いや、そんなことは一度もない。ただ、ばれただけだ。父という存在を。それにあわせて父から分離できない私という存在を。

ジェイは太陽だった。生きていると、自然に友達や仲間の中心に立つようになる人がいるが、ジェイがまさにそのような人だった。ジェイは1地区の〝坊ちゃん〟でありながらも常に冒険を夢見ていた。プライムスクールの入学試験に合格したのに〝お前たちと遊ぶのが楽しい〟とその名誉を簡単に捨ててしまった時には、友達だが敬うしかなかった。

人生が贈るすべての幸運を持って生まれた私の友人ジェイ・ハンター。一瞬でも、一時でも、ジェイは苦痛というものを経験したことがあるだろうか。心が崩れる感じを受けたことがあるだろうか。父が犯した罪のために自分の存在が汚される思いを味わったことがあるだろうか。根のない存在になってどこかへ飛んでいきたかったことがあっただろうか。そんなはずは……。

ジェイは純潔だった。そして自分が純潔であるだけに、他の人々も純潔であることを願った。13歳の冬がほとんど終わりかける頃、ジェイは「世界の人々は年に1回裁判に立たなければならない」と言った。

「1年の最終日になれば、すべての人が各地域の裁判所に集まらなければならない。そこには、特別に考案された秤がある。科学者、哲学者、法学者が一緒に考案して作った完璧な秤だ。みんな靴と靴下を脱いで裸足《はだし》で秤に上がらなければならない。秤に上がれば、いくら隠そうとしても、この1年間に犯した罪の価値が自然に出てくる。3グラム以上の人は新年を楽しむ資格がない。そういう人たちは罪の軽重によって死刑に処されたり、監獄に入れられたり、9地区に退出して労役をしなければならない。姦通したり殺人を犯したり、反逆をするなど、目に見える罪ばかりじゃない。邪悪な考えを持つだけでも罪の重さは上がる。そうすれば、この世がもっときれいになるよ」

私はジェイの鋭い意見に感心して質問した。

「免除される3グラムとは何か？」

「それは人間の生まれつきの原罪みたいなものだ。クルミが人間の脳に似ているというだろう？　クルミ一粒を3グラムと見て、その程度は人間に生まれた原罪とみなしてやるのだ」

「それではある程度の罪を犯した時から秤の目盛りが上がるのか？」

「他人にしてもらった宿題を自分がしたかのように提出したり、道に密かにゴミを捨てたり、他人の配偶者を横目で盗み見るといったことをすればな」

「そうしたらこの世のすべての人たちが罪人になりそうだけど？」

「俺はそうじゃない」

ジェイは自信ありげに答えた。そして私に尋ねた。

「ニース、君は罪人かい？」

私は答えた。

「いや、俺も違う」

道にゴミを捨てる程度でも秤の目盛りが上がるとすれば、ジェイの言った姦通、殺人、そして反逆は果たして何グラムになるのか、その時は深く考えずにそう答えた。自分が罪人であると考える必要はなかった。私に罪があるとは少しも疑わなかったから。

思春期を迎えた同じ年頃の友達が、どうやって学校と親にばれずに不正を犯すかに没頭している間、ジェイは〝偉大な人間〟のように「どうすれば純潔無垢な人間になるか」を悩んでいた。ジェイは人間関係のすべてにおいて正直だった。その年齢では最も多くぶつかり嘘をつく対象は両親だが、ジェイは決して両親をだまそうとしなかった。家へ帰ると、学校でしたくだらない話まで母に全部話した。ママボーイだからではなく、そうすることで母の信頼を得たいがためだった。ハンター夫人はそんな息子を誇りに思い、朝から夕方まであった日課について自分も話した。私はそのように母と子が親密な関係を持つことが決して恥ずかしいことではないということを知り、前から愛していた母をもっと堂々と愛することができるようになった。ジェイが定めた基準に達しなかった子供たちはジェイを〝裁判官ジェイ〟と呼んで遠ざけたが、私はジェイのそういう面が魅力的だと思った。

ジェイはきっちりしているからといって退屈な人間だったわけではない。ジェイは基本的にいたずらっ子だった。特に、弟のジョーイには幼いという理由でいたずらをよくした。一度は縄で弟を木に縛ったこともあった。ジョーイが泣くのを見て私が「ジェイ、こんなことは罪にならないのか？」と聞いたら、ジェイは「道にこっそりゴミを捨てるのは罪になるけど、野球をして他人の家の窓ガラスを割るのは罪にならないのと似ている」と話した。勝手な裁判のように思われたが、ジェイは窓ガラスを割ることには〝隠す意図〟がないからと説明し、隠す意図があることだけが罰せられると指摘した。現に野球をしながら他人の家の窓を割ったことが何度かあったが、ボールを探しに行って謝ると怒る家主はひとりもいなかった。彼らは間違いを告白しにきた私たちを見てかえって感心した。ジェイは「私たちが過ちを隠さなかったためだ」と言い、「弟をからかうことも隠す意図が全くない純粋な遊びだから、罪にはならない」と話した。賢明なジェイは人間の罪が〝隠す〟から胎動するということをすでに悟っていたのだ。

ジェイと私はお互いの裁判官になることにした。私たちの目標は神様の助けなしに人間の力だけで、きれいな世の中を作ることだった。裸足で秤に乗って3グラムで数字が止まる純潔無垢な人間。しかし、純潔無垢な人間になるという約束を守ることが生まれつき不可能だということを知った瞬間から、私の友人ジェイは恐ろしい裁判官に急変した。

ジェイが父親からもらった写真のアルバムを自慢して見せてきた時、私は〝12月の暴動〟写真の1枚に写っている幼いフーディーが私の父だと気づいた。30年の時間が経ったが、左頬の長い水滴の形のほくろはそのままだった。その瞬間、私はどうして父が祖母、祖父と全く似ていないのか、どうして父が他の父親たちと違ってネクタイをしないのか、どうして父の口からたまに無骨で荒い言葉が飛び出すのか、どうして地下室の箱に9地区の犯罪者たちが着るフードがあるのか、すべて分かった。1枚の写真で父に対して気になっていた、しかし決して問えなかった質問がすべて解けた。そして不安の嵐が吹きつけた。その日から私はジェイが一生そのことを知らずにただ通り過ぎていくことを祈った。

そんなある日の朝、ジェイが廊下を息を切らしながら走って来て言った。

「お前たち、おれが昨日誰を見たか知ったら気絶するぜ」

「屋根に上がったビリー・ジョーでも見たのか？」

ビリー・ジョーは当時、最高の人気を博した3地区の映画俳優だったが、深刻なアルコール中毒者だった。彼は酔っ払って家の屋根に登り、そこから落ちて死亡した。新聞記事には、彼は酒を飲めば鳥のように飛ぶことができるという錯覚をしていたという記事が掲載された。その後、奇妙なことを見るたび〝屋根に上がったビリー・ジョー〟と言うのがしばらくの間流行した。

「ビリー・ジョーではない。アルバムの中にあった変わった形のほくろの男を見たんだ。昨日バスに乗って市内に行ったんだが、その男がショッピングモールから出てきた。信じられるか？　暴動を主導したフーディーが生きて堂々と1地区を歩いているなんて。偉そうな金のネックレスまでつけていたよ。慌ててバスを降りて追いかけてみたが、もう消えていなかったんだよ、ちくしょう！」

「………見間違いじゃないのか？」

「そんなはずないじゃないか。俺を信じろ。あんな形のほくろの人間は、この世にたったひとりしかいない」

そしてジェイは、ふと私の新しいスニーカーを見つけて「新しく買ったみたいだな。いいな」と言った。昨日は仕事で外国に行っていた父が久しぶりに帰国して、息子の自分にスニーカーと服を買ってきてくれた。私は盗んだ物のように足を隠さなければならなかった。

「今後、我々の使命は、その特異なほくろがある男を捜し出し、裁判所に立たせることだ。制裁対象2号」

私は背中では冷や汗をかきながらも平静を装い、「1号は誰だ？」と聞いた。ジェイは「最初は象徴的に空けておくものだから」と適当に言った。

制裁対象2号。

私にはその言葉が父と私のふたりを意味するように聞こえた。

それからはどんなことがあったか？　不眠、嘔吐、高熱、憎悪、恐怖、卑屈……夜が過ぎるとまた夜が来て、その夜が過ぎてもまた夜が来て……。

私はなぜジェイの追悼式に生まれたばかりのダーウィンを連れて行ったのか。ジェイとその家族に絶対に私の息子を見せたくなかったのに……。しかし笑っているジェイの写真が置かれた祭壇にダーウィンを抱いて立った瞬間、私はなぜダーウィンをジェイの元に連れていかざるを得なかったのか悟った。

ダーウィンは一頭の羊だった。私が犯した罪を贖《しょく》罪《ざい》するために奉げる生贄の羊。

ジェイ、俺の息子のダーウィンだ。お前を殺害した私がいつの間にか結婚して息子を生んで父になったんだ。俺が君を殺さなかったら君も今頃、子供の父になっていただろう。君の子供は君に似て完全無欠だっただろう。裸足で秤に上がっても、目盛りに3グラムも浮かばないだろう。

ジェイ、では、私の息子は？　息子の目盛りには何グラム出るんだ？　97883423849584……ちょっと、ジェイ、それは私の息子の重さじゃないか。私が子供を抱いて一緒に上がっているじゃないか。私の息子はまだひとりの力で立ち上がれない。それは私の罪の重さだ。絶対に私の息子の重さではない。

息子の歓迎式は最初で終わりだと言いながら、私は毎年ダーウィンを追悼式に連れてきた。

ジェイ、ダーウィンが1歳になった。数日前、初めて私が言った言葉を真似したんだ。今年幼稚園に入学した。小学校を卒業した。君が合格しても行かなかったプライムスクールに私たちのダーウィンが入ったんだ。

私は毎年、自分の罪を知っているジョーイが私をじっと見ている前で、そのように懺悔をした。ジョーイはどうして私を許してくれたんだろうか？　どうして一度も自分の兄を殺した理由を問わなかったのか。私の弱点を握っていると思っているのか。それを口実にいつか私を倒すつもりなのか。立派な父？　立派な父になってくれと言ったっけ？　父になんて本当はなりたくなかったが……。

息子のダーウィン、君にだけは絶対私の罪を受け継がない。私が犯した罪で君が苦しむことだけは絶対にないようにする。君は罪の意識をもたない家柄の先祖になるだろう。

……いや。

私はどうしてこんな服を着ているんだろう？ 何だ、誰が私にこのフードを着せているんだ。床に転がっているあのウイスキーの瓶は何だ？ 私が飲んだのか？ あ、そういえば部屋の中に酒のにおいが充満しているじゃないか。朝になる前に換気をしないといけない。部屋が酒のにおいであふれていたらマリーが余計な心配をして、ダーウィンに告げ口するからな。でも、この音は何だろう？ 雨が降っているのか？ 換気もできないな。床に転がった酒瓶を片付けなければならないだろうが、何よりも先にこのフードを外さないと。フードを着た姿を誰かに見られでもしたら……。

だけど何だ……。この安らぎは……。難破した船の破片にようやく乗り込んで誰もいない海をひとりで漂うようなこの安らぎは……。制裁なんてないよ、この海に。罪を感知する秤もない。船の破片が支える重さは、私の肉体の重さだけだ。

血で染まったこのフードが私にこんな安らぎをくれるとは。ところであの鏡の中の人物、洋服を着る時はいつもかさばったカカシに見えたが、体にも合わないこの小さくてだらしないフードを着ている今は……。

結構いいじゃないか。

「なぜかというと、それは君だから。ニース・ヤング……殺人者」

霧に包まれたシルバーヒル

朝、ジョギングをしに外に出たランナーは庭に立ち止まり、心配そうな目つきで空を見上げた。濃い霧がシルバーヒルを覆っていた。昨夜、予報もなかった雨が降って通り雨だとばかり思っていたが、いい朝に残りかすを残して去っていった。曇りの日が嬉しくないラナーは、そうすれば実際に払いのけられるかのように霧を手で払った。ニースとダーウィンが来る日だから、天気が晴れればいいのだが……。

霧のせいで萎縮していたが息子と孫の顔を思い浮かべると、暗雲が去った空のようにたちまち明るくなった。この間の釣りの時間は本当によかった。家に帰ってからもしきりに思い出した。たまに宝石箱を開けてみて幸せを感じる女たちの気持ちがどういうものなのか理解できる気もした。多分、彼女たちは宝石そのものより宝石に付随する思い出に喜びを感じているのだろう。

釣り場で過ごしたその日の午後も、一粒の赤いルビーになってくれた。ラナーはそれを心の中の宝石箱に入れておいて息子と孫が恋しくなるたびに時々取り出してみたりした。若い頃は本物の金とダイヤモンドを追っていたが、年を取ってみたら手に入る財物より、一緒に記憶して話し合うことができる思い出の一切れの方がずっと貴重だった。ニースが子供の時、一緒にたくさんの時間を持てなかったことを改めて後悔した。なぜあの頃は、たとえ空き缶だけしか釣れないかもしれないが釣り場に行って一緒に過ごすよりも、年に一度帰国してショッピングモールで欲しいものをいっぱい買ってあげることが父親らしいことだと考えたのだろうか……。

濃霧のせいで回想は長引いていた。ラナーは視線を地面に落とした。過去の過ちを省みて後悔することに時間を費やすのは愚か者の習性だった。今は後悔する時間さえ充分に残っていなかった。大切な時間は後ろを振り返るのではなく、母がつけてくれたラナーという名前にふさわしく前に進むことに使われなければならなかった。数時間したら息子と孫が来るだろう。ラナーは靴ひもをしっかりと引っ張った。宝石箱に宝石が入っていないことを惜しむのではなく、今日からその箱をいっぱいにするために宝石をひとつずつ掘り、細工すればいい。

ラナーは庭の外に走り出してウォーミングアップをした。霧の日に運動をすると健康の害になるとも言うが、そのような話に耳を傾けるつもりはなかった。霧が立ち込めようが酷寒が来ようが、この身が許す限り走るのが自分の思う最善の健康法だった。

その証拠として、あれこれ言い訳をして家に閉じこもっている人間より、霧をぐぐって村を1周する自分の方がどこから見てもずっと元気だった。

垣根の外に出たラナーは家の前のベンチを通り過ぎて散策路に入った。しばらくして、どこか不審な気持ちで再びベンチの方に足を運んだ。よく見ると、まるで霧が生み出したかのように人の姿がベンチのあたりにちらついていたのだ。数歩近づいたラナーは、その正体を確認してびっくりした。ダーウィンだった。

「どうしたんだダーウィン。こんなに早くどうしたんだ。ここまで来たなら家に来ればいいものを。なんでそんなところに座っているんだ？」

ラナーは急いでダーウィンのそばへ近寄った。ダーウィンは制服を着た上にかばんを背負っていた。

「……早く目覚めたのでバスに乗って来たんです。あまり早く来るとおじいさんが驚かれるかもしれないからちょっと待ってから家へ行こうとしたのですが……もっと驚かせてしまったようですね」

ダーウィンは笑いながら話したが、ラナーはどことなく孫の顔がやつれているような気がした。霧のせいかもしれないし、早すぎる時間のせいかもしれない。

「ニースは？　ニースは何をしてる？　なぜお前ひとりでバスに乗って来させたんだ？」

「お父さんは昨夜、お酒をたくさん飲んだようです。朝、部屋に行ってみたら、お酒のにおいがしました。多分、午前に起きるのは大変だと思います。マリーおばさんに僕ひとりでおじいさんの家に行って、明日の朝学校にすぐ行くから、お父さんにそう伝えるようにと言っておきました」

父の家に来る日だということを知っていながら、前の晩に体を支えられないほど酒を飲むなんて。ラナーは息子の行動が気に食わなかったが、時期が時期だけに、すぐに心配の気持ちが大きくなった。もうすぐ、公務員が最もストレスを受ける国政監査の準備期間だということを知らないわけではない。

「起きられないなんてどれくらい酒を飲んだんだ。何かあったのか？」

ダーウィンは「分かりません」と首を横に振った。

「お父さんは自分のことについてあまり話さないじゃないですか」

ラナーは舌を鳴らして、ダーウィンの肩を抱きしめた。

「そう、それが君のお父さんの子供の頃からの性格だ。とにかくよく来た。早朝に会えるともっと嬉しいな。ニースなしで私たちだけで楽しく一日を過ごしてみよう。でもダーウィン、さっきの考えは完全に間違っている。おじいさんはお前が午前2時に窓を割って入ってきても、喜ぶ準備ができている。おじいさんが驚くかどうかまで気にする必要はない。お前が来たい時間にいつでも来ていいんだよ」

家に引き返すのを見てダーウィンが聞いた。

「運動しにいくつもりだったのではないですか?」

「運動が問題か。お前が今まで外で待っていたというのに。寒さで体が硬くなっているね。早く入って体を温めないと」

ラナーは寒さですっかり縮こまったダーウィンのかばんを取り、ダーウィンの肩を引き寄せた。肩を押すかばんの重さに妙な自負心が湧いた。朝のジョギングをキャンセルする理由としては、やっぱりプライムスクールに通う孫が早朝に訪問するくらいでなければ。日が昇ると消える霧なんかじゃなくて。

ラナーは一刻も早くダーウィンを暖かい場所に入れるために小走りに庭を通り過ぎて、急いで玄関のドアを開けた。ところが霧がいたずらできない鮮明な照明の下で再びダーウィンを見ると、やつれて見えたのが自分の一時的な錯覚ではなかったことが分かった。流れる谷の水のようにいつも輝いていた瞳が水が乾いたように曇っていて、鮮やかな紅色の唇は紙やすりの笛でも吹いたように脹《は》れていた。何よりも額から頬につながる顔のラインに、今まで一度も見たことのない陰が見え隠れした。ラナーはかばんをソファーに置きながら、酷いことで有名なプライムスクール学年末試験を恨んだ。元気いっぱいの子供をこのようにこき使うなんて。

名誉が大きい学校だけに、学年が高くなるにつれ、生徒たちが背負う石が重くなるのは当然のことだった。それでも、今までダーウィンは一度も学業に対する苦痛を吐露したことがなかったので、自分の孫だけはそのつらい課業から免除される幸運を与えられたと思った。しかし、今考えてみると、それは自分の過度な期待であり、浅はかな望みだった。偉大な建設の一員になった以上、ダーウィンも自分の分け前の石を担わなければならなかった。ラナーは複雑な気持ちをなだめた。それがプライムスクールの通過儀礼なら、いくら残念でもその儀礼が終わるまで見守るしかない。

その時だった。ダーウィンは急に口を塞ぎながら、トイレに走っていった。ラナーはわけが分からずしばらくうろたえたが、トイレについて行った。

まだ閉まっていないドアが少し開いていた。注意深く観察したラナーは、目の前に広がる光景を信じることができなかった。ダーウィンは便器を頭で覆い吐こうとしていた。プライムスクールの制服を着たまま便器の前に座っている姿は、どんな前衛的な絵よりも衝撃的だった。

ラナーは急いでダーウィンのところに行き、「具合が悪いのかい？」と尋ねた。ダーウィンは起き上がって洗面台で顔を洗いながら「昨夜、食べ過ぎたのかも」と言った。水を流す前に吐瀉物に食べ物のかすがひとつもないのを見たが、ラナーは思わず「マリーの料理の腕前が良すぎるんだな」と答えた。試験のストレスが原因であることを悟らせたくない幼い孫のプライドは、切なくもあるが頼もしくもあった。

寒気がするのかダーウィンは震え始めた。ラナーはまだ暖房がついていない2階の部屋の代わりに自分の部屋にダーウィンを連れて行き、制服から楽な服に着替えさせた後、ベッドに横たわらせた。体が弱っているなら普段着を着てきてもいいのに、プライムスクールの制服を着てくるなんて……。試験に臨む精神武装ができてないのだろう。残念ながら、その重さに耐え切れず、結局体調を崩してしまったのか。ラナーは外に出て、アナに早く医者を呼ぶように言った。

シルバーヒルに入居している医師と看護師がすぐに訪問し、ダーウィンの状態を診察した。

「あまり心配しないでください。季節の変わり目で急に寒くなりましたし」

医者は今日一日、暖かいところで体を大事にしていればすぐに回復するだろうと話した。それでもラナーは心配が治まらなかったので、薬を飲ませたり注射を打ったりするべきではないかと尋ねた。

医者が笑いながら言った。

「子供たちは大人たちとは違うので、ぐっすり寝るだけでもすぐに回復します。薬よりも体に備わった免疫力の方が役に立ちます。うちの子供たちもみんなそうやって育てました」

専門家が自分の経験まで話してくれたので、とりあえず安心した。子を育てたことのある親として十分共感できる意見だった。ニースもダーウィンくらいの年の頃、しばらく高熱と嘔吐に苦しんだが、いつの間にか健康を取り戻していた。

医者が帰った後、アナはダーウィンに食べさせるかぼちゃスープを作り始めた。女が切るにはかぼちゃがかなりしっかりしているように見えた。ラナーは孫に食べさせようとやる気に満ちあふれ「かぼちゃの下ごしらえは私がやる」と包丁を取り出した。アナは「ダーウィンは病気になっても私を助けてくれますね」と笑った。

11時ごろに電話が鳴った。ベルの音を聞いただけですぐに誰だか分かるような気がして、ラナーはアナにやっていた仕事を続けるように言った後、居間に行って直接電話に出た。受話器の向こうから聞こえてくる息子の声は、ダーウィンの言葉通り二日酔いに浸っていた。

「ダーウィンはそちらに行ったんですって?」

挨拶もせず問いかける言葉に、ラナーは叱る言葉で応酬した。

「お前は一体どれだけ飲んで子供をひとりで来させたというのか。ただでさえ勉強のせいで体が弱っている子を」

しかし、それほど気分を害したわけではなかった。来ない息子を寂しく思い、熱の出る孫は心配だったが、そのおかげで自分の巣の中でダーウィンの面倒を見ることができ、内心高揚していた。息子に大声を出したのは、祖父として自分が持っている威厳を見せつけようとする一種の誇示だった。しかし、その好機は長続きしなかった。苦言を呈するも、息子の事情について知りもせずに怒鳴りつけたことで胸が痛かった。ラナーはすまない気持ちで、声を落ち着かせて尋ねた。

「何かよくないことでも起きてるのか。誰かが何かしてくるのか?」

息子はこちらの気持ちも分かってくれず、いつものように皮肉たっぷりに答えた。

「いまさら悪いことなど起きません。心配しないでください。良くないことというのは昔に全部終わりましたから」

「何を言っているんだ。まだ酒に酔っているのか?」

「そうみたいですね」

「それではもっと寝ていなさい。私にはどんな態度をとってもいいが、月曜の朝に部下たちにまでそんな乱れた姿を見せてはいけない」

「ダーウィンはどこですか? 電話に出るようにと伝えてください」

「寝ているよ」

「この時間に?」

「酒に酔った父のおかげで、朝早くひとりでバスに乗ってきたんじゃないか。疲れるのも当然だ。試験の準備があったとしても今日一日はぐっすり寝かせておく」

「……気分が悪く見えましたか?」

どこか控えめな話し方だった。ラナーは祖父と父親の役割を同時に果たす良い機会だと思って、もっと優しい声で聞いた。

「ダーウィンが気分を害するようなことがあったのか? お前がお酒を飲んだ理由もそのことと関係があるのか? 何があったのか私に言ってみなさい。私が取り成してあげられることならしてあげるから」

「お構いなく。ふたりのことです」

ラナーは自分の真心を空き缶のように投げ捨てる息子に、憎しみと共に憤りを覚えた。

「私がお前たちと全く関係のない部外者みたいに扱うのだな。息子のことが私のことでなく、孫のことが私のことでないなら、何が私のことと言えるだろうか。私のことをもう父とは思ってないのか?」

ニースはやっと自分の軽率さに気づいたのか、

「そういう意味で言ったのではないです」と続けた。

「とにかく分かりました。父さんの言う通り今日はぐっすり寝るように放っておいてください。起き次第、私に電話してほしいとお伝えください」

ニースは切るとも言わずに、先に電話を切ってしまった。ラナーはその横柄な態度も気に障ったが、今日だけは心に留めないことにした。この無愛想な息子が世の中で最も愛する存在が自分の部屋に横たわって寝ているのだ。それだけでも今日は息子との対立において有利な立場にあった。ラナーはある王国の王子を人質に取っているかのように、意気揚々とした気分になった。自分の任務は病気の王子を完壁に回復させ、月曜日の朝、いつにも増して元気な姿でプライムスクールに戻すことだった。それが、愛する息子にできる最も素敵な復讐だった。

ラナーはドアと時計を何度も交互に確認した。分針は同じトラックをもう3周も回っているが、そのドアはびくともしなかった。十分な睡眠を取ったダーウィンが自分から部屋を出るのを起こさずに待つつもりだったが、予想よりも時間が遅くなっていた。アナが「何か食べさせて、また寝かせた方がいいのではないでしょうか」と言った。同じ考えだったので、ラナーは自分が行って見てくると言ってそっとドアを開けて部屋に入った。静かにベッドに近づくと、寝ているとばかり思っていたダーウィンが、目を開けたまま天井を眺めていた。

「もう起きていたのかい。起きたら外に出てくればいいのに。お腹もすいたろうに。朝から腹の中の物を吐き出したのにまだお腹がすかないか?」

ダーウィンは何も言わず、ラナーはベッドのそばに座って再び尋ねた。

「まだ気持ちが悪いのか。どれ、熱は下がったのか一度見てみよう」

ところが、額に手をのせようとした瞬間、ダーウィンは布団をかぶって反対側に寝返った。思いがけない拒絶に、ラナーは伸ばした手を再び伸ばすこともできないほど体が硬直した。単に名残惜しいという程度で済ますにはあまりにも気が滅入った。自分が知っている孫ならば絶対にしない行動だった。たとえ熱のせいで自分も知らないうちにそんな行動をとったとしても、普段のダーウィンならすぐに誤りに気づき「申し訳ありません。体調を崩していたので」とすぐに抱きついてきたはずだ。しかし、ダーウィンは何も言わず、ずっと布団の中に閉じこもっていた。全身で出て行ってほしいと言っているようだった。気まずい感情が部屋の中を包み込んだ。

　ラナーはダーウィンに向かって止まったままの哀れな手を戻し、窓の外を見た。昼過ぎにもかかわらず霧は引く気がなさそうだった。霧ひとつでシルバーヒルがこれまでとは全く違う場所になったようだった。ダーウィンも同じだ。拒絶されるとまるでニースが子供の時に戻ってしまったようだった。

　ラナーは寂しさを感じて言った。

「ダーウィンはニースと違うと思っていたが、今日見たら、お前もお父さんが幼い頃と同じだね」

　ダーウィンは布団を下ろして外に顔を出した。口はまだ閉ざされていたが、目つきはもっと話してほしいと願っていた。

「16歳。そうだ、今の君の年齢だったね。明朗で元気だったやつが急に毎日嘔吐し、質問に返事もせずに急に別人に変わってしまったのだ……。ダーウィン、君を見ていると、突然あの時のことを思い出す」

　いよいよダーウィンが口を開いた。

「16歳だったら……。ジェイおじさんが死んだ後だったでしょうね」

　ラナーは記憶をよみがえらせて頭を振った。

「いや、ジェイの死とは関係ないことだ。嘔吐して口を利かないという反抗は、その前から始まっていたのだから。思春期を1回、本当にしっかり経験したんだ。ジェイが死んだ後はよく通っていた教会まで行かないと言うようになるほど苦労したが、時間が経ってからはむしろ、もっとまっすぐな子になった。その前までは何の興味もなかった勉強も一生懸命やるようになって模範生に変わったんだ。高校入学式の日にまた気絶して倒れて、肝を冷やしたことはあったが……。医者が成長期の子供たちにはしばしば起こることだと言っていたが、肉体の成長に精神が追いつけないうちに突然倒れてしまう場合があるらしい。そんなことを何度か経験して、かえって精神がぐんと成長してしまったのか、ある日見たらニースは急に大人になっていたよ。ひとり息子の幼い時代があまりにも早く消えたようで、父である私としてはとても寂しかった」

ダーウィンは起き上がって座った。汗で濡れた髪の毛が生まれたばかりの小動物の毛のように額に絡み付いていて、ラナーは手でひとつひとつ髪の毛を払ってあげた。

ダーウィンが聞いた。

「お父さんが子供の時も、こんなに優しくしてあげたのですか?」

「だったらよかったが、そうだったとは言えない」

「なぜですか?」

「あの時は世の中の風潮がそうだった。父親は優しいというよりは厳しくなければならないというのが社会の雰囲気だった。でも今になって思えばそれは言い訳で……。実は父の役割をどう果たせばいいのかよく分からなかったようだ。父になったのは初めてだったから、右往左往したんだ。特にニースが幼い頃はなおさらだった。どうやって抱きしめてあげればいいのかすら分からなかった。でもニースが16歳くらいになったらいいお父さんになる自信があったのだが……」

「どうして16なんですか?」

ラナーは昔のことを思い浮かべながら答えた。

「私が16歳になって初めて両親の価値と愛を感じたからだ。父が私にしてくれたように、私も息子にしてあげられると思った」

「その前はおじいさんのご両親は愛してくれませんでしたか?」

ラナーは肩をすくめて答えた。

「それはよく覚えていない。もちろん愛してくれていたんだろう。自分の子供を愛していない親なんているものか。ただ、その時、私に分別がついたから、後になって両親の愛に気づいたというのが事実だろう。とにかくニースが16になったら本当に良い父になれる自信があった。私が両親にもらった愛をそのまま伝えればいいのだから。事業に成功し、社会的にも認められて誇らしい父親になりたかった。でも、その時になると今度はニースが私を必要としなくなった。おじいさんと過ごすにはもう大人になってしまったんだ」

ダーウィンが独り言のように「16歳で大人……」と低い声でつぶやいた。

ラナーはその言葉を聞き流さずに説明した。

「30年前だからな。その時代には今よりずっと早く大人になったんだよ。私はそれよりももっと早く大人になったと思った」

「おじいさんも？」

勢いよく「そうだ」と答えたラナーは、すぐに自分の言った言葉にあきれ、笑いながら首を横に振った。

「今考えるとあきれる。どうしてその時は12歳、13歳で大きな大人になったと思えたのか……。このじいさんはね、むしろ16になった時にまた子供に戻りたいと思ったんだ。大人のようにいばっている間、忘れていたものをまた探し出したかったんだ。時間というのは酷く非情で一度過ぎたら絶対に戻らない」

ラナーはバラ色に染まるダーウィンの頬を撫でながら、話を続けた。

「だからお前はどうかゆっくりと育ってできるだけ子供として長くいておくれ。お前が急に大人になってしまうとおじいさんもお父さんもとても寂しくなりそうだ。表向きはひとりで世界を全部相手にできるように振舞うが、もしかしたらニースもたまには後悔しているのかもしれない。急がなくても自然に行けるその道をあまりにも早く進んだのだ。それでことあるごとにこのおじいさんとこんなに意見がぶつかりあうんじゃないのかな？　あまりにも早くに大人になってしまったから、まだ心の中に未熟な子がいるんだ。今さら恥ずかしくて言えないが、ニースも心の中ではこのおじいさんに頼りたいのかもしれない。自尊心が強くてそんなことはできないから、その代わり昨日のように酒で解決しようとするんだ。どうだ、おじいさんの推論は……。もっともらしくないか？」

ラナーは何も言わないダーウィンの頬を撫でた後、ベッドから立ち上がった。

「もう出ようか。私たちがいつ来るかアナが気をもんで待っているから。美味しいかぼちゃのスープが用意されている。このおじいさんも一緒に作ったんだよ。今日知ったんだが、女ひとりで切るにはかぼちゃというのはかなり硬かったよ。それでこれから、かぼちゃは必ずおじいさんが切ってやると約束したんだ」

ドアを開けると、ダーウィンは「おじいさん」と呼んだ。そのやつれた声に、ラナーは再びベッドに戻ってダーウィンに目を向けた。

「どうした、起きられないのか？　起こしてあげようか？」

「ジェイおじさんはどんな人でしたか？」

突然の質問にラナーはまたベッドの片隅に腰掛けた。

「ジェイ？　なぜ急にジェイ？」

「おじいさんがお父さんの幼い頃の話をされていたので、急に気になって。ジェイおじさんは、お父さんの幼い頃の大きな部分を占める友達だったじゃないですか。おじさんがどんな人だったのか知りたいです。特別な人だったんですか？」

ラナーは首をかしげながら答えた。

「そうだな。私はその子に会ったことがないから、別に話せることがないんだ」

「お父さんと一番親しい友達なのに、家にはあまり来なかったんですか？」

「それはよく分からんな。来ても私は事業のために外国にいることが多かった。出くわす機会がなかったはずだ。お前にこんなことを言うのは恥ずかしいが、ニースの交友関係については全く知らないままだった。お前のお父さんにジェイじゃなくてバズという他の友達がいたってこともこの前の体育大会の時初めて知ったのに、まして30年前に死んだジェイのことはもっと知る機会があったはずが……。あ、違うな。そういえば、いつか私が国内にちょっと長くいた時、ニースがジェイを一度家に連れてきて見かけたことがある。それからしばらくしてジェイが死んだという話を聞いたんで驚いた」

「その日のことを覚えていますか……？　ジェイおじさんの第一印象はどうでしたか？　お父さんとは

仲良く見えましたか？」

ラナーはふと心配になった。衰弱した体で一日中ベッドに横になっていた子供が、突然死んだ人に興味を持つことは望ましいこととは思えなかった。

「どうしてだい？　ダーウィン。ニースがお前に何か言ったのか？」

ダーウィンは首を振って「いいえ」と言い、聞き返した。

「お父さんは黙っていました。どうしてそう思いますか？」

「いや、ニース以外に私のことを話す人はいないから、ニースは何か話してお前を混乱させたのかと思って……。正直に言って、私にはジェイ、あの子がダーウィン、君に少しでも影響を与えるのが嬉しくないんだ。ニースは親友だったから仕方がない。でも、お前には何の関係もないんじゃないか？　お前が毎年の追悼式に参列するのも人の目には不思議に見えるだろう」

「おじいさんはジェイおじさんが気に入らなかったんですか？」

「いや、そういう意味で言っているのではないんだよ。ただ死んだ人の霊魂があまり近くにあることはよくないと思うからだ。ジェイが立派な子だということはお前の婆さんに聞いて知っていた。ニースが友達の自慢をよくしていたらしいよ。彼の父は偉大な写真家で、本人はプライムスクールに合格していながらも行かなかった天才だという。……ところで実際に会ってみたらそんなにすごい点は目につかなかったようだった。だから今まで会ったことがあることもすっかり忘れていたのだろう。今考えてみると、むしろ挨拶もせずに怯えた顔で私をしばらく眺めていたのが少し失礼に思えたりもしたし」

「なぜおじいさんを見て怖がっていたのですか？」

「それは、そうだな……。ああ、そうだ、この前ルミが来た時、私の頬の傷跡についてちょっと話しただろう。正確には覚えていないが、おそらくジェイが遊びに来た日がこともあろうに、その事故に遭った後だったからだよ。顔いっぱいに絆創膏を貼っている姿が幼い彼の目には怖い人に見えたらしい。あ、でも挨拶をするとかしないとか言って、廊下でまた出くわした時、私に何と言ったかな？　私のネックレスが似合わないと言ったかな？　うん、そうだった。私のつけていた金のネックレスが似合わないと言ったんだ。不思議だな。会った事実も忘れていたのに、その時聞いた言葉が昨日聞いたように生々しく思い浮かぶとは。とにかく、ちょっとあきれた子だった」

「何のネックレスだったんですか？」

「まあ、ただの普通の金のネックレスだったんだ。ビジネスパートナーにプレゼントしてもらったものだが、気に入って当時はいつもしていた。今考えてみると、自分が欲しくてそんなことを言ったのか。そのように言えば私が与えるとでも思ったのか。まだ幼い頃の友達の幻覚に取りつかれているニースには申し訳ないが、私の記憶ではそんなに並外れた人物ではなかったようだ。初めて会った友達のお父さんにそんな不作法なことを言ったところを見ると、考えが浅はかなような気もするし……」

　万が一のため、ラナーは人差し指を唇に当てて、ダーウィンにしっかりと言い聞かせた。

「ニースには秘密だ。君のお父さんの前でジェイを悪く言ったら大変なことになるんじゃないかな。ニースはジェイが神にでもなったと思っているみたいだから」

　その時、アナがドアを開けて入ってきて「話し声が聞こえてくるということは、もう食事をする準備ができたという意味でしょう？」と聞いた。いいタイミングだった。

「もうアナを待たせてはいけないな。さあ、ダーウィン、早く食べよう」

　長い間横になっていて足の力が抜けたのか、ダーウィンは歩き始めたばかりの小動物のように、やっと一歩を踏み出した。ラナーは孫を気の毒に思ったが、それよりも愛おしくなって手を差し出した。やはり、まだみんな自分の助けが必要だった。孫も、それから息子も。

敗北

新しい週が始まる毎朝、プリメーラ女学校では定期朝会が開かれた。クラスの代表を筆頭に生徒たちは一斉に席を立ち、学校が追求する名誉、真理、奉仕に一生を捧げることを宣誓した。

「プリメーラの生徒として名誉を守り、真理を明らかにする道に率先して人類の繁栄のために奉仕することを誓います」

緑色のリボンを首につけた瞬間から、生徒らは真のプリメーラになるためには名誉や真理、奉仕を内面化する人生を送らなければならないという教育を受ける。1期卒業生から現在の期に至るまで活発に活動しているプリメーラの女子生徒クラブは、その精神を実現する実践的な場となっている。ルミも右手をあげ、宣言文に沿って読み上げた。しかし、女子生徒クラブのやり方でプリメーラの精神を受け継ぐつもりは少しもなかった。ふたつの世代がクラブに集まって話すのは、今回試飲するお茶がどれだけ貴重なのか、どんな美術展が人気なのか、支援している子供たちがどれだけ可哀想なのか、ということだけだった。

ルミは似たような服装で座ってお茶を飲みながら美術作品の話をし、貧しい子供たちに月に1回ずつ義援金を送って満足することに、人生を捧げてもいいような名誉と真理、奉仕が宿っているとは思わなかった。名誉とは文明人として果たすべき義務を、真理とは明かされていない真実の探求を、奉仕とは人類が数千年間保全してきた価値に対する献身を意味するものだった。ルミは心の中で自分だけの宣言文を読み上げた後、手を下ろした。立派だったひとりの人間の死にまつわる秘密を解くことこそ、プリメーラの精神を最も正しく継承することになるだろう。

朝会が終わって休み時間になったが、動く人はいなかった。みんな机に1冊ずつ本を置いて座り、うつむいたまま試験勉強に没頭した。学年末試験が近づくと、プリメーラは日の当たらない巨大な庭園に変わった。この期間には新芽を象徴する明るい緑色のリボンも何の役にも立たなかった。季節はずれのさわやかな色は、本来の活気を与えるよりはむしろ、葉を落としきった冬の木に人工の葉をつけたように見え、さらに深い荒涼感を醸し出した。

表向きはルミもあの暗い庭の乾いた冬の木のふりをした。しかし、心の中では自分だけの光で芽を出していた。学年末試験さえ終われば、パパの統制も緩むはずだ、その時からまたジェイ伯父さんに対する調査を開始すればいい。ひとまずダーウィンと再び約束をしなければならなかった。ダーウィンは検事に会った後の話が気になっているだろう。直接会ってみたら、ロイド検事は伯父を殺害した犯人ではないだけでなく、伯父との大切な思い出を抱える良い友達だったと言えば、ダーウィンは幸いなことだと思うだろうか。それとも最有力の容疑者を失ったとがっかりするか……。

突然教室のあちこちから、軽いため息がもれた。ルミは考えるのをやめて頭を上げた。生活指導に当たっている先生が、前のドアを開けて教室に入ってきていた。月に1、2度、予告なしに行われる所持品検査だった。

先生が教卓の前に立って言った。

「無駄な物を隠すのにプリメーラの女子生徒の名誉をかけないでほしい」

ルミは先生がそう言って、なんだか自分の方をちらちら見ているような気がしたが、プリメーラの女子生徒の名誉という言葉に自分が反応しすぎたせいだと思って、気にしなかった。

「違反品を進んで申告する者と最後まで隠そうとして摘発される者の間には当然違いがあるだろう？もちろん行動評価書にもそのまま記録されるだろう」

品行評価書に残る1行の否定的な評価は、女子生徒クラブでの悪い評判と共に、プリメーラの生徒たちが最も恐れるもののひとつだった。すぐにクラスメイトたちがひとつふたつ自発的に校則に違反する品物を机の上に出した。口紅、本人のイニシャルが刻まれた腕輪、他校の男子生徒のクラブバッジ……。

うつむいた生徒の間をゆっくりと歩いていた指導

の先生は香水瓶を取り出した生徒の前で止まって空中に香水を噴射し、「君の体からこの香りで遮らなければならないほどの匂いがするのか？」と聞いた。質問を受けた生徒は何も言えず、頭だけ下げた。指導の先生は香水を元の場所に置いて、後ろへ歩いて行った。学校に香水を持ってこられないようにするためには、毎回香水を押収するより顔が赤くなるほど侮辱を与える方がずっと効果的だと考えているようだった。

ルミは指導の先生の歩みが自分の机の前で止まるのを感じて先生を見上げた。机はきれいだった。化粧品も、アクセサリーも、人気を証明するために持ち歩く男子生徒のバッジもなかった。そんなつまらない物を隠して得られる自己満足は先生たちの前でうなだれる屈辱よりも決して大きいとは思わなかった。ありふれた香水に自分のアイデンティティを与えるのは、自分がセントラルデパートで販売している物ぐらいの価値でしかないことを認めるのと同様だった。プリメーラの女子生徒にふさわしい最も優雅な装いは、どんなものでも自分の好みを表に出さないことだった。学校が認めるカチューシャや膝下まで上がる黒い靴下、指定の靴にまで徹底的に従う限り、誰も自分を完全に把握できず、簡単に侵犯することはできなかった。

指導の先生が聞いた。

「ルミ・ハンター。申告するものはひとつもないか？」

ルミは自信ありげに答えた。

「はい、ありません」

「そうか？　では、かばんを開けてみろ」

ルミはじっと先生を見上げた。腕組みをした先生が高圧的な目つきで話した。

「ルミ・ハンターはかばんを開けてみろという言葉をもう一度聞かなければ、言葉の意味が理解できないのか？」

ルミはその目つきに、こう答えた。

「言葉の意味は理解できました。ただ、他の生徒と差別化された先生の指示に従うべきかどうか判断しているところです」

「差別かどうかは君のかばんを確認してみれば分か

るだろう。最後に言う。かばんを開けてみろ」

ルミは先生が自分のかばんに対してここまで強い確信を持っていることが理解できなかったが、抵抗しても何も得られるものはない。むしろ時間を延ばせば延ばすほど、この不公平な指示に名分を与える格好になるだろう。ルミは机の上にかばんを置いてジッパーを開けた。かばんの中は本でいっぱいだった。余計な物も、校則に違反する所持品もなかった。学年末試験期間に要求されるプリメーラ女子生徒の標準的で模範的な姿そのものだった。ルミは指導の先生が標的を決めるのにミスがあったことに気づき、生徒たちの前で傲慢な顔を恥ずかしさで隠してこの席から離れると思った。ところが先生はその予想の正反対を要求した。

「かばんの中のものを、すべて机の上に出しなさい」

ルミは自分に向けられたクラスメイトたちの好奇心に満ちた視線を感じた。みんなかばんの中からどんな変わった特別な物が出てくるかを期待しながら、自分以外の人間が不当な扱いをされているのを退屈な学年末試験期間の娯楽にしていた。

所持品をすべて取り出すと、指導の先生は本の間に挟まれているファイルを手に取り尋ねた。

「これは何だ？」

ルミはしばらくためらった後、答えた。

「書類ファイルです」

「開けてもいいか？」

プリメーラの先生たちは長年権威的な統治を続けているが、一度は非常に民主的であるかのように意思を尋ねる傾向があった。しかし、実質的に生徒たちに許された答えは、選択権がないのと同じだった。

「はい、開けてみてください」

指導の先生は返事をする前にすでにファイルを開き、その中の書類にざっと目を通していた。ファイルをめくる先生の指を注意深く見守りながら、ルミは検査が終わった後、先生が自分にどのような決断を下すか気になった。しばらくして指導の先生は書類を閉じると、何も言わずにそのままファイルを持って歩いて行った。後列の何人かの生徒たちにも「これが学校生活に必要なものか？」と尋ねていたが、ルミは自分の検査ですでにこの抜き打ちの所持品検査が終わったことが分かった。任務を終えた先生が教室を出る時にかけた言葉でその疑念を確信した。

「ルミ・ハンターは下校前に指導室に来るように」

クラスメイトたちは緊張感から抜け出すために周りに集まって騒いだ。

「先生どうしたの？」「何のファイルだったの？」「試験問題でも入手したの？」

ルミは誰の質問にも答えず、1時間目の授業の準備をした。この中で真実を語る価値のある人はひとりもいなかった。

ルミは廊下の向こう側にある指導室の前に立った。入学して以来一度も来たことのない所だった。来てはならない所だった。プリメーラに入ってきた以上、欠点のない完璧な学校生活で自らを守らなければならないと思った。それが自分の選択が正しかったということを両親に証明する唯一の方法であり、先生たちに屈服しないで済む最善の道だった。ルミはこのドアの前まで来ても、自分が何の理由で呼ばれてきたのか分からなかった。

ルミは深呼吸してからドアをノックした。中から先生の入ってこいという声がした。ルミはドアを開けて入った。この召喚の目的が何かは知らないが、先生だからといっておとなしく屈服するつもりはなかった。自信さえ失わなければ、むしろ教師を屈服させることもできるだろう。

「これは何だ？」

席に着くやいなや、指導の先生が朝持って行ったファイルを机の上に置いて尋ねた。

ルミは姿勢をきちんと正して先生と視線を合わせながら答えた。

「書類ファイルです」

「私がそんなことを知らないで聞くと思っているのか？　何のファイルなのかを聞いているんだ」

「私の伯父に関する資料です」

「3級以上の公務員の身元に関する情報公開請求資料がなぜ伯父さんに関する資料だというんだ？」

「それは言えません。先生に私の家族史をひとつひとつ明らかにする必要はないからです」

指導の先生は口をつぐんだまま何の感情も感じられない視線を送っていたが、しばらくしてうなずいた。

「いいだろう。私もルミ・ハンターの家族史をひとつひとつ知りたいという考えはない。では、今からはふたりの間で話す必要がある質問をしよう。ルミ・ハンター、この資料はどうやって入手した？」

その瞬間、ルミは既に先生が自分の質問に対する答えを知っていることを直感した。先生は答えを求めるためではなく、相手の正直さを試そうとしているのだった。少しでも嘘をつけば、すぐにその罠にかかってしまうだろう。

ルミは率直に答えた。

「情報公開請求を申請しました」

「情報公開請求とは20歳以上の成人にだけ許された制度のことか？　ところで、どうやって16歳のルミ・ハンターがそれを申請することができたのだ？」

「父の身分証を借りました」

指導の先生が待っていたかのように言った。

「それは違法に得た資料だということだな」

「仕方がなかったんです」

「何が仕方なかったのだ？」

ルミは情状酌量が十分にできる自分の立場を弁護した。

「伯父の死と関係のある人を知るためにはそうするしかなかったんです。私の家族の中でそのことに関心がある人は私しかいないからです。私はハンター家を代表してその資料を請求したんです。公訴時効が近づいているのに両親は犯人を突き止める努力もしていないので私が……」

指導の先生が手を上げて話を止めた。

「そこまで。先ほどは家族史は明かしたくないと言った。だが、本人に不利な状況になるとすぐ立場を変えるんだな。そのような機会主義的でずる賢い態度はプリメーラの女子生徒らしくない」

ルミは顔が赤くなったのが分かった。さっき香水で侮辱されたクラスメイトよりずっと臭い汚水を浴びせられたような気持ちになった。

「ハンター家を代表して行ったことなら、違法な罰もやはりハンター家を代表して受ける覚悟ができているんだろうね」

「処罰が成されるなら受けますけれども、私に悔いは残らないでしょう。ちっとも」

「どうして？」

「何も誤ったことはしていませんから」

「違法な方法で国家情報を得たことが過ちではないというのか？」

「たいした機密資料でもなく、公務員の単なる人事情報に過ぎません。新聞の人事発令欄に毎日公開される情報を一箇所に集めただけです。私がその情報を得たことで誰かに被害を与えたりしましたか？　被害を受けたのはむしろ私です。真実を明らかにするのに邪魔になる間違った法律のため、望まない違法行為を犯さなければならなかったのです」

　言い終えたルミは興奮で荒い息がばれないように口を固く結んだ。先生は腕を組んだまま、体を少し後ろに向けた。予想外の強攻に対する後退の表現なのか、それとも次の攻撃のための息抜きなのか、先生の考えがよく読み取れなかった。

　何も言わずにじっと見ていた先生はしばらくして、体を前に傾けながら口を開いた。

「ではアーカイブの機密資料にアクセスしたのは？　その事案についても今のように誰にも被害を与えなかったから違法でないという詭弁を堂々と主張できるのか？」

　ルミは歯で唇の内側を強くかんだ。世の中でそのことを知っている人は自分を除いてはダーウィンだけなのに……。約束を守れなかった週末の間にダーウィンに何かあったのか？　ダーウィンが誰かに秘密を話したのだろうか？

「ちょっと前の自信で言ってみろ。そのことも間違ったことではないのか？　少しも？」

　ルミは口の中で熱く温められた息を吐き出しながら聞いた。

「なんで分かったんですか？」

「問題の本質よりどうやって分かったかがお前には重要なのか？」

「はい、私には重要です」

　先生はあざ笑うように肩をすくめて言った。

「アーカイブから学校に連絡が来た。国政監査期間に合わせてシステム点検をしていたところ、高級公務員がアーカイブで資料検索をした記録を発見したという。3級以上の公務員が資料検索のためにアーカイブを直接訪問するのは珍しいことで、直接来る場合も機密上、担当者に検索をするための場所を別途要請するが、最近は全くそんなことがなかったそうだ。最初はそれがうちの学校と何の関係があるのかと思った。だが、続く説明を聞いて頭を下げるしかなかった。アーカイブでアクセス記録を調べた結果、その時間にアーカイブ検索室のコンピューターが使われたのは1台だけで、担当者はプリメーラの女子生徒とプライムスクールの男子生徒がその日、一日中検索室に留まっているのを見たそうだ。ふたりとも制服を着ていたので、しっかりと記憶に残っていたし、女子生徒は2回目の訪問だったので、特に印象的だったと。もちろん訪問記録にもふたりの署名が残っていた」

ルミはもう一度唇をかんだ。デスクにいたあの女、なんとなく最初から気に入らなかったんだ……。

先生の声が荒くなった。

「他人の、それも高級公務員のIDを盗用することは単純に父親の身分証を盗み出すことよりも深刻な違法だ。そのくらいは知っているよな？　それも文教部次官のIDを盗用したなんて」

ルミは負けずに反論した。

「アーカイブに保存された私の祖父の写真を見るためでした。祖父が撮った写真を孫娘が見られないように塞いでおくのが正当な行為でしょうか？」

その瞬間、先生が手で机を叩きつけながら叫んだ。

「言い訳はやめなさい。さっきから法が正当なのかと不服ばかり。この国の法律に不満があるなら、後日議会に入ってやり直せ。法を遵守しない者が法を制定する権利を持つことが、お前の言う通り正当なことなのかは疑問だが」

先生が威圧的な声で話を続けた。

「ルミが犯した逸脱は単にプリメーラ女学校の名誉を汚しただけではなく、この社会の規則を崩す深刻な違法行為だ。処罰が下れば学校でも阻むことができない。それを阻止できたとしても、身分証の盗用とＩＤ盗用のふたつの犯罪は、目的を果たすためなら手段と手続きぐらいは何の罪の意識もなく違反するというルミ・ハンターの一貫した人格を見せている。このままでは、学校を去ることを覚悟しなければならない」

自分の人格に対する断片的な評価に抗議し、手段と手続きはそれらが支える規則が正しい時にだけ尊重されるものだと主張しようとしたルミは、学校を去るべきだという言葉を聞いた瞬間、体中が固くなり、準備したその言葉を口に出すことができなかった。

先生は満足そうな顔つきでじっと見つめながら尋ねた。

「ところでルミ・ハンター、これよりもっと深刻なことが何か知っているか?」

ルミは何も考えられなかった。想像力を働かせることについては誰よりも優れている自信があったが、法的に懲戒を受け、プリメーラを退学させられることより深刻で悪いことはこの世にないように思えた。

先生が言った。

「ＩＤ盗用の事実を通報されたニース・ヤング次官は２人の生徒のうちプライムスクールの男子生徒が自分の息子であることを明らかにし、本人が子供にＩＤを知らせたとおっしゃったそうだ。国政監査期間には、塵《ちり》ほどの過ちも岩のように巨大になるものだ。国の教育に責任を持つ公務員が、息子の宿題のために国家機密資料をむやみに漏らしたという事実が明らかになれば、世論が沸き立つだろう……。もちろんプライムスクールで国家機密資料にアクセスしていなければ解決できない宿題というものを本当に課したのか調べれば、ニース・ヤング次官の言葉が事実なのか、それとも子供を保護するためについた嘘なのかが明らかになるだろう。後者なら、ヤング次官の信頼度に大きな打撃が及ぶだろう。大衆は違法な行動よりも、それを免れるための嘘をずっと嫌うのだから。その当事者が高級公務員である場合は特に」

ルミはスカートを机の下でしっかりとつかんだ。ニースおじさまが自分のために嘘をついたという事実にも驚いたが、自分がしたことでおじさままで被害を受けたということは、すでに退学通知書を受け取ったのと同じくらい衝撃的だった。衝撃は恐怖と罪悪感に変わった。何か言いたいのに言葉は出ず、唇だけが震えていた。

「どうだ？　君の行動がどれほど無謀で軽率だったのか、今やっと実感が湧いてきたのか？」

ルミは黙ってうなだれた。完全な敗北だった。もう先生の主張に反抗する力も、自己弁護したいという意欲も湧かなかった。この恥ずかしい席から出て行けるように、先生が審問を終えて判決を下してくれれば良いのにと思った。無謀さと軽率さに加えて、自分がこんなに弱い人間だったことに初めて気づいた瞬間だった。

先生は自分の勝利をもう少し味わおうとしているのか、判決を延ばしたまま、不必要な私見を加えた。

「本当に残念なことだ。個人的に尊敬している方なのに、子供たちが行ったこのような些細なことで経歴に傷がつくなんて……。お子さんであるプライムスクールの生徒も同じだよ。写真を確認したがっている君を好意で助けようとしたようだが、こんな結果になるとは思ってもいなかっただろう。プライムスクールは我がプリメーラより規律がもっと厳しい。きっと厳しい懲戒を下すだろう。どうだ？　君の不適切な行動による痛みは大きすぎないか？」

ルミはゲームが終わったと思っていた。ところがその瞬間、まだ使える最後の札が浮かんできた。それは手に持っているすべてのカードを下ろし、おとなしく死ぬこと。

ルミはうつむいたまま話した。

「先生の推測通りニースおじさま、いや次官は私たちのために嘘をついたのです。次官はこのこととは何の関係もありません。ダーウィンも私がせがんだから仕方なく助けてくれたんです。だから罰は私ひとりで受けます。国政監査の場であれ、プライムスクール懲戒委員会であれ、自白が必要なところならどこに行っても、事実を話します。すべて私のせいだと」

先生のシニカルな声が耳元で響いた。

「すごい覚悟だな」

普段ならそのような嘲笑をそのまま聞いているわ

けにはいかないが、今日はすべての侮辱を受け入れなければならなかった。

ところがその時、先生が先ほどの声とはまるで違った口調で言った。

「でも、もしその覚悟で他の選択ができるならどうする？　ルミ・ハンター？」

ルミはゆっくりと頭を上げた。

「……他の選択とは？」

指導の先生が体を前に傾けながらささやくように言った。

「君がこのすべてに責任を取るのではなく、このことを最初から最後までなかったことにするんだ」

信じられない提案だった。

「……そんなことが可能なんですか？」

「そう、可能なことではない。ルミ、君が犯した過ちと君の立場だけ考えるとね。ところが、ありがたいことにアーカイブ側から先にそんな提案をしてきた」

それはもっと信じられない話だった。

「……どうしてですか？」

「自分たちの所管で子供たちがしたいたずらのせいで文教部次官の座が危うくなるのを見たくはないのだろう。アーカイブも文教部傘下の機関なのに、指揮系統上、自分たちの上にいる方を告発することは簡単だろうか。厳密に言えば、訪問客管理をきちんとできなかったアーカイブ側にも相当責任がある。生徒の管理をきちんとできなかった私たちプリメーラにも責任があるように」

指導の先生は机の前に身を乗り出して言葉を続けた。

「ただこのことを完璧に実現するためにはニース次官も、アーカイブ担当者も、プライムスクールの生徒も、そして何よりもルミがお互いを守る盾にならなければならない。ひとりでも逸脱してはいけないんだ。ということはつまり、ルミはアーカイブに行ったこともないし、ＩＤを盗用したこともないし、機密資料にアクセスしたこともないってことだ。何を言っているのか理解できるな？」

ルミは指導の先生が指摘しなかった、いや指摘できない点を心の中で繰り返した。「写真を削除された事実」もなかったことにするのだと。

先生は被告の心理を観察する裁判官のように、再び身を引いて話した。

「どうだ？　想像もできないほどの慈悲じゃないか。すべての罪を認めれば、最初からなかったことにしてやるとは。では、賢いルミ・ハンターがどんな選択をするのか聞いてみよう。学校を離れて法的懲戒を受けることがあっても、妥協のない真実を追求するのか、それとも人々の利益のために真実を覆うのか、さあどっちだ？　君の選択次第で明日の朝、教室の机をひとつ片付けるか、そのままにするかが決まるだろう」

しばらくして、ルミはうなずいた。先生は「それはどういう意味だ？」と尋ねた。ひどいことに、答えを知っていながら確実に敗北感を与えるために言語を拷問道具にしていた……。

ルミは先生の望み通りに言った。

「……アーカイブの提案通りにします」

敗北宣言が終わるやいなや、指導の先生が机の上にある書類ファイルを手に取って言った。

「そう選択したのなら、違法に得たこの資料も当然、廃棄すべきだろう？」

先生は時間をかけて書類を一枚一枚破った。ルミは先生が破っているのは単なる紙ではなく、自分のプライドだということを知った。

先生は立ち上がって紙くずをゴミ箱に捨てた後、机のすぐ前に立って言った。

「頭はプリメーラの女子生徒というプライドでいっぱいなのに、している行動には失望せざるを得ない。外部で起こったことだけを言うのではない。3年間見守ってきたが、ルミは勉強会もクラブ活動もほとんど参加していなかった。あまりに優秀でそんな集まりに加わる必要がないからか？　それともそんな席に行って引き立て役を務めるのが死ぬほど嫌なのか？　よく聞け。ルミ・ハンターはその制服を着る資格がないのにみんなの酌量でもう一度チャンスを得たんだ。この瞬間から君は友達より一段階下にいるということを常に肝に銘じて、これからはその制服にふさわしい行動をして自らの格を上げるようにしなければならない。正しい行動が伴わないプライドはみっともない高慢に過ぎないということを肝に銘じ、二度とこの指導室で会うことがないよう望む。ご両親を心配させることはこれ以上してはいけないだろう？」

夕方近くになって家に帰ってきたルミは、居間のソファーに座っているパパと出くわした。パパの顔を見た瞬間、いろいろと聞きたくなったが、そのまま黙って2階に上がった。パパも階段を上がる姿を見守るだけで、何も言わなかった。まるで学校で何があったのか全部知っているかのように。

ルミは部屋のドアを閉め、ドアの前にしゃがみこんだ。窓が暗闇に染まっていた。外の風景が消えた窓に自分の顔が映った。ルミは一瞬思わず目をそらした。初めて感じる自己嫌悪だった。すべてをそのままのかたちで守れたにもかかわらず、自分に残るものは何もないようだった。公務員の名前を並べた紙束を失ったことは、損失の数に入ることすらなかった。真実を明らかにすることを最優先の価値として信じてきた信念、ダーウィンとニースおじさまの信頼、プリメーラの生徒として守ってきた誇り、ジェイ伯父さんの死を明らかにする勇気……。これらを失ったことこそ、真の喪失だった。ルミはどこからこの傷を回復すればいいのか考えた。問題は複雑だが、答えは簡単だった。一刻も早くダーウィンとニースおじさまに謝罪しなければならない。

嘔吐

本の文字が逆さまにひっくり返って、反論できない真理が何の価値もない落書きになってしまった。本を皮切りに、目の前のものが入り乱れて、行列の群れのようにくるくると回り始めた。ダーウィンは怪しげな仮面をかぶった群れに手をつかまれ、だんだんその中に引き込まれていく気分だった。何が光で何が闇なのか、どこが中でどこが外なのか、誰が人で誰が人のふりをしているのか見分けがつかなかった。近くのどこからか変なにおいがし、ある群れは分かるような分からないような言葉をリズムをとるように休まず繰り返した。ダーウィンはめまいに耐えようと、手で握った鉛筆を支えにして強く握った。その力に勝てなかった鉛筆からひびが入る音が聞こえた。ダーウィンは光が一筋も漏れないように目を閉じた。このまま目をつぶって耐えれば、群れは手を放して去り、めまいも治まるだろう。

実際に目に見えるものがすべて消えると、回転が遅くなり、まだらになっていた色も元の無彩色に戻り始めた。ほっとしたダーウィンは喉に溜まった唾を飲み込んだ。ところがその瞬間、逆流を防いでいた堤防が崩壊するように喉の中に何かが崩れ、口の中に激しい水が押し寄せた。ダーウィンは我慢できず、口を塞いだままトイレに駆け込んだ。

一度始まった嘔吐は止まる気配がなかった。学校に復帰してからは症状がさらにひどくなり、日常を掌握してしまった。寮、教室、図書館……厳粛な場所ほど強度が高くなり、朝、昼、夜、闇が迫るほど頻度が多くなった。誰も分かるはずがないのに、みんなが知っているようだった。ある夕方、図書館から寮に続く廊下をひとりで歩いていたら、壁いっぱいに「殺人者、殺人者、殺人者」という字が書き殴られていた。

ダーウィンは便器をつかんで、体の中から流れ出るものをすべて吐き出した。食事をしていなかったために、出てくるのは酸化した水だけだった。食道が焦げていくようだった。ダーウィンは壁にもたれて座り、息の荒さを抑えた。息からも嘔吐のにおいがした。汚くて怪しい不穏なにおいだった。ダーウィンは顔を膝の間に埋めて足を抱きしめた。自分の体からこんなにおいがするなんて、我慢できないほど嫌だった。発生源があるなら、出られないように塞ぎたかった。

その時、外でドアを叩く音が聞こえた。

「何しているの？　大丈夫？」

「あ……うん、すぐ出るよ」

ダーウィンは立ち上がり洗面台の前に行った。鏡の中によく分からない誰かが立っていた。顔と名前と存在が、それぞれ違う鏡から割れたかけらを持ってきて付けたようにずれていた。あの夜、あの鏡の中に映っていたのもこんなものだったのだろうか……。その瞬間、鏡がくるくる回り始めた。ダーウィンは急いで口を洗い、トイレから出た。

ドアを開けるとイーサンが待っていて、医務室に行くように言った。

「試験のせいでストレスを受けるのは理解できる。でも、正直に言ってお前が吐く音を聞かなければならない僕はもっとつらいんだ」

この期間に嘔吐が始まったのは、ある面では幸運かも知れなかった。11月にプライムスクールの生徒に発生するすべての神経症状は学年末試験に原因が求められるからだ。

「うん、行ってみる。……悪いね」

秘密だと思っていた自分の嘔吐の症状が他の人に知られていたという事実に、ダーウィンは顔を上げることができなかった。これまで学校のあちこちで会った人たちが自分の体からこのにおいを嗅いでいたと思うと、息ができないほど恥ずかしかった。ダーウィンは寮の外へ出た。息苦しい空気のために嘔吐が押し寄せるのかもしれないという、可能性のない希望を抱いてだ。

鋭い風がぴんとやせた木の葉をさらに厳しくむち打った。地面には干上がった死体がいっぱいだった。自然は最も厳しい季節を切り抜けていた。ダーウィンは日が沈む方を向いて座り、夕焼けが作り出す風景をじっくり見守った。自然も多くの眼でこちらを見ていた。ダーウィンは自分が自然を観賞しているのか、それとも自然が自分を監視しているのか分からないという気がした。

それからどれくらい経っただろうか。近くを通りかかった誰かが大きな声で冗談を言う声が背後から聞こえてきた。

「ダーウィン、進化論について考えているのか？」

ダーウィンは振り返らなかった。声の主人公はこれ以上声をかけずにそのまま通り過ぎていった。

鐘の塔周辺に広がる夕焼けの姿は、まるで尖塔に突き刺さった空が流す血のようだった。自然を長く観賞していると、空を染めた夕焼けや一筋の小風から神の存在と志を感じるようになるという。ダーウィンはふと今まで自分が神様の有無やその存在について深く考えたことがなかったことに気づいた。一日中、宗教的な建物に囲まれているにもかかわらず、ガラス窓に彩色された聖火や修道士たちが残した本の語録を詳しく見た記憶がなかった。歴史学の一部として学ぶ神学にも特に興味を感じなかった。神を否定しているからか……。ダーウィンは首を振った。神を否定しているからではなく、神に対して、その見えない全知全能の力について、考える必要がなかった。自分を世の中に生んでくれ、食べさせてくれ、歩くように助けてくれ、言葉を教えてくれながら絶対的な愛を伝えてくれた人は、見えない空の上ではなくすぐそばにいたからだ。

記憶のない時間まで含め、16年10ヶ月の日々をゆっくりと振り返ったダーウィンは〝必要がなかった〟というよりも、〝余裕がなかった〟という方が正しい表現かもしれないと思った。ダーウィンは目を閉じた。その言葉が当たっていた。父から愛されるだけでも日々忙しく、神のことを考える余裕もなかった。神が存在するなら存在するのであり、存在しないなら父が神だった。父という存在によって自分は何の葛藤もなく、有神論者であり無教徒であり、無神論者であり信者であった。

「……ところで神と同格の父が人を殺した。それも一番親しい友達を……」

頭に浮かんだその文句を聖書の中の一節と受け止めた瞬間、ダーウィンは枯れていく草むらの上でまた嘔吐してしまった。今度は酸っぱさよりも苦味が感じられた。ダーウィンは自分が吐き出した唇を手の甲で撫でた。その物質の正体が何なのか分からなかった。どうして絶えず嘔吐が出るのか。これを止めるにはどうすればいいのか。長く見ていると、ふと蛇の体から流れ出た体液のような気がした。自分の父が犯した罪で蛇も苦しんでいるのだろうか。この広大な自然の中でそんな苦しみを味わっている存在は、自分と蛇のみのようであった。

その時だった。

「何を探しているんだ?」

声を聞いただけで後ろに立っている人が誰なのかすぐ分かった。腰を曲げて吐瀉物を見ている姿が草原で何かを探しているように見えたのかと思うと、ちょっとおかしかった。ダーウィンは背中を起こして応えた。

「たいしたことじゃないよ……。ただ不思議な昆虫を見たような気がして」

レオは近づいてきた。

「やっぱりダーウィンらしいな。親父も俺の名前を【レオ】じゃなく【ニーチェ】や【アインシュタイン】にするべきだったのに……。もちろん、自分の息子が精神疾患にかかるリスクまで受け入れなければならないが」

いつぶりか思い出せないほど久しぶりに笑いが出た。ダーウィンはレオと向き合った。プライムスクールの生徒全員が神経質で敏感で疲れた目をしている期間だったが、レオの顔にその跡は少しもなかった。ダーウィンはふと外国語の不規則動詞を思い出した。プライムスクールの一員でありながらも、この雰囲気に完全に支配されないレオは、過去、現在、未来で自由に変化するひとつの不規則動詞のようだった。

レオが聞いた。

「顔色が悪いようだが、どうかしたのか？」

ダーウィンは首を振って軽く微笑んだ。

「この期間に元気なやつがおかしいんじゃないか？」

「だからといって結核にかかった修道士のようにして歩く必要はないだろう。11月になると俺は学校にいるのか、修道院にいるのか分からなくなるくらいだよ」

「試験を受けるという意味ではあまり違わないじゃないか」

「おもしろい話だ。そう、それが我が校の根っこだよ。どうせこのように試験を受けるなら、数学、文法、哲学のようなつまらないものを除いて、窃盗、裏切り、殺人で試験を受ければ、そのルーツにもっと符合すると思うのだが。修道院こそあらゆる犯罪の温床だったからな」

ダーウィンは吐いた跡がある茂みの方を見た。では、プライムスクールのこの多くの木々は、罪を犯した修道士とその事実を知った修道士が互いに知らないうちに吐き出した吐瀉物を肥料にして、今日まですくすく育ったのだろうか。

レオは顔を近くに寄せて言った。

「とにかく元気出せ。ダーウィン、お前まで錆《さ》びたブロンズ像のような顔をしていたら、俺は誰と話せばいいのか分からない。お前は成績にこだわるそんな間抜けたちとは違うじゃないか」

「変わらないよ。いや、プライムスクールで一番の間抜けかもしれない」

「ダーウィン・ヤングの口からそんな言葉が出るとは。いくら試験のストレスのせいでも、お前がそんな話をすることを知ったら委員長が衝撃を受けるだろうな。ダーウィンのおかげで試験科目が少し減るんじゃないか?」

ダーウィンはやっと吐き気をこらえた。

「そんなことはないと思うよ」

「そんなことはないって? どうして?」

「文字通り〝間抜け〟という言葉では衝撃を受けないという意味だ。これまで、もっと衝撃的なこともたくさん経験したと思うから」

レオはたいしたことないように「まあ、そうだろう。俺たちより3倍の人生を生きていらっしゃるから」と答えた。3倍の人生という言葉にダーウィンは、自分がすべてを知っていると考えてきた父は、実は〝ニース・ヤング〟の3分の1でしかないということを悟った。もしかすると父同士が友達だったという事実を自分より先に知っていたように、今度もレオが自分の知らない父の残りの部分をもっと知っているのではないかという気がした。ダーウィンは歩きながら聞いた。

「レオ、君のお父さんはジェイおじさんと話したことあるかい?」

「ジェイおじさん? 急にジェイおじさんについてなんで聞いてくるんだ?」

「衝撃的なことと聞いたから」

「あまりにも過去にさかのぼりすぎてるんじゃないか?」

レオは笑ってから話した。

「確かに、お前のお父さんの人生でジェイ・ハンターの死が最も衝撃的な事件のひとつかもしれない。だから今までもお前を連れて追悼式に参列されていたんだろうし……。ところでうちの親父にはそこまで人生に影響を及ぼすような衝撃的なことではなかったようだ。ルミに初めて会った時、昔の友達だったと言ったのを除いては、うちの親父がジェイおじさんの話をしたことは一度もないんだ。お前も知っているように、うちの親父は今まで追悼式にも行っていなかったじゃないか。今回行ったのも、実はダーウィンのお父さんに会おうという不純な動機があった」

ダーウィンはレオの話と同じくらい長く沈黙した後、口を開いた。

「じゃあ僕たちは3人の仲が本当はどうだったかは分からないね」

「3人の仲がどうだったか気になるのか？」

「……正確にはお父さんとジェイおじさんの仲が」

「なぜ？」

ダーウィンは自分が嘘をついているのか、それとも真実を言っているのか、紛らわしい気持ちで話した。

「君がこの前言ったじゃないか。いくら父親の友達でも一度も会ったことのない人の追悼式に僕が行くのは驚くべきことだと。僕もよく考えてみたら30年前に死んだお父さんの友達の追悼式に参列してきたことにびっくりして」

レオは茶目っ気たっぷりの顔で言った。

「学年末試験のストレスがひどいようだな。そんなことまで考えているなんて。だから人はあまり長く座っていてはいけないんだ」

そして、すぐに真剣な声で付け加えた。

「でもなダーウィン、それはもうお前の話の中に答えがあるんじゃないのか？　30年前に死んだ友達の追悼式に息子まで連れて行くくらいだから、お前のお父さんとジェイおじさんがどれほどの友達だったかすぐ見えるじゃないか」

同感を望むレオの青い瞳にダーウィンはうなずくしかなかった。あまりにも鮮明に見えた光が、実は追いついてはいけないトリックだったことに気づいた今でも、依然としてその光の威力から抜け出せずにいる。

急にレオが聞いた。

「ダーウィン、もし俺がジェイおじさんのように死んだら、お前も俺の追悼式に息子を連れて参列してくれるか？」

ダーウィンは一瞬、また喉元まで込み上げるものを感じて、それを抑えるために重い声で話した。

「ジェイおじさんのようなことが君に起こることはない」

「だから〝もし〟と言ったじゃないか。俺も当然ジェイおじさんのように死にたいという考えは微塵《みじん》もない。でも考えてみろ。自分を忘れずに30年間も追悼してくれる友達がいるというのはすごく素敵なことじゃないか。それも父親になって自分の息子と一緒に。なあ？ ダーウィンは俺の追悼式に参加してくれるか？」

ダーウィンは質問を返した。

「レオ、君は？ 僕の追悼式に出席してくれる？」

レオは一瞬で「もちろんだよ」と答え、すぐに照れくさそうな顔で肩をすくめた。

「しかし、あまり信用できる答えではないだろう？ 親父の行動から俺の未来を考えてみると」

「君とおじさんは別人じゃないか。おじさんがそう言ったんだって？ 子供が父親に似るのは最もつまらないところだって」

レオが笑って答えた。

「ああ、息子が父に似るというのは、一番つまらないところだ。そのぶっきらぼうな言葉をプライムスクールの格式ある言葉に変えれば、人間は過去に由来してはいるが、全く新しい存在だという名言になる。そうだろ？」

ダーウィンはレオにつられて軽く笑った。

しばらくして会話の余韻が消えると、レオが付け加えた。

「だけど俺の追悼式のことを考えると、俺はお前とお前のお父さんが別の存在でないことを願いたい」

試験準備で皆、室内に留まっているため、プライムスクールの校庭には見捨てられた場所でしか感じられない独特の風情が漂っていた。人影がないためか、息をするたびに漏れる息がより濃く感じられた。

ダーウィンは自分の息とレオの息が混ざり合うのを見るのがつらかった。その汚染を傍観しているだけでもレオに対して罪を犯しているようだった。真実を隠したまま曖昧な笑みと中途半端な質問でレオをだましたとしても、罪の名目をつけることもできず、それには目をつぶってしまった。

寮まで一緒に歩いてきてくれたレオが玄関に着いて話した。

「ダーウィン、俺はもしかしたらプライムスクールをやめるかもしれない」

急な話にダーウィンはレオを振り返った。レオは何でもないという笑みを浮かべた。

「そんなに驚くことはない。ずっと前から思っていたことだから……。短編ドキュメンタリーフィルムコンテストって聞いたことあるか？　アマチュアのためのコンテストで、昨年までは成人だけが参加できたが、今年から年齢制限がなくなった。親父はここからデビューしたんだけど、俺もここに出品しようと思って」

ダーウィンはレオの決定が腹立たしさからくるものではなく真摯な計画によるものであることを知って安心したが、だからといって学校を去るという決定まで支持することはできなかった。

「あえて学校をやめることはないだろう。卒業した後でいくらでもできることなのに。やりたければ休みの間もする機会だってあるだろうし」

「実は学校をやめるという決定はドキュメンタリーフィルムとは別の話だ。このままプライムスクールに通ってどうなる？　教授たちのストレスばかりたまり、俺は俺で時間を浪費するだけだ。それよりは今からでもやりたい仕事を探して始めた方がいいと思う」

「それはプライムスクールの中に君を捕らえるものがひとつもなかったという意味かい？」

「ダーウィン、ここをやめたらお前を懐かしく思うだろう。プライムスクールに来なかったら、お前とは友達になれなかったはずだから。でも俺たちは学校を離れてもずっと友達だろう。それなら何の問題もない。そうだろ？」

「もちろん。ところで、ご両親と相談して決めたの？　すごく驚くと思うけど」

「まだ。冬休み中、ある程度作品を撮っておいて、後に話すつもりだよ。訳もなく口だけで騒ぐ人になりたくないからな」

「それでもおじさんには助言を求めなければならないんじゃない？　その分野でおじさんほどのメンターもいないじゃないか」

するとレオはまるで成長の段階を一段上にあがった人のように笑った。

「ダーウィンは一度も父親がお前の敵だと思ったことがないらしいな」

「……敵だって？」

「一生をかけて戦わなければならない相手だ。親父は俺に夢を呼び起こしてくれた人でもあるが、俺が勝ち抜かなければならない敵でもある。敵から学ぶことはできるが、助けを期待することはできない。バズ・マーシャルの息子だから受賞したという言葉は絶対聞きたくないからな。もちろん、親父も俺を助ける気などないだろうし、親父は俺がこんな考えをしていることも知らない。俺たちは、ほとんど話さないから」

「何か問題でもあったの？」

「分からない。何か問題でもあるのか……。ただ最初から俺たちはいつもこうだった。親父はこんな状態が問題だとは思ってないだろう」

ダーウィンはレオの話で父を思い浮かべた。連絡しなくなって一週間になろうとしていた。祖父が父に電話をしてあげなさいと言った時、「風邪をひいた声を聞くと心配するでしょう。代わりに勉強していると電話してください」と言い、父との連絡を避けてきた。父は食卓での言い争いを覚えているだけで、何が本当の問題なのか全く分からないはずだ。

その時だった。レオは「ダーウィン、あそこを見ろ」と西の空を指した。ダーウィンは父の顔を消すことができず、レオが見ているところに視線を向けた。そこには夕焼けの中に飛んでいく大きな鳥がいた。レオは感嘆した声で言った。

「自由に見えるだろ？　俺もあんな作品を作りたい。見るだけでも人を別世界に飛んでいると思わせる作品だ」

ダーウィンは「レオ、君なら十分にできる」と励ました。しかし、自分の目には、罪のある鳥が苦しみに耐えられず、自ら炎に向かって飛び込むようにしか映っていなかった。

再発

外部の日程を終えて執務室に戻ったニースは、訪問客のソファーの前で足を止めた。その刹那、思わず眉をひそめてしまった。約束もせず突然訪れる招かれざる客が一日に何人かいるが、たいていはこの9階に着く前に警備室と秘書室で先に止められるのが常だった。その関門をくぐって執務室のドアの前までたどり着くということは、教育政策と関連して秘書を説得するほど切迫した問題があるか、もしくはどんな方法であれ嘘をついたということを意味した。当惑した感情はすぐに不快感に変わった。この喜ばしくない訪問客は当然後者のはずだ。一介のプリメーラの女子生徒に、文教部次官と至急会うべき教育問題があるはずがないのだから。またどんな巧みな嘘で警備と秘書を欺《あざむ》いてここまで来たのだろうか。

ニースは重苦しくなった息を心に飲み込んだ。しばらく足を止めていたのか後についてきた補佐官が「次官?」と呼び、注意を喚起した。いつも通りだったら補佐官に目くばせしてすぐに帰したはずだ。うそつき、殊に若いうそつきは、相手にしたくなかった。

「おじさま、ここでは次官と呼べばよろしいですよね?」

しかし、自分を「おじさま」と呼び、嬉しそうに挨拶する知人の娘を門前払いするわけにはいかなかった。

ニースはしばらくぶりに口を開いた。

「どうしたんだ、ルミ? 君はいつも予告なく現れるんだね」

「驚かせたのなら申し訳ありません。お家に何回も電話をしましたがおばさんが取り次いでくれないのか何の連絡も取れなくて。秘書室も日程がいっぱいだと言って約束を取ってくれません。お家に行こうかと思いましたが、それだと嫌われるかもしれないので事務室に一度来てみました。いざ来てダーウィンのことで次官のところに来たと言ったら、すぐここに案内してくれました」

　ニースはマリーと違ってまともに仕事を処理できなかった秘書に白い目を向けたが、彼のせいにはできなかった。ダーウィンと関連する連絡は事案と時期を問わず、直ちに取り次ぐよう指示したのは自分自身だったから。

「ダーウィンのこと？　どうかしたのかい？」

「他に約束があるのでなければ中に入ってお話ししてはいけませんか？」

　他に約束はなかったし、今さら断る口実もなかった。この場を避けたとしたら、この執拗な子は退勤時間までドアの前で持ちこたえて、家について来るに違いなかった。この子をもう一度家に入れる気は毛頭なかった。どうやって入ったのか分からないが、私の推測どおりまた会わなければならないなら家より事務室がむしろましだ。しかも、今回も確かに作り話ではあるが、〝何があったのか〟は内心気になっていた。いくら試験期間だったとしてもダーウィンが学校に復帰してから今まで一度も連絡がないから……。

「うん、入ろう。ダーウィンの話なら少しでも聞き逃すわけにはいかない」

　忙しい日程のなか時間を割いているという印象を与え、早く帰らせるのが最善だろう。ニースは補佐官に「10分だけ休憩を」と告げてからまず執務室に入った。後についてきたルミは庁舎の全景が見渡せるガラスの窓の方へと駆け出し、「わあ、素晴らしい」と感嘆の声を上げ、またすぐに机の近くに目を向け、上に置いてある額縁をのぞいた。

「ダーウィンの入学式ですね。この前、おじいさまのお家でも同じ写真を見ましたが、おじいさまのお家の絆は本当に特別なようです。普通は家の中に女性がいないと男性はせかせかと過ごしながらこういう些細なことに気を使わないじゃないですか。でもおじさまとおじいさまとダーウィンが一緒にいるのを見ると、全く隙が感じられません。これは乗馬場で撮った写真ですか？　ダーウィンが乗馬もするとは知らなかったわ」

　ニースは先に腰をおろして「ここに座りなさい」

と彼女に右のソファーを指した。父の家ではどうしようもなかったが、自分の空間まで好き勝手にのぞかせたくはなかった。しばらくして秘書がお茶を持ってきてテーブルに置いて出て行った。

ニースはルミがお茶を一口飲むのを待ってから急いでコップを置いた。

「ところで、どうしたんだい？　ダーウィンと関連したこととは何かな？」

「それより先におじさまにお詫びをして許しを請うべきだと思います」

「お詫びと許しとは……。ルミが私に謝り、許してもらわなければならないことがあったかな？」

「報告を受けませんでしたか？　アーカイブでの出来事です。先にその事情を説明してから……」

ニースはルミの言うことを止めた。

「その話ならしない方がいいだろう。それはもう終わらせてこれ以上取り上げないことにしたのでは？」

「ええ、分かります。最初から最後までなかったことにしなければならないと。しかしそれは公的な約束であり、私的にはおじさまに謝罪しなくては、到底なかったことになんてできません。おじさまに会うたびに借りがある気がしているのに、何もなかったふりができるでしょうか？　おじさま、信じてもらえるか分かりませんが、私は本当におじさまとダーウィンに被害が及ぶとは少しも考えられませんでした。こんなに物事が大きくなると知っていたなら、当然他の方法を考えていたでしょう。私がどんなに馬鹿なのか今回初めてひしひしと感じました。お許しください」

誠意を感じるルミの謝罪にニースは少し罪悪感を抱いた。確かにいくら強引さのある子供でも、まだ16歳なのに、懲戒委員会だの国政監査だのと言われて怖気づかないわけはないだろう。もちろん、すべてが嘘だった。ダーウィンがアーカイブに関する話を切り出した後、国政監査期間であることを口実に、アーカイブに先に連絡して不法アクセスの記録があるか確認するように言ったこと、アーカイブ側がプリメーラ女学校側に提案する形を取り、厳しい訓戒のレベルで事件を終わらせようと言ったことのいずれも外部には知らされず、静かに処理された。あの晩、ダーウィンに言った話もすべて嘘だった。大きな過ちを犯したと思って震えるダーウィンの姿に申し訳ない気持ちだったが、仕方なかった。ふたりが二度とアーカイブや写真について話すことができないようにするためには、あらゆる深刻な言葉を集めて怖がらせなければならなかった。

「ルミの気持ちは分かるが、教育界にいる者として生徒が自分のことを馬鹿だと言うのを聞かされるのは愉快ではない。それもプリメーラの女子生徒から。結局は大きな問題もなくうまく解決されたのだから、あまり自責する必要はないだろう」

ニースはいったんルミを落ち着かせた後、気になる点を指摘した。

「ところがルミ、約束は約束であって、公的なものと私的なもので区別するものではないんだよ。約束を守る条件を飲んで皆に許されたのなら、それを誠実に守るべきではないだろうか。おじさんは君がここへやってきたことが、約束を守っていないという意味に思えるんだ」

ルミは首を振って強く否定した。

「約束を破るなんて、絶対に違います。今になって私がどうしてそんなことをしますか。それは他の人だけでなく自分自身を台無しにすることでもあります。私がこのプリメーラの制服を着ているということは、約束を守るという意味です。私を信じてください」

「そうだね。ルミはその制服がよく似合う」

ルミは「ありがとうございます」と答え、なぜかすぐに寂しげに微笑んだ。

「以前なら、ほめられて嬉しいはずのその言葉が、正直今はただ嬉しいばかりではありません。私のすべての偽善を知っているからかいのように感じられるんです。もちろんおじさまのせいじゃなくて、私自身のせいですが」

「からかうって？　それはどういう意味だい？」

「この前の体育大会の時に私が申し上げましたよね？　私にとって一番大事なのは真実だと。しかし、いざ真実に触れそうになると、私はこの〝緑のリボン〟のために、その信念に反する決定を下したんです。この頃は先生も友達も皆私のことをあざ笑っているようです」

「ルミは自分自身を意識しすぎていると思う。誰も君をあざ笑ったりしないよ」

ルミは首を振って「間違いなく1人は」と言った。

ニースは約束を守るという言葉を聞いた以上、この辺で話を終えて、この口数の多い子供を外に出したかった。さっきからずっと話を終わらせる適当なタイミングを狙っていた。しかし、確信に満ちた言葉が気になり、つい「その1人とは誰かな?」と聞いてしまった。

ルミは肩をすくめて答えた。

「うちのパパです」

ニースは思いもよらない人物にびっくりして問い返した。

「ジョーイ?」

「パパは私のことをはっきりとあざ笑っています。私がこんなザマになったのがおかしくてしょうがないと思いますよ」

「ジョーイが君をあざ笑うなんて、なぜそんなことを考えているのか理解できないな。世の中に子供をあざ笑う親はいない」

「おじさまは当然理解できないでしょう。おじさまはダーウィンをこの世で一番愛しているから。でも私は幼い時から、いつもこういう感じを受けてきました。追悼式に参列される度にそんな雰囲気を感じられませんでしたか?」

「全く」

ニースは確信を持って首を振った。優しくて家庭に忠実なジョーイが苦境に立たされている娘をあざ笑うなんて、想像もできないことだった。しかし、ルミはすでに自分の考えを確固たるものにしたように語った。

「父は私を嫌っています。いや、単純に嫌いというよりは何ていうか。……私にライバル意識のようなものを持っているようです。いつも私に他の人より中途半端で平凡な人間になってほしいようです。私がプリメーラに行くと言った時も、反対されたんです」

ニースは16歳の女の子の頭がいかに妄想に駆り立

てられているかを知り、あきれて恐ろしくさえなった。ジョーイのためにも誤った誤解を解く必要があった。

「それは嫌いだからではないんだよ。ルミはまだ幼いので分からないかもしれないが、1地区のエリート教育を負担に感じる父兄も多いという。いろんな面で同じ年頃より早く傷ついてもっと早く挫折することも多いから。おじさんもダーウィンがプライムスクールに進学すると言った時、喜んでやれなかったさ。それがどれほど大変な道なのか知っているから、親として少し易しい道を歩んでほしいと思ったんだ。君はおじさんはダーウィンが嫌いで、いや、ライバル意識をもってそう思ったと感じるかい？」

ルミは笑って「絶対に違います」と答えたが、間もなくこわばった顔になった。

「でもパパはそうじゃない。おじさまとは根本的に違います。実は私が今回、学校でひどい目にあったのもパパのせいなんです。これ以上問題を大きくしたくなくて何も言ってはいませんが」

「どういう意味だ？　お父さんのせいだって？」

「実は今回のことで指導室に呼ばれた時、まずきっかけになったのが急な所持品検査だったんです。先生は私のかばんを見もせず、その中に何があるのかすべて知っていました。誰かが何か言っていない以上それをどうやって知ることができますか？」

「ルミの話だと、その誰かがジョーイだというのかい？」

「父だと思います。父が密かに私のかばんを盗み見た後、先生に代わりに指導してくれと頼んだんです。本人が直接やっても私が言うことを聞かないので、この機会に世間的に私の鼻をへし折ってしまいたかったのでしょう。偶然にもそれがアーカイブ事件と重なって、事がもっと大きくなったんです」

ニースは時計をちらりと見た。限界値として考えておいた10分はとっくに経っていたが、見方が変わっていた。ニースは知らない間にかなりルミの側に引き込まれていることに気づいた。もっと深いところに連れて行かれる前に、いつ結んでおいたか分からないその巧妙なひもを早く切って、出て行きなさいと言いたかった。しかし、この状態でルミを追い出したら、むしろ残りの今日を手に残ったひもの跡だけをたどりながら、裏に隠された話が気になるだろう。眠る前にこの子の顔を思い浮かべるのは、決してしたくないことのひとつだった。どうせ始まった話ならいっそこの部屋で完全に終わらせて、二度と振り返らない方が賢明だった。

「女子生徒の持ち物を無遠慮に聞くのは不作法だが、これでは一体かばんの中に何が入っていたのか問わざるを得ない」

「それは……」

ルミはしばらくためらった後、「おじさまにまた嘘をつきたくないので、本当のことを言わないと」と言った。

「実は父の身分証を利用して情報公開請求を要請して手に入れた資料が入っていました。でも大したことではなく、3級以上の公務員の人事資料です。あえて情報公開請求をしなくても、数年間新聞で報道された人事情報をすべてスクラップすれば得られる。その時間を節約しようとしたことが結局、違法になりましたが」

ニースはひじ掛けを強くつかんだ。

「アーカイブがすべてではなかったとは。驚いた……。正直に言って、腹が立つね」

ルミは素早く言った。

「予想していました。アーカイブ事件にこの話まで知ったらおじさまが私に失望し、怒るだろうと。でも今はもうおじさまに全部、事実通りに話したいんです。なぜならおじさまは父と違うからです。父は私の言うことを聞こうともしませんが、おじさまは一部始終を聞けば、私を理解して助けてくれるでしょう。おじさまは正義の心を持つ勇敢な方ですから。またジェイ伯父さんの一番親しい友人でもあって。……おじさま、実は伯父を殺した犯人は、9地区のフーディーではなく、1地区の高級公務員だと思っています。私がアーカイブでおじさまのIDを盗用したのも、父の身分証で情報公開を請求したのも、すべてその人を見つけるためでした」

何の反応も見せないので、ルミは「驚きませんか？」と尋ねた。

ニースは穏やかに答えた。

「……今回のアーカイブのことでダーウィンに大体話は聞いた」

「本当ですか？　それでは私の推測が当たっていると思いませんか？」

ひじ掛けを撫でながら返事を遅らせている間、ルミがまた聞いた。

「そういえば、おじさまは消えた写真が何なのかご存じかもしれませんね。伯父が祖父からプレゼントされた写真で作ったアルバムに〝12月の暴動〟の時に撮られた写真があったのを覚えていませんか？フーディーたちが集まっている……」

ニースは今回すぐに答えた。

「アルバムが何なのか分かるけど、あまりにも写真が多いから特定の写真までよく覚えていないんだ……。ジェイがアルバムを宝物のように思っていたのであまり見せてくれなかったし」

「そうですか」

ルミが残念な声で話した。

ニースはもうここで会話を終わらせたかった。

「とにかくどんな方法でも君がジェイを忘れずに関心を持ってくれるのはありがたい」

ところが、ルミはお世辞に過ぎないその言葉で、また新しい対話の扉を開いた。

「そうですよね？　子供が自分の家族のことに関心を持てば、大人はおじさまのように当然褒めるのが一般的な反応ですよね？　ところが、父は伯父の死についてほんの少し聞いただけでも無駄なことに関心を持つなと腹を立てるんです。なんでそんなに怒るのか……いえ、怖がっているのかもしれません。おじさま、おじさまは父が何を怖がっていると思いますか？　自分の兄の死にまつわる疑問を、私が解決することを怖がっているんでしょうか？　私が父にまた勝つと思って？　ロイド検事に会わなかったら、私は伯父が子供の頃、検事になりたがっていたということも知らなかったでしょう。父は幼すぎて思い出せないという言い訳をつけながら、伯父に関する昔話はほとんどしてくれないんです。10歳くらいなら、すべてを覚えているはずなのに……」

ニースはルミの言葉を中断させて聞いた。

「ロイド？　ロイド検事とは……」

「はい、おじさまが考えてらっしゃるリアム・ロイド検事さんです。おじさまと中学校の同級生で、伯父と3年生の時に同じクラスだった」

「君がロイド検事をどうして知っているんだ?」

ルミが笑いながら話した。

「実は私、馬鹿みたいにしばらくロイド検事を伯父を殺害した真犯人と疑っていたんです。ところが、会ってみたらそのような疑いがすべて晴れました。検事さんは本当に優しくて良い方でした。伯父を殺害するどころか、おじさまのように依然として伯父を恋しがっていました。生きていたら伯父も立派な検事になっていただろうと話して……。あ、ところで検事さんが言うには、伯父が死ななければ、父の日の学校行事の時、検事さんのお父さまと会うことになっていたそうですが、もしかしておじさまもご存じですか? 検事さんのお父さまも検事で、ニックネームが〝特捜部の死神〟だったそうです。反動分子を捜し出す死神です。検事のお父さまが捕まえた反動分子をすべて並べれば、検察庁が1階から頂上階までいっぱいになると言っていました。すごいでしょう? ジェイ伯父さんも大人になってそんなことをしたかったようです。それで伯父が絶対に一度、ロイド検事さんのお父さまに会いたいと。……おじさま、どうしたんですか?」

ニースは死力を尽くしてソファーのひじ掛けをつかんだ。もう少し力が弱かったら、テーブルの上に倒れていたはずだ。ニースはしっかりと目を閉じて開けた。学生の時以来、このような強いめまいを感じたのは初めてのことだ。喉まで嘔吐がこみ上げてきたが、必死になってその酸っぱさを飲み込んだ。耳元で「大丈夫ですか?」という声が聞こえてきた。ニースは声が聞こえる方に視線を向けた。その瞬間、すぐ前にジェイが座っていた。全身に冷や汗が流れた。しかし、そんなことがあるはずがなかった。ニースはもう一度目を閉じてからまた目をあけた。やはりジェイではなかった。

「どこか悪いのですか? 顔色が悪いように見えますが」

ルミは寄り添ってきて心配そうな目つきで「誰か呼びましょうか?」と尋ねた。ニースは首を振ったが、ルミは「おつらそうに見えますが」と言いながら顔をぐっと寄せた。めまいによる錯視だと思ったが、ルミはジェイに似ていた。

ニースは何気なく言った。

「ルミ……君は本当ジェイによく似ているな」

「本当ですか？」

「ああ。君を見るたびに、ジェイを見ているような錯覚を起こすんだ」

ルミがにっこり笑った。

「おばあさまもいつもそうおっしゃるんですが、おじさまがそんなことを言ってくれるなんて嬉しいです」

「どうして？」

「おじさまは家族の一員としてではなく、一個人としてのジェイ・ハンターに最も詳しい方ですから。おじさまがそう考えるくらいなのだから私が伯父に似ているのは間違いないでしょう？」

「ルミはジェイに似ているという言葉が好きみたいだね」

「ええ。どのくらい好きかというと、伯父さんの娘として生まれてくるはずだったのに、伯父さんが早く亡くなり、仕方なしにパパの遺伝子を借りて生まれてきたのだと思うくらいです」

「ジョーイが聞いたら、すごく寂しがる言葉だ」

「父は私が自分の娘ではないことを望んでいるでしょう」

「同じ父として言うが、それは君の考え方が間違っている。世の中のすべての親にとって一番大事な存在は子供だ。人間として生まれた以上、誰もその法則に逆らうことはできない」

「私の勘はいつも当たる方ですが、今度ばかりはおじさまの話が合っていてほしいです。そうであれば他のことでも私が間違っている可能性が出てきますから」

「他のこと？」

「おじさまが私を嫌っているという考えです」

「……私が君のことを嫌いだと思っているのかい？」

ルミは返事もせずにうなずいた。

「どうして？」

「ただ……勘がそう言っています」

ニースはふとルミの顔を見た。ジェイに似た強いまなざしの下に、大人の心に入りたくて苦労する気弱な子供の心が映った。

ニースはゆっくりと口を開いた。

「それならジョーイについての君の考えもやはり誤解に違いない」

「それはおじさまが私を嫌っていないという意味ですか？」

「嫌う理由はない。いや……どうして私が君のことを嫌いになれるんだ？　こんなにジェイに似ているのに……」

ニースはある力に引かれるように思わず手を伸ばし、ルミの頰を撫でた。ルミは一瞬当惑したようだったが、すぐに明るく笑いながら胸に抱かれた。

「今日おじさまに会いに来てよかったです」

ニースはルミの背中に手を伸ばした。

「ああ……よく来た」

手のひらからルミの脈拍が感じられた。小さくて暖かくまるで子供のようだった。罪悪感……そうだ、愚かな罪悪感のせいだった。正常な思考を麻痺させるその愚かな力が、何の罪も犯していないこの小さい子供を、自分だけの目覚ましい生命力を持ったこの幼い女の子を、あれほど恐れ憎むようにさせたのだ。ニースは信頼のこもった瞳で自分を見つめるルミの目から、これまで自分がどれほど幼くて幼稚だったかを悟った。単純に誕生日が同じで顔が似ているという理由で死んだ人が転生するという迷信を信じるなんて。それこそ子供のように……。

職員なしにルミとふたりきりで1階に降りてきたニースは、挨拶をしてくる職員たちに軽く目礼した。職員たちは次官からエスコートを受ける女子生徒に興味を感じているようだった。あちこちで「プリメーラの生徒さんね」とささやく声が聞こえた。ニースは客観的な視点から彼らの意見を得た。そうだ、女子生徒だった。ルミも断ったし、補佐官も困った様子を見せたにもかかわらず、あえて1階まで見送ったのは、自分にその事実を確認させたかったからだ。横に歩いているルミ・ハンターは30年前の死者の亡霊ではなく、明晰で情熱あふれるかわいい女の子にすぎないということ。それは見ているすべての人間が証明する明確な真実だ。顔を合わせることを恐れる必要も、一緒に歩きながら話をすることに緊張する必要もない。憎む筋合いはなおさらない。これ以上罪を増やさない。

ルミが正門に立って言った。

「本当にありがとうございます。おじさまのおかげで心が少しは楽になりました」

「よかった。もうすぐ学年末試験なんだから、気を重くしてはいけない」

「ダーウィンは試験勉強を頑張っていますか？ もし電話が来たら私にも連絡してほしいとお伝えくださいますか？ この前会う約束を守れなかったせいで、それ以来連絡が来ないんです。ダーウィンにも謝罪しなければならないのに」

ニースは自分の決意をこの場で証明するために、ためらいなく話した。

「うん、伝えておこう。でも最近は私にも連絡がないんだよ。多分試験が終わるまでは待たなければならないようだね」

ルミは残念そうにしながらも「プライムスクールですから」と納得した。その時、高齢の官僚が車に乗って移動するため、駐車場側がものものしい雰囲気になった。格式ばって簡単な道を作り、非効率的な動線で人々が動く。いつものことだが、ニースは依然としてそのような格式を理解することができなかった。

ところがそれを見つめていたルミが、ふと聞いた。

「おじさま、あの人たちはみんな資格がある人たちでしょうか？」

「資格のある人たちって、どんな基準で？」

「司法的観点や良心の基準も。すべてにおいての資格です。これ以上犯人を追跡する手がかりはありませんが、1地区の高級公務員の中に犯人がいるという考えに今も変わりありません。だから役所を出る人を見ると、ひょっとしてあの人が伯父さんを殺した人ではないかと思ってしまいます。犯人が私を見たら確かに怖くて逃げるでしょう。私はおじさまも勘違いするほどジェイ伯父さんに似ているんですもの。自分が30年前に殺した相手がそのまま生きているのを見て、どれほど驚くでしょうか？　私と出会って顔色が変わる人は犯人である可能性が高いですよね？　今はしばらく休んでいるしかありませんが、私の家のためにも、また30年間も伯父を追慕してくれたおじさまのためにも、私は必ず犯人を捕まえるつもりです。絶対にこの世界で気楽に住まわせることはできません。必ず捕まえて……」

ニースはルミが話を終わらせる前に聞いた。

「捕まえて？」

ルミはあごを軽く上げ、そのあごを下ろしながら言った。

「制裁を与えないと」

通り過ぎてきた1階ロビーを戻る間、ニースは出くわすすべての職員たちの挨拶に、先ほどと同じように誠実に応対した。途中で会ったある教育政策事務官とは5分程度立ち止まって、学年末を控えて施行される学校評価計画案に関する具体的な話を交わした。中位・下位地区教育庁から評価基準の緩和を引き続き要請されており検討が必要ということだったが、それは交渉の対象ではないとし、「原案通り少しの修正もなく進めるように」と指示した。事務室に入ると補佐官が「長官から電話してほしいとのことです」と言った。ニースは「よし、今すぐ掛けよう」と言って執務室に入り、ドアに鍵をかけた。ドアをロックすると同時に中にあったものが逆流した。ニースは口を覆ったままトイレに駆け込んだ。外ではノックの音とともに電話のベルが鳴り続いている。

試験と変化

学年末試験最終日の早朝、撮影チームと共にプライムスクールに入ったバズは、意識的に足音を忍ばせて歩き、制作陣にも撮影以外の不必要な話は控えるよう指示した。それは、試験勉強に大変な時間を費やしているプライムボーイたちにとって、自分ができる最小限の配慮であった。校庭に静寂が流れる。体育大会の時、燃え上がった熱気は跡形もなく消え、同じ場所なのかと疑われるほど静かだった。まだ生徒らの活動が始まっていない早い時刻であるせいも大きいだろうが、学年末試験の最終日が与える重圧感は、プライムスクールの大気が上昇するのを押さえつけているようだった。

制作当初、学校側では試験の雰囲気を少しでも害する恐れのある撮影は絶対に許可できないという強硬な態度を取った。試験が行われる大講堂はプライムスクール関係者にとっても簡単には開放されない場所なのに、騒々しい放送関係者を勝手に出入りさせることはできないということだった。多少気に障る表現ではあったが、理解できないこともなかった。1年間の修練を終える儀式にその価値をよく知らない部外者を入れて、これまで守ってきた伝統を傷つけたくはないはずだ。しかし、バズはこれ以上後退することができなかった。プライムスクールの神髄とも言える学年末試験を除いてプライムスクールのドキュメンタリーを作れということは、伝記作家に人物の苦難を取り上げずに彼の人生を記述しろというようなものだった。バズはそんな失敗作を作るなら学校の撮影協力を求めず、「プライムスクールが出ないプライムスクールドキュメンタリー」を撮ることに制作方針を変えると対立した。その中にどのような内容が盛り込まれるかは断言できないという、危機の度にいつも使ってきた言葉を加えながら。

協議の末、仲裁案で合意したのが、学年末試験の最終日、試験が行われる大講堂内にカメラだけを設置して、撮影スタッフはすべて撤収することだった。統制が不能である自然ドキュメンタリーを撮るチームが使う方法だったが、バズはその程度で妥協することにした。生徒たちが1年間苦労して築いてきた塔の最後の階を掲げる日に、邪魔になるようなことをしたくないという点では学校側と気持ちは同じだった。

バズは教職員に案内されて大講堂に入った。学校を数回訪れたが、大講堂を見回る機会は今まで一度もなかった。プライムスクールの最大の宝物といわれている大講堂は、学校側の説明通り、学年末試験を除けば入学式や卒業式、終業式のような大きな行事の時のみ開放されるが、それすらプライムボーイにのみ入場が許されており、保護者らは式が行われている間は学校が用意した他の場所で待たなければならなかった。プライムスクールを卒業した父兄には当然の伝統だったが、幼くても年を取っても門越しの空間を想像することで満足しなければならない非プライム出身の父兄には多少の疎外感を与える政策だった。もちろん、そのような閉鎖的な特権がプライムスクールの正統性を維持する方策であることは、皆よく知って納得するところだった。

教職員が電気をつけた瞬間、バズはなぜここがプライムスクールの宝物と呼ばれているのかを全身で感じた。それは単なる会合の場所を越えた宗教的な遺跡だった。四方から噴き出す神聖性に圧倒され、感嘆するしかなかった。

予想していた反応とでもいわんばかりに、教職員が誇りのこもった表情で話した。

「美しいでしょう？　修道院時代の壁画と彫刻がそのまま保存されています。初めてここで試験を受ける新入生の一部は涙を流したりもします。もちろん、試験のプレッシャーが重なってそうなるのかもしれませんが」

撮影チームがカメラ装備を取り出す間、バズは教職員と会話を続けた。

「こんなにすごいところで行う試験なら、涙も出るでしょうね。叙品式をする修道士たちの中にも涙を流す者が確かにいたはずだから」

「1地区の伝統に冷笑的な意見を持った方だと思っていましたが、共感してくださるとは思いがけなかったです。レオのおかげですね？」

バズは肩をすくめた。

「息子とは関係なく、私が14歳の少年に戻ってここに来ていると思うと、その歓喜と恐ろしさが伝わってきます。これに比べれば、一般の学校の試験場で受けたプライムスクールの入学試験は小テストと思われるほどです。それでも震えて緊張を緩和してくれる薬を飲んだ子たちがいたほどです。ましてこんな所では……」

「プライムスクール出身ではないと聞いていますが、まるでその試験場で入学試験を受けた方のようにおっしゃるんですね」

「試験だけ受けて落ちました」

教職員は「おや」とため息交じりに言った。

バズは困った顔になった彼に笑いながら話した。

「大丈夫です。母親に言われて無理やり試験場まで連れて行かれ、反抗心でわざと試験に失敗したのですから。その時は寮で6年過ごさなければならないということを想像することができなかったんです。プライムスクールの厳格なルールを守る自信はなおさら」

教職員はややもすると不利になりがちな状況を避けることができたことに安堵《あんど》したのか、「1地区の反抗児バズさんらしいですね」と笑った。バズも肩をすくめて一緒に笑った。教職員は試験の進め方について簡単に説明してくれた。

「プライムスクールの父兄でもあるので大体のことはご存じだと思いますが、生徒は一日に3科目、もしくは1科目ずつ試験を受けますが、毎回試験が始まる前に手を上げて宣誓をします。もちろん、神ではなくプライムスクールが輩出した世界的な学者たちに向けてです。歴史に永遠に名を残した先輩たちの前で自分も学問に献身することを宣誓するのです。試験時間は科目によって異なりますが、1、2時間のものもあれば、今日のように一日に1科目だけの場合は決まった時間はなく無制限です。お望みなら夜12時まで座っていられます。もちろん、その間はトイレと食事を諦めなければなりませんが。必須の法学科目はこのように一日ずつ単独試験で割り当てられますが、それでも平均的な試験時間は3、4時間程度です。この場合、生徒たちは答案用紙を作成次第、試験場から出て行くことができます。見えますよね？　すべての机にスタンドがあります。試験が始まると今の照明は消え、あのスタンドの明かりだけで机を照らすことになります。生徒たちはペンを持つと同時に明かりをつけます。答案作成が終わったら電気を消して出ていくのです。3時間くらい経つとドアがひっきりなしに開き、閉まることになります。この時から生徒たちは徐々に圧迫感を感じ始めます。そしてしばらくしたら、この大きな講堂にわずか3、4個の灯りがついているだけとなり、葛藤は絶頂に達します。そしてそれぞれが選択します。不完全な答案用紙を出して友達についていくのか、それとも最後まで試験場にとどまる恥を克服し、答案用紙を完璧に完成するのか」

バズは舌を巻きながら言った。

「それもまた試験ですね」

教職員は当然のように「それがプライムスクールです」と答えた。

2時間にわたってカメラを設置して外に出ると、ようやく試験の幕が開けようとしていた。大講堂を見て回るだけでなく、プライムスクールの中でちょうど昇る太陽を見ることも、誰にも経験できない特権だろう。バズは神を信じないが、今日だけはプライムボーイたちのために宇宙で一番寛大な神に降臨してほしいと思った。

午前9時半、いよいよこの年最後の試験のための生徒たちの入場が始まった。科目は3、4年生が受講する法学通論だという。200人余りの生徒たちが一定の間隔で大講堂の中を歩いていく姿は、苦行に入る修道士のような印象を与えた。バズは自分の想像力に苦笑した。長い修道服を着てはいないが、一時的に弱くなった子供たちの足どりは、いつどこでもひざまずいてもおかしくないように見えた。

10時になると鐘が鳴り、試験が始まった。バズは鐘の音に耳を傾けた。かなり昔からあった青銅の音のためか、プライムスクールが厳粛さを美徳として考えていた修道院時代に戻ったような気がした。あの時と違う点なら、無条件の信念よりは疑問に対する絶え間ない質問がひとりの人間を完成させるのにより大きく寄与することだろう。

バズは生徒らの目につかない最上階の講義室の窓から、大講堂のどっしりとしたドアが閉まるシーンを撮影した。直接大講堂に入り、試験問題を受け取った生徒たちが吐き出すため息と一箇所に止《とど》まって動かないペン、答案用紙を提出して出てくる瞬間、顔に交差する自信と自責の感情をカメラに収めることができれば他に望むことはなかっただろう。残念だがそれはできないのだから、大講堂を取り囲む外部の風景にもっと関心を持って見守ればいい。バズは大講堂の周辺にカメラのレンズを向けた。前日に先に試験を終えた生徒たちが大講堂の中と対比する自由を満喫していると思われたが、校庭のどこからも騒々しい雰囲気は感じられなかった。最後の試験が終わるまで皆が試験に臨む姿勢で図書館や寮で静かに過ごしていた。

バズは手帳を取り出し、この風景にふさわしい文章を慎重に書いた。

試験初日、私たちはミスのない完璧な答えを見つけるために戦います。2日目は、前日よりも良い答えを見つけるために戦います。3日目、最も素晴らしい答えを見つけるために戦います。4日目も、5日目も、6日目も、その戦いは続きます。そうしているうちに、最後の日、私たちが見つけなければならないのは試験の中の問題の答えではなく、自分に対する答えだということを発見します。数学は自分の論理的体系性に対する問いです。外国語は自分の包容力に対する問いです。科学は自分の世界観の範囲についての問いです。法学は自分の人間観の根源について尋ねます。毎年冬、我々はこの15日間の旅路を通じて自らを訪ねていきます。

バズはペンを置いてまた窓の外を見た。試験会場の中の生徒たちが感じる重圧とは比べ物にならないだろうが、閉じたドアを長く見ていると、何だか自分まで焦り憂鬱になってくる。心の中に重い軸が舞い降りる。それは徐々に深く沈み、30年以上かき分けていない底まで達した。鉄の塊が硬い底を潜ると、プライムスクールの入学試験が行われる試験場に座って試験用紙が出るのを待ちながら、爪の先を食いちぎったひとりの少年が思い浮かんだ。母親に朝5分遅く起こしたといってカッと怒った少年……思い出したくない昔のことがうごめくと、バズはすぐにカメラをセットして記憶を追い払った。

1時頃にバズはフィリップを連れて大講堂の階段の前に出た。教職員の耳打ちどおりならもうすぐドアが開かれるだろう。バズは緊張しつつ撮影の準備をした。心理的にも体力的にも萎縮していた子供らは、試験を終えた後、試験会場の外で最初の息を吸って再び膨張する。その姿を逃してはならない。20分ほど経った時、ついに初の生徒が試験場の外に歩いて出てきた。残っている友達の邪魔にならないように気をつけてドアを閉める手振りから空中に長く立ち上る白い息づかいまで、バズはすべての場面を細心に捉えた。しかし、周辺を気にせずに素早くどこかへ歩く姿は自信の表れなのか、さもなければ未練を振り払うためなのか、カメラのレンズでは見分けがつかなかった。

最初の脱出者を皮切りに、生徒らが続々と大講堂を抜け出した。生徒たちは朝は過度に厳粛な表情を浮かべていたが、試験場を出てからは徐々に年相応の表情を取り戻しつつあった。生徒たちは食堂に行き遅い昼食をとるか寮に戻って休むかだ。フィリップは途中で「レオが出てきましたね」と教えてくれたがバズは他の方を撮影していたため、レオを見られなかった。欲しい画を手に入れた後、視線を向けた時は、すでにどこに行ってしまったのか見当たらなかった。3時を過ぎると日は急に傾き、風はさらに激しくなった。

フィリップは肩に担いでいたカメラを下ろして言った。

「これで試験場のスケッチは終わったようですが」

バズはじっと立って言った。

「スケッチじゃない。たった一度だけ描ける絵だよ。だとしたらどうすればいい？」

フィリップはため息をついて再びカメラを背負った。

「最後のひとりまで待たなければならないのでしょう？」

激しい風に校庭の木々がぐらついた。プライムスクールの空に降り注ぐ夕焼けを取り払うほどの強風だった。大講堂の近くでは人の足が途絶えた。試験を終えた受験生たちはすぐに昼食をとり、暖かい寮に帰ってぐっすり寝ているはずだ。しかし試験は確かに続けられていた。1時間前に出てきた生徒が疲れた様子で「まだひとり残っています」と告げ、試験監督を務めている先生たちもまだ出てきてない。

フィリップはシニカルな声でぶつぶつ言った。

「まだ残っているなんて、ひどい馬鹿なやつのようですね」

バズはプライムスクールの生徒を見下したフィリップを不快に思い叱った。

「とんでもない！　プライムスクールに馬鹿な子が入ってくることができるかい？」

　フィリップは負けずにブツブツと言った。

「それじゃ、諦めの悪い奴ですかね」

　その時、ついに大講堂が開き、最後の生徒が現れた。バズは素早くカメラに顔を寄せて、レンズがその姿をよくとらえているかを調べた。威厳に満ちた巨大なドアが光まで遮り、まだ子供の存在がはっきりと現れていない。続いて出てきた教師ひとりが愛情と激励の印らしく、その子の肩を軽く叩いた。

　教師が通りすぎ、子供の顔がレンズにはっきり写ったとたん、バズはびっくりしてカメラを外して叫んだ。

「ダーウィン！　ダーウィンじゃないか」

　バズはフィリップにカメラを預けて急いでダーウィンのところに駆けつけた。ダーウィンは非常に疲れた様子で「こんにちは」と挨拶した。バズはダーウィンの肩に腕を回して言った。

「まさか君が最後に出てきた生徒だとは……。そういえばジェイの追悼式で会った時、レオと同じ法学科目を受講していると言っていたね」

「今日、最後の撮影をするという話を聞いたんですが、僕が出るまで待っていたんですか？」

「それが君だとは思わなかったが、結果的には君を待っていたことになった」

「申し訳ありません。僕が長居しすぎましたか？」

「何を言っているんだ。君のおかげでプライムスクール学年末試験の神髄をとらえることができて大きな収穫だったよ」

　その時、フィリップが割り込んできた。

「ここで寒くて腹が減っている人は私だけですか？」

　バズはダーウィンもきっと飢えているだろうことを思い出した。だからなのか、ダーウィンの顔がこの前初めて撮影した時に会った際や体育大会で見た時とは違って、やつれて見えるような気もした。いや、外見だけではなかった。風に髪をなびかせながら立っている雰囲気が、なんとなく今にも消えてしまいそうなろうそくのように危なげに感じた。一瞬、ジェイが死んだ後のニースのようにも思えた。

食堂に着くと、夕食を食べに来た生徒たちが少しいた。バズはダーウィンと一緒に窓際の小さな食卓に座り、フィリップに適当に合図して席を外させた。どうしてこんなにやつれたのか、どうもダーウィンとふたりきりで話をしなければならないようだった。フィリップは「私は他の生徒たちに試験の感想を聞かなければならないので、それでは」と言って自然に別のテーブルに移った。学年末の試験で苦労している生徒たちのために特別なメニューが用意されていたが、ダーウィンはスプーンを見慣れない道具のように手に握っているだけで、口に持っていくことはなかった。

バズはダーウィンの顔色をうかがいながら尋ねた。

「おなかが空いているはずだと思ったけど、食欲がないのかい？」

ダーウィンは元気のない笑みで答えた。

「よく分かりません。お腹が空いているのか……」

「とても疲れているからだよ。とにかく食事もさせないで試験を受けさせるなんて、すごい学校だよ。本当に子供たちを修道士にするつもりなのか」

ダーウィンは首を振った。

「僕が問題を早く解いていたら、早く外に出られてお昼ご飯を食べることができたでしょう」

ダーウィンのスープのスプーンはいまだに皿の中に漂っていた。

バズはダーウィンの方に身を傾け、それとなく聞いた。

「でも本当に、それほど難しい問題だったからこの時間まで苦労したんだろう？　先に出た子たちはみんな試験を諦めたのか？」

「他の子たちには簡単な問題だったようです」

「君にだけ難しいの？」

「多分」

「そんなはずがない。試験問題は何だったんだい？」

ダーウィンは言葉なく視線を落とし、しばらくして「なんとか書いてみました」と答えた。話したくないという間接的な拒否も同然だった。試験場に最後に残っていたという事実が〝プライムボーイ〟の高いプライドを傷つけたのだろうか。バズは会うたびに純粋な結晶体のような姿で自分を楽しませてくれた子供の中に、このように屈曲した面があることに動揺した。しかし、試験だけでも十分大変だったはずの子供を自分のエゴでいじめたくはないので、答えやすいことに話題を変えた。

「そうだ。お父さんは最近どうなの。元気?」

ダーウィンの顔に微笑みを取り戻す最適の質問だと思ったのに、なぜかダーウィンは持っていたスプーンを置いて、何も答えずに視線を窓の外に向けた。バズは混乱に陥った国の反政府軍指導者とも無理なくインタビューを行ってきた自分が、質問すればするほど、限られた環境の中で暮らす優等生の口を閉ざしているという事実に当惑した。ニースとダーウィンの間で何があったのか。それとも〝父〟という単語が与える負担が試験の傷に触れたのだろうか。バズはダーウィンの近況を中心に会話を進めることは難しそうだと思ったので、話を変えた。

「君たちが試験を終えたみたいに、僕も今日で撮影を全部終えたんだ。もちろん私の場合は本当に終わりとは言えない。今やっと買い出しを終えたあたりだ」

やっとダーウィンは再び会話をする気になったのか、視線をこちらに向け「料理が残っていますね」と言った。バズはダーウィンの適切で子供っぽい反応にやや安心したため、「そうだ、料理が残っている」とジャケットの中に入れておいた手帳を取り出した。

「これが私のレシピなんだ」

撮影情報やそのつど思い出すインスピレーションを書いた文句は、簡単には公開できない秘密の日記に近かったが、バズはダーウィンに手帳を見せた。こうやってダーウィンの関心を引き、対話を続けていけば、少し前に失敗した質問を再び試みる戦略が立てられるからだ。しかし、実は心の深いところではそんな複雑な計算よりは、単純に子供の頃のニースと話しているような気がしたからかもしれない。

ダーウィンが手帳を見ながら尋ねた。

「ナレーションもおじさんが直接お書きになるんですか?」

「もちろん」

「読んでみてもいいですか？」

「光栄だよ。試験を終えたばかりの君の頭にまた文字を入れるのは申し訳ないけど」

ダーウィンは用心深く手帳を一枚一枚読んでいった。

バズは人が大切にしていることに真剣に向き合えるダーウィンの慎重な態度がとても気に入った。

「ドキュメンタリーで映像に劣らず重要なのが音なんだ。ナレーションをどうするかによって雰囲気が完全に変わるんだよ。今回は特に悩みが多い。果たしてプライムスクールを代弁する声をどこからどうやって求めるか。候補者たちは何人かいるのにみんな何かが足りなくてね」

その時、ダーウィンが〝寮の風景で〟というタイトルがついた章で手を止め、独り言のような低い声で読んだ。

私は一瞬、寂しくて孤独で悲しくなりました。両親と親戚、先生たち、友達、大勢の人々の祝いと激励を受けて入ってきたこの高い城が、ある日突然、世の中で最も立派な施設を備えた孤児院に急変してしまったからです。近くにいた人々は皆、私の人生から退いて私はまだ道も全部覚えていないここで、完全にひとりになります。土曜日の夜、遠くの町が見渡せる窓の外を眺めていると、みんなに愛されていながらも、みんなに忘れられているという悲しみが押し寄せてきます。そのような時はプライムスクールの価値を問わざるを得ません。僕は何を成し遂げるために、ここにいるんだろうと思います。

読み終えたダーウィンは言った。

「この〝最も立派な施設を備えた孤児院〟という文章が印象的ですね。学校側は嫌がるかも知れませんが」

その瞬間、バズは手帳を返すダーウィンの手を取って、思わず叫ぶように声を上げた。

「ダーウィン、君だったのか！」

ダーウィンが当惑したように聞いた。

「どういう意味ですか？」

バズは胸を高鳴らせる興奮を抑えきれずに声を張り上げた。

「プライムスクールの声になってくれる人だよ。こんなに近くにいたのに、なんで今まで分からなかったんだろう。ダーウィン、ドキュメンタリーのナレーションを引き受けてくれないか。いや、必ずしてくれなければならない」

ダーウィンは頭を振った。

「僕はどうやるのかも分からないですよ」

「分からないって？　今と同じように読めばいい」

「よく分かりません。あまりに急なお話で……」

バズは不意の提案を受けたダーウィンの立場が十分に理解できた。

「ああ、あまりにも突然だった」と言いながら後ろにもたれたが、拒絶されるかもしれないという焦燥で手だけは強く握り締めて言った。

「ダーウィン、君に少しも害になることではないからためらう必要はない。害になるどころか君をもっと輝かせることだ」

「しかし、僕ひとりでは決められないと思います。学校が許可してくれないこともあるし……」

「それなら私に任せなさい。この金城鉄壁のようなプライムスクールの扉を開けさせたように、必ず許しを得る。ただ、おそらく許可を得る必要もないだろう。学校側は自分の生徒がこのような栄光ある役割を担うことになることを歓迎するだろうから」

ダーウィンはそれでも気持ちを決められないのか、視線を避けた。バズは誰にでも喜ばれるはずの提案を受け入れることができないダーウィンを理解できなかった。正式に候補の公募を出せば、金を出してでもやると言う者がプライムスクールの校門の外にまで並ぶだろう。バズはダーウィンがここまで慎重にならざるを得ない理由がニースにあることに気づいた。プライムスクール委員長という父親の特殊な地位が、ダーウィンに負担を与えていることは明らかだった。

「お父さんのせいか？　確かにニースは最初このドキュメンタリーに消極的だった。もちろん理解はする。すべてのことを考えなければならない立場にいるから、当然慎重になるしかないだろう。そんなことなら心配しないで私に任せてくれ。もし反対すると言っても説得する自信があるから。プライムスクール委員長という肩書きだけ除けば、ひとりの父兄としてニースも当然喜ぶことだろう」

ところが、意外にもその瞬間、ダーウィンが先ほどまでのすべての迷いを一気に払いのける明瞭な声で言った。

「いいえ、お父さんの許可は要りません。僕が決めた後おじさんに連絡します」

バズは断固とした態度を超え、冷静さが感じられるダーウィンの言葉に内心大きな衝撃を受けたが、「ああ……。そうか、じゃあ、そうするか?」と大したことなく反応することで驚きを隠した。ダーウィンに悟られない密かな視線でダーウィンを観察する。髪の毛で陰った額、痩せた頬、ここにいながらも他を見ているような瞳……。バズは今日になって初めてドキュメンタリーのナレーターに合うダーウィンの特性を知れたのは、もしかしたらこの姿を見たからかもしれないという気がした。夏まではひたすら光り輝く道だけを歩く少年だと思っていたダーウィンが冬を目前に控えた今は、日陰に浸かってよく見えなくなった道でしばらく足を止め、自分のいる世界を見回す観察者になっていた。痩せていて眼つきはまだ揺れていたが、断固とした声だけは、父の性分から必ず離れるという決然とした態度を見せた。

バズはその意味が分かっていた。ダーウィンは今、あえて大人になろうとしているのだ。何の種も飛び込まない停滞した空と、まだ十分に栄養が行き届いてない乾いた土質から、どのようにして突然そのような変化の欲求が芽生えたのか分からないが、バズは再びダーウィンがプライムスクールを代弁する声の適任者であることを確信した。独り立ちのため内面から静かに奮闘を繰り広げる少年は、自分が描きたいプライムスクールの理想的な姿そのものだった。

食事を終えて外に出たバズは、ダーウィンの肩に手を当てながら言った。

「連絡待っているよ。もちろん嬉しい連絡を」

ダーウィンは返事をせず、挨拶だけして引き返した。

バズは寮に向かって歩いていくダーウィンの後ろ姿を見守りながら、ニースがそうだったようにダーウィンもいずれ今日とは別人に跳躍することを予感した。少年時代が終わるのを見守るのは悲しいことだが、その下降が結局は上昇につながる少年の人生のためには、祝福しなければならないことだった。

バズは学校の外で待機していたチームメンバーを呼んで、カメラを撤収するために再び大講堂に行った。直接目撃することはできなかったが、だからこそ、自分の分身であるカメラのレンズが〝プライムボーイ〟たちをどのような姿で捉えているのか楽しみだった。未知のフィルムを再生させてみようと思うと、これから数週間、スタジオで身動きすることなく閉じ込められる時間もただただ楽しく感じられるのだった。

その時、フィリップは手を上げて「レオ！」と叫んだ。バズはフィリップが指し示したところを見た。大講堂の門の前をレオがうろうろしていた。

「どうした？　父さんに会いに来たのかい？」

「通りすがっただけだよ」

「ちょうどカメラを撤収するところだった。試験も終わったんだ、時間があったら見物していく？」

バズはフィリップの軽率な提案に愕然《がくぜん》とした。慎重に進めなければならない作業に、誰かが乗り出して問題でも起こされたら大変だった。バズは激しい風に襟を正しながら、レオに「寒いぞ、早く寮に戻って休みなさい」と言った。初めからレオも見物するつもりはなかったのか、一目で「お疲れさま」と言って引き返した。大講堂に入りスタッフにもう一度注意深く行動するよう訴えたバズは、ふとダーウィンから答えを得られなかった質問を思い出し「ちょっと待って」とレオを呼んだ。足が速くて遠くまで行っていたレオは振り返ってすぐに走ってきた。

「なに？」

「今日の法学試験の問題は何だった？」

「法学試験の問題？　それはなぜ？」

「ダーウィンが最後に試験場から出てきたが、一体何の問題にそこまで困難を感じたのか。聞いてもはっきりと答えてくれなかったよ」

レオは何の返事もしなかった。試験場を出たのがだいぶ前のことなのでもう試験問題を忘れたようだった。バズはレオの記憶を呼び覚ますために再び「うん？　試験問題さ」と尋ねた。急かされてはじめてレオが口を開いた。

「人間が犯す犯罪のうち、自分が考える最も許されない犯罪について弁論や反論、判決を下すという問題だった」

「いわば弁護士、検事、判事になるわけだな。さすがプライムスクールらしい。でもそんなに難解な問題ではないと思うけど、ダーウィンはなんでそんなに苦労したんだろうか？　最も許し難い犯罪なら、当然殺人だろうに」

「すべての犯罪が許されそうになかったので、ひとつだけ選ぶのに時間がかかったようです。殺人なんて思いもよらない純粋な子だから」

自分の友達についてかなり説得力のある推測だった。バズは分かったといい、大講堂の扉を開けた。気になっていたことが分かったおかげで、すっきりした気持ちで仕事ができそうだった。後日ナレーションを書く時にインスピレーションを与えるかもしれない。

それからレオがまだ後ろに立っていて「俺が何て書いたのかは気になりませんか？」と尋ねた。バズは強力な風が押し寄せているドアを支えるのがつらくなり、「もう行っていいぞ」と言ってドアを閉めて中に入った。

熱いじゃがいも

学年末試験の最終日、家に帰って机の整理をしていたルミは、引き出しの中の片側の隅が空いているのを発見した。ジェイ伯父さんのアルバムから持ってきた写真を置いておいた場所だった。家でこんなことを企てる人はひとりしかいなかった。夕食の席でルミはパパの動きを注意深く観察して聞いた。

「引き出しにあった私の写真を持って行きましたか？　どうしてですか？」

パパはサラダを刺したフォークを口に持っていっ

て平然と答えた。

「お前の写真ではなく、ジェイ兄さんの写真を持って行った。言ったじゃないか、お前の写真じゃなくてジェイ兄さんの写真だって。許諾もなしにお前がアルバムから写真をはがしていったから、私も同じようにしたんだよ。兄さんの形見を受け継ぐ人は、お前ではなく弟である私だから」

ルミはフォークを握った手に力を入れて聞いた。

「それが何の写真なのかご存じなんですか？」

「知りたくもない。知っておく理由もないし、何でもない数枚の写真で他人に被害を与えたのならこの辺で姿勢を正さなければならないのではないか？プリメーラにずっと通うつもりなら」

ルミは音を立ててフォークを置き、食卓から立ち上がった。パパが自分を困らせた張本人だということは知っていたが、密告者であることを隠すどころか、それで脅す態度には不気味さを感じた。家族でもなく親でもなく、ただの敵のようだった。しかし、この場でそのことを問い詰めるなら、パパもまた自分の身分証を盗用したことを取り上げるだろう。さらにニースおじさまとダーウィンを困らせ、二度と写真の話を切り出さないと誓わせるだろう……。勝算のない戦いだった。ルミはまだ半分も食べていない食べ物をそのままにし、部屋に上がっていった。なだめたり引き留めたりする人は誰もいなかった。

学年末試験が終わった学校には、失われた活気が再び戻った。しかし、ルミはその活気の中で自由よりは虚しさを感じていた。試験で一時的に隠されていた空席は試験が終わると、むしろ前よりもっと鮮明になってしまったようだった。このすべては奪われた写真と父のためだった。娘を危険に陥れた人と何事もなかったかのように顔を合わせていなければならない夕食のテーブルは、演劇の舞台のような空しさを与えた。

ルミは家を出て、本当の自分になれる居場所に逃げ込んだ。しかし、数ヶ月間で急激に悪化した祖父の病状により、もはや伯父さんの部屋も以前のような静かな安息所ではなくなった。祖父が突然祖母に向かって暴言を浴びせるたびに、ルミは心の中で祖父への愛情と尊敬の気持ちで建てた城が少しずつ崩れていくのを感じた。その乱暴な言葉が祖父の意識や意志とは何のかかわりもない発作であることを知っているが、祖母に〝売春婦〟などと言う人格の冒瀆は、とても聞くに耐えられなかった。ルミは恥ずかしさと憤りで震える祖母のために静かに家を出た。偉大な写真家ハリー・ハンターの魂は、もはやこの世には存在しなかった。

12月に入って一日一日が意味もなく流れていた。他の子たちより一段階下にいるという先生の言葉のせいか、以前よりも友達からかけ離れた気分だった。そんな中、廊下を通る時、偶然どこからか「あの子とは終わった」という声が聞こえてきた。ルミはやっと、時間が経っても満たされない心の中の空席の正体を知った。

1ヶ月が経過しても、ダーウィンからは何の連絡もなかった。初めはニースおじさまの言葉のように学年末試験のためだとばかり思っていた。しかし、試験が終わると、それが理由ではなかったことが自然に明らかになった。ダーウィンが連絡を絶ったのには、試験以外の理由があった。短期間に心を変えられる決定的な理由が……。

しかし、ルミはダーウィンの不在と消息を知り、依然としてダーウィンから連絡が来るのを待ちながらも、実はダーウィンが連絡しない本当の理由をある程度は推測していた。会うことにした日に一方的に、それもパパを通じて電話で約束を取り消し、アーカイブの件で学校生活にまで問題を起こした〝ルミ・ハンター〟にダーウィンは失望したのだ。もしかすると、ルミ・ハンターを遠ざけるのが自分の人生にプラスになるという判断をすでにしているのかもしれない。利得を計算しながら行動する過程は、これまで自分が知っていたダーウィンの性格と食い違うという疑問が生まれたが、このような形で別れを告げた人はダーウィンが初めてではなかった。レオもしばらくの間は親友だったが、何も言わずその関係を捨ててしまった。あの時と違う点があるとすれば、レオに対しては何の過ちもなかったが、ダーウィンには確かに謝罪する点があるということだ。ルミは時間が経って誤解が深まる前にダーウィンに謝りたいと思った。ダーウィンはニースおじさまがそうだったように、心から謝れば温かく受け止めてくれるだろう。

学校から戻ってきたルミは、受話器を手にしたましばらく悩んだ末、この前シルバーヒルに行った時にもらった番号を押した。ダーウィンに直接電話をかけられない状況で話をしてくれるのはニースおじさまとラナーおじいさまだけだが、忙しいニースおじさまにこれ以上迷惑をかけることはできなかった。ベルが鳴ってすぐ、ラナーおじいさまが直接電話に出た。おじいさまの声はダーウィンに連絡を伝えてほしいと頼むために電話をしたのが申し訳なくなるほど、優しかった。

「おお、ルミかい。何だか嬉しいお客さんのような気がしたが、予感が当たった」

「お元気でしたか？」

「もちろん、私は元気だよ。ルミはどうだい？」

「少し暇になりました。学年末試験が終わったので」

「そうなのか？　それではここに遊びに来たらどうだい？　ダーウィンが来るまでは全然客がこないから、ルミが来てくれれば大きな活気が生まれそうだ」

自分をこんなに歓迎してくれる人からの招待は本当に久しぶりだった。ルミはためらうことなくその場で快く「分かりました、行きます」と答えた。

次の日、学校が終わるとそのままシルバーヒル行きのバスに乗った。車の窓越しに見えるシルバーヒルの全景は季節を露にする。お年寄りの住民が圧倒的に多いためか、葉を失った木が空に生い茂った枝を伸ばしているその姿は、他の場所で見るよりもっと寂しく見えた。

冷たい風が吹いているのに、ラナーおじいさまは垣根の前まで迎えに来てくれた。ルミはおじいさまの温かい歓待に感謝の意を表した後、一緒に庭に入った。ところが通り過ぎた郵便受けは、何も飾られてない昔のままだった。

ルミは振り返ってラナーおじいさまに聞いた。

「あの日、私たちが去ってから彫刻を完成させなかったんですか？」

おじいさまは「それがね……」と二の足を踏んで

いたかと思うと「鳩が飛んでいってしまったんだ」という。ルミはそれが自分よりずっと年下の子供に仕事を終えられなかったことをバレた大人が言う冗談だと気づき、それ相応の応対をした。

「確かに、この冬は寒すぎますからね」

玄関のドアを開けると、心地よい香りがした。ルミはラナーおじいさまにコートを預けてソファーに座った。間もなくアナおばさんが香ばしいにおいをさせたお茶をテーブルに置きながら、「ルミさんはこの前よりもきれいになりましたね」と挨拶した。

立派な家と親切な人々、温かい言葉、ルミは家以外の場所で、自分があれほど欲しがっていた人情と慰めを受けているような気がして思わず言った。

「ダーウィンがうらやましいです」

コートをハンガーにかけくれたラナーおじいさまが向かい側のソファーに座りながら、尋ねた。

「うらやましいなんて、どういう意味だい？」

「ダーウィンはいつもこうして自分を大事にしてくれる人に囲まれているじゃないですか」

「どうもルミはそうじゃないという言葉に聞こえるんだが」

ルミは答えずに苦笑いだけをした後、自分の真の目的を話した。

「ダーウィンは私のような子はひとりくらい関係を切っても何ともないんでしょうか？」

おじいさまが眉間にしわをつくって尋ねた。

「ダーウィンが関係を切るなんて、そんなはずがない。喧嘩したのかい？」

「喧嘩ではなく、先月、休暇中にダーウィンと会うことにしていたのですが、約束を守れなかったのです。パパが試験期間だからと電話もできないようにして外出禁止にされたんです。そしたら今までずっと連絡がありません。ダーウィンが先に連絡をくれなければ、私には連絡できる方法がないじゃないですか。次の休暇までこうやってただ待つしか」

ラナーおじいさまは独り言で「先月なら……」とつぶやき、「何が問題だったか分かる気がする」と問題を解決したような表情で言った。

「ダーウィンがルミに連絡をしなかったのはそのような理由ではない。実は君が言ったその1ヶ月前の日曜日にダーウィンが朝早くひとりでここに来たんだ。熱が出てかなり苦しんでいた。見たところ父親と何かあったようだった。月曜日にプライムスクールに戻るまではあまりすっきりした顔じゃなかったよ。試験とそんなことが重なったのに、君に気持ちよく連絡する心の余裕はなかったのかも？　ルミ、どうか理解してくれ」

ルミは驚いた。

「どんなことが？」

「まあ、何でもないというんだが、そんなことは見ていれば分かる。言葉より血が先に反応するから」

「想像もつかない。ダーウィンとニースおじさまの間に問題が起こるなんて、ふたりのように仲の良い親子の間柄は見たことがないのに」

「私もそのことが気にかかるのは同じだよ。ニースは朝まで起きられないほど酒に酔っていた。ダーウィンは具合が悪そうなのに突然ジェイについて聞いてきたり、不思議なことがひとつやふたつではなかったが、ダーウィンにも私の知らないニースとふたりだけの秘密があるはずだから、一旦はそのままにして過ごしたんだ。悲しいけど、祖父はひとつ隔てた向こうにいる存在じゃないか」

思いもよらない部分で取り上げられるジェイ伯父さんの名前に、ルミは体を前にぐっと引き寄せた。ダーウィンとのことを解決するまでひとまず置いておこうとしたジェイ伯父さんが、むしろダーウィンの近況で登場してくるというのが皮肉だった。

「ダーウィンはジェイ伯父さんについて尋ねたんですか？　何ですって？」

「たいしたことではないが、ジェイがどんな子だったのか聞いてきた。ニースの子供の頃の話を聞いてきたんだが、父の幼年時代に大きな影響を与えた人なので気になると」

「それで何とおっしゃいましたか？」

「何も言うことはなかったさ。私がジェイに直接会ったのはたった一度だけだったからな」

ルミはラナーおじいさまがジェイ伯父さんに会ったことがあることにびっくりした。ラナーおじいさまとジェイ伯父さんとの関係を直接的に結び付けたことはこれまでなかった。しかし、考えてみると、伯父と最も親しい友人だったニースおじさまの父親であるラナーおじいさまがジェイ伯父さんに会ったことがあるのは当然のことであり、むしろ一度しか会ったことがないということの方が驚くべきことかもしれない。ルミは伯父さんに会ったことのある人と向かい合っているという事実に楽しくなり、好奇心が湧いてラナーおじいさまに聞いた。

「だけど、ある時は長い出会いよりも、瞬間的な出会いの方がその人のより真実めいた面を見せてくれると言うじゃないですか。おじいさまが見たジェイ伯父さんはどのような人だったのか気になります」

「それでも本当に言えることがないんだ。少し挨拶を交わしたぐらいだったからなあ。私のネックレスを見て、私には似合わないと言ったということだけが記憶に残っていて、ダーウィンにもそのまま話したんだ」

「ネックレスですか？　何のネックレスだったんですか？」

おじいさまが笑いながら言った。

「ダーウィンと同じ質問をするんだな。そういう時もあったんだよ。若い頃つけていた金のネックレスだったんだが、ジェイの目にはイマイチだったらしい」

しかし、ルミは何事もなかったかのように笑ってやり過ごすラナーおじいさまと違い、見過ごすわけにはいかなかった。

「私の考えでは伯父さんが何の意味もなく、そんな話はしないと思います。祖母は伯父さんの目つきは猛獣のようにすべてのことを見通す能力があったと言っているんです。ニックネームも〝赤ちゃん虎〟だったんです。きっと何かの意味があって言った言葉だと思います」

そうしてやっとラナーおじいさまも好奇心の湧いたような表情を見せた。

「おお、それではルミの考えではその言葉の中にどんな意味が込められていると思う？　私もその意味を知ることができればいいな。30年ぶりに誤解を解き、ダーウィンに本当の理由も話すことも兼ねて」

ルミはじっくり考え込んだ。こうした瞬間こそ〝赤ちゃん虎〟というニックネームを受け継いだ後継者らしくジェイ・ハンターになってジェイ伯父さんの頭で考え、ジェイ伯父さんの感覚で感じなければならない時だった。そのように伯父のイメージに長く集中していると、しばらくして誰かが自分の言うべきことを耳元でささやいてくれる気がした。ルミはそれを伝えるようにゆっくり切り出した。

「単純に外からの姿を見てそんな話をしたのではなく……何と言うか、もう少し本質的な問題だったようです。例えば、伯父さんはおじいさまに会う前にニースおじさまの話を通じておじいさまに対する自分なりのイメージを作っていたんじゃないですか？　慈愛深いとか、怖いとか、どんな職業に就いているとか、友達のお父さんについて一般的に考えることです。ところが、実際に会ってみたら伯父が思っていたこととおじいさまの実際の姿にはかけ離れた部分が大きかったんです。ネックレスはそれを象徴していたのでしょう」

「ルミの話を聞くともっと気になってくるな。私のどのような点がジェイの期待とちがったのか」

「ああ、私の話を誤解しないでください。私は期待ではなく、イメージだとお話ししたんです。例えば、ニースおじさまが普段おじいさまをとても地味な学者タイプのお父さんとして描写していたとしたら、華やかな金のネックレスをしている姿が伯父さんには違和感があったのかもしれませんね。好き嫌いなど、価値判断ではありません」

ラナーおじいさまがゆっくりうなずいた。

「分かる気がする。納得できる部分もある。ニースはあの時も今も事業家の父をあまり誇りに思っていなかったから。実際に1地区では事業家を低くみる風土があるからな。ルミの言うとおりニースが幼心に友達に自分の父を地味な学者タイプだと紹介していたとしたら、ニースもかなりつらかっただろうな。確かに、その友達の父が偉大な写真家ハリー・ハンターなら、いくら親しい友達でも。……いや、親友だからより劣等感を感じたのかもしれない。儲かっている事業家の象徴だと思って誇らしげにしていたネックレスが、息子にそんな恥をかかせたとは……」

ラナーおじいさまの顔色は次第に暗くなっていた。

ルミはジェイ伯父さんを軸にした自分の推測が思いがけずラナーおじいさまを傷つけたようで当惑した。

「あくまで私の想像です。伯父が本当はどんなことを考えていたのか誰も知りません。そして、実は私、ジェイ伯父さんに関することに限って、想像が度を過ぎているという忠告をよく受けるんです。今回も私の想像が一線を越えたようです」

ラナーおじいさまが微笑みながら手を振った。

「いやいや全然、度を過ぎていないよ。十分に説得力のある話だ。私はむしろルミのおかげでニースとジェイの気持ちを理解できてよかった。ルミは人の心理を把握するのに卓越した能力があるんだな。探偵になってもいい」

「家に不可解な亡くなり方をした人がいれば、自然にそのような能力を持つようになります。不思議なことに私の家には、私にだけその能力が伝わりました」

「不可解な亡くなり方って？　ルミの家に不審な死を遂げた人がいるのかい？」

「ジェイ伯父さんです」

「不可解な亡くなり方だなんて。ルミ、どうも君は何か誤解しているらしいね」

おじいさまは老人が子供に誤解していることを教える時の慈悲深い微笑を浮かべて言った。

「ジェイは不可解な亡くなり方をしたのではなく殺害されたのだそうだ。9地区の強盗だったな。ジェイ以外にも多くの人がやられて、当時の新聞には9地区の人々の強盗がひどくなっているから、戸締まりをしっかりしろという記事が長いこと載っていたさ。その頃、私がしばらく事業を休んで国内に入っていた時だったのではっきり覚えている」

ルミはジェイ伯父さんに関する限り、自分が70代半ばの老人よりもはるかに知っているという自信をそのまま声に込めて話した。

「分かっていますわ。不幸にもこうした雰囲気にのまれたため、伯父の死が数多い強盗事件のひとつとしてみなされてしまったということも」

「ということは……では、ルミはジェイが強盗に殺されたのではないと思っているのか？」

ルミはうなずいた。ラナーおじいさまが驚いた顔で、「違うなら？」と次を促した。秘密の箱に入れておいたジェイ伯父さんの話をこのようにいきなり持ち出すことになるとは思わなかったが、その〝秘密の箱〟をのぞきたい人が自分が尊敬するニースおじさまの父親でありダーウィンの祖父なら、喜んで見せることができた。

「私は当時、ジェイ伯父さんの周辺にいた人の中に犯人がいると思います。今は政府の高位職にいます」

ラナーおじいさまがびっくりした顔で聞いた。

「信じられん。根拠のある話か？」

「当時の犯行については多分おじいさまの方が私より詳しいでしょう。1地区の他の家で起きた強盗事件にはすべて窃盗行為がありましたが、伯父の部屋では何もなかったんです。それだけでなく机の上にあった財布まで、そっくりそのままでした」

「ああ、知っている。警察ではジェイが最終目標ではなかったからだと発表したらしいね。強盗はハンター氏の寝室に侵入するつもりでジェイの部屋を通過したのだが、ジェイが眠りから覚めたためにジェイを殺し、当惑してそのまま逃げたのだと」

「警察は1地区の人々は絶対に人を殺さないという盲信の中で、すべての状況を合わせたんです。〝1地区の人〟が殺人者という痛恨の真実を明らかにするよりも、すでに罪に問われている9地区の人に罪をかぶせるほうが社会の安定に役に立ちますから、簡単ですよね？」

今度はラナーおじいさまが何の返事もしなかったのでルミは続けて話した。

「しかし、実は何もなくならなかったのではないんです。伯父には祖父から受け継いだ写真で作ったアルバムが1冊あり、そのアルバムの中で写真1枚分のスペースが空いていたんですよ。その写真が唯一、伯父の部屋からなくなったものであり、伯父を殺した犯人が持って行ったものでした」

その時アナおばさんが来て、「お食事の準備ができました」と知らせた。ルミはなるべく今の緊張した雰囲気を壊さない状態で話を続けたいと思い、ラナーおじいさまをじっと見つめた。幸い同じ考えなのか、ラナーおじいさまは「食事は少し後でするか?」と聞いてきた。ルミは嬉しそうにうなずいた。

おばさんが席を外すと、ラナーおじいさまが首をかしげながら一度途切れた話を続けた。

「よく分からないな。写真だなんて。アルバムに空きがあるのはそんなに珍しいことでもないじゃないか。犯人ではなくジェイが剝がしたかもしれないし、そもそも写真がなかったかもしれないし……」

情報不足で平均的な水準の推論にしか到達できないラナーおじいさまのために、ルミは自分が知っている情報を伝えた。

「犯罪事件を捜査する時は目に見えるものだけでなく人間の行動、心理まですべて考慮してみなければならないじゃないですか。プライムスクールの試験に合格したことからも分かるように、伯父は完璧主義者でした。普段の生活も同じでした。祖母は伯父さんがきれい好きだったと言い、父は潔癖症だったと言うくらいです。そのような人が果たして完璧に写真の列を合わせたアルバムから乱暴に剝がした跡まで残してスペースを作っておいたのでしょうか?」

しかし、ラナーは相変わらず説得されていない表情だった。

ルミはラナーを完璧に取り込むため、仕方なく今回だけ沈黙のカルテルを破ることにした。ヤング家の一員であるラナーおじいさまなら、ニースおじさまとダーウィンに何の害もないだろう。

「伯父のアルバムからのみその写真が消えたのなら、伯父を知らない他の人には私の根拠が弱く聞こえることもあると思います。それは私も認めます。それでは、これはいかがですか? 同じ写真が国家記録を保管しているアーカイブからも削除された、となりますと?」

やっとラナーおじいさまが興味を示して言った。

「もっと詳しく聞きたいな」

「アーカイブでは祖父が撮った写真の中で歴史的価値がある写真について著作権契約を結び保管していました。そして5年ほど前にその資料をデジタル化しました。その過程で一部は3級以上の高級公務員だけが閲覧できる特別検索に指定され、伯父のアルバムから消えたと推定される写真もそのリストに含まれていました。ところが、調査をしてみたらアルバムから消えたようにその写真がアーカイブでも同じく削除されていました。それだけじゃなくてアルバムの消えた写真の隣にあった写真まで、もう1枚。それが誰かの介入なしに偶然に起こり得ることでしょうか？」

「ここまで来ると、一体消えた写真というものがどんなものなのか問わざるを得ない。アーカイブからも消えた写真だなんて、いまさら見られるわけもない」

「はい、その写真を見るのは不可能です。しかし、その写真が何だったかは推測できます。横にある写真と連続的に撮られたものだったからです。実は少し前まで私がその横に残っていた写真を保管しておいたのに……」

ルミは今になってパパが写真を持っていったことに無気力に対処したことを後悔した。

「おじいさまとこういう話をすると知っていたら、写真をもっと深く隠しておいたでしょう。それならおじいさまに見せてあげることもできたはずですが。父は前から私のかばんを探してはいましたが、まさか机まで探して写真を持っていってしまうとは思いもしなかったんです」

「これまでたくさんのことがあったようだね。お父さんが机を探して写真を持って行ったなんて、どうして写真を持って行く必要があるんだ？」

「父は私が無駄な混乱を起こしていると言って、ジェイ伯父さんの死について明らかにしようとすることを嫌がるんです。父だけではありません。学校では犯人と推定される人々に関して集めた資料を一方的に廃棄されました。みんな今の安らぎを守るために真実が死ぬことを望んでいるようです」

「臆病者だからだよ。臆病者たちは自分が知らないことに対して聞くことさえも恐ろしくなる」

ルミは自分と同類の人に初めて出会えたと思い、嬉しくなった。

「そうなんです。そういう意味で、おじいさまは私が会った人の中で真実を知ることを一番怖がらない方です」

「恐れる理由はない。それでは、残りの真実についても恐れずに聞いてみよう。ルミが持っていた写真は何を撮った写真だったのだろう？　ハリー・ハンター氏の写真の中でもアーカイブ、それも３級以上の公務員だけが見られる特別リストに保存されるほどなら、ただの写真ではなかったはずだが……」

「はい、一般的な写真ではありません。〝12月の暴動〟の時に撮った写真ですから」

ラナーおじいさまが「〝12月の暴動〟？」と聞き返した。ルミは「はい」と答えながらラナーおじいさまの関心と興味を倍増させるために、去年の夏写真の背景である孤児院にも行ってきたという話をしようとした。しかし、「孤児院」の頭文字が舌に触れた瞬間、はっとした。自分が以前ダーウィンに頼んだとおり、９地区に行ってきたという話は隠したほうがよさそうだった。９地区に行ってきた話はいくら昔のことだとしても、大人には過度な心配を抱かせるだろうから。もし、その事実がおじいさまを経てニースおじさんの耳に入ってダーウィンが自分も一緒に行ったことを打ち明ければ、この前ニースおじさまに許されたことがすべて水の泡になるかもしれない。おじさまがいくら寛大でも、ダーウィンを危険な下位地区、それも9地区に導いたことだけは簡単には許してくれないだろう。

ルミは後でパパから写真を返してもらってラナーおじいさまに見せることに備えて、直接行ってみなかったらどこなのか分からない「孤児院」という単語の代わりに、素早く他の適当な言葉に変えて答えた。

「フーディーたちが根拠地に一緒に集まっている写真でした」

そして、その時代に10代だったはずのおじいさまの共感を得ようと尋ねた。

「おじいさま、おじいさまは〝12月の暴動〟の時においくつでしたか？」

「15……、16……？　いや、14ぐらいだったかな」

おじいさまは冷めたコップを口に持っていき、記憶を辿った。

「その写真の中にいた子たちもみんなそのくらいの年に見える子たちでした。本で読んだ時と違ってその子たちの顔を見ると、とても変な感じがしました。

おじいさまもその写真を見たなら信じられなかったでしょう。どうしてそんな子供たちが国を揺るがす暴動に参加できたのだと思います？」

ラナーおじいさまがコップを傍らに寄せながら言った。

「愚かだったんだろう」

「おじいさまは〝12月の暴動〟をそう評価しているのですか？」

「高く評価する必要はない。前後の見境もない子供たちが邪悪な人たちのうねりに乗せられて操り人形役をしただけだ」

「しかし、そんなに蔑《さげす》むわけにはいきません。なぜなら、彼らは実際に9地区から出発して中位地区まで進撃するほどの戦闘能力を持っていたからです。もし暴動が成功したらどうなったでしょう？　その子供たちが新しい世界を作って今ここに住んでいるはずです。その力を卑下するのは、1地区の人々が彼らを恐れているからだと思いませんか？　上位地区では絶対にそのような変革は起こせませんから」

その時、ラナーおじいさまが突然低い声で「ルミ」と呼び、言葉を止めた。さっきとはすっかり変わったラナーおじいさまの声に驚き、ルミは残りの言葉を発するのをやめておじいさまを見つめた。

「君は今、君が享受しているものがどれだけ大切なものか分かっていないようだね。何気なく暴動が成功した時のことを考えてそれを新しい世界と呼ぶのを見ると……断言できるが、あの愚かな操り人形が新しい世界を作り出す可能性はない。歴史にはもしもがないという言葉があるだろう？　喩え想像でも、その暴徒たちが支配するもしもの世界を推定するのは、暴動で犠牲になった多くの人々に対する侮辱だということだ」

これまで柔軟に意見を交わしてきたラナーおじいさまが突然妥協することを頑なに念頭に置かず、あの時代の政府軍のように話すことに、ルミはやや反発心を持った。祖父世代の上位地区の人々が〝12月の暴動〟に深い敵対心を持っていることは知っているが、進歩的な考えを全く許さない種類の頑固さに抵抗したくなった。

「こう言えるのは、その時代からかなり離れているからだということは分かっています。しかし、本来の歴史は後の世代によって評価されるのではないですか。火から出したばかりの熱々のじゃがいもをすぐに手にかけて見ることはできませんから。皮をむいて本質をしっかり見極めるためには、じゃがいもが冷めるまで待たなければなりません」

ラナーおじいさまがすぐ反論した。

「そうだね。ルミの言うとおり冷めたじゃがいもをもらった人の方がじゃがいもをもっとよく調べることができるだろう。しかし、そのジャガイモがどんなに熱かったかは絶対分からないだろう。皮がむけるやけどをして痛がっている人を見て、何がそんなに熱かったんだろうと思うだろう」

「おじいさまは、まるでその熱いじゃがいもを直接触ってみた人のように言いますね。でも厳密に言うと、おじいさまも冷めたじゃがいもを渡してもらった人じゃないですか？　暴徒たちは3地区に押し寄せてくる前にすべて鎮圧されましたから。政府や軍隊、祖父のようなジャーナリストを除けば、当時1地区の住民は暴動が起きてないような平穏な生活をしていたと聞きました。おじいさまも時間が経って事件が収まった後、そんなことがあったと知ったはずではないですか？　そうでしょう？」

ラナーおじいさまはようやく認めるしかないという態度で「そうだ……。そうだった」とうなずいたが、それが主張を後退させることではないというように付け加えた。

「だからもっと怖かったのかもしれない。一度考えてみなさい。すぐ向こうから、この世界を壊そうとする略奪犯たちが押し寄せているのに、何も知らずに日常生活をしていたということを後で知る。どれほど怖かっただろうか」

「おじいさまのように物怖じしない方も怖かったですか？」

「……怖かった」

「どういう点が？」

ラナーおじいさまは腕を組んだまま何の返事もしなかった。

ルミは再び尋ねた。

「どんな点が一番怖かったんですか？」

怖くなかった。恐れるものなど何もない。最初から私は何も持っていない貧乏人で、親もいないし、家もないように、私はありふれた恐怖さえ持っていなかった。今夜、道端でそのまま凍え死ぬとしてもびくともしなかった。命をかけることがないというのがかえってつまらなく思われた。誰も私のような孤児の命は望んでいなかったから。

「命をかけるほどの価値があることだ。間違って作られた世の中を変えることだよ。みんな、私たちと共に行こう」

どこから来たのか分からない正体不明の男たちが、ある日、私たちを集めてそう言った時、私はためらわず最初に彼らの手を握った。彼らがこれまで食べたことのない軟らかいパンと牛乳をくれたからだけではなかった。たいしたことのない自分の命も、どこかに使えるということに不思議と感激した。

ところで非常に愚かだった当時の私が、果たして〝価値〟という難しい高貴な言葉を理解していたのだろうか？

孤児院は直ちに私たちの本部となった。すべての後援金を着服して私たちを紙のようにこき使っていた院長は、早くから孤児院を捨てて逃げた。男性は我々を軍隊のような組織にして地位と武器を与えた。私は最も熱心な忠誠を誓ったし、彼らは私を我々の部隊の隊長に任命した。生まれて初めて賢いという褒め言葉ももらった。ほめられた日にはパンを思う存分食べた時よりも、はるかにお腹がいっぱいになった。

我々は瞬く間に9地区を占領した。あえて頭に銃を突きつける必要もなかった。我々の叫びを聞いた人々がひとりでに押しかけた。世の中を変えよう！とは、どのように変えるのか分からないが、今のように真冬に路上で寝泊まりする生活でなければそれでいいと思った。

いつになく寒い冬だった。フード1枚を着たまま強風に立ち向かって走るのは人間の能力を超えていた。あちこちで凍え死ぬ人が続出した。本部では資金事情がよくなれば、私たちに暖かい軍服を支給すると約束した。我々は彼らの指導の下で休まずに進撃した。私は9歳前後の子供たちにも自分たちで木を削って作った銛《もり》を握らせて、「お前たちもやり遂げなければならないんだ。軍人だから」と激励した。

我々の勢力は次第に8地区、7地区にまで広がった。皆、我々の主張に同調した。私は箱をひっくり返した演壇の上に駆け上がりながら叫んだ。

「こんなにたくさんの人が世の中が変わることを望んでいるのに、何も変えたがらない人間は一体どんな奴らだ！」

私のように愚かな子供たちは盛大な拍手を送った。私はうっとりした気分になって、毎日何でも知っているふりをして大声で叫んだ。

6地区に侵攻した瞬間から政府軍と交戦が繰り広げられた。装甲車でバリケードを築いた彼らに対抗できる方法は、両足を車輪にして装甲車になって走ることだけだった。数少ない銃と貧相な銛を持って彼らの大砲に飛び込んだ。大砲1機を無力化するためには喜んで命を捧げる覚悟ができていた。熾烈な激戦の末、我々を見下した政府軍は逃げ出し、我々は歓声を上げながら6地区に旗を掲げた後、5地区、4地区に駆け上がった。勝利が重ねられるほど本部は私のことをほめてくれ、信じてくれた。彼らは私がすでに大人で隊長の称号をもらうのに十分だとほめてくれると、私は彼らの期待に応えるために最も礼儀正しく敬礼した。

数日後、進撃を終えて休んでいた夜中に、部隊に志願したいという子供たちが数十人やってきた。私は喜んで彼らを迎えた。またほめてもらえる。私はその事実を報告するために急いで幹部たちがいる兵舎を訪れた。

ドアを開けようとした矢先、中から話し声が聞こえてきた。

「1地区まで進撃してから、あのフーディーたちをどうするつもりですか？」

「除去しないとな」

「他に利用する方法があるのではないでしょうか？」

「利用だなんて。今に見ていろ、新しい世の中ではあの愚かな子たちが足かせになるはずだ。今持っている権力だけでもあんなに何者かにでもなったかのように意気揚々としているのを見ると、おかしくてたまらない。その日暮らしよりも格下の銃弾受けの盾だということも知らずに、今は思い切り暴れてもらった後、最後の侵攻をしたら、何かの罪を適当に被せて取り除けばいい。あえて罪名など作らなくてもいいだろう。それでも1地区の新しい主人になったら、それ相応の合理的な姿も見せなければならない。本部の統制権を離れ、不必要に武力を行使した罪。どうだ？　この程度ならいいんじゃないか？　100人ずつ並ばせて一度に潰してしまえば見栄えもいいし、時間もかからない。9地区のゴキブリが1地区の地で死ぬことより大きな光栄はない」

「さすが、戦略家ですな」

私は兵舎の後ろに隠れて吐いた。涙が凍てついて目を開けることができなかった。

そうだな……あの時初めて怖かったんだと思う。人間が怖かった。吐くものをすべて吐くと頭の中を彷徨っていた澱《おり》もきれいに沈んだ。私は歯ぎしりのする寒さの中で、手でフードのひもをいじくりながらさまざまな計画を練った。彼らが教えてくれた通り、可能なケースを徹底的に追求した。

構想を練り終えた後、参謀が部隊を視察する隙を狙って兵舎の中に入った。「100人ずつ並ばせた後、一度に潰す」と言った大隊長がひとりで机の前に座って、戦術地図と文書を見ていた。

彼は何の疑いもなく私を歓迎してくれた。

「私たちの忠誠高き隊長がこの夜中にどうしたんだ？」

「折り入って報告があります」

「何の報告だ？」

「隊員たちの中にスパイがいるようです」

彼は驚いて、私に近寄るように手招きして合図した。私は彼のそばにゆっくりと歩いた。歩きながら、フードのひもが揺れるのを感じた。

「スパイだって？　一体どいつだ？」

その時、私はフードのひもを外し、彼の首を絞めた。詰まっている下水道に水が流れているような音が聞こえ、すぐにこと切れた。私は机の上にある資料をぐるぐるに巻いてズボンの腰にさし、服で隠して外に出た。私の体よりずっと大きいフードのおかげで、何の疑いも持たずに自然に行動することができた。

昼は隠れ、夜は狂ったように走って、3地区、2地区まで上がった。

上位地区は別世界のように平穏だった。目的地は2地区にある実業家の家で、侵入して資金を確保しようとした住宅のひとつだった。私はなぜあんなに多くの候補者がいる中からその家を選んだのだろうか？　運命だったのか、それともただ彼らの苗字〝Young〟が私が読める数少ない言葉のひとつだったからだろうか。私はなんとなくその単語が気に入った。

戸を叩いた。もし事業家が私に殺意を向けたら死に、助けてくれれば生きるつもりだった。どちらにしても100人ずつ並ばされ、銃で撃たれて死ぬよりはましだった。間もなくドアが開いた。事業家はおらず、妻だけだった。私は奥さんの前にひざまずいて、隠すことなく自分の正体を打ち明けながら、現在、下位地区と中位地区で起こっている事態について話した。怖がって私をそのまま追い出したらどうしようかと心配したが、奥さんは落ち着いて私の話を聞いてくれた。

そして、私の話が終わった時、私を抱きしめてこう言った。

「かわいそうに……まだこんなに幼いのに」

その一言で私は救われた。

これまで暴徒のゲリラ式戦闘に無気力にやられていた政府軍は、その後、彼らの移動経路を正確に捜し出し、暴動の指導者を射殺して、残った追従勢力を鎮圧した。指揮系統が崩れると、フーディーたちは一瞬にして単なる寄せ集めになり、なすすべもなく瓦解した。作戦はすべて、私が事業家に渡した地図と戦術文書を基にして行われた。時間が経ってすべての騒動が沈静化した後、私が〝戦争〟だと信じて命を捧げようとした戦いは〝暴動〟という歴史的評価を受け、上位地区のマスコミを通じて報道された。上位地区の人々は、平和と正義を取り戻したことに歓喜した。事業家夫婦は私を抱きしめてくれ、すべて私のお陰だと言った。

事業家夫婦には子供がいなかった。彼らは「最近、両親を亡くして独りぼっちになった遠い親戚」として私の身分を偽って養子に迎えてくれた。母親は「あなたは走るのが速い」と言ってラナーという名前も新たにつけてくれ、誕生日が何かも知らなかった私の誕生日を「私が訪れた日」に決めてくれた。

その後まもなく、我がヤング家は暴徒を鎮圧する決定的な情報を提供した功績により、1地区に移動することになった。両親は私を幸運をもたらした子供と言った。そうして9地区のゴキブリだった私は16歳で、ラナー・ヤング、人間に生まれ変わった。

「ねえ？　おじいさま」

何の話をしていたんだろう？　……あ、怖かったのかって？　そういえば、あの時も怖かったな。

邪悪な人々に利用ばかりされて、こんなに美味しいものも食べられず、暖かいベッドでも寝られず、両親のように立派な人もいるということを知らずに路上でそのまま死んでいたらと思うと怖かったな。

その後、私は〝価値〟という言葉の意味を漠然と理解するのではなく、自分で目の当たりにすることができた。1地区で新たに得たものはすべて命をかける価値があった。尊敬する両親、愛する妻、命のような息子と孫、良い家、人々の人情……。しかし、このような幸せな人生もたまに不安に包まれる時がある。忘れていた私のはるかな過去が突然訪ねて来て私の根を揺るがす時……。いや……いや、それはもう私の過去ではない。私ではない。結婚前、妻にすべての事実を打ち明けた時、妻がそう言った。

「自分が結婚しようとする人は、9地区の自分の名前も知らない孤児ではなく、1地区の男性ラナー・ヤングです。二度と私以外の人にその告白をする必要はない」と。「立派な夫と立派な父になって自分と一緒に〝新しい過去〟を作ろう」と。

世の中で最も美しくたくましい女性に出会ったおかげで、私は新しい過去だけでなく未来まで得た。だからこの程度の軽い憂鬱は当然感じなければならないのだろう。これはあまりにも多くの人生を享受していることへの代価だから、恐れる必要はない。憂鬱でい続ける理由もない。憂鬱は生い茂った木が垂れるつかの間の影に過ぎない。

ルミは返事を待ちながらラナーおじいさまを注意深く見つめた。閉じてしまったおじいさまのまぶたがまるで眠っていて激しい夢を見る時のようにびくびくしていた。昔の思い出に浸りすぎて、その時代からなかなか抜け出せないようだった。

ルミは夢の中からラナーおじいさまを呼び出すため、話しかけた。

「怖かったことが多くて、返事ができないのですか？　それとも、いくら考えても怖かったことが思い浮かばないのですか？」

ラナーおじいさまがしばらくぶりに目を覚まして、「よく分からない。あまりにも昔のことだから記憶がごちゃごちゃになって……」と口を開いた。

「でもルミ、このひとつだけははっきり言えるんだ。人生で恐ろしいものが多いということは、決して卑怯ということでも弱いということでもないということを。この世に生まれて地上に何も建てなかった人は、怖いものも何もないだろう。そんな人々は自分の怠慢を勇気と勘違いして人生を無駄にするだろう。しかし、毎日誠実に建築物をきちんと積み上げた人は、必然的に恐れなければならないことも多く生じるものだ。子供たちがその中で遊んでけがをしないか、隣人が私の建築物のために被害を受けないか、突然暴風雨が押し寄せて柱が崩れ落ちるのではないか、絶えず心配しなければならないからだ」

多少断定的ではあるが、老人としての省察が目立つ意見にルミは微笑んだ。

「それではおじいさまは、一番の恐怖心をお持ちの方でしょうね。地上に成し遂げたことが多いから」

「私はこれから子孫たちのために土地を空ける時だ。今は私より、息子と孫が何を積み上げるかを見守るのが楽しみだ。もちろんルミも同じだ。ルミの建築物はとても興味深い形をしてそうだね」

アナおばさんがまたやって来て、「もう少し時間が経ったら、冷えて黒焦げになったステーキを召し上がることになるでしょう」と脅かすような冗談を言った。ラナーおじいさまが「それはいけない。大切なお客様がいらっしゃるからな」と言いながら席を立って食卓に案内した。ルミはラナーおじいさまについて行った。温かさのある食べ物の匂いで、玄関のドアを開けた時のように歓迎されている気分になった。

ところが、食卓に入る前に、ラナーおじいさまが足を止めながら尋ねた。

「話が他のところにずれて、最も重要なことを聞き洩らしたな。ルミの推測がすべて事実なら、一体その犯人が写真を持っていった理由は何だろうか？」

ルミはラナーおじいさまが忘れずにジェイ伯父さんの死に関心を持ってくれていたのが嬉しかった。しかし、すぐに期待に応えることはできなかった。それはまだ答えを得ていない質問だった。何よりも〝12月の暴動〟の時に撮られた写真という事実を除いては、消えた写真の実体が何なのか明らかでないというのが最大の問題だった。もちろん範囲を狭めることはできた。人物写真を主に撮った祖父の作品の性格や周辺の写真との整合性、アーカイブで削除された他の写真との連結によって、伯父のアルバムから消えた写真も群衆や小規模の集団、あるいは特定のひとりの近接した写真である可能性が高かった。しかし、その推測を犯人の正体と結び付けるには、ひもが弱かった。

伯父を殺した犯人が9地区か他の下位地区出身なら、写真に撮られた暴徒の過去の足跡を隠すためと推定できるだろう。ロイド検事が「30年前の〝12月の暴動〟に加担した反動分子を処罰する作業が行われた」と言った。しかし、犯人を1地区の住民で現在は高位職にある権力者と推定した瞬間、その仮説は白紙に戻る。考えてみても、1地区の住民に、それもあの時代に生まれてもいなかった高級公務員に、〝12月の暴動〟の時に撮られた写真を隠さなければならない理由はなかった。動機を固守するためには犯人を諦めなければならず、犯人を固守するためには動機を諦めなければならない矛盾に直面することになるのだ。しかし、その二重の壁の中でも、ルミは恐怖に対するラナーの確固たる論調のように、ひとつはっきり言うことができた。

「理由は分かりませんが、これだけははっきりしています。犯人は伯父の命よりその写真1枚をもっと重要に考えていたという事実です」

おじいさまがあきれた顔で首を横に振った。

「信じられない。この世に人の命より、写真1枚をもっと重要に考えた人がいるというのか……」

「そうでしょう？」

一般の人々はその倫理的非対称性を絶対に理解できないだろう。しかし犯人は実際にそう考え、その考えを行動に移した。

ルミはラナーに質問した。

「おじいさまはどんな切羽詰まった状況に置かれたら、人の命より写真1枚がもっと重要だと思いますか？」

おじいさまは少しのためらいもなく、一気に答えた。

「どんなに切羽詰まっていても、人を殺さねばならないようなことはないんだ」

「もちろん私もそう思います。それでも犯人がそのような決断をしたと仮定して、どのような理由なら少しでも納得できそうですか？」

再度問うと、おじいさまは深刻そうな顔でじっくり考え、口を開いた。

「そうだな、万が一。……そうか、万が一その写真1枚に家族の命がかかっていたら、仕方なくそんな選択をするかもしれないな。もちろんその前に私の命を先に出すが」

ラナーおじいさまの決然とした口調に、ルミは親しかったおじいさまが急に自分とは風習や考え方が全く違う他の種族のように感じられた。

「すごいですわ。私はいくら家族でも、父や母のためにそこまでするわけにはいかない」

ラナーおじいさまが豪快に笑いながら言った。

「全く大したことはない。この世の親たちはみんな私と同じ選択をするのだから。それが親と子の違いだ」

ラナーおじいさまはそれと共に「さあ、もう重い話はここですべておしまいにして軽い気持ちで食卓に座ろう。食事の時間は生きている人たちのためだけにあるのではないだろうか」と椅子に座った。

ルミは「世界中のすべての親ではないはずです」

と言いたい衝動を心の中に飲み込み、温かな食卓に座った。

近寄れない光

12月の第2土曜日、1年最後の休暇を迎えて家に帰ってきたダーウィンは、玄関の前に立っている父と向き合って思わず足を止めた。土曜日だが公務員たちが一番忙しい時期なので父は当然家にいないと思っていた。ダーウィンは視線をそらした。父の顔をまともに見ることができなかった。

「持とう」

「重くありません」

ダーウィンは自分のかばんに向かう父の手を拒否し、すぐに2階に上がった。ベンは大きくほえながら階段で後をついてきた。ダーウィンは父の視線がずっと自分に向けられていると感じ、意図的にドアを強く閉めた。被害者のように傷つけられた父の視線にも、手を叩くかのような屈辱感を与えたかった。

速くなった心拍が落ち着くまでドアにもたれて立っていたダーウィンは、しばらくしてから窓際に歩き、庭を見下ろした。家に帰るたびに働いていた庭師の姿が今日は見かけられなかった。確かに夏よりは庭仕事が減ったはずだ。ダーウィンは庭師が一年中、手入れしてきた木々に注意を向けた。葉を全部失って枯れた枝を露にした木々が痛々しく見えた。庭師が丹念に包んでくれた稲や藁は、なんの役にも立たなかった。春が来る前に木々はみな枯れてしまいそうだった。寒さと強風のためではなく、この家に宿る嘘と偽善のために。窓の外の景色も、昔のような落ち着いた雰囲気では全くなかった。ここは見慣れない家だった。

昨夜、家に帰らずにこのまま寮で週末を過ごすことをどんなに願ったか。家に帰れない罰を受けるにはどんな大きな過ちを犯さなければならないんだろうなどと思って、一晩中寝返りを打ったくらいだ。いつもわくわくしながら待っていた第2週末がいまでは一番乗り切りたい日になってしまった。帰りたくない家に帰るよりはむしろ家のない孤児になりたかった。家に帰って2日間何をしたらいいか分からなかった。父のいる家では寝ることも、ご飯を食べることも、座っていることもできないような気がした。そうしたくなかった。そうしてはならなかった。ダーウィンは窓際に立って全く動けなかった。

その時、ノックの音が聞こえた。ダーウィンは何も答えなかったが、しばらくしてドアが開いた。

「話をしようか」

父の声、父の足取り、父の罪といった、後ろから感じられる父の存在感にダーウィンは息をのんだ。最も避けたい時間が来てしまった。

父がベッドの片隅に腰掛けて言った。

「ちょっとここに座ってごらん」

ダーウィンは視線も合わせないまま、そのまま窓際に立って話した。

「立っていたほうがいいです」

父の低いため息が聞こえてきた。ダーウィンは父が吐いた息の分、自分の吸える空気が減ったような気がした。

「試験のために他のことに気を使う余裕がないと思って待っていたのだが、まさか1ヶ月も電話がかかってこないとは思わなかった。おかげで息子にこんなに冷淡な面があることを初めて知ったよ」

ダーウィンはついさっきベンを部屋に入れなかったことを後悔した。今でもベンを部屋に入れて、この面談の空気をめちゃくちゃにしたかった。ベンのほえる声で〝息子〟という父の言葉をかき消して欲しかった。しかし、ベンはどこに行ったのか何も聞こえなかった。

「この前は……そうだね。あの時は私がひどかっただろう？　ルミのことをそんな風に言うつもりはなかったのに、私もどうしてあんな言葉が私の口から出たのか分からない。おそらく国政監査のために神経が鋭敏になっていたようだ」

ダーウィンは父の視線が届かない内面で、父をあざ笑った。父のような人が1ヶ月前の言い争いをまだ気にしているとは。息子が電話をかけなかった理由は、ただ息子のガールフレンドの悪口を言ったからだと信じているとは。あの日、父の口からどんな言葉が出たんだっけ。こざかしい女？　邪魔な女って言ったっけ？

ダーウィンは表に出して嘲笑した。果たしてその程度の言葉が、父の人生において塵ほどの罪にでもなり得るだろうか。その小さな失言が染みになり得るきれいな空間が、父に残っているのだろうか。父の内面は足が踏み込めないほどの泥沼なのに。ダーウィンは父が自分の過ちを振り返らないことを望んだ。父が反省できない野蛮人であることを願った。本当の罪を隠した告白を聞くより、以前よりもひどい非難と悪口を聞いた方がましだった。

それなのに父は息子の嘲笑に少しも葛藤を感じないのか、もっと真剣に話した。

「いや、もっと正直に言うと……少し怖かったような気もする。君が初めて付き合う女友達なのに、ややもすると関係が一方的に流れて君が傷つくのではないかと。言ってみればおかしいことだ。たとえそんなことが起こったとしても私が介入する問題ではない。息子の彼女のことに干渉する父親だなんて最悪だ。認めよう。完全に判断ミスだった。これからルミに会うかどうかは君に任せるよ。私はダーウィンが自分で判断できると……」

「やめてください」

ダーウィンは父の言葉を遮った。もう父のために、寛大な神父役を果たしているわけにはいかなかった。

「ルミのことは気にしないでください。もうあの子とは会わないつもりだから。連絡をしなくなってもうかなり経ちました。これからもしません」

父が驚いた顔で聞いた。

「何かあったのか？」

ダーウィンは答えなかった。すると父は代わりにその理由を探すように言った。

「アーカイブの件なら気にすることはない。アーカイブ側とよく話し合い、今回は穏便に済ませることにしたから。君たちが間違ったのは事実だが、子供たちは誰でも過ちを犯す」

「それとは関係ありません」

「じゃあ、どうして？」

「まあ……飽きました」

「飽きるなんて、それはどういう意味だい？」

「この前、ジョーイおじさんが言いました。あの子はとんでもないところが多いと。それを今悟りました。ルミのとんでもない考えにあきれました」

父がこわばった声で言った。

「ダーウィン、君らしくない言葉だね。君の口から人に対してあきれたなんて言葉が出るとは思わなかった」

ダーウィンは漏れる嘲笑に堪えられず、家に帰って初めて父の顔を正面から見た。

「なぜがっかりしたように言うんですか？」

「何？」

「喜ばなければならないのではないですか。私はお父さんも当然喜ぶと思っていました」

父は面食らった顔をした。

「何を言っているのか、分からないな」

「お父さんにとってルミ・ハンターは喜ばしくない存在なんじゃないですか」

「……どういう意味で言っているのかな？」

ダーウィンは再び窓の外に視線を避けた。

「ルミがお父さんの気に入る子じゃないって意味です。……あの子は典型的なプリメーラの女子生徒ではないから」

「君は何か誤解しているようだね。私は君とルミの性格が合わないのではないかと心配したのであって、ルミ自体が気に入らなかったわけではない」

「承知しています。理由もなく誰かを嫌がるお方ではないでしょう」

「……なんだか、言葉からトゲを感じるな」

「お父さんの予想が当たっていたということを申し上げようとしているだけです」

父がまた浅くため息をつくのが聞こえた。

「分かった。君の気持ちがそうだというのに、僕がつべこべ言うことはできない。でもルミはそれでいいが、同じプライムスクールの他の友達にはそういうことはしないでほしい。人生には、友達ほど大切な存在はないのに、急に飽きてしまったという理由で切ってしまうのはあまりにも軽率な考えだ。時間が経って友達を作りにくい大人になったら、そうやって失われたひとりひとりがすごく恋しくなると思う」

ダーウィンは体中の血が冷えていくようだった。

父は自分が何を言っているのか分かっているのか。

ダーウィンは再び父に向かって視線を向けた。

「お父さんは一度もそんな選択に直面したことはありませんでしたか？」

「そんな選択？」

「自分の人生で友達を追い出すかどうかを決めなければならない選択です」

ダーウィンは口をつぐんだまま、自分を眺めている父に向かって再び尋ねた。

「一度もそんな選択をしたことはありませんか？」


制裁、制裁、制裁。


拡声器の音が家の中にまで入り込んで四方の壁に〝制裁〟と叫んだ。トイレに駆け込んで吐いた。何日か続いた嘔吐で喉が干からびてしまいそうだった。私はこのままやられっぱなしでいるわけにもいかないので、抗議しようと窓を開けた。その瞬間、自宅前で演説中だった1地区の議員候補が僕を見つけ、嬉しそうに手を振った。私はついさっきまでの怒りを隠して、熱烈に手を振り返した。手を振らなければ、制裁対象者のように見えてしまいそうだった。

制裁を叫ぶ政治家の人気は冷めることを知らなかった。暴動は30年前に終わったが、政治家はいまだに人々の怒りと恐怖心を利用して票を得ていた。彼らは選挙期間になると毎晩ニュースに出て、「暴動の罪で唯一自由な上位地区、特に1地区が社会の至る所に残っている暴動の残党を制裁し、浄化する先頭に立たなければならない」と主張した。父は何も言わずにニュースばかり見ていた。

ジェイが「世界で唯一の形をしたほくろを持った男」を見た後、私は父が再び外国に行くのを待った。ハンターおじさんも海外での撮影を終えて帰国した時だったから不安だった。しかし、ビジネスパートナーが提起した訴訟で父は国内に足を引っ張られ、裁判所を行き来していた。父が調停のために裁判所に行く日は一日中不安に震えた。もし検事が父さんの過去を調査したらどうする？　裁判官がハリーおじさんの写真を見た人だったらどうする？　警察が家に押しかけてきて、何の罪もない母を捕まえていったらどうする？　父が無事に裁判所から帰ってくると、父に対する愛と憎しみで一晩中泣いた。

そんな中、父親が外国から帰ってきたという話を聞いたジェイが父に挨拶したいと言い出した。私はあれこれ言い訳をして毎回約束を延ばしていたが、とうとう避けられない瞬間が来た。もう一度拒否したらジェイの目つきが変わりそうだった。

「なんでお前はお前のお父さんを堂々と紹介してくれないんだ？　うん？　言ってみろ、ニース・ヤング。僕に何を隠しているんだ？」

私は父にそれとなく「そのほくろはなくしたほうがいいんじゃないですか？」と何度も言ったが、父は私の言葉に耳を傾けなかった。父はそのほくろに誇りをもっていた。

「君のおばあさんはとても喜んでいたよ。私の顔に高音符記号があるといって、私を見るたびに歌を歌った」

ジェイと約束した日が近づいていた。絶望して自暴自棄になった。このままジェイが下す処分を素直に受け入れるしかなさそうだった。不安が頂点に達する。ある日、科学の先生が自由に実験テーマを決めて報告書を書く宿題を出した。その瞬間、ひらめいた。救いの声が聞こえたようだった。

ジェイが家に来る前夜、私は父を地下室に呼んだ。自転車の空気ポンプを探していたところ、偶然にも父の過去に出会ったその場所で、私は父の顔に残っている過去の痕跡を完全になくすことにした。私は父に〝酸の腐食〟を調べる科学実験の宿題を手伝ってほしいと頼んだ。父は何の疑いもなく私が床に並べておいた実験道具を見た。

しばらくしてすべての準備を終えた私は「父さん」と呼んだ。父が私の方に頭を持ち上げた。私はガラス瓶に入れた強酸を父の左頬に落とした。父が悲鳴を上げた。狙いを誤ると失明する可能性もあったが、私は危険を冒してでも実行したのだ。父が淘汰されるよりは失明する方がましだった。

強酸が流れた父の顔の肌は溶け、それと共にほくろも消えた。父は私にすごく腹を立てたが実験をしていた時に起きた事故だと、すぐに許してくれた。

翌日、約束したとおりジェイが私の家にやってきた。父は顔に絆創膏を貼っていた。ほくろが消えると、やはりジェイは父親に気づかなかった。ついに制裁の恐怖から解放されたのだ。その夜、私は母を抱きしめて「もうすっかりよくなりました」と言った。夫が9地区のフーディー出身だとは想像もしないまま愛と信頼を与えてくれた哀れな母。今は母が父のせいで制裁対象になるという心配は要らなかった。母は温かい手つきで私の背中を撫でた。これまでの不安が一瞬にして溶け出し、久しぶりに嘔吐せずにぐっすり眠ることができた。窓の向こうから一生抜け出せない不安が私を見守りながら笑っているということも知らずに。

父の日……、誰が最初に父の日のようなものを作ろうと思ったのだろうか。おそらくなんの欠点もない立派な父を持つ人だったのだろう。父の日には1地区の学校では父親を学校に招待し、父親が何をしているのか、子供が発表する行事があった。教師たちは身分を明らかにできない男性を父親に持つ生徒がいる可能性を全く考慮しなかった。当たり前だった。1地区は世界で一番立派な父親たちが集まるところだから。

発表会の前日、僕とバズは学校が終わった後、いつものようにジェイの家に行った。バズが先に「そんな発表は大嫌いだ。俺はやらない。最初から発表の申請書も出していないし」と言った。私も同じ考えだったが、何も言わなかった。本当に父を隠したい人は絶対に父を隠したいとは言えないものだった。

ジェイが言った。

「嫌なのか？　お前はみんなにお前のお父さんを紹介するのが嫌なのか？」

バズは言った。

「母の日に母を紹介するなら、うまくできそうだよ」

それから私に向かって「ニース、お前もそうだろ？　お母さんは聖母マリアみたいじゃないか」と言った。母の話には私も自信を持って答えることができた。

「同感だ。人類学的にも父より母のほうが立派な存在であることが明らかになったから。多分、科学的にも立証された事実だろう？」

私は人類学という言葉が正確に何を意味するのか分からなかったし、科学的にその事実が立証されたというのもまた作り話だったが、母をおだてたい気持ちからジェイに同意を求めた。

「ジェイ、僕の言ったことは正しいだろう？」

ジェイは何も答えなかった。ジェイにとって母か父かということは、天と地の中から選べということほど難しい選択だったはずだ。その時ジョーイがおやつを持って部屋に入ってきたが、急にジェイがジョーイが持っていたお皿を放り投げてしまった。ジョーイは泣きながら部屋を出て行き、バズもなぜかその場でかばんを持って先に家に帰ってしまった。理解できない状況で私はジェイを摑まえて尋ねた。

「ジェイ、どうした？」

しばらくして、ジェイが言った。

「人類学的に母が父より立派だということは事実かもしれない。この世のすべての戦争と暴動は父親たちが起こしたのだから」

それから急に本棚に並べてある写真アルバムを持って来て私に聞いた。

「ニース、明日の発表会に誰が来るか知っているか？」

瞬間、冷酷に感じられるほど表情のないジェイの顔を見て、私は恐ろしくなった。しかし、恐れる理由は何もないと思って、平然と「誰が来るんだ？」と聞いた。

ジェイが答えた。

「リアムの父親、特捜部ウィルソン・ロイド検事」

私は何も言わなかった。ジェイが話を続けた。

「考えてみると、単純に父の仕事を話すのは意味がなさそうだ。うちの学校の子供たちは父さんのことはもううんざりするほど聞いているだろ。それで、俺は明日の発表会で父が撮ったこの写真を利用して、父の資格のない男を告発することに心を変えたんだ。1地区を破壊しようとした暴動に加担したのに、今は堂々と1地区で父親の役割をしているあの男のね。リアムのお父さんは検事だから、きっと俺の発表に関心を持つだろう。検事の情報力ならその男を捜し出すのは時間の問題だろう。真実の瞬間をとらえた父親と、自分の過去を偽装する父親、そして制裁に乗り出す父親まで、父親がすることをこれよりも一度によく見せる方法は何があるだろうか？　ニース、明日に期待していてくれ」

アルバムを開いたジェイの手は、正確に私の父の顔を指していた。

家に帰ってきた私は母と父と夕飯を食べながら心の中で「これがうちの家族の最後の夕飯です」と言った。父はのんきな顔で新聞を見ながら「フーディーたちが1地区まで来て強盗を働いているんだな」と心配した。私は泣きながら笑い出した。

「父さんこそ、数多くの家庭を破壊し、今は母さんと私の人生まで破滅させる本当の強盗ではないでしょうか」

ジェイの裁判を免れる方法はなかった。ロイド検事は写真の中のフーディーを1地区で目撃したというジェイの証言を信頼するだろう。ハリー・ハンターの息子でプライムスクール試験に合格した秀才の言葉を疑う人は誰もいない。

誰も知らないだろうと思った自分の過去に出くわした瞬間、父はどう反応するだろうか。否定する猶予はあるか。1枚もない自分の幼い頃の写真を見たのが嬉しくて、それがどんな写真なのかも分からないまま、本人の口から先に「あれは私じゃないか」と叫ぶのではないだろうか。ようやくほくろひとつ取ったからといって、父の過去をすべて消したようにほっとしていたとは。ほくろがあった時の父の顔を覚えている人は1人や2人ではないはずなのに……。

夜の12時が近づいたころ、私は到底眠れず、部屋から降りてきて、居間をうろうろしていた。朝までのわずか数時間が私の人生に残った最後の時間と思われた。そのような絶望感から家の中を歩き回っている時、ふとテーブルの上に置かれている新聞が目に入った。〝9地区フーディー〟という活字がひときわ目立つ瞬間、柱時計が12時を指して鐘を鳴らした。突然の騒音にびっくりして足を止めた。暗闇の中で時計の軸が左右に行ったり来たり動いていた。その姿をずっと見ていると、まるで私が今日でもなく、明日でもない時間の間に浮くような気がした。夕食の時、父の言った言葉が耳元で響いた。

「フーディーたちが1地区まで来て強盗を働いているんだな」

まるで催眠にかかったように地下室へと降りていった。そうして隅にある箱の中から父のフードを引っ張り出して家を出た。街には誰もいなかった。1地区の人たちはみんな平穏に眠っている時間だった。もし誰かが私を見ても、それは僕ではなく9地区のフーディーだろう。

ジェイの家に到着した私は、非常階段からジェイの部屋に入った。ジェイは寝ないで机に座りラジオを聞いていた。私を見てしばらくびっくりしたが、悲鳴をあげたりはしなかった。短い言葉を交わしたが、正確にどんな会話だったかは覚えていない。無理にでもあの日のすべてを忘れるために努力してきたおかげだろうか……。しかし歌声が耳障りで私がラジオを切れと言ったことだけはよく覚えている。音楽が嫌いだからではなかった。ただ、私にはこんな苦痛を与えておきながら、自分は〝1地区の坊ちゃん〟としてのんきに音楽を聴いている姿に腹が立った。ジェイはぶつぶつ言ってラジオを消した。あたりが静まりかえった。

「一度もそんな選択をしたことはありませんか？」

……あの時、私は〝選択〟をしたのだろうか？　ジェイを私の人生から追い出すという？

フードを着て家を出る時は、私がこの真っ暗な夜明けにジェイの元を訪れて何をするか正確に分からなかった。しかし、気がついたらフードのひもでジェイの首を締め付けており、ジェイの首からうめき声が漏れるのを聞いて、さらに強くひもを引いた。もがいていたジェイはすぐにこと切れて、ゆっくりと私の懐へと倒れた。手のひらがあまりにも痛くて私は泣いた。ひもを引いた私ですらこんなに痛いのに、首を絞められたジェイはどんなに痛かっただろうか……。私は夢中でアルバムから父の顔がクローズアップされた写真を取って逃げた。

しかし、それをダーウィンの言葉通り〝選択〟と呼ぶなら、私は意図に最も反する選択をしたことになる。ジェイは退くどころか、私の人生のすべてを掌握してしまったから。

「ありませんか?」

……ダーウィン、その答えの前に滑稽な話をひとつしてあげようか?

ジェイが死んだ後、学校の宿題のためにアーカイブに見学に行ったが、そこで完全に死滅させたと思っていたその写真と再び遭遇したんだ。宿題を終え、念のため〝12月の暴動〟を記録した写真フィルムの閲覧を別に申請してみたが、拡大鏡の下に父のほくろの顔が映った……。一晩休まずに泣いた次の日、私は一生懸命勉強してアーカイブ館長になることに人生をかけることにしたんだ。父のほくろも消え、ジェイも消え、アーカイブに保存された写真1枚に関心を傾ける人は誰もいなかったが、経験則から塵ひとつがいつどのような形で再び人生を脅かすか分からないということを学んだんだ。そのように目標に向かって走っていたところ、アーカイブが文教部所属に編入されると再び方向を変えて、文教部職員になるために行政試験を受け、アーカイブを統率する職位に就くために十数年間努力した。少しだけ勇気を出したらその間にフィルムをなくすこともできたのに、あまりにも臆病者だから誰にも追及されない地位に上がるまで待ったのだ。そして、アーカイブでデジタル作業が施行された時が機会と考えて官僚を説得し、〝12月の暴動〟の資料を国家機密資料に切り替えた。そしてついに機密資料に接近できる地位に就いた初日、真っ先にその写真を削除したんだ。ジェイのアルバムから盗んだ写真以外に、その横の写真にも小さいけれど父の顔があることを知った時、私の人生がどれほど意地悪なものに思われたか……。

塵ひとつなくすために努力したのに、滑稽にも私が知らない他の塵が随所に存在するということを学んだわけだ。そう、ここに至るまで本当にたくさんの選択をしてまた選択して……だけど、一度でもそれが本当の〝選択〟だったことがあっただろうか。

父は何の返事もしなかった。ダーウィンはそれ以上問わなかった。最初から父の返事を期待していたわけではない。苦しみを与えたかっただけだ。ダーウィンはもう話し合いを打ち切るという意味で、部屋の中に放り投げていたかばんを取り出した。

しばらく黙っていた父が口を開いた。

「私が追い出したかどうかは分からないが、いずれにせよ今周囲を見回すと幼い頃の友達はひとりも残っていない。私にはこんな状態を元に戻せる方法はないが、ダーウィンはまだ機会が多い。どうか私のようにならないでほしい。ルミと会わないという決定は尊重するが、それでも友達を人生から追い出すという表現は使わないでほしい」

ダーウィンは何も答えなかった。父は「じゃあ私はもう出勤しないと」と言って席を立った。やはり父はわざわざ出社を遅らせていたのだ。以前なら国政監査期間のように忙しい時に、仕事よりも自分を優先する父に感謝と愛を感じただろう。しかし、これからは受け入れることができず、受け入れてはならない愛だった。ダーウィンは父に目も向けず、かばんの整理を続けた。

父が部屋を出る時に言った。

「ゆっくり休んで。そしてもう一度謝ろう。この前はすまなかった」

ドアを閉めて出て行く音が聞こえてから、ダーウィンは意味もなく探し回っていた本の整理をやめた。しばらくして、父が玄関を出る姿が窓越しにちらっと見えた。父は少しの間、立ち止まって部屋を見上げていた。ダーウィンは目が合いそうになったので、密かに後ずさりした。

父は出て行ったが、父の残り香は部屋の中に留まっていた。息が苦しくなった。父の二重の香りが自分にまで染みこんでしまいそうだった。これまで一番安らぎを感じて憧れてきた香りが、今では青い毒になって自分を病ませる。

ダーウィンは部屋を出た。しかし、部屋を出ても、床の上に置かれたもの、壁に掛かったもの、家の中のあらゆる所に父の姿があった。ベンが飛びついてきた。ダーウィンはベンを抱きしめる。ベンも父によって名づけられた父の子供だった。唯一、ベンがこの家で父の罪を背負っているという思いがした。幸運にもベンはそれを自覚して苦痛を感じることから免れたが。

ダーウィンはベンを引き連れて家を出た。「もうすぐお父さまが帰ってくると思うけど、どこに行くの?」と聞くマリーおばさんには、公園に散歩に行くと答えた。しかし家を出てから公園の代わりにネオン川の方へ歩いて行った。すでに薄暗くなり始めたネオン川は、1地区の家々が噴き出す光を自己の内面の光であるかのように水面の上に吸収していた。

ダーウィンは川の流れを見た。それはルミの家の方へと流れていた。そのせいか、向こうの方は特に光が明るく強く見えた。表面だけを照らすのではなく、中に隠しておいたものまですべて引き出す光だった。目を開けていることがつらくなったダーウィンは柵に頭をもたせかけ、目を閉じた。

父にルミの悪口を言ったことが心臓を引っ掻き続けていた。ルミについてそんなふうに言いたくなかった。ルミが間違えたことは何もなかった。アーカイブ事件も決して非難されることではなかった。ルミは真実を明らかにする道へ導く光に忠実に付いていっただけだった。自分の名に込められた運命的な光を……。

閉じている両目に強い痛みが走った。ルミの放つ光が鋭い剣となって目を刺すようだった。真実の側に立ったルミのことを悪く言ったのは、父の犯した罪に劣らず大きな罪なのかもしれない。父を恨んで非難しながらも、実質的には〝ルミの道〟ではなく〝父の道〟を選んだようだった。父の同調者になったようだった。

ダーウィンはその考えを退けるために目を開けた。一瞬、明るい閃光が視野を占領した。さっきと違って、向き合っても苦痛を感じない優しい光だった。ダーウィンはその光に引かれるように、手すりから離れて川の上流に向かって歩いた。1ヶ月ぶりに初めて筋肉と骨に力を感じた。正しい道に進んでいるという確信が、体を以前の状態に回復させてくれた。ところが、やがて足元から、川の水をさかのぼっているような激しい抵抗を感じた。灯台のように道を照らしていた光も次第に粉々に砕け、どちらに行けというのか分からなくなるほど薄くなった。一度も行ったことのない不慣れな道だからか、隣でベンが騒がしく吠えた。

ダーウィンは足を止めた。ルミのところに行って、何を言おうとしているのか分からなかった。父の罪を知った以上、ルミ・ハンターはもはや近寄ってはいけない世界だった。風が吹き荒れていた。ダーウィンは後ろに向きを変えると、父の同調者になった凄惨な気持ちがもう一度押し寄せてきた。

帰る前から父と一緒の夕食の時間が心配になった。無理やり食事をして嘔吐するより、初めから席を外した方が賢明だった。外で食べてきたと言い訳をすればいいだろう。ダーウィンは家に向かう際、父に詳しく聞かれた場合に備えて、セントラル公園内の売店で食べたと言い繕うアリバイまで予め考えておいた。公園内の商業施設を禁止させた当事者だから嘘だと気づくはずだが、そんなことは何でもなかった。いや、むしろ自分が嘘をついていることを父に分かってほしかった。信じていた人が自分の目の前で平然と嘘をつくのを聞いていることほどつらいことはない。最初から、父本人がまさにその嘘そのものだから。

対立

ネオン川のほとりを通る時、ニースは運転手に急に停車させた。この道に見覚えがあると思ったら、幼い頃住んでいた町の近くだった。ニースは補佐官にちょっと歩くと言って車から降りた。補佐官は一歩遅れて「次官、ちょっと」と叫んだが、ニースは聞き取れないふりをして川沿いに続く階段を降りた。

週末ではあるが、寒さのせいで川風に当たろうとする観光客の数は少なかった。ネオン川の波を吹きすさぶ風がいたずらにコートの中に吹き込んだ。寒気がしたがニースは襟をよせることもなく、ポケットに手を突っ込んだまま川沿いを歩き続けた。

文教部の元老議員らとの昼食は最悪だった。6人の老人に囲まれ円卓に座っている間、ずっと懲戒委員会における生徒のような気分だった。ゆっくり嚙んでいる上、話まで多い高齢者のため、食事は予想していた時間を越えてだらだらと過ぎていった。ニースは土曜日の午後、それもよりによって息子が来る第2土曜日に食事の約束をした議員たちに、面倒くささを越えて敵対心を感じた。表向きにはあらゆる威厳を見せているが、誰もが週末に子供たちの家にも招待されないほど家族にそっぽを向かれているのだろう。しかもその意地の悪さから、こちらも家に帰れなくさせる年寄りたちだった。ニースは元老たちが話し合っている間にフォークを持つふりをしながら、こっそり腕時計を確認し続けた。ダーウィンは何をしているのか。

退屈した様子に気づいたのか、元老が「何か用事でもあるのか？」と尋ねた。ニースは慌ててすぐに「いいえ」と答えた。カンニングをしてばれた生徒になったようだった。彼は不満そうにふうんと声を上げながら声を整え、「ヤング次官は今年、何歳なんだ？」と聞いた。ニースは「46歳です」と答えた。その短い一言で、みんながいっぺんに騒ぎ立てた。

「46か……10年後にも56にしかならないなんて、羨ましいな」

「この国もそろそろ若い大統領を迎える時期になった」

「その時まで私たち文教部で引き続き主導権を握らなければなりません」

何の意味もなく響く声を空虚なこだまのように流していたニースは、しばらくして、ついに自分をテーマにした会話が終わったことを感じて頭を上げた。その瞬間、自分も知らないうちに断末魔のようなため息が漏れた。元老たちは消え、16歳、26歳、36歳の自分と56歳、66歳、76歳の自分が円卓の両側に座り、46歳の現在の自分を眺めていた。彼らの誰かが「どうしたんだ？　何か問題でもあるのか？」と尋ねた。ニースは何も答えられなかった。冷や汗を流しながら愚鈍な生徒のように口だけほころばせた。それこそ弁明の余地のない最も過酷な懲戒委員会だった。

激しい川風が、考えで吹き荒れていた頭の中や神経を冷やしていった。ニースは訳もなく元老たちに恨みを抱き、家族に捨てられた厄介な老人たちと卑下したことを反省した。彼らを侮辱したのは本心ではなかった。皆、尊敬されるに値する立派な人物たちだった。ただ、憂鬱な土曜日を送っている怒りの矛先を向ける人が必要だっただけだ。友達と喧嘩をして週末の計画が狂い、いたずらに両親に八つ当たりするような気持ちに似ているかもしれない。

ニースは川べりのほとりのレールにもたれ、水面を見下ろした。深く遥かな世界が自分を見上げている。ずっと見ていると、それはまるでダーウィンのような気がした。冷たい水面はダーウィンの顔に変わり、波の摩擦音はダーウィンの声を代弁した。ニースは自分の手を拒否したダーウィンの仕草と「なぜがっかりしたように言うんですか?」という冷笑的な口調、ニースを見て窓際から後ずさりした時の冷たい目つきをどう解釈すればいいか分からなかった。

あの夜、私がダーウィンをそんなに傷つけたのか? 心から謝っても関係を回復できないくらい? 確かに初めてダーウィンの手を振り払った。それは親が子供に絶対してはいけないあまりにも大きな間違いだった。

ふと、青少年心理に関する論文をひとつ思い出した。この20年間、教育界にいて10代の成長過程に関する数多くの論文と報告書に接してきたが、とりわけその論文は心の奥に残っていた。具体的な文句まではっきりと覚えていた。青少年たちは親が認知できない親の資質を一瞬にして評価し、親を自分の敵にするという。

ある事例として、誕生日を控えて一緒に買い物に行った親が自分の子と同じ年頃の肥満児が通り過ぎるのを見て「ひどいな」と陰口を一言叩くのを聞いてから、親を信じなくなったという女子生徒のエピソードが紹介された。その話を読んで、改めて子供たちの感覚というものがどれほど敏感で個人的なものなのかを知り、驚いた。そして、危険性を知ったことに安堵もした。自分が注意し、気をつければダーウィンは絶対にそのような不信の沼に落ちないと確信したのだ。しかし、今日になってみると、結局自分も他の親たちと同じようなミスを犯してしまった。

振り返ってみると、いかに傲慢で断片的な考えだったか……。もしかしたら、その不信と決別の時期は、生まれた時からすべての子供たちのDNAに植え付けられているのかもしれない。眠っている因子を爆発させるきっかけが違うだけで、この世の子供たちは人生で必ず一度は自分の親を敵にする時期を経験するのだ。自分もやはり16歳でそうだったように……。
16、ではダーウィンもその時期に入ったのか？しかし今後ルミに会わないというダーウィンの決定は、その理論には完全に適用することはできないものだった。反抗期の一般的な推移なら、今は最も激しい炎に包まれている時期だった。すでに建てられている塔はすべて曲がって見え、自分を除いた他の人々はすべて間違った方向に向かっているという怒りに満ちた確信にとらわれ、既存の塔をすべて壊して正しい世界に適用する新しい法を自ら制定しようとする。しかし、ダーウィンは戦わず、まず敗戦宣言を朗読した。敵に「あなたの世界は安全であり続けるから安心しろ」という言葉まで与えながら。ニースは頭を振った。いくら考えてもその冷笑を慰めにすることはできなかった。どう考えても、ルミに飽きたという言葉はダーウィンの本心ではなかった。ダーウィンは決してそんな感情を持つ子ではなかった。それは未来がないと考える懐疑論者のする考え方であって、ダーウィンの考え方ではなかった。
ニースはダーウィンの目を思い浮かべた。何よりもダーウィンの目には、屈服の意思が全く込められていなかった。じゃあダーウィンはどういう考えなのか？　相手が望むことを受け入れることで、むしろより大きな敵意を表出しようとしているのだろうか？　父親が望む通りにするが、決して真心を期待するなということ？　ニースは凍りついた大気の中に熱いため息をついた。結局こうやって、私も息子に敵扱いされる父親のひとりになってしまうのだろうか。

ニースは川沿いを歩き続けた。もう少し行くと、子供の頃に住んでいた街が見えてくるだろう。寮がある大学に進学した後、母の死を機に引越し、職場を得て結婚して家を作り、再び今のクルミ通りに移ってくるまで、ジェイの追悼式の日を除けばここには一度も足を踏み入れなかった。通っていた中学高校に卒業式のスピーチをと繰り返し招待された時も、さまざまな理由で断ってきた。ただしプライムスクールではなく一般学校出身であることにコンプレックスを持っているという世間の噂ぐらいは、その見返りとして淡々と受け入れた。

ニースは歩く方向と逆行する川の流れを見つめた。人々がネオン川のことを1地区の動脈と呼ぶのが耳元をかすめた。他人にとってはただ地形的な形を意味するのだろうが、自分には幼い頃から今まで常にその言葉が、生命力を持った青い水が目に見えない1地区の内部を貫いているという話のように聞こえた。今この時間、土曜日を迎えて早い夕食の準備をしている家庭の台所、つまらないおもちゃのせいで争っている子供たちの部屋、誰かが息を殺しているかもしれない地下室……。水道の配管と壁面の隙間、床下を通って流れながらネオン川はそのすべてを見守っているのだ。

ニースはこの青い目をした目撃者に聞きたかった。フードを被ったまま漆黒の闇の中を走っていた子は私ひとりだったのか。あなたのそばで泣いた人は私ひとりだったのか。この世にあってはならないものをあなたの中に永遠に葬ってしまった罪人は、私ひとりだったのか。

遠くの空が暗くなっていた。ニースは足を止めた。川に逆らってまで歩き続ける理由はなかった。そこはすでに過ぎ去った世界だった。ニースは道を回って時計を確認した。土曜日の5時半、自分ひとりの気分で時間を無駄にしてはならなかった。運転手、補佐官、他の職員も早く仕事を終え、家族が待っている家に戻らなければならない。

土曜日の夕方だが、数日後の予算審議会の準備で庁舎の建物は大半が明るく灯っていた。ニースは秘書からのメモを受け取り執務室に入って行った。川風に長く当たったせいか風邪気味だった。ニースは椅子に座り少しまどろんだ。このまま寝てしまいたいと思ったが、すぐに気を取り直して机の上に積もった決裁書類に確認のサインをした。土曜日の夜まで居残って勉強をしながらこの息苦しい事務室にいたくはなかった。

決裁を終えた書類を秘書に渡し、持ってきたメモを一枚一枚めくりながら確認した。急用がない以上、この辺で社員たちを退社させて自分も家に帰りたかった。その時、メモ用紙のひとつに「バズメディア代表に連絡してほしい」という文が目に入った。バズだった。ところが、あえて名前の代わりに〝バズメディア代表〟という肩書きを使ったのは、公的な用件という意味だろうか?

思い当たるところはあった。先日、プライムスクールの撮影が終わったというニュースについて報告を受けたので、おそらくそれに関することだった。国政監査や予算審議会の準備などで後回しにされたが、バズのドキュメンタリーもプライムスクール委員長として疎かにできない重要な問題だった。ニースはバズに電話した。待っていたのか、バズがすぐに電話に出た。

「友人のバズ・マーシャルよりもバズメディア代表としてメッセージを残せば、君が電話をくれると思ってそうしたが、やはり私の戦略がうまくいった。こんなことだと知っていたらとっくにこの方法を使うべきだった。私はそれでも一介の監督より幼い頃の友達の方が値打ちがあると思っていたのさ」

バズの話し方はくだけていたが、疲れのせいかニースは快く受け入れられなかった。心を完全に読まれたような気がする上、以前連絡に応答しなかったことまで一緒に責められているような気がした。ニースは通話が無駄に長くならないように急いで本題に入った。

「そうだ。バズメディアの代表が電話をかけるに値することは何か? ドキュメンタリーが委員会に報告すべき新しい内容でもできたのかい?」

「君はそうやって事務的に話すから本当に寂しくなる。私は君にさっき駐車場で見た面白い話をしてあげようと準備していたのに。駐車をしようとして他の車3台に連続でぶつけてしまった男の顔を君も見なければならない。盲人もそれより駐車が上手だろうに」

受話器越しにいたずら少年のようなバズの笑い声が聞こえてきた。ニースは「それは滑稽な話ではなく危険なことじゃないのか？」と言いたかったが、あえてその考えを口に出したりはしなかった。バズとはずいぶん前から世界を見る目が違っていた。今さら階段で滑った先生を見て笑っていた時代に戻ることはできなかった。

「すまん、もう家に帰ろうとしていたので、つい焦ってしまったようだ。ダーウィンが家にひとりでいるんだ。バズ、お前もレオと夕食を一緒にするにはもうスタジオを出なければならないんじゃないか？」

その瞬間、バズの声が大きくなった。

「実は私が電話をかけたのもダーウィンの件だ。ニース、君とも話した方がいいと思って」

ニースは無意識に眉間にしわを寄せた。自分の知らない息子のことをバズが知っているのが気に障った。ニースは不快感を覚えないようにできるだけ穏やかな声で聞いた。

「ダーウィンの件？　どういうことだ？」

「私がダーウィンにドキュメンタリーのナレーションをしてほしいと頼んだと聞いていないか？」

「ナレーションって……いや、初耳だ」

「私は確かな返事を受けるために、こんなに首を長くして週末まで待っているのに、まだ話もしていないなんて気が抜けるな。するつもりがないからなのか、それともこの前言った通り本当に君の許諾なしに自分ひとりで決めるからなのか」

ニースは頭の片側が痛むのを押さえつけながら尋ねた。

「ダーウィンがそう言ったのか？　私の許可なしに自分ひとりで決めると？」

「そうだとも。正直に言って、私もちょっと変に思った。ダーウィンはそんなことを言う子じゃないのにって思って。目つきも何か前と違って深淵を見ているようで。もしかして何かあったのか？」

「……何かなんて、何事もない」

「それじゃあ、やっぱり学年末試験のせいなんだな。大講堂に最後5時まで残っていたからな。あんな試験を一度でも受けたら、自然にそんな眼差しを持つようになってしまうんだな」

ダーウィンが最後まで残って試験を受けていたなんて、それもまた初めて聞いた話だった。ニースはひどく虚しくなった。ついこの間まで自分の手に巣を作って生きていた大切な鳥が、いきなり手を拒否して遠くまで飛んで行ってしまったようだった。

「とにかく、ダーウィンにナレーションをしてもらいたいんだ。この前の撮影の時、私が書いたものを少し読んでくれたんだけど、とても気に入ったのさ。一度ダーウィンに決めたら、他の代案は目に入らない。ダーウィンがまだ悩んでいるんだよ。君が説得してくれないか?」

ニースはつっけんどんに答えた。

「子供を品評会に出すのは、親としては避けたいことだ」

「品評会って、プライムスクールの声を担当するのはダーウィンにとっても光栄なことだ」

「そんなに光栄なことなら、レオに任せたらどうだ? 父親が作ったドキュメンタリーに息子のナレーションなら、画がもっと素敵になると思うが」

その瞬間、バズの声が硬くなった。

「ニース、私はダーウィンが君の息子だからではなく、あの子の資質を発見したからこういう提案をしたんだ。私の提案を家族ビジネスのように言うのは聞き苦しいな」

ニースはやっとバズに腹いせしていることに気づいた。

「すまない。そんなつもりではなかったんだが……」

「それでは真剣に考えてみてくれるか?」

窓から見えるオフィスの明かりが、ひとつふたつと消えていった。ニースは土曜の夜のこの時間まで事務所に残っている人間のひとりであることが嫌だった。幼い頃、補習でクラスに残って家に帰る子供たちを窓越しに見つめながら不安で寂しくなった感情が、数十年の歳月をさかのぼって再び押し寄せてきた。ニースは早く家に帰りたいと思い、「前向きに考えてからまた連絡する」と言って電話を切った。

家に帰ったらもう7時を過ぎていた。玄関に入ってすぐに2階へ上がろうとしたが、マリーが近づいてきて、ダーウィンはベンと一緒に公園に散歩に出かけたと知らせてくれた。それを聞くと川辺で浪費した時間が悔やまれた。いたずらに物想いにふけらず、家にもう少し早く帰ってきていたらダーウィンの散歩に同行できたのに。そうしたら闇の中で広がる白い息づかいとベンの突拍子もない行動が、ふたりのよそよそしい感情を過ぎ去ったことにしてくれたかもしれないのに……。

ダーウィンは8時近くに帰ってきた。ニースは夕食も先送りにしたままダーウィンの帰りを待っていたが、ダーウィンは視線もくれずにすぐに部屋に上がろうとした。ニースは存在を無視しようとする息子のむごたらしい心情を感じ「夕食を食べよう」と呼んだ。足を止めたダーウィンは、背中を見せたまま「食べました」と答えた。ダーウィンに尋問しているような気分を与えたくなかったが、問わざるを得なかった。

「どこで？」

ダーウィンが考える時間を稼ぐように、ちょっと時間を空けて答えた。

「セントラルパークの売店で」

最初から嘘だと思っていたが、やはり嘘だった。この春から公園内ではすべての商業行為が禁止され、どんな食べ物も売れなくなった。夕食を避けたいダーウィンは、プライムスクールに入学する前に一緒に公園に遊びに行っておやつを食べた記憶を利用しているのだ。ニースは平気で嘘をつくダーウィンに腹を立てながらも、一方では用意周到でない息子のアリバイを残念に思った。誰かを騙したければ、今よりもっと策略的にやるべきだ。完璧でない嘘はお互いに傷つくだけだから。

ダーウィンはもう上がっていいかと、上の階に向かって体を向けた。

ニースは再びダーウィンを呼び止めた。

「バズに聞いた。君にナレーションを頼んだと」

ダーウィンは返事もなくただ聞いている。

「考えてみたが、やめたほうがいい」

肯定的に考慮すると言った言葉は本心だった。バズの言葉通り、プライムスクールの声を代弁する機会を持つことは光栄なことだった。自分の地位のせいで多少の噂が立つかもしれないが、だからといって誰にもできない特別な経験を学生時代に一度くらいすることは、リスクを負う価値があった。家に帰ってくる車の中ではダーウィンに、「そんな提案をされるなんて、すごいじゃないか」と褒めることまで考えていた。

ところが、いざダーウィンと対面した今、口からは全く違う決定が出ていた。不思議だった。ところがもっと変なのは自分の考えに完全に反して出てくるその言葉に、自分は全く戸惑っていないということだった。むしろ慎重な思考の末に出た言葉を発する時よりも落ち着いていた。もしかしたら即興的な心変わりではなく、父親の許諾なしに自分ひとりで決めるというダーウィンの話を聞いた瞬間、すでに頭の中で決定していたのかもしれない。ナレーションを引き受けるかどうかは重要ではなかった。これは権威の問題だった。ニースはダーウィンへの自分の影響力を確認したかった。

「しないとバズに連絡するつもりだ」

何も言わずに黙っていたダーウィンが言った。

「やりたいです、します」

「……私が許さないと言っているのに？」

「なぜ許可してくれないのですか？」

ニースは苦しい言い訳の理由を並べ立てた。

「学生の身分に合わないことだ。何よりもプライムスクールの生徒がそのような外部活動をするということも適切ではない」

「プライムスクール委員長としての話とは全く逆の話ですね。普段は勉強以外にいろいろな活動をしろと言いますよね」

「学校の委員長ではなくお前の父親として言っているのだよ」

「それならなおさら反対する立場ではないと思います」

「どうして？」

「お父さんも僕の年からおじいさんの許諾なしにいろいろなことをしたでしょう。中にはナレーションとは比較できないこともありませんでしたか？」

「何を言っているのか分からないな。私がおじいさんの許可なしにどんなことをしたというのだ？」

「僕は知りませんよ。だけど、お父さんは知っています。お父さん自身がしたことだから」

ダーウィンはそう言った後、もはや対話の余地を残さないというように2階に上がってしまった。ニースもう、ダーウィンを呼べなかった。それだけの立場がなかった。

栄光のために

第2日曜日、正午に近づいた時刻。ラナーは胸をときめかせて窓の外を見守った。車が入ってくるのが見えたのでもうすぐ垣根の中に息子と孫が入ってくるだろう。予想通り、すぐに車から降りるニースとダーウィンが見えた。いつものようにダーウィンが少し先に立って垣根に立ち入った。ニースもすぐ後に続いた。しかし、だんだんふたりの距離が広がる。知らない人のように離れて庭に入るふたりの姿は、予想から完全に外れた新しい絵面だった。

ラナーは何事かと思い、強い風の吹く外に迎えに出た。それぞれ違う国から来た大使のように適当な距離を維持しながら歩いてきたふたりはドアの前でも順番を守り、「おじいさん」「お元気ですか」という挨拶だけ短くしてお互いにそっぽを向いたまま中に入った。なぜこんな妙な雰囲気になったのか分からないが、あんな状態でこんなに遠い所まで一緒に車に乗ってきたというのは、どんな面においても喜ばしいことではなかった。ラナーは心苦しくなった。息子と孫が互いの感情を抑えてここまで来たのは自分のせいだと思うと、本当に大使たちの礼遇を受ける王になったようだった。

食卓に座っても活気は出なかった。ダーウィンの学年末試験が終わったことを記念して、アナが特別に腕前を披露した料理も何の役にも立たなかった。ラナーはふたりの間の動きを注意深く観察した。息子の無愛想な態度は目新しいこともないけれども、ニースとはまるで別の部類だと思っていたダーウィンまで黙っていることに、だんだん疑念を抱くようになった。何を深く考えているのか、ダーウィンは時折瞳を一箇所に固定したまま、微動だにしない。

今まで見たことのない見慣れない姿なので、いつもそうである息子よりもずっと冷たく感じられた。

ラナーは慎重に状況を探った。ひと月前、ダーウィンに高熱と嘔吐を起こしたその問題がまだ解決されていないのだろうか。問題が何か分からないが、とりあえずはニースのせいにするしかなかった。誰よりも優しい息子がまるで別人のように打って変わったのに、その問題を解決するどころか、同じように冷たい態度で立ち向かうのは、父親らしくない態度だった。だからといってラナーは早急に行動に出ることはなかった。古い問題は時間をかけて解決しなければならない。下手に出ると、問題には手もつけられずに怪我をすることもありうる。ラナーは果たしてどのように行動するべきか。老いただけの王ではなく、賢明な王としての役目にふさわしい行動を考えながら、一旦ニースとダーウィンと黙って食事を続けることにした。

アナはデザートに紅茶とかぼちゃパイを持ってきた。両方に分かれて座ったニースとダーウィンはアナの誠意に答えようとしているのか、パイに手をつけた。真ん中の席に座ってふたりの顔色をうかがっていたラナーは、ふとパイが会話の扉を開けてくれそうだと思い、まずダーウィンに声をかけた。

「ダーウィン、この前の約束通り、今日もこのパイに入れたかぼちゃをおじいさんが直接皮をむいて切ったんだぞ」

ダーウィンは儀礼的な笑みで「はい」とだけ答えた。ラナーはまさに本題に入ろうと会話を続けた。

「先日ルミが来た時も、私が下ごしらえしたかぼちゃを焼いてステーキと一緒にもてなしたよ。反応がとてもよかった」

予想通り、ダーウィンの目つきが変わった。しかも期待していなかったニースまで、ずっとよそへ向けていた視線をこちらへ向けた。

ダーウィンが聞いた。

「ルミがここに？」

今日この家に戻ってきてから、ダーウィンが何かに関心を示した最初の瞬間だった。ダーウィンの反応を引き出すには、ルミのニュースに勝るものはなかった。ラナーは自分の判断が当たったことに意気揚々とした。

「そうさ、この前訪ねてきたんだ」

「なぜですか？」

「なぜって、試験も終わったし遊びにきたんだ。初めて見た時から気づいていたと思うが、私はルミがとても気に入っている。話をしていると何というか……エネルギーをもらっている気がするんだ」

ラナーはそれと共に、自然に話の本題を取り出した。

「でもルミは、ダーウィンが連絡をしてくれないと言っていたが」

ダーウィンに聞いたのだが、ダーウィンは口をつぐんでニースが代わりに答えた。

「学年末試験のために連絡する余裕がなかったんでしょう」

ラナーは自分の戦術によって、息子にも自然に話しかけることができた。

「いくら忙しくても電話する時間はある。ルミだって普通の生徒でもないじゃないか。一緒に試験を受ける同志として、悩みを分かち合えばいいではないか」

ダーウィンが聞いた。

「他の話はありませんでしたか？」

「他の話？　まあ、特別なことはなかったが」

ラナーは何も考えずにそう話し、テーブルの周りにできた沈黙に気づいた。苦労して始まった会話がこのような形で終わってはならない。ラナーは肝心な部分を漏らしたかのように素早く話を切り出した。

「ああ、そういえばあったな。それも大変興味深い話だった。多分君たちふたりは私よりもっと興味を持つだろう」

ラナーはふたりの視線が一斉に自分に集まったことに気分を良くした。

「実はルミはジェイの死について自分なりに調査しているようだ。ジェイの死について発見した疑問と突き止めたことを話してくれたんだが、さすがプリメーラの生徒らしい。愚かな警察3人を首にして、ルミひとりを代わりに採用するのが税金を節約する道だろう。ニース、どうだ？　これはひとりの市民としてお前にするお願いだ」

「警察の採用は私の権限ではありません」

冗談半分に言ったが、ニースはあまりにも現実的に答えた。

ラナーもそれに合わせて現実的に対抗した。

「今はその権限がないかもしれないが、遠くない未来にはお前の権限になるかもしれない。その時はルミも大人になっているはずだからな……」

その瞬間、ダーウィンが紅茶をこぼした。ラナーは驚いて話しをやめ、素早くティッシュを探した。幸いニースがティッシュを先に取ってダーウィンの手についた紅茶を拭こうとしていた。ところがその刹那、ダーウィンがさりげなくだが、はっきりとその手を退けるのが目に入った。ニースの手は行き場を失い空中で止まった。一体、ふたりの間に何があったのか。ラナーは噴き出るため息をやっとの思いで飲み込んだ後、ニースの代わりにダーウィンに聞いた。

「大丈夫か？　火傷《やけど》はしてないか？」

ダーウィンはひっくり返った紅茶のことは全く気にせず、「それでルミがジェイおじさんの死から何を発見したんですか？」と尋ねた。ずっと無関心な顔をしていたのに、彼女の話にはあんなにたちまち興味を示すのを見ると、やはり男の子は男の子だった。ラナーはダーウィンの手の甲に火傷の跡が残っていないことに安心して再び話を続けた。

「ジェイのアルバムから消えた1枚の写真があるが、その写真の行方を根拠にジェイを殺した真犯人が現在1地区の高級公務員かもしれないという。このように聞くとあきれるかもしれないが、直接聞いた時はかなりもっともらしい話だった。私が警察庁長官なら必ず再調査を命じるほどだ」

ラナーはニースに再び質問した。

「今からでも警察がジェイの事件を公式に再調査することはできないのか？　時間が経って後回しになったが、お前が力を出せばそれくらいはできなくもないだろう」

もちろん、息子がそうすることを心から望んでいるわけでは決してなかった。次官になるやいなや、ハリー・ハンターに勲章を授与したことも、ややもすると権力を私的に乱用することに見えるのではと不満だったし、再びハンター家のことに息子の権力が行使されるのは見たくなかった。ただ、それだけ息子が持っている権力が大きいという事実をこの機会に自分に誇ってみたいし、また、自分がダーウィンの友人であるルミとニースの友人であるジェイに関心があることをそれとなく知らせることで、ふたりの好感も得たいと思った。

ニースは紅茶が滲んだ赤いティッシュをテーブルの片隅に放り投げて言った。

「30年前に捜査が終わった事件です」

「それは誰もが知っている。それでも新しい証拠が見つかれば、再調査はできるんじゃないかと聞いているのだ。ルミの言うとおり本当の犯人が他にいるとしたら、公訴時効が満了する前に早く逮捕すべきではないか。公訴時効はどのくらい残っている？　あと1年か？」

ニースは自分の友人のことなので正確に言い換えた。

「4ヶ月です」

ラナーは思わず苦笑いがこぼれた。

「法というものも面白いものだ。30年間、罪だったことが、ある日突然罪でなくなるなんて……」

「罪でなくなるのではなく、法の安定性の面で処罰されないのです。厳密に言うとこのふたつは違います」

「そうじゃないか。処罰されなければ誰が自分の罪を罪だと思うのだろうか」

「……本人の良心は分かるでしょう。むしろその方がもっと過酷なのかもしれません。処罰を受けた人は自分の罪の代価を払ったと思うでしょうが、処罰を受けなかった人は一生不安と罪悪感にさいなまれるでしょうから」

「チッ、良心だなんて。良心のある奴が殺人なんか犯すものか」

その時、ダーウィンが会話に割りこんだ。

「おじいさん、これからルミは家に招待しないでください。連絡も取ったりしないでください」

ラナーはびっくりして聞いた。

「どういう意味だ？　どうして？」

「これからはルミに会いません」

ラナーは先ほどよりもさらに驚いて聞いた。

「会わないなんて。ルミはこの前、約束を守れなかったからダーウィンから連絡がないんだと言っていた。本当にそうなのか？」

ダーウィンが聞き返した。

「ルミが自分の伯父の死を明らかにするために、おじさんのIDを盗用してほしいと頼んだという話はしましたか？」

「ID盗用って？　それはどういうことだ。そんな話は全然聞いていないが」

「そうでしょうね。自分に不利な話はしないでしょう。そんな違法行為をさせられてまでその子に会うつもりはありません。だからおじいさんもルミとはもう連絡をとらないでほしいです」

ダーウィンはそう言うと「疲れたから寝ます」と言って、2階に上がった。ラナーはどういうわけか分からず、階段の上に姿を消すダーウィンの後ろ姿だけをずっと目で追っていた。

何も言わずに座っていたニースが起き上がって台所に入った。どうやらアナにウイスキーを1杯くれと言っているようだった。

30分ほど経った後、ニースは再び居間に戻ってソファーに座った。酒がかすかに匂い、顔も少し赤くなっていた。ラナーは昼から酒を飲む息子が気になったがもう喧嘩をしたくなかったので、何も言わずにダーウィンに話題を変えた。

「ふたりの間で何があったんだ？　ダーウィンがそんなふうに思っているとは知らず、ルミは依然としてダーウィンの連絡を待っていた」

「ダーウィンの言葉通りにしてください。自分の心が変わったというのに父さんがずっとあの子と親しくしていればダーウィンが困ることになるでしょう」

「でもこうやって一息に縁を切るのはよくない。これからも出くわすことがあるだろう」

「学校も違うし、ダーウィンは寮で過ごしているのに、わざわざ会わない限り出くわすことはありませんよ」

「1年に1回、ジェイの追悼式では会わないといけないのではないか？　お前も同じだ」

「形式的にちょっと顔を合わせるだけです。ダーウィンが行きたくないなら、来年からは追悼式に行かなくてもいいです」

「お前も？　お前も行かないのか？」

「……行きたくなければ、私も行かなくていいでしょう」

「とても簡単に話すんだな。そんなに簡単にやめるつもりだったら、30年間も毎年出席にチェックをしてなかっただろう」

ラナーは息子の返事を半分あきれて笑い退けた。酒の勢いで言っただけで本気のはずがなかった。それからニースは「父さん」と呼んだ。ラナーはニースを眺めた。

ニースはもっともらしく笑いながら尋ねた。

「父さん、なぜだと思いますか？　なぜ私が過去30年間、一度も欠かさずジェイの親戚たちよりももっと誠実に追悼式に参列したと思いますか？」

「毎年その質問をする人が私だ。私に質問を戻したって分かるはずがないだろう」

酔っていたせいかニースは大げさに片方の手を持ち上げて言った。

「ルミとした探偵ごっこのように推理はできるじゃないですか。それでは、父さんがどれほど立派な探偵なのか聞いてみましょう。答えようによっては分かりませんよ。３人の間抜けな警官を首にして父さんを名誉警察で採用するかも」

「私をからかっているな」

「からかうだなんて、むしろ真実を明らかにする機会を差し上げているのですが」

「真実ならお前が30年前に死んだ友達をいまだに忘れることができないほど軟弱だというのが真実だろう。父としての忠告だが、これからその点は必ず直してやりたい。将来この国のためにもっと大きなことを成し遂げるには」

ニースの顔から一瞬にして笑いが消えた。ラナーは似合いもしない道化師のような笑いよりも、むしろ敵対心むき出しでも自分に率直な感情を表すその硬い顔が気に入った。

「もっと大きなことだなんて、一体何を望んでいるんですか？　私が本当に大統領になるとでも思っているのですか?」

「できないことではない。文教部長官にさえなれば、自然に最も強力な候補になるのだから」

「そんなとんでもないことを考えていらっしゃるとは……。笑いを越えて、泣き出しそうです」

「それみろ。またすぐにその軟弱な面が出てくるじゃないか。お前ほど登り詰めたなら、謙遜よりは高慢が美徳だよ」

ニースは指をさして言った。

「はっきり言っておきますが、父さんの期待するようなことは絶対に起こりません。だから早く夢から覚めて、今の平穏な老後生活をありがたく思って暮らしてください」

「私はお前の性質を父親として理解するが、お前のその軟弱で無礼な面を有権者にばれないようにしなければならないだろう」

ニースは起き上がって大声で叫んだ。

「どうかお願いだから、そんな馬鹿げた話はやめてください。私がいつ大統領になりたいと言ったことがありますか。勘違いしないでください。今している仕事だけでもうんざりします。監査だの予算だの委員会だの、こんなことをする人になりたかったことは一度もありません。私が最もなりたがらなかった人間が、まさに今の私なんです」

ラナーは息子の過度な自虐をこれ以上我慢することができなくなり、席を立って息子と正面から顔を合わせた。

「今さら自分の人生を否定するというのか。これだけ成し遂げたお前の人生を?」

ニースは青筋を立てて叫んだ。

「いいえ、否定しているわけではない。否定することがないのに否定することはありません。そもそも16歳以後の私の人生というのがあったと思いますか? 私は父さんが犯した過ちを隠すために私の一生を捧げました。私の全人生を捧げたんです。それをご存じですか?」

ラナーは人差し指で息子の胸をつき、できるだけ落ち着いた態度で話した。

「声を下げろ、ダーウィンが起きてしまうかもしれない。それ以上、一方的に罵倒される筋合いはないからこの機会にはっきり言っておこう。息子と孫の前で恥ずかしいことは何もなかった。弱くて潔癖な基準では私のビジネスのやり方は否定的に見えるかもしれない。だが、もう理解するにはいい時期になったんじゃないか？　お前はもう青二才の少年ではない。お前もこれだけ生きてきたら世間の立ち回り方を受け入れることもできないと。お前の上にいる長官も今の大統領もその地位に上がるまでに私くらいの、いや私より、はるかに多くの不正を犯したことだろう。それは悪いことではない。環境に適応していくだけだ。カメレオンが自分の体の色を変えたからって、誰が非難するんだ？　この濁った世の中で、何の罪も犯さずに父になるということが可能だと思うのか」

水の外に連れ出された魚のように激しく動く息子の心臓が指先から感じられた。茶色い目は息が止まる直前の生命のように赤くなっていた。ラナーは息子が苦しんでいる顔を見たくなかった。それは自分を傷つけることだった。しかし、痛くても一度は真実が与える苦痛に、自分を喜んで差し出す必要があった。表に出ていないこの世の素顔がどれだけ荒いかに早く気づき、それを鑑みた行動をしてこそ、人生が与える究極の栄光を味わうことができるのだから。ずっと前に自分がそうだったようにだ。

ニースは何か言いたいことがあるような表情だったがすぐに顔をそむけ、コートを持って外に出て行ってしまった。ラナーは敢えて息子を止めなかった。外気で頭を冷やすと父親の言ったことがある程度理解できるだろう。

決定

ダーウィンは開いたドアを静かに閉めようとした。ところが一瞬手が痙攣《けいれん》し、ドアの取っ手から鉄の音がしてしまった。ダーウィンはドアを閉め、ドアにもたれかかって震えが止まるのを待った。めまいがした。高い山にでも登ったように全身の力が抜けて、これ以上立っていられなかった。もう寝たくなったが、ベッドを見た瞬間にまた吐き気がこみあげてきた。膝の高さしかないベッドがなかなか届かない遠い高地に見えた。居心地のよいベッドでは、混乱や不安に満ちた体が横になるのを許さないようだった。ダーウィンはベッドに行くのを放棄し、机の椅子に座った。白壁が目の前で視界を遮ってくる。答えが書かれるのを待つ巨大な試験用紙のようだった。ダーウィンは無視してしまいたい衝動で体を半分起こしたが、すぐにまた椅子に座って壁を見つめた。もう決める時だった。いつまでも今のように父を恨んで嘔吐ばかりしてはいられない。

数千、数万回もお父さんを殺人者だと言いながら、なぜお父さんが殺人をした理由を探すことをそんなに疎かにしたのだろうか。これまで受けてきた論理的思考法を最優先にした教育の時間が無駄に感じられるほどおかしなことだった。しかし、粘り強く考えにしがみつくと、そのことにもそれなりの必然性があったことに気づいた。

父の口から殺人をしたという告白が出た瞬間、神が殺人をしたという知らせを聞いた最初の人間になったようだった。それまで仰ぎ尊んでいた全世界が、粉々に崩れ落ちて身を支えることができなかった。とりあえず、そこから逃げなければならないという考えしか思い浮かばなかった。しかし、時間が経って廃墟になった所に立つと、敢えてその理由を問わなければならないという考えが頭をもたげた。神を恨むことはできても、神に理由を問い詰める人間は真の息子ではなかった。〝父が殺人をした〟という事実はそれだけで完全な絶望感を与えるものであり、それ以上の説明は不要だった。しかし、父は神様ではなかった。

「否定しているわけではない。否定することがないのに否定することはありません。そもそも16歳以後の私の人生というのがあったと思いますか？　私は父さんが犯した過ちを隠すために私の一生を捧げました。私の全人生を捧げたんです。それをご存じですか？」

吐き気がこみ上げる代わりに初めて涙が落ちた。ダーウィンはこらえきれずに声をあげて泣いた。祖父に向かって食ってかかった父の顔が頭から離れなかった。少しの威厳も権威もなくただ傷だらけの顔だった。神でもなく父でもないただの子供。お父さんの16歳の姿がどんなに惨めだったか分かるような気がした。お父さんはこの30年を辛抱してきたのだ。しかし、自分はそんなお父さんを家に帰った瞬間から今まで、どんなに卑劣にいじめたことか。

「お父さんはご存じじゃないですか。お父さん本人がしたことだから」

父に自分の過去の足跡をすべてたどるようにと言い、低俗な満足を得た。それでも飽き足らず、腹立ちまぎれにバズおじさんに電話をかけてナレーションを引き受けると承諾して、父の権威を踏みにじったという勝利に酔っていた。

朝起きてからは真心が全くこもっていない顔で先に近づき、「よく眠れましたか?」と朝の挨拶をした。お父さんの中で「ジェイおじさんを殺した日もよく眠れたのですか?」と翻訳されればいいと思いつつ。自分の口から出る言葉が父の罪悪感に触れることを願った。車に乗っている間の沈黙と、合間合間にわざと吐き出した浅いため息までも……。

ダーウィンはあえて自分まで加勢して苦しめなくても、この30年間のすべての瞬間が父の人生に罪の意識として作用してきたことを今になって知った。自分が殺人者と非難しなくても、父は毎年7月10日の追悼式で新たに出生届を出すように、自分の正体を確認してきたのだ。

ダーウィンは泣きやみ、頬の涙を払いのけた。試験問題で苦しむのはこれで十分だった。感情のピークは過ぎた。今は冷静になった頭で考えて判断し、答えを出さなければならない時だった。ダーウィンは涙が邪魔しない目で再び白い壁を見つめた。しばらくして、白に埋まっていた道が彫刻のように浮かび上がった。ダーウィンはその道の意味を解釈することができた。

父の苦痛はこれで終わらせないといけない。父に16歳以後の人生を返さなければならない。「人生がなかった」という言葉は厳しすぎる。父は多くのことを成し遂げた。その多くの実が、根も葉もない木からなったようなことにしてはならない。父の絶叫どおり父の人生が16歳で終わってしまったのなら、息子である自分は父の人生には存在しないも同然だ。

父さんも自分も、そんなむなしさを胸に抱いたまま、残りの人生を生きるわけにはいかない。お父さんが人生を取り戻し、これまで育ててきた木を否定しなくてもいい道はたったひとつ……。

ダーウィンは祈るように両手を絡めた。

父親が自分の罪に問われるだけだ。自首させよう。すべての真実を明らかにしよう。祖父が犯した過ちを隠すために一生を捧げたという意味が何なのか、本当にルミの推測どおりアルバムの写真を持ってい き、アーカイブでも写真を削除したのか？ そのことがジェイおじさんを殺害したことと何の関係があるのか、すべての人々の前でひとつひとつ明らかにしよう。人々から受けた信頼と尊敬を返上しよう。父は多くの物を失うことになるだろう。今と違う父になるかもしれない。しかし、その時になれば、父を再び受け入れることができるだろう。全能の神でなく罪を悔い改めた父として……。

決断して机から立ち上がった瞬間、ダーウィンは驚くほど安らぎを感じた。世界中が完璧なバランスと対称を成し、自分の両足を支えていた。１ヶ月間、頭を悩ませていためまいが消え、胃の中で嘔吐の気配はもはや感じられなかった。世界の部屋の窓が一斉に開いたかのように、新鮮な空気が入ってきた。すがすがしい息を吹き出した。息苦しさはもはや感じられなかった。

ダーウィンは父の罪を知る前の時間に戻ったような錯覚を起こした。自白を聞いたその夜が記憶から丸ごと消えてしまったような気がした。すべてが元の場所に戻っていた。あの時と違う点がひとつあるとすれば、この平穏さは真実に基づいた本当の安定と信頼ということだ。

ダーウィンはベッドに歩いて行った。今はベッドで目を閉じることも、闇から押し寄せる幻影も怖くなかった。彼らから逃げ回らなくてもよかった。ダーウィンはベッドに横になると、ひと月分の睡眠をとるようにすぐに眠った。

対決

ドアが開いた瞬間、本能的に顔をしかめたが、ルミは祖母に気づかれる前に素早く微笑んだ。不快に思ったのは自分だけではないようだった。祖母と抱擁するママも息が苦しいという表情を肩越しに辛うじて隠していた。

ルミはマフラーを巻いて家の中を見回した。クリスマスシーズンの甘美な香りに満ちた普通の1地区の家庭と違い、祖母の家では閉鎖された場所特有の嫌なにおいがした。家のどこかにたまった雨水は日に乾かず腐りかけているようだった。しかし、祖父の看病で疲れた祖母には、そのにおいを感知する余力はなさそうだった。それとも知っているが、手の打ちようがないのでそっぽを向いているのか……。

12月第2日曜日の午後、ルミは祖父の家に一緒に大掃除をしに行こうというママについていった。父とふたりきりで家にいるのが嫌だったというのもあるが、何よりもジェイ伯父さんの部屋は自分で掃除したかった。ママは祖父と祖母を寝室に留めた後、一番先に居間の窓をぱっと開けた。家政婦も来ない日なので、ママはひとりで家の中を忙しく動き回った。家族の一員として祖父母に献身的なママを見ていると、尊敬とまではいかないが、パパがママに発見した美徳が少しは分かるような気がした。4地区出身の女性が家庭生活において充実しているという社会的認識は概ね事実のようだった。ルミは2階の掃除をすると言い、階段を上った。

寒さのためか、長い間換気しなかったせいか、いつも新鮮なにおいがした伯父さんの部屋まで下の階から上がってきた空気で汚染されていた。ルミは窓を開けた後、音楽を録音したテープの中で一番後ろの方を選んで流した。伯父にふさわしい新しい息を吹き込んであげたかった。新鮮な冬の空気と伯父が直接録音しておいた音楽の混合なら、ジェイ伯父さんの魂も気に入るだろう。

軽快なギターの旋律が部屋いっぱいに鳴り響いた。伯父さんが聴いた音楽。ルミは一瞬興奮するのを感じた。しかし、文字通り〝一瞬〟に過ぎなかった。音楽による気分転換は空中に立ち上り、すぐに床に沈んでしまう埃ほど力がなかった。ルミは手にしたはたきを適当にほうり投げてベッドに腰掛けた。足元に影ができていた。ルミはその地点をじっと見つめた。

夏から今まで伯父が残したかすかな影を追って四方八方走り回ったが、今、手に残ったのは影に過ぎない。手に取ることすらできない虚脱感だけだった。得たものに比べて失ったものは莫大だった。プリメーラの生徒としての誇り、先生の信頼、平等だったパパとの関係、真実を明らかにできるという希望、そしてダーウィン……。

ダーウィンを思い出したルミはベッドに横になった。ちょうどダーウィンが家に帰る第2週の週末だが、昨日からこの時間まで何の連絡もなかった。ラナーおじいさまから自分が訪ねてきたという話を聞いたはずなのに何の連絡もないということは、このまま関係を絶つという無言のメッセージだろうか。大人気《おとなげ》ないダーウィンの対応に苦笑した。以前にも何度もそう感じたが、やはりダーウィンは子供だった。学校からの警告と父の戒《いまし》めに怖気づき、無条件に彼らの言うとおりに自分の生活を再調整しなければならないと信じる純真で軟弱な子供……。ルミは相変わらずダーウィンに申し訳ない気持ちがあったが、過ちを謝る機会さえ与えないのにはがっかりした。ダーウィンに対しても謝罪しないといけない借りがあるのに。

その時だった。

「そんなことはできない。やっぱりそれはダメだ」

ルミはラジカセに目を向けた。伯父の声だった。ルミはベッドから起き上がって巻き戻しボタンを押して伯父さんの声が録音された部分だけ繰り返し聞いた。このテープは伯父が殺害される前日に録音されたラジオ放送だった。何があって伯父さんは「そんなことはできない。やっぱりそれはダメだ」と独り言を言ったのか？　ルミは考え込んで本棚の前を歩いた。本棚の棚に積もった埃が日光の中に散乱していた。すべて集めても1グラムにもならないわずかな埃だが、伯父さんの部屋にあるものはすべてそれなりの意味を持っている暗号のように感じられた。何の価値もない埃も伯父の魂から落ちたくずのようだった。

もし、これらの埃が落胆した自分に手がかりを与えようと必死にここまで飛んできたのだとしたら？ 埃だらけのこの空気を深く吸い込むと伯父の言うことが理解できるのだろうか？

ルミは自分の迷信的な考えを払いのけた。合理性を放棄することは、これまで自分がしてきた推測の基盤を否定することだ。袋小路に追い込まれたからといって、天からはしごが降りてくることを望む人にはなりたくなかった。

ルミはカセットテープを元通りに再生した後、再び掃除をしていった。ところが、テープが置いてある棚を拭くと、ふと何かが十分でないことに気づいた。伯父のアルバムに空白のスペースを見つけた時と似たような感じだ。しかし、つながったループを連結するには一つのピースが足りなかった。ルミは伯父の部屋を見渡した。部屋は昔のままだった。変わった所はなかった。ところが不思議なことに今の状態が完全には感じられなかった。

その時、カセットから次の音楽が流れた。少年らしい声の男性歌手が〝7月に雪が降ったら……〟で始まる最初のフレーズを歌った。その瞬間、ルミは部屋から走り出た。ループの切れ目がどこから来るのかやっと分かったのだ。1階に降りると、ママは台所で食器の整理をしていた。ルミは黙ってママの前を通り過ぎて祖母の寝室のドアを開けた。祖父は車椅子に座ったまま眠っていて、祖母は編み物をしていた。ルミは肩に手を置いた。

祖母が後ろを振り向いて優しい笑顔を見せた。

「リトルジェイ、だからきっと昔のことが思い出されるのかしら。ジェイも私が仕事をしていると、近づいてきて肩をもんでくれたの」

「パパは伯父さんが無愛想な性格だったと言っていたけど、おばあさまにマッサージもしてくれましたか？」

「無愛想だけど、ジェイは生まれつき優しかったのよ。特に私には」

ルミは祖母のそばに座って尋ねた。

「伯父さんの話が出たから聞くんですが、おばあさま、伯父さんの部屋は前に伯父さんが住んでいた時と同じですよね？」

「そりゃ鉛筆一本までそのままよ」

「それではラジオの音楽を録音する電化製品などはありませんでしたか？　伯父さんの部屋に録音テープは多いのですが、録音する機械は見えなくて。今あるラジカセは私が家から持ってきたものじゃないですか。どうして今までテープがあるのにそれを聴く機械がないことをおかしく思わなかったのか。バカみたいだわ」

祖母が編み物をしばらく止めて言った。

「ラジオを録音する電化製品……。そうね。そんなの買ってあげた覚えがないわ。その時代には今と違って電化製品が高かったのよ。ジェイは早く分別がついて何かをせがむことがなかったから」

「それでは伯父さんはどのようにラジオの放送を録音していたの？」

祖母は遠い過去のことを思い出すためにはそれだけの遠い距離が必要だというように虚空を凝視した。ルミは昔のことなので思い出せなかったらどうしようとイライラして待っていた。その時、祖母は過去の一瞬をとらえたようにうなずいた。

「そういえば、ジェイが去った後、物を整理したんだったわ。この世で背負った借りのせいでジェイが天国に行けないのではないかと心配になったのよ。図書館の本も返却して、友達から借りたものも全部返したんだったわ。その時、バズ……ルミも知っているわよね？　今回の追悼式に久しぶりに来た、あの子にも何かを返したのよ。何かは知らずに表にバズの名前が書いてあって、聞いてみたら自分の物で合っていると言っていたわ。それは何か聞いたら、音楽を聴く機械だと答えたわ。今考えてみると、最近ではありふれたテープレコーダーのようなものだったのよ。ジェイがバズの父親は電化製品を発明する非常に立派な発明家だと言ったわ。それでバズは他の人よりそんな物を早く手に入れることができたようね。多分、音楽の録音はそれでやっていたと思うわ」

「それでは返す時、中にテープが入っていましたか？」

「それはよく分からないわ。何の品物なのか分からないから開けてみようなんて考えもしなかったわ」

「何か知らなかったということは、伯父さんが殺されて発見された朝、伯父さんの部屋からラジオ放送の音が聞こえなかったということですね？　そんな音がしたら当然カセットを確認されたはずですから」

「ラジオ放送？　そんな声は全然聞こえなかったように思うけど、急にどうして？」

ルミは「伯父さんの部屋を片付けている時、気になって」と言い訳をしたが、すでに頭の中には祖母が作っている編み物のような体系的な考えができていた。殺された伯父さんが発見された時にラジオ放送が流れていなかったということは、伯父さんがその日の夜ラジオを聴かなかったり、他の時のように〝ミッドナイトミュージック〟の放送を録音していたカセットを止めたということを意味していた。

ルミはどちらが可能性の高い話かを検討してみた。その前日まで連続して録音されたテープがあることから、その日もやはり音楽を録音したんだろうという方に考えが傾いた。ということは……。

その時、祖父がうめき声を上げると、祖母はもう出て行った方がいいというそぶりを見せた。この前のように侮辱される姿をまた孫娘に見られるのではないかと心配したのだ。ルミはジェイ伯父さんがそうしていたように、祖母の頬に優しくキスをして部屋を出た。


家に帰ってきたルミはパパが居間にいない隙を狙って電話をかけた。２年近く連絡をしていなかったが、指は頭よりも正確に電話番号を覚えていた。何度かベルが鳴った後、誰かが「もしもし」と電話に出た。レオだった。

「こんにちは、久しぶりね」

レオは最初誰なのか分からないというようにためらっていたが、すぐに同じように「ああ、久しぶり」と挨拶した。レオの声を聞くと、ふと毎日レオと電話で話していた昔のことを思い出して、あの時みたいに気楽に「何していたの？」と聞きたい衝動にかられた。だが、焦って「どうした？」と聞くレオの無愛想な声は、その時をちっとも懐かしがっていないようだった。

ルミはひとりだけ一方的な感情にとらわれたくなくて、すぐに用件を切り出した。

「おじさまに話があるんだけど、電話を代わってくれない？」

「うちの親父に？　どうしたの？」

「ジェイ伯父さんのことで聞きたいことがあるの」

レオに詳しいことを聞かれたら、自分の考えや計画を喜んで共有するつもりだった。レオが心の片隅で関心を示してくれることを密かに望んでいた。しかし、レオは質問の代わりに短い息を受話器の向こうで吐き出した。ルミは変化を期待してはいけないというレオ・マーシャルのため息をもう一度聞いた。プリメーラの制服が嫌いという好みだけが変わっていないわけではない。ジェイ伯父さんの話を聞くことを退屈に思う点も以前のままだった。いつかレオが言った言葉が思い浮かんだ。

「ルミ、君は君のおじさんを照らすことに、君が持っている光を全部使ってしまいそうだ」

その後レオは公転の軌道を変更した惑星のようにどんどん遠ざかっていった。

レオが言った。

「留守だよ。ドキュメンタリーの編集で何日間も家に帰れないと言っていた。今もスタジオに閉じこもっているよ」

ルミはやっとバズおじさまが受け持っている重要な任務を思い出し、レオの話に関心を示した。

「あっ、そういえば、おじさまがプライムスクールのドキュメンタリーを制作していたわね。どう？すごい作品になりそう？」

「あまり良い状況ではない。学年末試験の撮影もしたから編集時間も切迫している上、まだナレーターも探せていないようだから」

「分かるわ。プライムスクールのドキュメンタリーなんだから、誰か分からない人を使うわけにはいかないし。知性がなく声だけいい声優を使えば、卒業生たちから激しく非難されかねないから。少なくともプライムスクールの入学試験をパスするほどの知的能力を持った人でなければならないはずよ」

「そんな人は誰だ？　お前のジェイおじさん？」

攻撃的で皮肉るような口調だったが、ルミはその嘲笑を肯定的に受け入れた。

「ええ、ジェイ伯父さんが生きていたら、ナレーションの資格は十分にあったはずよ」

「ジェイおじさんの唯一の弱点であり、致命的な弱点は早く死んだということだけだな」

ルミは伯父の死を軽く言うレオの態度に不快感を覚えた。

「レオ・マーシャル、言い過ぎよ」

レオも軽率さに気づいたのか「悪い、気を悪くさせるつもりではなかったんだけど」と謝罪した。

しかし、それでいて話を中断することはなかった。

「しかしどんなに立派な未来が保障された人でも、人生が終われば何の意味もないということをジェイおじさんがはっきり見せてくれたのは事実だ」

「言いたいことは何？」

「人間がいつ、どこで、どのように死ぬか分からない運命に立ち向かう唯一の方法は、自分の人生を生きることだ」

「ジェイ伯父さんはそうしなかったの？　あなたは伯父さんについて何も知らないじゃない」

「ああ、知らないね。まあ、別に知りたくもないし。でも俺は何も知らないあのジェイ・ハンターじゃなくて、俺の知り合いのルミ・ハンターに話しているんだ」

「また、私が私の光を、伯父を照らすために使ってしまっているという話のことね」

「忘れていなかったんだな。まだ俺が言った言葉を覚えてくれているとは驚きだね。ありがたいとも思う」

「感謝する必要はないわ。あなたが間違っていることを知らせるために覚えているだけだから。近いうちにレオも分かると思うわよ。伯父さんを照らす光が結局は私を明るく照らす光だったということを。その時になれば、私に自分の人生を生きていないとかいう話はできないだろうから」

「近いうちに分かると思うって、どういうこと？」

「とにかく、おじさまのスタジオの電話番号を教えて。先におじさまに確認しなければならないことがあるの」

レオはまたため息をついたが、スタジオの電話番号を教えてくれた。

「バズ監督とお話をしたいのですが」

電話に出た職員が無愛想な声で、「監督は今、編集作業中なので神様が電話をかけてきたとしても出る時間がない」と話した。するとルミはジェイ・ハンターが電話をかけてきたと伝えてほしいと言った。

「ジェイ・ハンターって誰ですか？」

「そう伝えてください。そうしたら、神様の電話には出なくてもこの電話には出るから」

職員は「無駄だと思うけど」と独り言を言いながら「待っていてください」とどこかに行く声を出した。しばらくして、受話器越しに信じられないというような、「ジェイ？」と尋ねるバズおじさまの声が聞こえた。

「こんにちは、おじさま。私、ルミです。覚えていますか？」

「なんだ、ルミか」とバズおじさまは失望と安堵が入り混じった声で言った。

「まさか本当にジェイ伯父さんが電話したと思ったんですか？」

「スタジオで何日も徹夜したから、ここがこの世なのか、あの世なのか、判断がつかない」

「おじさま、お忙しいのは知っていますが、おじさまに会って話したいことがあるんですが、お時間をいただけませんか？」

「どうしたんだ？」

「お会いしてお話しします。電話ではジェイ伯父さんに関する非常に重要な話だということくらいしか説明できません」

おじさまがすまなそうなのと同時に、面倒くさそうな声で言った。

「ジェイの話だなんて気になるけど、当分このスタジオを離れられそうにない。仕事があまりにも滞っていて。来週までに映像編集を終えて土曜日にナレーション録音をしなければならないし、そうしたら最終の編集もやり直さないといけないし。率直に言って〝ジェイ・ハンター〟ではなく〝ルミ・ハンター〟だったということを知っていたら、この電話にも出なかっただろう」

ルミはバズおじさまが長々とスケジュールを並べる理由が「これで通話を終わらせよう」という意味だと気づいた。しかし、この機会を逃せばしばらくおじさまと電話をする機会がなさそうなので、知らん振りで話し続けた。

「レオはまだナレーターが決まっていないと言っていましたが、決まりましたか？」

「そうだな。昨夜、劇的に承諾を得た」

「誰がすることになったんですか？」

「プライムスクールの生徒だ。ダーウィン・ヤングと言って……」

アナウンサーやプライムスクール出身の学者のことを考えていたルミは、びっくりして聞き返した。

「ダーウィン・ヤングですか？　ダーウィンがナレーションをするんですか？」

「そうだ。そういえば、ルミもダーウィンを知っていたね」

その時、受話器の遠くから「監督、ちょっとここをチェックしてもらえませんか？」と叫ぶ声が聞こえた。バズおじさまがちょうど電話を切るように「後でまた話そう」と言った瞬間、ルミは急いで提案した。

「おじさま、私も録音する日に見に行ってもいいですか？　その時に行ってジェイ伯父さんのことも話します」

バズおじさまは忙しすぎて断る暇もないのか、「では、おいで」と言って、一気に承諾して電話を切った。テープレコーダーの存在を発見したのに続き、中断されたジェイ伯父さんの死を明らかにする席にダーウィンまで一緒にいるなんて……。ルミは電話の終了を告げる音が誰かが自分に送る信号のように感じられ、胸がわくわくした。その日に会って話をすれば、ダーウィンは新しい発見に驚き、再び伯父の死を追うことに合流するだろう。これまでの膠着状態は、ジェイ伯父さんに似合う劇的な解決のための意図的な装置だったのだ。

「どこに電話したんだ？」

その時、胸のときめきを一気に静める乾いた声が聞こえてきた。ルミは受話器を耳から外して後ろを向いた。いつからいたのか、パパが刑務所で囚人たちの通話を管理する看守のような顔をして立っていた。

「レオに」

「この前まではダーウィンだったのに、今度はまたレオか？　ルミ、お前はプライムスクールの生徒でなければ相手にしないようだな」

「そういうのじゃないです」

「いや、俗物だという噂を聞かないためには周囲に友達を作った方がいいだろう。プライムスクールの生徒と一緒になったからといって、君が本当のプライム生になるわけでもないのに」

日が窓を越え、パパの顔の半分に濃い影を落とした。その瞬間、ルミはこれが対決だということに気づいた。真実をのぞき見ることのできる完全な目を持つ自分と、表面に現れたものしか見られない半端な目を持つパパに代表される無知な人間との……。真実が明らかになった時、彼らは自分たちの役に立たない片方の目を突き刺して跪かなければならない。その日は遠くない。

戻ってきた鳥

日が暮れると、ヒーターをつけていない車の中では外と変わらない寒気が漂っていた。ニースは針で刺されたような寒さを感じながらもヒーターをつけなかった。家を出てからもう3時間たった。なぜこんな馬鹿なことをしているのか、自分でも分からなかった。自分自身が馬鹿なのかと思ったりもした。これを罰だと思うのか。この程度の寒さに震えることで私の犯した罪に対する罰を受けているのだと……？

ラジオでは最新の人気音楽が流れていた。10代の子供たちに好まれている歌だったが、ニースはチャンネルを変えないまま目を閉じた。研究所の学者たちが考案した政策報告書よりも、ある面では人気歌手たちが歌う大衆歌謡が時代の流れを把握するのにより有用だった。今流れている歌もそうだった。4分余りの時間の間、若い歌手は執拗なほど自分の好みを歌っていた。ニースはこんなに個人的な歌が大衆の人気を集めているのは驚くべきことだと思った。約30年前、自分が10代だった時はこのような歌があまりなかった。当時は音楽も一種の公共財で、共同体で望ましいテーマだと合意した歌が人気を集めた。来るべき未来社会の希望、美しい自然、人類愛……。

ニースはふと10代の頃、好きだった歌手を思い出した。ベン・ハルク、優れたミュージシャンだったが6地区出身という背景のため、夜の12時を過ぎたラジオ放送でのみ彼の音楽を聴くことができた。特定の法がないにもかかわらず、暗黙的に上位地区では上位地区出身の歌手の歌だけを流す権威的な時代があった。それゆえ、当時子供たちには出身地区を問わず多様な音楽を流す〝ミッドナイトミュージック〟を聴くのが親の目を避けてしたいことのひとつだった。ニースもたまに両親が寝ている夜、居間の前で座ってミッドナイトミュージックを聴いたりした。ベン・ハルクというミュージシャンもそうして知るようになった。

当時は幼くてよく分からなかったが、ベンがよかった理由を今になって振り返ってみると、彼が時代を先取りして個人的なことを歌ったからかもしれない。ニースは真夜中の12時近くにラジオの前で座りこんでいた昔のことを思い出した。今でも〝影〟という歌の一節をはっきり覚えている。

「夕闇が包む頃、僕の後をついてきている寂しい友達を見た。彼と一生を共にすることになると直感したよ」

しかし彼の歌の中に出てくる個人は今聞くポップミュージックの中の個人とは本質的な差があった。ベン・ハルクが歌った〝人間〟は、極めて個人的でありながら、人類全体をまとめるほど広範囲な普遍性を帯びていた。確かにみんなの心の中に存在するのに、誰もお互いの内面にそんな人間が存在しているか分からない人間だった。自分の姿がぼやける夜が来ることを期待する人間、鏡を見ながらその中の自分に質問して答えを待つ人間、死では人生を、生では死を感じる人間……。みんな人間でありながら、私ひとりだけの人間………。記憶の奥深くに入っていたニースはふと気になった。隠れている人間はたいていい悪なのか？

その時だった。車の窓を叩く音がしたが、ニースは目を開けなかった。ひとりで思い出にふけっていることの時間を邪魔されたくなかった。ちょっとした反抗心もこみ上げてきた。学生時代、窓の外の空を見上げ、異世界に行くための空想にふけっていると、突然先生が近づいてきて長い棒で机を叩かれた時のような気分になった。授業に集中するよう警告を下した先生のように、家に入れという命令を下すために来た父であるに違いなかった。何を言うかも分かっていた。

「寒いところで何しているんだ。風邪を引いたらどうするんだ。もうやめて入ってこい。夕食を食べないと」

車のドアを開けようとする音が聞こえた。ニースは最初から車のドアに鍵をかけておいてよかったと思い、反対側の車の窓際に座った。父には絶対に理解できないだろう。父のいる暖かい家より寒い車の中の方が楽だし、健康でいるよりかは風邪をひいて明日病気で休暇を取りたいし、夕食を食べるより空腹のまま音楽を聴いていた方がずっといいということを。ニースは父が自分を放っておいてそのまま行くことを願って何の反応も示さなかった。すると窓の外から、ノックの音とともに話し声が聞こえてきた。

「ドアを開けてください」

ニースはびっくりして素早くロック解除ボタンを押した。ダーウィンが寒い息を吐きながら車に乗り込んだ。ニースは急いで自分にはもったいないと思ってつけなかったヒーターをつけ、ラジオを切った。

車内が少しずつ暖かくなってきた。ニースは横目で隣に座ったダーウィンをちらっと見た。暖かい空気と互いの息が感じられる緊密な空間のためか、これまでの感情と誤解がすべて解けてダーウィンと仲の良かった以前の関係に戻ったような錯覚に陥った。もちろん、子供の凍りついた心がそんなに簡単に解けないのは自分が一番よく知っていた。数十回春になっても子供たちの心の片隅には永遠に冬の領域が残っているはずだ。しかし、これほど不安で不完全な平和であっても、この瞬間だけは息子が先に自分を訪ねてきてくれたということがこの上なく嬉しかった。ニースは下手な話で時間をつぶすのを恐れて沈黙を守った。

その時、ダーウィンが先に口を開いた。

「お父さん」

ニースは車の窓越しにダーウィンのおぼろげな姿を見た時よりもびっくりした。「お父さん」と呼ぶダーウィンの声は、わずか3時間前の冷たかった声とは打って変わっていた。ニースはダーウィンの方にゆっくりと視線を向けた。聞き間違えたのかもしれない。瞳に依然として冷笑と不信が込められている可能性が高かった。ところが、ダーウィンの顔と向き合った瞬間、ニースは信じがたいが、自分を見つめる息子の温和な目つきから、かつてのような愛と信頼を再び発見した。どうしたことかわけが分からなかった。一度壊れた子供の心を取り戻すのは時間を取り戻すことほど不可能なことだと思っていたが、子供たちは昼寝すれば心の傷を回復できるのだろうか。

「なぜこんな所にいるのですか？」

「それが……風に当たろうと思って、ちょっと外に出て来たんだが、ちょうどコートに車のキーがあったんだ。ここにいるとどうして分かったんだい？」

「見当たらなかったので家に先に帰ったと思っていたんですが、おじいさんが車の中にいるとおっしゃったので。先月も僕をひとりで来させたのに、またひとりで残していくわけはないって」

ニースは苦笑した。皮肉なことだった。いつも自分の考えと対極に立つ父が、ダーウィンに関しては自分の考えをこんなにも正確に見抜いているとは……。父の言葉どおりだった。3時間前、胸の動悸がおさまらないほど興奮し、先ほどウイスキーを飲んだことも忘れてそのまま家に帰ろうと車を始動させた。その場にずっといるのが耐え切れず、9地区フーディー出身の父の過去を思わず口外してしまいそうだった。

とうてい父を理解することができなかった。この30年間に積もってきた怒りは自分の不正なビジネスのせいだと思っている。ひとりの人間が、あんなにまで自分の過去を騙すことができるとは……。誰がカメレオンを非難するかって？　そうです、カメレオンを非難することはできませんね。狼が鹿を噛むことを非難できないように。しかし、私たちはカメレオンではないんです。私たちは人間です。数日で言葉を変えた程度の変化でも自らの人格が疑われて憂鬱になり、自分が噛みちぎった犠牲を一生噛み締めながら懊悩する。私たちは人間です。何の罪も犯さずに父になるということが可能なのかと言いましたが、それでは父さんの目には世の中のすべての父が、みな父さんと同じ罪人に見えるということですか。そんな不信の目で今までこの世を生きてこられたというのですか。

しかし、最後の瞬間、ダーウィンのことが思い出されてエンジンを切った。ダーウィンが起きて自分がいないのを見れば、余計な誤解を招く恐れがあった。父は自分との関係の回復に全く興味がないと思い、心の扉をきつく閉めてしまうかもしれない。ニースは態度の変わったダーウィンを見て、一瞬の気の迷いで誤った選択をしなかったことに安堵した。

「疲れは、少しとれたかい？」

ダーウィンはうなずいた。

「うん、ずっとよくなったようだね。学年末試験のためにかなり疲れていたようだ。最後まで残って試験を受けるなんて、そんなことは多分初めてだろう？」

ダーウィンが驚いた様子で聞いた。

「どうして知っているんですか？」

「昨日バズと電話で話したが、その時に聞いたよ。少し寂しかったよ。息子の話を他人から聞くとはね。そんなことがあったなんて、どうして私に言ってくれなかった？　私はそうとも知らずにあまり苦しまずに試験を終えたんだなと思っていたよ」

「言っても、すでに終わった試験をお父さんが僕の代わりに受けられるものでもないでしょう。がっかりするだけです」

「がっかりだなんて……。世の中のどんな親でも最善を尽くして試験を受ける子に失望なんてするものか。当然誇りに思うことだ。でも、そこまでして解けない問題だったら、適当に書いてみたらよかったのに。試験というのは、いつも良くないといけないものじゃない」

「その試験だけは完璧に書きたかったのです。いいえ、完璧に書かなければならなかったのです」

「大好きな科目なんだね。そんな使命感まで感じるなんて。最後の日に受ける科目って何だったかな……」

ニースは試験のスケジュールがすぐに思い出せず、しばらく考え込んだ。しかし、答えを探す前にダーウィンが先に「法学通論です」と教えてくれた。

「ああ、そうだ。法学通論、なぜそんなに苦しんでいたのか分かったよ。確かに甘い科目ではない。私も大学で法学科目を受講した時、かなりげんなりしたよ。必須科目じゃなかったら絶対に受講しなかったはずだ」

「どういう点でですか？」

「ただ適性がなかったからだろう。教授が言っていたよ。音感や運動神経のように法を解釈する感覚にも才能がある、頭だけではすべて理解できないと。私は生まれつきの感覚を持っていなかったようだ。そのせいか、今もニュースを見ていると全く理解できない判決もしばしば出てくるよ」

「僕もその感覚が欠けているのでしょうか？」

「そう言われると、私のせいのようで申し訳ない。しかし、一度、困難を経験したからといって即断する必要はない。まだ16歳の子供が裁判官の役割を立派に遂行できたらそれはそれで恐ろしいことではないだろうか？」

戦術を予測できない敵軍のように、闇が押し寄せていた。道の両脇に並んだ木々の枝が、窓を盾に持った見張り兵のように見えた。狭い空間のせいか、ニースはふと大人たちは知らない秘密基地にダーウィンとふたりきりで密かに忍び込んでいるような気分になった。ダーウィンは息子ではなく、自分が最も愛する友人のようで、この基地内で交わした話は永遠に秘密が保証されるようだった。ニースは静かに話し始めた。

「幼い頃……。ある友人がこんな話をした。1年の最後の日、人間は靴下を脱いで自分の隠れた罪が測定される特殊な秤に乗らなければならない。もし3グラム以上あれば、その人は新年を迎える資格がない罪人ということだから処罰されなければならない」

「3グラムはなぜ免除されるのですか?」

「そのくらいなら、人間の持って生まれた原罪だって」

「原罪以外の罪は、みんな罰せられなければならないなんて口にするということは、その人は生まれて一度も罪を犯していないようですね」

「ああ、とても純潔な友人だった」

「その友達は今何をしていますか。裁判官になりましたか?」

「いや……死んだよ」

ニースはそう言うと息をのんだ。通りかかった暗闇が車窓に顔を寄せ、中に誰か隠れていないか確かめているようだった。ばれてしまったら、このまま連れていかれて処罰されることになりそうだった。ずっと沈黙していると幸いにも闇が「ちぇっ、誰もいないのか」と諦めたように過ぎ去った。

その時、ダーウィンが聞いた。

「もしかしてその友達はジェイおじさんですか?」

ニースは自分の口で答えを言ったも同然だったが、いざダーウィンの口からジェイの名前が出てくると、信じていた味方に槍で胸を刺される思いだった。しかし、努めて笑みを浮かべながら話した。

「そう、ジェイだよ。当時のニックネームも〝裁判官ジェイ〟だった。そういえば、ジェイが生きていたら、ダーウィンの言う通り立派な裁判官になっていたかもしれないね。隠れた罪人がひとりもいない、きれいな世界を作っただろう」

「その特殊な秤で罪を測ってですか?」

「そう、その特殊な秤で罪を測って」

「それじゃ、お父さんもその秤に乗らなければならないと思いますが?」

ニースは笑った。

「もちろん、乗らないとね」

「お父さんの秤には3グラム以上は出ないと確信しているんですか?」

「そんなはずが……多分どう読めばいいか分からな

い長い数字たちが浮かび上がるだろう」

「なぜですか？」

「さあ、なぜだろうか……もともと私くらいの年になれば誰でも罪人なんだよ。いろんな人に会って自分も知らないうちにいろんな罪を犯すようになるんだ。昨日も文教部の元老たちと昼食をとるのがとても退屈で、誰かひとり体調を崩してほしいと思ったからだ」

「そんなことも罪なんですか？」

「ジェイの理論通りなら、議員たちに堂々と話すことができない心の中に隠さなければならない否定的な考えだから罪になる」

「お父さんもジェイおじさんの理論に同意しますか？」

「その時は同意したよ」

「今は？」

「今は……不可能だ。言ったとおり、今は罪人になってしまっているから同意する資格すらないんだ。ジェイもこんな私が自分の理論の支持者になるのは有り難くないだろう」

「いいえ、できます」

ジェイと共にその理論を定立した学者でもあるかのように確信に満ちて答えるダーウィンの対応に好奇心が湧き、ニースは「どうやって？」と問おうとした。ところがその時、外からダーウィン側の車の窓を叩く音がした。ニースは窓を下ろした。父だった。

「親子で話したいことが多いのはいいが、そのうち挨拶もせずに帰ってしまわないか心配で出てきた。まだ言い残した話があるのなら家に入ってしなさい。私が聞いてはいけない秘密の話なら、いくらでも席をはずしてあげるから」

ニースは父の顔を見ると、ダーウィンのおかげで静まっていた怒りが再びうごめくのを感じた。しかし、ダーウィンの前で父に立ち向かう姿を見せたくはなかった。ダーウィンは自分が父に接するのと同じように自分に接するようになるのかもしれない。父と縁を切るのでない以上、さっきの対立はここでやめてしまった方がみんなのためによかった。いくら怒りが大きいとはいえ、だ。どちらにしても、父を一生勘当するということは不可能なことだから。

ニースは父の提案を受け入れ、ダーウィンと一緒に車から降りた。良くなった気分のおかげで、刀のように突き刺す寒さも新鮮に感じられた。しばらくの間庭を歩いていたニースは、答えを聞いていないさっきの言葉を思い出し、ダーウィンに近づいて聞いた。

「ところで、先ほど『できます』と言ったのはどういう意味だったんだい？」

ダーウィンが立ち止まりながら答えた。

「罪があれば罰もあるじゃないですか」

「処罰を受けることで純粋性を回復できるということか？」

ダーウィンはうなずいた。ニースはあまりにも純粋で、あまりにも原論的な息子のことが可愛い一方で悲しかった。自分の父の罪がどんなに大きいか知らないから、こんなことも考えられるのだろう。

「よし、では年老いた議員を前にして、上辺では笑いながら腹の中では病気になってしまえと思った者は、どんな罰を受けるべきだろうか？」

「それくらいのことで罰を下す必要はないです。次に会った時、心から接するだけでも、過ちを十分挽回することができますよ」

ニースは笑ってダーウィンの頭を撫でた。

「息子は寛大な裁判官だね」

玄関に着いた父が、扉を開けたまま前で待っていた。薄暗い庭にまぶしい照明の光で作られた小道ができていた。ニースはダーウィンの肩に手を置いてその道を歩いた。天国の門に向かう道もこれと大きく変わらないという気がした。もちろん、最後にダーウィンだけを門の中に入れ、自分は退かなければならないが。

栄光の陰

月曜日の午前を機に急速に広がったニュースは、学年末試験が終わり、やや暇になったプライムスクールに再び若干の緊張感を作り出した。その知らせは、学校の対外担当者と接見して出てきた生徒会代表から流れた。プライムスクールドキュメンタリーのナレーターにダーウィン・ヤングが抜擢《ばってき》されたと。

通達に過ぎない単純なニュースは生徒らの話題となる間、さまざまな意味を持つ複雑な物語へと膨らんでいった。最も議論になった部分は、やはり選抜過程にプライムスクール委員長の影響があったかどうかをめぐる推測だった。突然通達された結果で、生徒だけでなく詳しい事情を知らない教師まで加わり、委員長が選抜に大きな役割を果たしたという推測を加えた。一部の生徒らは「機会さえ与えられていたら、自分たちがプライムスクールを代表する声に選ばれたはずだ」とし、皆に公平な機会を与えなかった不透明な選抜過程に不満を示したりもした。

にもかかわらず、敵対的な世論は形成されなかった。生徒らが抱えている不満の火種は、当初からこれ以上大きくなれない矛盾する限界が存在したからだ。胸の炎を育てようとするたびに、頭の奥深くに根を下ろした理性が冷たい声で聞いてきた。「皆に公平な機会を」というのは下位地区で出回る選挙スローガンではなかったか。階級化の頂点に立っているプライムスクールが再び内部的に階級化されるのは不当なことか。システムの最大の維持者にその制度を批判する資格はあるのか。何よりもダーウィン・ヤングがプライムスクールを代表するのに物足りない人物なのか。

そのように不満の声が燃え上がることはないが消えることもなく1週間続いた金曜の朝、学年末試験の成績が発表された。科目ごとに上位10人だけを公開する掲示板には間違いなくダーウィン・ヤングの名前が書かれていた。不満に思っていた者たちを最も驚かせたのは〝試験が良くなかった〟という噂の法学通論で、ダーウィン・ヤングがトップを記録したことだった。反論できない客観的な数値に戦意を喪失した生徒たちは、プライムスクール委員長が権力を振るったとしても、その剣が正しく使われたことを認めざるを得なくなった。

金曜日の午後、最後の授業を終えて教室を出ようとしたダーウィンは「部屋に来るように」と、法学教授から呼びかけられた。ダーウィンはもしかしたら試験の点数を覆そうとしているのかもしれないと思い、教授室に向かった。

部屋に入ると教授はしばらく黙って考え込んでいたが、しばらくして「成績を確認して驚かなかったか？」と聞いた。ダーウィンはうなずいた。他の科目もそうだったが、法学科目だけは落第点に近い成績を受けることになると覚悟していた。1位という結果が最も理解できないのは、自分自身だった。

教授が尋ねた。

「テーマを殺人に決めたのは他の生徒と同じだったが、君は全く弁論しなかった。どんな考えだったのかな？」

ダーウィンは試験の時、何時間も彼を苦しめた質問に、再び出くわした気分だった。

「問題が、許されない犯罪について書くことだったからです。いくら考えてもそんな犯罪に弁論をすることはできませんでした」

「それで最後まで残っていたんだな。そう、難しい問題ではある。しかし、それでも他の子供たちは皆、公平に反論と弁論をした。多分、その子たちの立場では、片方の役割を諦めた君が最高点を取ったのは納得しがたいだろう」

ダーウィンは他の生徒たちだけでなく、自分自身も納得できない決断をした理由を尋ねた。

「ところで、なぜ教授は私に最高点をくださったのですか？」

教授が微笑みながら言った。

「君たちは仮想ではなく、実際に弁論と反論と判決を引き受けることになる人たちだからだ。世の中にひとりの人間が反論と弁論を同時に行う裁判はない。だから君に最高点をあげたんだよ。この試験を本当に受け入れたのは、ダーウィン。君ひとりだけだった」

ダーウィンは少しも喜ぶことができなかった。皆が仮想として受け入れた試験問題を自分だけが実際に受け入れたということは、幸運ではなく悲劇だった。

校庭で会った友人たちからは、「おめでとう」とか「楽しみにしているよ」と投げかけられた。ダーウィンは彼らの言葉が成績やナレーションに対してではなく、父の罪に対して下した自分の決定に対する言葉のように聞こえ、何の返事もできなかった。

同じ授業を受けていたある友達がナレーションの進行過程について聞こうと腕をつかんだが、ダーウィンはさりげなく手を引いて他の場所に行ってしまった。傲慢になったと言われても仕方がなかった。決心を固めた以上、以前のような日常に混ざりたくなかった。混ざってはならなかった。以前のように友達に親切に応対していては、近いうちにすべての真実が明らかになった時、今のように傲慢な態度をとるよりも、父の罪を知りながら平然と祝福されていた方がはるかに大きな衝撃を与えるだろう。友達にそんな不快感を与えるより、今から憎まれ、ひとりになった方がましだった。

そうやってみんなを無視して寮に戻ってきたが、玄関の前にレオが立っていた。レオまで追い出すことはできなかった。

「どうしたんだい？」

ダーウィンは今日初めて自分から先に近づいた。

レオが微笑みながら言った。レオの口から濃い息が出た。

「ナレーターに選ばれたことを祝ってあげようと思った」

「何をそんなお祝いなんて……」

「たくさん受けすぎて、もう飽きてきたのか？」

「うんざりというより偶然提案してもらっただけなのに、みんな過度にお祝いしてくれるから気分が晴れない」

「そんなことはない。親父がダーウィンを選んだのは特別な理由があったからだ」

「特別な理由だなんて……。僕がその日その場にいて偶然に提案されただけだよ」

「選択に偶然なんてない。特に親父のように自分の作品を最優先する人には。確かにダーウィン、お前が唯一の適任者と感じたから選んだんだ」

「レオ、君はおじさんの考えを完全に見抜いているんだね。僕の代わりにレオがナレーターになったらおじさんの考えをもっと生かせたのに」

父のことだけで頭の中がいっぱいで他のことを考える余裕もないくせに、父が下した決定に縛られている自分に腹がたち、別にやりたくもないのに腹立ちまぎれに引き受けてしまった。そのためについ口走ってしまった言葉であったが、レオの顔がこわばった。ダーウィンはレオらしからぬ姿に「どうかしたの？」と尋ねた。レオは靴で地面をポンと蹴りながら話した。

「実は……ダーウィンがナレーターに選ばれたという話を月曜に聞いたが、すぐに祝うことはできなかった。法学の授業で会った時もそうだったし、なぜなら……そんなはずがないと思いながらも、心の片隅では親父が俺にその仕事を提案するかもしれないと期待していた。親父の助手であるフィリップさんがプライムの生徒の中からナレーターを決めそうだとそっと耳打ちしてくれたが、先週末まではっきり決まってなかったから。ひょっとしたら俺を選ぶかもしれないと思っていた。辞めるつもりだけど、とにかくまだ俺もプライムの生徒だから。ところが次の日の朝、急にお前に決まったという知らせを聞いてちょっと驚いた。いや、もっと正直に言うとがっかりしたり、腹が立ったり、滑稽に思ったり……。もちろんダーウィンにではなく、ありえない考えをしていた俺にね。親父は俺なんか念頭に置いていなかったはずなのに、俺ひとりでそんな勘違いをしていたなんて。みっともない話だ。明日が収録日なのに、最後までお前を心から祝うことができなかったら自分自身にもっとがっかりするだろうと思って訪ねてきたんだ。せわしなく振舞ってごめん。そして本当におめでとう」

ダーウィンは何も言えなかった。レオは「今は親父が選んだ人がダーウィンで本当に嬉しい」と話し、「生徒会のメンバーの中からもし選んでいたら」とふざけて笑った。

ダーウィンはレオを慰める言葉を見つけられず、レオと同じように靴で何の罪もない土を蹴った。自分には何の意味もなく面倒なことが、レオにこれほど大きな苦しみを与えていたとは想像もできなかった。

「うまくやれという言葉は必要ないだろう。親父はダーウィンの本来の姿が気に入ったのだろうから」

レオは最後に激励するように言うと、西寮へと素早く走っていった。

ダーウィンは闇に消えるレオの後ろ姿を見守りながら衝動的にバズおじさんの提案を受け入れたことをまた後悔した。心に決めたその日が来るまで、できれば人目につかずに静かに過ごすのがいいだろう。新しいことに取り掛かるより、以前はつい通り過ぎてしまっていたが今となっては特別な意味があるように見える過去の記憶を生かし、その中に込められた意味を見つけるのが賢明だろう。

何より残った時間で、父についてもっと知らなければならなかった。理解はできないが、それでも最善を尽くして下した決定の過程を知るために努力しなければならなかった。そして、それを終えて父に自分のしたことを理解させなければならなかった。自分の下した決定を父が受け入れるように最善を尽くして努力しなければならなかった。しかし、一瞬の間違った決定で皆の注目を集め、その時間を損ねてしまった。父が殺人者であることを知っていながら、厚かましくプライムスクールを紹介する番組に出演したことが知られれば、人々はどんな非難をするだろうか……。

強い風が吹いてきた。ダーウィンは身がすくんだ。不謹慎な決定により今はレオが傷つき、今度は父が傷つくことになるだろう。満身創痍になったその時、こんな小さな傷まで感じられるかは分からないが。

ダーウィンは複雑な気持ちを押し殺せず電話室に向かった。父のオフィスに電話をかけた。ダイヤルを押してベルの音を聞きながら待っている間、ダーウィンは父に何を望んで電話をかけているのか分からなかった。電話に出た秘書は「次官は喜ばれるでしょう」と電話を繋げた。

「ダーウィンか」

父の声は明るかった。

「お忙しいですか？」

「予算審議に出す資料を確認しているところだった。どうせ明日も出なければならないからゆっくりしてもいい。お前は何をしていたんだ？　明日のことを考えて声を出すことを控えなければならないのに」

ダーウィンは今さら父にできることは何もないということを知りながら、口を開いた。

「ナレーションやらないと駄目ですか？」

父が驚いた声で聞いた。

「どうかしたのか？」

「ただ、急にやりたくなくなって」

父の意思に反してまで下した決定をこのように簡単に覆せば無責任だと叱られるに違いなかった。

父はしばらく沈黙した後、こう言った。

「特別な理由もなく、やりたくないという理由だけでキャンセルできる段階はすでに過ぎただろう。すでに委員会が許可するという公文書の報告を学校に出していて、バズメディアとも契約が終わった。それにもう明日じゃないか」

ダーウィンは反論する言葉を全く見つけられなかった。最初からそれが可能だと思って聞いていたわけではない。

「分かりました。もう寮に戻ります」

ダーウィンは電話を切ろうとした。その時、父が優しい声で「ダーウィン」と呼んだ。ダーウィンはまた受話器を耳に当てた。

「君がやりたくなかったら、やらなくてもいいようにしよう。公文書だとか契約だとか、十戒ではないんだ。取り消しできないこともないよ。今すぐ学校とバズに電話するから、そんなことで悩まないでいい。分かったか？」

父の返事にダーウィンは言葉を失った。いくら寛大でも公的な約束を破ることに関しては息子を厳しくとがめるだろうと考えていた。とがめられなかったとしても、「負担に思わず、軽い気持ちで楽しみなさい」程度の慰労を受けられるだろうと思っていた。しかし父は急にやりたくなったという話にもならない理由を追及もせず、すぐにこの場であらゆる苦しみを解消してやるといった。そのような解決は予想をはるかに超えて想像もしていなかった。どんな慈悲深い神に祈るとしてもこの回答は聞けないだろう。

「聞いているか？」と父が聞いた。

「……すみません」

「大丈夫、君は気にしなくていい。このことで君が困ることは絶対ないから」

ダーウィンは涙が出そうだった。たった今まで電話をかけた目的が分からなかったけど、ひょっとしたら光栄な出来事を光栄に思うように、自分に苦痛を与えた父に八つ当たりをして同じ苦痛を与えようとしたのかもしれないという気がした。しかし父はその浅はかな心に、ダーウィンの心が推し量れないほどの思い入れと愛でもって応えてくれた。

「いいえ……お父さんの言うとおり明日だと思ったら訳もなく緊張してそんなことを言ってみたくなっただけです。もう気分がだいぶ良くなりました」

プライムスクール委員長だとしても、一晩前にすべての日程を取り消すのは権限から大きく外れたことだ。その限界を最もよく知っている人は、他でもなく父本人だろう。しかし、父は自分のためにいくらでもその限界を乗り越えてやると言った。そして何も心配する必要はないという慰めまで与えながら……。ダーウィンは自分が一歩退かなければならないことを知った。父にそんな負担と非難を負わせることはできなかった。自分の選択による責任は自分が負わなければならなかった。父の選択による責任は父が負うことになるのと同じように。

ダーウィンは「これできっとうまくやれると思います」と言った。

「よかった。心配ならまた電話してくれ」と父は言った。

10時きっかりになるといつものように就寝の鐘の音が響いた。最後の鐘が鳴った後、ダーウィンは鐘塔の階段を下りる足音を聞いた。校内の中央に位置する鐘塔と寮の距離は相当なものだった。たとえすぐそばにあったとしても螺旋形の階段を歩く足音のようなものは、壁を越える前に塔の中で消えてしまうだろう。それを知っていながらダーウィンは、自分が足音を聞いたことを確信した。自らの信念に順応しようとする誰かの一歩一歩が鐘の音よりも、もっと大きく心に響いた。

大昔にはろうそく一本を持って毎晩この鐘塔を上り下りしながら、揺れるろうそくに向かって繰り返したのだろう。神に服従することは敗北することではないと。ダーウィンは風に揺れる窓を見て、同じことを繰り返した。父の罪を明らかにしたからといって、父を愛していないわけではない。絶対的な服従が後日より大きな恩恵として報われるように、真実もしばらくは苦しいだろうが、結局は失われた信頼と愛を返してくれるだろう。その時がたてば、父の無条件の愛を苦しむことなく受け入れることができるだろう。

鐘塔を降りる足音は夜通し続いた。ダーウィンはその数だけ裁判を開き、毎回同じ判決を下した。数万回の再審で得られた判決なら、これ以上悩む必要はなかった。

翌朝、学校を出る前にダーウィンは教授たちのいる館に呼ばれ、校長先生をはじめ、多くの先生たちから激励と助言を受けた。生活指導の先生はコートにつけたプライムスクールのバッジを正し、「私たちは誰よりもダーウィンが抜擢されたことをとても嬉しく思っている」と言った。ダーウィンは先生たちの言うことを黙々と聞いていた。面談を終えて出ると、バズメディアから送られた車がすでに校門の前に到着していた。

複数の放送局が密集した街にあるバズメディアスタジオは、ビルの外観が蜂の巣のように見える3階建てのビルだった。ダーウィンは地下の録音スタジオに案内された。重い防音扉を開けて入ると、バズおじさんが歓迎してくれた。何日も陽の光を見ていないのか顔が青白かった。

「コンディションはどうだい？」

ダーウィンは自分の肩に親しげに手を置いて聞くバズおじさんに、「いいです」とうなずいた。

声の大きさとトーンに合わせて機械を細かく調整し、すぐに録音は始められた。ダーウィンは原稿をゆっくりと読み上げた。あらかじめ覚えておいたかのように、原稿の中の文章が自然に出てきた。ガラスの壁越しにバズおじさんやエンジニアなど数人が見守っていたが、萎縮したり気まずく感じたりは全くしなかった。この栄光の記録がいつかは自分を傷つける道具になるという挫折感が、滑稽にもすべての緊張を解消させたようだった。

ひとつの段落を終えた時、バズおじさんが言った。

「あまりにも上手いな。このままなら思ったよりずっと早く終えられそうだ」

「原稿が素晴らしいですからね」

バズおじさんとエンジニアがしばらく話をした後、録音が再開された。ダーウィンは水で口を湿らせて、再び原稿を読み上げた。静かなブースの中で自分の声を自分の耳で聞いていると、一種の〝懺悔〟をしているような気分になった。一人称の少年の視点で書かれた原稿が、さらに役に没入させる。

しばらくして、バズおじさんが叫んだ。

「よし、カット!」

ダーウィンはヘッドホンを外して頭を上げた。その瞬間、ガラスの壁越しにルミが見えた。

テープレコーダーの行方

ルミは自分が感じたことが勘違いだったか確かめるために、コンソールのほうに一歩近寄った。しかし、その感じは変わらず、むしろ確信へと発展した。やはりダーウィンのどこかが微妙に変わってしまっていた。最後にアーカイブで会った時のあの男の子ではなかった。気候が全く違う環境で育ったダーウィンの一卵性双生児がいたら、こんな感じだろうか。ルミはダーウィンをいろいろな角度から観察し、見慣れた人からこんなにもこのように見知らぬ感じを受けるのは、自分とダーウィンの間を塞いでいる録音ブースのガラスのためなのか、それとも太陽の光とは違うスタジオの中の暗い照明のためなのかを考えた。

バズおじさんがダーウィンに聞いた。

「大変じゃないか。ちょっと休んでからやろうか?」

「いいえ、大丈夫です」

ダーウィンが言った。

ルミは当然ダーウィンが自分に気づくと期待したが、ダーウィンは意図的だと思わざるを得ないほど、一度も目を向けなかった。ナレーションに集中するためにわざと外の状況を無視しているとしても、文化通りの広場で自分を見るやいなや手を振って走ってきたその男の子なら絶対にしない行動だった。ルミはダーウィンの視線を引きつけるために努力する自分の姿が、結局あの日ダーウィンの関心を引くことに失敗した女の子のひとりのようで、おかしくてみすぼらしかった。

2時間余り経ち、いよいよダーウィンが録音ブースの扉を開けて出てきた。バズおじさまは「お疲れさま、完璧」と褒めていた。ダーウィンを待つ間、この光景は少なくともガラスや照明のためではないとルミは確信した。目の前まで近づいてみても、その間に屈折を起こす物質は何もないにもかかわらず、ダーウィンは依然として以前とは微妙に変わった別人だった。

「こんにちは」

スタジオに向かう間、ルミはただふたつのケースだけを予想した。ダーウィンが自分を見て驚き当惑するか、でなければ誰よりも嬉しく迎えてくれるか……。どっちにしろ、これまで連絡しなかった理由だけは最善を尽くして説明すると思った。だが、「こんにちは」と言ったダーウィンは自分の挨拶に答える前に、すぐに他の方へ視線を向けた。まるでその短い一言が言いたいことのすべてであるかのように。ダーウィンが自分に挨拶ではなく別れを告げているようだった。理解できなかった。男の子たちは1、2ヶ月の間でこんなに変わるのか。

バズおじさまが聞いた。

「ルミ、どうだい？　ダーウィン、すごく良かっただろ？」

ルミは黙ってうなずいた。

「ダーウィンはいいな。ガールフレンドがここまで応援に来てくれて」

ダーウィンは何も反応しなかった。ルミはレオとの関係を知っているバズおじさまから〝ダーウィンのガールフレンド〟という言葉を聞くのは気まずかった。その上、ダーウィンはガールフレンドどころか、知らない関係であるかのように顔を背けており、気まずさを越えて侮辱された気分だった。ルミはダーウィンを追っていた視線を他の所へ向けた。ダーウィンがこのような出方をするなら、自分ももはや焦る必要はないだろう。

ルミはバズおじさまのそばに行って言った。

「今日ここに来たのはおじさまに会うためですよ」

「私に？」

「この前お電話した時、ジェイ伯父さんのことで聞きたいことがあると言ったじゃないですか」

「ああ、そうだった」

「実はこの前、祖母の家に行って掃除をしていたら……」

バズおじさんが「ちょっと待って」と話を中断させた。

「ここはスタッフが後半に向けた作業で残っているので、我々は外に出て話をした方がいいと思う。どうせお昼ご飯も食べないといけないから。いいだろ？」

思ったより有利になった状況でルミは当然「はい」と答えたが、ダーウィンは「僕は学校に戻ります」と言った。バズおじさまがありえないと言わんばかりに笑いながら、ダーウィンに手を伸ばした。

「何言ってるんだ、当然一緒に行かなくちゃ。私を仕事だけさせてご飯もおごってくれない非人情な人にするつもりか？」

「疲れているんです。戻って休みたいんです」

「それはちゃんとご飯を食べていないからだよ。食べたら元気が出るだろう。ルミ、君が説得してごらん。どうやら私よりガールフレンドの話をよく聞くようだから」

ルミは罪悪感と責任感を同時に与えようと、わざとダーウィンをじっと見つめながら言った。

「そんなこと言わないで一緒に行きましょう。あなたも聞いたほうがいい話だと思うわよ。もしかしたら私たちがこれまで捜し回っていた人が誰なのかついに分かるかもしれない」

ずっと視線を避けていたダーウィンは、今度は不思議だと思うほど長く目を合わせていたが、やがてうなずいた。

バズおじさまが連れて行ってくれたのは、スタジオの向かい側にあるホテルの高級レストランだった。ルミは中に入り、シャンデリアや絵のようなインテリアをよく見て回った。学校の友達に話を聞いたことがあるだけで一度も来たことがないような所だった。いくら特別な日でもパパはこんな高いところには絶対連れてきてくれない。バズおじさまはよく来る所なのか、従業員たちととても親しそうに接していた。無口ではあるがダーウィンも自然に見えた。ルミはこのような雰囲気に疎外感を感じている人は自分だけだろうという考えを苦々しく思った。

注文をして食べ物を待つ間、バズおじさまが先に話を始めた。

「さっきおばあちゃんの家の掃除をしたって言っていたっけ？　ところでそれはジェイと関連があることなのかい？」

ルミはおじさまに聞き返した。

「おじさま、もしかして昔、ジェイ伯父さんにテープレコーダーを貸したことありますか？　ラジオのついたテープレコーダーです」

「テープレコーダー？」

「はい、祖母が言いました。おじさまがジェイ伯父さんに貸したテープレコーダーで、伯父がラジオを聞いてたんです。伯父の部屋にある音楽テープもすべてそれで録音したと言っていましたが」

バズおじさまは記憶を思い出すためか、顔を少ししかめながら言った。

「ああ、あのテープレコーダー……ああ、思い出した……」

「祖母はジェイ伯父さんが死んだ後、おじさまに返したとおっしゃっていましたが、本当ですか？」

「うん、返してくれたんだ」

「そのテープレコーダーは今どこにありますか？」

「そうだな。ずいぶん前だから……」

ルミはダーウィンをちらっと見た後、言った。

「おじさま、ジェイ伯父さんは〝ミッドナイトミュージック〟というラジオ放送をおじさまが貸したテープレコーダーで録音していました。月曜日から金曜日までの5日間、午前0時から午前2時までの放送でした。5月から録音を始めて、6月、7月初めの放送まで30本もの録音テープがそのまま残っています。その中で伯父さんが死ぬ前日と2日前に録音されたテープもあります。だとしたら、伯父が亡くなったその日も、やはり録音していたのではないでしょうか？」

それが何を意味するのかまだ分からないバズおじさまは平然と答えた。

「ミッドナイトミュージックか、久しぶりに聞いたな。他の地区の音楽まで流して、当時は子供達の間で人気があった。ジェイは時々、ニースにも録音した音楽を聴かせていた」

ルミはその意味をバズおじさまが理解できるよう続けた。

「重要なのは、当時の製品は品質が良くなかったのか、あるいはおじさまが貸したテープレコーダーが故障していたのか、音楽とともに周囲で聞こえる騒音まで録音されていたということです。伯父が録音したテープを聞いてみると、いくつか鮮明に聞こえるほどの声が一緒に録音されていたんです。おじさまが使っていた時もそうでしたか？」

バズおじさまは相変わらずあまり興味のないそっけない顔で言った。

「さぁ、よく分からないな。私は録音するほど音楽マニアじゃなかったから。でも私の記憶でもあまり質のいい製品ではなかったと思う」

ルミはにやりと微笑んだ。

「いいえ、この世の中で一番品質のいいテープレコーダーですよ。おかげで伯父が殺された日に何があったのか明らかにできる可能性が出てきたからです」

バズおじさまはやっと興味深い点を発見したのか、「それはどういう意味なのかな？」と聞いた。ルミは自分の言ったことに自ら緊張して話を続けた。

「ジェイ伯父さんが殺害された推定時間は午前1時頃ですから、もしジェイ伯父さんがその日も録音をしていたら、その時の状況がテープに録音されていたかもしれません。うちのパパはその日、ジェイ伯父さんの部屋から話し声を聞いたと言ったんですよ。パパに聞こえるくらいの会話なら、テープには当然録音されているんじゃないですか？　もしかすると、そのテープの中に伯父を殺した犯人の手がかりがあるかもしれません」

バズおじさまは驚いたようにコップを持った手を止めながら言った。

「それは、すごい発見だ」

「はい、だから私は必ずそのテープレコーダーを探さないといけないんです。おじさまが祖母にテープレコーダーを返してもらった時、その中にテープが入っていませんでしたか？」

「それはよく覚えていないな。開けようなんて考えないでそのまま部屋のどこかに置いておいたんだ」

「どうして？　おじさまが貸してくれたものではありますが、それでも伯父が死ぬ前まで持っていたものだから伯父の遺品と同じじゃないですか。私なら当然、中を見たと思いますが」

バズおじさまは水を飲み、コップを下ろしながら言った。

「そうだな、なぜそうしたのか……ただ、その当時はそれに向き合いたくなかったようだ。ルミのおばあさんがジェイといい友達でいてくれてありがとうと言ってテープレコーダーを返してくれたが……。率直に言えば私はそんな言葉を聞く資格がないんだ」

「資格がないというのは、どういう意味ですか？」

バズおじさまは黙って、空っぽのコップをのぞいた。どこか悲しく、かつ寂しそうな顔をしていた。おじさまはしばらくして、かすかに笑って口を開いた。

「ルミ、私はジェイにとっていい友達じゃなかったんだよ」

「どうしてです？」


プライムスクールからジェイに送られてきた合格通知書を見て心から喜んであげられなかった。「おめでとう」と言ったが、こわばった顔を完璧に隠すことはできなかった。もしかしたらジェイもそんな私の表情に気づいたかもしれない。1日前に私は不合格の通知を受け取った。同封された手紙に、残念だが私の才能はプライムスクールには合わないので、もっと適切なところで夢を叶えることを願うという慰めの言葉が書かれていた。不合格者たちは皆そのように助詞ひとつひとつまで全く同じ手紙を受け取ったはずだ。

理解できなかった。私がジェイより成績が劣っていたか？　体育ができなかったか？　エッセイが下手だったか？　面接の時に行いが正しくなかったか？　顔が不細工だったか？　一体、私はジェイよりできないものが何かあるか？　私は湧き上がる怒りを抑えきれずに卑屈に笑い、家へ帰った。ところがドアを開けたとたんに悟った。あ、ひとつあった……。

父は発明家だった。若くして一生働かなくても食べていけるほど多くの特許権を取得したが、アルコール中毒者だった。父は家でいつも酒を飲んでいた。酒を飲んだからといって、母と私を肉体的に虐待したことはなかった。単に酒を飲んだだけだ。けれども私には家に帰ってくると、ほとんど酒に酔ったままソファーに腰掛け、ほんのり赤い瞳をして私を歓迎する姿が、もっとも大きな虐待のように感じられていた。

「うちのちびっ子バズ、遅かったな」

私は父の言葉に一言も応じずに自分の部屋へ駆け上がった。そんなひどい父をもつのは、1地区で私ひとりだった。

私がプライムスクールに落ちたのは、父親のせいだった。入学審査官は私の成績よりも家系をもっと詳しく調べただろう。落ちた成績は上げることができるが、汚い血をきれいにする方法はなかった。たとえ〝私は死ぬまで酒は口にしない〟という誓約書を血で書くとしても彼らは絶対信じてくれず、むしろあざ笑うだけだった。「バズ・マーシャル、お前の父を見てご覧。お前の誓約書からもう酒の匂いがするじゃないか」と。

ニースにはわざと生意気に振舞った。

「実は俺、わざと試験に失敗したんだ。そんな官僚主義の臭いのする学校は苦手なのに、母さんがうるさく言うから試験を受けないわけにはいかなかったんだ。6年間も寮に閉じこもって暮らさなければならないなんて収容所と同然じゃないか。ニース、人生で最も重要なのは自由だ。俺はどんなことがあってもそれを守るつもりだ。ジェイは多分、俺たちとはだんだん疎遠になるだろうな。しょうがないよ。ジェイはもともとちょっと権威的なところがあるから、プライムスクールによく似合うはずだ」

しかし、ジェイはプライムスクールへの入学をキャンセルし、我々と同じ一般の中学校に進学した。

私が知っているかぎりプライムスクールの試験に合格していながら入学を取り消した人は、プライムスクール史上ただのひとりもいなかった。

ジェイは私よりもそっけなく言った。

「そんな学校はどうでもいい。合格できるかどうかが気になっていただけだから。俺はお前たちとこのままずっと一緒に遊びたい。父さんも俺の好きなようにしなさいと言ったし」

……え？　私たちと一緒に遊びたくてプライムスクールを諦めたって？　それはまるで法王から招待状をもらった人が「その日は野球の練習があって行けない」と言って、平気で招待状を握りつぶしてしまうようなものだった。いや、法王の招待を断るよりもっとすごかった。法王が住む城に一度行ったからといって人生が変わるわけではないが、プライムスクールは人生を変えられるところだから。

それ以後、ニースは私たちより上の方に立っているというようにジェイを仰ぎみるようになった。特殊な秤だの何だの、ジェイが持ち出すでたらめな法理論も、すごいと勘違いして感銘を受けていた。

しかし、私はジェイの言葉を信じなかった。信じられなかった。単純に自分の能力を測定するためにその難しい試験を受け、合格で能力が立証されたことに満足し、皆が仰ぐ名誉と栄光を邪魔なバッジであるかのように捨ててしまうような人間がこの世に果たして存在するだろうか。しかも「お前たちと遊びたくて」と、大層な言葉をいいながら？

陰険な詐欺師！

ジェイのベッドに横になって冗談を言い合っている時にも腹の中ではいつもそう思っていた。

嘘つき！

まわりから〝三銃士〟と呼ばれながらもジェイの後ろではいつもそう考えていた。

偽善者！

ジェイに「バズ、早く来い」と呼ばれて「待ってろ」と手を振って走っている瞬間も、いつもそのように心の中で叫んでいた。

ジェイはプライムスクールに行かなければならなかった。プライムスクールにさえ行っていたら、私がジェイをそんなに憎むことはなかっただろう。私が卑劣な友達になることは決してなかっただろう。ところが結局、私の疑念が当たった。ジェイがプライムスクールに行かなかったのには、他の理由があったのだ。

ジェイは家に早く帰るのが好きだったので、私たちはいつもジェイの家で遊んだものだった。中学校3年生の新学期が始まってまもなく、その日も私とニースはジェイの部屋に集まっていた。久しぶりにハンターおじさんも海外での撮影を終えて家に帰ってきていた。ハンターおじさんはジェイが持っているプライドの源だった。先生、近所の人、友達、みんながそれを認めた。表には出さないが、私も心の底では立派な父の血を受け継いで生まれたジェイがうらやましくて仕方がなかった。私の血にはアルコールだけが流れているから。

その日、私はトイレに行こうと廊下に出て、偶然1階の階段近くでハンターおじさんとジェイが交わす会話を盗み聞きした。

「父さん、この前学校から進路相談を受けて、高校はビショップアカデミーに行くつもりだと言ったんですが、許可してくれますよね？」

「そこは全寮制ではないか？」

「はい、全寮制です」

「ジェイ、何を言っているんだ。全寮制は絶対だめだと何度も言ったではないか」

「分かっています。だからプライムスクールも諦めたじゃないですか」

「なぜ、どうしてまたそんなことを言い出すんだ。ジェイ・ハンター」

「私も自分の夢を叶えたいんです。一般の学校の教科課程はとても簡単です。こんな学校を出ても、下っ端の公務員にしかなれないんです。今度は私のために許してください、お願いします」

「答えろ、ジェイ・ハンター」

「はい、父さん」

「お前は私の家の長男で、私の唯一の息子だ。お前がプライムスクールに行ってはいけない理由を言った時、それはどういう意味だと言った？　私が留守にしている間はお前が私になるってことだと言ったはずだ。だから、もう二度と寮に行くなんて口にするな。私がいない間は父さんの代わりにお前が母さんをちゃんと監視しなければならない」

その意味は私にはよく分からなかった。どうしてハンターおじさんはジョーイもいるのにジェイを唯一の息子だと言うんだろう？　〝なぜお母さんの面倒を見てあげなさい〟という言葉の代わりに〝監視しなければ〟と言ったのか？　しかし、私はその会話の意味が分からないにもかかわらず、ハンターおじさんが先に席を離れた後に目撃したジェイの表情から、それがジェイのほぼ唯一の弱点であることに気づいた。ジェイは自分の血筋をかき消したいという顔をしていた。むごたらしく汚された顔だった。酒を飲む父さんと目が合った時の私のように。

しばらくして、現代美術館でハンターおじさんの写真展示会が開かれた。父親が誕生日プレゼントでくれた写真だと言ってニースと僕に写真アルバムを自慢してから、ジェイはまた偉ぶって友達に入場券を配った。その日の私は、ジェイの威張りちらした態度が気に障った。ニースはジェイに「展示会が終わったらおじさんはまた撮影のために外国に行くんだよね？」と尋ねた。ジェイは当時の内戦中だった国名を言い「そうだ、数日後に出発する」と言った。ニースが「危険じゃないのか？」と言うと、ジェイはまた偉そうにあごを突き上げて「たとえ死んだとしても真実を明かすのが俺の父さんの使命だろう」と答えた。

私は何事もなく通りすぎながら、独り言のようにつぶやいた。

「母さんを監視するのはお前の使命だな」

周りがとてもうるさくて、ニースをはじめとする人々は私の言うことが聞こえなかったと思う。しかし、ジェイだけは確実に私の言うことを理解した。ジェイがしばらく立ち止まり「ジェイ、どうした？」とニースが言った時、ジェイは感情を読み取ることができない妙な表情で私の前を通り過ぎた。やはり〝母〟と〝監視〟はジェイのアキレス腱だった。

そのように張り詰めた神経の中でもジェイと私はいつも一緒にいた。ジェイはどう思っていたか知らないが、私にはあの三銃士の群れから離れることがなんとなく敗北を認めることに思えた。私はジェイとの競争で再び負けたくなかった。

ジェイが死ぬ前日、僕たちはジェイの部屋に集まって翌日の発表について話しあった。私は「そんな発表は大嫌いだ」と言い、「最初から発表の申請書も出していないし」と話した。私の言葉は父が見守る中で発表することが嫌いだということであって、父について話すのが嫌いだということではなかった。もちろん本音では父について話すことが嫌だったのだ。しかし私はそれを表に出す気は毛頭なかった。死にたくなるほど父親がコンプレックスな人は、絶対に父親がコンプレックスだとは言えない。ジェイとニースがビリー・ジョーについて冗談を言った時、内心では父をあざ笑われているようで劣等感を抱きながらも表面では平気でそれに従って笑ったように、ニースは私の意図通りに私の言うことを額面通りに受け取った。

しかし、ジェイの反応は思ったものと違った。

「どうして？　バズ、お前は人々に自分のお父さんを紹介するのが嫌いなのか？」

ジェイのその言葉はこの前の復讐というわけだった。私も同じように返した。

「母の日に母を紹介するのならうまくできそうだよ。ニース、お前もそうだろ？」

私はニースに同意を求めた。聖母マリアのような母を持つニースは、私の意見に同意した。

「同感だ。人類学的にも父より母のほうが立派な存在であることが明らかになったから。多分、科学的にも立証されたことだろう。ジェイ、僕の言ったことは正しいだろう？」

ジェイは何も答えなかった。その時ジョーイがおやつを持って部屋に入ってきた。私はサンドイッチを手に取りながら言った。

「返事をしないのを見ると、ジェイは自分のお母さんにあまり自信ないようだ。なぜだろう？　来るたびにこんなにおいしいサンドイッチを作ってくれるんだ。ジョーイ、おばさんに感謝しているって伝えてくれるか？」

その瞬間、ジェイは突然ジョーイが持っていた皿を放り投げた。ジョーイが泣きながら部屋を出て行った。私も怒ってかばんを持ってジェイの家を出てしまった。ジェイはついに私との関係を終わらせることを宣言したのだ。私もそんなに偽善的で偉そうな顔しかできない奴とはもうおしまいだと思った。私はニースについてきてほしいと思い、ドアの前でニースを待った。しかし、しばらく待ってもニースは出てこなかった。私はニースにも腹が立って先に家に帰ってきた。

家に帰ると少し寂しい気分になった。私はニースが夕方には電話をしてきて私の味方になってくれると思った。もともと私たちふたりが先に仲良くなったのだ。私たちふたりの家の方が近かったから。しかし、真夜中まで待っても電話はかかってこなかった。

「くそっ、ニース・ヤング。そうだよ、そうやって一生ジェイ・ハンターの後をついていけ。お前とも終わりだよ、終わり！」

その夜、ジェイとニースのふたりを呪いながら眠った。

明くる日、ジェイはこの世にいなかった。学校はジェイ殺害の知らせで落ち着かなかった。私は怖くてニースの手を捕まえようとした。でも、その瞬間ニースは私から手を離してしまった。そして私をにらみつけてすぐに背中を向けて他の所へ走って行った。

君はいつも私よりジェイの方が好きだったな。そう……ニースはジェイが死ぬ前にジェイと戦った私のことを許せないのだ。ジェイがいないから私まで要らなくなったのだ。ジェイの死により、ニースは友人だった私のもとを一瞬にして立ち去った。

急に独りになってしまった状況で途方に暮れていたある日、ハンター夫人が訪ねてきて「ジェイと仲良くしてくれてありがとう」と言って、私にテープレコーダーを差し出した。それは15歳の誕生日に父が私にくれた贈り物だった。父は酔っ払ったまま、「バズ、今日はお前の誕生日だろう？」と自分で作ったテープレコーダーを私にプレゼントした。強烈な酒のにおいがした。私は自分の名前まで刻まれたプレゼントが私の未来を暗示しているようにぞっとして、使ったことがなかった。手を付けたくもなかった。そのまま引き出しの中に押し込んでおき、数ヶ月後、ジェイの16歳の誕生日になると、私はそれを〝片付ける〟という気持ちで彼に与えてしまった。ジェイは大変喜んだ。不運な自分の未来をジェイに押しつけたようで、内心痛快だった。ハンター夫人の感謝の言葉と一緒にそれを返してもらった瞬間、あの日の卑劣な私が思い出されて苦しかった。テープレコーダーをもらって家へ帰った私は、あわてて机の引き出しにしまい込んだ。引き出しを開けない限り、ジェイに〝不運な未来〟をプレゼントしたという罪悪感と再び向き合うことはなさそうだった。

そして数年後、向き合いたくないもうひとつの関係をもうひとつ整理した。大学生の時、母が亡くなるとすぐ私は何も言わずに家を出たのだ。それは私が父にできる最高の復讐だった。生涯、酒に酔ったまま私が帰って来ない理由を考えていればいい。これまでこの私の選択について一度も振り返ったことはなかった。今後もあの家に足を踏み入れることは絶対にないだろう。

「なぜジェイ伯父さんの良い友達ではなかったのですか？」

……ルミには言えない話がひとつあるんだ。

「ねぇ？　おじさま？　どうしていい友達ではなかったんですか？」

30歳頃、撮影中に知り合ったあるカメラマンから、ハンター家に隠された噂を聞いた。ハンター夫人が不倫をし、ジョーイはハンターおじさんの実の息子ではないという……。

ジェイの葬式の時も、私は泣かなかった。自分の中にまだ解けない結び目があったからだ。しかし、幼いジェイが背負った大きな荷物を知ったその日、私はその荷物を負わせたジェイの父への気持ちを思い出し、一晩中泣き、生涯酒を口にしないという誓いを打ち破って酒を飲んだ。

私はなぜジェイをあんなに憎んだのだろうか。どうしてジェイをあれほどまで傷つけたのか。なぜ写真のアルバムを見せながらジェイが「プレゼントというより賞だけど」と言ったことを自慢だと思ったのか。あいつは心の弱い16の子供だったのに。弱さを隠そうとわざとトゲを見せただけなのに。恥ずかしい父が私の恥だったように、誇らしい父がジェイには恥だったはずなのに。

私の友達だったのに……。

長い間沈黙しているバズおじさまを見て、ルミは好奇心と共に疑問が湧いた。おじさまはジェイ伯父さんにどのような大きな過ちを犯したために、30年が経った今でも簡単に話せないのだろうか。

ウェイターが注文した料理をすべて置いていった後、バズおじさまは口を開いた。

「もしいい友達だったら、ジェイをあんなにむなしく送らなかっただろう」

長く待ったわりにはあまりにもつまらない返事だった。バズおじさまの沈黙は実際に犯した過ちのためではなく、早くこの世を去った友人に残った友人が感じる一般的なネガティブな感情だった。おじさまが不要な罪悪感を持っているようで、ルミはその必要がないことを知らせるために言った。

「おじさまが止められることではなかったんです。そんなことをおっしゃるのを見ると、おじさまは良い友達だったに違いありません。私はこう思います。30年間追悼式に来てくれるニースおじさまと伯父をまだ心の中から消していないおじさまのような人を友達にしたことだけでも、伯父は短いけど意味のある人生を送ったんだと」

バズおじさまは「ニースはジェイの本当の友達だ」とうなずきながらも、依然として自分のことを確信できない顔で「だけど、私は……」とつぶやいた。しかしすぐに雰囲気を盛り上げなければならないという義務を感じたのか、声を張り上げて「さあ、食べよう」とステーキにナイフを入れた。

ルミは彼と同じようにフォークとナイフを持ち、ダーウィンを横目で見た。自分の父親の話まで出たのに、ダーウィンはなかなかこの会話に入る気がないように見えた。だからといって、食事に夢中になるわけでもなかった。ダーウィンは自分の前の皿を食べる対象ではなく、観察対象のように見つめていた。何を考えているのかさっぱり分からない顔だった。ルミはどうも元気がないダーウィンから関心をはずし、バズおじさまに聞いた。

「テープレコーダーを捨てていませんよね？」

「捨てたわけじゃないけど……どこに置いたのかはっきり覚えていない」

「捨ててないだけでも希望があります。私のために、いえジェイ伯父さんのためにぜひ探してみてくださ い。そうしてくださいますよね？」

バズおじさまはうなずいた。

「すぐには大変だろうから、作業が終わったら探してみよう」

ルミは最後の扉をひとつ残して仕事が持ち越されたことがもどかしかったが、プライムスクールのドキュメンタリーがどれほど重要なのか知っているため、とりあえずはバズおじさまの仕事が終わるのを待つしかないと思った。

バズおじさまが食事をしながら聞いた。

「ところでルミ、君の言うとおり手がかりになる何かが録音されていたとしても、それで犯人を見つけるのは不可能なんじゃないか。もう30年が経ったが、今になって9地区のフーディーのうちひとりをどう特定できるのだろうか？」

バズおじさんの疑問は当然のことだった。ルミはその当然の疑問を覆す答えが自分にあるという事実が痛快だった。

「犯人が9地区のフーディーならそうでしょう。でも、もし1地区、それも伯父の知り合いが犯人なら十分可能ではないでしょうか。少なくとも一度は名前を呼んでいるはずですから。例えばバズ、何をするんだ？　こういうふうに」

バズおじさんが驚いた顔で持っていたナイフを下ろして言った。

「え？　どういう意味だい？　ジェイの知り合いが犯人だって？」

重要な瞬間なので、ルミはナプキンで口元を拭いてから話した。

「実は、私は伯父を殺した犯人が9地区のフーディーだということを常に疑っていました。ある時伯父のアルバムから写真1枚がなくなったことを知り、伯父を殺した犯人がその写真を持って行ったということを直感したんです。それを手始めにさまざまな調査をしてみましたが、そこで私が得た確信は、伯父を殺した犯人が1地区の住人、それも今ではかなり高い地位にある人だということです。私の確信を証明できる唯一の手がかりがおじさまのテープレコーダーなんです」

「アルバムの中からなくなった写真？」

おじさまがそう聞き返した時、ルミはこれまで自分がとても有力な目撃者を見落としていたという事実に気づいた。

「そういえばおじさまもご存じでしょうね。祖父がプレゼントした写真で作ったアルバムです。伯父が宝物のように扱っていたという」

おじさまは思い出したように「うん、よく知っているよ」とうなずいた。

「その時すでに写真1枚分、スペースが空いていませんでしたか？」

「どうかな。アルバムがぶ厚くて……。でも、それがジェイの死とどのように結びつくのか分からないな。何か大事な写真なのか？」

「私もまだ写真の正体については、はっきり分かりません。しかし、伯父の死を排除して見ても、意味のある写真であることだけは確かです。〝12月の暴動〟の時に撮られた写真の中のひとつですから」

「〝12月の暴動〟？　〝12月の暴動〟って、もしかしてあの変わったほくろがある男が写った写真のことを言っているのか？」

ルミは首をかしげた。

「変わったほくろがある男ですか？」

その瞬間、9地区の老人たちが写真の中のある男を指差しながら〝鳩の糞〟と言ったことが頭の中をかすめて通り過ぎた。

「おじさまもその写真をご存じなんですか？」

「ああ、知っているとも。ジェイがある日、息を切らして走ってきて、道で偶然その暴動の写真の中にいる男を見たと。ジェイはその男を捜して必ず制裁を与えると言っていた」

ルミは突然跳ね上がった心臓の鼓動をなんとか抑えて聞いた。

「おじさまが言う写真は、その特異なほくろを持った男性が他の人と一緒にいるところを撮られた写真でしたか？　小さく横顔だけの」

「いや、正面の写真だった。ピントがとてもよく合っていて、ほとんどひとりの写真に違いなかった」

　その瞬間、ルミはここが礼儀を重んじる高級レストランであることを忘れたまま大声を上げた。

「おじさまの言っている写真がなくなった写真です！　私が見たアルバムにはその男の横顔の写真しかなかったんですよ」

　ルミは隣のテーブルの人たちが自分に向かって厳しい視線を向けるのを感じたが、申し訳ない気持ちになるどころか真実の糸口を摑んだこの瞬間に些細な食事のマナーを重視する彼らが、むしろ情けないと思った。ルミは思いついたことを論理的に繋ぎながら言った。

「これまでは犯人がなぜその写真を持っていったのか分からなかったのですが、やっと分かりました。その写真に撮られた男と犯人は、非常に緊密な関連のある人だったんです。今までは〝12月の暴動〟の加担者が1地区で暮らす可能性については一度も考えてみなかったので、その部分が説明できませんでした。ところが、伯父がその人を1地区で見たとしたら、すべての話が当てはまります。暴動に加担した人が1地区に住んでいるなら、当然、制裁対象でしょう。それで犯人はそれが見つかってはまずいと思って写真を盗んだんです。ということは……。犯人は伯父の話を聞く機会があるほど伯父と近い人だった。私が思っていたよりずっとです」

　ルミは自分の推理が完璧に近づいていることを感じながらバズおじさまに聞いた。

「おじさま、私の推測はどうですか？　おじさまはその時代を直接経験されましたよね。おじさまがどのように考えられるのか聞きたいです」

　おじさまは確実でないことを話す時に多くの人がよくするように、手であごを触って言った。

「さあ、私はまだ何とも断定はできないな。君の推測通り犯人が写真を持って行った可能性よりは、むしろジェイが写真をはがした可能性を先に考えてみるべきかもしれないし……実はその当時もそう考えていたが、私はジェイが人を見間違えたと思う。9

地区のフーディーが1地区に住んでいるなんて話にもならないじゃないか。しかし、ジェイは自分が見たことを確信していたから、その写真をはずして別に取って置くか、または自分で持ち歩いていたかもしれない」

「おじさまがその写真をはがして持ち歩いているのを見たことがありますか？」

「いや、見たことはない。でも、私がジェイについて全部知っているわけではないから……」

ルミはダーウィンの顔色をうかがった。ダーウィンはこのすごい話を聞いているかどうかさえ分からず、ひとりだけ別の世界に行っているような顔をしていた。もし、ここでバズおじさまにアーカイブでもその写真が削除されていた事実を知らせたら、おじさまも高級公務員が伯父の死に関わっているという推測に説得されるしかないだろう。しかし、アーカイブであったことについては二度と言及しないと、ニースおじさまとダーウィンの名誉のために約束した。そのことでダーウィンの信頼を失ったのに、ダーウィンの前でそれを再び口にすることはできなかった。もちろんバズおじさまにならアーカイブの件について話すことを気にしないだろうけど、それでもこの機会に自分がその約束をいかに重要にしているかをダーウィンにはっきりと見せたかった。自分がここまで努力しているということを、果たしてこのすっかり変わってしまったダーウィンが理解してくれるかは分からないが。

「おじさまにもっとお伝えしたいことがありますが、今日はここでやめておきます。テープレコーダーを確認するまではとにかく推測に過ぎないから……。でもおじさま、今日おじさまの話を聞いたら100パーセント近い確信が持てました。伯父を殺して写真を持っていった人は、伯父の近くにいた人です。伯父さんが制裁するって言っていることをそばで聞いていたほど」

バズおじさまは何も言わず、しばらくしてから口を開いた。

「ところでルミの推測がすべて正しければ、それはそれで本当の悲劇という気がするね」

「どういうことですか？」

「私たちが幼い頃、今とは社会の雰囲気がずいぶん違っていた。中位地区のあちこちに隠れている〝12月の暴動〟の加担者を捜し出すために、常に緊張状態だった。時々ニュースでは、警察が夕食をとる中位地区のある家庭を急襲して、暴動に加わった容疑の男を連れていく場面が報道されていたんだ。他の罪とは違って一度、国家反逆者とされれば救済する方法がなかった。上位地区はその雰囲気とは違って自由だったけど、もしかしたらそれが誰かにもっと大きな恐怖を与えていたかもしれない。平穏な人生を送っている人が、ある日突然ジェイが自分の正体を暴いて制裁すると言っているのを聞いた時、どんなに怖かっただろうか？」

ルミはバズおじさまが一般的な1地区の大人たちと少し違うという点は既に分かっていた。8地区の子供たちに関するドキュメンタリーを撮った監督らしく、バズおじさまの考え方はヒューマニズムと進歩的な精神に基づいていた。ルミはもちろんバズおじさまの見方を尊重した。しかし、その感傷的な目をジェイ伯父さんを殺害した人にまで向けることは許されなかった。

ルミは断言した。

「恐ろしさに免罪符を与えることはできません。暴動を起こした時もそんなに恐れはしなかったでしょう。自分の信念によってしたことなら代価も当然払わなければなりません。おじさまは誰かが自分の過去を隠したくてジェイ伯父さんを殺したということが理解できますか？」

「自分が犯した過去の過ちならもちろん責任を取るべきだろう。しかし、〝ジェイに近い人物が犯人〟だという君の推測どおりなら、制裁するというジェイの言葉を聞いた人は、その写真の中の男というよりはその男の周辺人物で、ジェイと同年代の子供だった可能性が高いのではないか。当時の目撃者の証言も犯人が少年の体形をしたフーディーだというのだから、写真の男の年下の親戚だったり、子供だったり……。私は当時の社会情勢を知っているせいか、何とも言えないな。もし子供という推測が正しければジェイが自分の身内を探して制裁するという話を聞いた時、どれほど恐ろしくむごいと思っただろうか。……自分は何の罪も犯してないのにね」

ルミは過度に感傷に浸るバズおじさまをはっきりした口調でさえぎった。

「それでジェイ伯父さんを殺したのなら、その人物はバカで卑怯者です。私なら何の罪もない伯父を殺す代わりに、罪がある父親を告発したはずです」

バズおじさまはその言葉に説得されたのか、笑いながら話した。

「その点については私と意見が一致しているんだな。そうだな、私もそうするべきだったと思う。自分の人生の毒になる人は果敢に断たなければならない。たとえそれが父親だとしても」

伯父さんを殺した犯人についての見方には相違があったが、究極的には自分と同じ人生観を持っているバズおじさまにルミは同類意識を感じた。ところが、しばらくしてバズおじさまが次のように言った。

「しかし私たちの周りには〝家族〟というジレンマに陥る人たちが思ったよりかなり多い。殊に親子の間ではなおさら……。ダーウィン、もういいのかい？　疲れたって言っていたけど食欲はないみたいだね。それじゃ、もう終わりにしようか？」

ルミはダーウィンを振り返った。皿の上の食べ物はほとんどそのままで、この場にいるのにうんざりしているような顔だった。ナレーションに体力を注ぎ込んだのか、椅子に座っているだけでも疲れて見えた。しかし、いくら疲れていても、9地区に一緒に行ってアーカイブの機密資料を見ることまで手伝ってくれた男の子が、食事の間中、一言も割り込まないほど突然ジェイ伯父さんのことに無関心になったということは理解できなかった。もちろん、理解できないダーウィンの態度はそれだけではないが。

外に出ると、ホテルのガラス窓から太陽の光が差し込み、周辺の他の風景がすべて消えてしまいそうなほど、明るい光が街へと広がっていた。ルミはあの光が作り出す歓喜が、今にも自分の人生にも生じそうな予感がした。

バズおじさまが呼んだ車がホテルの前に到着した。おじさまがダーウィンの背中を撫でながら言った。

「ダーウィン、ありがとう。とても素晴らしかった。おかげで幸せなクリスマスになりそうだ。ルミにも会えて嬉しかった」

ルミは別れる前にもう一度念を押した。

「家に帰ったら一番先にテープレコーダーを探してくださいますよね？」

バズおじさまは「そうするよ」と答え、運転手に淑女を先に家に送ってからプライムスクールに行くよう指示した。ルミは結局自分に声をかけてこなかったダーウィンにもう期待してはいけないと思い、「私はバスに乗るのでいいです」と断った。するとおじさまが無理やり車に乗せて言った。

「どうやら喧嘩しているようだが、別れる前に仲直りしなさい。子供たちは未練を残してはいけない」

バズおじさまがドアを閉めると、運転手はすぐ走り出した。ルミはすぐ降りようと中腰に座ったものの車が出発するとどうしようもなくなり、むしろ座席の奥深くに身をもたれかかった。運転手は「住所はどこですか？」と尋ねた。ルミは「桜通りです」と答えた。プライムスクールやクルミ通りだったら、もっと良かっただろう。それでもプリメーラの制服に気づき、「プリメーラの生徒さんでしょう？　制服が素敵だね」とほめてくれた運転手のおかげで、残念な気持ちを少しでも晴らすことができた。ルミは「ありがとうございます」と答え、横目でダーウィンを見た。冬の制服を着た姿で会うのは初めてだったので、ダーウィンにもほめられたかった。しかし、ダーウィンは車の窓の外に視線を固定し、微動だにしなかった。

都心を過ぎると車はスピードを出し始めた。このままなら程なく家に着くだろう。ルミは自分の存在を無視するダーウィンにこれ以上我慢できなくなり、口を開いた。

「会っていない間、あなたはずいぶん変わったと思う」

ダーウィンは何の反応も示さなかった。ルミは力を入れてもう一度言った。

「私の知っていた、あのダーウィン・ヤングじゃない」

しばらくしてダーウィンが口を開いた。

「そうだよ。違うかもしれない」

「どういう意味？」

視線は相変わらず車の窓の外に向けられたままだった。

「君の考えに同意しているんだ。ルミの推測はいつも的中率が高いから」

「まだ私に怒っているのね」

「怒ってないよ」

「どうして急に連絡をしなくなったの？」

「時間がなかったんだ」

「とんでもないことを言うのね。あなたは私に怒っている。理由を言ってみようか？　アーカイブ事件のせいよね？　私が学校で問題になったように、あなたもそうなったから。それで私に会うのが嫌になった。ダーウィン・ヤングは人生で何の問題も起こしたくない人だから」

ルミはちらちらとこちらを見る運転手の目つきに、思わず声が高ぶっていると気づいた。ダーウィンが答えた。

「ルミにはいつも感心しているよ。君がする推測はいつも正確だよ。しかし、今度のは間違いだ。僕は君に怒ってもいないし、また人生で何の問題も起こしたくない人でもない」

ひとりだけ感情を噴出したのが悔しく感じられるほど淡々とした声だった。ルミは平常心を取り戻して聞いた。

「じゃあ、どんな人なの？」

「新年あたりには分かるはずだ」

「新年あたり？」

「その時になれば、僕に怒って連絡をしなくなるのはルミになるだろう」

「結局、私に責任を押しつけているのね。年が変わるということで関係を少し整理するのがダーウィン・ヤングの拒絶のやり方のようね。だけどあえて新年まで待つ必要はないようよ。今でも十分にあなたがどんな人か分かるから」

ルミはダーウィンがそうしているように反対の窓の方に顔を向けた。

ダーウィンの言った言葉はすべて迷路の中から聞こえてくる音のように曖昧で多重的で、正確な意味は分からなかった。しかし、その混沌の中でもひとつの意味だけは確実に把握することができた。ダーウィンにはこの先〝ルミ・ハンターとの関係を持続する意思がない〟ということだ。

ルミはこれ以上ダーウィンの迷路を理解することに時間を費やさないことにした。ダーウィン・ヤングなどいなくても何の関係もなかった。こんなもどかしい迷路からは自分の方から先に抜け出してしまおう。そしていつものように〝ジェイ・ハンター〟その光だけを追う。すでに微かに伯父さんの姿が見えていた。

プライムスクールでの最後

プライムスクールの終業式を控えた数日間は大雪が続いた。雪に埋もれたプライムスクールはその昔、修道院だった時代の郷愁を呼び起こした。白い雪で孤立した土地をやっとの思いで歩く生徒たちは、純白の意志で理想郷を見つけようとする若い修道士たちのように見えた。もしかしたら、自分たちの足元を赤いワインに染めたいという隠れた欲望まで似ているかもしれない。しかし、道は完全に違った。冬の間、一箇所でその欲望と闘わなければならなかった修道士たちと違って、プライムボーイたちは明日から始まる自由な生活を通じて自分にそんな欲望があったという事実さえ自然に忘れるだろう。地面に積もった雪は良心を映す鏡ではなく、手で遊ぶおもちゃに過ぎなかった。

残りの荷物をまとめる生徒たちで寮は慌しかった。各部屋のベッドシーツが廊下の壁に沿って長めに積まれ、失った物品は行き交う足に蹴られていた。本の束を結んでいたひもが切れたため、しばらく前まで聖書扱いされていた書籍が階段を転げたりもした。

前日の夜、すでに整理が済んでいたダーウィンは、忘れ物はないかもう一度机を調べた。1年間の学業過程がそのまま入っていた机は、持ち主が分からないほど空っぽになっていた。物を片付けるだけで人の痕跡を消すことができるということが、簡単ながらもなんとなく寂しく感じられた。

ダーウィンは机の壁に貼り付けておいた様々な修飾や文法に関するメモを削除することで、机に残っていた自分の最後の痕跡を消した。来年この部屋を使う後輩に自分のことが何も伝わらなかったらいいと思った。名前さえ残っていないことを願った。外国語動詞の変化表を外した瞬間、何かが床に落ちた。拾ってみると、ルミの写真だった。ダーウィンは他のゴミと一緒に捨てようかと思ったがどうしてもそれはできず、そのままコートのポケットに入れた。

引き出しを見てみると、壊れて中間までしか開かない引き出しの底の内側に何かが平たく付いているのが感じられた。奥深く手を入れて出してみると、〝古いもの〟のイベントでレオからもらった遊園地の入場券だった。その日がレオと初めて言葉を交わした日であることを思い出し、ダーウィンはしばらく入場券を眺めた。そして、それも一緒にコートのポケットに入れた。手に入れた時点ですでに有効期限が2年も過ぎており、今はそれから5ヶ月も経っているが、レオとの思い出が詰まったこの品物の価値は〝古いもの〟らしく時間が経てば経つほど価値が高くなるだろう。10年後、また机の引き出しから偶然この入場券を見つけたら、その時はどんなことを考えるだろうか。その時はどこで何をしているのだろうか。今と見違えるほど変わっているだろうか。周りの人たちは相変わらず一緒だろうか……。あまりにも遠くのことまで思いをはせてしまい、ダーウィンはもう部屋を出た方がいいと思い、イーサンに握手をして挨拶をした。

「1年間ありがとう。元気でな」

「こちらこそ。ダーウィン、君は本当に良いルームメイトだった」

「吐いていたのを除いてでしょ?」

イーサンが笑いながら握った手を強く振った。

「あの時は僕たちふたりとも神経質になっていたよ。来年も同じ部屋に入れたらいいのに。4階は見晴らしがもっといいはずだし」

ダーウィンは無言で微笑んだ後、先に部屋を出た。残念だが、寮の4階からプライムスクールを眺めることは一生ないだろう。5階も、6階も。

空には薄い雪が舞っていた。独立して世の中をさまよっていた雪が地面に着き、名もない共同墓地に溶けていった。雪が埋まる場所を選んでためらったらどうなるだろうか。花びらが墓碑を立てたいと思ったらどうなるだろうか。風が自分の墓碑に刻まれる名前を心配したらどうなるだろうか。自然に名誉欲がないということは、人間が文明を成し遂げるのには大変幸いなことだった。

足先が寒さでジーンとしていたが、ダーウィンはプライムスクール最後の散歩をやめたくなかった。自然の中で学べという偉人の教えは無駄ではなかった。耳元をかすめる風が冷静になれとささやきながら、他の地へ向かわせた。塵のような雪は、落ちるのを恐れるなという刹那の遺言を残して砕けた。葉と実をすべて失っても揺らぐことなく同じ場所を守っている木は、全身でこの喪失が終わりではないと慰めてくれた。ダーウィンは彼らの忠告を心に深く刻んだ。

ダーウィンは今、わざと〝考えること〟をしなかった。祖父や父と一緒にいられなくなるその日が来るまでは、返事を待っている多くの疑問を葬り去りたかった。もちろん、それでも光は雪を少しずつ溶かしていた。ルミの発見を通じてすでに真実の片隅が明らかになった。

アルバムの中から消えた写真の正体は、祖父のラナーである可能性が高い。写真の中のほくろの少年、真実を知った父が経験した苦しみ、もしかしたら単純な不注意から生じたものではないかもしれない祖父の顔の傷跡、そしてしばらくしてまた違う真実を知るようになった皆が経験する無限の苦しみ……。ダーウィンは一度考え始めると、自分の存在をさらってしまいそうになるそのすべての考えを、当分の間、明かりの消えた部屋に押し込み閉じ込めておくことにした。ルミが探しているテープというのが本当に存在するかどうかは分からないが、存在するとしてもバズおじさんはプライムスクールのドキュメンタリー放映が終わったクリスマスが過ぎてからやっと探すだろう。クリスマスまでまだ時間が残っていた。その時まではしばらく目に見えるものだけ見て耳に聞こえるものだけ聞いて、何も推理しないで疑わない時間を持ちたかった。どうせ最後はすべての疑問に対して父がただうなずくだけなのだから。

ダーウィンは心の中にプライムスクールの最後の

姿を刻むように、校庭を一周した。その間に散らばっていた雪がすっかりやんで日差しが出始めた。終業式には持ってこいの天気だった。

「今日は何の昆虫を探しているんだ？」

西寮の近くを通ると、親しみのある声が聞こえてきた。

「昆虫って……今日は違う。こんな寒い日に歩き回る昆虫がいるなんて、自然の法則に反するんじゃないか？」

近づいてきたレオが白い息を吐きながら言った。

「そうだな。自殺するのではないならな。〝自然の法則に反する〟という言葉は、そもそも成り立たないんじゃないか？　その反意さえもこの地球の上で起きるひとつの自然の摂理じゃないか」

「死が人生の一部という言葉のように？」

「やっぱり言葉が通じるな。じゃあ、昆虫じゃなかったら何を見ていたんだ？」

ダーウィンは自分が歩いてきた所を振り返った後、答えた。

「ただ……プライムスクール」

「3年を生きてきてもまだ見るものが残っているのか？　よし、ダーウィン、お前がまだ見たことのないプライムスクールを見せてやる」

ダーウィンはどこへ行くのかも分からないまま、黙ってレオについていった。レオは目立たない路地を歩き続け、北側にある教授たちの宿舎の前で立ち止まった。暗黙的に生徒が出入りすることはおろか、接近が制限されていた通行禁止区域に他ならなかった場所なので、ダーウィンは一度も来たことがなく、興味深く辺りを見回した。それからレオは塀の真ん中にある鉄格子のドアをつかんで強く押し引きした。鉄がぶつかる音が騒がしく響いたが、外を眺める教授はいなかった。終業式の日だったので教授たちも早くから部屋を空けたようだった。

レオは開かないドアを残念そうに軽く蹴って言った。

「このドアが俺の秘密通路だった。この中に閉じ込められているのが耐えられなくなったら、ここから出てきたものだ。残念なことにこの前、開くことが発覚してしまったようで、今はこうやって閉鎖されてしまったけど、前はそっと押しただけですぐに開いたんだよ。だから教授たちは俺を憎んだようだ。俺のために自分たちが気楽に利用していたドアを奪われたわけだから」

「勇敢だね。先生たちが出入りする門から学校を出るなんて」

「もともと、最も安心しきっている場所が最もいい加減な場所だろう」

ダーウィンはレオがそうしたようにドアを前後に軽く押し引きして聞いた。

「来年はどうするつもり？　閉じ込められているのが耐えられない瞬間が来ても、そのまま我慢するの？」

「探してみれば、他のところにもまたドアがあるだろう。千人を超える人が住んでいるところを完璧に閉鎖できるか？　そしてここは修道院の建物だったじゃないか。密かに抜け出すのに修道士たちほど知能的な人種もない。きっとあちこちに巧妙な秘密の通路を作っておいたんだろう。新入生の中にそれを見つけられるやつがいればいいんだが」

「レオが探せばいいじゃないか」

レオは肩をすくめ、コートのポケットからタバコとライターを取り出して火をつけた。ダーウィンは驚かなかった。プライムスクールの生徒が喫煙を、それも学校内でするのは重い懲戒を受けるような逸脱行為だが、絶対にあり得ないことではないと今では分かっている。ひとつの罰があるということは、以前に多くの罪があったという意味だから。

レオは鉄格子の間から外を眺めながら、タバコの煙を吐き出した。

「この前、学校をやめると言ったのは嘘じゃなかった。多分、今日がプライムスクールで俺に会う最後の日だと思う」

コートのポケットの中に手を入れていたダーウィンは指先に触れる遊園地の入場券を感じながら、去年の夏、お互いの〝古いもの〟を交換した自分とレオが、冬になった今、約束でもしたかのように同じことを考えていることに、運命の文字が刻まれた鏡を半分に分けているような気がした。もちろん、その半分の鏡を持ってそれぞれが向かう道は違うが。

ダーウィンはレオのそばに歩み寄って聞いた。

「じゃあ、本当に学校をやめるということ？」

「学年末試験の成績表が後押しするのに役に立った。とりわけ法学科目が。自分なりに最善を尽くしたのに落第点を取ったのを見ると、俺はプライムスクールではこれ以上見込みがないと思う」

「落第したの？」

「ああ、罪も許しもみんな人間の作り出したものだから、世の中に人間が人間に許されぬ罪はないと書いて出したんだが、教授からするとその答えは0点だったようだ」

ダーウィンは弁護する一方の立場を放棄したにもかかわらず最高点を取った自分の成績に、罪悪感を抱いた。

「そんな顔をすることはない。むしろ未練を持たなくなっていいから。カメラを持って外に出ることを考えるだけでも、すごく興奮している。プライムスクールでは一度も感じたことがない感情だ」

ダーウィンはこわばった顔を緩めながら聞いた。

「何を撮るかは決めた？」

レオはタバコの煙が飛んでいく宙よりも遠くを見つめながら答えた。

「ここでは見られないもの」

ダーウィンはレオの視線がすでにプライムスクールを離れているのを感じた。レオの決心を翻すことはできないように、自分の決心を翻すことはできない。ダーウィンはありふれた言葉だが真心を込めて、「バズおじさんのように素晴らしい作品を作れるよ」と応援した。

レオは視線を空へと移しながら尋ねた。

「ダーウィン、俺がプライムスクールを離れても俺たちはずっと友達だよな？」

ダーウィンはそのまま質問を返した。

「レオは？　僕がプライムスクールを離れてもずっと僕に会ってくれる？」

レオはためらわずに答えた。

「もちろん。プライムボーイじゃないダーウィン・ヤングなんて、俺はもっといい」

レオは自分が吸っていたタバコを渡した。まるで〝プライムボーイじゃないダーウィン・ヤング〟を今すぐ自分の目の前で見せてほしいかのように。ダーウィンはレオからタバコを受け取り、煙を吸い込んだ。父が一度も吸うのを見たことのないタバコを自分が吸うことに罪悪感を抱いたが、喉から入る煙たい香りが、そんな感情をすぐに押しのけてしまった。レオは「でもお前がプライムスクールを離れるなんてことは絶対にないだろう」と言い、タバコの吸殻をフェンスの中に投げ捨てた。ダーウィンは何も言わなかった。

雪をぎゅっとつまんで手を洗ったレオが、先に足を運びながら言った。

「もう行こう。終業式だから、今日は遅刻しないように」

終業式が行われる大講堂は人波と騒音でごった返していた。学年末試験の時の熱気が、今は家に帰る楽しい興奮に変わっていた。生徒たちは寮や学年別に指定された座席を探して座った。

それぞれの席に分かれる前にレオが言った。

「ダーウィン、電話するよ。休みの間一度会おう。俺が何を撮ったのか、見せてやる」

ダーウィンはレオの手を握ったが、後から入ってくる人々のため、体温を感じる暇もなくすぐに別れなければならなかった。

生徒会のメンバーたちは忙しそうに式の準備をしていた。ダーウィンは自分の座席に座った。学年末試験の時とは違いしばらく辺りを見回す余裕があった。救済思想はずいぶん前に剝がれたが、大講堂は依然として修道院に所属する礼拝堂の姿をしていた。窓にはステンドグラスで聖母の姿が刻まれており、天井には創造論の世界が描かれている。罪を犯した人には耐え難い所だろう。ダーウィンは思わず頭を下げ、両手を重ね合わせた。

まもなく式が始まった。皆、席を立ち、「真理を求めて旅立つ者は寂しくないので……」で始まるプライムスクールの誓いの言葉を読み上げた後、生徒会メンバーのピアノの伴奏に合わせて校歌を歌い、再び席に着いた。厳粛な声で訓辞を始めた校長先生は、「プライムスクールを離れている冬の間、誰が真のプライムスクールの生徒で、誰が偽りのプライムスクールの生徒なのかが分かるだろう」と話した。

休みの期間中、品行により気を使わなければならないという意味だった。

校長が皆、意味のある休息の時間を持つことを願うという挨拶で訓辞を終える瞬間、ダーウィンはわざと目を向けなかった演壇の貴賓席に向かってそっと目を向けた。今度は父の番だった。ダーウィンは握り合った両手をさらに強く握った。

家に帰る道

ニースは校長と握手をし演壇の中央に歩いて出た。1200人もの生徒が大講堂にぎっしりと座っていた。少しでも緊張が和らぐのではないかと思って唾を飲み込んだが、口の中が乾いてさらに硬直する気がした。不思議なことに、国会議員や記者たちの前に立った時よりも、今日のように生徒たち、特にプライムボーイの前に立った時の方が体が硬直した。おそらく記者たちは小さな傷を探すためにいつも目を光らせているが、純粋なこの子供たちはプライムスクール委員長という肩書きだけで自分を全人の象徴であるかのように崇めているからだろう。子供たちと目を合わせるのは大変だった。時に欠点が現れてしまうことより、欠点のない人間として崇められることの方がもっとつらいことだった。

ニースは今日に限って自己批判的になりつつあることに気づいた。理由もある程度は分かっていた。この空間の中に広がっている息の詰まる神聖さのためだった。ここで入学式や卒業式の祝辞を述べなければならない時はいつもこのように気分が沈んだものだった。聖火が描かれた天井の下に座っている子供たちは、ひとりひとりが世の中の真実を明らかにする使命を与えられた天上の陪審員のようだった。

わざと探したわけではないが、生徒らの中でダーウィンの顔が最も目立っていた。どことなく顔の片隅に影が垂れ下がっていた。どうも寒い天気と大講堂の照明が、息子には似合わない影を落としているようだった。それでもダーウィンの茶色の瞳だけはこの多くの子供たちの中で最も明るく鮮明に輝いていた。ニースは緊張していた気持ちが少し落ち着いた。息子の存在はこの孤独な審判台の上での唯一の慰めだった。もちろん〝本物〟の審判台ではないが。

ニースはひもで巻いた祝辞を広げた。数日間、帰宅する車の中で書いては消しを繰り返しながら悩んだのだ。このようなことは秘書陣に任せるのが慣例だが、プライムスクール委員長を務めることになってから、常に自ら考え祝辞を述べた。現場から渡された代筆の祝辞をただ読み上げることは、プライムスクールの生徒らが学業にかける真心や努力を裏切ることだという考えからだった。子供たちを騙したくなかった。自分が生徒なら、他人が代わりに書いた文章を読むだけの大人は一発で分かるだろう。そうして本気で向き合わない人の話には、絶対耳を傾けないだろう。ニースはプライムスクールのすべての子供たちにとって、将来の小さな灯りになってほしい気持ちで祝辞を書いた。ところが書いてみると息子のための献辞のようだった。

「私が皆さんの年齢の頃を顧みると、私はいつも窓の外を見ながら明日が来るのを待ち、あせって大人になりたがっている子供のようでした。私は当時の自分が人生で一番登りにくい尾根を越えているのだと思っていました。毎日のように心の中でここを過ぎたら、ここを過ぎたらと何度も言いました。山の頂上に登りさえすれば、今直面している苦痛はすべて報われると信じながら。しかし、いよいよ大人になった私が、皆さんのために分けられる知恵がひとつあるとすれば、それは人生の通過点はないということです。今、皆さんは明日へ行くための経由地にいるわけではありません。我々の頭を明るくしているこの灯と私が聞かせる話、そしてそれに耳を傾けている皆さんは今この瞬間のために存在するのです。現在は常にそれ自体で完成されており、その完全さを受け入れる瞬間、人生は新しい道を開いてくれるでしょう。頂上ではない尾根はそのままで完全なのです。満開になっていない花はそのままで完全なのです。翼を畳んで休んでいる鳥はそのままで完全なのです。皆様には密かに不安と試練がつきまとう。それすらもやはりそのままで完全なのです。私たちの人生の中で、明日のために犠牲にならなければならないものは何もありません。この瞬間、皆さんはもう何も必要なく完成されています。今日を見逃さないことを願います」

生徒たちの喝采を浴びる間、ニースは果たして自分が16歳の頃に今と同じ演説を聞いてもこれほど無邪気な顔で拍手を送ることができただろうか、という思いが押し寄せてきた。密かに不安と試練に見舞われていることすらそのまま完全だって？　今日を逃さないようにって？　涙と煩悩に包まれたその日々がまた経験してもいいと思えるくらい価値があると思うのか。時間と誠意を込めて書いた文であるにもかかわらず、自分では少しも信じられない嘘ばかり並べ立てた詐欺師になったようだった。しかし、握手を求めに来た生徒会役員をひとりひとり歓迎し、ニースは心を変えた。

いや、私はもう16歳じゃない。ずいぶん前からそうじゃなかった。私の言うことやすることをもう16歳のニース・ヤングが監視しているように怖がることはない。私は人を殺したが、世の中の前では良心的な市民の手本になるだろう。私は人を殺したが、この子供たちには些細な嘘も悪いと教えるだろう。私は殺人者だが、息子にはむやみに草一本すら傷つけさせないようにする。

ニースは耳元で響き渡る声を追い出すため懸命に微笑んだ。

校長をはじめ委員会に所属する委員、教授、親交のある父兄代表らと挨拶を交わすために時間が遅れていた。補佐官は新しい人物を常に連れてきて握手をさせた。ニースは腕時計をちらっと見て、「もう終わりにしよう。ダーウィンがあまりにも長く待っている」とささやいた。補佐官はその度に、やはり耳打ちで「最後です。この方とは必ず挨拶をしてください」とささやきながらそれとなく背中を押した。そうやって最後に最後にが加わり、結局、終業式に訪れた訪問客、全員と握手を交わしたようだった。

すべてを終えたニースは急いで外に出た。学校の正門前を隙間なく占領していた車がすべて出て、自分の車だけが残っていた。ダーウィンは車に乗らず、辺りをうろうろしているのが見えた。

ニースはダーウィンを呼びながら走っていった。

「寒いのにどうして外に出ているんだ？」

「息苦しくて。もう全部終わりましたか？」

「遅かっただろう？　すぐ終わらせようと思ったのに挨拶をしようという人々がどこからかずっと出てきて……」

続いて歩いてきた補佐官に向かって聞こえるように言うと、彼は自分の責務を全うしただけといわんばかりに何気なく肩をすくめた。

ダーウィンが言った。

「挨拶する人が多いというのはいいことじゃないですか」

「やっぱり私の息子は私よりずっと立派なようだな。私はこの友人にずっと帰ろうと促したが、ダーウィンも友達とたくさん挨拶できたかい？」

ニースは一気に疲れが取れたようだった。

ダーウィンはうなずいて「お別れだと思ったら、親しくないみんなにも挨拶したかったです」と言った。ニースはそれほど長くない冬休みを〝お別れ〟と表現する子供ならではの繊細さに切ない気持ちになった。

「お別れだなんて、春になったらすぐまた会う友達なのに」

補佐官が車のドアを開けると、ダーウィンが「並木道の入口まで歩いていきますか？」と提案した。ニースはこの前、車の中での会話をきっかけにダーウィンが再び心を開いてくれたことを思い出し、喜んで同意した。ニースは補佐官に車に乗って先に行ってくれと言うと次の予定を伝えられ、「15分以上遅れてはいけません」と言われた。ニースは息子と散歩をすることさえいちいち時間を決めなければ許されない境遇がおかしくて、上司のために責任感を持って働く友人に、このように遅れたのは誰の責任なのかをいたずらに問おうとした。しかしすぐにダーウィンと共にする1分1秒を無駄にしたくないので、分かったと答えた。

補佐官が車に乗って出発すると、プライムスクールの校門から道路に出るまでの長い並木道には自分とダーウィンのふたりしかいなかった。道の両脇に積まれている雪の山がまるで子供たちが遊びながら作っていった要塞のようだった。

ダーウィンが言った。

「この道を歩いたことは、あまりないと思います」

「そういえば私もこれが初めてだ。いつも車で通っていたから」

「おかしくないですか？　3年を過ごした寄宿舎なのにまだ慣れない所があるとは……。今朝はレオがある道を教えてくれましたが、僕はそこも初めて行った場所でした」

数週間プライムスクールを離れると思うと、余計に感傷的になるようだった。ニースは休みの間だけでもダーウィンに学校と学業をしばらく忘れて家でゆっくり休むことを望む気持ちで答えた。

「おかしくもありながら、それはよく起こるものだ。私たちが住んでいる家もそうではないかい？　私は最後に裏庭に出て行ったのがいつだったか思い出せないな。庭師がいなかったら庭が密林のように生い茂っていただろうな。ところでレオはどうしてそんな道を知っているんだ？　来年は何の問題を起こす計画だって？」

「ただ一緒に散歩をしている途中に僕の知らない道をひとつ教えてくれただけです。レオは問題を起こすことを考えているような子ではないです。直接話をしてみると、考えが深くて多分びっくりすると思いますよ。サッカーの実力よりもっと」

「君がそう認める友達がいるなんて嬉しいけど、近くにいるからといってその人を一番よく知っているわけではないんだ。プライムスクールに君が一度も行ったことのない道があり、私の家に私が長い間のぞいたことのない庭があるように」

「もっとも親しい人の中にも、知らない道があるということですか？」

「喩えるなら」

「だけど僕に一番近い人はお父さんですよ？　ではお父さんの中にも僕の知らない道があるんですか？」

ニースはしばらく立ち止まったが「もちろんだよ」と言って再び足を踏み出した。

「ダーウィン、君が知らない道と私さえも知らない道がある」

「自分さえも知らない道なんて……それはちょっと怖くないですか？」

「もともと人間は怖い存在だよ。全部把握されてもいないし、完全に制御されてもいない……」

「それでは人間は何を信じて生きられるのですか？　自分でさえ把握できないし、制御できないとしたら？」

ニースはダーウィンの質問を自分に向けた。私は何を信じながら今まで生きてきたんだろう？

私という存在さえ、把握できず制御できずに……。しかし世の中すべてが不確実で、突然急変しても揺らぐことなくいつも同じ場所を守っている不滅の木が一本ある。休める日陰を作ってくれて、食べられる実を結んで、葉をぶつけて子守唄を演奏してくれる。

ニースは冷たい風を防いでくれる暖かい保護膜のようなものを感じながら、ダーウィンに話した。

「愛……愛は信じても良いんだ。私の母が私にくれた愛、母が君にくれた愛、私がダーウィン、君に与えたい愛。そこには何の疑いもなく、不安もない。もし後にダーウィンも親になれば、君も子供にそんな愛情を与えることになるだろう」

ニースはのぞいたことのない心の奥底にそんな考えが種のように植えられていたことに、自分でも慣れない気分になった。

「そう考えると面白いですね。心の中に自分でも分からない道を抱いて生きる恐ろしい人間も、結局は愛で進化してきたとは」

ダーウィンが見落としたことがあるというように付け加えた。

「おじいさんが聞いたら寂しがるでしょう」

ニースは何も言わずに肩をすくめただけだった。父を故意に除外したのか、それとも単純に抜け落ちたのか、自分にも分からなかった。何も言わずにいると、ダーウィンは付け加えた。

「おじいさんもお父さんを本当に愛しています。お父さんが僕のことを愛しているように」

ニースはそんなことは重要ではないといわんばかりに「そうだろうな」とだけ言った。父親の話になると、本能的につっけんどんに振舞う自分のほうがダーウィンよりも幼く感じられた。愛でできたそのひとつの種の片隅には、父に対する愛もしっかりと

根付いているということを自らが一番よく知ってい
ながら。
その時、ダーウィンが意外な提案をした。
「今度のクリスマスは僕たちが訪れる代わりに、お
じいさんを招待するのはどうですか？　今度は僕た
ちの家で過ごせたら嬉しいです」
「できないことはないが、何か特別な理由でもある
のかい？」
「おじいさんと一緒に家で過ごしたことってあまり
ないじゃないですか。引越しでもしたら、これから
は機会すらなくなるだろうし」
「よし、うちに招待しよう。ところで引越しって、
私は引越しする計画が全くないのに、どうして？
引越ししたいのか？」
ダーウィンは首を振って「できるなら今の家に住
み続けたいです」と答えた。ニースは笑ってダーウ
ィンの肩に手を伸ばした。
「それは心配するな。私は引退してもずっと家を守
るつもりだから。私たちの思い出が一番多い家じゃ
ないか。これからもずっと思い出を作っていくだろ
うし」
少し歩いたところでいつの間にか道は終わってい
た。補佐官が待っていたかのように車から降りて、
後部ドアを開けた。ニースは道がもう少し長かった
ら、いや最初から厄介な人たちに監視されない仕事
をしていればよかったのにと思いながら、自分の歩
んできた道を振り返った。雪に覆われたプライムス
クールが、誰もいない野原の上に孤独な城のように
そびえていた。

クルミ通りのクリスマス

華やかな外観で買い物客を引き寄せる2、3地区
とは違い、1地区のクリスマス風景は素朴で厳かだ
った。ベーカリーで売っているケーキは飾り気のな
い白いクリームだけで仕上げられ、街には賑やかな
パーティー音楽の代わりに静かなオルガン演奏が流
れていた。家族でも高価なプレゼントの代わりに手
書きのカードを交換するのが見事な風習だとみなさ

れていた。

息子がよこしてきた車両の後部座席にゆったりとした姿勢で座っていたラナーは車がクルミ通りに入ると、「ここは何も変わっていないな」と言った。道や家が以前来た時のままなのを見て、思わずつぶやいた独り言だった。しかし、その言葉をどのように聞いたのか、運転手が「変えなくてはならない悪い点がないんですから」と言う。ラナーは理由を聞くことを期待してはいなかったがその答えを気に入った。そうだな、悪い点もないのにあえて変える理由はない。

各家の門の前では祈る聖母や、籠の中のキリストのような素朴な装飾品を飾りつけて客を迎えていた。厳しいながらも暖かい雰囲気が感じられるクルミ通りの家々を見たら、微笑みが自然に出てくる。

数日前、息子から「今度は私の家でクリスマスを過ごしましょう」という電話を受けた時、再び息子から理由のない無視と拒絶をされたようで気分がよくなかった。招待の意思が入ってはいたものの形式的に添えただけで、実は「これからクリスマスは各自の家で過ごすことにしよう」という本心を隠しているように感じられた。しかし、「ダーウィンの考えです。父さんが私の家に長いこと来てないので、そうしようと言っています」という説明を聞いてすぐに気が晴れた。電話を切ったらニースが気の毒になった。息子が自分を誤解しているだけでなく、自分も息子を誤解しているようだった。

「あそこに、次官が迎えに来ていらっしゃいますね」

運転手の話を聞いて窓の外を眺めると、本当に遠くの方にニースとダーウィンが一緒に門の前に立っているのが見えた。やがて車が止まると、ニースがドアを開けてくれた。ダーウィンは歩み寄り優しく抱きついてきた。ニースは運転手に「休日なのに申し訳ない」と言うと、運転手は「とんでもないです」と手を振った。

「幸せな御家族ですね。見ているだけでクリスマスプレゼントをもらったような気になります」

ラナーは運転手に好印象を残せて満足だった。大きなことをする人は、誰でも周りの人にまず認められなければならないものだ。最も重要な瞬間に随行する秘書や運転手、家政婦の暴露によって評判が地に落ちた政治家は1人や2人ではなかった。ラナーは運転手にクリスマスを楽しく過ごしてほしいと挨拶し、息子と孫を連れて家に入った。

中に入るとベンは不審者を見たかのように騒がしくほえた。マリーは申し訳なさそうな顔で「ベン！」と警告したが、ラナーはさほど不愉快ではなかった。ダーウィンがプライムスクールに入学した年に隣人とパーティーをしたのを最後にこの家に来てなかったので、ベンの警戒は当然だった。もちろん、そのような厳しい警戒は、そもそもこのクルミ通りに必要ではないだろうが。

隣人から羨ましがられたその日、立派な孫を持つ祖父の威信を守り、パーティーの間は誇らしい態度を貫いていたが、心の中では全く心配がないわけではなかった。まだ幼いダーウィンが親のもとを離れ、寮でひとりで過ごせるのか、過度に厳格な規律が子供をだめにするのではないか、ややもするとうぬぼれている秀才たちの間で道に迷うのではないか、心配の根源が立派なだけに、その悩みも深かった。しかし3年が経った今、あの時の心配は年寄りの取り越し苦労に過ぎなかったことが明らかになった。ダーウィンは秀才中の秀才であり、プライムスクールの厳格な規則は無情な刃物ではなく、彫刻家の繊細な手つきでダーウィンの内面と外面を整えた。与えられた課題をやり遂げただけでも十分立派なのに、ダーウィンがプライムスクールを紹介するドキュメンタリーのナレーションに抜擢されたという話を聞いた時、孫の持つ才能に舌を巻かざるを得なかった。

ダーウィンこそヤング家の理想形だった。

その嬉しいニュースを隣人に伝えると、彼らはニースがプライムスクール委員長であることを取り上げ、「選抜過程で父親の影響が働いたかもしれない」という話を真面目な冗談として交わした。ラナーは最初は不快だったが、すぐに他人の目には十分にそう映る余地があると納得した。自分がそのような決定権を持つ地位にいたとすれば、当然息子を最優先にしていたはずだから、もしそれが事実だとしても恥ずかしく思うどころか、むしろ息子を褒めてあげなければならないと考えた。ニースがダーウィンのために日頃の性格に反する決定を下したという事実は、ニースであってもダーウィンに限っては利己的で権力的になり得ることを意味するが、決して非難されることではなかった。子供に最高のものを与えたいと思うのは、親の本能である。もしその本能がなかったら、人類は今日のように豊かではなかっただろう。

ラナーは時間を確認してダーウィンに話した。

「いよいよ5時間後にダーウィンの声をテレビで聞くことになるのだな」

ダーウィンは返事の代わりに軽い笑みを浮かべて、すぐに他の考えに没頭するように視線をそらした。なぜかこの重要なことにあまり関心がないように見えた。ナレーションをやってみた経験や放送を通じて自分の声を聞く気持ちがどういうものかについてもう少し語り合いたかったラナーは、不思議に思って聞いた。

「期待している顔ではないな。緊張しているのか？」

「……早く今日が過ぎ去ればいいのに」

普段と違って明るい気配が感じられないダーウィンの返事が、ラナーはさらに不思議だった。

「すごい仕事をやり遂げた人にしてはあまりにも消極的な姿勢だな。時間が流れることを望むのではなく、この時間を楽しもう」

「最初から誤った決定だったと思います。お父さんからやるべきではないと言われた時、やめておけばよかったのに……。僕が軽率でした」

ラナーは驚いて聞いた。

「それはどういう意味だ？　ニースがやるなと言ったなんて」

ラナーは信じられない思いで、ニースに「本当にお前はそう言ったのか？」と尋ねた。ニースはその質問には答えず、むしろダーウィンに聞いた。

「なぜ決定したことをミスだと思うんだ？　報告では上出来だったと聞いているが、録音を終えてダーウィンも何の問題もなかったと言ってたじゃないか？　もしかしてこの前、電話した時に言わなかった他の問題があったのか？」

ダーウィンが首を振って答えた。

「いや、まあ……今日は家族で過ごす日なのに関係ないことが入ってきたようで」

「関係ないということはない。プライムスクール、さらにダーウィン、お前が出演までしている。最初に私が反対したのは余計な噂になるのではないかと心配したのであって、それ以外の意味はなかった。今はダーウィンの決定は全く正しかったと思う。時間がなくて最終編集版を審議する日に直接行けず、後で決裁のサインをしただけだが、委員会では評価がとても高かった。どんな作品なのか期待が大きい」

親子の会話を黙って聞いていたラナーはあきれて話した。

「私の友人はお前が陰で力を使ったんだとひそひそ言っていたけど、そいつらにこの話をしても信じられないかもしれない。父として助けてやるどころか息子の行く手を妨げるとは、それはそれで職権乱用だ」

そしてニースはようやく関心をこちらに向けながら言った。

「世間の噂になるのがどんなに頭の痛いことか、よく知っていますから」

「名声を得る過程で非難は当然ついてくる。高い地位に上がるためには、それも栄光と受け止められなければならない。人々が怖れるものは何か。結局は力を持った者の前にみんな屈服するようになっている。陰で騒ぐことなんか人の暇つぶしなんだから軽くやり過ごしてしまえばいいじゃないか。それが権力者の余裕であり美徳なんだ」

ニースは微笑んで言った。

「父さんは本当に強靭な方です」

「皮肉なら今日は我慢してくれ。久しぶりにここまで来てクリスマスを台なしにしたくない」

ラナーは大火になるかもしれない火種を見て事前に鎮火に乗り出したが、心配とは裏腹に息子の顔には普段のような嘲笑の跡は全くなかった。むしろ目には今までの反省の眼差しが感じられ、話し方もいっそう穏やかだった。

「いいえ、心から申し上げる言葉です。父さんのその強靭な面を私が少しでも受け継いでいたら、このような臆病者として生きることはなかったでしょう」

ラナーは眉をひそめた。息子が自分の父を直接軽蔑するよりも、息子が父の前で自分を卑下することの方が自分には大きな侮辱だった。息子は自分がこの世界に生み出した〝最善〟の存在だった。その存在が刀で自分の胸を突くならば、その刃先は結局、父である自分に向けられる運命だった。ラナーは力を入れて話した。

「臆病者って、お前のどこが臆病者だっていうんだ。お前は私よりずっと強靭な人間だ。だから私には夢にも見られない栄誉あるものをこうやってたくさん成し遂げたんだ。わが家系の他の立派な先祖たちと競ってもお前が一番だろう。子孫がもっと強くなるのは進化の法則ではないか」

「でも私に、お母さんに似ていて柔弱だとおっしゃっていたじゃないですか」

「余計なことを覚えているんだな。ところで、私がその柔弱な女性に毎回負けていたのは覚えていないようだな。私は声だけが大きかったが、実質的な力は全部お前のお母さんにあった。一度も勝ったことがなかった」

ニースは懐かしみながら微笑んだ。

「その通りです。父さんが反対しても、結局は母さんの思い通りになっていました。家族写真をどこに飾るかといった些細なことから父さんの事業まで……。事業を畳んで外国から帰ってきたのも、母さんの忠告のためだったんでしょう？」

妻のことを思うと、ラナーは暖かな照明に包まれたような気分になった。妻は息子との関係でいつも橋渡しをしてくれた。父にはぶっきらぼうな息子だが、母の言うことには一度も逆らったことがなかった。

「そうだ、事業に気を取られて家族を疎かにしたら、お前を連れて出て行くと脅されたんだ。まさにその点だ。お前はそのような性格をそのまま受け継いだ。だから冗談でも臆病者ということは言うな。母さんが悲しむから」

ニースは思い出に浸り、宙を凝視した。

「懐かしいですね。今日母さんも一緒にいたらよかったのに」

「いるじゃないか、お前の血の中に。ダーウィンの血の中で私たちヤング家が滅亡しない限り、お前の母さんは永遠にこの世にいるのだ」

「父さんが感傷的な話をできる人だとは思いませんでした」

「私の中にはお前が知らない面がまだたくさん隠されているんだ」

ニースは子供のように好奇心に満ちた瞳で言った。

「不思議ですね。何日か前にもダーウィンとそんな話をしたのに、今日の父さんも同じ話をするなんて。そうじゃないか、ダーウィン？」

猶予の時間

暖炉の中で薪が灰になっていた。何の重さもない無形の炎に堅い形をした木がどうしようもなく崩れ落ちた。ダーウィンはその光景が何かを暗示するようで目を離すことができなかった。しかし、心の深いところでは実はそれが暗示ではなく象徴であることをよく知っていた。いよいよ今日だ。自分の口から出る言葉はあの炎のように燃え上がり、父という木を壊して地中に埋め込まれた祖父の根にまで広がるだろう。そうして一本の木がすべて燃えると、お互いがお互いに隠している秘密の結晶が黒い灰の中から明らかになるだろう。

ダーウィンは炎の熱気で顔が赤くなる気がした。喉もつまってきた。目頭が熱くなるのはもしかしたら炎のせいではないかもしれないが……。しばらくそうしていると、耳元で「ダーウィン？」と呼ぶ声が聞こえた。ダーウィンは暖炉の上から視線をそらした。父がさっきからずっと話しかけていたのか、「何をそんなに深く考えているんだ？」と聞いてくる。ダーウィンは再び暖炉をちらっと見て言った。

「火花がきれいで……。何とおっしゃっていたんですか？」

「終業式の日、君と私が交わした話さ。親しい人の間でも知らない道があるかもしれないという話をついさっきおじいさんともしていたんだ。不思議じゃないか?」

ダーウィンは返事をするように父に聞き返した。

「おじいさんのDNAがお父さんと僕に共有されているからじゃないですか?」

お父さんが真剣な顔でうなずいた。

「DNAか……ただの偶然だと思っていたけど、ずいぶんマクロな理由を見つけたんだな」

おじいさんが手伝った。

「ダーウィンの言葉は一理ある。同じ血筋から生まれた家族なら当然似たような考えを持つことになるだろう。さすがダーウィンだ。このような些細な質問にも根源的な理由を探求するとは」

ダーウィンは自分を誇らしげに眺める祖父の目を避けて、窓の外の風景を眺めた。クルミ通りの邸宅ひとつひとつが地上を照らすひとつの灯のように輝いていた。天には栄光、地には平和という賛美は今夜のためのものだった。今夜1地区には幸せでない人や満足していない人はひとりもいないようだった。

しかし、ダーウィンには世界を包むこの豊かな光が一瞬現れて消える閃光よりも劣っていた。

人知れぬ計画を抱いて世の中を眺める者特有の空しさかもしれない。手はすでにスイッチの上にのっていた。あとはパーティーが盛り上がった時にスイッチを押して周囲を暗闇にしてしまうことだけだった。輝かしい栄光は瞬く間に失墜し、平和はガラスの床のようにたやすく粉々になるだろう。祖父が期待するプライムスクールのドキュメンタリーはその崩壊前に鳴り響く最後の演奏だった。今を楽しめば楽しむほど、後に苦しむことになる……。

火の手が端にあった薪一本をまた懐に引き寄せた。ダーウィンの中で再び葛藤が起きた。火の手に包まれた薪が灰になるのはすでに決まった運命だ。プライムスクールのドキュメンタリーも同じ運命だ。熱い熱気を噴き出すこの薪のようにつかの間の歓喜は与えるが、結局は処置が大変な灰になってしまうだろう。それならこんなにハラハラしながら待つ必要があるのだろうか……。

耳元でふたりの話し声が聞こえた。

「最近、最も多い男の子の名前はジェイコブだそうですよ」

「ジェイコブ？」

こんなに待つ必要があるだろうか。今明らかにするのはどうか。祖父と父が最近生まれた子供たちの名前について話をする今、この瞬間に席を立って「お父さん、おじいさんと僕の前で真実を話してください。ジェイおじさんを殺した人が誰なのか」と言うのは。そうすれば、脂っこいクリスマス料理を無理に食べなくてもいいし、祖父に大げさにほめられなくてもいいし、苦痛を与えるために喜びが極限に達するまで待つ、世の中で一番ひどい審判官になったようなこの気持ちをもう感じなくてもいいのに……。


しかし、そのような葛藤に包まれながらも残りの5時間を待つことが、自分が家族に与える最後のクリスマスプレゼントのように感じられた。真実を明らかにしたその瞬間から祖父と父は非常に長い時間、苦痛を味わうことになるだろう。刑期の決まっていない約束のない懲役に服することになるだろう。今残っているこの5時間は、真実が作る監獄に入る前に家族が何の苦痛もなく過ごせる最後の平安であり、最後の栄光の時間なのだ。もしここで真実を言うなら祖父と父はさらに5時間早く苦しまなければならない。

ダーウィンは自分の左手でスイッチを押そうとしたが、右手がそれに反対した。そうする必要があるだろうか。結局は灰になって消えるものでも、灰になるまで待つのが正しいのではないだろうか。どうせ死ぬことになる死刑囚だとしても、死刑執行日より先に処刑することがないように。


「うちの職員のひとりも最近息子が生まれ、名前をジェイコブと名付けたそうですよ」

「ジェイコブだから、ヤコブと同じ名前だろう。

……神秘的なことじゃないか。数千年が経っても自分の根源を探そうとする本能がこのように続いているとは」

「言葉通り本能なのですから」

「そう考えてみれば、私も本能のままにお前の名をつけたのだと言える」

「私の名前ですか？」

「ああ。私が言ったことはなかったか？　お前の母さんと一緒に初めて旅行に行った浜辺がとても美しくて、のちにこの女性と結婚して子供が生まれたら必ずその浜辺の名前をつけようと考えたと。それを結局こうやって成し遂げたんだ」

「海辺の名前をつけるロマンチストだったとは、今日は父さんの意外な一面をたくさん知りますね……。考えてみれば私も本能によるのかもしれません。予め名前を決めておいたわけでもないのに、息子を初めて抱いた瞬間、その場ですぐダーウィンと呼んだのだから……」

「とても良い名前だ。ダーウィンお前はどうだ？　後で息子が生まれたら何と名前を付けるか考えているか？」

父は「まだ先のことすぎますよ」と笑った。祖父も「そうだな？」と言って笑う。おかげでダーウィンは何の返事もしなくてもよくなった。本当にとても先の話だった。

時間は不規則に流れた。5分ぐらい経っているかと思って時計を見るといつの間にか30分が過ぎていて、3時間以上ソファーに座っている気分の時にも時計の短針はさっきと同じ場所に止まっていた。ダーウィンはでたらめに航海している船に乗っているような不安定さで混乱していた。ふたりは話題を変えながら話を続けている。かつてのような意見の衝突は一度も起きなかった。祖父は父の意見を受け入れ、父は祖父の意見を尊重していた。クリスマスの夜ということをふたりとも気にしていたせいか、鋭い言葉はすべて取り去られ、お互いへの愛だけが露になった。ダーウィンはふたりがいつもこのようになることを望んだ。お互いの仲さえ良ければ、特に心配する問題は何もなさそうだった。しかし、その望みが現実になった今日、ふたりの行く道をそれぞれに分ける暴露を自分の口でしなければならない。ダーウィンは〝このような掛け違いは自分が知らないだけで人生の属性なのだろうか？〟という疑問が浮かんだが、答えが見つからない質問だった。

その時、マリーおばさんが「食事の支度をしましょうか？」と言った。

「ちょっと早いけど、そうすれば7時にダーウィン・ドキュメンタリーを見ることができるじゃないですか」

おばさんはプライムスクールのドキュメンタリーを〝ダーウィン・ドキュメンタリー〟と呼んでいた。ダーウィンは窮屈な思いだったが、どうせ数日後には何の意味も持たないことなので、訂正を求めなかった。おじいさんは「ダーウィン・ドキュメンタリーを見逃してはいけないからな」と席を立った。

おばさんが飾った食卓はクリスマスの食事会にあるべきものをすべて揃えながらも華やかさよりは素朴なもので、最善を尽くした暖かさが漂っている1地区が追求する典型的なクリスマスの食卓だった。今日はおばさんも家族の一員として一緒に席についた。食卓の下にはベンのためのお肉も用意されていた。父が立ち上がり、みんなのグラスにワインを注いだ。ダーウィンのグラスにもワインを入れた。今日一日だけはちょっとした酒が許された。全員のグラスにワインを注ぐと、父が代表して祈りを奉げた。

「私たちの罪を許すためにこの地に来てくださったイエスの誕生を祝福し、その方の純潔な血を分けて飲むことで、心の中の憎しみは消え、自分と家族、隣人に対する愛がさらに深まることを祈ります」

祈りが終わると、おじいさんはグラスを高く持ち上げて「愛を！」と言った。マリーおばさんも「愛を！」と叫んだ。ダーウィンは自然にすべての視線が自分に集まるのを感じた。ところがうまく口が開かなかった。自分の決定は父に対する愛に基づくものだと確信していたが、この瞬間「愛を！」と叫ぶのと、その数時間後に父の罪を暴くということが二律背反的に思われたからだ。しかし、皆が待っている宣言を避ける方法はなかった。ダーウィンはグラスを持ち上げて「愛を」と言った。祖父と父が微笑んでワインを飲んだ。ダーウィンはゆっくりグラスを傾け、グラスの向こうに父の姿が映ると目を閉じて一気にワインを飲んだ。

会話に積極的に参加してくれるマリーおばさんのおかげで、祖父と父の関心を少し離すことができて楽だった。ダーウィンは他の料理には手をつけず、自分の皿をきれいに空けようとした。それだけ食べ終わったら最低でも他の食事は勧められないだろう。

ダーウィンは与えられた任務を果たすという気持ちで肉を切って口に入れた。何の味も感じなかった。テーブルの上のろうそくの長さがだんだん短くなっていった。

食事がほぼ終わるというところで電話が鳴った。

ダーウィンは〝シルバーヒルの運用方法〟について祖父や父と話をしているマリーおばさんの代わりに電話を受けに居間に行った。ベンが後を追ってくる。受話器を取り「もしもし」と言ったとたん「ダーウィン、家にいたのか」という興奮した声が聞こえた。ダーウィンはびっくりしながらも嬉しくなった。レオだった。

「もしかしたらお前はおじいさんの家に行ったかもしれないと思ったんだよ。クリスマスだから」

「普段はそうだけど、今日はおじいさんが僕の家に来た。で、レオはどこにいるの？　周りがうるさいけど？」

「セントラル駅の公衆電話」

「セントラル駅？　どうして？　親戚の出迎えにでも行ったの？」

「ダーウィン、実は今夜8地区に行くんだ」

その時、父がテーブルで「ダーウィン、誰だ？」と尋ねた。ダーウィンは「お友達です。プライムスクール！」と叫んだ後、再び受話器を口につけた。

ダーウィンは父に聞こえるかもしれないと、声を低くして聞いた。

「8地区？　なんでそこに？」

レオはとてもうきうきした声で言った。

「いよいよドキュメンタリーのテーマが浮上した。親父が以前撮った8地区の子供たちの暮らしが今どう変わったのか撮ってみるつもりだ。8地区のクリスマスの夜から始まるんだ。どうだ、ダーウィン、お前も行かないか？」

ダーウィンは返事をためらった。できればレオのようにこの瞬間から抜け出し、8地区へでもどこへでも旅立ちたかった。何にも束縛されずに自由を楽しむレオがうらやましかった。返事をためらっているとレオは大声で笑いながら「冗談だよ」と言った。レオの笑いが少しでも遅れたら、思わず「うん、行くよ」と言ってしまったかもしれない。

「本当に冗談だよ。俺だって家族で過ごすクリスマスを邪魔するほどイカれた奴じゃない。実はダーウィンに他の頼みがあって電話したんだ。心配するな。8地区に一緒に行こうということに比べれば、とてもつまらないお願いだから」

ダーウィンは先ほど沈黙してしまったことがレオに行かないという拒絶の答えを返したようで、今度は一気に答えた。

「よし、なんでも聞いてやる。どんな頼みなの？」

「ルミにテープレコーダーを見つけたって電話してくれるか？」

「……テープレコーダー？」

「ああ、そう言えばルミは分かるだろう」

ダーウィンは受話器をしっかりとつかんだ。テープレコーダーの正体はすぐ見当がついたが、それがなぜレオにまで伝わったのか分からなかった。ダーウィンは「何かあったの？」と尋ねた。

「話せばちょっと長いけど、今話せるか？」

「大丈夫」

レオは早口で話した。

「俺も詳しい話は分からないけど、ルミがジェイおじさんのことで俺の親父に昔のテープレコーダーを探してほしいと頼んだらしいよ。数日前に親父がちょっと家に帰ってきて、テープレコーダーを探してみたけど結局見つからなかったとルミに電話するのを聞いたんだ。ところが、ルミはその言葉が信じられないのか、親父がまともに調べもせずに適当に済まそうとしていると、受話器が爆発するほど怒ったんだ。とにかくすごい奴だろ？　でも実はルミの言葉は正しい。親父は家に帰ってきて何かを探したり全然しなかったんだよ。完全にくたくたになって寝てばかりいた。ルミがしつこく問い詰めると、結局テープレコーダーは親父が幼い頃住んでいた家にあるかもしれないという話になったが、親父は自分が生きてその家に行くことはないだろうから、二度とそんなことを頼むなと怒って電話を切ってしまった。ルミはじいさんと親父の関係を知らないから、ちょっと戸惑ったかもしれない。

でも、ダーウィンも知っているようにルミ・ハンターは自分の伯父さんに関する限り、放棄することを知らない子じゃないか。親父がやらなそうだから、俺に代わりにそれを探してくれって言ってきたんだ。俺はいやだと言った。あいつがジェイおじさんに執着するのを助ける気は少しもないし、そんなことに俺の時間を浪費したくもないから。すると、俺が探さなかったら、自分がじいさんの家に行って探すって言うんだ。いくらでもそうしろと言いたかったが、実際に考えると俺も会ったことのないじいさんとルミが会うのはちょっと嫌になって、今のじいさんの状態がどうなのかもよく分からないし、もしかしたら危険かもしれないし……。

それでひとまず俺が探すと言って電話を切った。その時は探してみたがなかったと数日後に適当に言い繕うつもりだった。で、今日駅に行く間に急にじいさんの家に行ってみようかなと思ったんだ。親父が知ったら俺も勘当されるかもしれないけど、それでも今日はクリスマスじゃないか。もしかしたらじいさんが俺を温かく迎えてくれるかもしれないという期待もあるし。それで少しはときめく気持ちでじいさんの家に行ったんだけど。……ダーウィン、お前は1地区にそんな家があることを想像もできないだろう。一言で……奇妙だったな。最初からドアも閉めずに暮らしていたよ。じいさんはテレビをつけて酒ばかり飲んでいるのに、俺を見てバズって言うんだ。今日がクリスマスだということも知らないようだった。じいさんにも少し時間を感じて暮らしてほしいと思って、俺の時計をクリスマスプレゼントとして置いていったんだが……。

憂鬱な話はやめて本題を話すと、俺は正直30年前の物を探すのは不可能だと思った。でも2階に上がってみると、埃だらけでも親父の部屋がそのままあったんだ。そして本当に机の引き出しからテープレコーダーをすぐに見つけた。あきれるほど簡単に。それで今ルミに見つかったって電話しようとしたんだけど、あいつの家の電話番号がどうしても思い出せないんだ。まあ、2年近く電話をかけてなかったから。母さんに内緒で出てきたものだから、家に電話してルミの家の電話番号を調べてほしいと頼むこともできないし。だからダーウィンが代わりに伝えてくれるか？　俺がテープレコーダーを持っているから、やたらにうちのじいさんの家に押しかけるようなことはするなって、俺が戻ってくるまで待っていろと。新年になる前には帰るから」

いつ来たのかお父さんがそばに来て「誰とそんなに長電話しているんだい？」と聞いた。それが受話器越しに聞こえたのかレオは急いで、「ダーウィン、じゃあ頼んだ。8地区に着いたらまた電話するよ」と電話を切った。ダーウィンは受話器を持って立ち、しばらくしてから下ろした。めまいがした。

父が窺うような顔をして「友達？　誰？」と聞いた。

「その子も家族でクリスマスの夕食を過ごしているはずなのにこんなに長く電話するなんて。プライムスクールの生徒らしくないな」

ダーウィンはレオが誤解されるのは望まないので、名前を言わずにごまかした。

「ドキュメンタリーが楽しみだと電話をかけてくれたんです。僕をお祝いしてくれているのに、こちらから切るよとは言えなくて」

父は納得したようで「さあ、デザートを食べよう」と言った。ダーウィンは食事に続き甘いケーキまで平然と食べることが皆をもてあそぶことのように感じられたが、その場から離れる言い訳が思い浮かばず、黙って父について食卓に戻った。

7時ちょうど10分前にみんなでテレビの前に座った。祖父と父、マリーおばさんは期待した顔でドキュメンタリーがどんな内容なのかについて話をしている。ダーウィンは自分に対する様々な質問に形式的に答えた。頭の中はレオが言った言葉で一杯だった。この家の中だけでなく、家の外でもある力が真実を明らかにするために作用しているのが感じられた。ダーウィンはその力を追い抜かなければならないことを知った。

「いよいよ始まるのか」

広告が終わると、祖父が息を殺した小さな声でささやいた。同じ目的地に向かって延びていくふたつの平行線とその速度を考えていたダーウィンは、チャンネル1のロゴが入ったテレビ画面に視線を向けた。暗黒の背景から見慣れた鐘の音が鳴り、やがて画面いっぱいに青空が広がった。カメラはゆっくりと白い雲の流れを追っていく。一瞬、鐘の音が鳴りやんで、天の動きも止まると、静止した世界から声が聞こえてきた。

「プライムスクールは地より天に近いという、誰の言葉とも分からない古い言葉があります」

自分との和解

多くの言葉が口の中に溜まっていたが、ニースは軽々しく言葉を発することができなかった。走り慣れてない馬が動くのを拒むかのように唇が壁になって舌を塞いだ。胸いっぱいに響いたこの感情を完全に表現するにはどの単語でも足りないと思った。他の人々はそんな悩みがないのか、放送が終わるやいなや感情を露にした。父さんはダーウィンの肩を抱いて額にキスをした。

「本当に立派なことを成し遂げたんだな」

マリーは涙ぐんで感嘆した。

「感動です。ダーウィンは本当にすごい子ですね。あんなにすごい学校に通うだけでは足りなくて主人公になるなんて」

ニースは騒がしい感想を一言も加えたりせず、テレビにだけ視線を固定した。エンドロールが終わった画面にはもう広告が出ていた。集中して見る必要のないゼリーの広告だった。

沈黙が長すぎたのか父が聞いた。

「お前はどうして何も言わないんだ。私から見るとなかなかの秀作だが気に入らないところでもあるのか？」

どうやら父は自分の沈黙の意味を履き違えたらしい。ニースはやっとテレビをオフにして話した。

「気に入らないだなんて。驚いて何を話せばいいか分からないだけです。父さんは秀作だと言いましたが、私の目には傑作です。バズは確かに芸術家ですね。いや、匠の境地に達したと言うべきか」

父はようやく安心したのか豪快に笑いながら「お前の言う通りだ」と付け加えた。

「秀作を傑作にしたのがダーウィンの声だぞ」

父やダーウィンの気分を良くするための誇張では

なかった。空を見上げていたカメラが地上に降りてきて顔のないひとりの少年に扮する最初の場面から、その少年が重そうな扉のある教室に座って、自分の年齢では理解しがたい学問と闘い、校庭の木の下で熱くなった頭を冷やして寮に帰ってきてはすぐに子供のような顔で友達といたずらをし、両チームに分かれた運動場で勝利と敗北を経験した後、世界の最初と最後が描かれている大講堂で刑罰に近い試験を受けていつの間にか冬になってしまうプライムスクールの真ん中に立ち止まり、また空を見上げる最後の場面まで、一瞬一瞬をニースは息を止めて見守った。学校内のすべての空間は、すでに何度も訪れた場所だった。目新しいことは何もなかった。それでもニースはドキュメンタリーを見ている間、はにかみながらも賢明な少年に導かれ、一度も行ったことのない世界に初めて足を踏み入れた気分だった。自分すらこれほど感動するのに、今まで一度もプライムスクールに行ったことのない一般の人たち、特にプライムスクールに憧れても行けなかった人たちはどんな気持ちになるのだろうか……。

ニースは今日やっと古い友人であるバズ・マーシャルがドキュメンタリーの巨匠と呼ばれる理由がはっきり分かった。これまでバズが制作した作品をまともに見たことがなかった。バズの作品が海外の映画祭で権威ある賞を受賞したという事実は知っているが、あくまで文化部門の責任者として文書だけで接したニュースだった。毎回用事があり、時間がなくて直接観覧することはできなかった。

……用事？　ニースは他の大人たちのように言い訳を口にして平気で自分を保護しようとする卑怯さに苦笑した。バズの作品を意図的に避けてきたということは自らが一番よく知っていた。興味がある自分に忙しくて見る時間がないと無理やり顔を背け、結局見ることができないように諦めさせていたのは自分だっただから……。

ニースは今日この場で、これまでバズの作品と向き合うのがつらくて避けていたことを素直に認めることにした。そう、新聞でバズの試写会のニュースに接した後に教育省庁会議に出席しなければならなかった時、行きたくない所に無理やり連れて行かれる子供になったようで苦しかった。バズが麻薬の仲介をしている8地区の子供たちの現実を語る間、茶菓子が設けられた官庁の会議室を囲んで「今の教育システムはこれまでになく効率的に運営されています」と主張し、1、2、3地区の教育予算と満足度の相関関係を示すグラフを見せなければならなかった時は、巧みな嘘つきになっているようで苦しかった。バズのドキュメンタリーを全地区に放送してほしいという下位地区教育庁の請願に「極端な視点は子供たちの教育上望ましくない」という放送審議委員会の意見を押しつけて許可しなかった時も、このすべての不平等を自分が助長しているようで苦しかった。自分には決してできないことをやり遂げるバズを見るのがつらかった。

バズはいくらでも自由に社会の不平等を訴える資格があった。いくら辛辣に上位地区を批判したところで1地区出身という事実は変わるはずがなく、家の事情を調査されてここから追い出されることもないだろうから。しかし自分は絶対にそうすることができなかった。9地区出身の男を父に持つ自分が下位地区の側に立って上位地区の特権を非難するなら、アイデンティティが疑われるだろう。バズが生まれつき持つ堂々とした姿が自分には漂わないはずだから。そしてそれは1地区で暮らす資格のない自分がこれまでここで享受してきた数多くの機会と恩恵を裏切ることでもあった。バズが追求する公平で平等な世界は、自分も2、3地区の子供たち数人にプライムスクール入学の機会を与えることでいくらか成し遂げたと慰め、バズが送ってきた試写会の招待状は捨てるように他の職員たちに譲渡した。バズと会わずにバズの作品を見ないことが、自分の心の中で夢見た道を現実のものにしていく昔の友人にできる最も大人びた振舞いだった。大人びていれば、少なくともみっともない嫉妬心が現れることはなかった。

ニースは苦笑した。いつからこのように劣等感に包まれた人間になったのだろうか。幼い時もこんなに劣等感が強い子だったのか。いや、あの時は友達を本当に愛し、彼らを本当の兄弟だと思っていた。彼らの人生はまさに私の人生でもあった。わざと出会いを避けてそれぞれの人生を生きている今のような姿は想像したことがなかった。30年という年月がたった今、ニースは30年前の子供よりも劣った人間になっていると思った。いや、思うではなくそれは事実だった。しかし、これからはそのような人間でいたくなかった。少しでも良くなる余地があるなら、手遅れになる前に少しでも良くなりたかった。

ニースは父に言った。

「今日はバズが大忙しのようだし、明日私から電話をします。お祝いと謝罪も兼ねて。こんなに立派な作品ができるとも知らずに最初は反対ばかりしたので……」

「ああ、いい考えだ。でもその前に、ダーウィンに先に謝罪するのはどうだ？　ダーウィンがこんなに立派にやり遂げるとは思わなかったんじゃないか？子供の能力を過小評価することは親の最大の過ちのひとつだ」

ニースは今日からは父に対しても一層寛大になりたかった。どんなに罪が大きいといってもこの世で父ほど自分を愛し、心配してくれる人はいなかった。父が強靭な人だと言ったのも心から発した言葉だった。9地区で生まれた少年が走り、今1地区の老人になっているということは、並大抵の勇気と精神力では成し遂げられないことだ。父が私の苦しみを全く知らないように、私も父が経験しただろう深い苦しみを知らないに違いない。自分が父から生まれたことを恨んで、恨んで、また恨んでいたように、父もまた9地区の親から生まれたことを恨んで、恨んで、また恨んでいただろう。違う点があるとすれば、父は自分のルーツを根こそぎ取り除かなければならないという不可能な覚悟を現実にしたということ。……社会的に父は反逆者だが、ひとりの人間として父は自分の人生を頂点まで高めた革命家だった。世間は絶対に認めないが、息子である自分だけは認めなければならなかった。父のおかげで今の自分があり、ダーウィンもいるのだ。

ニースは素直に父の忠告に従ってダーウィンに話した。

「ダーウィン、本当に申し訳ない。君がやりたいと言ったことには理由があったのに、この前は訳もなく心配だけ先走って。理解してくれ。お父さんは臆病者なんだよ」

父が割り込んできた。

「また臆病者だなんて。お前は絶対に臆病者ではない」

ニースは笑って「冗談です」と言った。

ダーウィンはどこか分からないところに視線を固定したまま、何も言わなかった。一層深まった瞳はダーウィンの外を出て遠くをさまよっているようだった。凄まじい作品の一員だっただけに、容易に余韻から抜け出すことはできないだろう。ニースはダーウィンがひとりでその余韻を十分に感じる時間を持てるように父に作品の話をした。

「いくら実力があっても愛情がない限りあんな感性の作品は作れないと思いますが、不思議です。幼い頃、バズはプライムスクールがあまり好きじゃなかったんです。いや、好きじゃないのではなく、ほとんど自分の敵のように思っていました」

「そうだったのか?」

「はい、私に何度も言いました。ニース、そんな貴族学校は政治家の計略でできたものだ。プライムスクールはこの世から取り除くべきだと」

「変わっていたんだな。みんな憧れても行けないプライムスクールが嫌いだなんて」

「バズの母さんが無理やり入学試験を受けさせたので、そうなったようです。結局、誇らしげに試験を台なしにしていましたが」

「小さい頃から芸術家気質が強かったんだな。だけどそのような人が、自分の息子をプライムスクールに行かせ、ドキュメンタリーまで撮って貢献するとは、それこそ不思議なもんだ」

「そうですね。見ない間に物の見方が変わったようです。何、特別なことでもないです。子供の目で見ると既存の制度はすべて抑圧的に見えますが、年を取ってから世の中を見るとそのような制度が作られた状況を理解して受け入れるようになるからです」

「そんな風に理解しただけの人が作ったにしては、お前の言う通り作品の中からすごい愛情を感じた。私のような年老いた人間もまた幼くなって、プライムスクールの制服を着てもう一度学校に通いたいと思うくらいだからな」

ニースは父の話に大声で笑った。

「本当ですか？」

父は肩をすくめて「ああ、そうだ。お前はそんな気はしなかったか？」と聞き返した。

子供時代を振り返らせる質問にニースの笑いは徐々に減った。

「……全く。年をとるうちに何故か今、プライムスクール委員長の座を受け持ってはいますが、私にとってプライムスクールはいつも向こう側にある所です。私がそこの委員長だとは想像もできません」

「それはお前が幼い頃、全く勉強に関心がなかったからだよ。お前も親に押されて無理にでも試験を受けていたらもっと現実的に感じただろう。1地区の男の子の中でプライムスクールの入学試験を受けていない子は多分お前しかいないだろう。あの時、私が関心を持ってやるべきだったのに、仕事で家にいることがほとんどなかったからな……お前の母さんもそんなに欲のない人でな。もちろん後悔はしていない。今はプライムスクールの卒業生よりもっと立派な人になったのに、何が惜しいか」

ニースは父の言うことを聞いていたが、それでより父と自分がそれぞれ違う方向に開いた窓から過去をのぞいていることに気づいた。

「父さんの話にも一理はあります。しかし、プライムスクールが向こう側にある学校と思われるのは、私が接する機会がなかったからではありません」

「じゃあ、何のためだ？」

ニースはしばらく口をつぐんだ。どこから話が始まり、こういう答えをする状況に置かれたのか分からなかった。どうして父の言うことに敢えて反論したのか。自分の手で直接草を編んで罠を作っておいて、自分がかかって倒れるというようなおかしな自作自演をするように。父が「なぜだ？」と繰り返し尋ねた。ニースは頭の中で考えていることを中断し、自然と口に含んでいることを言うことにした。草の罠にかかって倒れても、そこは草むらだった。これ以上傷つくことはなかった。

「ジェイのせいでしょう。ジェイは合格しても行かなかったじゃないですか。私にプライムスクールに行かなかったことを後悔しないかと聞く人がたまにいましたが、その度に笑って済ましながらも、内心こう思っていました。ジェイが行かなかった学校を敢えて私が？　ジェイは秀才の中でも秀才でしたから」

「そう、私もまだ覚えている。そのことでかなりジェイの奴を褒めたたえていたじゃないか。ところで、ジェイはその難しい試験を受けておいて、行かなかった理由を何と言っていたんだ？」

「ジェイは最初から行くつもりはなかったんです。試験に試験で応酬しただけです」

「どういう意味だ？　行くつもりもない学校の試験をどうして受ける？」

「自分の能力を試すための手段に過ぎなかったということです。試験に合格したことで自分の能力が検証されたのだから、プライムスクールはもう意味がなくなったんです」

「小さい頃からずいぶんひねくれていたんだな」

ニースは父の言葉を修正してくれた。

「小さい頃からずいぶん……偉大だったんですよ」

ジェイの偉大さ、それは否めない絶対的な真実であると同時にふたつの顔を持つ二重の真実だった。ジェイはニースに行くべきところを指差しながら、片方ではその手でニースの首をしめているとしばしば感じた。ジェイに追われるように走ってきたおかげで今の社会的地位を得たが、振り返ればジェイのためにこれまで成し遂げてきたすべてのことに虚しさと不安を感じた。ジェイについて話すのは、人生で出会った中で一番立派な人を思い浮かべると同時に、人生で出会った一番悪魔のような人を思い浮かべるということだった。ニースはこの部分で30年間ずっと頭を悩ませてきた。自分に苦痛を与えることも知らずに苦しめてきたジェイを悪魔とすれば、友達を悪魔と思って殺した自分はどれほど酷い悪魔なのか……。

その時、いきなりダーウィンが席から飛び起きて、トイレのある廊下の端へ走っていった。その姿を見て黙って座っていたベンまでダーウィンがおもちゃのブーメランにでもなったように、騒がしく後を追った。ラナーは笑いながら「家の声優さんはかなり我慢していたようですな」と冗談を言った。ニースも父に従って笑った。感傷に浸ってトイレに行くのも忘れるなんて。ドキュメンタリーの中ではプライムスクールを代表する役割を見事に果たしていたが、自宅では紛れもない子供だった。

マリーが「いいピアノの曲があるんですが、聞いてみますか？」とオーディオをつけたまま食堂に入り、テーブルを整理した。ニースは父との会話を中断し、音楽に耳を傾けた。良い夜だった。これからはすべての面で少し楽になりそうな予感がした。冷めることを知らなかった父への怒りや緊張したダーウィンとの不和、常に空しさだけを与えた公務員としての人生は、今日を基点にすべて克服できそうだった。

その時、父が突然「再婚はしないつもりか」と聞いた。考える価値もない質問にニースは目を閉じたまま「しません」と答えた。父は公職者として妻の存在がどれほど重要なのかを説明し、ダーウィンも十分にそれを受け入れられる年齢だとして「可能性を事前に遮断することは最も愚かなことだ」と忠告した。

「思いがけないことが起こることもあるもんだ。プライム出身でもないお前が今プライムの生徒たちを指導しているように」

ニースは音楽に集中したかったが、再婚や大統領云々といった話が虚しい夢のように今後も繰り返されることを懸念して、この機会にはっきりと釘を刺しておくことも兼ねて伝えた。

「一度で十分です。結婚も子供も……友達も。一度でも十分意味が分かるじゃないですか」

「何を言っているんだ。結婚はともかく、子供や友達は多いほどいいんだ。お前の母さんが体さえ元気だったらお前に兄弟が5人ぐらいいたはずだ」

ニースは会話をこれ以上したくなかった。また、ダーウィンがトイレに長くいすぎるような気がしたので席を立ち、「ダーウィンは何をしているんだろう？」と独り言を言いながら居間を横切った。廊下に突き当たると、ベンがトイレのドアの前で大きく吠えた。ニースは「静かに」とベンを落ち着かせ、トイレのドアを叩いた。しかし、何の気配も聞こえなかった。ニースは「ダーウィン?」と呼びながら慎重にドアを開けた。ベンは隙を狙って素早く中へ入った。ニースはベンの勢いに押し倒されるかのようにふらついた。ニースは「ベン!」と注意しながら頭を上げたが、その瞬間本当に体が崩れそうになった。ダーウィンが床に倒れていた。

「ダーウィン!」

ニースはダーウィンの顔をなめるベンを押しのけてダーウィンを抱きしめた。ダーウィンは青ざめていた。ニースはダーウィンの頬を叩いた。倒れた患者の体にむやみに触れると危ないという常識に従っている余裕はなかった。気を失った息子を置いて遠く離れていられる親はこの世にいなかった。なんとか彼の手で今すぐ血の気のない息子の顔に命を吹き込まなければならなかった。悲鳴を聞いた父とマリーが急いで駆け寄ってきた。

ニースは振り向かずに叫んだ。

「早く救急車を呼んでくれ、急いで!」

その瞬間、閉じていたダーウィンのまぶたがゆっくり動き、茶色い瞳が現れた。ニースはやっと自分の首を絞めてきた手が緩んでいく感じがした。

ニースは震える声で聞いた。

「ダーウィン、気がついたか?」

ダーウィンはまだ焦点が完全に戻っていない瞳で周辺をゆっくりと見回し、小さなうめき声を上げて体を起こして座った。ニースはダーウィンの頭を支え、「どうしたんだ?」と尋ねた。

ダーウィンが自分でもよく分からないという呆気《あっけ》に取られた顔で言った。

「急に吐きそうになったのでトイレに来たんですが……頭がとてもくらくらして……」

マリーがタオルを濡らして口の周りをふきながら「ワインのせいね」と言った。ダーウィンはうなずいた。ニースはダーウィンのグラスにワインを注いだ自分を責めた。どうしてお酒を飲ませたのだろう。ダーウィンはまだ子供なのに……。

新しく積み上げた塔

一晩で数百回は眠った。ひとつの夢が数百の欠片に分かれて、見ては起き、寝ては起きを繰り返した。夢と現実が地層のように繰り返し積み上げられていく間に、得体の知れない迷宮にどんどんはまっていく気分だった。祖父と父に助けられて部屋に上がった時、枕元でふたりの話し声が聞こえた。

「病院に行かなければならないのではないでしょうか？」

「様子を見てみよう。大丈夫だろう。お前もこの年頃によく吐いて倒れなかったか？　お前に似たんだ」

　ダーウィンは父が自分の顔を見るのを感じたが、寝ているふりをした。ところが父が自分の前髪を額に引き上げる瞬間、短い夢を見た。自分がとても威厳のある馬の毛を梳《と》かしながら「もうすぐ殺しに行くから身体を整えないと」と話している夢だった。立派な目をした馬は身動きもせず立っていた。ダーウィンは驚いて目が覚めた。しかし、目は閉じたままだった。

　祖父の声が真上から聞こえてきた。

「熟睡しているようだが、そのうち目が覚めるだろう。もう出よう」

　ドアが閉まる音がした後、再び夢を見た。今度は1頭ではなく、数十頭の馬に自分が取り囲まれていた。父も一緒にいた。ブラシを持って馬の毛を梳かす方法を見せながら「馬は高貴な動物だから大切にしてあげなければならない」と言っていた。「どういう点でですか？」と尋ねると、「馬はＤＮＡが重要な動物だから、人間のように先祖と子孫が厳しく問われる」と答えた。ダーウィンは立派な遺伝子が永遠に保存されることを望み、父に従ってつやが出るまで馬の毛を熱心に梳かした。毛並みはゆっくりと流れる波のように感じられた。ダーウィンは柔らかな感触を感じて目を覚ました。

　ところがその瞬間、確かに目を覚ましたが、もうひとりの自分が目の前で馬の毛を梳かしながら「もうすぐ殺しに行くから身体を整えないと」と夢の中で言った話を繰り返していた。ダーウィンはそのささやきを聞いて馬の素晴らしい瞳を見た。馬も自分の瞳を見たようだった。間もなくベッドの上に赤い血が流れ落ちた。ダーウィンはトイレに駆け込んだ。便器に頭をぶつけて中のものを全部吐き出した。最後のうめき声まで発すると、全身の力が抜ける。ダーウィンはそのまま床に倒れてしまったが、体と違って、精神はいつにも増してしっかりしていた。すべてが合理的に整理されたと思った。一貫して片方の見方を維持してきた法学試験の答案用紙のように、序論と本論、結論を完璧に引き出した。

父は人を殺した。しかし、人を殺したことに対する罰を受けていなかった。だからその罰を受けなければならない。みっつの文章のどこにも修正する部分はなかった。残ったのは公訴事実を読み上げた後、父から確認を受けることだけだった。もし父が「とんでもないことを言うんだな。私がジェイを殺しただなんて、証拠は？　証拠は？」と容疑を否定したとしたら？

しかし、ダーウィンは友人を殺害したという真実を含む判決文に抗議する父の姿を想像することができなかった。そんなことは決して起こらないだろう。父はすでに鏡の前で数百回も自供していた。世界中が聞いてほしいと願うように叫んでいた。

「殺人者、殺人者。ニース・ヤングは殺人者だ」

だが、絶対に想像できなかったことが一度起きているなら、同じことが再び起きる可能性も認めるのが正しいだろう。ダーウィンはもし父が自分の最後の信頼を破り、罪を否定するなら、父に永遠の別れを告げると決心した。それは、世の中で培《つちか》ってきた名声を失うことに劣らず、父にとって大きな罰となるだろう。ダーウィンは父が自分を失うような選択をしないことを望んだ。自分もやはり父を失わないことを願った。

「始まるな」

祖父が肩に腕を回してテレビに関心を向けた時、誰も見ることができない心の内では、そうやって一層、また一層、裁判過程の塔を積み上げていった。ドキュメンタリーが放送される1時間前は、自分だけが知っている最後の猶予の時間だった。祖父と父の苦痛を1時間減らすため、自分がひとりでもう1時間、苦痛を背負うことにしたのだ。苦痛以外に他の意味は何もなかった。ただ裁判所の外で待機する、退屈で焦った肢体に過ぎなかった。本当にそう信じていた。プライムスクールの空から自分の声が聞こえてくる前までは。

ドキュメンタリーが終わった瞬間、ダーウィンは姿勢を正すことすら難しかった。全身から振動を感じた。ワインのせいではなかった。足の裏から頭頂部まで一列に積み重なっていた理性、論理、法規、良心の軸が揺れていた。自分の世界が崩れていった。

3人の口から最高の感嘆があふれ出ていたが、どれひとつ耳元に入ってくることはなかった。どんな素晴らしい言葉も脳や心臓に届かなかった。それらは遠くから聞こえてくる噂、短い祝砲、花の周りを舞う昆虫の羽音に過ぎなかった。

3人は何も知らなかった。何も知らずに驚嘆ばかりしていた。自分たちの目で見たのが世界のすべてであるかのように錯覚し、間違った話を広めていた。仕方なかった。彼らはただの部外者だから。永遠に観客であるだけだから。核に到達することができなかった失敗した者たちだからだ。

外の賛辞がいくらすごいとは言え、それは美しい花を見て美しいと言うだけに過ぎなかった。花を開く努力を知ることは彼らにはできなかった。そのあいだあいだに宿った生命力を感じることはできなかった。絶対に花を理解することはできなかった。絶対に花になれなかった。

限りなく広がっている世の中がトイレの天井ほどの大きさに次第に小さくなった。ダーウィンは起き上がって洗面台の冷たい水で顔をきれいに洗い流した。肌に触れる感覚が何かを悟らせてくれるようだった。

ダーウィンは顔を上げて鏡に映る自分と向き合った。プライムスクールの空と運動場、回廊、寮、大講堂をのぞき込んだカメラが、この瞬間鏡になって自分の目と鼻と口と耳と首を細心に映した。するとすぐ洗面台にもたれかかっていた腰が徐々に上がり、いつの間にか両足でまっすぐに立っていた。

ダーウィンはプライムスクールとダーウィン・ヤングというふたつの異なった個体が精巧に合致していくのを感じた。存在様式が全く異なるふたつの個体が完全かつ完璧にひとつに一致しつつあった。ダーウィンはその結合の意味をひとつひとつ解釈した。

カメラが捉えた空は、自分が眺めた理想だった。カメラが歩いた図書館の回廊は自分が佇《たたず》んだ世界だった。カメラが直接走れなかった運動場は、自分がこれから征服しなければならない残った大地だった。扉が閉まった学年末の試験場は自分の内面であり、背中の光を消費したのは自分の知恵で、最後まで大講堂に火を灯したのは自分の意志だった。プライムスクールの中に導く一言一言が自分の息づかいだった。ダーウィン・ヤングがプライムスクールであり、プライムスクールがダーウィン・ヤングだった。

……自分が自分から離れるということが可能だろうか?

まだ答えを出していないのに、鏡の中の人物が先に首を振っていた。ダーウィンは遅れて首を横に振った。彼が正しかった。決してプライムスクールを離れることはできなかった。プライムスクールを離れてはダーウィン・ヤングではなかった。

「小さい頃からずいぶん……偉大だったんですよ」

父の声が聞こえた瞬間、ダーウィンはこの30年間、父が完全に間違った考えにとらわれていたことに気づいた。お父さんは間違っている。それは偉大なことではなかった。偉大さに近づくことでもなかった。入学試験はプライムスクールの最も易しい関門に過ぎなかった。プライムスクールの神髄は、その門をくぐってから開かれる。脱落に対する不安に勝つ精神の修練、選ばれた人ではないかもしれないという孤独感、理想に触れるための超人的な努力……。そのすべての苦痛の時間を経験してこそ、「本当に偉大」と称えられるのだった。

ジェイおじさん、父をよくも騙しましたね。おじさんこそ臆病だったのに……。

ダーウィンはジェイおじさんの追悼式の写真の前に花を捧げながら、そんなことをつぶやくような場面が浮かんだ。その瞬間、吐き気に襲われ、トイレに駆け込まざるを得なかった。

ダーウィンは鏡をじっと見つめ続けた。

プライムスクールに留まること。それはこれまで準備してきた公訴状を破棄し、自分の信念と正義を裏切る時にのみ可能なことだ。父の罪を問う代わりに、その罪を埋めた土の上に父と一緒に立つ時だけ可能なことだ。

……そんなことができるだろうか？

四方が静まりかえっていた。やつれた枝が風に揺れ、窓ガラスを叩く音が聞こえた。しばらくして、ダーウィンは最後まで暴いたと思っていた自分の頭の中で、今まで一度も聞いたことのない新しい声が聞こえるのを感じた。

……お父さんは本当に罪人だろうか？

これまで一度でも不正を犯すのを見たことがあったか。正しくないことを言うのを聞いたことがあったか。社会の正義に逆行することがあったか。いや、父は正義そのものだった。この世の誰も、最初の憲法を作った学者も父より正義でいることはできなかったはずだ。それなら……ダーウィンは鏡の前に歩み寄った。

……ではジェイおじさんを殺したのも父が立てた正義を実現するためではないか……。

また吐き気がしてきた。ぞっとした。おぞましい考えだった。しかし、ダーウィンは口を塞いで中から突き上がるものを最後まで耐え抜いた。この罪の意識に屈して倒れるわけにはいかなかった。父を自首させなければならないという解決策を見出すことで嘔吐を乗り越えた前回のように、今回も引き続き考えを進め、嘔吐を克服しなければならなかった。

あの晩、僕は何を聞いたっけ？

「ニース・ヤング、お前は殺人者だ」という自白？

ところであの晩、父はまともな精神だったのか。合理的な考え方ができる状態だったのか。いや、父はどうにもならないほど酔っていた。鏡の中に見える自分に向かって他人に話かけて叫ぶほど錯乱を起こしていた。どの裁判官が酒に酔った心身脆弱な者の自白を証拠として認めるというんだ？

ダーウィンはそこからさらに一歩進んだ。

たとえ、父が殺人者ということが真実だとしても、それは僕が知るべき真実だろうか？　僕が責任を負わなければならない真実だろうか？　殺人は僕がこの世にいなかった時のことだ。自分がいない時に起きた殺人は、文明以前に起きた殺人だ。恐竜が地球を占領していた時に起きた殺人と大差ない。殺人が最もありふれた生存方式のひとつだった時代に起きた、常にある行為に過ぎないのだ。誰もその起源を明らかにして最後まで生きることはしない。先祖を遡ってみて、殺人を犯してない先祖を持つ血筋が果たしてひとつでもあるのだろうか？

　ダーウィンはアテネの学堂に新しい柱を築きつつあった。

　どうして自分の手で父を没落させようと考えたのだろう。どうして父が積み上げたものを廃墟にしようと考えたのだろう。どうして父が僕にくれた絶対的な愛を裏切って返そうとしたのだろうか。ダーウィンはようやく父の罪を明らかにしようとした自分の決定が、決して愛に基づいたものではなかったことを悟った。それは冷酷な裁判官にならなければならないという強迫観念から始まった傲慢だった。父の罪を利用して自分の純潔を表そうとする薄っぺらな利己心だった。法学試験で満点を取るための愚かな策略に過ぎなかった。

　ダーウィンはこれまで自分が夢見てきた裁判長の虚構を実感した。裁判官と検事、陪審員と傍聴人の両方が鉄人で構成された裁判所は、夢の中でも存在しない非現実的な空間だった。罪を認めることから刑が執行されるまでの過程が冷たい理性によってのみ進められ、それを信じることは、無邪気で低能な愚かさだった。

　父が受ける現実の裁判は、陪審員と傍聴人が一緒になって父に対するゴシップの種を話したり、文教部次官の没落を喜ぶ裁判官がハンマーを叩く裁判になるだろう。殺人罪に言い渡された量刑を満たすだけで裁判が終わるという保証もなかった。正体を隠して30年間追悼式に参加したという事実は、信頼を裏切られた人々に再び世論の中で裁判を開かせる。それに加えてもしルミの推測がすべて事実であって、〝12月の暴動〟に関する家の来歴まで明らかになれば、肉体に加えて魂まで追放されることになるだろう。

　所有している物の重さと立っている所の高さを掛けて算出した墜落の圧力はどれくらいだろうか。墜落する間に見る風景はどんなものだろうか。庭のクルミの木が根こそぎ捥《も》ぎ取られ、門の前で石を投げる順番を待つ人々が列をなして、近くの空の上で鷲が爪を立てているような姿だろうか。

ダーウィンは失笑が込み上げてきた。一瞬でもその裁判所に自分の手で父を立たせようとしたことが信じられなかった。しばらくして笑いがとまると、今度は全身が震えてきた。冬の間、父を社会的に破壊させる告発状を自分の手で書き、プライムスクールを永遠に去る覚悟をしたことは、まるで知らない敵が犯した事故のようだった。ダーウィンは鏡の中で聞いているかもしれない敵に聞いた。

どうして検事になろうとしたんだ？

どうして父を弁護しなければならないという考えはできなかったんだ？

父の罪を明らかにする告発状はよく書けたのに、父のための弁論はどうして一度も準備しようとしないのか。人間として最も許されがたい罪を犯したとしても、君が最後まで弁論しなければならない人は、この世に君を生み、君に絶対的な愛を与えた父なのに……。

ダーウィンはトイレから出た。

窓越しに木が風に揺れるのが見えた。きちんと整理されている木の枝がふと忘れていた一場面を呼び覚ます。夏には枝打ちをし、冬には木の根元を藁で丁寧に包んでくれた庭師のことを思い出した。ダーウィンは自分と関わりのないエピソードを今では自分の人生において解釈することができた。父を裁判所に立たせ、自分がプライムスクールを離れるということは、その名もない庭師になって一生を生きるという意味だった。膝を覆う長い法服を着て新しい法典に入る単語を選ぶ代わりに、だぶだぶの服を着てはしごに上ってはさみで木の枝を切ることを選択するということだった。自分の存在、目的、理想を他人の家の庭にある木一本を植えることに捧げるということだった。

外の風景と重なったかすかな影が、窓にぐっと顔を押し込んできた。

ダーウィン・ヤング、本当にそんな人生を生きることができるのか？

後ずさりして窓際から退いたダーウィンは、影の質問が再び聞こえる前に素早くベッドに入った。全身が震えていたが、両唇だけは何かを守るようにしっかりと張り付いていた。

クリスマスの夜が深くなりつつあった。ダーウィンは布団に身を包み、微動だにせず横たわり、微かに変化する窓の外の闇を見守った。動けないように縛った体と違って、考えは数珠つなぎのように休まずに続いた。

夜がなかったら、罪もなかったのだろうか。罪がなかったら、イエスが生まれた今夜もなかったのだろうか。クリスマスの夜がなかったら、罪の意識で眠れない数多くの夜もなかったのだろうか。だとしたら、人間はもっと自由になれたのだろうか。

ダーウィンは父の自白を聞いたその夜を後悔し、また後悔した。あの夜さえなかったら父の罪を知らなかっただろうに、あの夜さえなかったら今夜のような苦痛に悩まされなくてもよかったのに。あの夜さえなかったら父は以前と同じ父だったのに。ダーウィンは朦朧とした意識の中で繰り返し話した。

あの夜さえなかったら……罪もないのに。

ダーウィンはその瞬間、再び自分の夢なのか分からない幻影を見た。豪雨が降り注ぐ中、見知らぬ声の誰かが中に入れてほしいとドアを叩いていた。ダーウィンは少し外が気になったが、その言葉があまりにもけわしく恐しいのでドアを開ける代わりに鍵をかけ、階段を走って部屋に入ってしまった。ドアに響く荒々しい声は去ることを知らずに乱暴に響いた。ダーウィンは耳をふさいだまま恐怖で震えた。彼を止めるのは不可能に思える。今にもドアを壊して中に押し入ってきそうだ。しかし、徐々に夜が明けていくと、正体不明の声が力を失っていくのが感じられた。ダーウィンはもう少し耐えてみることにした。

ついに夜が明けて雨もやんだ。招かれざる客は光に屈するように入ることを諦めてどこかへ行ってしまった。家はすっかり静寂に包まれていた。恐ろしさは安堵感に変わった。最初から雨が降った夜そのものがなかったような気がする。

ダーウィンは安らぎの中で眠った。

その日の再構成

ふと戸がひらく音が聞こえた。そっと歩いてくるのは父のようだった。窓辺から光が差し込んでくるのが感じられた。いつの間にか朝になったようだった。終わりそうになかった昨日の夜が終わったことにダーウィンは妙な勝利を味わったような気分だった。積もり積もった煩悩をすべて吹き飛ばした褒美としてクリスマスの翌朝を迎えたようだ。

ベッドの近くに歩いてくる父の気配がしたが、わざと目を開けなかった。このまま寝ているふりをしていれば、父は顔をのぞいてすぐ出て行くだろう。そうすれば、少なくとも数時間は不愉快な対面をしなくてもいい。しかし、安堵した瞬間、ダーウィンはその偽装が自分の最終選択に反することに気づいた。

昨夜の判決は父が成し遂げた世界をそのまま継承したことを意味する。傷のある世界だとしても、それが保障する安定と未来を受け入れることを選んだという意味だ。ところがまた父を意図的に無視すると、その世界は決して完全な正当性を得ることができない。一夜にして変わった心のように、まもなく再びヒビが入り、崩れ落ちるだろう。またかつてのように逃げ出したい廃墟になるだろう。この世界の維持と繁栄のためには、父の罪を問わないだけでは不十分だった。理解するだけでは足らなかった。弁護人になるだけでは物足りなかった。

愛さなければならなかった。父を誠実に愛さなければならなかった。そして、その愛すべき対象である父は、かつてどんな罪も犯さなかった純潔無垢な父ではなく、友達を殺害したかもしれない、いや、確実に友達を殺害した罪人だった。

ベッドを見ていた父が出ようとした瞬間、ダーウィンは目が覚めたばかりのように装い、「お父さん」と呼んだ。父が嬉しそうな顔で引き返してまた帰ってきた。

「起きたのか。体の調子はよくなったかい？」

父と対面しても何の拒否反応もなかった。体は頭よりも速く新しい環境に適応し始めたようだった。

ダーウィンは父のスーツ姿を見て尋ねた。

「今日も出勤されるんですか？」

父はすまないというような顔で言った。

「行かないと。一年中、引き出しの中で眠っていた書類が今年もあと数日なのに、いっぺんに出てきて並んでいるから」

「年末なのに、まだそんなにお忙しいんですか？」

「公職というのはもともとそうだ。新年になる前に新年を迎えてもいいという印鑑をもらわないと」

父さんは自分が吐き出す言葉の所々に、ジェイおじさんの影が宿っていることを知っているのだろうか？

ダーウィンは意図的に聞いた。

「1年最後の日、秤の上に上がるために並んでいる人たちのようにですか？」

「そんな風になるのかな……」

父はそう言ってそれとなく目をそらした。傷ついた顔だった。以前は気づかなかったが、今になってみると父は本人の口ではよくジェイおじさんの話を持ち出して彼をほめて思い出しながらも、人の口から先にジェイおじさんの話が出ると気後れし、敏感になった。ダーウィンはもう父のそのような顔を見たくなかった。審判が終わった以上、秤に上がることを心配して焦る理由がなかった。ダーウィンはもう一度「お父さん」と呼んだ。

「お話ししたいことがあります」

父がベッドの片隅に座りながら尋ねた。

「なんだい？」

「来年からはジェイおじさんの追悼式には行きません」

父は何にも言わずにいたが、急に何かにぶつかったような驚いた顔をした。

「急にどうしてそんなことを言うんだ？」

「新年だと聞いて、思い出したんです。新年からは本当にやりたい必要なことだけやりたいんです。4年生になれば勉強ももっと難しくなるだろうから」

「今まで行きたくなかったのに、私のために無理に行っていたのかい？」

「いいえ、今も特別に行きたくないわけではありません。ただ、僕にとっては何の意味もないことだと思います。ジェイおじさんは僕たちの親戚でもないし、個人的に僕と特別な関係を結んでいたわけでもないじゃないですか」

父は黙っていた。おそらく息子の決定を一度に支持することも、説得して心を変えることもできないことに、葛藤しているのだろう。しかし、父にはもう少し方向を変えるだけで、両端の選択から自由になれるみっつめの道があった。ダーウィンはそのことを父に思い出させた。

「来年からはお父さんも行かないというのはどうですか？」

父は重い顔で黙り込んだ。

ダーウィンはやむを得ず、父の反応を引き出すほどの強い刺激を与えた。

「30年あれば十分でしょう。母さんの命日も10年でやめたんですから」

思った通りに父が口を開いた。

「節目の日を行わないだけであって、いつもお母さんのことを考えているよ」

「分かっています。僕たちで決めたじゃないですか。僕はジェイおじさんに対してもそうしてほしいと思っています。心の中で想うことにするという」

父が手を伸ばした。ダーウィンは前髪をかきあげる父の手をじっと受け入れた。

「不公平だと感じたかい？」

「そうかもしれません」

父がこくりとうなずいて言った。

「分かった。一度考えてみるよ。いずれにせよ、ダーウィンをそんな気にさせたのは申し訳ないな。でも、絶対にお母さんをジェイおじさんより疎かにしていたわけではないよ。幼い頃からしていたことなので中断するという考えもなく、ただ1年が過ぎていっただけだ。30年……そう、長い時間だ。私もこんなに長く続くとは思わなかった」

ダーウィンは父を抱きしめた。懐に薄い香水のにおいがした。慣れ親しんだ父のにおいであり、記憶にない母のにおいだった。ダーウィンは自分の存在がプライムスクールと一致した時のように、父とも一致したのを感じた。頭を撫でられながら、「久しぶりだな、こうやって抱きしめるの」と言われる。父の手が平穏を与えてくれた。すべての波風は止まった。船はもう転覆しないだろう。

父は横になっていなさいと言ったが、ダーウィンは意地を張って1階まで父を見送った。自分にできる限りの方法で父に愛を与えたかった。何の葛藤もなく父を愛することができることを自らに証明したかった。

ドアをあけると猛烈な風が吹き寄せた。咄嗟《とっさ》に昨日の夜の間中聞こえていた声が部屋の中に入れなかったことに対して最後の仕返しをしたよう感じられた。ダーウィンは髪の乱れを軽く撫でた。家を守り抜いた主人としてこれぐらいの腹いせはいくらでも引き受けることができた。見送りの挨拶をした後、ドアを閉めようとしたが、父は忘れものがあるかのように振り返って言った。

「そういえば、昨夜遅くバズから電話があったんだ。ドキュメンタリーを見た君の感想を聞きたいといっていたが、電話を代わってあげられなくて。お陰で代わりに私が才能豊かな息子だと褒められたよ。ところで、レオはクリスマスも家族と過ごさずにひとりで旅行に行ってしまったと言っていたが？　君は違うと言ったが、やはりレオは来年も重点的に注意する必要があると思う。とにかく後でバズに感謝の挨拶も兼ねて電話してくれるかな。君が病気で話し合う機会がなかったが、本当にすごい作品だったじゃないか。今日は出勤してからも話題が多くて面白そうだ。さあ、風が冷たいから早く入りなさい」

部屋に上がってきたダーウィンは、思わず首の後ろに手を当てた。どこかのドアが開いて冷たい風が入ってきたのか、首の後ろの方に冷たい空気が漂っていた。しかし、部屋のどこにも開いている隙間はなかった。きれいに去ったと思っていた聞き慣れない声が部屋のどこかに隠れて呼吸をし続けているのだろうか。首の後ろのゾクッとする気配が神経を伝って他のところに広がり始めた。細胞の粒が破裂するような戦慄《せんりつ》が走った。

……波風は止まったのではなかったのか。僕は暴悪な海の神のようにひとりで激高して津波を起こし、再びひとりで人知れず、世界を静まらせたのではないか。ダーウィンは妙な不安のために部屋の中をうろうろした。足元が揺れ続け、耳元から何かが押し寄せてくる音がした。

ダーウィンはあごに手をついた。まず、昨夜の波や風で吹き荒れた頭の中の浮遊物を片付けなければならなかった。これだけきちんと探せば、この余震のような不安の正体が何か分かるはずだ。

ダーウィンは目を閉じた。どこからピースを合わせていけばいいか？　まもなく難破した船の中心と思われる残骸が目に入った。昨夜、再発した嘔吐と父に寄り添うため自己弁護の力に押されて水平線の向こうに流されたピース。ダーウィンはそのピースを考えの板の中央にはめ込んだ。すると、必然的に引かれるように、残りの部分が自ら元の位置に戻った。

ルミが探しているテープレコーダー、それが余震の震源地だった。ダーウィンは目を閉じて、ひび割れた隙間の状況を注意深く観察した。

ルミは他のいくつかのテープに外部の騒音が録音されていた事実を根拠に、ジェイおじさんが殺害された日の未明の状況がテープに録音されているかもしれないという希望を持っている。そしてそのテープの入ったテープレコーダーは現在レオの手にある。ルミはレオにどこまで話したのか。そのテープレコーダーに自分の伯父を殺した犯人に対する手がかりが録音されたテープが入っているかもしれないという話をしたのだろうか？　ダーウィンはレオとの電話の内容を思い出した。しかし、その時点でレオは細かい状況を知らないようだった。「俺も詳しい話は分からないけど」と言っていたことから、単にルミが自分の伯父さんの思い出が詰まった品物を探していると思っているようだった。

ダーウィンは途中で首を横に振った。電話で聞いた一言二言を思い浮かべながら、自分の推理の展開が気に入らなかった。このように推測するのではなく、知っている情報を最大限利用してそれぞれの可能性を分離して考えてみなければならなかった。ダーウィンは自分が立っている床に分析の展開方向が導き出されているかのように、部屋の中を一直線に沿って歩きながら考えを続けた。

ルミの希望は、ジェイおじさんが殺害されたよりも前の日付の放送が録音されたテープがあることから、その日もジェイ・ハンターがミッドナイトミュージックを録音しただろうという推定に基づいている。以前ルミはジェイおじさんが5月に放送の録音を始めて、7月初めまでに30本あまりのテープを録音したと言った。ミッドナイトミュージックは月曜日から金曜日まで放送していたので、平均週に3回ぐらい録音したことになる。逆に言えば、録音をしていない日も2日ある。だから、いくら前の日付の放送が録音されたテープがあったとしても、その日は録音していなかった可能性もあるのだ。果たしてどちらが事実だろうか？

同じ大きさのピースを両手に置いたダーウィンは、簡単に答えを得る機会を逃したことに後悔した。レオから電話が来た時にテープレコーダーを開けてみたのか、テープが入っていたのか聞くべきだった。もちろん意味のない後悔だった。その時は自分の意志で父の罪を明らかにするという覚悟の頂点に達した状態だったが、レオがテープレコーダーを見つけたのは外部の力が働いたからだ。ダーウィンは後悔から逃れ、推論の力を利用してそのふたつの断片の本質を分析した。

ミッドナイトミュージックは夜の12時から午前2時まで放送されており、ジェイ・ハンターの殺害推定時間は午前1時頃だという。ダーウィンはその時間に基づいて、今が30年前の7月9日から10日に変わる直前で、自分がジェイ・ハンターの部屋に立っている想像をした。ルミの推理が今、そのまま目の前で繰り広げられているのだ。

夜12時になるとジェイ・ハンターはカセットでミッドナイトミュージックの録音を始める。それからしばらくして、彼の部屋にフードを着た怪しい男が入ってくる……。ダーウィンは一瞬、にやりと笑ってしまった。〝怪しい〟という言葉を使う自分がおかしかった。しかし、すぐに冷笑を収め、再び推理に戻った。今現在この部屋にはみっつの存在がある。父、ジェイ・ハンター、ラジオ放送を録音しているテープレコーダー。1時頃、父はジェイ・ハンターを殺害して家を離れる。みっつあった部屋にはテープレコーダーだけが残っている。

この場合、電池が切れるまでテープレコーダーからはずっとラジオ放送が流れていたはずだ。そうだとしたら、当然翌日の朝、ジェイ・ハンターの家族がテープレコーダーの存在を感知したはずで、現場に来た警察も殺害事件の状況を判断する証拠物としてテープレコーダーを確保して開けてみた後、録音テープを聞いてみたはずだ。

しかし、テープレコーダーはその事件に何の影響も及ぼさないまま、ルミのおばあさんを通じて再びバズおじさんの元に戻った。ということは、その日の朝、テープレコーダーの存在感がゼロだったということ。すなわちラジオの電源が切れていたということになる。死んだ人が生き返ってラジオを消さない以上、誰もいない部屋の中でテープレコーダーが切れていたはずがない。〝よりによって電池がなくなってテープレコーダーが切れた〟という仮定は、偶然の力に過度に大きな力を与えるものだ。結局、その日の朝、テープレコーダーが切れていたということは、ジェイおじさんが最初からラジオ放送を録音しなかったということだ。確率ゲームの勝負が決まった。

客観的かつ理性的にその日を再構成した結果、ダーウィンは自分の恐怖が現実になる可能性はゼロに近いという結論に達した。1審が終わった。安堵の息が出てきた。1地区での1審判決は最終判決だった。

ところが、部屋の中をうろつく足取りは止まらず、どこかへ向かった。頭と違い、体は本能的にここが終着地ではないことを知っているようだった。それでは次に進むべきところはどこだろうか。まもなく二度目の裁判長が誕生した。

ダーウィンはルミの希望が座れるよう椅子を与えた。つまり、ジェイ・ハンターは録音をしたが、その朝テープレコーダーが切れていた可能性を仮定してみるのだ。そうだった場合、ジェイ・ハンターが普段と違って、その日は録音を早く終えてラジオを消したということになる。2時に終わる放送をジェイ・ハンターはどうしてその日の未明だけ早く切ったのだろうか？

推定できる最も一般的な場合は疲れて眠くてラジオの録音を普段より早く終えて寝たということだ。こうだとしたら、テープレコーダーに録音テープが入っていても全く問題にならない。テープレコーダーが切れた後に起きた殺害時点ではテープに犯人の正体に関する手がかりが録音されていない……。

2審が終わった。ゼロにもっと近づいた。しかし、まだゼロではなかった。単審制を諦めて2審を認めた以上、最終の3審まで行わなければならなかった。そのためには、ジェイおじさんが録音を中断してラジオを消した理由がこれまでの一般的な場合のためではなく、特別な必要性があったからだと仮定しなければならない。ルミの希望が座っている椅子をもっと広くて楽なものに変えるのだ。

どんな場面でジェイ・ハンターは録音をやめてラジオを消す必要を感じたのだろうか？

ダーウィンはラジオ放送の流れる部屋のことを想像した。消す必要があったのはラジオを録音している行為を何か妨げることがあったからだろう。ラジオが引き起こしかねない妨害。言うまでもなく音と関係がある。つまり、ジェイ・ハンターはラジオの音が部屋の中に流れるのが自分にとって邪魔だと判断し、録音を中止してラジオを切ったのだ。ラジオの音より集中しなければならない別の音が生じたのだ。

しかし、これと関連して考えなければならない事項がもうひとつある。他の音をよく聞くためなら、音量を少し下げるか、完全に消去するだけで十分だったが、ジェイ・ハンターは最初からそこで録音を中断し、ラジオを切ったという事実だ。どういうことからそのような決定を下したのだろうか。そしてその時期はいつだったのだろうか？

ダーウィンは浮遊する欠片を集め、パズルを組み合わせていった。すでになくなってしまったピースがとても多く、いくら力を入れても完全にピースを合わせることができないパズルだが、それぞれの場所に正確に位置させれば全体的にどのような絵かは十分推測できるだろう。

ダーウィンはもう一度、7月10日に戻った。

ジェイ・ハンターがラジオを切ったのは、録音を始めた午前0時から殺害される直前の深夜1時前までだ。そして、録音テープを利用して犯人を探すことを期待するルミの希望がかなうには、その録音開始時と犯人がちょうど登場した時、ジェイ・ハンターが生命の脅威を感じとる前のまだ行動に余裕がある時に絞られる。殺される瞬間、二度と聴けなくなる録音テープなどに気を使ってテープレコーダーのボタンを押すのは非合理的である。

この時間、ジェイ・ハンターの部屋で何があったのか分かる手がかりは、部屋で声を聞いたというジョーイおじさんの証言が唯一だ。しかし、おじさんは後で何も聞かなかったと証言を覆した。ルミは父親が嘘をついたと言ったが、それは父親に不満が多いルミの想像に過ぎない。10歳の子供が自分の兄の死について嘘をつくというのは、人間の常識からあまりにも外れたことだ……。

ジョーイおじさんの供述が事実だと信じられる根拠はもうひとつある。その日、父が着たフード。はっきりと身分を隠す目的でフードを着込んだ。偶発的な行為ではなく、家から準備された計画的な行為だったのだ。それに対し、その目的に反して父がジェイおじさんと普段のように会話を交わし、ジェイおじさんがそのような父に普段のように接したということは不合理すぎる。

しかも、ここでの話し声の有無は不明だが、悲鳴の不在は確実だ。その日の明け方、あの家で悲鳴を聞いた人は誰もいないという。

それは父が一瞬も抵抗されずにジェイおじさんを完璧に制圧したという証拠だ。もし少しでも隙を見せていたら、ジェイおじさんがすぐ悲鳴を上げて抵抗したはずだから。フードで誰かになりすましたことからも分かるように、父はジェイおじさんを殺害するために最初から最後まで緻密に行動したのだ。

その欠片をはめていくと、少し前の貧相だがそれでも存在した〝お父さんの正体がテープに録音されている可能性〟が完全に消えた。フード姿で登場してから、ひょっとすると息が切れる直前になってようやく父だと見抜いたジェイおじさんが、正体を現すほどの一言を辛うじて口にしたかもしれない瞬間まで、父はジェイおじさんにとっては終始脅威的な存在だった。命に関わるなかでひとりの人間が、ラジオの録音など気にしたはずがない。そのような行動は人間の理性が働く時にのみ可能だ。父、いやフードを着た男が自分の部屋に入ってきて以来、ジェイ・ハンターはテープレコーダーに手をつける時間と余裕が全くなかったのだ。

ダーウィンは最後の残りのピースを元の場所にはめて絵を解釈した。

ジェイおじさんが録音を中断してラジオを切っていたとしても、その時点では犯人の正体が明らかになる決定的な瞬間ではなく、外から不審な足音やドアの音を聞いたからだろう。音楽の音をしばらく下げ短く耳を傾けるだけで十分だったはずだが、ジェイおじさんはルミの父親が知っているのとは違って、実は臆病者ですぐにラジオを切ってベッドに飛び込み、布団をかぶったのだ。そして眠りにつき、おかげで父は沈黙の中でジェイおじさんを殺害することができた。

ところが、その瞬間、地面が割れるように顔がゆがんだ。すでにはめ終わったパズルには大量の間違いがあった。まるで夏の森を描いた木の枝に蝶のさなぎがぶら下がっているようだった。ダーウィンは自分の論理の間違いをひとつひとつ指摘していった。

先の追悼式の日にルミはジェイおじさんが床に倒れ、死体で発見されたと言っていた。ベッドの上ではなかった。ベッドで寝ていた人が床で発見されたということは抵抗があったという意味だが、そうだったら当然、悲鳴が上がるはずだった。また、時間の状況から見て、ジェイ・ハンターが聞いた怪しい音の直後に父が部屋に入ってくるべきだった。ところが、その短い間にジェイ・ハンターがあっという間に眠っていたはずがない。何よりも怖かったのなら、ベッドに隠れるのではなく、当然下の階に駆け降りただろう。物理的にも時間的にも人間の心理的にも行為的にもすべて間違っていた。

ところが〝全部間違った推測〟という判断が下された瞬間、ダーウィンは絶望の代わりに全身から喜びが湧くのを感じた。

この間違いは自分の論理力の欠陥から来るもので

はなかった。自分のミスではなかった。状況の誤りだった。事実でない被告の主張を完全に信じて弁護した最後の瞬間、その全面的な信頼のために逆説的にその主張が事実でないことを悟ったも同然だった。

〝臆病者だった〟という具体的な事実まで書き添えたために危うくだまされるところだったが、現場調査を実施した瞬間、被告の供述がすべて嘘であることが明らかになったのだ。何もかも強引で、ひどく不自然だった。ひとつひとつの行動の結果が食い違っていた。この世界を最初から再び作り出さない限り、事実でない過去を完璧に事実とすることはできない。ジェイ・ハンターがラジオを切ったという仮定は、最初から間違っていた存在しない世界だった。その虚構の世界で塔を積み続けた結果、こうして最後の瞬間、すべて崩れてしまったのだ。

ダーウィンはルミの希望の椅子を引き取り、自ら椅子に座った。やっと最終判決を下す瞬間だった。

テープレコーダーには録音テープが入っていない。テープがあったとしても、殺害の時点からかなり離れた時間に放送された最初の音楽だけが録音されている。不可能な境地に寛容さを取り入れ、父と関係のある外部の音が録音されたと仮定しても、くだらないドアの音にすぎず、犯人を特定できる手がかりはない。

ゼロ、ついにゼロだった。

テープレコーダーが持つ本来の目的でもない、単純な欠陥が30年間埋もれていた秘密の一瞬を捉えたと仮定することは、理性的な論理が根本もない偶然の前にひざまずかなければならないということに相違なかった。テープレコーダーを確保し犯人の正体を突き止めるというルミの希望は、サイコロを3回投げて、3回とも同じ目が出る確率ほど可能性のない話だ。それも何面体からなるのか数え切れない、円形に近いサイコロを。ダーウィンはその可能性を別の喩えとして考えた。

ここに刑務所がひとつある。この刑務所に設置された唯一の窓は30年に一度、非常に短い時間だけ開かれるように設計されている。その瞬間、一羽の鳥が窓の中に飛んでくる。鳥は口にくわえている木の枝を一本地面に落とす。それを多くの囚人のうち、あいにく罪を犯さずに刑務所に入った囚人が拾って、思わず刑務所の鍵穴に突っ込んでみる。不思議なことにふたつの形が一致し、囚人は脱出に成功する。

こんな話が果たして可能だろうか？　人間の力ではこのような偶然を生み出すことはできない。このような偶然が重なる方法は神の意志が作用する時だけだ。神が介入しなければならない。ところが神が真実を明らかにするために、このような非効率的な方法を利用するのだろうか？　いや、そもそも神はこんなことに興味があるのか？

遠くから見れば陸地全体を飲み込むかのように巨大に見えた波だが、正確な分析と計測を通じて、実際には足裏をくすぐるほどの浅い波として消滅するということを突き止めた。知識が恐ろしさを追い出した。ダーウィンは窓の外に差し込んだ太陽と向かい合った。クリスマスの夜よりも高く称賛されるべきは、日が昇るこの毎日の朝だった。

祖父は9時を過ぎてやっと起き上がって居間に出てきた。待っていたダーウィンは「よく眠れましたか？」と挨拶し、祖父を迎えた。ラナーは病気の孫より遅く起きたという事実が恥ずかしいというように照れくさそうな顔をした。

「客用の部屋なのに、変に自分の家よりよく眠れて朝寝坊してしまったんだな」

ダーウィンは「ここはおじいさんの家と同然ですよ」と応えた。ラナーはソファーの横に座り、顔を見合わせてあちこち見た。

「一晩でこんなに血色が良くなったのを見ると、やっぱり眠りが一番の薬なんだな」

ダーウィンは祖父の顔を注意深く見た。ジェイおじさんのアルバムから永遠に消えたひとりの写真と向き合っているという気がした。頬に残った傷跡と父に似た目、祖父の顔には過去を見る道と未来を見る道があった。しかし、濁った一方の道は閉鎖されたも同然だった。その道はもう誰も歩いたり、好奇心で足を踏み入れることもないだろう。未来へ向かう道と時間は、そう悟った者のものだった。ダーウィンはふと、これから祖父と一緒にいる時間があまり残っていないという気がした。このまま大切な時間を無駄にしたくなくて、思わず提案した。

「新年になったらシルバーヒルを片付けてこの家に来て一緒に住むのはどうですか？」

ラナーはびっくりした表情で聞き返した。

「この家で？　なんで急に？」

「おじいさんも独り暮らしで、僕が学校に戻るとお父さんも独りなのに、独り暮らしは時間の無駄じゃないですか。おじいさんがここに来ていると、物足りなかった部分が補われている気分です」

ラナーが笑って肩を撫でた。

「言葉を聞くだけでもありがたい」

「お世辞ではありません。本当にそうしてくれたら嬉しいです」

ラナーは自信なさそうな顔で首を横に振った。

「ニースは気が進まないだろう。以前、ダーウィンのお母さんが去ってからそう言ってみたことがあるが、一言で断られたんだ。今のままで充分だ。訳もなく話を持ち出して混乱を起こしたくない」

ダーウィンは祖父を家に招待したように、今回も父を簡単に説得できるという自信があった。

「ご心配なく。僕が話したらお父さんも絶対にいいと言うと思います」

祖父はまた「見込みのない話だ」と笑い飛ばしたが、ダーウィンは新しい年の記念であると同時に今年の祖父の77歳の誕生日プレゼントに、この家での暮らしを贈ろうと心の中ですでに決めていた。

祖父と朝食をとり、ダーウィンはバズおじさんに電話をかけた。バズおじさんがドキュメンタリーを見た感想を聞いてきた。ダーウィンは昨夜、自分が体験したものを単に〝見た〟という言葉では説明できなそうだったので、他の人たちの感想を言って話をそらした。

「祖父と父がとても感動していました」

「なんだか君は感動しなかったという言葉に聞こえるが」

ダーウィンは、自分の決心が誤った判断だったことに気づく決定的な機会を与えてくれたバズおじさんにふさわしい感謝の意を表したかった。

「そうではなく、感動という言葉は当てはまらないなと思って」

「どうして？」

「おじさんが作った作品は他の人たちの場合は心だけを動かしましたが、僕の場合には僕そのものを動かしたんです」

「すごい感想だな？　では、私の作品がダーウィン、君をどこに動かしたのか聞いてもいいかな？」

ダーウィンは躊躇なく答えた。

「プライムスクールです」

「プライムスクールと言えば、足踏み状態なんじゃないのかい？」

「足踏みというよりは、元の位置に戻ってきたのです。旅行に行ってきたように」

「旅行か……聞いた話の中で一番気に入った感想だ。どうにもダーウィンは私の作品を最もよく理解した人のようだね。やっぱりナレーターとして君を抜擢したのは正しい選択だった」

バズおじさんはそれから突然ため息をつき、「同じプライムボーイ同士でこんなに格差があるんじゃ……」とレオの話を切り出した。

「他でもないクリスマスの日に〝旅行に行く〟というメモ1枚残して消えてしまった。どこへ行く、いつ帰ってくる、一言も言わずに。おかげであの子が聞くべき小言を、あの子のお母さんから私が全部聞いているよ。とにかく、何を考えているのか分からない奴だから」

ダーウィンは昨日の夕方、レオが計画していたことを教えようかと悩んだが、レオがドキュメンタリーを撮るために8地区に行ったことが知られれば大人たちの心配は深まるばかりだと思い、ためらった末に黙った。何よりもレオが秘密にしておいたことを許可なく勝手に口外することはできなかった。ダーウィンは恩人同然であるおじさんに話すことのできない状況に罪悪感を抱き、「あまり心配しないでください」と慰めた。

「レオはおじさんに似ているじゃないですか。信じて待っていてください。新年になる前にきっと無事に帰ってくると思います」

それがレオとの義理立てで、バズおじさんのために与えられる最大限のヒントだった。

バズおじさんの部屋

ゼラニウム通りにあるピーター・マーシャルの2階建ての家は明るく灯る銀の燭台の中で、唯一灯りが消えた不運なロウソクのようだった。本物のキャンドルなら隣のロウソクでも借りられるが、この古い屋敷は隣の窓から漏れる暖かさのため、外観に流れる疲弊した様子がさらに際立っていた。期待していたのとあまりにも違う家の情景にルミは言葉を失い、ずいぶん長く門の前に突っ立っていた。離れた屋根の枠、ひび割れている玄関、死んでしまった木々たち……。バズメディア代表の父親の家がこんなに荒廃していると誰が信じるだろうか。さびた銅板に刻まれたピーター・マーシャルという名前さえなければ、当然間違って家を訪れたと思ったはずだ。

動くなという呪文にでもかかったように家から漂う暗い空気にとらわれていたルミは、しばらくしてここを訪れた目的が家の見物ではないということに気づき、すぐに呼び鈴を押した。しかし、音はしなかった。もう一度力を入れて押したが、その努力に反応するのは、呼び鈴の音ではなく埃で真っ黒に変わる指だった。この家に住むピーター・マーシャルという老人について断定するにはまだ早いが、長く呼び鈴が鳴っていなかったことは確かだった。故障していたとしても訪れる訪問客がいなくて呼び鈴は必要なかったのだろう。

ルミは仕方なく呼び鈴を諦めて直接ドアを叩いた。しかし、しばらく待っても人の気配は聞こえてこなかった。誰もいないのか、ルミは窓をのぞき込んだが、すべての窓はカーテンが閉まっていて中をのぞき見ることができないうえ、生活を推測できる小さな光さえ漏れてこなかった。家のどこにもクリスマスを終えた後の暖かい余韻は宿っていなかった。

激しい風が吹き荒れた。ルミは今日だけはプリメーラの制服を着てきたことを後悔した。レオのおじいさんにいい印象を与えるためにわざわざ着てきたのだが、気温が氷点下10度以下になった天気にはやっぱり堪《こた》えた。贈り物として準備してきたケーキの箱を持った手の感覚がだんだん鈍くなる。玄関の前をうろついていたルミは、スカートの間から吹いてくる強風にもう我慢できなかった。いけないと思いながらも、ドアノブを回してみた。閉鎖されたような外観とは違って、意外にもドアは簡単に開いた。

「ごめんください。どなたかいらっしゃいませんか？」

中に入った瞬間、強烈なにおいが鼻をついた。祖父の家の臭気とは種類の違う臭気だった。まるで家中にお酒をまき散らし、何十年も閉め切っていたかのようだった。一歩動くたびに床に敷かれたカーペットから壁紙、ソファー、目に見えない埃やカビまで、家の中にあるすべてが酒で発酵したようなにおいを発散した。このにおいを嗅ぎ続けるより、かえって外で肌を刺すような厳しい風にさらされていた方がましと思えるほどだったが、ルミは苦労して息を我慢しながら中に入り込んでいった。ジェイおじさんのためなら、酒に浸かった家のドアだけでなく、死体の入った棺《ひつぎ》の蓋《ふた》でも開ける覚悟ができていた。

室内の明かりはみな消えていた。それでもカーテンの間から差し込む日差しがさりげない案内人になってくれたおかげで、足にかかるものを片方に押しのけながらゆっくり歩くことができた。ルミはレオが今の自分を見たらどんなに怒るだろうかとふと思った。自分の許諾なしでは絶対におじいさんのところを訪ねてはいけないとかなり深刻な口調で言われたので分かったと答えたが、約束を破って家に入ってきたことを知れば、簡単には許してくれないかもしれない。しかし、結局レオには許す資格がなかった。おじいさんの家に行ってテープレコーダーを探してみると約束したのに、今まで何の連絡もせずに何も言わずに旅行まで行ってしまったのだから。レオのお母さんにレオが行き先も知らせずに旅に出たという話を聞いた時の裏切られたという感情といったら……。バズおじさまがそうだったようにレオも最初から約束を守るつもりなど少しもなかったのだ。無責任な面では本当にそっくりな親子だった。ルミは電話を切り、これ以上マーシャル家の男たちの助けを期待しないと誓った。今までもそうしてきたように、人の助けを待っているよりも直接行動するのがずっと効率的だった。

1階の居間の奥に近づいた際、開いた部屋のドアの隙間からある音が漏れてきた。ルミは注意深く中をのぞいた。老人が薄暗い部屋の中で1人用のソファーに座ってテレビを見ている。あたりにはボトルが積まれていた。ルミは老人をもっと詳しく知るためにドアを内側に押し込んだ。その瞬間、ドアの前に積み上げられていた酒瓶が倒れて、けたたましい音を立てた。

老人がドアのほうに首を回しながら尋ねた。

「バズか？」

驚いて後ずさりしていたルミは〝バズ〟という言葉を聞いて、踵を返して再びドアの近くに歩いていった。老人は言葉を初めて習うようなたどたどしい口調でもう一度「バズか？」と聞いた。ピーター・マーシャルの家に入りながらも老人の正体に疑問を抱いていたルミは、その短い一言で確信を得て部屋の中に入った。

ルミは自分が倒した瓶を起こしながら言った。

「いいえ、私はバズおじさまではなく、レオの友達のルミ・ハンターと言います。おじいさまはレオのおじいさん、ピーター・マーシャルさんですよね？」

老人は何も言わずに持っていた瓶を飲み干した。ルミは勇気を出して自分が〝客〟であることを証明するためにケーキの箱が置けそうな場所を探した。しかし、テーブルの上には酒瓶がいっぱいで、適当な場所がなかった。ケーキを置くために酒瓶を勝手に片付けたら、老人の私生活を荒らすことになりそうだった。ルミは仕方なく箱を床に下ろしながら、老人の家を訪れた目的を明らかにした。

「私はバズおじさまとも知り合いです。実はおじさまの頼みでおじさまの昔の品物を探そうと思って来ました。家をちょっと見てもいいですか？」

老人は何の反応もなしにテレビをじっと見つめていた。1地区の代表的な総合放送局であるチャンネル1の番組だった。しかし、瞼《まぶた》に半分も隠された老人の目は真剣に興味を持って見るというよりは、目の前に見えるものを習慣として見つめるだけのようだった。おそらく一日中チャンネル1をつけたまま、何の番組が出ようと関係なく見ているようだった。今はくせ毛が特徴のルフィーというちびっこ探偵のアニメが放送されていた。巻き毛を手で探ると、望遠鏡から飛行機のチケットまで、探偵の仕事をするのに必要なあらゆる装備が飛び出してきた。ルミは「私も好きな番組ですよ」と老人に声をかけた。半分は事実で半分は嘘だった。アニメが好きだったのは事実だが、あくまでも幼い頃の話だった。ジェイおじさんのことを知ってからは、現実の世界がもっと興味深くなったからだ。

老人からは何の返事もなかった。ルミはもう一度「おじいさまと私は共通点がありますね」と声をかけたが、老人は自分の家の呼び鈴のように黙り込んだ。焦点の合わない目をした老人ときちんとした会話を続けるのは不可能なようだった。ルミは「では、ちょっと家を見させてもらいますね」と言いながら、酒瓶をかき分けて部屋の外に足を運んだ。積極的な許諾ではないが、沈黙で最小限の同意は得たのだから無断侵入ではなかった。部屋を出たルミは幽霊たちの遊び場のような居間を漠然と歩き回り、この前バズおじさまが言っていた言葉を思い出した。

「開けようなんて考えないでそのまま部屋のどこかに置いておいたんだ」

だとすれば、この家でテープレコーダーがある最も有力な場所はバズおじさまの部屋だった。ルミは1階に寝室がないことを確認した後、階段を上った。2階に上がると廊下の端にあるドアの開いた部屋が真っ先に目に入った。近くの階段の入口の方にも別の部屋があったが、直感であそこがバズおじさまの部屋だということが分かった。10歩ぐらいの短い距離を移動する間に、時間が1年、3年、5年、10年と後戻りする感覚だった。所々ひびが入った床に舞い上がる埃が時間を移動させる触媒として作用しているようだった。

歩を進め、ついに部屋の全景と向き合った瞬間、ルミは時間の逆行を単なる気分ではなく、実際の現象として受け止めるようになった。ジェイ伯父さんの部屋に劣らず、バズおじさまの部屋も以前のまま保存されているようだった。机、ベッド、クローゼット、壁にかけられた鏡……もちろん、全く管理をしていないせいで、部屋全体に灰色のフィルターをかけたような埃が積もっていて、保存というより放置という言葉の方が適当だという印象が大きかったが。

　ルミはゆっくりと部屋を見回した。いくら憎んでいる人でも彼の子供時代と向き合えば心に動揺が起きるのだろうか。部屋に入る直前まで「自分が生きてその家に行くことはないだろうから、二度とそんなことを頼むな」と叫んだバズおじさまに腹が立っていたが、ページがぎっしり詰まった百科事典と机のあちこちに貼られているステッカー、今では絶対着ないダサいジャケットを見ている間、憎しみは外に静かに退き、友達への好奇心のようなものがわいてきた。この部屋にいるのは急に理由の分からない憤りを露にした中年男性ではなく、10代の少年バズ・マーシャルだった。まさに、ジェイ伯父さんの部屋にいる魂がそうであるように。

　部屋を見回したルミは、収納場所を中心にテープレコーダーを探した。埃を防腐剤にして保存されている部屋を見たら、もっと強く確信ができた。きっと見つかるはず。

　時間がどれぐらい経ったのだろうか。部屋は次第に暗くなり、ものごとの形がはっきりしなくなってきた。スイッチを入れたが、電気はつかなかった。ルミは窓を隠しているカーテンを開けた。早くも日が暮れていた。この家に入って少なくとも2時間は経ったのだ。日光の助けを期待することのできない部屋の中の闇に無力感を覚えたルミは、疲れてベッドの端に腰掛けた。その小さな衝撃でも灰に風が吹きつけたような埃が四方に舞った。

　わずか2時間で光が闇に変わったように、確信もあまりにも簡単に疑心へと位置を変えた。部屋中をくまなく探したが、テープレコーダーは見つからなかった。ルミは重いため息をついた。テープレコーダーがここにないということは、部屋のどこかに入れておいて再び取り出さなかったというバズおじさんの記憶が間違っているという意味だった。

　おじさんの記憶に誤りがあるということは、辛うじて物を見分けられるようにしてくれるこの弱い光さえ消えてしまうことを意味した。この光まで失えば暗黒の中で足をたどって道を探すしかない。間違った道に入っても最後まで行って行き止まりの壁を手探りするまでは間違った道なのかどうか分からない……。

年月が経って劣化したマットレスのスプリングのせいか、ベッドがだんだん沈んでいった。ルミは思わず席を立った。ずっとここに座っていては否定的な考えが生み出す沼から抜け出すことができない。

日が当たらず他に探せる場所も残っていないこの部屋でカセットを探し続けるのは時間の無駄だった。今日はこの辺でやめて、家でまた考えをまとめた方がいい。この部屋にないからといって、テープレコーダーの存在が完全に消えたわけではない。引越しの際、他のところに移しておいたのに、バズおじさまが覚えていないだけなのかもしれない。もしこうした細かい点を少しずつ確認していけば、足元に小さな光が見えてくるだろう。もちろん、その明かりを作るのに絶対的に必要なバズおじさまが全く協力的でないということは、また別の難関になるだろうが。

ルミは制服の埃を払い落としながら部屋を出た。疲れに失望までしたせいか、入る時とは違ってしきりに頭が下向きになった。少し気後れした姿勢で一歩踏み出そうとしたが、靴が床に着く直前、思わず足を止めた。まるで下には踏んではいけないものがあって、誰かが急いで道を塞いだようだった。ルミは片足でぼんやりと立ち、廊下を見下ろした。背後の窓から差し込む細い日の光が、廊下の床にかすかな光の水たまりを作っていた。足を塞ぐ力を感じたせいか、その微弱な光のかたまりも何か見てほしいものがあって闇に押しつぶされる前の最後の死力を尽くして廊下を照らす太陽の意志と思われた。ルミは空中に浮いた片方の足をゆっくり戻した後、立っているところから少し後退し、周辺の廊下を見渡した。なぜ入ってきた時には見つけられなかったのか……。

埃が雪のように積もった廊下の床の上に、自分の靴のものでない人がバズおじさまの部屋に入って出て行った足跡があった。2、3日も経っていない最近の運動靴の形をした足跡だった。ルミは正体不明の足跡のそばに自分の靴をつけてみた。サイズを確認した瞬間、衰えていた全身の感覚が一気によみがえった。

1階に降りてきたルミは、また老人の部屋に足を運んだ。アニメが終わり、自然生態系の番組が放送されていた。依然としてチャンネル1放送だった。見当どおりに毎日あの1チャンネルだけに固定しておくのなら、老人はクリスマスの夜に放送されたプライムスクールのドキュメンタリーも見ただろう。自分の息子が制作した放送を、この廃墟の中でひとり見守った感想はどうだったのだろうか……。

ルミはすぐにその問いかけが老人には過分だと悟った。感想を問う前にまず自分の息子の作品ということを知っていたのかを問わなければならない。ルミは今になってやっとバズおじさまがあんなに急に怒った理由と、生きてこの家にまた来ることは絶対にないと言った言葉の意味をある程度理解できたように思えた。自分の人生に毒になる人はたとえそれが父だとしても果敢に断たなければならないという意見とともに……。

ルミは老人のそばに近づいた。気をつけていたのに、足に蹴られたボトルがまた一方に転がっていった。

その音を聞いたのか、老人が最初と同じように首を回しながら聞いた。

「バズか?」

ルミは聞き返した。

「バズおじさまがここに来ましたか?」

老人は酒をのんで突拍子もない返事をした。

「バズは学校に行った」

ルミは自分の祖父がそうであるようにこの老人の記憶も多く破壊されていることに気づいた。

「おじいさま、何日か前に誰かが家に帰ってきましたよね? それはバズおじさまだったんですか?」

無表情で一貫していた老人が酒瓶を高く持ち上げて突然大笑いした。

「バズは子供なのに、なんで何度もおじさんって言うんだ?」

その瞬間、手を上げた方の袖がめくれ、老人の左手にはめていた革時計がちらっと見えた。ルミは老人のそばに近づいて時計を注意深く見た。時計の真ん中に描かれた大文字のPを中心にみっつの針が回っている。おなじみの時計だった。足跡を発見した時のようにまたも心臓が高鳴った。ルミは老人の手首を注意深くつかんで時計の側面を見た。金属製の枠にはレオ・マーシャルの名前が彫り込まれていた。

「家に帰ってきた人はバズおじさま……。いや、バズじゃなくてレオだったんですね。この時計はレオがくれたんですね、そうですよね？」

老人が時計を見下ろしながら言った。

「クリスマスプレゼントだよ。バズはいい子だよ」

「だから時計をくれた人はおじさんのバズではなく、子供のバズだったということですね？」

老人は時計を撫でながら「そうだ、バズは子供だよ」と微笑んだ。老人と普通の会話ができないことを知りながら、ルミは老人が微笑みながら言ったその瞬間だけは、真実の気持ちを交わしたような気がした。

ルミはピーター・マーシャル邸のドアを閉めて外に出た。過酷だが新鮮に感じられる冬の風のように、心の中でも二重の感情がぶつかっていた。立派な息子がいてもテレビから出る光を世界唯一の光として頼りに生きる1地区のお年寄りに対する同情と、自分との約束を守ったレオへの期待。しかし、道を歩き続けるうち、老人の切ない姿は風に吹かれて飛んでいき、ただひたすらレオが頭の中を走った。

レオがバズおじさまの部屋に入った形跡があるということは、レオがテープレコーダーを探そうとしたか、実際に見つけたかもしれないということだった。ついにジェイ伯父さんがこの実在の世界へ移ってきたのだ。もちろんその希望的な推測の裏には悲観的な質問が待っていた。テープレコーダーを見つけたのに、どうして自分にすぐに渡さずに旅に出てしまったのか。もしかしたらレオも結局テープレコーダーを見つけられず、そのまま旅行に行ってしまったのかもしれない。

しかし、その推測もまた他の疑問を導き出したのは同じだった。もしそうだったら、電話でもしてなぜ知らせてくれなかったのか？　テープレコーダーの問題のために私がおじいさんの家に行くのを防ぐためにも。自分に結果報告をしないのなら、そもそもテープレコーダーを探しに部屋に入る必要があっただろうか……。

終わりが見えないネオン川に沿って歩いている間、ルミは頭の中で引き続き推測をひとつひとつ手放していった。すなわち、複雑だった頭の中が川の流れのように一本に単純化された。結局すべての質問はレオが帰ってきたら答えを得られるはずだ。今は待つことが唯一の解決策だった。

ルミは固く閉ざしていた心の中のドアがまた少しずつ開くのを感じた。テープレコーダーの行方に希望を持つようになったおかげでもあるが、それよりもレオが自分の頼みを聞き入れようと努力したという事実が、再び人間に対する期待を抱かせた。

レオを信じられず直接家を訪ねたのは軽率だったのかもしれないと後悔した。レオはあんな祖父を見せたくなかったので止めたのだろう。レオが帰ってきてもおじいさんの家に行ったことは内緒にしておいたほうがいいかもしれない。

ルミは川辺の欄干に立ち止まった。地面は凍りついているのに青い川には強烈な躍動感が感じられた。休まず動く川を眺めながら、ルミはこの時をきっかけにこれまで途絶えていたレオとの関係が回復しそうだという強い予感がした。ジェイ伯父さんの話を受け入れてくれないことで仲が悪くなったが、レオがいい奴だということは否めなかった。自分との約束を守り、孫の存在を認知することもできないおじいさんに、大切なプライムスクールの時計をプレゼントするほどに。

ネオン川の波は誰かの名前を叫んでいるようだった。ルミは川の向こうを見た。この瞬間だけはジェイ伯父さんの魂が込められた物よりも、レオと会うことがもっと待ち遠しかった。

12月31日

新年までは雪に覆われた公園に散歩に行ったり、

昼寝をしながらのんびり過ごしても大丈夫だった。休息期に入った自然のように、人もこの期間は必死になるよりは、やや怠けた方がよさそうに見えた。休まず学業を続けてきたプライムスクールの生徒なら、そのような休息期間は切実だろう。

しかし、クリスマスの翌日の夕方から、ダーウィンは再び机に座って本を開いた。外国語の文法書だった。学年末試験の時、外国語、特に動詞の変化を覚えるのに苦労したのが依然として大きな不足点として残っていた。試験の成績は上位クラスだったが、一番とは言えなかった。全科目で首席を取るべきだというプレッシャーに襲われたわけではなかった。ただ、最高ではないということはまともに分かっていないという意味で、まともに分かっていないということは次の時も同じ過ちを犯すかもしれないという意味だと、自分の中の声が自らを導く原動力となった。前の年の足りなさをそのままにして新年を迎えたくはなかった。新学期が始まる前には正確に覚えていなかったり、混同して覚えているものすべてを正したかった。その渇きがあまりにも大きく、時には昼寝をすることより文法を見ることが真の休息と考えられるほどだった。

この期間の学習には、友達に遅れるかもしれないという相対的な不安や圧迫感は少しも割りこむ隙がなかった。そのようなものは存在すらしていないと言った方が近かった。何時間も辞書を探りながら単語の語源を推理してみると、一瞬、自分がプライムスクールの唯一の生徒だと感じ、孤独を覚えた。自分でなければこんな作業に責任感を持って乗り出す人は誰もいなそうだった。教授さえ今は休んでいるだろう。自分の人生で本当に叶えたいことが訪れた人にだけ感じられるその孤独感を楽しみながら、ダーウィンは試験のためではなく、ただ本当に知るために単語の性質と文章の構造を暴くことに没頭した。吐き気や頭痛は完全になくなった。学びの空席に新しい真理を完璧に埋めることで自信ができた。

勉強を終えてちょっと居間に降りると、掃除をしていたマリーおばさんがやってきて「もうつらい時間は過ぎたみたいね」と語りかけてきた。ダーウィンはそれが何を意味する言葉なのか分からずおばさんを見た。

マリーおばさんは掃除道具を下ろして決意したように話した。

「正直これまで、ダーウィン、あなたのことをどれほど心配したか知っている？」

「なぜですか？」

「なぜって、本当に分からなくて聞いているの？休みの初日からずっと他人の家にいるように不自然に振舞って。おじいさまとお父さまにまで変に距離を置いて。クリスマスに倒れた時はおふたりが心配されるのではないかと思って、ワインのせいだと言い訳をしたけど、心の中ではついに来るべきものが来たのかと思ったわ。ストレスに耐えられなくて崩れてしまったと思ったのよ。子供たちは一度倒れたら原因も探せないし、毎日熱病に悩まされるし、私はどれだけ気を揉んだことか。このままダーウィン、あなたが私たちから永遠に遠ざかってしまうのかと思って」

「……そうでしたか」

「そうよ。でも、またこんなに良くなったのを見ると、過ぎ去った嵐のようね。本当によかった。どうか次に来る嵐はたやすく過ぎ去ってほしいわ」

ダーウィンはマリーおばさんが注意深く観察していたことに驚いたが、その嵐を見抜くまでには至っていないと思った。その間吹きつけてきた風は自分の中で吹いたものだった。そして、もう自分はこれ以上、嵐を起こさないだろう。


12月31日の朝、ダーウィンは早起きをし、父と共に朝食をとった。1年最後の日だと思ったら平凡な食卓も特別な意味を持っているように見えた。今日までの300回を超える朝食がすべて今日のパンとスープ一皿に一本化され、この一食がまるで今年唯一の食事であり、最後の食事のように感じられた。厳かさが度を過ぎたためか、鬱蒼とした空気すら漂っていた。

ダーウィンはその気分を晴らすために真夜中に祖父の家で開かれるパーティーの話をした。1地区のカウントダウンパーティーは隣人まで呼んで盛大に行うのが伝統だった。

ダーウィンは父に聞いた。

「お父さんはいつごろ来られるのですか？　今回も夜の12時前には来られないんですか？」

年末に文教部では、仕事納めという名で長官を含むすべての公務員が出席する格式あるパーティーが開かれていた。文教部出身の元大統領が突然訪問する場合もしばしばあった。

「やっぱりそうだろうな。カウントダウンまではないといけないから。いくら急いでも午前1時は過ぎそうだよ」

「じゃあ、僕ひとりでおじいさんの家に行かないとですね」

「行く時間に合わせて車をよこすよ」

「いいえ、タクシーで行く方が気楽です。勉強すべきものが残っていて、何時に行くかまだ決めてないんです」

父がスープをすくっていたスプーンを下ろし、真剣な声で言った。

「ダーウィン、休みの間だけは無理して勉強しなくてもいいんだ。それに今日は1年の最後の日なのに何が勉強だ」

「心配しないでください。無理はしてないから。本当にしたくてやっているんです。最近は本当に勉強するのが楽しいんですよ」

父は負けたように笑いながら言った。

「どうも私はすごい名前をつけてしまったらしいな」

ダーウィンは父を見送った後、すぐ部屋に上がり勉強を始めた。

父に言った通り、ただ純粋に楽しいと感じられた。食事はこれで最後だという感想になったが、学ばなければならないことにはきりがなく、永遠に続くようだった。有限な人生の中で何かから永遠を感じ、それに献身する一員になれるということは、人間として経験できる最も崇高なことだろう。

2時間ほど経った時に祖父から電話がかかってきた。パーティーを控えているだけに、祖父の声は非常に浮わついていた。

「ダーウィン、お前に事前に知らせることがあって電話したんだ」

祖父は「今日のパーティーに来るお客さんの中に弁護士をたくさん輩出した家柄の孫娘がいるんだが、プリメーラ女学校に通っている子だ」とし、「同じ年だから、友達になったらどうか」と言った。ダーウィンはあまり気が進まなかったが、祖父の機嫌を取ろうと「いいですね、誰でも友達になれたら嬉しいです」と答えた。祖父は嬉しそうな声で、「じゃあ、あの子にもそう言っておく。後で会おう」と、急いで電話を切った。どうやらおじいさんたちでお互いに話をしていたようだ。このようなことを計画した意図が何なのか、見当がついた。ルミに会わないと言ったから、ルミに代わる新しい彼女を紹介しようとしたのだ。あえてプリメーラの女子生徒である点まで合わせて。

電話を切ると、ダーウィンはむしろルミのことを懐かしく思った。今日のパーティーにルミが来てくれたらもっと楽しい時間を過ごせると思った。しかし、今やルミのことを考えてはならなかった。クリスマスの夜の決断で、父も、プライムスクールも、クルミ通りの家も昔のままの思いを維持できるようになったが、ただひとり、ルミ・ハンターだけは諦めなければならなかった。

しばらくして、また電話が鳴った。祖父に違いなかった。多分その子の名前を教えることを忘れていたんじゃないか。ダーウィンは受話器を持ち、「当ててみましょうか。ジャッキーかリリーじゃないですか？」と先に言い出した。すると、わけが分からないように、「ジャッキーとリリーは誰？」と聞き返す声が聞こえてきた。ダーウィンは嬉しさと驚きで大声で叫んだ。

「レオ！　今どこにいるんだ？」

「どこって、8地区だよ。8地区に行くって言っただろ」

「おじさんが心配している。君のお母さんも同じだし、少なくともいつ帰るって話はしてから行くべきじゃないか」

「親父と電話で話したのか？」

「プライムスクールのドキュメンタリーの感想をね。僕が電話した」

「まさか俺が8地区に行ったという話をしたんじゃ

ないだろうな？」

「まさか」

「やっぱり、お前なら秘密を守ってくれると信じていた」

「大丈夫なの？」

「大丈夫だからこうやって生きて電話をしているんだろう？　もちろん、今、公衆電話の周りに俺のカメラを狙っているのが何人かいるが、そのぐらいのリスクは受け入れよう。仮にも8地区だから。とにかく撮影を無事に終えることができただけでも、俺はここの人たちに感謝している」

「じゃあ、今日帰ってくるの？」

「うん。1年最後の日と元日は家で過ごさないとな。今日も帰らなかったら、うちの母さんは本当に失踪届けを出すかもしれない」

「早く帰って来てね。今出発すれば夕方前には到着できるよ」

ダーウィンはパーティーに招待したい友人がルミひとりだけではないことを思いついて聞いた。

「あ、レオ、今日他の予定がなければ、夜、おじいさんの家のパーティーに来ない？　おじいさんたちだけじゃなくて同じ年頃の子たちもかなり来るから、退屈はしないよ。この前言ったじゃないか、僕のおじいさんとお父さんにもう一度挨拶をする機会があればいいなって。今日のパーティーをその機会にしたらどう？」

レオはすぐに「ああ、いいね」と答えたが、またすぐに別のことを思い出したように惜しい声で付け加えた。

「だけど、もしかしたら母さんが許可をしてくれないかもしれない。帰って来てすぐにパーティーに行くと言ったら絶対に爆発するだろう。ダーウィンから招待されたという話を全く信じないかもしれないし」

ダーウィンはレオにパーティーに来てもらいたくて、その場ですぐ提案した。

「それじゃあ僕がセントラル駅に迎えに行こうか？　それで一緒に家に行って許しを請えばおばさんの怒りも少しは和らぐかもしれないじゃない。どう？」

「本当にそうしてくれるか？」

「もちろんだよ。僕もレオ、君がパーティーに来てくれたらもっと楽しいだろうから」

「よし、じゃあセントラル駅で待ち合わせて俺の家に行って、服だけ着替えてすぐにおじいさんの家に行こう。あ、いや、その前に先にルミの家から寄らないといけないのか」

「……ルミの家はどうして？」

「テープレコーダーを渡さないと。今日を過ぎたらあいつの忍耐は底をつくだろう。たった1日だけど、とにかく明日は新年だから」

荒波に押し流されて消えた小さな物体が、平和を取り戻した静かな海の真ん中に再び押し寄せてきた。また、この現象だった。水面が沈静化した後、安心していると再び現れて分からない波動を起こす。すでに実体をすべて把握したので気にする理由はないが、ダーウィンは確認のために尋ねた。

「ねえ、レオ……そのテープレコーダーは……どう？」

「ダーウィン、声がよく聞こえない。通信が弱まっているみたい。どうかって聞いたのか？」

ダーウィンは思わず小さくなった声を少し上げて再び尋ねた。

「開けてみた？」

「もちろん開けてみた。何かも分からずルミのおつかい役ばかりするわけにはいかないからな」

「その中にテープは入っている？」

「うん、入っているよ」

ダーウィンは受話器をもう一方の手に持ち替えた。

「入っているって？」

「そうだよ。音楽まで流れていたぞ」

ダーウィンは受話器を持った手のひらに指が突き刺さるほど強くこぶしを握った。

「音楽が……。録音されている？」

「そう、最初から一番前に巻き戻してみたら、7月10日放送っていうＤＪの言葉まで出ていたよ。ところでダーウィン、7月10日はジェイおじさんが殺害された日だよな？　それでルミがこのカセットを探していたみたいだ。ジェイおじさんが死んだ日に録音されたテープが入っているから、あいつには意味があるだろう」

ダーウィンは込み上げてくる言葉に耐えながら、ようやく言葉を発した。

「その次は……？　音楽以外に他のものは録音されていた？」

「音楽じゃなくて他の？　さあ、約10分くらい聴いたあとに切れてしまってよく分からないけど。30年も前の乾電池じゃないか。こんな小さい電池なのに放電されてなかったなんて、10分でも再生されたのが奇跡だ。でもダーウィン、このテープになんでそんなに関心があるんだ？　お前もルミから何か聞いているのか？　ルミに俺がテープレコーダーを見つけたって言ったら何だって？　喜んだろ？」

ダーウィンは自分の中で質問を終結させることに忙しく、やっとレオの頼みを忘れていたことに気づいた。しかし、覚えていたとしてもルミに電話をかけて、自分の口でジェイおじさんとその遺品のことを話したりはしなかったはずだ。

「ああ、それが……実はまだ話を伝えてなかったんだ」

「伝えてないって？　どうして？」

「クリスマスの夜にいろんなことがあまりにも多く起きて……今まですっかり忘れていたんだ」

「なんだよ、じゃあルミは俺がテープレコーダーを見つけたことを今も知らないってこと？　俺に完全に怒っているだろうな」

「ごめん」

「いや、いいよ。しょうがないよ。俺があまりにも慌ただしい日に電話をかけたからな。むしろよかったのかもしれない。何も期待してなかったのに、急にもらった方が嬉しいかもしれないから。とにかくダーウィン、コインがなくなる前に時間を決めよう。もう小銭がないんだよ。俺は今から9地区に行ってそこから5時に出発する列車に乗るよ。それで、俺たちは10時頃にセントラル駅で会おうか？」

「9地区に行くの？　そこにはどうして？」

「せっかくここまで来たのに、どんな所なのか見ないと後悔しそうだ。8地区だけ撮るなら、親父の作品と違いがない。何でもひとつ新しいことを加えなければならない。親父も9地区までは行ったことがないから。ダーウィン、それじゃあ10時にセントラル駅で会うのでいいんだよな？」

その瞬間、考えの先を突き破る言葉が口をついて出た。

「いや、レオ。僕も9地区に行くよ」

「9地区に来るって？」

「うん」

「本気か？」

「本気だ。どうせ夕方まではすることもないから」

レオは大声で笑った。

「俺に会いに9地区まで来てくれるなんて。ダーウィン、王子様を待つプリンセスの気持ちが分かる気がする。そうだな、じゃあ5時に駅で会おう。そうだ、ダーウィン、9地区に来る時プライムスクールの制服みたいな……」

電話はそこで切れた。ダーウィンはレオが言おうとした最後の言葉が何かを考えて受話器を下ろした。雲が日を遮ったせいか、さっきまで勉強していた部屋の雰囲気がいつの間にか微妙に変わったようだった。仮面のような歪んだ影が部屋の片隅を侵食していた。光が消えると、机の上に開いた本の文字がまだ見ぬ未明の時代に現れた記号のように不確かに見えた。

真昼に押し寄せる闇の姿を分析するように見守っていたダーウィンは、再び日差しを感じて急に我に返った。ベッドの横に置かれた時計は11時3分を示していた。12時までにセントラル駅に行くには急がなければならなかった。ダーウィンは外出着に着替えて財布を入れた。大まかに準備を終えてみると11時7分を指している。ダーウィンは部屋から出てすぐに戻って時計の電池を外した。一番小さいタイプのものだった。もしかしたら必要かもしれない。ダーウィンは電池をズボンのポケットに突っ込んで部屋を出た。

外出着を着て降りてきたのを見て、マリーおばさんが「もうおじいさんのお家に行くの？」と聞いた。ダーウィンは正直に9地区に行くとは言えないので、「先に友達に会ってから」と答えた。

すると、おばさんが服を見ながら言った。

「ジャンパーよりはコートを着ていくのはどう？大人たちがたくさん来るパーティーだから格式ばっ

たほうがいいんじゃない？　プライムの生徒にはみんな期待が大きいから」

　身なりについてのアドバイスを受けたダーウィンはマリーおばさんの意図とは違う意味で、自分の服が不適切であることに気づいた。ふたつの大きな角が胸に描かれたブランドロゴが7、8地区を通過する間、不必要に住民の関心を引くことになりそうだった。天井などが割れていてナイフを回す男が通路に立っていた下位地区の循環列車の中なら、他に理由もなくただ高価なジャンパーひとつを奪うための暴力がいくらでも起こりうる。

　ダーウィンは再び部屋に上がり、クローゼットを開けてコートを見つけた。しかし、ハンガーにかけられた服は今着ているようなブランドのジャンパーかドライクリーニングをしたコートだけだった。辛うじて隅にあった他のものよりは古いハーフコートをひとつ見つけて着てみたが、それもやはり下位地区出身とは思えない身なりだった。ダーウィンは時間が経つのにいらだって部屋を行ったり来たりした。その時、片方の壁にかかっている長い鏡に自分の姿が映った。その瞬間ダーウィンは、自分に必要な服をどこで手に入れることができるか分かるような気がした。

　1階に降りると、マリーおばさんの姿は見えなかった。昼食の準備はしなくてもいいので、部屋に行ってしばらく休んでいるようだった。代わりに暖炉の前で横たわっていたベンが目を覚ましてそばに走ってきた。ダーウィンは足をつかんでぶら下がっていたベンを引き離して父の寝室に入った。

　クローゼットを開けると、店に展示されている新商品のように冬服がきれいに並べられていた。マリーおばさんのおかげだった。おばさんの手の届くこんなところにはフードはありそうになかった。もしかしてお父さんが捨てたんじゃないか。ダーウィンはそう思いながらも、部屋の中をくまなく探し続けた。後についてきて一緒に部屋の中を駆け回ったベンの毛がコートに吸い付く。ダーウィンは数回くしゃみをし、息切れがしてそのままベッドに腰掛けた。もしかしたら部屋じゃなくて、この間のように書斎の押入れの後ろに隠されているんじゃないか……。

ダーウィンは突然、自分のしていることがすべて面倒で無意味に感じられた。なぜフードを探しているのか、そもそもなぜレオに9地区に行くと言ったのか、なぜこんなに焦っているのか、分からなかった。正体不明の疲れでダーウィンはベッドに横たわってしまった。布団に染み付いている父の匂いが最上の安心と極度の不安という両立できないふたつの感情を同時に呼び起こした。

その時、ベンがダーウィンの履いていたスリッパをつまんで脱がせた。ダーウィンはベッドから立ち上がり「ベン！」と叫んだ。

「持って来い」

聞き取れたのかベンはベッドの下にぐっと顔を押し込んだ。しばらくしてベンは何かを咥《くわ》えて出てきた。それは、スリッパではなかった……。ベンがくわえているものを手を伸ばして受け取ったダーウィンは、ベンをギュッと抱きしめた。

直立した人間

神が介入した可能性はない。テープレコーダーにテープが入っており、録音までされているという事実は合理的に予想した可能性の値をはるかに超えてはいる。しかし、そこまでだ。テープにはただ歌が数曲だけ録音されているのだ。殺人の状況を示す証拠が含まれているはずがない。鳥が鍵をくわえて来てくれたはずがない。

セントラル駅のプラットホームに立ったダーウィンは、心をかき回している疑惑をそのように落ち着かせた。遠くから線路に入る列車の頭がまるで食べ物に向かって飛びかかる捕食者のようだった。

乗客は多くなかった。特別な記念日であるほど自分の居場所を守ろうとするのが上位地区の人々の習性だった。隣が空いたおかげでダーウィンは誰の邪魔も受けずに考えを続けることができた。証拠がないと確信しながらも、こうやってフードを隠して1

年の最後の日に9地区に向かう理由は何か？

3地区の乗換駅で降りるまでは解決できなかったが、トラムに乗るため迷路のような階段を上り下りする間に答えを得た。それは純粋に自分の発揮した理性の力を確認したい欲求からだった。頭の中で果たした3審判決を、今度はただ上位、中位、下位の3区域を経て体で成し遂げようというものだ。そして一緒にレオを迎えてパーティーに連れて行く……。窓の外の風景はますます荒廃していたが、自分の行動に対する正当な釈明と名分を得ると心がいっそう安らかになった。

ダーウィンは6地区に到着し、トイレでコートをフードに着替えた。父の自白が染みついた苦しい服だが、下位地区に入るとすぐに似たような服装をした人たちが周辺に増えたせいか、窮屈ではなかった。彼らもみんな自分の父親から譲り受けた服を着ているのかも知れなかった。フードが視界を遮るとダーウィンは自分の存在が曇ったような気がした。他人の視線を気にしなくてもいいので、しばらくすると身軽にさえなった。

8地区から9地区に行く列車の中は空っぽだった。1年の最後の夜を9地区で過ごしたい人は誰もいないようだった。まもなく列車がトンネルに入った。ダーウィンは思わず窓の方に頭を向けるとぎょっとした。通路の向こうの席に誰かが座っているのが窓に映った。気づかなかった他の乗客がいたようだった。警戒心で息を殺したダーウィンはしばらくして再び驚いた。顔色をうかがって〝フードをかぶったその人には少し気をつけた方がいい〟と思っていたが、それは自分自身だった。

9地区のプラットホームにはすでに闇が沈んでいた。列車の頭の本来光らなければならないふたつのヘッドライトまでまるでそういった機能でもついているように、すぐにでも消えそうにぼんやりとしていた。ダーウィンはレオを迎えるために列車から降りた。レオの姿はまだ見えない。闇そのものになりつつある線路の向こうの風景を眺めていたダーウィンは、ふと今年の夏に会った9地区の男の言葉を思い出した。「また来い」という挨拶に過ぎなかった男のその一言が、自分を9地区に呼び戻した呪文のように感じる。

寂寞《じゃくまく》としたプラットホームに立ち上る自分の息を見守っていたダーウィンはもうひとつの白い息が列車の尾の方から近づいてくるのを見つけ、かぶっていたフード帽を脱いで喜ばしい気持ちで走っていった。レオだった。レオもすぐに気づいた。「ダーウィン！」と叫んだ。

ダーウィンはレオと抱擁し合って挨拶を交わした。安全が保障されたプライムスクールで会った時とは比べ物にならないほど切実な喜びが伝わった。捕食者たちでごった返す野原の上で、文明人としてお互いの存在を確認させてくれる唯一の仲間に会ったようだった。

レオは嬉しそうな声で言った。

「ダーウィンに会うと、プライムスクールにいるようだ」

ダーウィンは笑いながらうなずいた。しかし、再会の喜びに浸っていたため、電車の出発時間が迫っていた。ダーウィンは残りの挨拶を後回しにして、レオを列車へと導いた。乗ったとたん、列車は待っていたかのように動き始めた。

ダーウィンは先に窓側の席に座った。ところが、荷物が入ったリュックとカメラバッグを床に置くと、隣の座席に座ろうとしたレオが突然驚いた表情で叫んだ。

「ダーウィン、このフード！　俺たちが交換した、あのフードじゃないか？　校長に奪われたのにどうしてお前が着ているんだ？」

「ああ、それが実は後に校長先生が僕のお父さんの味方になってくれたんだ。僕が〝古いもの〟イベントの時に出して問題になったから、僕の保護者として代わりに処分してほしいと言ってくれて。あの時、お父さんに捨てられたと思っていたけど、今日ここに来る時に着れそうな服を探していたらお父さんの部屋にあったんだ」

「何だ、そうだったのか？」

レオは合理的な状況にむしろやる気がぬけた顔となって、席につきながら話した。

「さっきは電話が途中で切れて心配したんだけど。プライムスクールの制服という言葉を聞いて、もしかしてお前が制服を着てくるんじゃないかと思っていたよ。俺はプライムスクールの制服みたいなスタイルの服は絶対に着てくるなと言おうとしたんだけど」

ダーウィンは笑いながら言った。

「まさか……9地区にプライムの制服を着てくるほど鈍感じゃないよ」

レオはフードをじっと見つめながら言った。

「思ったより違和感はないな。いや、かなり似合っているよ」

ダーウィンは肩をすくめて笑い飛ばした。

電車の天井についた8つの灯のうち6つは壊れているか灯りがついておらず、灯りがついているふたつも時間が経っているのか同様に、すぐ下の座席すらはっきり照らしていない。9地区を掌握した闇が列車の中までそのまま染み込んでいた。しかしダーウィンは少しも光が足りないとは感じなかった。7日間の旅程を語るレオの瞳の中に、どんな光よりもまぶしい獅子座の星座が輝いていた。

「8地区の貧民街より信じがたいのは9地区に流れる静寂だ。9地区で毎日殺人と暴力が起きていると言う人たちは一体何を見てそんなことを言うんだろうか？　60年前に時間が止まった世の中で生きているのか？　まあ、いくら説明しても自分の目で見ない限り絶対信じられないだろう。今や9地区が1地区に劣らず安全な場所になったということは、もちろん正反対の意味ですべての意欲が去勢されているからだ」

ダーウィンは無言で忠実な観客になってレオの話を聞いていた。窓を閉めることだけが列車の唯一の暖房であるため、コートで膝を覆い両手をズボンのポケットに入れていたが、左手はポケットの中の電池をずっと触っていた。ふと幼い頃、ポケットの中にクルミを入れて持ち歩き、手のひらの中で転がしたりした思い出がよみがえった。お父さんが「手でクルミを転がすと、手の神経を刺激し脳を活発にするのに役立つ」と教えてくれた。

「だからダーウィン、俺は今日もしかしたらルミの言葉が正しいのかもしれないと思った」

あまりにも長く握っていたせいか、電池の表面に汗がにじんでいるのが感じられた。ダーウィンはレオに向き直って聞いた。

「ルミの言葉……どういう？」

「ジェイおじさんを殺した人が9地区のフーディーではないかもしれないという話だよ。以前はとんでもない妄想だと思っていたが、9地区に住む人を直接見てどこか納得がいくこともあって。9地区を離れることすら考えられない人たちが、果たして1地区まで来ることができただろうかと思って」

ダーウィンは小さな声で、ごまかすように答えた。

「30年前は今とは雰囲気が違ったはずだから……」

レオはその言葉にもっと積極的に反応した。

「雰囲気で言えば、今よりその当時の方が1地区に行くのはもっと難しかったのではないだろうか？30年前は暴徒を捜すことが続いた時代じゃないか。その殺伐とした雰囲気を切り抜けて自分の墓になるかもしれない1地区まで来たというのは非現実的じゃないか？　強盗は中位地区でいくらでもできたのに」

「どこにでも逸脱する人がいるじゃないか。ジェイおじさんだけでなく、他の1地区の住民たちが被害に遭ったことだってある」

「まあ、例外もあると言えば言えないことはないけど、とにかく、はじめてルミの持つ疑いを認めることになった。テープレコーダーをあげたら、結構喜ばれるだろうな。今までジェイおじさんのことについてあまりにも皮肉ばかり言って申し訳なかったが、これで今までの過ちを少しは挽回することができそうだよ」

ダーウィンは何も言わず窓の方に視線を向けた。闇が降りた窓の上に、外の風景の代わりに自分の顔が映った。ずっと黙っているからか、「ダーウィン、大丈夫か？　気分が悪くみえるけど」と言いながら、レオは顔を近づけてくる。ダーウィンは口元の硬直を感じたが、無理に微笑んで首を横に振った。するとレオは控えめな声で「もしかしてルミと連絡を取り合ったことで？」と聞いた。

「そんなことなら気にする必要はないよ。今さらダーウィンとルミの間に割り込むつもりは全然ないから。これさえ伝えれば、ルミと会うことはもうないだろう」

ダーウィンは自分の顔を硬直させる要因が何なのか知っていた。ついさっきまではレオが暗示するような感情は全く感じなかったにもかかわらず、レオの釈明を聞く瞬間、ひょっとしたら黒い鏡の上のあの分身は本当にそんな心配までしていたのではないかと疑われた。ダーウィンはレオの方に視線を向けた。

「ルミはすごく感動するだろう。あんなに探していたジェイおじさんの遺品をレオが探してくれたんだから」

「そんな気持ちはすぐ冷めるよ。多分録音された音楽を全部聴けば感謝の気持ちもすぐ消えるだろう。感情の移り変わりが早い子だから」

ダーウィンは「そうかも」と納得し、しばらくしてからまた口を開いた。

「だけど万が一……。音楽じゃなくて、他のものが録音されていたらどうかな?」

レオは小首をかしげた。

「音楽じゃない他のもの? どんな?」

「例えば……。ルミのそんな疑問を一度に解消するような」

「ルミの疑問を一度に解消するようなものが録音されているって?」

レオは一瞬にして9地区の状況を語る時のような深刻な顔に変わった。ダーウィンはそのような顔をしなければならないのはレオではなく自分だと思った。

「お前の話を聞いて、実は気になることがあるんだ。ルミがジェイおじさんの物ではないうちの親父の物を探すことで、うちの親父と口喧嘩をするというのがちょっと理解できなかったんだよ。2年間も会わずにいた俺にまで連絡しながら。その時はジェイおじさんの話をまた聞くのが面倒で理由も聞かずにただ探すだけだったが、じゃあ本当にこのテープレコーダーを探そうとしたのは、単に思い出の詰まった物だからではなく他の理由のためだったのか?」

ダーウィンは何も言わなかった。レオは体を後ろに反《そ》らして続けた。

「大したことないと思っていたけど、急に気になってきたな。そういえば、ジェイおじさんが死んだ日に録音されたテープだから、それだけでも関心を持つに値する条件が十分にあるのに、どうして1週間そんなことに気づかなかったんだろう？　俺はあまりにも俺の仕事にだけ夢中になっていたようだ」

レオはリュックを開けてテープレコーダーを取り出した。

「こうやって手の中に持っているのに聴けないなんて、残念だな。そうだと分かっていたら、8地区にいた時、電池を買うべきだった」

テープレコーダーを見回しながら残念がるレオの前にダーウィンは左手を広げた。手のひらの上に現われた物を見たレオは、単に驚いたというのを越え、トリックを使わない魔術でも見たかのように興奮した。

「電池じゃないか。なんで持っているんだ？」

「君が電池が切れて聴けなかったと言ったから持ってきてみた。ちょうど部屋に電池があったんだ。1地区に戻る間、音楽を聴ければいいとも思ったし」

合理的な状況が魔術の神秘を剝がすと、レオは「やはりダーウィン・ヤングだ。いつも一歩先を行くんだよ」とおだてながら電池を受け取り、元のものと交換した。

そのテープはレオがこれまで聴いていたところから再生された。列車の中に音楽が流れると、がらんとした座席と薄暗い照明、荒い落書きが歌に合う雰囲気を作るためにわざと演出した装置に見えた。ダーウィンは自分が何を確認しなきゃいけないのかも忘れて音楽に耳を傾けた。レオは独り言のように小さな声で「いいね」と言った。返事はそれほど期待していないことは分かったがダーウィンはうなずいた。本当にいい音楽だった。不安な雰囲気や不審な気持ちは少しも感じられなかった。

フォーク調の音楽が流れ続けた。気だるい声のせいか、まぶたが少しずつおりてくる。レオも同じようだった。ダーウィンは1年の最後の日、自分がフードを着て9地区を横切る列車の中にいるという事実が現実に寄り添う夢のように感じられた。一方で、そう考えるとこの瞬間は、しばらくしたら覚める夢を本当に見ているように思われた。列車は目の前で見ていても全く現実として感じられない9地区とフードを、朧《おぼろ》な夢として遠くに押しのけていく。レオと一緒に祖父のパーティーに参加してお客さんと新年のカウントダウンを叫ぶ〝本当の現実〟に向かって進んでいた。ゼロを叫ぶカウントダウンの声の後に時計の秒針がひとつ動いた瞬間、昨年積もった罪はすべて消えることになるだろう。

乾いた声の男性歌手の歌が終わり、音楽が別の静かな曲に変わった。列車はちょうどトンネルに入ろうとしていた。ダーウィンはトンネルの区間は少しの間寝てもよさそうだったので、目を閉じた。目を閉じると列車の振動がアトラクションの揺れのように感じられ、誰もいない遊園地にレオとふたりきりで密かに入っているような気がした。実際にも休みの間にレオと一度遊園地に遊びに行けたらいいのにと思った。ダーウィンは目を開けてレオに可能な日にちを尋ねようとした。しかしその時、歌手の声の間から急に他の人の声が聞こえてきた。

ジェイ。

びっくりした。ニース、びっくりしたじゃないか。

こんな時間にどうしたんだ？　そのフードは何だ、そうしているとフーディーみたいじゃないか。

ジェイ、話したいことがあるんだ。

話したいこと？

どんな話だよ？

先にラジオを消してくれる？

ラジオをちょっと消してくれ。

なんでそんな怖い顔しているんだ？

そのラジオを消せって！

どうしたんだ。そんな叫んで、ジョーイが起きるだろ。

ごめん、ラジオをちょっと消して。

でもミッドナイトミュージックの録音中なんだよ。

それくらい中断してもいいじゃないか。

うーん……。フードまで着てきたのを見ると、どうやらニース・ヤングがこれからこのジェイ・ハンターに何か重要な話をしそうだな。分かった、切るよ。ちょっと待って。じゃあ、ここまでで録音を終えて。

カチッ。

「ダーウィン」

ダーウィンは自分の名前を呼ぶ声が聞こえた。しかしその音が夢と現実のどちらから聞こえてくるのか見分けがつかなかった。ダーウィンは目を開けなかった。それでも列車がトンネルの中を走り続けていることだけは感覚で分かった。いつまでも終わらないようなトンネルだった。ずっと目を閉じていると、どこからか笑い声が聞こえてきた。くすくすといじわるな子供の笑うような声……神だった。どうも神がいそうもないこの9地区のトンネルの中で神が僕をあざ笑っていた。

「ダーウィン…………どういうことだ？　この日はジェイおじさんが殺された日じゃないか。でも、なんでこんなものが録音されているんだ？　ニース・ヤングは、委員長、ダーウィン、お前のお父さんじゃないか」

ダーウィンは目を開け、振り返らなければならないことを知った。目をそらさずにこの現実世界と向き合うべきだということが分かった。そして一番先に何をすべきかも分かっていた。

拝まなければならなかった。ひざまずいて、両手をこすりながら神に屈するようにレオに祈らなければならなかった。どうかこのテープについてルミに言わないでほしい、どうかここで一緒にこのテープをなくそう。どうかここで聞いたことを秘密にしてほしい……。ひざまずいてそう本気で許しを請えばレオは頼みを聞いてくれるだろう。友達だから、一番信じられる友達だから。世の中に人間が人間に許されぬ罪はないと言ったレオだから、きっと頼みを聞いてくれるはずだ。

ダーウィンはゆっくりと目を開けた。あまりにも長く目を閉じていたためか、列車の中の風景がくるくる回るような感じがした。しばらくしてバランス感覚が戻ると、まだすべての状況を完璧に把握できていないにもかかわらず、すべての真実に気づいてしまったレオの顔が真正面に現れた。

周りには誰もいなかった。ひざまずいて床に額を当てる屈辱的な姿をしても嘲笑を買うことはなかった。前方に微弱な色が感じられた。終わりそうになかったトンネルが終わりかけていた。

このトンネルを抜ける前にひざまずいて許しを請わないと。助けてくれと祈らないと。お父さんと僕を助けてくれと、泣きながら懇願しなければ。

ダーウィンは立ち上がり、レオに向かって体を反らした。しかし、その時、反対側の黒い車窓に人間の姿が見えた。ひざまずかず、両手をこすりもしない、直立した人間の姿が——。

ダーウィン・ヤング

プリメーラ女学校の制服に手を伸ばしていたルミは、しばらくためらった後、クローゼットの端にかかっている黒い冬のワンピースとコートに手を移した。人目を引く特別な所がどこにもない普通の服だった。ルミは肌の見えないストッキングとかかとの低い靴をはいた。全身黒色のせいか、鏡に映る姿はまるで影が垂直に立っているようだった。どこからもルミ・ハンターの姿は見えなかった。しかし、これが正しかった。今日という日にまでプリメーラの制服を選んだら自分自身を許せないはずだ。

ルミは1階に降りていった。パパとママはもう支度を済ませ、居間で待っていた。パパが階段の最後の段から手を差し伸べた。ルミがパパの手を握ると、温かかった。その瞬間、変に涙が出そうになった。ルミはこらえ切れず泣き出して父に抱きついた。パパは肩を抱いて「大丈夫だ。当然のことだ」と言った。ルミは自分はジョーイ・ハンター、パパの娘だと初めて感じた。誰かの死を経験するまでそばにいる存在の大切さに気づかないことは、人間が何万年も繰り返してきた過ちだろう。

レオの埋葬地は1地区の外郭にあるセントポール共同墓地で、成年に至らず短命に終わった子供たちが眠っているところだった。ルミはレオの葬儀場に行く前に入口に立ち止まり、墓地の西側を見た。そこにはジェイ伯父さんの墓もあった。伯父ではない他の人を追慕するためにここに来たのが信じられない。パパも兄のことが思い出されたのか、ジェイ伯父さんの墓地の方に顔を向けたまま黙って立っていた。しかし、個人的な感傷を受ける暇もなく、後ろから大規模な人数が押し寄せてきた。沈黙が似合う墓地だが、今日だけは例外だった。ルミは1歩後ろに下がって、並んで歩いてくるプライムスクールの生徒たちに道を譲った。周知の通り全校生徒が葬儀に参列するらしい。もちろん、本当に1人も欠かさず来ていたのかは分からなかった。しかし、新聞記事には確かにそのように載っていた。悲痛な死を遂げたプライムスクール在学生のレオ・マーシャル君の葬式にプライムスクールの生徒全員が参列することが予定されていると。記事には年末を迎え国外に出ていたが、悲報を聞いて葬儀に参列するために急いで帰国したという、あるプライムボーイの友情も紹介されていた。

制服を完璧に着こなして一箇所に集まった〝プライムボーイ〟たちは、一気に共同墓地の雰囲気を圧倒した。単に1000人を超える人数のためではなく、彼らがプライムスクールから離れて制服を着て外部でこのように団体で集まることはほとんどなかったからだ。ルミはプライムボーイの後について葬儀が行われる場所へと歩いた。短い生涯を送った子供たちの冷たい碑石の間からプライムボーイが噴き出す息が炎の煙のように立ち上った。

人波に隠れてよく見えないが、プライムスクールの校長が前方の小さな演壇に立って式を行っていた。

校長はレオがどんなに特別な生徒だったかについて思いをはせ、それぞれ黙禱する時間を持とうと提案した。黙禱が終わると、校長は胸から追悼文を取り出し、「レオの進取的で好奇心のこもった魂を、プライムスクールは忘れることはないだろう」と話した。

ルミは校長がレオを描写する単語を見つけるのに苦労しているように見えた。全く愛情が滲み出ていなかった。〝進取的で好奇心のこもった魂〟という文言の下に〝無謀で恥ずべき問題児〟と書いて消した痕跡が残っているようだった。推測は間違っていない。校長が「なぜ9地区に行ったのか理解できないが」と言った瞬間、その目つきに物悲しさがにじんだ。プライムスクールの生徒が9地区に行ったという事実は、死んでも許せない罪のようだった。それともプライムボーイがその犯罪者たちの巣窟で死んだために、これほど許されないのだろうか。ルミはみんながレオの死を語るこの瞬間にも、レオの死を信じることができなかった。

レオは下位地区を循環している列車のトイレの中で誰かに首を絞められて死んだ状態で発見された。遺体が発見されたのは1月5日、しかし正確な死亡時刻は今でも不明だ。1月2日か3日の間と推定されただけだ。下位地区の列車のトイレは下位地区の人々も足を運ぶことを嫌う場所のため、見つかっただけでも幸いだという。運がなかったら、暖かくなる春先までトイレにそのまま放置されていたかもしれない。そうしていたらレオの身元を確認するのも難しくなったはずだ。毎日殺人事件が起きる下位地区で、腐敗した死体なんか大きな関心を引くこともなかったはずだから。

毎日起こる殺人事件の被害者のうちひとりがプライムスクールの生徒であることが明らかになってからは、犯人を探すための大々的な捜査が進められた。しかし、これといった証拠は発見されなかった。最初の発見者である8地区の住民は、事件に役立つ手がかりを提供するよりも自分が濡れ衣を着せられないことに力を注いだ。プライムスクールの生徒であろうがそうでなかろうが、男の子ひとりが殺害されたことで警察に執拗に迫られることを嫌がる様子が新聞のインタビューから感じられた。警察は中間捜査の発表をした。犯人は下位地区の住民であり、体格の良い16歳の男性を一気に制圧して首を絞めて殺害した点から見て体力のある男性であり、首にかけられた圧力から推測すると左利きである可能性が高いという。

レオを殺害した理由については「カメラを含むレオの所持品を奪うため」と話した。警察は「レオが8地区と9地区を撮影して歩き回る間、住民の大多数がカメラに対する欲を攻撃的に表していた」と伝えた。警察は中古カメラの取引先を限なく調査して必ず犯人を追跡すると強い捜査意思を示したが、下位地区の闇市に流れた以上、カメラを探すことは不可能だと皆知っていた。犯人を捕まえられなかったと警察を非難する人はいなかった。それとなくプライムボーイが下位地区、それも9地区まで行って高価なカメラを持ち歩いたことがそもそもの間違いだという世論が形成された。父親のバズ・マーシャルを誤ったやり方で見習ったという非難と共に……。

ルミはレオの死後に起こったすべてのことが遠い国からの耳障りな噂のように感じた。何も現実のようではなかった。レオはまだ旅行中でみんな何か誤解して間違った話をしているようだった。しかし、レオは本当にあの正面の棺の中で横たわっていた。

校長が降りた後、ニースおじさまが演壇に上がって行くのが見えた。おじさまの顔はひどくやつれていた。

「プライムスクール委員長としてレオ・マーシャルのような素晴らしい生徒を失ったことは大きな悲しみであり、悲劇だと言うべきでしょう」

おじさまはしばらく沈黙した後、遺族の側に立っているバズおじさま夫婦を振り返って話した。

「しかしひとりの生徒の親であり息子を失った父の友人としてはどういう言葉が言えるか途方に暮れています。悲しみと悲劇という言葉さえ、笑いと喜びという言葉と変わらない感じがします。今日、私はこの世に存在するすべての哀悼と慰労の言葉がどれほど無気力かを感じます……。ひとりの子供を失うということはひとつの言語を失うのと同じ絶望です」

新聞記事と別段違わず感じられた校長の言葉と比べると、ニースおじさまの追悼の言葉は村の遠くまで広がる鐘の音のようだった。追悼文そのものににじむニースおじさまの悲痛な表情から、ルミはおじさまがどれほど人間を愛している方なのかを改めて実感した。毎年ジェイ伯父さんの写真の前に花を捧げる時も、おじさんはこのような顔をしていた。ニースおじさまならジェイ伯父さんにしたように、レオの30周年追悼式まで忘れずに花を送ってくれそうだった。

続いて、バズおじさまが演壇に上がった。バズおじさまは諦めたように、むしろニースおじさまよりも淡々とした顔で「レオの去る道を見守ってくださった皆さんに感謝しています」と挨拶をした。そしてニースおじさまを振り返り、「この時間を共にしてくれた長年の友人のおかげで、悲しみに耐えています」と感謝の気持ちを表した。ニースおじさまが再び演壇に上がり、バズおじさまを抱きしめた。バズおじさまはニースおじさまの肩に手を置いたまま、プライムスクールの生徒たちに話した。

「この場を借りて、レオに言わなければならなかった言葉を皆様に代わりに申し上げようと思います……。皆さん、ぜひ、今そばに立っている友達を大事にすることを願います。学校を去って大人になって他の道に行くようになってもいつか一番大変な時間が来たら、その友達はまた皆さんの一番近い所に立ってくれるでしょう。ここにいる私の友人、ニース・ヤングのように」

少年時代のノスタルジアが感じられるふたりの友情に、プライムボーイたちは粛然とうなずきながら、自分の隣に立った友人と意味のある視線を交わした。その時、ルミはこの墓地の中にただひとりいるような虚しさを感じた。今、自分のそばに立っている友達はひとりもいなかった。

礼式が終わり、弔問客たちがそれぞれ持ってきた花をレオの棺の上に投げた。まもなく棺は一面に白い花で覆われた。あの下の世界にだけ、もう春が来たような気がした。ルミはプライムボーイの中に紛れて準備してきた花をレオに捧げた。そして、レオがくれたプライムスクールの規則の冊子も返した。

これ以上その冊子を読んで〝プライムボーイ〟になる想像をすることはできない。

花が短い放物線を描いて他の花の上に落ちる瞬間、こらえていた涙がまた流れた。どうしても口からは「さよなら」という言葉が出なかった。レオとの最後をあまりにもあっけなく終わらせてしまった。

あの電話がレオと交わす最後の会話になると思っていたのなら、あれほど一方的に頼まなかっただろう。あまり聞きたがらなかったジェイ伯父さんの話を持ち出すこともなかっただろう。レオに言えなかったことは多かった。「ありがとう」という言葉も、「ごめん」という言葉も、心をこめてまともに言ったことは一度もなかった。今ならその言葉がすり減るまで言えるが、レオには二度と電話をかけることも、その言葉を聞いてあげることもできない。後悔から始まった涙が頰をつたって落ちる間に罪悪感で重くなって地面に落ちた。

その時だった。後ろから小さくささやく声が聞こえてきた。

「下位地区の肩を持っていたから、望んでいた通り、下位地区で死んだんだな」

「自分のバディーまで分け合いながら」

「カメラのこと？　レオのことか？」

「同音異義語ってことかな。ふたつともバディーだから」

全身が凍りつく思いで、ルミは後ろを振り向いた。しかし、誰の口から出た言葉なのか分からなかった。みんなが自分の羨望のプライムスクールの制服を着ており、用意してきたみずみずしい花をレオの棺の上に放り投げていた。


葬儀が終わると弔問客の一部は離れ、一部は遺族の周辺に集まった。ルミはバズ夫妻に挨拶に行くパパとママの後ろをしばらく離れて歩いた。バズおじさまのところには気軽に近づくことができなかった。その気持ちだけは一番先にバズおじさまのところへ行って、死ぬ前にレオがおじいさまの家に行き、おじいさまにプライムスクールの時計をクリスマスプレゼントにあげたという話を伝えたかった。レオにいつも無愛想だったおじさまとレオを誤解している多くの人に、レオがどんなに優しい子だったかを教えたかった。しかし、そのためにはレオにジェイ伯父さんのテープレコーダーを探すことを頼んだ、いや、強要した事実と、バズおじさまが自分は生きているうちは絶対に行くことがないと言っていた家に行ってバズおじさまのお父さまに会ったことまで明らかにしなければならなかった。おじいさまがおじさまとレオを混同していまだにおじさまを「子供のバズ」と呼んでいるという事実までも……。

ルミはためらいがちに弔問客の中に紛れ込んでいたがすぐに引き返した。今になってそのようなことを伝えたところで、バズおじさまを傷つけるだけだろう。あの話は、もはやこの世に必要な話ではなかった。

入口を出る時、15歳で死亡したミア・フォンズという女の子の墓が目に入った。墓碑には〝a human being, not a ghost〟という文章とともに日記帳から抜粋したという表示があった。日記帳にあんな文章を書いたということは生きていた時、生きている人間ではなく幽霊と通ずる時があったという意味だろうか。ルミは墓石の前で立ち止まった。まるで自分に見ろといわんばかりに誰かが書き残していった言葉のようだった。その意味を解釈できそうな気分になって、ルミはつい女の子の墓場から背を向けた。その瞬間、遠くの木の下に立っているダーウィンが見えた。

ダーウィンは葉をすべて失い、枯れ枝だけが空に茂っている木の下に立ち、両手をポケットに入れたまま、墓地を見渡していた。頭を動かす姿などは少しも見当たらないのに、墓地を見回しているような気がした。木は地面に根を張り、花を咲かせ、嵐が近づいてきたら鳥に羽を休ませ、そして土へ還っていくように、木は自然で起きるすべてのことを見守り知っていると人々が思うのと似たように、ダーウィンはまるで一本の樹木のようだった。

ルミはお墓を通り過ぎ、ダーウィンのところに歩いて行った。ダーウィンも顔を向けた。もしかしたらこの前のように避けようとするかもしれないと思ったが、ダーウィンは少しも姿勢を崩さずにそのまま木の下に立っていた。視線も一箇所に止まっていた。ダーウィンに近づくにつれルミは変な錯覚を覚えた。ダーウィンを発見し、ダーウィンが立っているところに歩いているのは確かに自分の意思なのに、なんとなくダーウィンが自分を発見し、自分の方へ歩いてくるようだった。

ダーウィンの前に着いた瞬間、ルミは前にもう一歩踏み出そうとしたのを思わず止めた。なんとなく近寄るのが怖かった。それは自分でも理解できない感情でなぜそんな気がするのか、自分の中をじっとのぞいてみた。するとすぐに、その感情は〝怖い〟という単純な恐怖感ではなく、短い時間で見違えるほど成長してしまったひとりの人間に対する一種の畏敬の念だと気づいた。

ダーウィンは前にスタジオで見て変わったと感じたその姿から、もう一段階変わっていた。気候が違う所で離れて育ったダーウィンの一卵性双生児のようだと感じた時が水平的な変化だったとすれば、今回の変化はその双子の存在さえ自分の中に吸収してどこか上にあがったような垂直的な変化だった。

何から栄養分を得ているのか分からない、乾いた冬木一本を背に数百個の墓を眺めているダーウィンは、種が変わったようだった。わずか半年前、巨大な地球儀の前に立っていた時の世の中と平和に調和したような印象はどこにも残っていなかった。ダーウィンは今、この世にひとりだけ存在する〝単独者〟のようだった。ルミは心の中でそんな生硬な思いをかろうじて抑えて口を開いた。

「ここで何しているの？」

ダーウィンは何の感情も表れない、まるで自分の背中の木がものを言うような顔で「お父さんを待っている」と答えた。ルミはダーウィンの視線が指す方向に顔を向けた。遠くに遺族の間で忙しく弔問客に応対するニースおじさまが見えた。ジェイ伯父さんの追悼式でもそうだったように、レオの葬式でもバズおじさまよりニースおじさまの方が責任者のように見えた。

「さっきおじさまが言っていた追悼の弔辞は本当に感動的だったわ。おじさまは傷ついた人々を慰める特別な能力があるようね」

ダーウィンは無表情で短く「それがお父さんの仕

事だから」と答えた。ダーウィンの無愛想な対応に、ルミはさっき自分をこっちに引き寄せたその未知の力が、今度は逆に自分を押しのける方向に働くように感じられた。月の引力に無気力に操られる海水になったようだったが、ルミはわざと平気なふりをして聞いた。

「あなたはどうしていたの？　レオの話を聞いてびっくりしたでしょう？」

「驚いた」

しかし、ダーウィンの顔は口から出た言葉とかけ離れて平穏に見えた。ルミはついさっき感じた恐怖を再び感じながら尋ねた。

「でも全然驚いた顔じゃないわよ？」

ダーウィンは分かるような、分からないような表情で答えた。

「驚いたけど、納得はできたから」

理解できない言葉にルミは聞き返した。

「納得できたって？」

ダーウィンはしばらく沈黙していたが、空に視線をそらしながら言った。

「レオはいつも別の世界を知りたがっていた。プライムスクールにいながら、目はいつも外の世界を見ていた。最後に見た終業式の日にも僕にそう言った。プライムスクールを離れて、ここでは見られないものが見たいって。それがレオの望む人生だった。死はその人生の延長線上で起きたことだ。生と死というものは決して分離していなかった」

ダーウィンの声が冬の風となり、頭の奥をかすめた。ダーウィンが言っていることが分かる気がした。

ルミはレオの墓の方を見つめながら言った。

「そう、もしレオではなくダーウィン、あなたが下位地区の列車の中でそんな死を迎えたとしたら、私は絶対に今のように葬式に出席できなかったはずよ。私たちは9地区に一緒に行ったことがあるけど、あなたひとりで下位地区に行くということは到底納得できなかったはずだから。きっとあなたの意思ではない他人の意図で列車に乗ったのだろうと疑うはずだわ。警察の発表も絶対に信じられなかっただろうし。だけど、レオの死亡を聞いた時、もちろん死という事実は衝撃的だったけど他の状況は自然に受け入れられた……。そう、私も口では信じられないと言いながらも、実は頭の中ではレオの死を納得したのかもしれない。レオ・マーシャルの人生では十分に起こり得る死だったと」

話を終え再び目をそらした瞬間、ルミは驚くことにダーウィンの顔が微笑んでいるのを見た。一点の疑いもなくはっきりとした笑みだった。その微笑みの正体が分からず、ルミは思わず後ずさりした。ダーウィンは一般的な法則を無視しているようだった。しかし、揺るぎないダーウィンの視線を通じてルミはその微笑みが自分に向けられているということを知った。ダーウィンは、単にこの世の法則を無視するのではなく、その法則を飛び越え一段階高いところに立って自分を見下ろしていた。まるで師匠が弟子に自分の世界に至るための問題を投げかけ、それを解く過程を満足げに見守るようだった。普段なら、その優越感に根ざした笑みに不快感を抱くはずだ。誰かに自分より低い存在として認識され、見下ろされることは許せないことだった。だが、不思議なことにダーウィンの茶色い瞳を見ていると、自分がダーウィンの意思を正しく理解し、ダーウィンがそれを笑顔で評価したことに、次第に満足感と自信を持ち始めた。その感情が喜びになろうとした瞬間、ダーウィンの声が聞こえた。

「皆、それぞれの死が納得できる人生を生きなければならない」

ルミはさっき墓碑銘の前で足が止まったように、一瞬また息が止まるようだった。ダーウィンの声には力もなく、特定の方向も決まっていなかったが、不思議なことにその言葉が自分の心臓を狙った鋼鉄の矢だと思われた。矢頭に〝君は君の人生もないじゃないか〟という非難のメッセージが詰まっている……。

ルミは顔が赤くなるのがばれないように、落ち着いた表情を浮かべながら言った。

「あなたとレオは正反対だと思っていたけど、今見たらレオを一番よく理解していたのはダーウィン、あなたみたい」

「そうかも。僕のことを一番よく理解していたのもレオだったし」

「うらやましい、そんな特別な関係が」

「ルミ、君もレオにとって特別な人だった」

「私が？　私は全然違う。私たちは2年間ほとんど絶縁状態だったし、レオが私にうんざりしていたということは私も知っている」

ダーウィンは黙って自分の頭の上の枝を見上げた。ダーウィンの視線が届いたためか、平凡に伸びた木の枝が人類の系譜を形象化した鎖のように思われた。

しばらくして、ダーウィンは視線を変えながら言った。

「体育大会が終わってからレオに君たちふたりの関係を聞いたことがある。その時レオはルミ、君が本当に君の人生を生きていくことを願うという話をしていた。そうなれば君とまた友達になれるんだってていた。……。あの時は君たちふたりの思い出を深く掘り下げることになりそうで、どういう意味なのか聞かずに済ませたけど、こうなってみたら聞くべきだったと後悔している。レオがルミ、君に残す遺言になったわけだから」

ルミは喉が熱くなるのを感じながら言った。

「聞かなくても、私はそれがどういう意味なのか知っている」

ダーウィンは答えを聞きたそうな視線で眺めた。深い瞳のためか、答えを求める立場だが、ダーウィンはすでに答えを知っているようだった。

「ジェイ伯父さんから離れ、私の人生を探せという、レオがいつも私にしていた話だった。私たちの仲が悪くなった一番大きな原因にもなったし、私がジェイ伯父さんの品物を探してくれと頼んだ時もレオはそう言ったわ。私の持つ光を伯父さんのためではなく、私を照らすのに使いなさいと。それがレオと交わす最後の会話になると知っていたら、一度ぐらいはレオの話に耳を傾けて、うん、分かった、心配してくれてありがとうと言ったはずよ」

ダーウィンが言った。

「レオは今も聞いているよ」

ダーウィンのその一言を聞いた瞬間、溜まっていた涙が流れた。ルミは泣いているところを見せたくなくて後ろを向いた。ダーウィンは何も言わず、そのまま背後に立っていた。そのような態度をとるのもダーウィンの変わったところだった。以前のダーウィンならどうしていいか分からず何とか涙を止めようと努めたはずだ。ところが今はまるで泣くことが必要だというように一歩離れて見ているだけだった。今日、ダーウィンは少年ではなく先に大人になった男のようだった。ルミは背を向けたまま涙を流しながら言った。

「誰にも言えなかったけど、実はレオが死んでからすごく後悔していたの。もしかしたら私がジェイ伯父さんのことにひどく執着したせいかもしれないと。伯父の影を追い回す間、パパとの関係は最悪になっていたし、レオには最後の瞬間まで彼が嫌がっていたことを強要した。そして私はダーウィン、あなたまで失った。幽霊を追っていて、私のそばにいる人たちをすべて失ったみたい。もし私がレオみたいに急に死んだら、私の人生は何になるんだろう？　そう考えるととても怖いの。私がすでに幽霊になっているみたいで」

後ろからダーウィンの声が聞こえてきた。

「今から君の人生を取り戻せばいい」

ルミは振り返ってダーウィンを眺めた。ダーウィンと向き合った瞬間、不思議にも涙が自然と止まった。ダーウィンは本当に別の存在になっていた。自分の意思によって、この世界に命令を下せる絶対的な存在のようだった。ルミは果たして自分の言おうとする言葉がその命令への服従なのか思い悩んだ末、ダーウィンに聞いた。

「じゃあ、私がそうできるようにお願いをひとつだけ聞いてくれる？」

共同墓地の西側は静かだった。行き交う人影が少ないせいで、数日前に降った雪が墓の上にまだそのまま積もっていた。若くして死んだ子供たちの墓だからか、白く積もった雪は空が子供たちに遊べと与えた特別なプレゼントのように見えた。

ルミはダーウィンがついてくることを意識して歩き、ある墓の前に着き立ち止まった。

ジェイ・ハンター。伯父の墓だった。広がる本棚を形象化したジェイ伯父さんの墓碑には、聖書の一節が刻まれている。

「父には息子で、母にはか弱いひとり息子だった」

祖母が選んだ言葉だと聞いた。親戚の何人かは、それがジェイ・ハンターの人生を描写するにはあまりにも素朴な文句だと指摘した。しかし、ルミは知恵に輝く多くの箴言《しんげん》の中で選択したこの平凡な文章がジェイ伯父さんの持つ特別さを最もよく表していると祖母や祖父に同意した。この墓碑銘を見てパパが感じた疎外感は重要ではなかった。仕方なかった。不公平であっても、死はもともとそのように独占的なものだ。パパだけでなく祖母、祖父、自分までもその支配下にあった。しかし、ルミはもうその不公平な死の方式から抜け出したかった。

「ジェイ伯父さん、伯父さんが世を去ってからもう30年という時間が過ぎました。息子はお父さんになり、お父さんはおじいさんになる長い時間です。けれども私はその時間を軽く笑って過ごせました。この世で生きている誰よりも死んだ伯父さんが、私と一番近い家族で友達だと思いながら。たまには伯父さんと私が薄い壁に阻まれているだけで、同時代を生きているような気分になったりしました。

伯父さん……伯父さんが聞いたら寂しがるかもしれないけど、パパは伯父さんの話をすることが好きではないです。伯父さんの死について話すのはなおさらです。私はそんなパパをいつも卑怯だとばかり思っていました。私がパパなら、私の人生をかけて伯父さんの死にまつわる疑問を解くだろうと自信を持っていたからです。でもレオが土に埋まるのを見た今日、私は初めてパパを理解しました。私もやはりレオのことを思い出すとつらくて申し訳なくなるので、いっそあの子のことすべてを忘れたくなったんです。今日になって、私は本当の意味で死を知ったようです。伯父さん、私は今まで伯父さんの死を明らかにすることが、私の家柄と私の人生を明らかにすることだと思っていました。だけど、今は正直に言って怖いです。

人生というものは、風の中で揺れるロウソク一本のように一瞬にして消えてしまうこともあるということを知ったのです。それなのに死に傾いていたら今という時間がなくなるじゃないですか。ロウソクが灯っている間に最善を尽くして自分のいる世界を照らさなければならないのではないでしょうか？　もしかして伯父さんも、もう私の人生に戻る時だということを話したくて私をここに呼んだんじゃないですか？　そうでしょう？　私の話が合っていますよね、伯父さん？」

ジェイ伯父さんの名前が入った息が口の中から出ていく瞬間、ルミは体が浮くように軽くなるのを感じた。呼吸の中に宿っていた伯父の霊魂が自分の言ったことを理解して自ら去ったようだった。これまで一度も伯父の存在を荷物と感じたことがなかったが、体を締め付けていた鎖を切ったように自由な気分になった。肌に染み込む太陽の光と、足元でうごめく生命力の肌触りが生々しく感じられた。

ルミは言葉なく、後ろから自分を見守ってくれたダーウィンを振り返った。伯父と別れた後、ダーウィン・ヤングという存在が真っ先に対面して解決しなければならないこの新しい現実世界の象徴と思われた。

ルミはダーウィンに聞いた。

「これから私たちはどうなるのかな？　あなたはもう私に会わないでしょう？」

「どうしてそう思うの？」

「あなたは私が嫌いになったから。私が利己的で強情であなたを危険に陥れたから」

ダーウィンは笑いながら言った。

「僕は君が好きだ。ルミは僕がこの世で唯一好きな女性だ」

ルミは当惑して視線をそらした。ダーウィンの口から出たというのが信じられないほどストレートな告白だった。

ダーウィンが近づいてきて、目を合わせながら言った。

「君を嫌いになったことは一度もなかった……。もちろん一瞬、君を諦めなければならないと思ったのは事実だ。君の言う通り、君は利己的で強情で僕を危険に陥れたから」

「……ということは、今は考えが変わったってこと？」

「そう、それは臆病者みたいな考えだということに気づいたんだ」

ダーウィンは世界中のあらゆる大地を思わせるような茶色の瞳で言った。

「なぜ好きなことを諦めなければならないんだろう？　強くなれば何も諦めなくてもいいのに」

ルミは何も言えなかった。心の中でダーウィン・ヤングという少年はいつも子供で、いつまでも子供であるしかないと思っていた。ダーウィンは純粋で、退屈なほど平等で、あからさまに父親を愛しすぎた。そんな人は、いくら年をとっても永遠に子供なのだ。

しかし、今目の前に立っているダーウィンは完全に、そして成功裏に進化した〝ダーウィン後のダーウィン〟だった。何がダーウィンをこれほどまでに導いたのかは分からない。1年を過ぎた冬の凪なのか、友人の突然の死なのか、それとも純粋に自分の中の叫びのためなのか……。理由は何であれ、ルミはこの進化したダーウィンが自分の心を根こそぎ奪うのを感じた。ルミは突然ダーウィンにキスをした。ダーウィンは驚く様子もなく、いつもそうであったかのようにキスを受け入れた。ルミはその自然な態度は、このキスをまるで予想していたような気さえした。

人波でごった返していた墓地はプライムスクールの生徒たちが立ち去ると、徐々に普段の静けさを取り戻しつつあった。ルミはダーウィンと手をつないで入口へ歩いて行った。入口の近くにパパとママとニースおじさまが立っているのが見えた。ルミは自分とダーウィンが手を握って一緒に歩いてくるのを見たパパとおじさまの顔に不快な気持ちが表れるのを感じた。おそらく友人の葬式を済ませたばかりの姿として適切ではないと思っているようだった。ルミは余計な誤解を受けたくないので握っている手を解こうとしたが、その瞬間ダーウィンは何も言わずにもっと堅く手を握りしめて自分の方へ引き寄せた。ルミは驚いたが、素直にダーウィンの行動に従った。

ニースおじさまが言った。

「ふたり一緒にいたんだな……そうだな、友達を失ったから、お互いに慰め合わなければならない」

ルミは逆説的にもレオの死という極限の不幸を通じて、ニースおじさまにダーウィンとの関係を認めてもらえる機会を得たような気がした。

ダーウィンが言った。

「ルミと一緒にジェイおじさんのお墓に行ってきました。ルミがおじさんに言いたいことがあると言って」

「そうだったんだな。悲しいことにジェイとレオが同じところに葬られるなんて。お父さんから聞いていたんだよ、小学生の頃からの知り合いなんだって？　ルミはとてもつらかったろう」

ルミはそう言うニースおじさまの顔に苦しそうな気配を感じた。死が一般の人に与えるありふれた影だった。ルミはその影が自分の顔に広がる前に、自分が得た悟りと変化した気持ちをみんなに知らせたかった。自分が普通の人のように死に喪失感を感じ、悲しむだけの人間ではなく、その悲しみから跳躍できる存在だということを見せたかった。自分の手をぎゅっと握っているダーウィンの強靭な手が、そんな心に確信を与えた。

「いいえ、むしろすっきりしています」

ニースおじさまが驚いた顔で聞いた。

「すっきりだって？」

「はい。もちろんまだ悲しみは大きく残っていますが、それとは別にふたりの死を通じて、これからは伯父さんを忘れて自分の人生に忠実でなければならないということを悟ったんです。今年からは私が伯父さんの追悼式に行かなくても理解してください」

ルミはパパの方を振り返りながら尋ねた。

「パパ、パパも理解してくれるでしょう？」

パパも意外な顔で聞いた。

「本気かい？」

「もちろん、本気です。毎年真心をこめて追悼式を準備してくださるおじさまには申し訳ないですが」

「いや、私にすまないと思うことはない。あくまでも君の選択だから………。でも驚いたな。ルミが意気消沈していると思っていたのに、かえって活気が感じられる」

ルミはニースおじさまが選択した〝活気〟という言葉が気に入った。これから新しくやり直す自分の人生にふさわしい表現だった。

「そうですね、自分でも驚きです。死が人生をより明るく灯してくれる灯台の役割をするなんて。私もダーウィンのおかげで悟ることができました」

ルミはダーウィンを見上げた。ダーウィンは目を合わせ、黙って微笑んだ。

パパが言った。

「そう、悪いことをひとつ経験したら、いいこともひとつ来るものだよ」

そしてパパはニースおじさまに向かって言った。

「ついでに話が出たので良かったです。この前にも言いましたが、ジェイ兄さんの追悼式をやめる時になったと思っていたんです。父もだんだん老衰し、母も客をもてなすことが大変になっているし、今はジェイ兄さんを本当に行かせてあげなければならない時だと思います。30年も経ったじゃないですか。理解してくださいますよね？」

ニースおじさまからは何の返事もなかった。30年間続いてきた仕事をやめることをこの場でいきなり決めるのは難しいだろう。ジェイ伯父さんに罪悪感を抱いているのかもしれない。ルミはおじさまの変わらぬ友情がありがたかった。だけど、今はニースおじさまも自分のようにジェイ伯父さんを手放さなければならないと思う。別れは決して伯父を裏切るものではないことを受け入れなければならなかった。そして、その次の命題に進まなければならなかった。与えられた自分の人生に忠実であることこそ、死を最も尊重する行為だという……。伯父さんの魂も自分の追悼式を5年、10年さらに続けるより、自分の親友であるニースおじさまが社会の頂点に立ち、自分が果たせなかった夢を代わりにかなえてくれるのが真の供養だと思うだろう。

風は強かった。温もりのない墓地を通り過ぎたせいか、肌がとりわけ冷たかった。パパは「では、そろそろ家に帰りましょうか」と言った。ニースおじさまは追悼式をやめるというパパの提案が名残惜しくなったのか伯父さんの墓地の方を長く見て、「そうだな」と言って背を向けた。

ルミはダーウィンと一番後ろに並び、車の場所まで歩いた。ダーウィンは「寒いだろう？」と言いながら握った右手をコートのポケットに入れた。ルミは周りの大人たちの視線を全く気にしないダーウィンが誇らしかった。すべての選択と決定を自分の意思通りにすることを行動で公表しているようだ。ルミはポケットの中でダーウィンの手をさらに握り締めた。その時、指先に何かが引っかかる感じがした。ごわごわした紙のようなものだった。

「ポケットに入っているのは何？」

ダーウィンは「これ？」と紙を2枚取り出して見せた。ルミはびっくりした。上にある1枚は自分の写真だった。

「この写真はどこから出てきたの？」

「3年前、僕が新入生だった時、プライムスクールの体育大会に来たことがあるでしょ？　観客席で撮られた写真。学校の学報に載せられたものを切り抜いて持っていたんだ。終業式の日、机の整理をしながらポケットに入れたんだけど、うっかり今まで入っていたんだ」

ルミはダーウィンが学報から自分の写真を切り取って3年近く保管してきた事実に感動した。自分が認知する前からダーウィンが自分のことを好きでいたという事実にも驚かされたが、これほど異なる存在に生まれ変わったダーウィンにとって、自分の価値だけは全く変わらなかったという事実が自分に対する誇りを高めてくれた。

ルミは写真の下にある別の紙を見ながら聞いた。

「じゃあ、これは？　遊園地に行こうって？」

ダーウィンは笑いながら遊園地の入場券を取った。

「よく見て。ずいぶん前に有効期限が切れているんだ」

改めて見ると、本当に有効期間が3年前の夏で終わっていた。ダーウィンが言った。

「もう何の役にも立たないよ」

ダーウィンは入場券を地面に落とし、靴で踏みつけた。紙は水にぬれてすぐに形が崩れ裂けた。ルミは遊園地の入場券に対して不自然なまでのひどい扱いに、顔を少ししかめた。不明瞭に溶けて消える有効期間の数字がなんとなく切なかった。

次の瞬間、ダーウィンが再び手を差し出した。ルミはダーウィンを見上げた。ダーウィンの瞳は世界に対する自信と自分への確信で輝いていた。ルミはついさっきまで考えていたことを頭の中からきれいに消した。ダーウィンは間違いなく常に自分が望んでいた理想的な男性の姿だった。
ルミはためらわずにその手を取って、ダーウィンの導く場所へと歩いていった。

著者　パク・チリ

1985年韓国・全羅南道海南生まれ。享年31。25歳のとき長編小説『合体』でデビュー。双子の兄弟が山に入り、背が高くなる修練道を描いたこの作品は、オリジナルの設定と筆力が絶賛され、四季文学賞大賞を受賞。ほかの代表作に、19歳で殺人者になった高校生を主人公にした『マンホール』、大学清掃労働者の視点で韓国社会をとらえた『ヤン・チュンダン大学探訪記』など（いずれも四季出版社）。2016年、856ページにわたる大長編の『ダーウィン・ヤング 悪の起源』（日本語訳したものが本書）で、社会に対する新しい認識を発見し創造した活動に贈られる「レッドアワード視線部門」と「韓国出版文化賞」を受賞。2016年にこの世を去るまでに遺した作品はわずか7作のみ。遺作となった『ダーウィン・ヤング』は2018年にソウル芸術団の手によりミュージカル化され、大ヒットとなった。

訳者　コン・テユ

1982年神奈川県・藤沢市生まれ。2000年から俳優活動を始め、ドラマ『天国に一番近い男』（TBS）、『仮面ライダーW』（テレビ朝日）、ミュージカル『テニスの王子様』などに出演。2003年からは韓国でも芸能活動を開始し、音楽番組の司会などを務める。近年は韓国を拠点に、韓国作品の日本語訳や現地俳優への日本語指導にもあたる。代表作にドラマ『ミスター・サンシャイン』（日本語指導、台本監修）、Netflix『夜叉』（日本語訳、日本語指導）、映画『京城学校』（日本語指導、台本監修）、『ハンサン』（日本語訳、日本語指導）、『犯罪都市３』（日本語訳 日本語指導）。JO1の「ZERO」の日本語作詞など韓国アーティストへの作詞、日本語指導も行う。

ブックデザイン ● bookwall

イラスト ● たけもとあかる

ダーウィン・ヤング　悪の起源

2023年6月10日　第1刷発行

著　者　パク・チリ
発行人　見城 徹
編集人　森下康樹
編集者　山口奈緒子
発行所　株式会社 幻冬舎
〒151-0051 東京都渋谷区千駄ヶ谷4-9-7
電話　03(5411)6211(編集)
03(5411)6222(営業)
公式HP　https://www.gentosha.co.jp/
印刷・製本所　図書印刷株式会社

検印廃止

ISBN978-4-344-04122-6 C0097

この本に関するご意見・ご感想は、下記アンケートフォームからお寄せください。
https://www.gentosha.co.jp/e/